Rachel Hartman

Serafina
Die Schattendrachen erheben sich

Rachel Hartman

SERAFINA
Die Schattendrachen erheben sich

Aus dem Amerikanischen
von Petra Koob-Pawis

cbj

Kinder- und Jugendbuchverlag
in der Verlagsgruppe Random House

Verlagsgruppe Random House FSC® N001967
Das für dieses Buch verwendete FSC®-zertifizierte Papier
Super Snowbright liefert Hellefoss AS, Hokksund, Norwegen.

1. Auflage 2015
© 2015 der deutschsprachigen Ausgabe
cbj Kinder- und Jugendbuchverlag
in der Verlagsgruppe Random House, München
Alle deutschsprachigen Rechte vorbehalten
© 2015 Rachel Hartman
Die amerikanische Originalausgabe erschien 2015 unter dem Titel
»Shadow Scale« bei Random House Children's Books,
einem Imprint von Random House, Inc., New York
Übersetzung: Petra Koob-Pawis
Lektorat: Andreas Rode
Umschlagillustration: Iacopo Bruno
Umschlaggestaltung: Init | Kommunikationsdesign, Bad Oeynhausen
MP · Herstellung: CF
Satz und Reproduktion: Uhl + Massopust, Aalen
Druck: GGP Media GmbH, Pößneck
ISBN 978-3-570-15270-6
Printed in Germany

www.cbj-verlag.de
www.serafina-buch.de

Prolog

Ich kehrte in mich selbst zurück.
Gedankenverloren rieb ich meine Augen, ohne daran zu denken, dass das linke verletzt war. Der Schmerz brachte mich sehr schnell in die Wirklichkeit zurück. Ich saß auf dem rauen Holzboden in Onkel Ormas Studierzimmer in der Bibliothek des Sankt-Ida-Musik-Konservatoriums. Um mich herum stapelten sich Bücher zu einem Nest aus Wissen. Das Gesicht, das ich zunächst nur verschwommen über mir sah, nahm allmählich Konturen an: Ormas Hakennase, seine schwarzen Augen, seine Brille, sein Bart. Seine Miene verriet weniger Besorgnis als vielmehr Neugierde.

Ich war elf Jahre alt. Seit Monaten bemühte sich Orma, mich in die Kunst der Meditation einzuführen, aber noch nie war ich so tief in meinen eigenen Kopf eingedrungen wie dieses Mal. Und noch nie war ich so verwirrt daraus zurückgekehrt.

Orma hielt mir einen Becher mit Wasser unter die Nase, den ich mit zittriger Hand entgegennahm, um einen Schluck daraus zu trinken. Durst hatte ich zwar nicht, aber die freundlichen Gesten meines Drachenonkels waren selten genug. Umso wichtiger war es, ihm zu zeigen, dass man sie wertschätzte.

»Erzähle, Serafina.« Orma richtete sich auf und schob seine Brille etwas höher. Sein Tonfall war weder liebenswürdig noch ungeduldig. Mit zwei Schritten durchquerte er den Raum und setzte sich auf seinen Schreibtisch, ohne zuvor die Bücher darauf wegzuräumen.

Der harte Boden war unbequem und ich rutschte hin und her. Dafür, mir ein Kissen zu geben, reichte die Empathie eines Drachen auch dann nicht aus, wenn er Menschengestalt angenommen hatte.

»Es hat geklappt«, krächzte ich wie ein heiserer Frosch. Ich trank noch einen Schluck Wasser und unternahm einen zweiten Anlauf. »Ich habe mir einen Garten mit Obstbäumen vorgestellt und dazu den kleinen porphyrischen Jungen.«

Orma verschränkte die langen Finger vor seiner grauen Weste und blickte mich forschend an. »Konntest du ein genaues Bild von ihm hervorrufen?«

»Ja. Ich habe seine Hände in meine genommen und dann …« Es fiel mir schwer, zu beschreiben, wie sich der sinnenverwirrende Sog angefühlt hatte, in dessen Strudel mein Bewusstsein hineingeraten war. Ich war viel zu erschöpft, um die richtigen Worte zu finden. »Ich habe ihn in Porphyrien gesehen, er hat in der Nähe eines Tempels gespielt und ein Hündchen gejagt …«

»Keine Kopfschmerzen, keine Übelkeit?«, unterbrach mich Orma, dessen Drachenherz sich nicht für kleine Hunde erwärmen konnte.

»Nein.«

»Und du hast selbst den Moment bestimmen können, indem du die Vision freiwillig wieder verlassen hast?« In Gedanken schien er einzelne Punkte auf einer Liste abzuhaken.

»Ja, das habe ich.«

»Du hast die Vision beherrscht und nicht sie dich?« Häkchen. »Hast du dem Stellvertreter des Jungen einen Namen gegeben?«

Ich spürte, wie mir die Röte ins Gesicht stieg. Es war albern, denn Orma war gar nicht in der Lage, mich auszulachen. »Ich habe ihn Flederchen genannt.«

Orma nickte ernst, so als wäre es der würdevollste und passendste Name, den er sich vorstellen konnte. »Und welche Namen hast du den anderen gegeben?«

Wir sahen uns an. In den Gängen der Bibliothek draußen pfiff einer der in der Bibliothek arbeitenden Mönche ziemlich unmusikalisch vor sich hin.

»Hätte ich mir auch schon für die anderen einen Namen ausdenken müssen?«, fragte ich. »Hatten wir nicht gesagt, wir würden es langsam angehen lassen? Wenn Flederchen in seinem Garten bleibt und mich nicht mehr mit Visionen peinigt, dann können wir doch…«

»Wie bist du zu dem blauen Auge gekommen?«, fragte Orma und sah mich mit seinem Raubvogelblick an.

Ich schürzte die Lippen. Er wusste genau, wie es passiert war: In der gestrigen Musikstunde war ich plötzlich von einer Vision überwältigt worden und vom Stuhl gefallen. Dabei war ich mit dem Gesicht gegen die Tischecke geprallt.

Zum Glück ist wenigstens die Laute heil geblieben, hatte Ormas lapidarer Kommentar gelautet.

»Es ist nur eine Frage der Zeit, bis dich mitten auf der Straße eine Vision heimsucht und du von einer Kutsche über den Haufen gefahren wirst.« Orma stützte die Hände auf die Knie. »Du kannst dir keine Trödeleien erlauben – es sei denn, du willst auf unabsehbare Zeit dein Leben im Bett verbringen.«

Vorsichtig stellte ich den Becher weit genug von den Büchern entfernt auf den Boden. »Ich möchte aber nicht allen Zugang zu meinem Kopf gewähren«, sagte ich. »Manche dieser Wesen sind Furcht einflößend. Es ist schon schlimm genug, wenn sie sich unaufgefordert in meinen Gedanken breitmachen, aber…«

»Du hast die inneren Zusammenhänge immer noch nicht verstanden«, sagte Orma nachsichtig. »Mithilfe unserer Meditation kannst du erreichen, dass deine Grotesken sich gar nicht erst in dein Bewusstsein stehlen. Dein eigener Verstand hat ihnen bisher Tür und Tor geöffnet. Die Stellvertreter, die du gedanklich erschaffst, können eine echte und dauerhafte Verbindung zu diesen Geschöpfen sein. Dann wirst du nicht mehr willkürlich und unbeholfen ihre Nähe suchen. Wenn du sie in Zukunft sehen willst, brauchst du deine Gedanken lediglich nach innen zu kehren.«

Ich konnte mir beim besten Willen nicht vorstellen, dass ich jemals freiwillig mit einer dieser Grotesken zusammen sein wollte. Plötzlich wurde mir alles zu viel. Ich hatte mit meinem Liebling angefangen, dem freundlichsten Geschöpf von allen, trotzdem war ich völlig ausgelaugt. Vor meinen Augen verschwamm alles. Beschämt wischte ich mit dem Ärmel über das heile Auge, denn ich wollte nicht, dass mein Drachenonkel mich so sah.

Den Kopf wie ein Vogel zur Seite geneigt, beobachtete er mich. »Du bist ihnen nicht hilflos ausgeliefert, Serafina. Du bist… warum ist *hilfreich* nicht das Gegenteil von *hilflos*?«

Die Frage schien ihm tatsächlich Kopfzerbrechen zu bereiten und das brachte mich gegen meinen Willen zum Lachen. »Wie soll ich vorgehen?«, fragte ich ihn. »Bei Flederchen war die Sache einfach. Er liebt es, auf Bäume zu klettern. Ich nehme an, die scheußliche Sumpfschnecke kann sich im Schlamm wälzen, und den wilden Mann stecke ich in einen Käfig. Aber was ist mit den anderen? Welche Art von Garten muss ich für sie einrichten?«

Orma kratzte sich an seinem falschen Bart, an den er sich noch immer nicht gewöhnt hatte. Dann fragte er mich: »Weißt du, was an eurer Religion falsch ist?«

Ich blinzelte überrascht. Es war schwierig, seinen Gedankensprüngen zu folgen.

»Ihr habt keine richtigen Schöpfungsmythen«, gab er selbst

die Antwort. »Eure Heiligen haben vor sechs- oder siebenhundert Jahren die Heiden vertrieben – obwohl diese einen durchaus zufriedenstellenden Mythos von der Sonne und einem weiblichen Auerochsen anzubieten hatten, wie ich betonen möchte. Aber aus irgendwelchen unerfindlichen Gründen haben eure Heiligen sich nicht die Mühe gemacht, diesen Mythos durch eine eigene Schöpfungsgeschichte zu ersetzen.« Mit dem Saum seiner Weste rieb er seine Brille sauber. »Kennst du die porphyrische Schöpfungsgeschichte?«

Ich blickte ihn vielsagend an. »Bedauerlicherweise hat mein Lehrer es versäumt, mir die porphyrische Theologie nahezubringen.« Orma selbst war mein Lehrer.

Mein Onkel tat so, als hätte er meine Stichelei nicht gehört. »Sie ist erfreulich kurz. Die beiden Zwillingsgötter Notwendigkeit und Möglichkeit wanderten zwischen den Sternen umher. Was sein musste, war, und was sein konnte, war hin und wieder.«

Ich wartete auf den Rest, aber er fügte nichts mehr hinzu.

»Mir gefällt dieser Mythos«, fuhr er fort. »Lässt man die Erwähnung von Göttern außer Acht, dann entspricht er sehr genau den Gesetzen der Natur.«

Stirnrunzelnd versuchte ich, den Sinn seiner Worte zu erfassen. »Soll ich demnach wie ein Gott in meinen Gedanken umherwandeln, um einen Garten für meine Grotesken zu erschaffen?«, fragte ich aufs Geratewohl.

»Das ist keine Blasphemie.« Orma nahm seine Brille ab und warf mir einen eulenhaften Blick zu. »Es ist eine Metapher, so wie alles, was dein Verstand erschafft. Gott deiner eigenen Metaphern zu sein, ist nicht verwerflich.«

»Götter sind aber nicht hilflos«, sagte ich und versuchte dabei, nicht so erschrocken zu klingen, wie ich mich fühlte.

»Auch du bist nicht hilflos«, entgegnete Orma ernst. »Der Garten wird ein Bollwerk sein, das dir Sicherheit gibt.«

»Wie gerne würde ich das glauben.« Wieder brachte ich nur ein Froschkrächzen zustande.

»Glauben könnte tatsächlich hilfreich sein. Dass der menschliche Verstand zu so etwas wie Glauben fähig ist, ruft interessante Hirnveränderungen hervor, die...«

Ich lauschte nicht länger seinen Belehrungen, sondern stützte meine Hände auf die Knie, schloss die Augen und holte mit jedem Atemzug etwas langsamer und etwas tiefer Luft.

Dann kehrte ich zurück in meine eigene Welt.

Eins

Königin Glisselda erspähte den Drachen als Erste. Es war ein sich schnell fortbewegender Fleck, der – noch dunkler als die Dunkelheit des nächtlichen Himmels – auf seinem Flug die Sterne verdeckte und sie gleich darauf wieder neu aufstrahlen ließ.

Sie deutete nach oben und rief: »Einzelner von Westen, Sankt Odgo steh uns bei!«, womit sie die einstigen Warnrufe der Ritter nachahmte. Dass sie dabei mit den Zehen wippte und laut lachte, schmälerte die Wirkung ihrer Worte ein wenig. Der Winterwind trug die heitere Stimme fort. Die Stadt zu unseren Füßen war in eine frische Schneedecke gehüllt und lag still und geborgen da wie ein schlafender Säugling.

Von unserem Platz aus hatten einst geübte Späher den Himmel nach Drachenbataillonen abgesucht. Heute waren nur die Königin und ich auf den Ard-Turm von Schloss Orison gestiegen, und der »Einzelne von Westen« war, den Heiligen sei Dank, eine Freundin: Eskar, ehemalige Staatssekretärin in diplomatischen Diensten. Vor etwa drei Monaten, kurz vor Beginn des Drachenkriegs, hatte sie meinem Onkel Orma geholfen, den Zensoren zu entwischen.

Ardmagar Comonot, der abgesetzte Anführer der Drachen, hatte Eskar aufgetragen, für Orma eine sichere Zuflucht zu finden und danach unverzüglich wieder nach Goredd zurückzukehren, wo Comonot sein Hauptquartier aufgeschlagen hatte, solange er sich im Exil befand. Der Ardmagar hatte geplant, Eskar in seinen Beraterstab aufzunehmen, sie vielleicht sogar zum General zu befördern, aber die Monate vergingen, und Eskar kam weder zurück, noch sandte sie eine Nachricht.

Erst in den frühen Abendstunden dieses Tages war sie mithilfe eines Quigutl-Geräts mit Comonot in Verbindung getreten. Beim Abendessen hatte Comonot Königin Glisselda darüber in Kenntnis gesetzt, dass man Eskar um Mitternacht erwarten würde. Dann hatte er sich schlafen gelegt und es der Königin überlassen, ob sie aufbleiben und warten wollte oder nicht.

Dieses Verhalten war typisch für Comonot und die Königin hatte es mittlerweile gründlich satt.

Weder hatte er etwas über die Gründe von Eskars plötzlicher Rückkehr verlauten lassen, noch hatte er verraten, wo sie gewesen war. Gut möglich, dass er es selbst nicht wusste.

Glisselda und ich stellten unsere eigenen Spekulationen an, um uns die Zeit zu vertreiben und uns von der Kälte abzulenken. »Eskar ist zu der Ansicht gekommen, dass der Bürgerkrieg unter den Drachen bereits viel zu lange dauert, und will den Kämpfen jetzt eigenhändig ein Ende setzen«, mutmaßte Glisselda. »Hat sie dich jemals mit ihrem finsteren Blick angesehen, Serafina? Sie könnte sogar die Planeten aus ihren Umlaufbahnen bringen.«

Eskar hatte mich noch nie mit finsterem Blick angesehen, aber ich konnte mich noch gut an den Blick erinnern, mit dem sie meinen Onkel vor drei Monaten angesehen hatte. Deshalb war ich mir sicher, dass sie die ganze Zeit bei meinem Onkel gewesen war.

Glisselda und ich hatten beide eine Fackel dabei, um Eskar zur Turmspitze zu lotsen. Prinz Lucian Kiggs war auf diese Idee gekommen – wegen der Aufwinde und so weiter. Außerdem würden die Schlossfenster zu Bruch gehen, wenn Eskar versuchte, im Schlosshof zu landen. Dass ein Drache hier oben weniger Aufruhr erregen würde als unten in der Stadt, hatte er nicht eigens erwähnt. Seit einiger Zeit konnte man in Goredd häufiger Drachen in ihrer ganzen imposanten Größe am Himmel sehen, denn Comonots Verbündete gingen hier sozusagen ein und aus. Zu behaupten, die Menschen hätten sich daran gewöhnt, wäre allerdings übertrieben.

Eskar war bereits im Anflug auf die Stadt, als klar wurde, dass sie eigentlich zu groß war, um auf dem Turm zu landen. Vielleicht war sie zu einer ähnlichen Einschätzung gelangt, denn in letzter Sekunde machte sie ein paar kräftige Schläge mit ihren dunklen, ledrigen Flügeln und peitschte einen heißen Windstoß auf, ehe sie nach Süden Richtung Stadtgrenze schwenkte. Von drei Häuserblocks stieg Rauch auf und der frische Schnee verwandelte sich in Dampf.

»Was macht sie denn da? Will sie die Handwerkskunst ihrer Artgenossen auf den Prüfstand stellen? Wenn sie nicht aufpasst, wird sie entdeckt. Es gibt immer Leute, die noch wach sind«, sagte Glisselda und schob die Kapuze ihres pelzverbrämten Mantels zurück. Ihre gute Stimmung kippte in schlechte Laune um, was in letzter Zeit nichts Ungewöhnliches war. Ihre goldenen Locken schimmerten im Schein der Fackeln und passten so gar nicht zu ihrer verdrossenen Miene.

Eskar schwang sich in den Sternenhimmel, nur um gleich darauf wieder aus dem Dunkeln aufzutauchen und das Herz der Stadt anzupeilen wie ein Falke seine Beute. Glisselda hielt vor Schreck die Luft an. In allerletzter Sekunde bog Eskar ab, rauschte als schwarzer Schatten auf weißem Schnee über das Ufer des gefrorenen Mew und riss das Eis mit ihrem Echsenschwanz auf.

»Und jetzt zeigt sie uns auch noch, wie kinderleicht es ist, unsere Verteidigungslinien zu durchbrechen, indem sie so fliegt, dass unsere Pyria-Geschosse sie nicht erreichen können. Auf diese Weise sind die Häuser nicht dem Erdboden gleichgemacht worden, Eskar!«, rief die junge Königin in den Wind, als könnte der Drache sie aus einer solchen Entfernung hören. »Er war nämlich schon längst diesseits der Mauern!«

Mit »*er*« war der dritte Drachen-Attentäter gemeint, den Prinz Lucian vor Kurzem aufgespürt hatte. Comonots Feinde, die Alte Ard, hatten ihn auf den Ardmagar angesetzt. Für seine Flucht hatte der Saarantras seine Menschengestalt abgelegt und sich wieder in einen lebensgroßen Drachen verwandelt. Daraufhin hatte sich auch Comonot verwandelt und den Angreifer getötet, aber fünf Menschen waren dabei zu Tode gekommen, und sechsundfünfzig hatten durch das von den Drachen ausgelöste Flammeninferno ihr Zuhause verloren.

So viel Zerstörung, ausgelöst von gerade mal zwei Drachen. Niemand mochte sich die schrecklichen Verwüstungen vorstellen, die uns erwarteten, falls es Comonots Getreuen nicht gelang, die Alte Ard abzuwehren, und Goredd tatsächlich in einen Krieg verwickelt werden würde.

»Lars tüftelt an neuen Kriegsgeräten herum«, sagte ich, um ein bisschen Zuversicht zu verbreiten. »Und die Dracomachisten in Fort Übersee darf man auch nicht unterschätzen.« Die in die Jahre gekommenen Ritter des Südlands und ihre etwas jüngeren Knappen, die man überstürzt zu Rittern geschlagen hatte, sollten Comonot bei seinem Vorhaben zur Seite stehen.

Glisselda schnaubte abfällig, während sie beobachtete, wie Eskar eine zweite Runde über der Stadt drehte. »Selbst wenn unsere Ritterschaft ihre volle Kraft wiedererlangt hätte – und hastig ausgebildete Dracomachisten sind noch lange keine Ritter –, würde diese Stadt in kürzester Zeit in Schutt und Asche liegen. Wir beiden kennen das nur nicht, weil wir in Friedenszeiten aufgewachsen sind.«

Der Wind frischte auf und erinnerte uns daran, wie hoch oben wir standen. Meine Hände in den Handschuhen waren schweißnass. »Comonots Verbündete werden uns beschützen.«
»Es ist anzunehmen, dass sie unsere Leute beschützen werden, aber die Stadt an sich bedeutet ihnen nichts. Lucian meint, wir sollten die Tunnel wieder bewohnbar machen. Wir haben dort schon einmal einen Krieg überlebt und alles andere lässt sich wieder aufbauen.« Sie hob den Arm, ließ ihn aber sofort wieder sinken; sie schien sich nicht einmal mehr zu einer Geste aufraffen zu können. »Meine Großmutter hat mir eine Stadt als Erbe hinterlassen, die in Friedenszeiten zu großer Blüte gelangt ist. Ich hasse die Vorstellung, sie womöglich aufgeben zu müssen.«

Eskar hatte offensichtlich einen Aufwind im Osten des Schlossbergs erwischt und kehrte wieder zurück. Glisselda und ich drückten uns gegen die Brüstung, als Eskar den Turm ansteuerte. Ihre kräftigen dunklen Flügel wirbelten schwefelige Luft zu uns herüber und brachten unsere Fackeln zum Erlöschen. Ich stemmte mich gegen den Wind, denn ich hatte Angst, über das Geländer gefegt zu werden. Eskar landete auf dem Turm und stand einen Augenblick mit ausgebreiteten Flügeln da. Ihr vibrierender Schatten hob sich gegen den Nachthimmel ab. Ich hatte häufig mit Drachen zu tun – ich war ja selbst ein Halbdrache –, aber noch immer stellten sich mir bei ihrem Anblick die Nackenhaare auf. Vor unseren Augen begann die Verwandlung der schuppigen, krallenbewehrten Gestalt, sie rollte sich ein und schrumpfte, kühlte ab und verdampfte, faltete sich zusammen, bis schließlich eine kurzhaarige, schöne nackte Frau auf der eisigen Turmhöhe stand.

Glisselda nahm mit elegantem Schwung ihren Pelzumhang ab, näherte sich dem Saarantras, wie die Drachen in Menschengestalt genannt werden, und hielt der Frau das warme Kleidungsstück hin. Eskar beugte den Kopf und Glisselda legte den Mantel behutsam über ihre nackten Schultern.

»Willkommen hier bei uns, Staatssekretärin«, sagte die junge Königin.

»Ich werde nicht bleiben«, erwiderte Eskar knapp.

»Nun denn«, sagte Glisselda ohne jede Spur von Überraschung. Sie war zwar erst seit drei Monaten Königin, nachdem auf ihre Großmutter ein Giftanschlag verübt worden war, aber schon jetzt beherrschte sie die Kunst, sich den Anschein von Gleichmütigkeit zu geben. »Weiß Ardmagar Comonot das?«

»Da, wo ich herkomme, nütze ich ihm mehr«, sagte Eskar. »Sobald ich ihm die Lage erklärt habe, wird er das verstehen. Wo ist er?«

»Ich nehme an, er schläft«, sagte Glisselda. Mit einem Lächeln versuchte sie ihre Verärgerung darüber zu kaschieren, dass Comonot es nicht für nötig hielt, wach zu bleiben und Eskar persönlich zu begrüßen. Glisselda sparte sich ihren Zorn meist für den Cembalo-Unterricht auf. Inzwischen war ich daran gewöhnt, dass sie sich bei mir über Comonots schlechtes Benehmen beschwerte und erklärte, sie habe es satt, sich bei den menschlichen Verbündeten für sein grobes Verhalten zu entschuldigen. Sie könne es kaum erwarten, dass er seinen Krieg gewann und endlich in seine Heimat zurückkehrte.

Dank meines Onkels Orma und der Erinnerungen, die meine Mutter mir hinterlassen hatte, kannte ich mich mit Drachen einigermaßen gut aus. Eskar würde keinerlei Anstoß an Comonots Verhalten nehmen, egal was er tat. Vermutlich wunderte sich die Staatssekretärin, warum nicht auch wir längst in unseren Betten lagen. Glisselda war hier, weil es sich ihrer Meinung nach so gehörte, während ich es kaum erwarten konnte, zu erfahren, wie es meinem Onkel Orma ging, und ich mir daher die Gelegenheit nicht entgehen lassen wollte, Eskar persönlich zu sprechen.

Das Wiedersehen machte mich ein wenig verlegen. Bei unserer letzten Begegnung, auf der Krankenstation von Sankt Gobnait, hatte ich gesehen, wie behutsam Eskar die Hand meines verletzten Onkels gehalten hatte. Es schien Jahre her zu sein. Ohne nachzudenken, streckte ich die Hand aus und sagte: »Geht es Orma gut? Ich hoffe, Ihr bringt keine schlimmen Nachrichten.«

Eskar blickte auf meine Hand und zog eine Augenbraue hoch. »Ihm geht es gut. Es sei denn, er nutzt meine Abwesenheit dazu aus, etwas Törichtes zu tun.«

»Lasst uns hineingehen, Staatssekretärin«, sagte Glisselda. »Die Nacht ist bitterkalt.«

Eskar hatte in ihren Krallen ein Bündel Kleider mitgebracht, die jetzt im Schnee lagen. Sie hob die Sachen auf und folgte uns die schmale Treppe hinunter. Auf dem Weg nach unten sammelte Glisselda eine weitere Fackel ein, die sie klugerweise zuvor im Turm aufgestellt hatte. Wir überquerten einen kleinen Innenhof, dem der Schnee ein fast gespenstisches Aussehen verlieh. Bis auf wenige Ausnahmen lag das Schloss in tiefem Schlaf. Die Nachtwachen beobachteten zwar, wie wir durch einen Seiteneingang den Palast betraten, waren jedoch geschult genug, es sich nicht anmerken zu lassen, falls die nächtliche Ankunft eines Drachen sie beunruhigte.

Ein Page, der so schläfrig war, dass er Eskar kaum bemerkte, hielt uns die Tür zum neuen königlichen Studierzimmer auf. Glisselda hatte eine fast abergläubische Scheu verspürt, den Raum ihrer Großmutter mit den vielen überquellenden Bücherregalen für sich in Beschlag zu nehmen, und stattdessen einen Raum gewählt, der luftiger war und eher einem Salon als einer Bibliothek ähnelte. Vor den dunklen Fenstern stand ein wuchtiger Tisch, üppige Wandbehänge zierten die Wände, und auf der linken Seite befand sich ein Kamin. Dort stand Prinz Lucian Kiggs und stocherte im Feuer.

Kiggs hatte vier hochlehnige Stühle an den Kamin geschoben und einen Kessel aufgesetzt. Er richtete sich auf, um uns zu begrüßen, und strich seine purpurrote Weste glatt. Sein Gesichtsausdruck verriet nichts, aber seine Augen funkelten wach.

»Staatssekretärin«, sagte er und verbeugte sich formvollendet vor der halb nackten Saarantras. Eskar ignorierte ihn völlig. Ich unterdrückte ein Lächeln. In den vergangenen drei Monaten hatte ich den Prinzen nur selten zu Gesicht bekommen, aber jede Geste, jede dunkle Locke auf seinem Kopf war mir lieb und teuer. Für einen kurzen Moment trafen sich unsere Blicke, dann wandte er sich Glisselda zu. Er würde nicht so unhöflich sein und die Zweite Hofkomponistin noch vor der Königin begrüßen, die zugleich seine Cousine und seine Verlobte war.

»Setz dich, Selda.« Der Prinz bürstete ein nicht vorhandenes Staubkorn von einem der Stühle in der Mitte und streckte die Hand nach seiner Verlobten aus. »Du musst halb erfroren sein.«

Glisselda ergriff seine ausgestreckte Hand und ließ sich zu ihrem Platz führen. Sie schüttelte die Schneeflocken vom Saum ihres wollenen Gewands auf die farbigen Kaminfliesen.

Ich nahm auf dem Stuhl gleich neben der Tür Platz. Zu der Besprechung war ich nur deshalb gebeten worden, damit ich die Neuigkeiten von meinem Onkel erfuhr. Sobald das Gespräch sich um Staatsangelegenheiten drehte, musste ich den Raum verlassen. Inoffiziell war ich jedoch eine Art Übersetzerin, um gegebenenfalls Verständigungsprobleme aus dem Weg zu räumen. Dass Glisselda Comonot nicht schon längst aus dem Palast geworfen hatte, war unter anderem auch meiner Diplomatie zu verdanken.

Eskar ließ ihr Bündel auf den Stuhl zwischen Glisselda und mir fallen und schnürte es auf. Kiggs wandte ihr taktvoll den Rücken zu. Die Funken stoben, als er ein neues Scheit in den Kamin legte. »Habt Ihr erfreuliche Nachrichten, was den Kriegsverlauf angeht, Eskar?«, fragte er.

»Nein«, sagte Eskar, die damit beschäftigt war, eine Hose mit der richtigen Seite nach außen zu kehren. »Ich war nicht an der Front. Und ich habe auch nicht die Absicht, dorthin zu gehen.«

»Wo wart Ihr dann?«, platzte ich heraus, was äußerst unhöflich war, aber ich konnte einfach nicht anders.

Kiggs zog die Augenbrauen zusammen, aber sein Blick war mitfühlend.

Eskar reagierte steif. »Bei Orma, wie du dir sicher bereits gedacht hast. Den genauen Ort möchte ich nicht preisgeben. Wenn die Zensoren seinen Aufenthalt erfahren, muss er um seinen Verstand fürchten. Sie werden alles daran setzen, seine Erinnerungen auszulöschen.«

»Selbstverständlich würden wir Stillschweigen darüber bewahren«, sagte Glisselda leicht gekränkt.

Eskar streifte eine Tunika über Kopf und Arme. »Verzeiht«, sagte sie, als ihr Kopf wieder zum Vorschein kam. »Vorsicht ist zu meiner zweiten Natur geworden. Wir sind in Porphyrien gewesen.«

Ich verspürte ein überwältigendes Gefühl der Erleichterung – als wäre ich seit drei Monaten unter Wasser und könnte zum ersten Mal wieder Luft holen. Gerne hätte ich Eskar spontan in den Arm genommen, aber ich beherrschte mich. Drachen reagieren oft gereizt, wenn man ihnen zu nahe kommt.

Glisselda bedachte Eskar mit kritischem Blick. »Eure Loyalität Orma gegenüber ist bewundernswert, aber Eurem Ardmagar schuldet Ihr noch weit mehr. Er könnte eine kluge, starke Kämpferin wie Euch gut gebrauchen. Ich habe gesehen, wie Ihr den Drachen Imlann vom Himmel geholt habt.«

Es entstand eine lange Pause. Zur Wintersonnenwende hatte Imlann, mein Drachengroßvater, Glisseldas Mutter getötet, ihre Großmutter vergiftet und einen Attentatsversuch gegen Ardmagar Comonot unternommen. Orma hatte Imlann in der Luft bekämpft und war dabei schwer verwundet worden; Eskar war gerade noch rechtzeitig gekommen, um Imlann zu erledigen. In der Zwischenzeit hatten einige intrigante Drachengeneräle, die sich die Alte Ard nannten und Comonots Friedensvertrag mit Goredd ablehnten, in Tanamoot eine Rebellion angezettelt. Sie hatten die Drachenhauptstadt in ihre Gewalt gebracht und Comonot geächtet.

Hätte Comonot wie geplant den Tod gefunden, hätte die Alte Ard den vor vierzig Jahren mit Königin Lavonda geschlossenen Frieden sofort aufgekündigt. Aber Comonot hatte überlebt und seine Getreuen um sich geschart. Bisher beschränkte sich der Krieg noch auf die Berge im Norden, und bisher kämpften nur Drachen gegen Drachen, während Goredd die Auseinandersetzungen wachsam beobachtete. Aber die Alte Ard hatte es sich zum Ziel gesetzt, Comonot aus dem Weg zu räumen und die Menschen anzugreifen, um die südlichen Jagdgründe zurückzugewinnen. Wenn es Comonots Getreuen nicht gelang, die Aufrührer zu vertreiben, würden sie irgendwann auch noch den Süden angreifen.

Eskar fuhr sich mit den Fingern durch ihr kurzes schwarzes Haar, bis es wieder Stand hatte, und setzte sich hin. »Ich kann nicht Comonots General sein«, gab sie unumwunden zu. »Krieg ist unlogisch.«

Kiggs, der den Kessel vom Feuer genommen hatte und nun Tee einschenkte, verbrannte sich die Finger, als eine Tasse überlief. »Verstehe ich Euch richtig, Eskar?«, fragte er stirnrunzelnd und schüttelte dabei seine Hand aus. »Für Euch ist es unlogisch, dass Comonot sein Land zurückhaben und sich – wie auch Goredd – vor den Angriffen der Alten Ard schützen will?«

»Nein, das ist es nicht.« Eskar nahm eine Tasse Tee entgegen. »Es ist sogar Comonots gutes Recht. Aber auf Gewalt mit Gewalt zu antworten, ist rückschrittliches Verhalten.«

»Krieg bringt immer wieder Krieg hervor«, zitierte ich Pontheus, Kiggs' Lieblingsphilosophen. Er sah mich an und wagte ein kleines Lächeln.

Eskar drehte die Teetasse in der Hand, trank jedoch nicht. »Ein solches Denken ist kurzsichtig. Comonot beschränkt sich auf die unmittelbare Bedrohung und verliert das eigentliche Ziel aus den Augen.«

»Und was ist das eigentliche Ziel Eurer Meinung nach?«, fragte Kiggs und reichte seiner Cousine eine Tasse Tee. Glisselda nahm sie an, ließ Eskar aber nicht aus den Augen.

»Den Krieg zu beenden«, erklärte Eskar und erwiderte Glisseldas forschenden Blick. Keine von beiden blinzelte.

»Aber das will der Ardmagar doch auch.« Kiggs sah mich an und in seinen Augen lag eine unausgesprochene Frage. Ratlos zuckte ich mit den Schultern, ich wusste genauso wenig, worauf Eskar hinauswollte, wie er.

»Nein, der Ardmagar will gewinnen«, sagte Eskar düster.

Als sie unsere verständnislosen Blicke sah, fügte sie erklärend hinzu: »Drachen legen immer nur ein Ei und die Jungen wachsen sehr langsam heran. Jeder Tod ist für uns eine Bedrohung, daher legen wir unsere Streitigkeiten entweder vor Gericht oder allenfalls noch in einem Zweikampf bei. Kriegerische Auseinandersetzungen zählten bisher nicht zu unseren Strategien. Wenn der Kampf andauert, wird unsere gesamte Spezies den Preis dafür bezahlen. Comonot wäre gut beraten, in unsere Hauptstadt Kerama zurückzukehren, den Opal des Hohen Gerichts zu ergreifen und seinen Fall in aller Form vorzutragen. Wenn er dort wäre, könnte er sich auf unsere Gesetze und Traditionen berufen. Die Ker müsste ihn anhören und die Kämpfe würden unverzüglich eingestellt werden.«

»Was macht Euch so sicher, dass die Alte Ard sich darauf einlassen würde?«, fragte Kiggs und reichte auch mir eine Tasse Tee.

»In Tanamoot gibt es eine erstaunlich große Zahl von Drachen, die sich weder auf die eine noch auf die andere Seite gestellt haben«, sagte Eskar. »Aber sie werden Gesetz und Tradition achten.«

Glisselda tippte mit dem Fuß auf die Fliesen. »Wie könnte Comonot in die Hauptstadt gelangen, ohne auf Schritt und Tritt in Kämpfe verwickelt zu werden?«

»Er muss sich nur an meinen ausgeklügelten Plan halten«, sagte Eskar.

Neugierig beugten wir uns alle vor. Das also war der Grund für Eskars Rückkehr.

Zu unserer Enttäuschung kratzte sie sich am Kinn und sagte kein Wort mehr.

»Und wie sieht dieser Plan aus?« Als Drachenversteherin fiel mir die Aufgabe zu, die Frage laut auszusprechen.

»Er muss mit mir nach Porphyrien zurückkehren«, erklärte Eskar, »um von der anderen Richtung nach Tanamoot zu gelangen, und zwar durch das Tal des Omiga-Flusses. Die Alte Ard rechnet garantiert nicht damit, dass der Feind von dieser Seite kommt. Unser Vertrag mit den Porphyrern ist so uralt, dass die meisten ihn für ein Naturgesetz halten. Die wenigsten wissen, dass er jederzeit aufgelöst oder für nichtig erklärt werden kann.«

»Und die Porphyrer würden sich einverstanden erklären?«, fragte Kiggs und rührte in seinem Tee.

»Der Ardmagar müsste natürlich verhandeln«, erklärte Eskar. »Ich wage allerdings zu behaupten, dass es dennoch zu Kämpfen kommen wird, weshalb er auch unter keinen Umständen alleine reisen darf.«

Königin Glisselda blickte in dem dämmrigen Licht zur Decke und überlegte laut. »Was, wenn er eine Arde als Eskorte mitnimmt?«

»Das würde die Porphyrer nur erschrecken und ihren Widerstand wecken«, sagte Eskar ernst. »Porphyrien hat seine eigene Arde, eine Gemeinschaft von Drachen im Exil, die ein eingeschränktes Leben in ihrer Menschengestalt der Exzision durch die Zensoren vorgezogen haben. Das ist sogar im Vertrag festgelegt: Porphyrien kümmert sich um die Abtrünnigen und im Gegenzug lassen die Drachen das Tal unbehelligt. Einige Exilanten werden sich bereit erklären, Comonot zu begleiten, wenn er sie dafür begnadigt und in die Heimat zurückkehren lässt.«

»Was genau ist unter ›einige‹ zu verstehen?«, fragte Kiggs, der sofort die Schwachstelle des Plans erkannt hatte. »Sind es genug?«

»Überlasst das mir«, antwortete Eskar schulterzuckend.

»Und Orma«, sagte ich, denn mir gefiel die Vorstellung, dass er dem Ardmagar in dieser Sache beistand.

Bei der Erwähnung meines Onkels senkte Eskar für einen kurzen Moment den Blick. Ihre Unterlippe zuckte. Ich sah oder besser gesagt fühlte das Lächeln hinter der undurchdringlichen Maske. Ich blickte zu Glisselda und Kiggs, aber den beiden schien Eskars Reaktion entgangen zu sein.

Sie hatte Orma gern, das wusste ich. Plötzlich überfiel mich Sehnsucht nach ihm.

Eskar tastete in ihrer Hosentasche und holte einen versiegelten Brief hervor. »Für dich«, sagte sie. »Es ist zu gefährlich für Orma, dir mit der Post oder mit Tniks eine Nachricht zu schicken. Er beschwert sich schon, weil ich so unerbittlich über seine Sicherheit wache.«

Der Brief war mit Wachs versiegelt. Als ich ihn in die Hände nahm, knisterte er von der Kälte. Mein Herz schlug schneller beim Anblick der vertrauten Handschrift. Über das flackernde Kaminfeuer gebeugt, entzifferte ich die krakeligen Zeilen:

Eskar wird dir mitteilen, wo ich bin. Ich betreibe meine Forschungen wie geplant. Wir beide haben ja davon gesprochen, du erinnerst dich bestimmt daran. Über meine Entdeckungen kann ich noch nichts sagen, aber das Glück war mir gewogen. Ich gehe das Risiko ein, dir (trotz Eskars Einwänden) zu schreiben, weil ich etwas erfahren habe, dass deiner Königin von Nutzen sein könnte.

Ich habe Grund zu der Annahme, dass du und die anderen Halbdrachen eure Gedanken verknüpfen könnt. »Wie Perlen auf einer Schnur«, habe ich mir sagen lassen. Damit könnt ihr einen unsichtbaren Schutzwall errichten, der selbst einen Drachen mitten im Flug aufzuhalten vermag. »Wie einen Vogel, der gegen ein Fenster prallt«, hat meine Quelle mir versichert, die, anders als ich, zu blumigen Beschreibungen neigt. Du würdest dich wundern, wenn du wüsstest, um wen es sich dabei handelt. Diese Technik setzt allerdings viel Übung voraus. Je mehr Ityasaari sich in die Gedankenkette einreihen, desto stärker ist der Schutzwall. Die Vorteile liegen auf der Hand. Ich rate dir dringend zur Eile. Suche deine Gefährten, bevor sich der Krieg auf den Süden ausweitet. Falls du nicht vorzeitig aufgibst, wird deine Suche dich bis hierher zu mir führen.

Alles in Ard,

O

Während ich noch den Brief las, erklärte Eskar plötzlich, sie sei sehr müde. Glisselda begleitete sie hinaus ins Vorzimmer und riss den schläfrigen Pagen aus seinem Schlummer, damit er Eskar in ihr Quartier geleitete. Ich nahm dies nur am Rande wahr, dies und auch Lucian Kiggs. Der Prinz beobachtete mich beim Lesen. Als ich fertig war, hob ich den Kopf und blickte direkt in seine dunklen, fragenden Augen.

Der Brief hatte einen solchen Sturm der Gefühle in mir ausgelöst, dass mir ein zuversichtliches Lächeln schwerfiel. Es war bittersüß, von Orma zu hören, denn meine Zuneigung wurde von der Sorge um ihn überschattet. Sein Vorschlag faszinierte mich, versetzte mich aber auch in Angst. So gerne ich meine Artgenossen aufsuchen würde, war mir doch das einschüchternde Erlebnis noch allzu gut in Erinnerung, als vor einiger Zeit ein Halbdrache mein Bewusstsein beherrschen wollte. Bei der Vorstellung, sich gedanklich mit anderen zu vereinigen, überlief es mich kalt.

Königin Glisselda kehrte wieder auf ihren Platz zurück. »Ich bin gespannt, was Comonot zu Eskars Vorhaben sagt. Bestimmt hat er längst darüber nachgedacht und den Plan verworfen. Für Goredd ist die Gefahr noch lange nicht gebannt. Das Drachengericht könnte ja auch zu Comonots Ungunsten entscheiden.« Ihre blauen Augen huschten zwischen Kiggs und mir hin und her. »Was ist? Was macht ihr für Gesichter? Habe ich etwas verpasst?«

»Orma hat eine Idee«, sagte ich und reichte ihr den Brief. Glisselda hielt das Papier in der Hand, während Kiggs über ihre Schulter spähte und mitlas. Ihre goldenen und seine dunklen Haare berührten sich.

»Was genau erforscht er?« Kiggs blickte mich über Glisseldas gebeugten Kopf hinweg an.

»Historische Aufzeichnungen über Halbdrachen«, antwortete ich vage. »Zum einen hat ihn meine Fremdartigkeit befeuert, nach Geschöpfen wie mir zu suchen.« Ich hatte den beiden von meinem Garten der Grotesken erzählt, sie hatten also eine ungefähre Vorstellung, was ich mit Fremdartigkeit meinte.

»Zum einen? Und zum anderen?«, griff Kiggs meine Einschränkung auf. Er war viel zu schlau. Ich musste mich wegdrehen, damit mein Lächeln mich nicht verriet.

»Orma hält es für unwahrscheinlich, dass es in den Drachenarchiven angeblich keine Berichte über Kreuzungen gibt und dass auch Goreddis Literatur sie mit keinem Wort erwähnt. Die Heiligen sprechen von »Abscheulichkeiten«, und es gibt Gesetze, die solche Partnerschaften verbieten, mehr aber auch nicht. Er geht davon aus, dass irgendwo irgendjemand Versuche unternommen und die Ergebnisse aufgezeichnet hat.«

Wenn die Rede auf Drachenversuche kommt, tritt immer ein merkwürdiger Ausdruck in die Gesichter der Menschen, halb amüsiert, halb abgestoßen. Die Königin und der Prinz bildeten da keine Ausnahme.

»Die Porphyrer haben ein Wort für Geschöpfe wie mich«, fuhr ich fort. »Sie nennen sie Ityasaari. Orma sind Gerüchte zu Ohren gekommen, wonach Porphyrer in dieser Sache etwas aufgeschlossener sein sollen.« Ich brach ab. Selbst jetzt, da alle über mich Bescheid wussten, fiel es mir schwer, über die körperlichen Aspekte meiner Herkunft zu sprechen. »Er hofft darauf, in Porphyrien etwas Aufschlussreiches zu finden.«

»Seine Vermutung scheint richtig gewesen zu sein.« Glisselda überflog erneut den Brief, ehe sie sich lächelnd zu mir wandte und einladend auf Eskars leeren Platz klopfte. Ich rutschte einen Stuhl weiter. »Was hältst du von dieser unsichtbaren Wand?«

Ich schüttelte den Kopf. »Ich habe noch nie davon gehört und kann es mir nur schwer vorstellen.«

»Ich musste sofort an eine Sankt-Abaster-Falle denken«, sagte Kiggs. Mein fassungsloser Blick schien ihn zu amüsieren. »Bin ich hier der Einzige, der die Schrift liest? Sankt Abaster konnte die Feuer des Himmels zu einem leuchtenden Netz knüpfen und damit die Drachen vom Himmel holen.«

Ich stöhnte auf. »Sankt Abaster lese ich nicht mehr, seit ich an die Stelle kam, wo es heißt: ›Frauen des Südens, lasst keine Würmer in eure Betten, denn damit besiegelt ihr eure eigene Verdammnis‹«.

Kiggs blinzelte, als er begriff, worauf ich hinauswollte. »Das sind noch nicht die schlimmsten Dinge, die er über Drachen gesagt hat oder … oder …«

»Er steht mit seinen Ansichten nicht alleine«, sagte ich. »Sankt Ogdo, Sankt Vitt und so weiter. Orma hat mir die scheußlichsten Stellen aufgelistet. Die Schmähungen von Sankt Abaster zu lesen, fühlt sich an wie eine Ohrfeige.«

»Kannst du dir die Sache mit dem Schutzwall nicht noch einmal durch den Kopf gehen lassen?«, fragte Glisselda. Aus ihren Worten sprach die Hoffnung einer Königin. »Vielleicht gibt es ja doch eine Möglichkeit, unsere Stadt zu retten …«

Ich nickte heftig, um das Frösteln, das mich überlief, zu überspielen. »Ich werde mit den anderen reden.« Insbesondere mit Abdo, der erstaunliche Fähigkeiten besaß. Ja, mit ihm würde ich anfangen.

Glisselda ergriff meine Hand und drückte sie. »Danke, Serafina. Und nicht nur dafür.« Sie lächelte verlegen und auch ein wenig entschuldigend. »Der Winter war hart für mich: Attentäter haben Teile der Stadt niedergebrannt, Comonot war, nun ja, eben Comonot, und Großmutter ist so schrecklich krank. Sie hätte nie gewollt, dass ich mit fünfzehn Königin werde.«

»Vielleicht wird sie ja noch gesund«, sagte Kiggs sanft. »Sie war kaum älter als du, da hat sie bereits mit Comonot den Friedensvertrag unterzeichnet.«

Glisselda streckte ihre andere Hand nach ihm aus und er ergriff sie. »Mein lieber Lucian, ich danke dir.« Ihre Augen funkelten im Lichtschein des Feuers. Sie holte tief Luft und sagte: »Ihr beide seid unersetzlich für mich. Die Pflichten der Krone nehmen mich so in Anspruch, manchmal kommt es mir vor, als wäre ich nur noch Königin. Nur bei dir, Lucian, darf ich immer noch Glisselda sein.« Sie drückte wieder meine Hand. »Und in meinen Cembalostunden. Ich brauche sie, es tut mir leid, dass ich nicht häufiger üben kann.«

»Mich wundert, dass Ihr überhaupt noch Zeit dafür findet«, sagte ich.

»Ich könnte sie niemals aufgeben!«, rief Glisselda leidenschaftlich. »Wann habe ich sonst schon die Gelegenheit, meine Maske abzunehmen?«

Rasch sagte ich zu ihr: »Wenn Abdo, Lars, Lady Okra und ich tatsächlich einen unsichtbaren Schutzwall zustande bringen, werde ich mich auf die Suche nach den anderen Halbdrachen machen.« Bereits zur Wintersonnenwende hatte Glisselda eine solche Reise vorgeschlagen, aber es war nichts daraus geworden.

Glisselda schoss die Röte ins Gesicht. »Ich will aber meine Musikmamsell nicht verlieren.«

Ich sah hinunter auf Ormas Brief und wusste genau, wie sie sich fühlte.

»Trotzdem«, fuhr sie tapfer fort, »zum Wohle Goredds werde ich es ertragen.«

Über Glisseldas Lockenkopf hinweg sahen Kiggs und ich uns an. Er nickte kurz und sagte: »Wir teilen deine Gefühle, Selda. Die Pflicht kommt immer zuerst.«

Glisselda lachte auf und gab ihm einen Kuss auf die Wange. Dann küsste sie auch mich.

Ich nahm Ormas Brief an mich und wünschte den beiden eine gute Nacht – oder besser gesagt einen guten Morgen. Die Sonne ging gerade auf und mir schwirrte der Kopf. Vielleicht würde ich mich bald auf die Suche nach anderen meiner Art machen; diese Erwartung ließ alle weiteren Gefühle in den Hintergrund treten. Draußen vor der Tür schlummerte der Page, blind für alles, was um ihn herum vor sich ging.

Zwei

Ich schloss die Fensterläden meiner Wohnstube und sperrte den heraufziehenden Tag aus. Viridius, der Erste Hofkomponist, dem ich meine Anstellung verdankte, hatte ich bereits mitgeteilt, dass ich in der Nacht nur zu wenig Schlaf kommen würde und er daher wohl erst am Nachmittag mit mir rechnen könne. Er hatte keine Einwände gehabt. Lars, ein Ityasaari wie ich, lebte inzwischen bei Viridius und erfüllte alle Aufgaben eines Gehilfen. Mittlerweile war ich zur Zweiten Hofkomponistin befördert worden, was mir eine gewisse Unabhängigkeit verschaffte.

Erschöpft ließ ich mich aufs Bett fallen, obwohl ich wusste, dass ich keinen Schlaf finden würde. Ich musste immerzu an die Ityasaari denken und daran, wie ich an exotische Orte reisen würde, um mit ihnen zu sprechen. Wie lange würde die Reise dauern? Und was würde ich zu ihnen sagen? *Sei gegrüßt, mein Freund. Ich habe von dir geträumt...*

Nein, das war albern. *Fühlst du dich schrecklich einsam? Sehnst du dich nach einer Familie?*

Ich rief mich selbst zur Ordnung, das Ganze war einfach lächerlich. Zuerst einmal musste ich dem Garten meiner Grotesken einen Besuch abstatten und mich um die Bewohner kümmern. Andernfalls würde ich schreckliche Kopfschmerzen bekommen oder sogar eine Vision.

Es dauerte eine Weile, bis mein Atem sich verlangsamt hatte, und noch etwas länger dauerte es, bis mein Kopf wieder klar war. Am liebsten hätte ich ein stummes Gespräch mit Orma geführt. *Ist dieses Gedankenknüpfen denn nicht gefährlich? Erinnerst du dich daran, was Jannoula mir angetan hat?* Das hätte ich ihn gerne gefragt. Und: *Ist die Bibliothek von Porphyrien wirklich so überwältigend wie in unseren Träumen?*

Genug der Gedankenplauderei. Ich stellte mir vor, dass ich jeden einzelnen Gedanken in eine Luftblase einsperrte und die Blasen dann in die Welt hinausatmete. Allmählich verebbte der Lärm und in meinem Kopf wurde es dunkel und still.

Ein schmiedeeisernes Tor tauchte vor mir auf, es war der Eingang in meine andere Welt. Ich umklammerte die Stäbe mit meinen gedachten Händen und sagte die ritualisierten Worte, die Orma mir beigebracht hatte: »Das ist der Garten meiner Gedanken. Ich pflege ihn, ich beherrsche ihn. Ich brauche mich vor nichts zu fürchten.«

Das Tor schwang lautlos auf. Ich trat über die Schwelle und spürte, wie ich mich innerlich entspannte. Ich war zu Hause.

Der Garten sah jedes Mal ein bisschen anders aus, aber er war mir immer noch vertraut. Heute hatte ich den Garten an einem meiner Lieblingsplätze betreten, wo alles angefangen hatte: Flederchens Hain. Darin befanden sich porphyrische Obstbäume mit Zitronen, Orangen, Feigen, Datteln und Gola-Nüssen, zwischen denen ein dunkelhäutiger Junge spielte, der immer wieder von dem Obst naschte und die Reste überall liegen ließ.

Die Bewohner meines Gartens waren in der wirklichen Welt Halbdrachen, was ich allerdings erst vor ein paar Monaten herausgefunden hatte, als drei von ihnen wie aus heiterem Himmel in mein Leben platzten. Flederchen war ein freundlicher, dünner Zwölfjähriger, der auf den Namen Abdo hörte und behauptete, dass meine Flöte ihn von weit her gerufen hatte. Er hatte die Verbindung zwischen uns gespürt und war neugierig auf mich geworden. Er und seine Tanztruppe waren zur Wintersonnenwende nach Goredd gekommen und vorerst in der Hauptstadt Lavondaville geblieben. Sie warteten darauf, dass der Schnee auf den Straßen taute, damit sie ihre Reise fortsetzen konnten.

Flederchen war freier als die anderen Gartenbewohner, er konnte den ihm zugewiesenen Bereich verlassen, was vielleicht an Abdos ungewöhnlichen geistigen Fähigkeiten lag. Er konnte beispielsweise mit anderen Ityasaari sprechen. Heute war Flederchen in seinem Hain und schlief, zusammengerollt wie ein Kätzchen, in einem Nest aus flauschigen Feigenblättern. Lächelnd dachte ich mir eine Decke für ihn aus und packte ihn fest ein. Es war natürlich keine echte Decke, und es war auch nicht Abdo, aber die symbolische Handlung war bedeutsam für mich. Er war eben mein Liebling.

Ich ging weiter zur Schlucht des Lauten Lausers und jodelte hinunter. Der blonde, stämmige Mann jodelte zurück. Er war gerade damit beschäftigt, ein Boot mit Flügeln zu bauen. Ich winkte. Mehr brauchte es nicht, um ihn bei Laune zu halten.

Der Laute Lauser war in Wirklichkeit Lars, der samsamesische Dudelsackpfeifer, der bei Viridius wohnte. Wie Abdo war auch er zur Wintersonnenwende in der Stadt aufgetaucht. Ich hatte mir meine Grotesken so ausgedacht, dass sie Ähnlichkeit mit den Gestalten in meinen früheren Visionen hatten. Darüber hinaus hatte jeder dieser Stellvertreter ganz persönliche Eigenheiten entwickelt, die ich ihm nicht mit Absicht verliehen hatte, die jedoch seinen tatsächlichen Lebensumständen entsprachen. Es war, als hätte mein Verstand diese Dinge erahnt und meine Grotesken dementsprechend ausgestattet. Der Laute Lauser bastelte ständig an irgendetwas und machte Lärm, der echte Lars entwarf und baute seltsame Instrumente und Maschinen.

Ich fragte mich, ob diejenigen Halbdrachen, die ich im echten Leben noch nicht kennengelernt hatte, ähnliche Marotten hatten wie ihre Grotesken in meinem Garten. Der dicke, glatzköpfige Bibliothekar zum Beispiel. Er saß in einem Schiefersteinbruch, betrachtete, durch seine eckige Brille hindurchblinzelnd, versteinerte Farne und malte ihre Konturen mit dem Finger als Rauch in die Luft. Oder auch Glimmergeist. Sie war blass und ätherisch und faltete Schmetterlinge aus Papier, die dann in großen Schwärmen durch den Garten flatterten. Nicht zu vergessen Bläulein mit den roten stacheligen Haaren. Sie watete durch einen Fluss und zog eine grüne und purpurrote Spur hinter sich her. Ich hätte gerne gewusst, welche Geschöpfe im echten Leben dahintersteckten.

Ich plauderte nacheinander mit allen, nahm hier beruhigend jemanden in den Arm und gab dort jemandem einen Kuss auf die Stirn. Wir hatten uns zwar noch nicht in der Wirklichkeit kennengelernt, aber schon jetzt waren sie wie gute alte Freunde für mich. Sie waren mir so vertraut wie eine Familie.

Schließlich gelangte ich zu der von Rosen umgebenen Sonnenuhrwiese. Hier wohnte Madame Pingelig. Sie war der dritte und bisher letzte Halbdrache, den ich persönlich getroffen hatte: die Botschafterin von Ninys, Dame Okra Carmine. Ihre Stellvertreterin in meinem Garten kroch auf allen vieren zwischen den Rosenbüschen und zupfte zukünftiges Unkraut, noch ehe es überhaupt hervorsprießen konnte. Die echte Dame Okra hatte die Gabe der Vorahnung und besaß somit ein ganz ähnliches Talent wie Madame Pingelig.

Sie konnte aber auch sehr launenhaft und unfreundlich sein – was meinen Plan, die Halbdrachen zusammenzuführen, möglicherweise erschwerte. Einige von ihnen waren sehr komplizierte Charaktere und manche hatten ein schlimmes Schicksal erlitten. Ich ging an Finchs Goldnest vorbei. Der alte Mann mit dem Schnabelgesicht war vermutlich oft angestarrt, angefeindet und bedroht worden. War er im echten Leben darüber verbittert? Wäre er vielleicht froh, einen sicheren Ort zu finden, an dem Halbdrachen sich gegenseitig halfen und ohne Furcht leben konnten?

Mein Weg führte mich an den Porphyrern vorbei. Zuerst an den dunklen, schlanken, muskulösen Zwillingen Nag und Nagini, die über drei Sanddünen hinweg hintereinander herjagten. Dann an dem ältlichen Pelikanmann, der, wie ich vermutete, ein Philosoph oder Astronom war. Die geflügelte Miserere zog über mir ihre Kreise am Himmel. Abdo hatte angedeutet, dass die Ityasaari in seiner Heimat Porphyrien als Kinder des Gottes Chakhon verehrt wurden. Vielleicht hatten die Porphyrer also gar keine Lust, ihr Land zu verlassen und hierherzukommen?

Auf einige traf das womöglich zu, auf andere ganz sicher nicht. Abdo lag nichts daran, verehrt zu werden. Sobald die Rede darauf kam, rümpfte er die Nase. Und ich wusste aus erster Hand, dass auch Meister Schmetter es nicht immer leicht gehabt hatte.

Ich ging zu seiner Skulpturenwiese, wo vierundachtzig Marmorstatuen wie schiefe Zähne aus dem Gras ragten. Meistens waren es nur einzelne Gliedmaßen – Arme, Köpfe, Zehen. Meister Schmetter, der selbst groß und stattlich wie eine Skulptur war, sammelte zerbrochene Teile und fügte sie wieder zusammen. Er hatte eine Frau aus lauter Händen gemacht und einen Stier nur aus Ohren.

»Dieser Finger-Schwan ist neu, nicht wahr?«, fragte ich und ging zwischen den Skulpturen auf ihn zu. Er gab keine Antwort. Alles andere hätte mich eher beunruhigt. In seiner Nähe zu sein, brachte sofort wieder die Erinnerung an den schrecklichen Tag zurück, an den ich ihn zum ersten Mal gesehen hatte. Zu dieser Zeit hatte ich noch keinen Schutzgarten angelegt und war den willkürlich auftretenden Visionen hilflos ausgesetzt gewesen.

Vor meinem inneren Auge hatte sich damals die Szenerie einer zerklüfteten Bergspitze entfaltet, hoch über der Stadt Porphyria. Ein Mann zog einen mit Kisten beladenen Ochsenkarren einen steinigen Pfad hinauf, der so steil war, das kein vernünftiger Ochse sich hinaufgewagt hätte. Die Schultermuskeln des Mannes traten hervor. Er schien kräftiger zu sein, als er aussah. In seinem zotteligen Haar hatte sich der Raureif festgesetzt, aber seine bestickte Tunika war schweißdurchtränkt. Durch Gebüsch und Dickicht und über schroffes Felsgestein setzte er seinen mühevollen Weg fort. Als der Karren stecken blieb, nahm der Mann die Kisten und trug sie zu einer alten Turmruine, die auf der Bergspitze thronte. Er musste dreimal gehen, um sechs große Kisten hinaufzuschleppen und sie auf der bröckelnden Mauer abzusetzen.

Mit bloßen Händen stemmte er die Behältnisse hoch und schleuderte sie nacheinander in den Himmel. Die Kisten überschlugen sich in der Luft. Stroh und Glaswaren purzelten ins Sonnenlicht. Ich hörte das Bersten von Glas, das hässliche Geräusch splitternden Holzes und das Gebrüll des hübschen jungen Mannes, dessen Sprache ich nicht kannte, dessen Wut und Verzweiflung mir hingegen nur allzu vertraut waren.

Nachdem er die gesamte Ladung zerstört hatte, stellte er sich auf eine niedrige Mauer und starrte über die Stadt hinweg zum Horizont, wo der Himmel das violette Meer liebkoste. Er bewegte die Lippen wie bei einem lautlosen Gebet. Der Wind zerrte an ihm, während er unsicher dastand und hinab auf die in der Sonne blitzenden Glassplitter starrte, die wie eine Einladung für ihn waren.

So unglaublich es auch klingt, aber in diesem Moment konnte ich seine Gedanken lesen. Er hatte vor, sich in die Tiefe zu stürzen. Seine Verzweiflung war wie eine Welle, die über mich hinwegspülte, und nur meine eigene Verzweiflung zurückließ. Ich sah ihn durch mein inneres Auge der Vision. Er ahnte nicht, dass ich bei ihm war, und ich hatte keine Möglichkeit, an ihn heranzukommen.

Trotzdem versuchte ich es, ich konnte nicht anders. Ohne genau zu wissen, was ich tat, streckte ich die Hand nach ihm aus und berührte sein Gesicht. *Bitte, lebe! Bitte!*, flehte ich ihn an.

Er blinzelte wie jemand, der soeben aus einem Traum erwacht. Dann stieg er von der Mauer herab und fuhr sich mit den Fingern durch die Haare. Mit unsicheren Schritten wankte er in eine Ecke und erbrach sich. Schließlich schlurfte er wie ein alter Mann mit gebeugten Schultern zurück zu seinem Karren.

Meister Schmetter sah ernst aus, als er jetzt die Statuen in meinem Garten neu ordnete. Ich hätte ihn bei den Händen nehmen und damit absichtlich eine Vision hervorrufen können, um herauszufinden, was er in seinem echten Leben gerade machte, aber ich scheute davor zurück. Es wäre mir wie Ausspionieren vorgekommen.

Was an jenem Tag geschehen war, blieb ein einmaliges Ereignis. Ich wusste immer noch nicht so genau, wie ich es damals geschafft hatte, mit ihm in Verbindung zu treten. Ich konnte mit jenen Ityasaari sprechen, denen ich bereits begegnet war, alle anderen sah ich lediglich wie durch ein Fernglas.

Eine große Müdigkeit überfiel mich, und ich beeilte mich, meine Aufgabe zu Ende zu bringen, damit ich endlich ins Bett gehen konnte. Ich versorgte den ältlichen Molch mit den Stummelgliedern, der sich zufrieden zwischen Glockenblumen im Schlamm wälzte; ich wünschte Gargoyella, dem Wesen mit dem Haifischzähnen im Maul, eine gute Nacht. Sie saß am Brunnen der Dame ohne Gesicht und gurgelte Wasser. Am Sumpf blieb ich stehen und schüttelte amüsiert den Kopf über Pandowdy im trüben Wasser. Es war das monströseste Geschöpf in meinem Garten, ein silberschuppiges Schneckentier ohne Arme oder Beine, groß wie ein Steinmonument.

Bei Pandowdy war ich unschlüssig, ob ich dieses Wesen wirklich finden wollte, und falls ja, wie sollte ich es anstellen, eine solche Kreatur nach Goredd zu bringen? Würde ich ihn womöglich über eine Rampe auf eine Karre rollen müssen? Hatte er Augen oder Ohren, die es mir ermöglichten, mit ihm in Verbindung zu treten? Es war schon schwer genug gewesen, seinen Stellvertreter für meinen Garten zu erschaffen. Ich hatte dafür in das schmutzige Wasser waten und meine Hände auf seine schuppige Haut legen müssen, weil er ja keine Hände hatte, die ich hätte ergreifen können. Er war eisig kalt gewesen und sein Leib hatte auf eine grässliche Weise pulsiert.

Vielleicht war es gar nicht notwendig, alle nach Goredd zu bringen, um die unsichtbare Barrikade zu errichten. Ich konnte es nur hoffen, denn ich hatte ganz bestimmt nicht vor, Jannoula mitzunehmen. Ihre Gartenlaube war meine nächste Station, denn sie grenzte an das Sumpfgebiet. Auf dem dazugehörigen Hof, der früher einmal voller Blumen und Kräuter gewesen war, wucherten jetzt Nesseln und Dornenbüsche. Ich bahnte mir einen Weg bis zur Tür. In meinem Herzen stritten die widersprüchlichsten Gefühle miteinander: Mitleid, Bedauern, aber auch eine unterschwellige Bitterkeit. Ich rüttelte an dem Türschloss. Das kalte Eisen lag schwer in meiner Hand, es rostete nicht und ließ sich auch nicht wegnehmen. Erleichterung mischte sich unter die Gefühle.

Jannoulas Stellvertreter war von Anfang an anders gewesen, nicht passiv und gutmütig wie die übrigen. Die Groteske wusste genau, an welchem Ort sie sich befand und wer ich war, weshalb sie auch irgendwann den Versuch unternommen hatte, in meinen Kopf einzudringen und mir ihr Bewusstsein überzustülpen. Ich hatte mich in letzter Sekunde befreien können, indem ich Jannoula in das Gartenhäuschen gelockt und sie darin eingesperrt hatte.

Ich hatte Angst, dass sich der Vorfall wiederholen könnte. Noch immer fragte ich mich, wie es so weit hatte kommen können und wieso Jannoula so anders war. Auch Abdo war in gewissem Sinne anders, aber meine Verbindung zu ihm war im Laufe der Zeit enger geworden. Außerdem hatte er nie Anstalten gemacht, sich dauerhaft in meinem Kopf einzunisten.

Das war meine größte Sorge in Bezug auf Ormas Plan. Ich fürchtete mich vor den Folgen des Gedankenknüpfens. Würde es schmerzvoll sein wie mein Erlebnis mit Jannoula? Was, wenn wir danach unsere Gedanken nicht mehr entflechten konnten? Was, wenn wir uns gegenseitig Schmerz zufügten? So vielversprechend das Vorhaben war, so viel konnte auch schiefgehen.

Ich kehrte dem Gartenhäuschen den Rücken zu – und fand mich unversehens auf gleicher Höhe mit einer viel zu niedrigen schneebedeckten Bergspitze wieder. Hier wartete der Letzte meiner Grotesken auf mich, der Kleine Tom, der in einer Steingrotte auf einem Miniaturgipfel lebte. Er war acht Fuß hoch, stärker als ein Bär (ich hatte einmal beobachtet, wie er tatsächlich mit einem Bären kämpfte), und seine derbe Kleidung bestand aus zerrissenen, grob zusammengeflickten Decken.

Diesmal war er nicht in seiner Grotte, sondern stand vor der Tür im Schnee. Seine Klauenfüße hinterließen gigantische Abdrücke, als er sich an den wolligen Kopf fasste und in heller Aufregung hin und her stapfte.

Früher war so etwas der Vorbote einer Vision gewesen, aber inzwischen wusste ich, wie ich damit umgehen konnte. Dank meiner aufmerksamen Fürsorge kamen die Visionen nur noch sehr selten vor. In den vergangen drei Jahren hatte ich nur eine einzige Vision gehabt, zur Wintersonnenwende. Aber das war eine Ausnahme gewesen, denn damals hatte Abdo mich absichtlich zu sich gerufen.

»Süßer Tom, lieber guter Tom«, sagte ich in sanftem Ton. Ich umkreiste den wilden Mann, achtete jedoch darauf, nicht in die Reichweite seiner schwingenden Ellbogen zu kommen. Sein Anblick rief fast unweigerlich Mitleid hervor: seine schmutzige Kleidung, sein sonnengebleichtes, zerzaustes Haar, sein verfilzter Bart, in dem kleine Zweige steckten, seine schlechten Zähne. »Du hast ganz allein auf diesem Berg gelebt«, sagte ich mitfühlend und ging noch ein Stückchen näher heran. »Wie schwer muss es gewesen sein zu überleben! Wie sehr musst du gelitten haben!«

Wir hatten alle gelitten, angefangen vom Kleinen Tom bis zu Meister Schmetter. Aber bei allen Heiligen des Himmels und ihrer Hunde, wir mussten nicht alleine leiden. Nicht mehr.

Der Kleine Tom atmete stoßweise, beruhigte sich aber langsam. Schließlich ließ er die Hände sinken und sah mich mit seinen wässrigen Glupschaugen an. Ich wandte mich nicht ab und zuckte auch nicht zurück, sondern packte ihn am Ellbogen und führte ihn in seine Höhle zu dem Nest aus Knochen, das er sich selbst gebaut hatte. Er ließ zu, dass ich ihn hinsetzte, sein überdimensional großer Kopf nickte. Ich strich ihm über seine wirren Locken und blieb bei ihm, bis er eingeschlafen war.

Ein Ort wie dieser würde uns auch in der echten Welt guttun. Ich würde einen Garten für uns alle schaffen. Das war ich den anderen schuldig.

Die Unterstützung der Königin hing in erster Linie davon ab, ob wir diese geheimnisvolle Barriere zustande brachten, und nicht so sehr von meinem Wunsch, meine Schicksalsgefährten zusammenzuführen. Am Nachmittag lud ich daher die drei Ityasaari ein, um über die nächsten Schritte zu sprechen. Lars bot an, das Treffen in Viridius' Wohnräumen abzuhalten.

Viridius war zu Hause und wurde an diesem Tag nicht allzu

sehr von Gicht geplagt, denn er saß in seinem Brokatmorgenrock am Cembalo und liebkoste die Tasten mit seinen knotigen Fingern. »Achtet nicht auf mich«, sagte er zur Begrüßung und wackelte mit seinen buschigen roten Augenbrauen. »Lars hat mir bereits mitgeteilt, dass es ein Gespräch unter Halbdrachen sein soll, ich werde mich also zurückhalten. Ich muss nur noch rasch das zweite Thema für mein Concerto grosso niederschreiben.«

Lars kam durch die gegenüberliegende Tür herein. In seiner großen, kräftigen Hand trug er eine feine Porzellanteekanne. Bei Viridius blieb er stehen und drückte die Schulter des alten Mannes, woraufhin dieser sich kurz gegen Lars' Arm lehnte und sich dann wieder seiner Arbeit zuwandte. Lars füllte den Tee in fünf Tassen, die schon auf dem Beistelltischchen neben Viridius' Gichtsofa bereitstanden. Dame Okra hatte das Sofa in Beschlag genommen, die Füße hochgelegt und ihre steifen grünen Röcke um sich herum drapiert. Abdo, der wegen der Kälte eine lange Tunika trug, hüpfte in seinem Polstersessel auf und ab, als könnte er keine Minute stillsitzen. Seine langen Ärmel hingen wie Flossen über seine Hände. Ich setzte mich auf das zweite Sofa. Der Hüne Lars setzte sich vorsichtig neben mich, reichte mir eine Tasse Tee und nahm dann Ormas Brief in die Hand, den die anderen beiden bereits gelesen hatten.

»Hat einer von euch je etwas darüber gehört?« Ich blickte in Dame Okras finsteres Froschgesicht und in Abdos große braune Augen. »In gewisser Weise ist uns die gedankliche Verbindung ja bereits bekannt. Abdo kann in unseren Köpfen sprechen, und auch ich konnte früher dem Drang nicht widerstehen, mit anderen Halbdrachen Kontakt aufzunehmen.« Jannoula hatte sich sogar in meinem Kopf eingenistet, doch darüber wollte ich lieber nicht reden. »Aber was genau ist unter Gedankenknüpfen zu verstehen?«

»Um es gleich vorwegzunehmen, ich werde mich auf nichts dergleichen einlassen«, verkündete Dame Okra kategorisch. Ihre Augen waren hinter der dicken Brille kaum zu erkennen. »Ich finde es fürchterlich.«

Ich finde es interessant, sagte Abdo in Gedankensprache.

»Weißt du, ob die porphyrischen Ityasaari sich jemals auf diese Weise zusammengetan oder ihr Bewusstsein für solche Zwecke eingesetzt haben?«, fragte ich laut, damit Dame Okra und Lars diesen Teil des Gesprächs ebenfalls mithören konnten. Abdos Mund und Zunge waren mit silbernen Drachenschuppen überzogen, daher konnte er nicht sprechen, zumindest nicht laut.

Nein. Aber wir wissen einiges über das Bewusstsein. Wir nennen es Seelenlicht. Mit etwas Übung können manche von uns das Seelenlicht eines anderen sogar sehen, es ist eine Art zweites, persönliches Sonnenlicht. Ich kann mit meinem Seelenlicht zu anderen sprechen, indem ich sie mit einem Feuerfinger berühre, sagte Abdo und zeichnete mit schwungvoller Geste einen Bogen in die Luft bis zu Lars, um ihn dann frech in den Magen zu piksen.

Lars, der beim Lesen die Lippen bewegte, stieß Abdos Hand weg.

Abdo nickte in Dame Okras Richtung. *Ihr Licht ist stachelig wie ein Igel, Lars' Licht ist sanft und freundlich.*

Im Gegensatz zu Abdo sah ich bei niemandem ein Seelenlicht. Dass er jemanden ausgelassen hatte, war mir allerdings trotzdem nicht entgangen. *Und was ist mit mir?*

Abdo sah mich prüfend an und spielte mit einem seiner vielen Haarknoten. *Ich sehe leichte Strahlen, die wie Schlangen von deinem Kopf abstehen, oder auch Nabelschnüre, mit denen wir drei, und auch andere, mit dir verbunden sind. Schnüre unseres eigenen Lichts. Dein Licht sehe ich nicht, ich weiß auch nicht, warum.*

Meine Wangen fühlten sich plötzlich heiß an. Ich hatte kein

Licht? Was hatte das zu bedeuten? War etwas nicht in Ordnung mit mir? War ich eine Anomalie unter Anomalien?

Dame Okra unterbrach meine Gedanken, als sie wie ein plärrendes Maultier rief: »Es wäre schön, wenn auch wir dieses geheime Gespräch mitverfolgen könnten. Das setzt allerdings voraus, dass es laut stattfindet.« Sie hielt inne und ihr Blick verfinsterte sich noch mehr. »Nein, sprich nicht stumm zu mir, du Schlingel. Das werde ich nicht dulden.« Sie starrte Abdo an und fuchtelte mit der Hand, wie um Mücken zu verjagen.

»Er sagt, wir hätten alle ein…« Das Wort *Seelenlicht* widerstrebte mir, es ließ mich sofort an Religion denken und an die vernichtenden Vorurteile der Heiligen. »Ein Gedankenfeuer. Abdo kann es sehen.«

Lars faltete sorgfältig Ormas Brief zusammen und legte ihn zwischen uns aufs Sofa. Schulterzuckend sagte er: »Ik kann nikts Besonderes mit meinem Kopf anstellen. Aber vielleikt kann ik trotzdem eine Perle auf der Schnur sein?«

»Das ist ganz wunderbar, Lars.« Ich nickte ihm aufmunternd zu. »Abdo und ich werden herausfinden, wie wir für dich mitknüpfen können.«

Ich glaube nicht, dass es klappt, Fina Madamina, sagte Abdo.

»Ich habe es schon einmal gemacht«, sagte ich zuversichtlicher, als ich mich fühlte. Damals hatte ich Jannoula mit ihren eigenen Mitteln zu bekämpfen versucht. Aber diese Erinnerung verdrängte ich rasch wieder.

Und seither?, fragte Abdo und zog den Kragen seiner Tunika über den Mund.

»Ich muss erst zur Ruhe kommen, dann zeige ich es dir«, sagte ich zu dem kleinen Zweifler. Ich kuschelte mich in die Sofaecke, schloss die Augen und versuchte ruhig und gleichmäßig zu atmen. Es dauerte eine Weile, weil Dame Okra wie ein Pferd schnaubte und Viridius leise auf dem Cembalo klimperte, bis Lars zu ihm ging und ihn freundlich bat aufzuhören.

Schließlich fand ich mich in der Mitte meines Gartens vor der Schlucht des Lauten Lausers wieder. Ein seliges Lächeln im Gesicht, saß er auf einem Felsvorsprung, als würde er bereits auf mich warten. Ich stupste ihn an, damit er aufstand, und konzentrierte mich dann ganz auf mich selbst. Mir gefiel die Vorstellung, dass ich in meinem Garten auch körperlich anwesend war. Ich mochte es, das taufrische Gras zwischen meinen Zehen zu spüren. Bei Jannoula hatte es noch nicht funktioniert; damals musste ich mir uns beide als reine Geistwesen vorstellen.

Die Konturen des Lauten Lausers verschwammen. Er schien sich von innen heraus aufzulösen. Ich konnte tatsächlich durch ihn hindurchsehen. Auch meine eigenen Hände wurden durchsichtig. Als mein Körper sich weit genug aufgelöst hatte, versuchte ich, mit dem Lauten Lauser zu verschmelzen, um mein Bewusstsein mit dem seinen zu verbinden.

Aber ich stieg durch ihn hindurch wie durch Nebel. Auch ein zweiter Versuch brachte kein anderes Ergebnis.

»Es ist, als wollte man durch ein Fernglas an einen anderen Ort reisen«, sagte eine Stimme hinter mir. »Wenn das ginge, wäre ich schon längst zum Mond geflogen.«

Hinter mit stand Flederchen, Abdos Stellvertreter, der Abdos Gedanken wiedergab. In meinem Garten konnte Abdo laut sprechen, hier hinderten ihn keine Schuppen in der Kehle daran.

»Ich habe das schon einmal gemacht«, sagte ich trotzig.

»Ja, aber seither hat sich dein Bewusstsein verändert.« Ernst sah er mich aus seinen dunklen Augen an. »Es ist jetzt anders als bei unserer ersten Begegnung. Erinnerst du dich, wie ich einmal diesen Garten verlassen und dich in deinen Gedanken aufgesucht habe?«

Und ob ich mich erinnerte. Ich war niedergeschlagen gewesen – und plötzlich war in meinem Bewusstsein eine Tür von irgendwoher aufgegangen. Abdo war gekommen, um mich zu trösten, aber ich war erschrocken, weil ich dachte, es sei Jannoula. »Danach habe ich dir das Versprechen abgenommen, immer in unserem Garten zu bleiben«, sagte ich.

Er nickte. »Nicht nur das. Du hast Vorkehrungen getroffen. Früher hatte die Mauer ein Loch, durch das ich gerade so hindurchpasste. Du hast dieses Loch zugemauert.«

Wenn, dann nicht mit Absicht. Wir waren schon fast an der Gartengrenze, als ich fragte: »Zugemauert? Es ist ein geflochtener Weidenzaun.«

»Ah, Madamina. Ich weiß, du siehst diesen Ort als Garten, aber für mich ist er das nicht. Du hast mir ein kleines Torhaus zu deinem Bewusstsein vor die Nase gesetzt, den Zutritt dazu jedoch verwehrt.«

Ich ließ den Blick über die üppigen Pflanzen schweifen, den weiten blauen Himmel, die tiefe Schlucht des Lauten Lausers. »Das ist absurd.« Ich versuchte zu lachen, war aber zu verwirrt. Meine eigene Vorstellungskraft hatte diesen Ort geschaffen. War es denkbar, dass er für jeden Betrachter ein anderes Aussehen annahm?

Aber damit war ich der Frage des Gedankenverknüpfens noch immer nicht nähergekommen. »Wenn es mit Lars nicht klappt, dann vielleicht mit dir«, überlegte ich laut. »Kannst du mich mit deinem Gedankenfeuer zu einer Perle auf deiner Schnur machen?«

Abdo biss sich auf die Lippe. Sein Blick wanderte unruhig hin und her. *Vielleicht*, sagte er langsam.

»Na los, versuch es«, forderte ich ihn auf.

Er zögerte kurz. Plötzlich verspürte ich einen wilden Schmerz, als würde mein Kopf in zwei Teile gespalten. Ich schrie auf –

entweder echt oder nur in Gedanken – und kroch durch den Garten auf der Suche nach dem Ausgang. Als ich ihn gefunden hatte, kehrte ich in die Wirklichkeit zurück, in der jemand meinen Kopf in seine Hände gebettet hatte.

Abdo. Er hatte sich über mich gebeugt. In seinen braunen Augen las ich Reue. *Habe ich dir wehgetan, Fina Madamina?*

Ich richtete mich wacklig auf und blinzelte gegen das helle Licht, das durch Viridius' Fenster fiel. »Es geht schon wieder.«

Ich hätte auf meine innere Stimme hören sollen, jammerte Abdo und tätschelte zuerst meine Wange, dann meine Haare. *Ich kann mit Flederchen verschmelzen, aber weiter komme ich nicht. Ich kann weder dein Seelenlicht sehen noch es berühren. Ich weiß nicht, wie ich es anstellen soll.*

Zittrig holte ich Luft. »V... versuch es mit Lars. Wenn wir es nicht schaffen, wird mich die Königin nie ziehen lassen, um unsere anderen Gefährten zu suchen.«

Lars sah mich aus seinen meergrauen Augen an, die vor Schreck weit aufgerissen waren. Nervös fuhr er sich durch die stoppeligen blonden Haare. Anscheinend redete Abdo Lars in Gedankensprache gut zu, denn Lars setzte sich im Schneidersitz zu ihm auf den Teppich aus Zibou und reichte ihm die Hände. Er nickte mehrmals, dann drehte er sich zu uns um und sagte: »Abdo hat eine Idee, die wir ausprobieren wollen. Er weiß nikt, ob es klappt. Er fragt, ob Dame Okra etwas sieht.«

»Was soll ich denn sehen?«, fragte Dame Okra misstrauisch.

»Seelenlicht. Gedankenfeuer. Nennt es, wie Ihr wollt«, antwortete Lars lächelnd. »Abdo ist neugierig. Er will wissen, ob man es sehen kann, wenn wir unsere Seelenlichter miteinander verbinden.«

Darauf brauche ich gar nicht erst zu hoffen, dachte ich säuerlich. Lag es daran, dass ich kein nach außen sichtbares Gedankenfeuer hatte? War ich also doch mehr Mensch als gedacht?

Mein ganzes Leben lang hatte ich mich danach gesehnt, normal zu sein. Mich ausgerechnet jetzt darüber zu ärgern, war lächerlich. Es hatte keinen Zweck, neidisch zu sein, wir waren alle unterschiedlich, jeder auf seine Weise.

Dame Okra schnaubte skeptisch. Viridius, der seine Arbeit wieder aufgenommen hatte, drehte sich ein Stück zur Seite, um das Gedankenfeuer besser sehen zu können. Doch auch er durfte nicht darauf hoffen, dass man sein Seelenlicht sah, ich war also nicht allein.

Abdo und Lars schlossen die Augen. Abdos muskulöse, aber schmale braune Hände verschwanden fast ganz in Lars' rosigen Pranken. Ich forschte in ihren Gesichtern und bemerkte froh und ohne jeden Neid, dass die beiden keine Schmerzen hatten. Lars' Gesicht war schlaff wie im Schlaf, während Abdo seine Lippen zusammenpresste und sich konzentrierte.

»Puh, liebe Sankt Prue!«, rief Okra Carmine.

»Seht Ihr es? Wie ist es?«, fragte Viridius. Seine blauen Augen blitzten neugierig.

Dame Okra blinzelte, ihr Blick ging über die Köpfe von Lars und Abdo hinweg, und die Falten an ihren Mundwinkeln vertieften sich. »Einen Drachen kann man damit ganz sicher nicht aufhalten.« Sie schüttete den Teerest aus, dann schleuderte sie ihre Tasse, so fest sie konnte, über die Köpfe der beiden hinweg.

Viridius, der in der Wurflinie saß, hob schützend seine in Gichtwickeln gebundenen Hände, aber die Tasse traf ihn nicht. Sie schwebte einen Augenblick mitten in der Luft, als hätte sie sich in einem gigantischen Spinnennetz verfangen, ehe sie Abdo und Lars vor die Füße fiel. »Bei den heiligen Hunden!«, fluchte Viridius. Den Ausdruck hatte er von mir.

Dame Okra grinste spöttisch. »Zugegeben, ein erster Anfang. Aber ist das alles, was ihr könnt?«

Abdo öffnete ein Auge und zwinkerte verschmitzt, dann

machte er es wieder zu. Dame Okra saß mit verschränkten Armen da und sah schweigend zu. Plötzlich rief sie »Kopf runter!« und ließ sich auf den Boden fallen.

Viridius stellte keine Fragen, sondern folgte ihrem Beispiel und ging unter seinem Cembalohocker in Deckung. Im Vergleich dazu waren meine Reflexe jämmerlich. Die Saiten des Cembalos rissen, die Fenster barsten, und ich wurde rücklings über das Sofa geschleudert.

Als ich wieder zu mir kam, lag ich auf einer Liege in Viridius' Wintergarten. Die Fenster des Wintergartens waren weit genug weg und daher zum Glück noch ganz. Inzwischen war die Sonne hinter den Bergen verschwunden, aber der Himmel strahlte immer noch in zartem Rosa. Neben mir saß Dame Okra und zupfte den Docht einer Lampe gerade, die sie auf ihrem Schoß balancierte. Der Lichtschein beleuchtete von unten ihr Froschgesicht. Als sie merkte, dass ich wach war, sagte sie: »Wie geht es dir?«

Für ihre Verhältnisse war das eine ungewöhnlich sanfte Frage. Meine Ohren summten, und mein Kopf pochte, aber um ihretwillen sagte ich: »Nicht allzu schlecht.«

Wenigstens hatte ich jetzt eine gute Nachricht für die Königin. Allerdings musste ich dafür erst auf die Beine kommen.

»Selbstverständlich geht es dir gut«, sagte Dame Okra und stellte die Lampe auf den Nachttisch. »Abdo war wie von Sinnen vor Angst. Er dachte, er hätte dich ernsthaft verletzt.«

Ich versuchte mich aufzusetzen, aber mein Kopf war tonnenschwer. »Wo ist er denn?«

Dame Okra tat die Frage mit einer Handbewegung ab. »Du siehst ihn noch früh genug. Zuerst habe ich ein Wort mit dir zu reden.« Ihre rosafarbene Zunge glitt über ihre Lippen. »Dieses Vorhaben ist einfach töricht.«

Ich kniff die Augen zu. »Wenn Ihr unseren Plan missbilligt, müsst Ihr nicht...«

»Das werde ich auch nicht«, unterbrach sie mich ungeduldig. »Aber es geht nicht nur darum. Ich spreche von deiner Idee, die Halbdrachen zusammenzubringen.« Ich schlug die Augen auf und sah, dass sie mich aufmerksam beobachtete. »Oh ja, ich weiß genau, was hier gespielt wird. Du denkst, du könntest dir eine Familie erschaffen. Du wünschst dir, dass wir uns alle unter einem Dach versammeln – eine freundliche Gemeinschaft von Sonderlingen! Du glaubst, dass dann mit einem Schlag alles gut werden wird.« Sie zog eine breite Grimasse und klimperte spöttisch mit den Augen.

Ihr Hohn brachte mich in Rage. »Ich möchte den anderen helfen«, erklärte ich ihr. »Ich habe ihren Kummer erlebt. Im Vergleich dazu haben wir beide es leicht gehabt.«

Nun geriet auch sie in Wut. »Leicht? Oh ja, ein Schuppenschwanz und eine knabenhafte Figur, was könnte einfacher sein? Ich bin ja auch nicht mit fünfzehn aus dem Haus meiner Mutter geworfen worden, und ich habe nie in den Straßen von Segosh gelebt und gestohlen, um Essen zu haben.« Ihre Stimme wurde so schrill wie das Pfeifen eines Teekessels. »Eine Anstellung zu ergattern, war ein Klacks, den alten Botschafter zu heiraten, war ein Kinderspiel, bei meinem guten Aussehen. Ihn zu überleben... nun ja, das war wirklich leicht. Aber den regierenden Herzog dazu zu bringen, mir als erster Frau den Posten des Botschafters zu geben, war so einfach, wie ins Bett zu nässen.« Inzwischen schrie sie fast. »Oder wie aus dem Fenster zu fallen. Das kann doch jeder, das ist eine Kleinigkeit.«

Sie funkelte mich so zornig an, dass ihre Augen hervortraten. »Frieden, Dame Okra«, sagte ich. »Ihr dachtet, Ihr seid ganz allein auf der Welt. Gewiss wart Ihr erleichtert, als Ihr uns andere fandet.«

»Gegen Abdo und Lars ist nichts einzuwenden«, gab sie zu. »Und du bist auch passabel.«

»Vielen Dank«, erwiderte ich und bemühte mich, es auch so zu meinen. »Aber was ist mit den anderen? Manche sind nie dem entronnen, was Ihr in den Straßen von Segosh erlitten habt, und müssen immer noch ihr Essen stehlen.« Sie wollte etwas sagen, aber ich ließ sie nicht zu Wort kommen. »Und das liegt nicht daran, dass sie dumm sind oder es weniger verdient haben als Ihr.«

Sie schnaubte mit zusammengepressten Lippen. »Mag sein«, sagte sie. »Aber begeh nicht den Fehler zu glauben, dass Leiden immer adelt. Manche mögen liebenswürdig sein, aber die meisten sind so versehrt, dass eine Heilung nicht in deiner Hand liegt.« Sie stand auf und rückte ihren falschen Busen zurecht. »Du wirst ein paar sehr unangenehme Zeitgenossen mit nach Hause bringen. Wie du weißt, besitze ich die Gabe der Vorhersage, und ich kann dir eines versichern: Das nimmt kein gutes Ende. So viel weiß ich.«

»Ich werde es mir merken«, sagte ich, aber bei ihren Worten war es mir kalt über den Rücken gelaufen. Konnte sie tatsächlich so weit in die Zukunft schauen?

Sie wandte sich zum Gehen und warf mir noch einen hochmütigen Blick zu. »Wenn alles zum Teufel geht – und das wird es unweigerlich –, habe ich wenigstens die Genugtuung, dich gewarnt zu haben.«

Mit diesen aufmunternden Worten überließ sie mich meinen Kopfschmerzen.

Drei

Am nächsten Morgen waren die Kopfschmerzen verschwunden und mein Enthusiasmus war zurückgekehrt. Vielleicht war es ja gar nicht wichtig, dass mein Gedankenfeuer nicht sichtbar war und ich bei dem Schutzwall nicht mitwirken konnte. Ich war mit unseren weit verstreuten Artgenossen auf eine Weise verbunden, die Abdo, Dame Okra und Lars verwehrt war. Es war mir Aufgabe und Ehre zugleich, sie zu suchen und nach Hause zu bringen.

Vor dem Schlafengehen hatte ich Glisselda in einem kleinen Brief mitgeteilt, dass Abdo und Lars erfolgreich gewesen waren. Ich saß noch beim Frühstück, als ein Page mit der Aufforderung kam, mich unverzüglich in die Privatgemächer der Königin zu begeben. Rasch zog ich ein hübscheres Kleid an und ging in den Palastflügel der königlichen Familie. Die Wache, die mich bereits erwartete, führte mich in ein luftiges Privatzimmer mit hohen Wänden, die mit kunstvoll drapierten Stoffbahnen in Gold, Weiß und Blau geschmückt waren. Vor einem gemauerten Kamin standen Salonsofas und im hinteren Teil des großen Raums, direkt vor den hohen Fenstern, befand sich ein runder Tisch, auf dem das Frühstück serviert wurde. In einem Rollstuhl saß mit gebeugtem Rücken Glisseldas Großmutter, Königin Lavonda. Ihre Haut war fahl und durchscheinend wie Pergament. Die beiden Enkelkinder saßen rechts und links von ihr und plauderten munter. Glisselda löffelte Haferbrei in den

Mund ihrer Großmutter, den diese wie ein kleines Vögelchen aufsperrte, während Kiggs ihr sanft das Kinn abwischte.

Die alte Königin hatte sich von den Ereignissen der Wintersonnenwende nicht wieder erholt. Dank der besten Drachenärzte, die Comonot auftreiben konnte, hatte man Imlanns Gift zwar mit einem Gegengift behandelt, für die weiterhin andauernde Krankheit der Königin fand man jedoch keine Ursache. Einer der Doktoren hatte mehrere das Gehirn in Mitleidenschaft ziehende Schlaganfälle vermutet. Aber die Ärzte waren Drachen, weshalb für sie eine naheliegende Erklärung nicht in Frage kam – dass nämlich die Königin aus Trauer krank geworden war. Die Bevölkerung von Goredd sah dies ganz anders.

Königin Lavonda hatte alle ihre Kinder verloren. Kiggs' Mutter, Prinzessin Laurel, war zwar schon seit Jahren tot, aber Prinz Rufus und Prinzessin Dionne waren während der Wintersonnenwende kurz hintereinander ermordet worden, wobei Prinzessin Dionne an demselben Gift starb, das man auch Königin Lavonda verabreicht hatte.

Die alte Königin hatte Krankenschwestern und Diener zur Genüge, trotzdem bestanden Kiggs und Glisselda darauf, ihre Großmutter jeden Morgen zu füttern. Es war das erste Mal, dass ich es mit eigenen Augen sah, und es erfüllte mich mit Trauer. Zugleich nötigte es mir Respekt ab, weil sie die alte Frau, die nicht mehr im Vollbesitz ihrer Kräfte war, so sehr liebten und verehrten.

Ich ging zum Tisch und versank in einen tiefen Hofknicks.

»Serafina!«, rief Glisselda erfreut. Sie reichte den Löffel an ihren Cousin weiter und wischte sich die Hände ab. »Dein gestriger Bericht war so vielversprechend, dass Kiggs und ich bereits angefangen haben, Pläne zu schmieden. Wenn das Tauwetter es zulässt, wirst du bereits am Morgen nach der Tagundnachtgleiche aufbrechen.«

Ich öffnete den Mund und schloss ihn wieder. Bis dahin waren es nur noch sechs Tage.

»Wir haben überschlagen, wie lange deine Reise dauern wird«, sagte Kiggs, ohne den Blick von seiner Großmutter zu wenden. Sie verdrehte ihre braunen Augen in seine Richtung und ihre Lippen fingen an zu zittern. Beruhigend tätschelte er ihre fleckige Hand. »Wenn man sechs Wochen für Ninys und weitere sechs Wochen für Samsam veranschlagt, könntest du kurz nach der Sommersonnenwende in Porphyrien eintreffen.«

»Offiziell bist du im Auftrag der goreddischen Krone unterwegs, um feste Zusagen für Kriegsgerät und Truppen zu unserer Verteidigung einzuholen«, sagte Glisselda und stopfte die Serviette wieder unter das Kinn ihrer Großmutter. »Wir bezweifeln nicht, dass unser geschätzter Graf Pesavolta und der Regent von Samsam ihre Versprechen einhalten, aber das persönliche Gespräch kann oft so viel mehr bewirken.«

»Dein Hauptziel besteht natürlich darin, die Ityasaari zu suchen«, sagte Kiggs.

»Was, wenn es mir misslingt?«, fragte ich. »Was, wenn es zu lange dauert? Was ist wichtiger, den Zeitplan einzuhalten oder sie alle hierherzubringen?«

Cousin und Cousine sahen einander an. »Das entscheiden wir von Fall zu Fall«, sagte Kiggs. »Selda, wir müssen Comonot darum bitten, dass er ein Tnik für Serafina bereitstellt.«

»Mit wir meinst du natürlich mich«, nörgelte Glisselda. Sie stemmte die Hände in die Hüften. »Dieser Saar! Und das nach dem Streit, den wir gestern wegen Eskar hatten.«

Die alte Königin fing leise an zu weinen. Glisselda war sofort auf den Füßen und legte die Arme um die zerbrechlich wirkenden Schultern ihrer Großmutter. »Oh, Großmama, nein!«, sagte sie und drückte einen Kuss auf ihr weißes Haar. »Ich ärgere mich über diesen scheußlichen alten Drachen, nicht über dich –

und auch nicht über Lucian, siehst du?« Sie stellte sich hinter Kiggs und umarmte ihn.

»Ich finde, wir sollten schnellstens heiraten, Lucian«, raunte Glisselda halblaut. »Damit sie wenigstens noch einen glücklichen Tag erlebt, ehe sie stirbt.«

»Hm.« Kiggs kratzte den Rest des Haferbreis aus der Schüssel und vermied es, mich anzusehen.

Königin Lavonda schien untröstlich zu sein.

»Lass uns später weiterreden, Serafina«, sagte Glisselda entschuldigend und schob mich zur Tür. Ich knickste und wünschte mir, ihnen irgendwie helfen zu können.

Nachdem ich mich zurückgezogen hatte, wandte ich meine Gedanken den Plänen der beiden zu. Reisebeginn in sechs Tagen, damit hatte ich nicht gerechnet. Auf dem Weg in meine Unterkunft ging ich in Gedanken meine Reisekleidung durch – die es eigentlich gar nicht gab. Ich konnte nur hoffen, dass die Zeit ausreiche, um neue Sachen anfertigen zu lassen.

Ich suchte Glisseldas Schneiderin auf, die mich an die Schneiderinnen des niederen Hofs verwies. »Es sind acht, mein junges Fräulein, sie können gleichzeitig an je einem Gewand arbeiten.«

Ich ging in den Handwerkertrakt im Keller, aber je näher ich der Schneiderei kam, desto zögerlicher wurden meine Füße. Bei meinem Vorhaben, das Südland auf einem Pferd zu durchqueren, nützten mir acht Kleider wenig. Ich drehte mich um und klopfte nach kurzem Zögern an eine andere Tür.

Ein kleiner, kahl werdender Mann erschien. Auf seiner schmalen Nase klemmte ein Brillenzwicker und an seinem Hals baumelte ein Maßband wie ein Schal.

»Die Damenschneiderei…«, begann er, aber ich ließ ihn gar nicht erst ausreden.

»Wie lange brauchst du, um für mich Reithosen anzufertigen?«, fragte ich ihn. »Ich möchte, dass sie gut gepolstert sind.«

Der Schneider lächelte leicht, trat zur Seite und ließ mich ein.

Fasziniert von ihren eigenen Fähigkeiten übten Abdo und Lars in den darauffolgenden Tagen unermüdlich, ihre Gedanken zu verknüpfen. Königin Glisselda, Prinz Lucian und sogar Ardmagar Comonot erschienen hin und wieder in dem matschigen Schlosshof und sahen ihnen dabei zu. Abdo hatte rasch begriffen, wie man das Gedankennetz, wie ich es inzwischen nannte, in beherrschbare Formen brachte. Zur Freude der Königin schuf er breite, schüsselförmige Gebilde, die sich im schmelzenden Schnee abzeichneten, oder fegte Eiszapfen von den Dachtraufen, dass die Tauben vor Schreck davonflatterten. Allerdings achtete er stets darauf, dass den Tauben nichts passierte.

Als ich die beiden wieder einmal beobachtete, gesellte sich Glisselda zu mir und fasste mich am Arm. »Selbst wenn du die anderen Ityasaari nicht auftreibst – diese zwei können auch allein schon sehr viel bewirken.«

»Das Gedankennetz kann weder das Schloss noch die Stadt schützen«, sagte Ardmagar Comonot verächtlich. Er stand nur wenige Schritt von uns entfernt. In seinem Saarantras war er ein kleiner, gedrungener Mann mit einer Hakennase und vollen Wangen. Er hatte sein dunkles Haar dicht an den Kopf gestriegelt. »Von dem Abdruck im Schnee lässt sich der Durchmesser der Netz-Ellipse ableiten, dieser wird allenfalls fünfzehn Fuß breit sein. Wenn sie Glück haben, holen sie damit einen einzigen Drachen vom Himmel.«

»Das ist immerhin schon etwas«, sagte Glisselda unwirsch.

»Sie werden von Mal zu Mal besser, außerdem rechnen die Drachen nicht mit so einem Hindernis.«

»Mit Menschenaugen kann selbst ich es nicht sehen«, murmelte Comonot, »aber in meiner richtigen Gestalt wird das vermutlich anders ein. Drachen haben hervorragende Augen, wir können sogar ultraviolettes …«

»Ach, um Himmels willen!« Die Königin wandte sich brüsk ab. »Wenn ich sage, dass der Himmel blau ist, dann wird er mir das Gegenteil beweisen wollen!«

»Ich möchte eine Angelegenheit mit Euch besprechen, Hoheit«, mischte ich mich ein, um die beiden Streithähne zu trennen. »Ich würde Abdo gerne auf die Reise mitnehmen. Er kann das Gedankenfeuer der Halbdrachen sehen. Dies könnte für unsere Zwecke äußerst nützlich sein.«

Glisselda blickte hoch zu mir; sie war einen halben Kopf kleiner als ich. »Dame Okra wird dich begleiten, damit du ihr Haus in Ninys als Quartier nutzen kannst, reicht das nicht?« Bevor ich antworten konnte, deutete sie auf Abdo und Lars und fügte hinzu: »Ich hätte die beiden lieber hier bei mir, als Teil unserer Verteidigungslinien.«

»Meine Getreuen werden nicht zulassen, dass der Krieg bis vor die Tore Goredds kommt«, mischte sich Comonot ein. »Ihr könnt Euch auf uns verlassen.«

Glisseldas Gesicht wurde dunkelrot. »Ardmagar«, sagte sie, »verzeiht mir, aber ich habe meinen Glauben an Euch verloren.«

Sie drehte sich auf dem Absatz um und marschierte in den Palast zurück. Comonot sah ihr mit unergründlicher Miene nach und spielte geistesabwesend mit dem Goldmedaillon an seinem Hals.

Ich warf einen Blick auf Abdo und Lars, die sich immer noch an den Händen hielten und über die aufgescheuchten Tauben lachten. Sie kamen gut ohne uns zurecht. Ich berührte den Ardmagar am Arm. Er zuckte zurück, zog den Arm aber nicht weg. Gemeinsam kehrten wir in den Palast zurück.

Am Tag der Wintersonnenwende hatte Ardmagar Comonot mich erstmals als seine Lehrerin bezeichnet, was bei den Drachen als hoher Ehrentitel galt. Es bedeutete, dass er meine Autorität anerkannte – insbesondere was meine Kenntnis der menschlichen Rasse anging. Wenn ich ihn also auf einen Fehler hinwies, musste er das ernst nehmen. Er hatte mich schon des Öfteren um Rat gebeten, aber manchmal begriff er nicht, wann Hilfe nötig war. Also musste ich ihn darauf hinweisen.

Dies machte mir nichts aus, ich hatte bereits früher hin und wieder für meinen Onkel Orma als Vermittlerin gedient. Nun war wieder so eine Gelegenheit.

Comonot hatte wohl eine Vorahnung, worüber ich mit ihm sprechen wollte, denn er ging mit mir durch die Korridore. Unsere Schritte hallten auf dem Marmorboden. Ich führte ihn in den südlichen Wintergarten, wo ich sonst der Königin Cembalounterricht erteilte. Der Raum wurde für nichts anderes genutzt. Unterwegs hatte ich genug Zeit, mir meine Worte zu überlegen. Ich setzte mich auf den Diwan mit dem weichen grünen Satinbezug. Comonot nahm vor dem Fenster Platz und blickte hinaus.

Er ergriff als Erster das Wort. »Mir scheint, diesmal ärgert sich die Königin mehr als sonst über mich.«

Ich sagte: »Den Glauben zu verlieren, ist etwas ganz anderes, als sich über jemanden zu ärgern. Wisst Ihr auch, warum das so ist?«

Der alte Saar verschränkte die Hände hinter dem Rücken und wackelte nervös mit den Fingern.

»Ich habe Eskar zusammen mit ihren verrückten Ideen zurück nach Porphyrien geschickt«, sagte er.

Ich verspürte einen Stich; ich hatte eigentlich gehofft, mit

Eskar noch einmal über Orma reden zu können. »Sind die Ideen wirklich so verrückt?«

Comonot trat unruhig von einem Fuß auf den anderen und verschränkte die Arme über seiner breiten Brust. »Vergiss für den Augenblick, dass die Bestimmungen eines alten Vertrags infrage gestellt werden und dass die Porphyrer in dieser Hinsicht äußerst empfindlich sind. Eskar hat außer Acht gelassen, dass die heimliche Reise durch das Omiga-Tal uns nichts nützt, solange die Alte Ard nicht an einer anderen Stelle kämpft. Ihr Plan erfordert einen zeitgleichen Scheinangriff meiner Getreuen im Süden, um die feindlichen Truppen von der Kerama wegzulocken.«

»Mit Süden meint Ihr nahe bei Goredd?«, fragte ich.

»In der Tat. Es ist verflucht schwierig, aus der Ferne Angriffe zu lenken, daran ändert auch der Einsatz von Tniks nichts.« Er klimperte mit seinem Medaillon, um seinen Worten Nachdruck zu verleihen.

Tniks ermöglichten eine Kommunikation über weite Strecken hinweg, sie waren eine Erfindung der Quigutl, einer niederen Drachenspezies. »Es ist gut möglich, dass Goredd über Wochen hinweg die Stellung halten muss. Du hast mit eigenen Augen gesehen, welchen Schaden ein einzelner, zu allem entschlossener Drache in dieser Stadt anrichten kann.«

Auch jetzt noch, eine Woche nach dem Angriff, stieg Rauch von dem betreffenden Stadtviertel auf. Aber Comonots Einwand konnte unmöglich eine so heftige Reaktion bei der Königin ausgelöst haben. Ich sagte: »Wenn Ihr lediglich eine Schwachstelle im Plan ausfindig gemacht habt, der noch dazu Goredds Sicherheit betrifft, wie kommt es, dass die Königin so verärgert ist?«

Seine Schultern sackten herab und er lehnte die Stirn an die Fensterscheibe. »Eskar hat mit mir gestritten und einige... nun ja, Schwachstellen angesprochen, die ich der Königin gegenüber bisher nicht erwähnt habe.«

Ich zog scharf die Luft durch die Zähne. »Schlimme Schwachstellen?«

»Gibt es andere? Die Alte Ard hat einen neuen Strategen, einen gewissen General Laedi. Es handelt sich um einen Neuling, von dem ich noch nichts gehört habe, der jedoch von geradezu unerhörter Schläue ist. Er greift aus dem Hinterhalt der Brutplätze an und schert sich nicht darum, wenn unser Nachwuchs dabei zu Schaden kommt. Seine Ards tun so, als würden sie sich ergeben, was sich dann aber als Falle herausstellt. Unsere Siege über ihn stellen sich nicht selten als Niederlagen heraus. Laedis Streitkräfte kämpfen auch dann noch weiter, wenn die Lage aussichtslos ist, nur damit der Feind möglichst viele Opfer zu beklagen hat.«

Comonot wandte sich vom Fenster ab und sah mich fragend an. »Kannst du mir erklären, was für eine Strategie das sein soll?«

Was mich am meisten verwunderte, war die Strategie, die Comonot bei Glisselda verfolgte. »Warum verweigert Ihr der Königin derart wichtige Erkenntnisse?«

»Sie ist klug und sehr fähig, aber sie ist auch noch sehr jung. Sie gerät…« Er machte eine Geste, als würde Rauch aufwirbeln.

»Leicht in Rage?«, schlug ich vor.

Er nickte vehement. »Sie ist mit großem Feuereifer bei der Sache. Das ist keine Kritik. Dasselbe könnte man schließlich auch von mir sagen. Aber genau darum geht es: Ich habe schon genug Scherereien, da kann ich nicht auch noch ihren Gefühlswirrwarr brauchen.«

Comonot fing wieder an, auf und ab zu laufen. Ich sagte: »Ihr müsst Euch Glisseldas Vertrauen zurückerobern. Darf ich Euch einen Vorschlag unterbreiten, Ardmagar?«

Er hielt erwartungsvoll inne. Seine schwarzen Augen erinnerten mich an eine neugierige Krähe.

Ich sagte: »Seid vor allem offener zu ihr. Mag sein, dass sie sich aufregt, aber diese Gefühle gehen auch wieder vorbei. Danach wird sie die Sache klarer und mit scharfem Verstand betrachten. Aber erst nachdem sie ihren Gefühlen nachgeben konnte. Das ist wie bei einer Gleichung, bei der es auf die Reihenfolge der einzelnen Rechenschritte ankommt.«

Comonot schürzte seine wulstigen Lippen. »Kann sie diesen einen Schritt denn nicht auslassen?«

»Es ist wie mit dem Schlaf. Man kann nicht auf Dauer darauf verzichten, obwohl man im Schlaf jeden Tag für viele Stunden hilflos und verletzlich ist«, erklärte ich.

»Ich weiß nicht, ob ich diesen Vergleich nachvollziehen kann«, sagte er, aber ich sah ihm an, dass ich ihn ins Grübeln gebracht hatte.

»Zum Zweiten, und das ist vielleicht noch bedeutsamer, solltet Ihr der Königin eine Geste des guten Willens zeigen, damit sie Euch wieder vertraut. Wenn möglich sollte es eine große Geste sein.«

Comonots buschige Augenbrauen schossen in die Höhe. »Ein Auerochse?«

Ich starrte ihn mehrere Herzschläge lang verblüfft an, bis mir dämmerte, dass er damit nicht das riesige Tier an sich meinte, sondern dessen Fleisch als Mahlzeit. Er wollte Glisselda mit einem Festmahl versöhnen.

»Das wäre eine Möglichkeit.« Ich nickte langsam, während meine Gedanken rasten. »Ich dachte allerdings eher an etwas noch Größeres. Eure Kriegspolitik geht mich nichts an, und ich würde mich nie unterstehen, mich da einzumischen, aber ich denke, Eure Geste sollte in diese Richtung gehen. Ihr könntet beispielsweise eine Reise machen und die Front aufsuchen oder … oder eine Arde zum Schutz von Lavondaville abstellen, falls Ihr eine entbehren könnt. Irgendetwas, dass Königin Glisselda davon überzeugt, dass Ihr euch um Goredds Sicherheit sorgt.«

Er kratzte seine Wangen. »Sorge ist vielleicht doch etwas übertrieben …«

»Ardmagar!«, rief ich leicht verärgert. »Dann tut wenigstens so.«

Er seufzte. »Wenn ich die Stadt verlasse, würde das den Schaden, der durch ungeschickte Attentäter entsteht, verringern. Ich hätte tatsächlich nichts dagegen, mir diesen General Laedi persönlich vorzunehmen und ihm die Kehle aufzuschlitzen.« Er stierte eine Weile vor sich hin, dann sah er mich an. »Dein Vorschlag klingt vernünftig. Ich werde ihn mir durch den Kopf gehen lassen.«

Mit diesen Worten war ich entlassen. Ich stand auf und machte einen tiefen Knicks. Er schaute mit großem Ernst zu, dann nahm er meine Hand und legte sie in seinen Nacken. Es war ein Zeichen der Unterwerfung. Ein echter Drachenlehrer hätte ihn gebissen.

Nachdem Abdo fleißig mit Lars geübt hatte, ging ich zu ihm, um zu fragen, ob er mich auf meiner Reise begleiten würde.

Er war begeistert und zögerlich zugleich. *Du musst zuerst meine Familie um Erlaubnis fragen. Mein Tag der Bestimmung ist erst in drei Jahren.*

Ich nickte und versuchte ihm eine Weltgewandtheit vorzuspielen, die ich nicht besaß.

Er spürte meine Verwirrung und lieferte die Erklärung nach: *Der Tag, an dem ich erwachsen werde. An dem ich entscheide, wie die Menschen mich nennen sollen und welchen Weg ich in meinem Leben einschlagen will.*

Als ich Abdo an der Wintersonnenwende zum ersten Mal begegnet war, hatte er mit seiner Tanztruppe, zu der auch eine Tante und sein Großvater gehörten, den Süden bereist. Ich würde also seinen Großvater als den Familienältesten um Erlaubnis bitten müssen.

Gleich am darauffolgenden Morgen kam Abdo mit seinem Großvater zu mir in meine Wohnung und ich servierte ihnen Tee und Käsegebäck und dazu ein spontanes Lautenkonzert. Tython, Abdos Großvater, aß die Pastete mit einer Hand, mit der anderen hielt er Abdos Hand fest.

»Ich verspreche dir, gut auf deinen Enkel aufzupassen«, versicherte ich ihm beim Abschied, nachdem ich meine Laute beiseitegelegt hatte.

Tython nickte feierlich. Sein graues Haar war sorgfältig gescheitelt und straff geflochten. Er tätschelte Abdos verknotete Haare und sagte langsam und betont in Goreddi: »Verzeihung, aber ich muss zu dir in Porphyrisch sprechen.« Er sagte noch etwas auf Porphyrisch zu Abdo, der daraufhin nickte.

Ich werde übersetzen, erklärte der Junge und unterstrich mit flinken Fingern das Gesagte. Als Abdo mein Schmunzeln sah, fügte er hinzu: *Er weiß nicht, dass ich mit dir in deinem Kopf sprechen kann. Ich denke, er wäre eifersüchtig auf dich, denn mit ihm kann ich mich nicht auf dieselbe Weise unterhalten.*

Ich verstehe ein bisschen Porphyrisch, erwiderte ich. Abdo machte ein skeptisches Gesicht.

Tython räusperte sich. »Abdo ist dem Gott Chakhon geweiht, und das nicht nur einmal, sondern zweimal«, begann er, und Abdo übersetzte für mich. »Ohnehin gehören alle Ityasaari diesem Gott.«

Auch törichte Fremde wie ihr, sagte Abdo. Mein Porphyrisch war zwar eingerostet, aber ich wusste trotzdem, dass sein Großvater diesen Satz nicht gesagt hatte.

»Darüber hinaus ist seine Mutter Priesterin in Chakhons Tempel. Ihr Sohn ist mit Haut und Haaren, mit Körper und Seele Eigentum ihres Gottes«, erklärte Tython. »Abdo wurde in diese Welt geboren, um eines Tages der Nachfolger von Paulos Pende, unserem hochverehrten Ityasaari-Priester, zu werden. Allerdings« – der alte Mann senkte beschämt den Kopf – »hat Abdo seine Pflichten nicht ernst genug genommen. Er hat mit Pende gekämpft und dadurch seine Mutter erzürnt. Danach ist er weggelaufen.«

Das ist nur die eine Seite der Geschichte, sagte Abdo und warf seinem Großvater einen finsteren Blick zu.

Gern hätte ich Abdos Sicht der Dinge erfahren, aber noch viel neugieriger machte mich die Tatsache, dass es in Porphyrien Ityasaari-Priester gab. Wie anders war das hier im Südland, wo wir uns verstecken mussten.

»Ich habe Abdo beschützt, in der Hoffnung auf den Tag, an dem er das Joch auf sich nimmt, für das er geboren wurde«, sagte Tython. »Wenn du mit ihm weggehst, darfst du nie vergessen, welch große Aufgabe auf ihn wartet.«

Ta-da, sagte Abdo und zog eine Schnute. *Du trägst eine große Verantwortung für mich. Chakhon beobachtet jeden unserer Schritte.* Der Spott übertünchte nur hauchdünn seine Verlegenheit.

»Chakhon ist der Gott des Glücks?«, sagte ich aufs Geratewohl.

Der alte Mann stand so abrupt auf, dass ich schon fürchtete, ihn beleidigt zu haben. Er beugte sich vor und küsste mich auf beide Wangen. Ich blickte Abdo fragend an, der daraufhin lustlos erklärte: *Er ist erfreut, dass du Chakhon kennst.*

Die Chancen hatten fünfzig zu fünfzig gestanden, aber das wollte ich natürlich nicht zugeben. Ich verschwieg dies ebenso, wie ich den aufsässigen Gedanken verschwieg, der mir sofort durch den Kopf geschossen war: »Na, da habe ich aber Glück gehabt.«

Tythons faltiges Gesicht war ernst, als er wieder zurücktrat und in Goreddi sagte: »Denk daran. Es ist eine große Verantwortung.«

»Abdo ist mein Freund«, erwiderte ich und versank in einem tiefen Knicks vor Tython. »Ich werde gut auf ihn aufpassen.«

Der alte Mann verfolgte meine gezierte Darbietung mit leichtem Amüsement. Er sagte etwas, woraufhin Abdo aufstand und ihm zur Tür folgte. Ich tapste artig hinterher und sagte »Vielen Dank« und »Auf Wiedersehen« in Porphyrisch.

Abdos schiefes Grinsen verriet mir, dass meine Aussprache verbesserungswürdig war. Tythons runzliges Lächeln war eher ein Hinweis darauf, dass er mich reizend, wenn auch ein klein wenig verrückt fand.

Ich schloss die Tür hinter ihnen und wunderte mich im Nachhinein, dass das Gespräch sich um Götter gedreht hatte. Ein zwölfjähriger Junge konnte recht schwierig sein, und zwar unabhängig von seiner Herkunft. Aber wie äußerte sich es, wenn dieser zwölfjährige Junge Eigentum einer Gottheit war? Wenn Abdo Naschereien zum Abendessen wollte und ich sie ihm verweigerte, würde es Chakhon zu Ohren kommen? War Chakhon ein Gott, der strafte? Wir Goreddis hatten einige Heilige, die das taten.

Ein lautes Klopfen an der Tür ließ mich zusammenzucken. Abdo und Tython hatten offenbar etwas vergessen.

Ich riss die Tür auf.

Draußen stand Prinz Lucian Kiggs in seinem purpurroten Uniformwams. Er hatte einen flachen Lederbeutel unter den Arm geklemmt. Beim Anblick seiner engelsgleich gelockten dunklen Haare geriet mein Herz ins Stolpern. Seit der Wintersonnenwende hatte ich kaum ein Wort unter vier Augen mit ihm geredet. Damals hatten wir uns gegenseitig unsere Zuneigung gestanden und gemeinsam beschlossen, uns aus dem Weg zu gehen. Er war Königin Glisseldas Verlobter und ich war ihre Freundin. Dies war zwar nicht das einzige Hindernis, das zwischen uns stand, aber es überschattete alle anderen.

»Prinz. Bitte, tretet ein«, plapperte ich drauflos.

Er warf rasch einen Blick in den menschenleeren Gang. »Darf ich?«, fragte er und sah mich unter wehmütig zusammengezogenen Augenbrauen an. »Nur für eine Minute.«

Ich kaschierte meine Verlegenheit mit einem Knicks, dann führte ich ihn in meinen kleinen Salon, wo die Überbleibsel der Teeeinladung noch auf dem Tisch standen. Er war zum ersten Mal in meinen privaten Räumen, und ich hätte gerne ein paar Minuten gehabt, um ein wenig aufzuräumen.

Sein Blick glitt über mein überbordendes Buchregal, meine eigenwillige Sammlung von Quigutl-Figürchen und mein Spinett, auf dem sich Notenblätter stapelten. Meine Laute belegte immer noch den Stuhl vor dem Kamin und sah aus wie ein feiner Gast mit langem Gänsehals.

»Ich hoffe, ich störe nicht«, sagte Kiggs lächelnd. »Leistet dir dein Instrument öfter beim Tee Gesellschaft?«

»Nur wenn ich Käsepasteten ergattern kann«, erwiderte ich und bot ihm ein Gebäckstück an, das er aber ablehnte. Ich legte die Laute weg und setzte mich auf einen anderen Stuhl, sodass zwischen uns der unordentliche Tisch stand und die Schicklichkeit gewahrt blieb.

»Ich habe ein Geschenk für dich.« Kiggs kramte in seinem Wams und zog eine schmale Kette hervor, an der zwei zueinanderpassende Tniks baumelten: ein rundes Bronzemedaillon und ein silberner Freundschaftsknoten. Sie klimperten jedes Mal leise, wenn sie aneinanderschlugen.

»Wir hatten schon befürchtet, wir müssten Comonot erst in den Schwitzkasten nehmen«, sagte Kiggs, »aber offenbar ist er der Meinung, du hättest ihm kürzlich einen großen Gefallen erwiesen.«

»Gut«, sagte ich. »Ich meine, ich bin froh, wenn ich ihm helfen konnte. Das lässt sich immer schwer beurteilen.«

Der Prinz quittierte meine Bemerkung mit einem reumütigen Lächeln. »Wem sagst du das. Wir sollten irgendwann einmal unsere Erfahrungen austauschen.«

Er klimperte mit den Tniks und brachte das Gespräch wieder auf unser eigentliches Thema zurück. »Das Bronzemedaillon ist mit einem Pendant verbunden, das wir Dame Okra ausgehändigt haben, damit ihr euch verständigen könnt, wenn du in Ninys bist. Sie scheint gemütlich zu Hause in Segosh bleiben zu wollen, während du durch die Lande ziehst.«

»Das dachte ich mir«, sagte ich.

Er lächelte wieder, und ich verspürte leichte Gewissensbisse, weil ich, obwohl es nicht statthaft war, in diesem Lächeln schwelgte.

»Der Freundschaftsknoten«, er hielt den filigranen Silberanhänger hoch, »verbindet dich mit der Hauptstation in Seldas Studierzimmer. Sie möchte, dass du ihr zweimal wöchentlich berichtest, egal, ob du Erfolge zu vermelden hast oder nicht. Wenn sie nichts von dir hört, wird sie sich schrecklich aufregen, und die Folgen werden über Goredds Grenzen hinaus zu spüren sein. Das hat sie mir in aller Deutlichkeit klargemacht.«

Ich lächelte, weil Kiggs unbewusst ihren Tonfall nachgeahmt hatte. Er legte die Tniks in meine ausgestreckte Hand und schloss meine Finger um sie. Bei der Berührung stockte mein Atem.

Er ließ mich wieder los, räusperte sich kurz und zog dann den Lederbeutel unter seinem Arm hervor. »Der nächste Punkt auf der Liste: die Dokumente. Hier hast du ein königliches Ermächtigungsschreiben, falls du zusätzliche Geldmittel benötigst. Dies ist eine Liste von Pyria-Zutaten, die du im Namen der Krone beschaffen sollst. Des Weiteren findest du hier verschiedene Empfehlungsschreiben für Barone und Grafen in Ninys und Samsam, die für uns von Interesse sind. Deine wichtigste Aufgabe ist es, die Ityasaari zu suchen, aber auf der Reise wirst du auch beim örtlichen Landadel Station machen. Eine gute Gelegenheit, sie zur Mithilfe zu ermuntern.«

»Ich soll ihnen also Schuldgefühle einreden, damit sie uns helfen«, sagte ich scherzhaft.

»Du sollst nur sanft in Erinnerung rufen, was Graf Pesavolta und der Regent von Samsam längst zugesagt haben. Unbedeutende kleine Adelige sind hilfsbereiter, wenn sie das Gefühl haben, ernst genommen zu werden.«

Er gab mir den Beutel. Ich nahm ihn und warf einen Blick auf das Pergamentbündel darin. »Legitimität ist doch etwas Schönes.«

Kiggs lachte – wie ich es erhofft hatte. Er war ein Bastard, ein illegitimer Sohn von Glisseldas Tante, Prinzessin Laurel, und ich kannte seinen diesbezüglich etwas schrägen Sinn für Humor. Seine dunklen Augen glitzerten im Feuerschein. »Ich werde dich vermissen, Fina.«

Ich fummelte an dem Lederriemen des Beutels herum. »Ich vermisse dich bereits jetzt«, gab ich zurück. »Ich habe dich die vergangenen drei Monate vermisst.«

»Ich dich auch«, sagte er. Seine Hände umklammerten die Armlehnen. »Es tut mir so leid.«

Ich versuchte zu lächeln, aber meine Lippen wollten mir nicht gehorchen.

Kiggs trommelte mit den Fingern auf der Armlehne. »Ich habe nicht geahnt, wie schwer es sein würde, dich weder zu sehen noch zu sprechen. Unsere Herzen können wir nicht beherrschen, aber ich dachte, wir könnten zumindest unsere Handlungen im Griff haben und die Lügen aufs Notwendigste beschränken.«

»Du musst dich nicht vor mir verteidigen«, sagte ich ruhig. »Ich war derselben Ansicht.«

»Du warst? Vergangenheitsform?«, hakte er nach. Es war ihm sofort aufgefallen, obwohl ich es gar nicht hatte preisgeben wollen. Dieser Prinz war viel zu scharfsinnig. Ich liebte ihn dafür.

Rasch ging ich zu meinem Bücherregal und fand mit sicherem Griff das Buch inmitten eines Stapels. Ich wedelte mit dem schmalen Band, den er mir geschenkt hatte: *Liebe und Aufgabe* von Pontheus.

»Ist das ein Tadel?«, fragte er, und beugte sich interessiert vor.

»Ich weiß, was du jetzt gleich zitieren wirst: *In der Wahrheit liegt kein Schmerz, in der Lüge kein Trost.* Das ist ja alles schön und gut, aber was, wenn du weißt, dass die Wahrheit jemanden, den du liebst, verletzen wird und dass diese Person bereits genug erleiden musste: Ihre Mutter ist tot, ihre Großmutter wird sterben. Und sie selbst ist in das kalte Wasser eines Ozeans geworfen worden, als sie Regentschaft und Krieg auf sich nehmen musste, ohne darauf vorbereitet worden zu sein.«

Er stand auf und erklärte leidenschaftlich: »Ich werde ihr beistehen, Serafina. Ich werde diesen Schmerz ertragen, ich werde ihretwegen alles erdulden, bis sie diesen Sturm überstanden hat.«

»Wenn du das so sagst, hört es sich sehr nobel an«, erwiderte ich schnippischer, als ich wollte.

Seine Schultern sackten nach unten. »Ich möchte nicht nobel sein, sondern einfach nur freundlich.«

Nur ein Buch hätte noch zwischen uns gepasst, als ich vor ihn hintrat und wir uns Aug in Aug gegenüberstanden. »Ich weiß«, sagte ich leise und berührte seine Brust mit dem Pontheus-Band. »Aber der Tag wird kommen.«

Mit einem traurigen Lächeln umfasste er meine Hände und wir hielten das Buch gemeinsam. »Ich glaube daran. Mit allem, was ich habe«, sagte er und hielt meinen Blick fest. Weil er mich nicht küssen durfte, küsste er stattdessen das Buch.

Dann ließ er meine Hände los – zum Glück, denn ich hatte kaum noch Luft zum Atmen – und griff in seine versteckte Wamstasche. »Ein Letztes noch…« Er zog ein weiteres Medaillon hervor, allerdings aus Gold. »Es ist kein Tnik«, sagte er rasch und reichte es mir.

Es war eine Heiligenmedaille, auf der das filigrane Bild einer Frau eingraviert war, die ihren Kopf in einer Schale trug: Sankt Capiti, meine Patronin.

Genauer gesagt: meine offizielle Patronin. Als ich noch ein Säugling war, hatte der Psalter Sankt Yirtrudis, die Häretikerin, für mich vorgesehen. Der spitzfindige Priester hatte stattdessen Sankt Capiti vorgeschlagen. Ich war ihm dankbar, denn auch ohne Sankt Yirtrudis um den Hals war ich schon furchterregend genug. Ich hatte nie herausgefunden, worin ihre Irrlehre eigentlich bestand, aber die Bezeichnung »häretisch« beschmutzte alles, was mit ihr in Zusammenhang stand. Ihre Schreine waren zertrümmert und die Seiten mit ihrem Bild waren aus den Büchern herausgerissen worden.

Ich hatte niemandem von ihr erzählt, nicht einmal Kiggs.

»Möge der Himmel deine Reise mit einem Lächeln begleiten«, sagte Kiggs. »Ich weiß, dass du nicht fromm bist. Es dient eher meinem Seelenfrieden als deinem. Glaube hin oder her, ich möchte nur, dass du es *weißt*.« Sein Adamsapfel hüpfte, als er heftig schluckte. »Was auch immer dir unterwegs begegnen wird, du hast eine Heimat und Freunde, zu denen du zurückkehren kannst.«

Ich spürte einen Kloß in der Kehle, als ich antworten wollte. Ja, ich hatte Freunde, mehr als je zuvor. Und ich fühlte mich hier auch zu Hause. Welche Lücke versuchte ich eigentlich zu schließen, indem ich die Ityasaari zusammenbringen wollte? Und wann würde diese Leere in mir endlich ausgefüllt sein?

Kiggs ging zur Tür und ich folgte ihm wie ein schweigender Schatten. Die Hand auf dem Türgriff, blieb er stehen. Er sah mich noch ein letztes Mal an, dann wandte er sich zum Gehen.

Ich schloss die Tür hinter ihm und ging langsam in mein Schlafzimmer. Auf dem Bett türmten sich die Kleider, die ich auf die Reise mitnehmen wollte und die nie und nimmer in die dafür vorgesehenen Taschen passen würden. Ich presste das Buch von Pontheus an mein Herz und drückte die Heiligenmedaille an meine Lippen, bevor ich sie unter meine Leinenhemden in eine der Taschen legte.

Ich würde meine Heimat bei mir tragen, wenn ich hinaus in die Welt ging, um nach Geschöpfen Ausschau zu halten, die ich in diese Welt hineinholen wollte.

Vier

Die abenteuerliche Reise, die Dame Okra, Abdo und mich durch Goreddi führte, lässt sich mit einem Wort umschreiben: elendig. Zugleich fragt man sich, wie es sein kann, dass eine zweiwöchige Leidensgeschichte mit Schlamm, gebrochenen Kutschenrädern und Dame Okras Flüchen sich in dieses eine Wort fassen lässt. Aber die Heiligen, die man mit lästerlichen Beschimpfungen bedenken kann, sind begrenzt, und eine Kutsche hat letztlich nur vier Räder.

Der Schlamm hingegen ist endlos.

Als wir die Grenze von Ninys hinter uns gelassen hatten, verbesserte sich der Zustand der Straßen. Vier holperfreie Tage später, in denen wir an Viehweiden, Windmühlen und sprießendem Frühlingsweizen vorbeigekommen waren, setzte uns Dame Okras Kutscher wohlbehalten in der Hauptstadt Segosh ab. Dame Okra besaß dort ein kleines Anwesen, ein schmales Haus, das zwischen zwei andere Gebäude gequetscht war, mit denen es sich den unbefestigten Hinterhof für die Kutschen teilte. Rostfarbene diamantförmige Schindeln blitzten auf dem Dach über einer gelblichen Stuckfassade mit geschwungenen Kalksteingesimsen und geschlossenen Fensterläden. Ich stellte mir vor, dass das Haus von unserem Eintreffen überrascht war, so als könnte es kaum glauben, dass wir es tatsächlich bis hierher geschafft hatten, ohne uns gegenseitig an die Gurgel zu gehen.

Unterwegs hatte ich jede Nacht in unserer jeweiligen Herberge meine Schuppen an Arm und Taille gesäubert und mit Öl eingeschmiert, meinen Garten der Grotesken versorgt und mich dabei insbesondere auf drei Ityasaari konzentriert: Glimmergeist, Bläulein und Finch. Sie lebten vermutlich in Ninys. Darauf wiesen ihre blasse Haut und ihr helles oder rotes Haar hin. Zudem hatte ich bei bewusst herbeigeführten Visionen gelegentlich das eine oder andere Wort in der Landessprache aufgeschnappt. Glimmergeist verbrachte ein Einsiedlerleben in einem Pinienwald, Bläulein schien eine Malerin zu sein, was wiederum die Farben in meinem Gartenbach erklären würde. Und Finch lebte vermutlich in Segosh, denn ich hatte ihm einmal nachspioniert und gesehen, wie er in der vollen Montur eines Pestdoktors an der Kathedrale vorbeigeschlurft war. Jedes Kind in Goreddi kannte die goldenen Kuppeln von Santi Willibaio.

Es gab noch zwei weitere Halbdrachen im Südland: der Bibliothekar, der Samsamesisch sprach und wohl ein Hochlandadeliger war, und schließlich der Kleine Tom, der in einer Berghöhle hauste, auch wenn ich nicht genau sagen konnte, wo. Ich nahm an, dass er ein Goreddi war, der an der Grenze zum Drachenland lebte. Ihn würde ich bei meiner Heimreise ganz zum Schluss aufsuchen.

Dame Okra hatte freiwillig ihr Haus als Standort für die Ityasaari in Ninys zur Verfügung gestellt. Sobald wir die Ityasaari aufgespürt hatten, würden wir sie hierherschicken und Dame Okra würde sich mit ihnen abgeben (»sich mit ihnen abfinden«, hatten ihre Worte gelautet, aber ich hatte so getan, als hätte sie sich nur etwas ungeschickt auf Goreddi ausgedrückt). Später würde sie die drei nach Goredd bringen, während Abdo und ich unsere Reise nach Samsam fortsetzten.

Wir mussten vor der Mittsommerwende, spätestens am Tag

von Sankt Abaster, in der samsamesischen Stadt Fnark sein. Dort lebte, wie ich vermutete, der Halbdrache, den ich Bibliothekar nannte. Die beste Gelegenheit, ihn aufzuspüren, war das jährliche Treffen der Hochlandadeligen. Wir durften in Ninys also keine Zeit verlieren.

Bei unserer Ankunft brachte eine Phalanx von Dienern mein Reisegepäck in ein scheußlich grünes Gästezimmer im dritten Stock. Dann erbarmten sie sich meiner und bereiteten mir ein Bad. Als ich mich wieder halbwegs menschlich fühlte – soweit einem das möglich ist, wenn man silberne Schuppen an Arm und Leib hat –, machte ich mich auf die Suche nach Dame Okra. Ich fand sie im Erdgeschoss. Sie stand am Fuß der Wendeltreppe und blickte finster zu Abdo hinauf, der emporgeklettert war und jetzt langsam das kurvige Geländer wieder herunterrutschte und mit schelmischem Grinsen rief: *Da unten sind lauter Haie!*

Dame Okra scheint das nicht amüsant zu finden, erwiderte ich mit Blick auf deren immer röter werdendes Gesicht.

Weil sie selbst ein Hai ist. Lass nicht zu, dass sie mich frisst! Flink krabbelte er wieder hinauf.

»Ah, Kinder«, knurrte Dame Okra und sah ihm bei seinen Kapriolen zu. »Ich hatte vergessen, wie herzig sie sind. Wie sehne ich mich danach, es erneut vergessen zu können.«

»Bald seid Ihr ihn los«, beschwichtigte ich sie.

»Nicht bald genug«, erwiderte sie mürrisch. »Pesavolta wird seine Zusagen einhalten, keine Sorge. Aber womöglich lässt er sich damit noch ein bisschen Zeit.«

»Das macht nichts.« Ich merkte, wie mein Geduldsfaden immer dünner wurde. »Finch ist hier in Segosh. Wir werden uns morgen auf die Suche nach ihm machen.«

Dame Okra blickte mich über ihre Brille hinweg an. Ihre Augen standen weit auseinander und waren wässrig wie die eines Spaniels. »Finch? So nennst du ihn? Ich schaudere bei dem Gedanken, welchen Namen du *mir* gegeben hast.«

Das war die nur schlecht verhohlene Aufforderung, ihr den Namen zu nennen, aber ich tat so, als hätte ich sie nicht verstanden. Es gab zwei Möglichkeiten, wie sie auf den Namen Madame Pingelig reagieren würde: mit Erheiterung oder mit heller Wut. Auf Ersteres hätte ich nicht wetten mögen und Letzteres war mir zu riskant.

»Hat er Flügel?«, fuhr sie fort. »Oder zwitschert er?«

»Finch?«, fragte ich leicht verwirrt. »Nein, er hat einen Schnabel.«

Dame Okra schnaubte laut. »Und er lebt in dieser Stadt? Puh, meine liebe Sankt Prue! Man könnte doch meinen, dass er irgendjemandem aufgefallen wäre.«

Am nächsten Morgen wagten wir uns ins Herz der Stadt. Abdo hopste wie ein Grashüpfer neben mir her. *Hallo, Stadt! Hallo, Gebäude!*, plapperte er, während wir uns in den belebten Straßen zurechtzufinden suchten und den Hügel hinauf zum Palasho Pesavolta gingen. Wir bewunderten den großen Platz mit dem Palasho auf der einen und den goldenen Kuppeln der Kathedrale Santi Willibaio auf der anderen Seite.

Eine Prozession näherte sich der Kathedrale und passierte den König Moy gewidmeten Triumphbogen. Abdo stolzierte aufgeregt neben mir her und bestürmte mich so lange, bis ich ihm verriet, welche Heilige mit dieser Prozession geehrt wurde. Es handelte sich um Sankt Clare, die Prophetin und Patronin der Wahrheitssuchenden.

Ich beschloss, das als ein gutes Omen anzusehen.

Finch war die sprichwörtliche Nadel im Heuhaufen. Seine

Maske und seine Lederschürze wiesen ihn als Pestdoktor aus und in meinen Visionen hatte ich ihn stets in Krankenzimmern oder in den Gassen der Stadt beim Rattenfangen gesehen. Mein inneres sehendes Auge durfte sich nicht allzu weit von dem Ityasaari entfernen, daher konnte ich nicht erkennen, wo die Krankenzimmer sich befanden.

Mich durchzufragen war schwierig. In meiner Kindheit hatte ich kein Ninysh gelernt. Meine Stiefmutter Anne-Marie stammte nämlich aus einer berüchtigten Belgioso-Familie, die ihr Land Ninys wegen einer ganzen Reihe von Verbrechen hatte verlassen müssen. Von meiner Drachenmutter wusste damals keiner etwas. Papa hatte alles getan, um dieses Geheimnis zu wahren, denn seine niederträchtigen Schwiegereltern hätten ihn sonst ganz sicher erpresst. Meine Lehrer sollten mir zwar Samsamesisch und Porphyrisch beibringen, nicht jedoch Ninysh. Ich weiß nicht genau, welchen Zweck Papa damit verfolgte, dass er mich ausgerechnet die Sprache meiner Stiefmutter nicht lernen ließ. Vielleicht fürchtete er, dass eine listige alte Belgioso-Tante mich leichter in ihrer Muttersprache austricksen konnte. Die Generation meiner Stiefmutter sprach jedenfalls ausnahmslos Goreddi. Was auch immer Papas Beweggründe gewesen waren, ich lernte nie Ninysh. Und mein Vergnügen an Grammatik war nicht so ausgeprägt, dass ich mir die Sprache ganz alleine beigebracht hätte.

Ich konnte nur hoffen, dass Abdo mit seiner Fähigkeit, Gedankenfeuer zu sehen, meine sprachlichen Mängel ausgleichen konnte. Vielleicht entdeckte er Finch ja auf einem belebten Platz oder in einer Gasse.

Wir verzichteten auf den Besuch vornehmer Stadtteile zugunsten nicht ganz so glanzvoller Gegenden, wo aus Braubottichen nach Hopfen riechender Dampf entwich, Drechsler Sägemehl zu kleinen Häufchen zusammenfegten, Esel schrien,

Gerber die Haare von aufgespannten Kuhhäuten abkratzten und Metzger mit flachen Besen das Blut von den Böden der Schlachthäuser in den Abfluss schrubbten. Weder Abdo noch ich entdeckten irgendeine Spur von Finch.

Mithilfe von Zeichensprache und Gesten gelangten wir zu einem Hospital, aber dort wurden nur Gutbetuchte behandelt. Eine Nonne, die etwas Goreddi sprach, rümpfte die Nase, als ich sie nach dem Pesthaus fragte. »Nicht in der Stadt«, sagte sie mit entsetzter Miene.

Erst am dritten Morgen packte Abdo meinen Arm und deutete auf eine Stelle zwischen den Warenauslagen zweier Fachwerkhäuser. Dort befand sich ein dunkler Spalt, von dem ein Seufzer der Hoffnungslosigkeit auszugehen schien.

Ich habe einen Schimmer gesehen, ganz blass. Durch die Mauern. Er ist jetzt nicht mehr da, wir sollten uns dort umschauen, sagte Abdo mit funkelnden Augen. Er war fast so aufgeregt wie beim Anblick der großen Kathedrale.

Vorsichtig spähte ich in die dunkle Ecke, von der aus eine Treppe nach unten führte. Hand in Hand stiegen wir die rutschigen Stufen hinab und passierten einen dunklen Durchlass zu den Gassen hinter den Gassen, der trostlosen Wohnstätte bitterer Armut.

Der Weg war ungepflastert, schmal und düster. Nachttöpfe wurden überall auf die Straße geleert, das gehörte im Südland zum alltäglichen Stadtleben, aber in diesem Viertel kümmerte sich niemand darum, die Straßen zu reinigen. Der Unrat verblieb einfach in den Kloakenrinnen in der Mitte. Ich überlegte, ob ich Abdo tatsächlich an diesen Ort führen sollte, aber er schien sich nicht im Geringsten zu ängstigen. Er ging sogar voraus und wich geschickt den Pfützen und Lumpenhaufen aus. Die Lumpen fingen an sich zu rühren. Knotige Hände wurden ausgestreckt, die Handflächen in stummem Flehen nach oben.

Abdo fuhr mit der Hand unter sein Hemd, wo er seine Börse an einer Schnur um den Hals trug.

Kann man hier mit Goreddi-Münzen bezahlen?, fragte er. *Etwas anderes habe ich nicht.*

»Das geht sicherlich«, sagte ich und eilte hinterher. Gierige Hände zerrten an meinen Röcken. Es war nicht klug, an einem solchen Ort Münzen hervorzukramen, selbst wenn es nur Goreddi-Kupfer war. Ich ließ Abdo ein paar Münzen verteilen, dann drängte ich ihn weiterzugehen. »Kannst du das Gedankenfeuer irgendwo sehen?«

Abdo kniff die Augen zusammen und reckte den Hals, um Ausschau zu halten. Plötzlich rief er: *Da ist es!* Er deutete auf einen baufälligen Verschlag. *Da drin.*

»Er ist da drin?«, fragte ich zweifelnd, denn ich hatte nicht angenommen, dass ein Seelenlicht so hell brannte. Aber ich konnte es ja nicht beurteilen.

Abdo zuckte die Schultern.

Wir wandten uns ostwärts und umrundeten das Gebäude, bis Abdo unvermittelt sagte: *Nein, hier entlang. Er geht nach Westen.* Ich folgte Abdo durch eine Gasse, in der sich Abfälle türmten und es nach fauligen Zwiebeln roch.

Da stimmt etwas nicht, sagte Abdo. *Ich kann sein Feuer durch Wände sehen. Aber ich kann nicht erkennen, welchen Weg er einschlägt. Es ist wie in einem Irrgarten, in dem wir uns verlaufen haben.*

Einige Gassen später kamen wir zu einer breiten Straße. Dort sahen wir in einiger Entfernung eine Gestalt mit langer Lederschürze und breitrandiger Kopfbedeckung davoneilen. Abdo griff aufgeregt nach meiner Hand und rief: *Da ist er!*

Wir rannten hinterher, platschten durch den Abwassergraben und schlitterten durch Dreck und Unrat. Inzwischen befanden wir uns in den äußersten Randvierteln, wo die Stadt bereits in freies Land überging. Wir jagten ein Schwein von der Straße und verscheuchten einige empört gackernde Hühner. Ein mit Astbündeln beladener Esel versperrte mir den Blick. Ich umging das Hindernis gerade noch rechtzeitig, um unseren Gesuchten im Kellergewölbe einer verfallenen Kirche verschwinden zu sehen.

Natürlich. Niemand würde Hospitalbetten an Pestkranke verschwenden.

Als ich an die Tür kam, deren Farbe schon ganz abgeblättert war, wurde das Seil, das zur Verriegelung diente, blitzschnell von innen durch das dafür vorgesehene Loch gezogen. Ich griff danach, bekam es aber nicht mehr richtig zu fassen und schürfte mir die Haut auf.

Auf mein Klopfen rührte sich nichts. Ich presste mein Auge gegen ein Astloch im Holz der Tür und erblickte eine düstere Gruft. Zwischen den wuchtigen Steinsärgen und den dicken Säulen hatte man auf dem Boden Strohballen ausgelegt. Und auf jedem dieser Strohballen lag ein Mensch in seinem Elend. Aufgeblähte Hälse, hervortretende Augen, zu Fäusten geballte Hände voller Geschwüre. Nonnen des Ordens von Sankt Loola in ihren gelben Kutten stiegen vorsichtig über die Sterbenden und reichten ihnen Wasser oder Mohntee.

Jetzt hörte ich auch das grässliche Stöhnen und roch den fürchterlichen Verwesungsgestank.

Plötzlich wurde die Tür aufgerissen, sodass ich fast über die Schwelle gefallen wäre. Eine schreckliche Schnabelfratze starrte mich an: Finch. Sein Gesicht war hinter einer Pestmaske verborgen und die Augen wurden von dicken Gläsern geschützt. In dem gewölbten Lederschnabel befanden sich duftende Heilkräuter gegen den Gestank. Seine Schürze war schmutzig und auch die Handschuhe waren fleckig, aber seine Augen waren erstaunlich blau – und freundlich. Er murmelte etwas auf Ninysh.

»Sprichst du Goreddi?«, fragte ich ihn.

»Muss ich dich in zwei Sprachen auffordern zu gehen?«, wechselte er mühelos die Sprache. Seine Stimme wurde nicht nur von der Ledermaske gedämpft, auch sein unter der Maske verborgener Schnabel war beim Sprechen hinderlich.

»Sind der Gestank und die Gegend nicht Warnung genug? Hast du denn keinerlei gesunden Menschenverstand?«

»Ich muss mit dir sprechen«, sagte ich und stellte meinen Fuß auf die Schwelle, bevor er mir die Tür vor der Nase zuschlagen konnte. »Natürlich nicht jetzt, aber vielleicht, wenn du hier fertig bist?«

Er lachte freudlos. »Fertig, sagst du. Wenn ich fortgehe, warten die Kranken in der Leprasiedlung auf mich. Und danach muss ich noch kreuz und quer durch die Stadt. Die Armen sind so bedürftig, und es gibt so wenige, die gewillt sind, sich um sie zu kümmern.«

Ich zog meine Börse aus meinem Mieder und drückte ihm eine Silbermünze in die Hand. Er starrte das Geldstück an, das wie verloren in seinem abgewetzten Handschuh lag. Ich gab ihm eine zweite.

Der Doktor legte den Kopf zur Seite wie ein Vogel, der einen Wurm in der Erde hört. »Oh, warum hast du das nicht gleich gesagt?«, murmelte er in Abdos Richtung.

Ich warf Abdo einen Blick zu, aber der Junge starrte den Doktor nur beschwörend an. »Ich finde den Weg zum Haus«, sagte Finch. »Aber ich kann erst am Abend kommen.« Der maskierte Arzt schob mit seiner schmutzigen Stiefelspitze meinen Fuß vorsichtig beiseite und schloss die Tür.

»Was hast du Doktor Finch erzählt?«, fragte ich Abdo im Weggehen.

Dass wir Artgenossen sind, sagte Abdo versonnen und nahm meine Hand. *Er ist von Natur aus neugierig. Er wird kommen.*

Mir gefällt sein Gedankenfeuer, es hat eine menschenfreundliche Farbe.

Ich war entzückt. Nach nur drei Tagen hatten wir den ersten Halbdrachen gefunden und er war nicht gänzlich abgeneigt gewesen. Nach Wochen im Schlamm hatte ich Glisselda und Kiggs endlich etwas Wichtiges zu berichten.

Es war ein vielversprechender Anfang. Ich freute mich schon darauf, Dame Okra davon zu erzählen.

Wir machten kurz halt an ihrem Haus, aber sie war nicht da, und wir waren viel zu aufgekratzt, um in der Stube zu hocken. Ich holte meine Flöte, und Abdo und ich verbrachten den Nachmittag damit, auf dem Kathedralenvorplatz zu musizieren.

Früher wäre so etwas undenkbar gewesen. Aus Angst vor Entdeckung (und dem Zorn meines Vaters) hatte ich es nie gewagt, in der Öffentlichkeit zu spielen. Es war immer noch nervenaufreibend, aber ich hatte herausgefunden, dass es auch äußerst befriedigend war – ein Sinnbild meines neuen Lebens, meiner neuen Freiheit und meiner neuen Offenheit. Früher hatte ich um mein Leben gefürchtet, jetzt war meine größte Angst, den Ton nicht zu treffen. Diese Veränderung wollte ich so oft wie möglich auskosten.

Während ich spielte, hüpfte und tanzte Abdo. Wir lockten eine ganze Menge Passanten an und hatten bald ein dankbares Publikum. Die Bewohner von Ninys waren für ihren Kunstsinn berühmt, wovon die Skulpturen, Brunnen und Triumphbogen in Segosh zeugten.

Natürlich, und das wusste jeder Goreddi nur zu gut, war diese Kunst auf Kosten von Goredd entstanden, denn Ninys hatte uns die teuren, zerstörerischen Drachenkriege ganz allein führen lassen. In Goredd scheute man den Aufwand für herrliche Monumente oder Statuen, weil die Drachen sie unweigerlich in Trümmer legen würden. Bis zu Comonots Vertrag erlebte nur die Musik in Goredd eine Blüte, denn sie war eine Kunst, die man auch in unterirdischen Schutztunneln ausüben konnte.

Als der Abend dämmerte, kehrten Abdo und ich zu Dame Okra zurück, um Finch zu erwarten. Ich hatte damit gerechnet, dass das Abendessen in der Küche für uns bereitstand, da Dame Okra an den vorangegangenen beiden Abenden bis spät in die Nacht im Palasho Pesavolta geblieben war. Heute jedoch hörte ich ihr lautes Gekeife im großen Speisezimmer, zusammen mit einer mir unbekannten Bassstimme.

Dame Okra saß an einem Ende des funkelnden Tischs und trank Kaffee mit einem viel jüngeren Mann, der bei unserer Ankunft sofort aufsprang. Er war ein schlanker Bursche, kleiner als ich, mit roten, schulterlangen Haaren, einem länglichen Gesicht und einem flaumigen Kinnbart. Er trug die orange-goldene Livree des Hauses Pesavolta. Ich schätzte ihn auf allenfalls knapp über zwanzig.

»Beehrst du uns endlich mit deiner Anwesenheit?«, sagte Dame Okra finster. »Eure Eskorte steht bereit. Ihr reist morgen ab. Josquin wird euch zur Seite stehen, damit ihr nicht verloren geht.« Sie machte eine vage Handbewegung in seine Richtung, was er als Aufforderung nahm, sich wieder zu setzen. »Er ist mein Groß-Groß-Groß-Cousin oder so etwas Ähnliches.«

»Ich bin erfreut, euch endlich kennenzulernen«, sagte Josquin und zog mir einen Stuhl heran. Seine Stimme war viel tiefer, als es seine schmächtige Gestalt vermuten ließ. »Meine Cousine hat mir erzählt…«

»Ja, schon gut«, unterbrach ihn Dame Okra ungeduldig. »Die Sache ist die: Ich vertraue ihm. Seit Jahren sind er und seine Mutter die Einzigen, die wissen, was ich bin, und sie haben Stillschweigen darüber bewahrt. Seine Mutter näht meine Kleider und hilft mir, wie ein Mensch auszusehen.« Wie um ihre Worte zu unterstreichen, rückte sie ihren ausladenden – und falschen – Busen zurecht. Josquin war höflich genug, seine ganze Aufmerksamkeit auf den Kaffee zu richten.

»Schon mit zehn wurde er ein berittener Bote«, sagte Dame Okra. »Er kennt jedes Dorf und jede Straße.«

»Die meisten jedenfalls«, sagte Josquin bescheiden. Belustigt kniff er die blauen Augen zusammen. Sein Blick verriet Zuneigung für seine Cousine, ungeachtet ihrer mürrischen Art.

»Die Straßen, auf die es ankommt«, entgegnete Dame Okra unwirsch. »Diejenigen, die man kennen muss. Er wird übersetzen. Er hat seine Kameraden bereits vorausgeschickt, damit sie die Nachricht verbreiten, dass auf jeden, der Hinweise auf den Einsiedler und die Malerin geben kann, eine Belohnung wartet. Ich nehme an, das erspart uns Zeit. Er weiß, dass ihr rechtzeitig nach Samsam reisen müsst, um…«

Dame Okra hielt plötzlich inne. In ihre Augen trat ein entrückter Blick.

Abdo, der sich einen Stuhl genommen und am Kaffee bedient hatte, sah von Dame Okra zum Hauseingang.

Das müsstest du sehen, Fina Madamina. Dame Okra hat eine Vorahnung, ihr Seelenlicht ist wie ein Blitz, ein großer, gezackter Gedankenfinger, der auf die Haustür zeigt. Er machte eine Handbewegung, um es zu verdeutlichen.

Sie spürt es in ihrem Kopf?, fragte ich. *Sie behauptet doch immer, es ist der Bauch.*

Vielleicht kann sie die beiden nicht auseinanderhalten, sagte Abdo frech.

Dame Okra machte seltsame Verrenkungen. Endlich fasste sie sich wieder. »Ihr Heiligen im Himmel!«, rief sie. »Was ist dieses Geschöpf vor der Haustür?« Sie sprang hoch und eilte hinaus.

Im selben Moment klopfte jemand an. Rasch folgte ich der Hausherrin. Ich hatte noch nicht die Gelegenheit gehabt, ihr von Finch zu erzählen. »Bevor Ihr öffnet…«, begann ich, aber es war schon zu spät.

»Igitt!«, rief sie voller Abscheu. »Serafina, du hast doch nicht etwa diese Person hierhergebeten, diese pestverseuchte Kreatur. Nein, mein Herr. Untersteh dich und schleppe mir die Seuche ins Haus. Geh nach hinten in den Hof und zieh deine Sachen aus.«

Der Doktor hatte die schmutzige Schürze und die Handschuhe abgelegt und sich umgezogen, aber er trug immer noch die merkwürdige Schnabelmaske. Seine Stiefel waren eindeutig zu schmutzig für die blank polierten Böden im Haus. Ich zwängte mich neben Dame Okra, die entrüstet schnaubte.

»Stell die Stiefel hier ab«, bat ich ihn, und er gehorchte hastig. Ich nahm seinen Arm und sagte: »Du bist hier willkommen. Ich habe es nur nicht geschafft, dich rechtzeitig anzukündigen.«

Ich führte unseren neuen Gast ins Speisezimmer. Dame Okra folgte uns mit empörtem Gezeter.

Josquin stand auf und rief: »Buonarrive, Dotoro Basimo!« Höflich bot er dem älteren Mann seinen Platz an.

Finch ließ die Schultern hängen, als er auf Strümpfen zu dem Stuhl schlurfte. Josquin setzte sich auf den Platz neben ihn.

»Du kennst diesen Leichenfresser?«, fragte Dame Okra auf Goreddi. Sie blieb im Türrahmen stehen und verschränkte die Arme.

»Doktor Basimo hat Graf Pesavoltas Interesse für die Pestfälle geweckt«, sagte Josquin freundlich. »Und nun versuchen sie zusammen, den nächsten großen Ausbruch zu verhindern. Es ist ein ehrenwertes Unterfangen.«

Die Hände zwischen die Knie geschoben, kauerte der Arzt auf der Stuhlkante und betrachtete uns unsicher durch die Glaslinsen.

»Er ist einer von uns«, sagte ich zu Dame Okra. »Wir haben ihn erst heute Morgen entdeckt.«

»Dann nimm deine Maske herunter. Bei Sankt Prue, du bist unter Freunden!«, rief Dame Okra unfreundlich, während sie peinlich darauf bedacht war, einen möglichst großen Abstand zu dem Gast zu halten.

»Du musst nicht, wenn du nicht möchtest«, überging ich ihre Aufforderung.

Doktor Basimo zögerte einen Moment, dann nahm er seine sackartige Maske ab. Ich wusste, was uns erwartete, aber Dame Okra schnappte nach Luft. Josquin wandte die Augen ab und trank rasch einen Schluck Kaffee.

Unter dem schwarzen Lederschnabel kam ein echter Schnabel zum Vorschein, dick und stark wie der eines Finken. Aber anders als bei dem Vogel, hatte der Schnabel gezackte Ränder, die an Drachenzähne erinnerten. Statt einer Nase hatte der Arzt nur die Luftlöcher des Schnabels. Sein Kopf war kahl und voller Leberflecken und sein Hals war der eines dürren alten Mannes, was ihm das Aussehen eines Bussards verlieh, nur dass ein Bussard nicht so klug blickt und keine traurigen Augen von der Farbe des Sommerhimmels hat.

»Bitte nennt mich Nedouard«, sagte der Arzt undeutlich. Das Sprechen bereitete ihm Mühe. Ich sah, wie schwierig es für ihn war, mit seiner schwarzen Zunge in dem starren Schnabel Laute hervorzubringen, und manchmal kam nur ein merkwürdiges Knacken heraus, wenn ein Laut eigentlich mit den Lippen hätte gebildet werden müssen. »Der kleine Junge sagte mir, dass ihr alle Halbdrachen seid. Bisher dachte ich, es gäbe nur mich.«

Ich setzte mich ihm gegenüber und rollte meinen linken Ärmel hoch, um ihm die silbernen Drachenschuppen zu zeigen, die sich um meinen Unterarm wanden. Nedouard streckte zaghaft die Hand aus und berührte sie. »Ich habe auch ein paar«, sagte er sanft. »Du hast Glück, dass dir dies erspart geblieben ist.« Er deutete auf seinen Schnabel.

»Jeder von uns sieht anders aus«, erwiderte ich. Abdo streckte wie zum Beweis seine schuppige Zunge heraus.

Nedouard nickte nachdenklich. »Das überrascht mich nicht. Die eigentliche Überraschung ist, dass Menschen und Drachen sich überhaupt kreuzen können. Und was ist mit ...« Er nickte in Josquins Richtung.

»Oh, ich nicht«, sagte der Bote. Er war blass geworden, versuchte aber tapfer zu lächeln.

Dame Okra erklärte widerstrebend: »Ich habe einen Schwanz. Und nein, ich werde ihn dir nicht zeigen.«

Mit einem fast unhörbaren »Danke« nahm Nedouard von Abdo eine Tasse Kaffee entgegen, dann herrschte eine unbehagliche Stille.

»Bist du in Segosh aufgewachsen, Nedouard?«, fragte ich freundlich.

»Nein, ich bin in dem Dorf Basimo geboren.« Er rührte in seinem Kaffee, obwohl er nichts hineingetan hatte. »Meine Mutter ist hierhergeflohen, ins Kloster von Sankt Loola. Sie ist von zu Hause weggerannt und hat den Nonnen gesagt, dass mein Vater ein Drache ist. Aber sie haben ihr erst geglaubt, als sie mein Gesicht sahen.«

»Du bist damit auf die Welt gekommen?« Ich deutete auf den Schnabel. »Ich habe meine Schuppen erst mit elf bekommen. Und als Abdo seine bekam, war er ... sechs?« Ich sah Abdo fragend an und er nickte.

»Ja, meine Schuppen kamen auch später«, sagte Nedouard. »Das Gesicht war leider schon immer so. Meine Mutter ist im Kindbett gestorben, aber die Nonnen haben sich trotz meiner Missbildung ohne Zögern meiner angenommen. Sankt Loola ist die Patronin der Kinder und Narren. Die Schwestern haben mich großgezogen, unterrichtet und wie einen Sohn geliebt. Außerhalb des Klosters trug ich eine Maske. Anfangs fürchteten sich die Dorfbewohner, aber ich war ruhig und friedfertig, sodass sie mich schließlich annahmen, wie ich war. Als ich sechzehn war, wurde Basimo von der Pest heimgesucht. Das Kloster nahm die Kranken natürlich auf, und ich lernte, wie man sich um Pestopfer kümmert. Aber ...« Er nahm einen Löffel, legte ihn gleich darauf wieder ab und trommelte mit den Fingern. »Aber zum Schluss waren wir nur noch zu fünft. Das Dorf Basimo gibt es nicht mehr. Übrig geblieben ist nur der Name, den ich angenommen habe.«

»Wie kommst du hier zurecht?«, fragte ich. Was ich nicht sagte, war: *Mit deinem Gesicht?*

Er hörte die unausgesprochene Frage trotzdem und sah mich schlau an. »Ich behalte einfach meine Maske auf. Niemand in dieser Stadt würde es wagen, mich anzufassen und sie mir abzunehmen.«

»Deine Patienten wundern sich nicht, dass du auch in jenen Zeiten eine Maske trägst, in denen keine Pest wütet?«

»Meine Patienten sind mir so dankbar, dass ihnen egal ist, wie ich aussehe.« Er räusperte sich und fügte hinzu: »Außerdem gibt es keine pestfreien Jahre. Manchmal sucht sie die Reichen nicht heim, aber bei den Armen wirst du sie immer finden.«

Nedouard versuchte, einen Schluck Kaffee zu trinken, aber sein Schnabel war zu klobig für die zierliche Tasse. Dame Okra schnaubte verächtlich und Nedouard stellte beschämt die Tasse ab.

Ich warf Dame Okra einen bösen Blick zu und sagte hartnäckig: »In Goredd gab es viele pestfreie Jahre. In meinem ganzen Leben habe ich keine Epidemie miterlebt.«

»Goredd ist anders.« Nedouard zog seine ergrauten Augenbrauen hoch. »Die Quigutl essen euren Abfall, deshalb habt ihr weniger Ratten. Denn die sind es, die die Pest übertragen. Ich habe Versuche unternommen und Abhandlungen darüber geschrieben, aber ich habe nicht Medizin studiert. Mein Wissen habe ich mir selbst angeeignet. Und wer würde schon jemandem wie mir zuhören?«

»Wir werden zuhören. Ganz Goredd wird zuhören«, sagte ich bestimmt. »Ich habe den Auftrag, alle unsere Artgenossen aufzuspüren. Goredd braucht eure Hilfe im Drachenkrieg, aber danach würde ich gerne eine Gemeinschaft von Halbdrachen gründen, die sich gegenseitig helfen und wertschätzen.«

Dame Okra rollte die Augen, dass ich schon Angst hatte, der Schlag würde sie treffen.

Nedouard drehte die Tasse hin und her. »Die Menschen hier brauchen mich.«

»Du kannst ihnen trotzdem helfen«, sagte ich. »Wenn man deine Arbeit endlich ernst nimmt, findest du vielleicht eine Möglichkeit, die Seuchenausbrüche zu verhindern oder eine Heilung für die Krankheit zu finden.«

Nedouards Augen fingen an zu leuchten. »Ich muss zugeben, das klingt sehr reizvoll. Darf ich es mir durch den Kopf gehen lassen?«

»Natürlich«, sagte ich herzlich. »Wo bist du zu finden?«

»Ich lebe ganz in der Nähe des Ortes, an dem du mich gefunden hast.« Verlegen blickte er zu Boden.

»Du kannst deine Habseligkeiten hierher ins Haus bringen«, sagte ich. »Dame Okra hat Platz genug und hier hast du es sicher gemütlicher.«

Dame Okra plusterte sich auf, sagte aber kein Wort. Sie hatte bereits zugestimmt, die Ityasaari in Ninys zu beherbergen, bis sie gemeinsam die Reise nach Goredd antraten. Ich war entschlossen, sie beim Wort zu nehmen.

»Denk in Ruhe darüber nach. Abdo und ich werden noch zwei weitere Artgenossen in Ninys suchen. Vielleicht kehren wir erst in sechs Wochen zurück.«

Nedouard hob den Kopf und fragte neugierig: »Wie viele sind wir eigentlich?«

»Sechzehn«, antwortete ich und zählte Jannoula und Pandowdy nicht mit.

Er blickte mich scharf an und plötzlich musste ich an Kiggs denken. Hinter diesem Schnabel steckte ein kluger Kopf. »Die Fruchtbarkeit bei Kreuzungen kann nicht sehr hoch sein. Man kann annehmen, dass auf jeden Mischling zehnmal so viele Drachen kommen, die sich mit Menschen eingelassen haben. Dies wiederum bedeutet...«

»Wär's das jetzt?«, rief Dame Okra und stellte das Kaffeegeschirr unter lautem Klappern auf ein Tablett. »Wie es aussieht, werde ich Doktor Basimo in den kommenden Wochen noch sehr häufig sehen, da will ich nicht schon jetzt seiner überdrüssig werden.«

Ihre Unfreundlichkeit brachte mich in Verlegenheit, aber Nedouard verstand den Wink. Er stand auf und gab allen die Hand. Abdo, der diese südländische Sitte lustig fand, schwang begeistert seinen Arm.

Ich brachte den Arzt zur Tür. »Dame Okra kann sehr direkt sein«, sagte ich, während er seine Stiefel anzog. »Aber sie hat ein... gutes Herz.« Was nicht unbedingt stimmte, aber mir fiel nichts anderes ein, um ihn aufzumuntern.

Nedouard verbeugte sich höflich, zog die Schultern hoch und verschwand in der hereinbrechenden Dunkelheit. Ich konnte vielleicht kein Gedankenfeuer sehen, aber die Einsamkeit, die ihn wie ein Mantel einhüllte, erkannte ich sofort. Sie war eine alte Bekannte. Nedouard wurde von ihr niedergedrückt, und deshalb war ich sicher, dass er sich uns anschließen würde.

Als ich ins Speisezimmer zurückkehrte, kroch Abdo unter dem Tisch herum, während Josquin das Geschirr wegräumte. Dame Okra beschwerte sich lautstark. »Natürlich habe ich nichts bemerkt. Abgebrühte Diebe lassen sich nicht erwischen!«

»Was ist passiert?«, fragte ich.

Dame Okra wirbelte herum. Ihr Gesicht war zornesrot. »Dein Vogelmann«, blaffte sie. »Er hat drei Silberlöffel gestohlen.«

Josquin wollte nicht zum Abendessen bleiben. »Ich treffe mich zu einer letzten Besprechung mit Hauptmann Moy, der die Eskorte anführt«, sagte er.

»Wird er erfahren, dass wir Halbdrachen sind?«, fragte ich schärfer als beabsichtigt.

Josquins ernste Miene passte zu seinem Pferdegesicht. »Er weiß es bereits. Hätte ich es ihm nicht sagen sollen?«

Mein Gesicht fühlte sich heiß an. Würde ich mich jemals daran gewöhnen, dass andere über mich Bescheid wussten?

»Es ist nur ... er fürchtet sich doch nicht vor uns, oder?« Furcht war zwar weniger schlimm als Hass, aber es fiel mir leichter, darüber zu sprechen.

»Ah«, sagte Josquin, nun nachdenklich. »Unsere Geschichte ist anders verlaufen als eure. Wir hier im Süden haben nur sehr selten unter Drachenangriffen zu leiden gehabt. Das haben wir Goredd zu verdanken. Die Menschen in diesem Land werden daher eher neugierig als ängstlich sein, wenn sie erfahren, wer ihr seid.«

»Aber sogar die Heiligen bezeichnen die Halbdrachen als abartige Missgeburten.«

»Wir in Ninys nehmen es auch mit den Heiligen nicht ganz so genau.« Er lächelte entschuldigend. »Wir haben ihren Beistand noch nicht so oft gebraucht. Auch das ist ein glücklicher Umstand der Geschichte, den uns der Frieden geschenkt hat.«

Frieden war in der Tat ein Segen. Die Jahre nach dem Abschluss von Comonots Vertrag hatten dies bewiesen.

Dennoch hatte Josquin meine Zweifel nicht ganz zerstreuen können. Sein Entsetzen beim Anblick von Nedouards Gesicht war mir nicht entgangen. Er hatte sich ein Lächeln abgerungen, als er meine Schuppen gesehen hatte, aber zuerst hatte er Scheu und Unbehagen empfunden. Wenn für die Menschen in Ninys Anderssein so selbstverständlich war, wie er behauptete, warum betrieb Dame Okra dann einen solchen Aufwand, um ihren Schwanz zu kaschieren?

Josquin schien uns immerhin freundlich gesinnt zu sein. Also würde ich zunächst einmal Vertrauen in unsere Eskorte setzen.

Dame Okra durchsuchte ihre Schränke, als hätte Nedouard sich wie von Zauberhand und von uns allen unbemerkt heimlich daran zu schaffen gemacht.

Josquin lächelte nachsichtig. Er hatte seine Verwandte zweifellos gern, so verwunderlich das auch war. »Guten Abend, Cousine«, sagte er. »Serafina, Abdo – ich komme in aller Frühe. Seid zum Aufbruch bereit.«

Er ging alleine hinaus. Dame Okra knallte die Schranktüren zu und rief: »Warum habe ich nur zugestimmt, diese Ungeheuer in mein Haus lassen? Ich nehme alles zurück. Sie können im Stall schlafen.« Schäumend vor Wut stapfte sie in die Küche.

Ich seufzte und lehnte meine Stirn an den kühlen, glatten Tisch. Dame Okra war so anstrengend.

»Meine Geduld ist begrenzt«, sagte ich leise zu Abdo. »Und sie hat sie bald aufgebraucht.«

Ich frage mich, ob man das Seelenlicht verändern kann, überlegte er. *Der alte Priester Paulo Pende hat das jedenfalls behauptet. Ich kann meinen Feuerfinger nach ihr ausstrecken.* Er tippte mit dem Zeigefinger gegen den Tisch. *Könnte ich ihr Licht damit erreichen? Könnte ich sie freundlicher machen und sie vergessen lassen?*

Ich erstarrte. *Was soll das heißen?*, fragte ich und fürchtete mich bereits vor der Antwort.

Na ja, ich könnte mit den Löffeln beginnen. Dann würde sie vergessen, dass sie Nedouard hasst.

Ich setzte mich aufrecht hin. »Denk so etwas nicht. Das ist ausgeschlossen.«

Meine plötzliche Heftigkeit ließ ihn zurückzucken und er riss erschrocken die Augen auf. *Oh, Madamina, sei nicht zornig. Ich wollte doch nur... Nedouard ist freundlich und verdient ihre Verachtung nicht. Ich wollte ihm nur helfen.*

Mein Mund war trocken, aber ich schaffte es, ihm zu antworten. »Dame Okra muss Herrin über ihre eigenen Gedanken sein dürfen, auch wenn wir nicht mit ihnen einverstanden sind.«

Abdo sah mich forschend an. *Es gibt da etwas, das du mir noch nicht erzählt hast. Geht es dabei um die Frau, die du aus deinen Gedanken verbannt hast?*

Ein andermal, sagte ich müde. Er nickte und überließ mich meinen Grübeleien.

Zur Schlafenszeit war ich immer noch erschüttert über Abdos freimütigen Vorschlag und darüber, wie tief dieser mich getroffen hatte. Die Sache mit Jannoula war schon viele Jahre her, aber ihr Schatten lauerte immer noch unter der Oberfläche wie eine furchterregende Kreatur. Ich ging in mein Zimmer, in der Hoffnung, dass meine abendliche Routine mich zur Ruhe kommen lassen würde. Ich wusch und ölte das breite Schuppenband um meine Taille und das schmälere an meinem linken Unterarm. Dann ließ ich mich in das Himmelbett fallen, atmete ruhig und gleichmäßig und betrat den Garten der Grotesken.

Seit Abdo von dem Torhaus gesprochen hatte, kam mir beim

Betreten des Gartens alles flach und unecht vor – als wären die Bäume und Statuen nur eine gemalte Bühnenkulisse. Abdos Sichtweise hatte mir vor Augen geführt, dass es den Garten eigentlich nicht gab. Ich kam mir vor wie eine Schlafende, die plötzlich merkt, dass sie träumt, und nach dieser Erkenntnis nicht mehr weiterschlafen kann.

Ich blieb einen Augenblick lang mit geschlossenen Augen stehen und hauchte meiner Erfindung neues Leben ein. Als ich die Augen aufschlug, war alles wieder so wie früher: Die Sonne wärmte mein Gesicht, und das Gras bestand aus unzähligen taufrischen Halmen, die mich zwischen den Zehen kitzelten. Eine Brise trug den Duft von Rosen und Rosmarin heran.

Zuerst ging ich zu Jannoulas Gartenlaube und überprüfte das Türschloss. Ich hatte Angst, dass meine Gedanken sie irgendwie auf den Plan gerufen hatten. Dann wünschte ich allen Bewohnern, an denen ich vorbeikam, eine gute Nacht. Vor dem Goldnest blieb ich stehen und tätschelte Finch – Nedouard – über seinen kahlen Kopf. Ich war froh, dass ich ihn gefunden hatte. Ich warf Bläulein einen Kuss zu. Die Malerin stand inmitten ihrer farbigen Wasserstrudel. Und auch Glimmergeist, der Einsiedlerin in ihrem Schmetterlingsgarten, hauchte ich einen Gruß zu.

Den Garten in Ordnung zu bringen, brachte auch Ordnung in meine Gedanken. Ich kehrte in mich selbst zurück und war wieder in Dame Okras grünem Gästezimmer. Jetzt gab es nur noch eine Sache zu tun, bevor ich schlafen konnte. Ich zog die Silberkette unter meinem Hemd hervor und tastete nach dem Freundschaftsknoten.

Ich legte den kleinen Schalter um. Auf Glisseldas Schreibtisch in ihrem Studierzimmer würde jetzt eine verzierte Schatulle wie eine Grille zirpen. Mein Gerät war nicht das Einzige, das mit diesem Apparat verbunden war. Comonot hatte ebenfalls eines, ebenso einige seiner Generäle, Graf Pesavolta, der Regent von Samsam und die Ritter in Fort Übersee. Ein Page saß rund um die Uhr am Schreibtisch und wartete auf Meldungen.

»Hier Schloss Orison, wer spricht bitte?«, war eine gelangweilte junge Stimme zu vernehmen.

»Serafina Dombegh«, sagte ich.

Zuerst dachte ich, der Junge hätte ein unanständiges Geräusch gemacht, aber es war nur sein Stuhl, den er beim Aufstehen zurückschob. Dann hörte ich, wie die Tür ins Schloss fiel. Er wusste genau, wen er holen musste. Ich richtete mich darauf ein, zu warten. Als ich über das Knistern meines Quigutl-Geräts hinweg zwei liebe und vertraute Stimmen »Fina!« rufen hörte, musste ich lächeln.

FÜNF

Josquin machte ernst mit dem frühen Aufbruch. Noch vor dem Morgengrauen holte er Abdo und mich bei Dame Okra ab. Er brachte für jeden von uns ein Pferd mit, und als wir aufgesessen waren, führte er uns durch die taufeuchten Straßen. Er war noch nicht viel los, aber einige Händler wischten die Stufen vor ihren Läden und der Duft der ersten Brote wehte verführerisch zu uns herüber.

»Alles verläuft nach Plan«, verkündete Josquin stolz. »Santi Willibaios Markt fängt heute an. Um die Mittagszeit wird es in den Straßen von Kälbern und herumtollenden Kindern nur so wimmeln.«

Santi Willibaio war unser Sankt Willibald, in Samsam hieß er Sankt Villibaltus. Bei allen Unterschieden hatten wir zumindest dieselben Heiligen.

An den Stadttoren trafen wir auf unsere Eskorte. Acht Soldaten, die Hälfte von ihnen mit blondem Bart und alle mit Helmen, die aussahen wie Suppenschüsseln. An den Helmen wippten auffallende weiße Federn. Die Soldaten trugen Brustharnische, auf denen Kampfszenen eingraviert waren, und ihre bauschigen Ärmel in den Farben des Hauses Pesavolta sahen aus wie übergroße gold-orange Kohlköpfe. Das Zaumzeug ihrer Pferde – und auch das unserer Reittiere – war mit Messingschmuck und kleinen Glöckchen verziert. Damit würden wir uns niemandem unauffällig nähern können, so viel stand fest.

Josquin begrüßte den Anführer, einen breitschultrigen und dickbäuchigen Mann, der zwar keinen Schnauzbart hatte, aber dessen gelber Kinnbart wie das Blatt einer Schaufel aussah. Jetzt kam mir Josquins kleiner Kinnbart nicht mehr ganz so sonderbar vor. Offensichtlich war das Mode in Ninys.

»Hauptmann Moy«, sagte Josquin. Moy verbeugte sich im Sattel und nahm schwungvoll den Helm ab. Seine blonden Haare wurden am Scheitel schon dünn. Ich schätzte ihn auf etwa fünfundvierzig Jahre.

»Ich freue mich, dich kennenzulernen«, sagte ich und verbrauchte meinen gesamten Wortschatz an Ninysh in einem Satz. Mir war ein bisschen mulmig, einem bewaffneten Fremden gegenüberzutreten, der bereits wusste, was ich war. Jetzt war es nicht mehr mein Geheimnis. Das Wissen preiszugeben lag nicht länger in meiner Hand. Daran musste ich mich erst noch gewöhnen.

»Die Ehre ist ganz auf unserer Seite«, sagte Hauptmann Moy in ordentlichem Goreddi. Sein schiefes Lächeln, bei dem seine breiten Zähne aufblitzen, hatte seltsamerweise eine beruhigende Wirkung auf mich. »Wir nennen uns Des Osho – die Acht. Unsere Aufgabe ist es, Würdenträgern während ihres Besuchs Geleit zu geben.«

Ha, ha, wir sind Würdenträger, kicherte Abdo. Er beobachtete Moys wippende Federn, wie eine Katze ein Wollknäuel beäugt.

Der Hauptmann bellte einen Befehl, woraufhin seine Begleiter uns in ihre Mitte nahmen. Sie waren gut ausgebildet, denn keiner von ihnen starrte Abdo oder mich an. Gemeinsam verließen wir die Stadt. Unterwegs kamen wir an einer wachsenden Zahl von Karren vorbei, die alle zum Markt fuhren. Die Bauern und Fuhrleute glotzten, als sie unsere Eskorte sahen. Wir waren nicht die Art von Reisenden, die für gewöhnlich von einem solchen Trupp begleitet wurden. Abdo winkte den Bauern zu und grinste.

Der nächstgelegene Landsitz war der Palasho Do Lire, er war einen Tagesritt entfernt, und wir würden die Nacht dort verbringen. Jenseits der Stadtgrenzen erstreckte sich hügeliges Weideland, dazwischen schmale Äcker mit Winterweizen. So früh im Jahr waren die dicht wachsenden Halme noch leuchtend grün, nur hin und wieder sah man Flecken von dunkler Erde.

Die Straße führte zwischen niedrigen Steinmauern und Hecken hindurch und reichte bis zum Horizont. Ab und zu wand sie sich auch um ein Dorf oder einen Weinberg herum. Wir überquerten mehrere Flüsse, die viel Wasser führten. Es war Frühling und in den Bergen hatte die Schneeschmelze eingesetzt. Auf fernen Hügeln thronten Windmühlen, die ihre dreieckigen bespannten Flügel in die frische Brise streckten. Landarbeiter blickten von den Erdklumpen auf den Zwiebelfeldern hoch und starrten uns an. Abdo warf ihnen Kusshände zu.

Beim Aufbruch waren sechs Reiter der Eskorte vor uns und zwei hinter uns geritten, aber dies blieb nicht lange so. Abdo, dem das gemächliche Tempo zu langweilig war, setzte sich nach vorn ab. Hauptmann Moy ließ sich zurückfallen und ritt an meiner rechten Seite, Josquin blieb an meiner linken.

»Wir haben uns schon auf diese Aufgabe gefreut«, sagte Moy freundlich. »Ein reizvoller Auftrag ist nicht mit Gold aufzuwiegen.«

»Und es ist reizvoll, uns zu begleiten?«, fragte ich und spürte die Hitze in meinem Gesicht.

»Versteh mich nicht falsch, Mädchen«, sagte der Hauptmann und warf mir von der Seite einen Blick zu. »Es geht nicht darum, was ihr beiden seid, sondern um das, was uns aufgetragen wurde. Zimperliche Adelige zu eskortieren verliert schnell seinen Reiz, aber unbekannte Personen aufzuspüren, das ist eine echte Herausforderung. Wir müssen noch ausführlich darüber reden, welche Frauen ihr sucht. Josquin konnte mir da nicht viel sagen.«

Weiter vorn versuchte Abdo, sich in seiner gestenreichen Zeichensprache mit unseren Begleitern zu verständigen. Er hielt die ausgestreckten Hände über den Kopf wie ein Vogelnest. Der Reiter neben ihm nahm seinen Helm ab – besser gesagt *ihren* Helm. Ohne die Kopfbedeckung war sie sofort als Frau zu erkennen, sie hatte zwei goldene Zöpfe um den Kopf geschlungen und lachte mit roten Wangen. Gerade war sie dabei, mit einem Ausruf des Entzückens Abdo ihren Federhelm aufzusetzen.

»Entschuldigt mich«, sagte Moy und gab seinem Pferd die Sporen. »Ich muss die Disziplin aufrechterhalten.«

»Das ist seine Tochter Nan«, flüsterte Josquin halblaut und meinte damit die Reiterin. »Die beiden stellen manchmal gegenseitig ihre Geduld auf die Probe, aber sie sind ein gutes Gespann. In diese Ehrengarde kommt man nicht, wenn man faul und unfähig ist. Es ist eine wirkliche Ehre, und die muss man sich verdienen.«

Ich fragte mich, wie genau man sich diese Ehre zu verdienen hatte. Ninys war Goredd in Kriegszeiten selten zu Hilfe gekommen. Aber es wäre unhöflich gewesen, nachzufragen.

Das Wort *Palasho* wird meist mit Palast übersetzt, aber der Palasho Do Lire sah mit seinen Sandsteinmauern, die im Sonnenuntergang orangerot erglühten, mehr wie ein gut befestigtes Bauerngehöft aus. Viereckig und gedrungen kauerte der Palasho inmitten von Viehweiden auf einem niedrigen Hügel. Ein seichter Graben umschloss das Weideland. Er diente wohl eher dazu, das Vieh einzusperren, als dazu, irgendjemanden auszusperren. Unsere Pferde scheuten vor der Brücke, denn sie bestand nur aus Brettern, zwischen denen man nach unten blicken konnte. Aber dann eilten einige Kuhhirten herbei und legten zusätzliche Bretter auf die Brücke, damit unsere ängstlichen Reittiere sich hinüberwagten.

Der Gutsverwalter kannte Josquin und kam sofort heraus, um uns zu begrüßen. Er schüttelte Josquins Hand und wies mehrere Stallburschen an, sich um unsere Pferde zu kümmern. Dann führte er uns durch einen gemauerten Torbogen in einen Hof. Aus den Wandnischen beäugten uns Hühner und eine alte Geiß mit krummen Hörnern und aufgeblähtem Euter tat mit heiserem Blöken ihre Missbilligung kund.

Die meisten der Acht gingen direkt in ihr Quartier, das in einem Nebengebäude untergebracht war. Moy begleitete Josquin und mich zu einem hohen steinernen Haus, das aussah wie eine Scheune ohne Fenster. Abdo ergriff rasch Nans Hand und zog sie mit sich. Sie grinste entschuldigend, und man konnte sehen, dass sie die gleichen breiten Zähne wie ihr Vater hatte.

Sie versteht meine Zeichensprache besser als alle anderen, sagte Abdo.

Na dann, sagte ich und nickte Nan freundlich zu.

In die Doppeltüren war eine Hirschjagdszene eingeschnitzt, die viel zu kunstvoll für eine Scheune war. Meinem langsamen Hirn dämmerte es erst jetzt, dass dies das Gutshaus war und ich jetzt sofort dem örtlichen Landadel vorgestellt werden sollte – staubig von der Reise, in Hosen, Wams und Stiefeln und mit einem breitkrempigen Hut auf dem Kopf. Ich wich unwillkürlich einen Schritt zurück.

Die Hand schon an der Tür fragte Josquin: »Nervös?«

»Sollte ich mich nicht erst umziehen?«, fragte ich leise und bemühte mich, nicht allzu eingeschüchtert zu klingen.

»Ah«, sagte er und musterte mich von Kopf bis Fuß. »Nur zu, wenn dir das so wichtig ist. Aber darf ich einen Vorschlag machen?«

Ich zuckte nur ratlos mit den Schultern, da ich nicht genau

wusste, worauf er hinauswollte. Ein Windstoß trug den Geruch von Schweinen zu uns herüber.

Er senkte die Stimme und sah mich mit seinen blassen Augen eindringlich an. »Von Dame Okra weiß ich, dass du eine Musikerin bist und Vorstellungen gibst. Wenn jemand von uns acht als Herold unterwegs ist, macht er etwas ganz Ähnliches: Wir sprechen mit den Stimmen von Grafen, Königen, ja sogar Heiligen. Kostbare Kleidung kann beeindrucken, aber die Autorität muss von da drinnen kommen.« Er deutete mit dem Finger auf seinen Brustkorb. »Drück den Rücken durch. Und sprich selbstbewusst, dann werden sie dir Glauben schenken. Ich bin bei dir und werde übersetzen. Alles wird gut gehen.«

Das klang vernünftig, und ich hatte genug Erfahrung mit Auftritten, um Zutrauen zu mir selbst zu haben. Ich holte tief Luft, um mich zu wappnen, und trat durch die Tür. Vor mir erstreckte sich ein kirchenartiger Raum. Hohe Säulen stützten die rußgeschwärzte Decke. Ich hatte eine Empfangshalle oder einen Festsaal erwartet, und vielleicht war es das auch, aber heute tummelten sich darin flauschige junge Ziegen. Männer und Frauen bürsteten die Tiere kräftig und sammelten die Wolle in großen Körben. In weiteren Körben befand sich die etwas gröbere Wolle der älteren Ziegen, die bereits geschoren waren. Mitten im Raum befanden sich mehrere Feuerstellen mit großen bronzenen Kesseln, in denen die Wolle gewaschen oder gefärbt wurde. Daneben hatte man Trockenständer aufgestellt. Und in einer Ecke bauten Frauen ihre Webstühle auf.

Josquin eilte durch die von Mensch und Tier bevölkerte Halle auf eine kleine Frau zu, deren rote Haare von ersten silbrigen Strähnen durchzogen waren. Sie machte sich gerade an einem Spinnrand zu schaffen. Gekleidet war sie in ein blaues Gewand und eine üppig bestickte Leinenbluse.

Josquin verbeugte sich tief. Ich verstand dies als Aufforderung, und da ich keinen Rock trug, verbeugte ich mich ebenfalls. Aus seinen Begrüßungsworten hörte ich den Namen Baroneta Do Lire heraus, also handelte es sich zweifellos um die Hausherrin.

Sie sprach Josquin mit Namen an, er war also kein Fremder für sie. Josquin stellte mich mit blumigen Worten vor, woraufhin die Frau mich respektvoll ansah. Selbst Ziegen hätten bedeutend gewirkt, wenn man sie in so einem Ton angepriesen hätte. Halblaut sagte Josquin zu mir: »Fang an zu lesen.«

Ich holte Königin Glisseldas Botschaft an die Adeligen von Ninys aus meinem Reisebeutel, hob das Kinn und lächelte. Josquin nickte mir aufmunternd zu. Feierlich entrollte ich das Pergament und las vor. Josquin übersetzte jedes Wort in flüssiges, wohlklingendes Ninysh:

Höchst ehrenwerte Herren (»und Damen«, fügte ich hastig hinzu) *von Ninys, ich grüße hochachtungsvoll im Namen von Königin Glisselda von Goredd und überbringe ihre guten Wünsche.*

Sicherlich habt ihr bereits von dem Drachenzwist im Norden gehört. Es ist eine Frage der Zeit, bis er sich auf den Süden ausdehnt. Die Alte Ard will die Jagdgründe im Südland wiedergewinnen, nicht nur in Goredd, sondern auch in Ninys und Samsam. In der Vergangenheit hat Goredd sich der Drachengewalt alleine entgegengestellt. Wir hegen keinen Groll wegen Vergangenem – es war uns eine Ehre, dem Süden als Bollwerk zu dienen –, aber vierzig Jahre Friedenszeit und die Auflösung der Ritterschaft haben dazu geführt, dass wir für den neuen Kampf nicht gerüstet sind.

Graf Pesavolta hat seine letzten Ritter nach Fort Übersee geschickt, damit sie gemeinsam mit den Unsrigen neue Dracomachisten ausbilden. Goredd begrüßt diese großzügige Hilfsbereitschaft, doch wir brauchen weit mehr Unterstützung. Deshalb vertrauen wir auf den Adel von Ninys, das Herz und den Verstand des Südens, dass auch er seinen Teil zum Kampf gegen die Alte Ard beiträgt.

Glisselda und Kiggs hatten sich über diesem Brief den Kopf zerbrochen, um genau die richtige Mischung von Dringlichkeit und Verzweiflung zu finden. Die Balance zwischen Schmeichelei einerseits und Appell an das schlechte Gewissen andererseits war genau austariert. Den Begrüßungsworten folgte eine Liste mit allem, was Goredd brauchen konnte: Kämpfer, Waffen, Getreide, Holz, die notwendigen Bestandteile für das Sankt-Ogdo-Feuer und vieles mehr. Josquin polierte meine Worte in der Übersetzung noch etwas auf und legte sie der Baroneta Do Lire wie glitzernde Juwelen zu Füßen.

Bei meinen ersten Sätzen hatte die Baroneta noch Wolle gesponnen, aber als ich zum Ende gekommen war, ließ sie ihre Spindel in den Schoß fallen und legte die Hand aufs Herz. »Dem Palasho Do Lire ist es eine Ehre, zu helfen«, sagte sie, und Josquin übersetzte. »Wir aus Ninys wissen, was wir Goredd zu verdanken haben und dass unser schönes, gut geführtes Land nur durch die Opfer der Goreddi zu dem wurde, was es ist. Marie ...« Sie wandte sich an eine Frau, die mit einem Korb Wolle vorbeikam. »Bring mir Feder und Tinte. Ich werde meine Zusage schriftlich festhalten.«

Das war mehr, als ich zu hoffen gewagt hatte. Wir nahmen den Brief entgegen und aßen anschließend gemeinsam mit der Baroneta in einem kleineren, ziegenfreien Esszimmer. Ich konnte kaum still sitzen, so freute ich mich. Als man uns nach dem Essen in den Gästeflügel führte, sagte ich leise zu Josquin: »Du hattest recht. Es gab keinen Grund zur Furcht.«

Mit einem schiefen Lächeln erwiderte er: »Nicht alle werden so wohlwollend sein.«

Abdo und mir wurde ein kleines Gästezimmer zugeteilt, das mit einem Kamin und zwei Alkovenbetten mit Vorhängen ausgestattet war. Ich kam mir vor wie eine fürsorgliche große Schwester, die darauf achten muss, dass ihr kleiner Bruder auch ja genug Schlaf bekommt. Abdos abendliche Rituale waren fast so kompliziert wie meine: Er putzte seine Zähne mit einem Holzstäbchen, zog eine lange Tunika an, die er als Schlafgewand mitgebracht hatte, schlang einen Seidenschal um den Kopf und hüpfte dann auf dem Bett herum.

»Freund«, sagte ich, nachdem ich mehrere Minuten lang zugesehen hatte. »Muss das wirklich sein? Erzähl mir nicht, dass dein Gott es von dir verlangt, denn darauf falle ich nicht herein.«

Tust du nur Dinge, die wirklich sein müssen, bevor du ins Bett gehst?, fragte er und hüpfte weiter.

»Wenn ich meine Schuppen nicht wasche und öle, dann jucken sie«, antwortete ich ärgerlich. Es dauerte eine halbe Ewigkeit, bis das Wasser im Kessel erwärmt war.

Das meine ich nicht. Er hielt inne und sah mich eulenhaft an. *Du besuchst jeden Abend deinen »Garten«.*

»Das ist notwendig, damit ihr Schurken mich nicht mit Visionen heimsucht.«

Er legte den Kopf schief. *Wann hattest du zum letzten Mal eine Vision?*

Zur Wintersonnenwende. Es war eine Vision von dir, weißt du noch? Auch du hast sie bewusst wahrgenommen.

Ich habe sogar nach dir gesucht, erwiderte er. *Ich habe die Vision absichtlich herbeigeführt. Also, wann hattest du deine letzte richtige Vision?*

Über mich selbst erstaunt schüttelte ich den Kopf. »Ich kann mich nicht erinnern. Schon seit Jahren nicht. Mich um meinen Garten zu kümmern, ist für mich wie eine Religion.«

Aha, sagte Abdo, nachdenklich geworden, und legte sich endlich hin. *Du meinst wohl eher wie ein Aberglaube. Lass es doch einfach sein und warte ab, was passiert.*

»Nicht auf der Reise«, sagte ich und nahm den Kessel vom Feuer. »Was, wenn eine Vision mich aus dem Sattel wirft?«

Abdo gab keine Antwort. Ich drehte mich zu ihm um und sah, dass er tief und fest schlief.

Am nächsten Morgen waren wir bereits angezogen, als unsere Eskorte in aller Frühe kam, um uns aufzuwecken. Ich war noch dabei, meine Reithose zuzuschnüren, die – allen Heiligen sei Dank – gut gepolstert war, und trug über der Hose nur mein Leinenhemd. Abdo rannte sofort zur Tür. Herein kamen Josquin, Moy und Nan, die meine unschickliche Aufmachung völlig ungerührt ließ. Sie brachten einen warmen Brotlaib und krümeligen Ziegenkäse und stellten, in Ermangelung eines Tischs, alles auf den Boden. Ich zog mein blaues Wollwams an und setzte mich zu ihnen.

Hauptmann Moy schob den Käse beiseite und breitete ein Pergament aus, auf dem sich eine Landkarte von Ninys befand. Er zog eine goldgerahmte Brille aus einem Beutel, den er am Gürtel trug, und setzte sie schief auf die Nase.

»So«, murmelte er und nahm dabei einen Kanten Brot von seiner Tochter, die mit ihrem Dolch den Brotlaib zerteilte. »Wo halten sich denn diese Halbdrachen-Damen auf?«

Bei dem Wort *Halbdrachen* warf Nan mir einen schnellen Blick zu, der ihre Neugier verriet, sonst nichts.

»Leider kenne ich mich in Ninys überhaupt nicht aus«, sagte ich. »In meinen Visionen kann ich die Halbdrachen nur in ihrer unmittelbaren Umgebung sehen. Das verrät uns nicht viel über ihren Aufenthaltsort.«

Meine Antwort schien Moy seltsamerweise zu entzücken. »Das ist die Herausforderung. Zwei Frauen, ein großes Land. Wenn ihr nicht binnen sechs Wochen wieder in Segosh seid, wird Samsam uns den Krieg erklären.«

»Nein, wird es nicht«, mischte Josquin sich ein, um klarzumachen, dass Moy hemmungslos übertrieb. »Nur meine Cousine wird über uns herfallen.«

Moy zuckte grinsend mit den Schultern. »Wir drei kennen Ninys wie unsere Westentasche. Schildere uns einfach, was du gesehen hast.«

Am meisten wusste ich über Bläulein, die Künstlerin, die den Bach in meinem Garten farbig aufwirbelte. »Sie ist eine Wandmalerin und gerade dabei, einen Sankt Jobertus zu malen. Ich weiß allerdings nicht, wo. Zuvor hat sie eine wunderbare Sankt Fionnuala in Meshi gemalt.«

»Santi Fionani?«, fragte Nan. So hieß die Herrin der Wasser in Ninys.

Moy deutete auf eine Stadt an einem Fluss im Osten. »Woher weißt du, dass es Meshi war?«

»Ich hatte Glück«, sagte ich. »In einer Vision konnte ich einen Blick auf das Stadtwappen erhaschen.«

»Das Wappen zeigt den Namen der Stadt und darüber eine Kiefer«, murmelte Josquin und kaute ein Stück Käse.

»Ja, in diesem Teil des Landes ist man sehr feinsinnig«, sagte Moy. Seine Tochter schraubte den Deckel eines Tintenfässchens auf und setzte vorsichtig mit einem Pinsel einen roten Punkt neben die Stadt.

»Die Priester von Santi Fionani können uns vielleicht sagen, wohin sie gegangen ist«, meinte Josquin. »Meshi stand auf Dame Okras Liste der strategisch wichtigen Adelssitze, weil sich dort eine Schwefelmine befindet. Wir müssen also sowieso dorthin.«

Das klang vielversprechend. Ich setzte zu einer vagen Beschreibung von Glimmergeist, der zweiten Ityasaari, an. »Die andere Frau lebt als Einsiedlerin in einem großen Kiefernwald.«

»Die Pinabra«, unterbrach Moy mich sofort. »Meshi liegt westlich davon.«

Josquin fuhr mit der Hand über die Karte. »Das ist ein großes Gebiet. Es umgibt die östlichen Berge wie ein Gürtel.«

»Und es ist eine Gegend, in der man sich verlaufen kann«, sagte Nan zögernd. Es waren die ersten Worte, die ich sie in Goreddi sagen hörte. Sie sprach mit starkem Akzent, schien dem Gespräch aber problemlos folgen zu können.

»Eines nach dem anderen«, sagte Moy und stand auf. »Zunächst einmal ist Meshi unser Ziel; auf dem Weg dorthin gibt es genug Palashos, die wir aufsuchen können.«

Nan rollte die Landkarte zusammen. Eine halbe Stunde später waren wir schon unterwegs.

Wir kamen tatsächlich an vielen Palashos vorbei. An manchen Tagen machten wir an zwei oder drei von ihnen halt. Es sprach sich schnell herum, dass ich Flöte spielte und Abdo tanzte, und so wurden wir immer wieder gebeten, unser Können vorzuführen. Manchmal kamen auch noch Tänzer aus Ninys hinzu. Abdo beobachtete sie aufmerksam und abends vor dem Zubettgehen ahmte er ihre Bewegungen nach und hüpfte die Treppe hinauf. Schließlich brachte Moy ihm sogar Saltamunti und Voli-vola bei.

»Baron Des Faiasho hat mich heute Abend angebrüllt«, berichtete ich Glisselda und Kiggs eine Woche später aus dem Gästezimmer seines Palasts.

»Oh nein!«, riefen Glisselda und Kiggs wie aus einem Mund. »Geht es dir gut?«

Ich lag in einem Himmelbett, das mit Seide bespannt und mit weichen Federkissen gepolstert war. Des Faiasho wusste, wie man einen Gast verwöhnte, auch wenn er ihn zuvor angeschrien hatte. »Keine Sorge, es geht mir gut. Josquin hatte mal wieder recht: Nicht alle Adligen hier sind Goredd dankbar. Manche sträuben sich.«

»Dieser Josquin scheint ja immer alles ganz genau zu wissen«, sagte Kiggs trocken.

Ich hätte ihn so gerne aufgezogen, weil er eifersüchtig war, aber das ging natürlich nicht. Zum Glück mischte Glisselda sich ein. »Josquin hier, Josquin da! Lass dich bloß nicht auf einen charmanten Schuft aus Ninys ein. Wenn du deine Aufgabe erledigt hast, wollen wir dich wiederhaben!«

»Ah, Eure Hoheit. Eifersucht steht Euch nicht«, sagte ich zu Glisselda und meinte damit Kiggs. Ich drehte mich auf den Bauch und stützte mich auf die Ellbogen. »Um es kurz zu machen: Nachdem Des Faiasho mir deutlich gemacht hat, dass er sich von Goredd nicht herumschubsen lassen würde, bewilligte er fünfzehnhundert Soldaten mit Waffen und Ausrüstung, dazu Getreide, Hufschmiede und Zimmerleute.«

Glisselda hörte nur die Zahl der Soldaten. »Eine Armee!«, kreischte sie nicht sehr majestätisch. »Wir bekommen eine zusätzliche Armee! Ist das nicht wunderbar?«

Während sie sich freute, war Kiggs bestimmt längst dabei, alles sorgfältig aufzuschreiben, deshalb zählte ich weiter die Vorräte und Handwerksleute auf und erwähnte zum Schluss auch noch das äußerst ungewöhnliche Angebot des Barons: »Des Faiasho bezieht von den südlichen Archipelen Sabanaut-Öl. Er behauptet, es sei ein gleichwertiger Ersatz für das Naphtha, das in Pyria enthalten ist.« Pyria war ein klebriger, entflammbarer Stoff, den die Ritter für ihre Kriegskunst der Dracomachie einsetzten.

»Es hat wirklich dieselbe Wirkung?«, fragte Glisselda, die jetzt wieder bei der Sache war. »Ist er sich da vollkommen sicher?«

»Ich bin mir jedenfalls sicher, dass er es uns verkaufen will«, erwiderte ich. »Ich kann euch Proben zukommen lassen.«

»Schick sie zu Sir Maurizio in Fort Übersee, damit die Ritter es ausprobieren können«, sagte Glisselda. »Niemand hier weiß, wie man ein Sankt-Ogdo-Feuer herstellt.«

»Das stimmt nicht ganz«, sagte Kiggs leise. »Bei dem Mord im Lagerhaus war Pyria mit im Spiel. Wenn der Verdächtige, den wir in Haft genommen haben, es nicht selbst hergestellt hat, dann weiß er zumindest, wo er es sich beschaffen kann.«

»Mord?«, fragte ich aufgeschreckt.

»Ach, ich vergesse immer, dass du gar nicht mitbekommst, was hier passiert«, erwiderte Glisselda. »Kurz nach deiner Abreise hat Comonot eine Drachengarnison bei uns eingerichtet. Er nannte es eine ›große Geste des guten Willens‹. Er betonte es mehrmals, um jedes Missverständnis auszuschließen.«

Ich war froh darüber, dass er meinen Rat angenommen hatte, wunderte mich allerdings nicht über seine etwas ungeschickte Herangehensweise.

»Leider ist das nicht bei allen gut angekommen«, fügte Kiggs hinzu. »Die Söhne von Sankt Ogdo kriechen wieder aus ihren Rattenlöchern. Bisher beschränken sie sich weitgehend auf Proteste, aber wir hatten auch einen Vorfall, bei dem Saarantrai angegriffen wurden und eine Drachenoffizierin spurlos verschwand. Später fanden wir ihre verbrannte Leiche in einem Lagerhaus am Fluss.«

Angewidert schloss ich die Augen. Die Söhne von Sankt Ogdo waren eine geheime Bruderschaft fanatischer Drachenhasser. Ein Großteil der Unruhen während der Wintersonnenwende war auf ihr Konto gegangen. Sie verachteten alle Drachen abgrundtief. Daher war es für Imlann, den sie in seiner Menschengestalt nicht als Drachen erkannt hatten, ein Leichtes gewesen, sie dazu zu überreden, bei dem Attentatsversuch gegen Comonot mitzumachen. Josef Graf von Apsig, Lars' Bruder, mit dem Lars jedoch zerstritten war, hatte dabei eine entscheidende Rolle gespielt. Danach war Apsig sozusagen mit eingezogenem Schwanz nach Samsam zurückgekehrt, reumütig und voller Scham darüber, dass er sich ausgerechnet von einem Drachen vor den Karren hatte spannen lassen.

»Comonots ›große Geste des guten Willens‹ bereitet der Stadtwache seither ziemliche Kopfschmerzen«, sagte Kiggs.

»Er hat es gut gemeint«, beschwichtigte ihn Glisselda, die zum ersten Mal Comonots tollpatschige Bemühungen verteidigte. »Die Söhne von Sankt Odgo dürfen nicht ungestraft Saarantrai ermorden. Du weißt ja, was für ein Spürhund Lucian ist, Fina. Wir werden alles daran setzen, den Frieden zu bewahren.«

»Comonots Getreue sind unsere Verbündeten, so ist es nun einmal«, sagte Kiggs. »Goredd muss lernen, sich damit abzufinden.«

»Natürlich«, sagte ich matt. »Ich weiß, dass ihr alles gut im Griff habt.«

Nach unserem Gespräch blieb ich eine Weile mit dem Arm über den Augen auf dem Bett liegen. Ich war enttäuscht. Dabei wusste ich selbst nicht so genau, was ich eigentlich erwartet hatte, als ich die Wahrheit über meine Herkunft offenbarte und meine Schuppen zeigte. Hatte ich ernsthaft damit gerechnet, dass die Söhne von Sankt Ogdo sich in Luft auflösen würden? Dass die Goreddis in vier Monaten jenes Vertrauen fassen würden, das sie in vierzig Jahren nicht hatten aufbauen können?

Natürlich war das ein Ding der Unmöglichkeit. Trotzdem

hätte ich gern viel mehr ausgerichtet, um die Haltung der Goreddis zu ändern und sie endlich zur Vernunft zu bringen.

Entgegen Josquins Versicherungen war auch unsere Eskorte nicht gänzlich frei von Vorurteilen gegenüber Halbdrachen. Die Leibwächter waren darauf geschult, ihre Gefühle zu verbergen, und die meiste Zeit gelang ihnen das auch. Aber je länger die Reise dauerte, desto häufiger gab es kleine Vorkommnisse. Von dem Moment an, als sie mir zum ersten Mal aufgefallen waren, konnte ich sie nicht mehr ausblenden. Manche der Acht machten das Zeichen von Sankt Ogdo, wenn Abdo oder ich ihnen zu nahe kamen. Es war eine unauffällige Geste gegen das von Drachen ausgehende Böse, ein Kreis mit Daumen und Zeigefinger. Anfangs dachte ich, ich hätte es mir nur eingebildet. Ich meinte zwar zu sehen, wie ein Soldat das Zeichen beim Satteln unserer Pferde machte, aber dann sagte ich mir, dass ich mich getäuscht haben musste. Eine andere Soldatin machte es vor der Brust, nachdem ich mit ihr gesprochen hatte – oder kratzte sie sich nur?

Dann kam der Tag, an dem Nan Gerstengebäck kaufte – dünne, knusprige Knabbereien, die Abdo liebte, weshalb er sich auch gleich drei davon nahm. Zwei der Soldaten, die herbeigeritten waren, um sich ebenfalls zu bedienen, zögerten plötzlich. Schließlich machte einer von ihnen verstohlen das Sankt-Ogdo-Zeichen. Abdo sah es und hörte auf zu kauen. Er war lange genug in Goredd gewesen, um zu wissen, was die Geste bedeutete.

Nan hatte es ebenfalls gesehen und geriet sofort in Rage. Sie warf das Gebäck auf die Erde, sprang von ihrem Pferd und zog ihren Kameraden kopfüber aus dem Sattel. Dann fiel sie über ihn her, dass die Fäuste nur so flogen. Moy musste die beiden voneinander trennen.

Am Ende hatte Nan eine aufgeplatzte Lippe und der andere ein blaues Auge. Ihr Vater verdonnerte beide zu einer Strafe, aber ich konnte nicht genug Ninysh, um zu verstehen, worin diese bestand. Josquin wurde blass, als er es hörte, aber Nan schien sich nicht darum zu scheren. Sie kam zu uns, tätschelte Abdos Pferd und sagte heiser: »Nimm es dir nicht zu Herzen, *Musch*.«

Musch hieß so viel wie Mücke und war ihr Kosename für ihn. Abdo nickte und sah sie mit großen Augen an.

Ich hingegen nahm es mir sehr zu Herzen.

Von da an fühlte ich mich nicht mehr so richtig wohl. An den Abenden verspürte ich wenig Lust, Flöte zu spielen. Josquin entging die Veränderung nicht, aber falls er den Grund dafür erriet, zeigte er es nicht. »Du bist eine Heroldin und kein Zirkusbär«, sagte er eines Abends. »Du kannst Nein sagen.«

Aber ich sagte nicht Nein. Wenn ich Flöte spielte, sahen die Leute in mir den Menschen und nicht das Ungeheuer.

Nach etwa einer Woche erblickten wir in der Ferne die östlichen Berge. Anfangs hielt ich sie für eine Wolkenbank. Doch als wir näher kamen, konnte ich einzelne schneebedeckte Gipfel und einen dunklen Wald erkennen. Die berühmte Pinabra.

Zwei Tage später erreichten wir Meshi. Die Stadt erstreckte sich am Waldrand entlang eines Flusses, der zwischen den Kiefern und dem offenen Land verlief. Sie lag günstig: Im Westen war ein fruchtbares Gebiet, wo Bauern das Land bestellten, im Osten befanden sich die waldreichen Berghänge, die Holz und Erz lieferten.

Die Zinnentürme von Palasho Meshi überragten alle Gebäude in der Stadtmitte. Der Baron war einer der wichtigsten Adeligen von Ninys und verfügte über zwei entscheidende Bestandteile von Pyria: Schwefel und Kiefernharz. Wir hatten die Absicht, für eine Nacht seine Gastfreundschaft in Anspruch nehmen.

Bereits um die Mittagszeit passierten wir das Stadttor. Es war noch zu früh, um im Palast vorstellig zu werden. »Lasst uns zu Sankt Fionnuala gehen und mit dem Priester über die Wandmalerin sprechen«, schlug ich Josquin vor.

Josquin sprach sich kurz mit Moy ab und führte uns dann durch die sonnenbeschienenen Straßen zum Flussufer, dem passenden Platz für eine Kirche, die der Herrin der Wasser geweiht war. Die Acht stritten sich noch freundschaftlich darüber, ob wir uns flussauf- oder flussabwärts wenden sollten, als Nan mit einem Ausruf nach Norden deutete, um zu zeigen, dass die Kirche etwas weiter stromaufwärts war.

Die Fassade von Sankt Fionnuala war anders als alles, was ich je gesehen hatte: eine bunte Mischung aus Spiralsäulen, steinernen Akanthusblättern, Nischen mit Heiligenskulpturen, vergoldeten Muscheln und verschlungenen Marmorbändern. Sie war zu überladen, um wirklich schön zu sein, zumindest für den Geschmack von Goreddis.

Die Kirche wackelt mit den Augenbrauen, sagte Abdo und fuhr in der Luft die Form der welligen Gesimse nach. *Und Fische gibt es auch.*

Sankt Fionnuala bringt Regen, sagte ich. *Daher die Wasserfassade.*

Das Innere der Kirche war genauso überbordend ausgestattet wie die Fassade, was im Halbdunkel allerdings nicht ganz so ins Auge stach. Das spärliche Kerzenlicht spiegelte sich in den vergoldeten Oberflächen der Säulen und Figuren sowie in der ebenfalls in Gold gehaltenen Decke.

Um den Priester nicht einzuschüchtern, hatten nur Josquin, Abdo und ich die Kirche betreten. Unsere Stiefelschritte hallten auf dem Marmorboden des düsteren Gewölbes.

Als sich meine Augen an das matte Licht gewöhnt hatten, bemerkte ich die Wand über dem Altar, auf die durch die Fenster das Sonnenlicht fiel. Josquin hielt den Atem an und flüsterte: »Santi Merdi!« Sankt Fionnuala blickte ruhig auf uns herab, ihre Augen waren klar und voller Leidenschaft, ihre edlen Gesichtszüge waren überirdisch und doch sehr fassbar. Blassgrünes Haar ergoss sich über ihre Schultern und wurde an ihren Füßen zu einem Fluss. Ihr Kleid bestand aus schimmerndem Wasser, das über fruchtbares Land strömte. Sie sah aus, als wollte sie zu uns sprechen. Wir standen reglos da und warteten auf ihre Worte.

»Benevenedo des Celeshti, amini!«, sagte eine Stimme rechts von uns laut. Das kam so überraschend, dass wir alle zusammenzuckten. Ein großer Priester mit gebeugtem Rücken löste sich aus den Schatten. Sein weißer Bart und seine Robe schimmerten gespenstisch im Licht. Sankt Fionnoualas Wellen zierten in filigranem Gold seinen Mantel.

Josquin küsste ehrerbietig die Fingerknöchel, wie es auch in Goredd Brauch war. Ich folgte seinem Beispiel. Abdo verzichtete darauf, aber er stellte sich auf die Zehenspitzen, um den Inhalt einer Tonschale zu inspizieren, die der Priester in seinen knorrigen Händen hielt.

»Ja, die musst du probieren«, sagte Josquin lächelnd, als er Abdos neugierigen Blick sah. Abdo nahm ein dick mit Sirup bestrichenes schneckenförmiges Gebäck aus der Schale. »Sankti Fionanis Muscheln«, erklärte Josquin. »In der Pinabra eine echte Delikatesse.«

Abdo biss ein Stück ab. Dann riss er die Augen auf und hielt mitten im Kauen inne. Er schluckte, nahm noch einen Bissen und zog den Mund zusammen. *Fina Madamina, probier mal,* sagte er. *Frag nicht lang, iss einfach.*

Er drückte mir auch ein klebriges Gebäck in die Hand. Der Priester strahlte übers ganze Gesicht und sagte etwas auf Ninysh. Josquin nickte und beobachtete mein Gesicht, während ich ein Stück abbiss.

Es schmeckte nicht süß, sondern bitter. Bitter, scharf und eindeutig nach Kiefernharz.

Ich traute mich nicht, es auszuspucken. Abdo verstellte sich nicht länger und brach in lautloses Lachen aus. Josquin und der Priester tauschten vergnügt ein paar Worte aus. »Ich habe ihm gesagt, dass du eine Goreddi bist«, sagte Josquin. »Er meinte, in Goredd verdiente die Küche ihren Namen nicht.«

»Ach, aber Piniengebäck hält man für essbar?« Ich versuchte, mit der Zunge das Harz von den Zähnen abzukriegen.

»Gewöhn dich an den Geschmack. Das Zeug gibt es hier überall«, sagte Josquin grinsend.

»Frag ihn nach der Malerin«, erwiderte ich ein wenig unwirsch und deutete auf das Gemälde.

Daraufhin unterhielt sich Josquin leise mit dem Priester. Der Rest meines Gebäcks landete irgendwie unter dem Altar. Bestimmt freute sich eine Kirchenmaus darüber. Ich verschränkte die klebrigen Hände hinter meinem Rücken und betrachtete die Wandmalerei genauer. Die Künstlerin hatte ihren Namen in die untere Ecke geschrieben: Od Fredricka des Uurne.

Ich wartete eine Gesprächspause ab, ehe ich Josquin auf die Signatur hinwies.

»Od ist ein Titel von den Archipelen. Er bedeutet so viel wie groß«, sagte Josquin. »Die Dame scheint ja ziemlich bescheiden zu sein. Du hast übrigens recht, ihr nächster Auftrag ist ein Santi Jobirti. Sie malt ihn in Vaillou, tief im Wald. Du wirst also in nächster Zeit noch viel Piniengebäck essen.«

Ich warf Josquin einen schiefen Blick zu und verbeugte mich respektvoll vor dem Priester. Dann küsste ich meine Knöchel und streckte sie Richtung Himmel. Josquin warf etwas in den Opferkasten.

Draußen schlug uns das gleißende Mittagslicht vom Fluss und den verputzen Wänden entgegen. Die Kirchentür hatte nur eine Stufe, aber wir stolperten alle darüber, sogar Abdo.

Ist Vaillou sehr weit weg?, wollte der Junge wissen.

»Josquin hat gesagt, es ist tief im Wald. Das heißt also, dass wir einen weiten Weg vor uns haben«, erwiderte ich. »Warum fragst du?«

Abdo beschattete seine Augen mit einer Hand und deutete mit der anderen über den Fluss nach Osten. *Weil ich da drüben das Seelenlicht eines Ityasaari sehe. Und zwar ganz in unserer Nähe.*

Sechs

Wir folgten diesem unerwartet auftretenden Gedankenfeuer und überquerten auf einem Damm den breiten, aber seichten Fluss.

Abdo ritt vorneweg, hinter ihm die Acht. Die Soldaten tuschelten aufgeregt miteinander.

»Sie sind fasziniert von seinem Talent, Gedanken zu sehen«, erklärte mir Josquin. »Sie sagen, sie könnten so etwas gut gebrauchen.«

Das könnte ich auch, dachte ich im Stillen. Ich versuchte, keine bitteren Gefühle aufkommen zu lassen und überlegte stattdessen, wen Abdo wohl gesehen hatte. Die Malerin jedenfalls nicht. Waren wir zufällig über Glimmergeist gestolpert, die Einsiedlerin?

Die Gegend am anderen Flussufer war eher dörflich, nicht so dicht besiedelt und nicht so gut gepflegt und gepflastert wie das westliche Meshi. Die Häuser waren eilig hochgezogen worden.

»Auf dieser Seite leben die Minenarbeiter«, erklärte Josquin. Er deutete auf einige Männer, die nach Hause trotteten und von Kopf bis Fuß mit gelbem Schwefelstaub bedeckt waren. Wir kamen an Tavernen und Läden vorbei. Die Hunde liefen in halbwilden Rudeln durch die Straßen, gefolgt von ihren völlig verwilderten Welpen.

Abdo führte uns durch das Dorf auf einen sandigen Pfad abseits der Hauptstraße. Wir ließen die kleine Ortschaft hinter uns und kamen in einen Wald. Bald gab es nur noch Bäume und Büsche zu sehen. Endlose Reihen rötlich-brauner schnurgerade gewachsener Baumstämme. Die Erde zwischen den knorrigen Wurzeln leuchtete gelb.

Abdo zügelte sein Pferd und sah sich verwundert um. Dann stieg er aus den Steigbügeln und balancierte stattdessen auf dem Sattel, um eine bessere Sicht zu haben. Sein Pferd bewegte sich und scharrte nervös mit den Hufen, aber Abdo behielt das Gleichgewicht.

»Ist irgendetwas nicht in Ordnung?«, fragte ich.

Nein. Er kratzte sich zwischen seinen Zöpfchen und starrte auf eine niedrige Anhöhe vor uns. *Ihr Licht ist nur etwas seltsam. Ich habe versucht, ihr zu sagen, dass wir kommen, aber sie ist in sich zusammengeschrumpft wie eine Pflanze, die die Blätter einrollt, wenn man sie berührt.* Er verdeutlichte seine Worte, indem er seine Hand wie eine Blume schloss. Ich hatte noch von einer solchen Pflanze gehört.

»Ist sie da oben, abseits des Weges?«, fragte ich.

Ja, aber... Er legte den Finger auf die Lippen. *Am besten, wir geben ihr ein bisschen Zeit. Vielleicht entfaltet sie ihre Blätter wieder. Wir können ja zuerst essen.*

Ich teilte Josquin und Moy die Neuigkeiten mit. Alle waren froh über eine Unterbrechung. Die Acht kramten unseren kärglichen Proviant hervor – Brot von gestern, Käse und Äpfel –, und wir setzten uns zum Mittagessen hin. Manche, die mit ihren Rücken an den harzigen Baumstämmen lehnten, sahen aus, als würden sie jeden Moment einnicken.

Ich war offenbar sehr hungrig gewesen, denn es dauerte eine Weile, bis ich merkte, dass Abdo verschwunden war. Zuerst dachte ich, er sei nur kurz weg, um »ein Schwätzchen mit den Vögeln zu halten«, wie Josquins blumige Umschreibung lautete, aber dann beschwerte sich Nan, dass ein ganzer Laib Brot fehlte. Ich rief in Gedankensprache: *Abdo, wo bist du?*

Ich gehe die letzte Meile alleine, antwortete er. *Ich glaube, sie ist sehr scheu. Die Acht würden ihr Angst einjagen und sie ihnen ebenfalls, außerdem möchte ich nicht, dass sie ihren Spinnen etwas tun.*

Spinnen?, wiederholte ich und schaute mich um. Auch wenn ich in Gedanken mit Abdo sprechen konnte, wusste ich noch lange nicht, wo er sich befand.

Josquin beobachtete mich. »Ist alles in Ordnung?«, fragte er. Offensichtlich hatte er meinen besorgten Gesichtsausdruck bemerkt. »Abdo ist alleine weggegangen.« Ich nannte Josquin die Gründe und sagte ihm auch, wen Abdo gefunden hatte – nämlich die gespenstisch blasse Einsiedlerin, die in meinem Gedankengarten immer von Schmetterlingen umgeben war.

»Wir brauchen die Acht nicht.« Josquin blickte auf unsere bewaffneten Wachen, von denen einige inzwischen heldenhaft schnarchten. »Aber ich finde, Abdo sollte trotzdem nicht alleine gehen.«

Ich stimmte ihm zu. Josquin teilte Moy mit, was wir vorhatten. Der Hauptmann runzelte sorgenvoll die Stirn und drängte Josquin dazu, seinen Dolch mitzunehmen. Dann begann ich, die Anhöhe zu erklimmen. Josquin folgte mir auf dem Fuß. Oben angekommen entdeckte ich einen gut versteckten Pfad, der zwischen Felsgestein nach unten führte. Ich konnte Abdo nicht sehen, aber ich nahm an, dass er eher dem Pfad gefolgt war, als sich einen Weg durch das Dickicht zu bahnen. Der Weg wurde steiler und führte schließlich in eine kleine Schlucht mit einem plätschernden kleinen Bach. Die Kiefern wuchsen hier dichter und der Fels war mit Moos überwuchert. Der Pfad folgte dem Flusslauf und versank schon bald in gelbem Schlamm. Josquin und ich stolperten und schlitterten weiter und hatten Mühe, nicht in den Matsch oder ins Wasser zu fallen.

Nach einer Weile kamen wir zu einem mächtigen umgestürzten Baumstamm, der über und über mit Pilzen und Moos bewachsen war. Da es weit und breit keine Brücke zu geben schien, balancierten wir über den Baumstamm zum anderen Flussufer, wo der Pfad wieder in den Wald hineinführte.

Es dauerte nicht lange, bis wir an eine Lichtung gelangten. Sonnenstrahlen fielen auf eine morsche Hütte, die nur aus Baumrinde und Farnpflanzen zu bestehen schien. Abdo war schon fast an der Hütte, aber er machte behutsame Schritte und wich anscheinend vor etwas aus, was wir von hier aus nicht sahen. Er hatte etwas von Spinnen gesagt, vielleicht wollte er also ihren Netzen entgehen. Aber nirgends blitzten seidige Fäden im Sonnenlicht.

Abdo blickte sich um und entdeckte uns. *Bleibt, wo ihr seid*, sagte er in gereiztem Ton.

Etwas in seiner Stimme veranlasste mich dazu, sofort stehen zu bleiben. Josquin konnte ihn natürlich nicht hören. Ich griff nach seinem Ärmel, als er weiterging, aber ich bekam ihn nicht zu fassen. »Josquin!«, zischte ich leise.

Er drehte sich um und sah mich fragend an.

Dann knackten Äste – und im nächsten Moment war Josquin in einem Loch im Boden verschwunden.

Erschrocken eilte ich zu ihm. Wieder knackte es laut. Abdo rief: *Duck dich!*

Ich warf mich zu Boden, als im selben Moment ein Beil über meinen Kopf hinwegschwang und mit einem dumpfen Aufprall in einem Baumstamm stecken blieb.

»Was geht hier vor?«, rief ich.

Sie hat überall Fäden aus Seelenlicht gespannt, es ist wie ein riesiges Spinnennetz, sagte Abdo. *Es ist eine Falle. Also hör auf mich und rühr dich nicht vom Fleck.*

Er winkte mit dem Brotlaib, den er vom Mittagessen stibitzt

hatte. *Ich habe ihr gerade von dem Brot erzählt und sie hat mir zugehört. Jedenfalls glaube ich das. Sie antwortet mit Bildern, nicht in Worten.*

Er arbeitete sich weiter voran, während ich durch den Farn bis zu dem Erdloch kroch, in dem Josquin festsaß. Als ich hineinspähte, winkte er mir von einem Nest aus Zweigen zu. »Ich habe mir nichts getan, nur meine Würde ist ein bisschen angekratzt«, rief er und zupfte an seinem Kinnbart. »Böse Zungen würden behaupten, dass das kein großer Verlust ist.«

Ich schilderte ihm die Sache mit den Fäden. »Wahrscheinlich dürfen wir nicht einmal Luft holen.«

Ups, sagte Abdo. Ich hob den Kopf und sah, wie eine Lawine aus kleinen Holzscheiten ihn glatt von den Füßen riss. Er machte eine Hechtrolle und landete weich, aber offenbar hatte er im Fallen einen weiteren Faden aus Gedankenfeuer berührt. Plötzlich wuchsen aus dem Waldboden drei Hügel aus Kiefernnadeln, bis sie ungefähr so groß wie ein Tisch waren. Der Hügel, der mir am nächsten war, schüttelte die Nadeln ab. Darunter kam ein haariger Körper etwa von der Größe eines Menschenkopfs zum Vorschein, der acht lange dürre Beine hatte.

Anscheinend hatte ich vor Schreck aufgeschrien, denn Josquin rief besorgt: »Was ist passiert?«

»Sp... Spinnen«, stammelte ich. Josquin streckte mir von unten Moys Dolch hoch. Ich nahm ihn, auch wenn ich nicht genau wusste, was ich damit anfangen sollte. Ich konnte weder zu den Spinnen noch zu Abdo gehen, ohne weitere unsichtbare Fäden zu zerreißen.

Abdo war so hingerissen von den Monsterspinnen, das ihm vor lauter Begeisterung der Kiefer herunterklappte. *Oh, Fina Madamina, ich wünschte, du könntest das sehen.*

Mir reicht schon das, was ich sehe, sagte ich. Die Spinnen krabbelten mit wackligen Beinen auf mich zu.

Es sind Maschinen, sagte er.
Maschinen? Wie die Sachen, die Lars baut? Ich verstand halbwegs, wie Lars' Maschinen funktionierten. Aber wie lebendige Geschöpfe sahen sie trotzdem nicht aus.
Nein. Sie hat ihr Seelenlicht in sie hineingelegt. Sie belebt sie durch ein Räderwerk und *durch ihren Geist.* Abdo schüttelte bewundernd den Kopf. *Das ist ein Garten wie deiner, Fina. Nur sind hier eben Dinge und keine Menschen. Ihr Bewusstsein erschafft Gegenstände.*

Abdo rappelte sich auf und ging langsam auf die Spinne zu, die ihm am nächsten war. Er streckte die Hand aus, als hätte er einen freundlichen Hund vor sich.

»Vorsicht!« Ich sprang auf und machte einen Schritt vorwärts, wich jedoch sofort zurück, als ich ein merkwürdiges Klicken hörte. Da, wo ich gerade noch gestanden hatte, schoss eine Flamme aus dem Boden.

Du darfst dich nicht rühren, schimpfte Abdo. Inzwischen tätschelte er die Spinne sogar und sie ließ es sich gefallen.

Hinter ihm öffnete sich lautlos die mit Flechten überzogene Tür der Hütte. Eine blasse, kleine Frau trat ins Sonnenlicht. Ich hatte sie nicht umsonst Glimmergeist genannt. Sie schien zu schweben und wirkte so unwirklich und zart, als sei sie kurz davor, sich aufzulösen. Sie sah nicht sehr alt aus, aber ihr langes Haar war weiß und so dünn, dass es beim leisesten Luftzug um ihren Kopf wehte. Ihre Haut war fleckig und schälte sich überall dort ab, wo einzelne Drachenschuppen waren. Aus der Ferne sahen sie aus wie Pockennarben. Das Kleid, das sie anhatte, war schmutzig und voller Moos.

Ihre violetten Augen blitzten neugierig, als sie ihre zierliche Hand ausstreckte und auf Abdo zuging, so wie er zuvor auf die Spinne zugegangen war.

Der Junge drehte sich zu ihr um und sie standen einen Augenblick schweigend da. Beide waren wie in flüssiges Sonnenlicht getaucht. Abdo bot ihr den Brotlaib an und sie nahm ihn mit dem Anflug eines Lächelns entgegen. Dann streckte sie die andere Hand aus, und gemeinsam betraten sie und Abdo ihr erdiges Heim.

Das wird etwas dauern, teilte mir Abdo nach einer Viertelstunde mit. *Wen ich zu viel spreche, bekommt sie Kopfschmerzen. Ihr Seelenlicht ist stark und zerbrechlich zugleich, so wie die Spinnweben.*

In der Zwischenzeit hatte ich Josquin gerettet, obwohl er später, als ich den Vorfall Hauptmann Moy berichtete, darauf bestand, dass ich ihn nicht gerettet, sondern ihm nur die Hand gereicht hätte.

Eine Stunde verstrich, dann zwei. Ich lief am Rand der Lichtung auf und ab, da dort vermutlich keine Lichtfäden waren. Josquin ging fort, um den Acht von den Ereignissen zu berichten, und kehrte dann zu mir zurück.

Schließlich meldete sich Abdo wieder: *Sie möchte gerne mitkommen – sie ist neugierig, aber auch sehr ängstlich. Sie geht nicht gerne unter Leute. Ich will sie nicht von hier wegbringen, solange sie noch nicht bereit dazu ist. Es ist besser, wenn ich über Nacht bleibe.*

Ich wollte protestieren, aber er sagte: *Ich bin hier völlig sicher. Und du könntest sowieso nichts für mich tun. Geh zurück nach Meshi und mache im Palasho deine Aufwartung. Ich verspreche dir, ich werde morgen immer noch hier sein.*

Das passte mir nicht. Und den Acht passte es noch viel weniger, das merkte ich, als ich mit Josquin wieder zu ihnen zurückkehrte. Nach langem Hin und Her ließen wir vier Leute – angeführt von Nan – am Rand der Lichtung zurück, außer Reichweite von Glimmergeists Verteidigungsvorrichtungen.

Wir Übrigen ritten in die Stadt und machten wie geplant Baron Meshi unsere Aufwartung. Meine Gedanken wanderten so oft zu Abdo, dass er irgendwann ganz ungehalten mit mir wurde. Ich war so geistesabwesend, dass ich sogar die Frage des Barons nach dem Gesundheitszustand unserer alten Königin überhörte und ihm die Antwort schuldig blieb. Glücklicherweise behielt Josquin seine unerschütterliche Ruhe und half mir über den peinlichen Moment hinweg, indem er mir rasch einen Tritt unter dem Tisch versetzte.

Früh am nächsten Morgen riss mich Abdo aus dem Schlaf. *Könntest du noch etwas Brot mitbringen, wenn du kommst? Blanche liebt es, aber sie schafft es nicht, selbst welches zu backen.*

Sie hatte also einen Namen. Trotzdem hätte er mich deswegen nicht so früh aufwecken müssen.

Wir brachten Brot mit, an diesem Tag und auch am nächsten. In der Zwischenzeit zeigte uns Baron Meshi seine Schwefelmine. Schließlich, es war der dritte Morgen, teilte Abdo mir mit, dass Blanche bereit war, sich auf die Reise zu begeben, vorausgesetzt, wir würden ein geeignetes Gefährt für sie finden, da sie sich leider vor Pferden fürchtete.

Keine Pferde, keine Menschen. Ich konnte mich gerade noch zurückhalten, ihr vorzuschlagen, dass sie ja auf ihren Riesenspinnen nach Segosh reiten könne.

Josquin stattete seinen Heroldsbrüdern in einem Gasthof westlich von Meshi einen Besuch ab und kehrte eine Stunde später mit einer Postkutsche und einem älteren Herold namens Folla zurück, der Blanche zu Dame Okra bringen würde. Anscheinend waren mir meine Zweifel anzusehen, denn der alte Mann nahm meine Hand zwischen seine steifen Finger und sagte mit starkem Akzent auf Goreddi: »Ich werde mich um sie kümmern wie um meine eigene Enkelin. Eine Woche und sie ist wohlbehalten in Segosh. Versprochen.«

Wir ritten hinter der Kutsche her und stießen am Waldweg auf Nans Trupp, bei dem sich auch Abdo befand. Von unserer Einsiedlerin war weit und breit nichts zu sehen. Aber dann ging Abdo zu einer Kiefer und deutete hinauf. Dort saß sie, auf einem Zweig ganz weit oben, und beobachtete uns wachsam.

Keine Sorge, sie wird herunterkommen, sagte Abdo. *Sie wollte sich nur erst ein Bild von uns machen.*

Auf mich machte sie nicht den Eindruck, als wollte sie jemals wieder herunterklettern, so wie sie sich mit einem Arm am Baumstamm festklammerte und die andere Hand vor den Mund hielt. Abdo blickte lächelnd zu ihr hoch und streckte die Hand aus. Ihre Gesichtszüge wurden weicher, als sie ihn ansah, und sie nickte zaghaft. Dann holte sie tief Luft, wie um sich zu wappnen, und kletterte wie ein Eichhörnchen den Baum herunter.

Blanche hatte einen schmutzigen Lederbeutel an einem Riemen über ihre knochige Schulter geschlungen.

Du solltest die Maschinen sehen, die sie zurücklässt, Madamina, sagte Abdo und blickte die junge Frau bewundernd an. *In ihre Tasche hat leider nur eine Spinne gepasst.*

Nur eine Spinne. Dame Okra würde vor Freude außer sich sein.

Beim Anblick der Kutsche blieb Blanche abrupt stehen. Abdo nahm ihre Hand in seine und führte sie zu dem Gefährt. Gemeinsam betrachteten sie Räder und Speichen. Blanche wimmerte wegen der Pferde, aber Abdo zeigte ihr geduldig das Zaumzeug, damit sie wusste, dass die Tiere ihr nichts tun konnten. Er tätschelte die samtigen Nüstern eines Pferds. Blanche hielt zwar weiterhin Abstand, aber sie kniff ihre Augen nicht mehr so misstrauisch zusammen wie zuvor.

Sie muss die Kutsche erst in ihre Gedanken einspinnen. Sie berührt die Dinge mit ihrem Seelenlicht und macht sie zu einem Teil ihrer selbst. Ich wünschte, du könntest sehen, wie die Kutsche glüht. Jede Wette, sie könnte sie auch ohne Pferde fortbewegen.

Der alte Folla streckte den Kopf heraus. Blanche holte erschrocken Luft und klammerte sich an Abdo. Der Junge lächelte übertrieben, um ihr zu zeigen, wie sie auf Folla reagieren sollte. Blanche nickte. Ihre violetten Augen blickten ernst, als sie etwas gekünstelt lachte. »Ha. Ha.«

Sie trat zu mir und knickste wie eine Edeldame, sah mich dabei aber nicht an. »Vielen Dank«, sagte sie in überdeutlich ausgesprochenem Goreddi.

Warum dankt sie mir?, fragte ich Abdo erstaunt.

Sie ist seit dreißig Jahren ganz allein hier, erklärte Abdo und tätschelte Blanches Hand. *Seit sie ein Kind war und ihre Schuppen hervortraten. Der Ehemann ihrer Mutter – Baron Meshi höchstpersönlich – hat sie hinausgeworfen.*

Blanche warf einen letzten wehmütigen Blick zurück zur Schlucht, dann beugte sie sich vor und küsste Abdo auf die Stirn. Der Junge half ihr in die Kutsche und konnte kaum die Augen von ihr lassen.

Ich wünschte, ich könnte sie begleiten, sagte er besorgt, als die Kutsche davonfuhr.

Ich brauche dich hier, erwiderte ich.

Blanches geisterhaftes Gesicht tauchte im Rückfenster der Kutsche auf. Abdo winkte. *Sie spricht fünf Sprachen. Aber sie sind tief vergraben, weil sie niemanden hat, mit dem sie sprechen kann. Sie wurde geliebt und hatte eine gute Erziehung, aber dann hat man sie weggeworfen wie Abfall.*

Ich sah zu, wie die Kutsche hinter einer Straßenbiegung verschwand, und verspürte einen schmerzhaften Stich. Tja, bei aller Gnade unserer Heiligen, dies war unser Schicksal, sogar hier in Ninys. Aber es war wunderbar, dass wir ihr helfen konnten. Genau das hatte ich zu erreichen gehofft.

Abdo legte verstohlen seine Hand in meine und lächelte aufmunternd. *Komm weiter, Madamina. Auf uns wartet noch eine Malerin.*

An diesem Abend nahm ich zum ersten Mal mithilfe des Tniks Verbindung zu Dame Okra auf, um sie wissen zu lassen, dass Blanche auf dem Weg zu ihr war.

»Glückwunsch zum neuen Fund«, grummelte sie. »Ich hätte nicht damit gerechnet. Nedouard und ich haben eine Wette laufen. Er gewinnt nur, wenn du alle beide findest.«

»Ich hoffe, ihr kommt inzwischen besser zurecht«, sagte ich.

Sie schnaubte. »Wenigstens habe ich meine Löffel wieder. Seit er unter meinem Dach wohnt, kann ich die Sachen heimlich zurückstehlen, wenn er außer Haus ist. Er verhökert mein Silber nicht, sondern hortet es nur in den Wandritzen seines Zimmers.«

Ich rieb mir verwundert die Stirn, hakte aber nicht weiter nach. Sie hatte einen Weg gefunden, um mit ihm auszukommen. Das musste reichen.

Meine Gefährten und ich setzten unseren Weg durch die Pinabra fort, und vier Tage später erreichten wir Vaillou, ein Holzfällerdorf auf sandigem Schwemmland. Sankt Jobertus' Schrein, der über einer heiligen Quelle errichtet worden war, überragte alle anderen Gebäude. An der Holzdecke war in dunkelroten und grünen Farbtönen ein Bild von Jobertus gemalt, wie er die Kranken heilt und den Armen hilft. Seine mitfühlenden Augen hatten eine erstaunliche Ähnlichkeit mit denen von Nedouard.

Die Malerin hatte ihre Arbeit bereits beendet und war weitergezogen.

Ein Priester kam und sprach leise mit Josquin. Ich schnappte Graf Pesavoltas Name auf. Der Geistliche kramte in seinem violetten Gewand und holte eine kleine Schriftrolle hervor, die er an Josquin weiterreichte.

»Ich habe mich schon gefragt, wann die Nachricht, die ich vorausgeschickt habe, sich auszahlen würde«, erklärte Josquin mir. »Aber das hätte ich nicht erwartet. Hör zu: ›Wie ich höre, ist eine Belohnung für Hinweise auf meinen Aufenthaltsort ausgesetzt. Ich bin im Kloster Montesanti. Bring das Geld mit oder lass dich gar nicht erst blicken.‹«

Josquin tippte mit der Schriftrolle gegen seine Hand. »Das klingt nicht gerade freundlich.«

»Kennst du dieses Kloster?«, fragte ich.

Er schürzte die Lippen. »Oh ja. Ich war zwar noch nie dort, aber es ist sehr berühmt. Den Fels zu erklimmen, ist eine wahre Herausforderung. Sie lassen die Leiter nicht für jedermann herunter.«

Ich war entzückt, dass wir endlich eine richtige Spur hatten, und nach den Erfolgen mit Nedouard und Blanche hatte ich meine Zuversicht zurückgewonnen. Daran änderte auch Od Fredrickas harscher Ton nichts.

Die folgenden drei Tage flogen nur so vorbei, während wir durch hügeliges, harziges Land ritten und schließlich die wetterzerklüftete Klippe erreichten.

»Da ist es«, sagte Josquin und hielt die Hand schützend über die Augen. »Das Kloster ist in den Felsen hineingebaut. Dort oben ist der Eingang.«

Er zeigte auf ein Säulentor, das zu einer Art Höhle auf halber Höhe der Felswand führte.

Kaum zu glauben!, rief Abdo. *Ich sehe sie. Sie funkelt wie ein Feuerwerk.*

Zwei lange Seile baumelten bis zu uns herab. Moy zog an

dem einen und irgendwo ertönte eine Glocke. An dem anderen Seil hingen eine kleine Schiefertafel und ein Stück Kreide. Josquin schrieb in Ninysh: *Wir wollen zu Od Fredricka.* Zwei blasse Mönche, die von der Glocke angelockt worden waren, spähten zu uns herunter, ehe sie an dem Seil die Schiefertafel nach oben zogen. Auf dem Weg hinauf prallte sie gegen Kalksteinvorsprünge, Ranken und knorrige Wurzeln.

Nach wenigen Minuten wurde die Tafel wieder heruntergelassen. *Einer darf raufkommen. Nur einer, mehr nicht.*

»Ich werde gehen«, verkündete ich. Josquin runzelte unwillig die Stirn. Hauptmann Moy murmelte etwas und trat von einem Bein aufs andere. »Es sind nur Mönche«, sagte ich und verschränkte störrisch die Arme. »Sie werden mir nichts tun.«

»Es handelt sich um den Orden Sankt Abaster, der ursprünglich aus Samsam kommt«, erklärte Moy. »Dort ist man sehr viel strenger als bei uns. Die Brüder werden eine Frau nicht gerade willkommen heißen und erst recht nicht eine…«

Er deutete auf mein Handgelenk. Meine Schuppen waren unter meinem langärmeligen Wams verborgen, trotzdem rieb ich bei seinen Worten leicht verlegen meinen Arm.

Er hatte natürlich recht. Ich hätte aus dem Stand die betreffenden Zeilen aus der Schrift zitieren können. Nicht umsonst waren wir gerade dabei, eine Sankt-Abaster-Falle fürs Drachentöten auf neue Art zu erschaffen. Ich machte mir keine Illusionen darüber, was die Mitglieder dieses Ordens über jemanden wie mich dachten.

»Pass auf, was du sagst, und sei vorsichtig«, warnte mich Josquin. »Die Samsamesen sind nicht so großmütig wie wir Ninysh.«

Das glaubt aber auch nur ihr selbst, hörte ich Abdo in meinem Kopf.

Über uns wurde etwas über die Felskante geworfen. Wir

wichen zurück, aber es war nur eine Strickleiter, die sich im Fallen entrollte. Die untersten Sprossen berührten nicht den Boden. Josquin händigte mir Graf Pesavoltas Schreiben mit dem Schuldwechsel für die ausgesetzte Belohnung aus. Ich steckte es in mein Wams und fing an zu klettern.

Die baumelnde Leiter schlug immer wieder gegen den Kalkstein, was das Greifen erschwerte. Als ich das Ende der Leiter erreicht hatte, waren meine Fingerknöchel aufgeschürft. Zwei Mönche in braunen Kutten packten mich am Ellbogen und hievten mich hoch.

Der Eingang mit den in gleichmäßigen Abständen errichteten vier Ziersäulen sah aus wie der Höhlenmund einer flachen Grotte. Die Mönche trugen alle eine seltsame Tonsur: Sie waren kahl geschoren bis auf ein Viereck am Scheitel. Nachdem sie mich losgelassen hatten, wischten sie ihre behandschuhten Hände sofort an ihren Gewändern ab, wie wenn ich sie beschmutzt hätte. Wortlos folgte ich ihnen durch eine mit Eisenbändern verstärkte Eichentür in den von Fackeln erhellten Tunnel, der tief in das Felsenherz führte.

Die Rundbogentüren an beiden Seiten waren alle geschlossen. Es herrschte eine geradezu gespenstische Stille. Vielleicht waren die Brüder des Sankt Abaster ja ein Schweigeorden.

Am Ende des Gangs führte eine steinerne Wendeltreppe ins Dunkle. Einer der Mönche nahm eine Fackel aus ihrer Verankerung, reichte sie mir und deutete mir die Richtung an. Die beiden hatten offenbar nicht die Absicht, mich zu begleiten. Ich zögerte einen Augenblick, dann stieg ich Treppe hinauf.

Ich war bestimmt fünf oder sechs Stockwerke weit gegangen, als ich am Ende der Treppe auf eine schwere Tür stieß. Ich drückte dagegen, aber sie ging nicht auf. Erst als ich mich mit aller Kraft gegen das dicke Holz lehnte, öffnete sie sich ächzend und gab den Weg frei in eine luftige, in helles Sonnenlicht getauchte Kammer. Ich blinzelte und kniff die Augen zusammen. Erst nach einigen Sekunden konnte ich Einzelheiten erkennen: die hohen verglasten Fenster, den gefliesten Boden, einen schmiedeeisernen Kandelaber und ein Gerüst. Ich befand mich in einer frei stehenden achteckigen Kapelle hoch oben auf der Felsklippe.

Ich steckte die Fackel in die Halterung neben der Tür, dann blickte ich mich suchend um. Oben auf dem Gerüst war eine Frau. Mit einem Stück Kohle zeichnete sie auf den blanken Putz. Sie hatte bereits ein Oval angedeutet, das etwa so groß war wie sie, dazu eine knollige Nase mit breiten Nasenflügeln, einen geschwungenen Mund und Ohren mit ungewöhnlich langen Ohrläppchen. Nun fügte sie noch ein Paar grausam dreinblickende Augen hinzu.

Oh, diese Augen. Ich wusste jetzt schon, dass sie mich in meinen Träumen heimsuchen würden. Sie bohrten sich in mich und ich konnte nicht vor ihnen bestehen.

Die Künstlerin trat einen Schritt zurück und begutachtete ihr Werk, bevor sie ihre Hände an ihrem Kittel abwischte. Ihre von der Zeichenkohle geschwärzten Finger hinterließen deutliche Abdrücke. Ein dünner Schal bedeckte ihren Kopf und verbarg ihr hervorstechendstes Halbdrachenmerkmal, trotzdem war ich mir sicher, dass ich es mit Od Fredricka zu tun hatte. Selbst in den nur flüchtig angedeuteten Linien erkannte ich die Kunstfertigkeit ihrer anderen Werke wieder.

Ohne sich umzudrehen, sprach sie mich mit klarer, heller Stimme an. Natürlich hatte sie das Ächzen der Tür gehört und wusste daher, dass jemand gekommen war. Wieder einmal machte mir mein schlechtes Ninysh einen Strich durch die Rechnung. Ich verstand nur die Worte Sankt Abaster, mehr aber auch nicht.

»*Pallez-dit Goreliano?*«, rief ich mit starkem Akzent. Ich wollte herauszufinden, ob sie meine Sprache sprechen konnte.

Sie sah mich über die Schulter an und verzog ihr sommersprossiges Gesicht zu einem spöttischen Grinsen. »*Nen. Samsamya?*«

Mein Samsamesisch war passabel. »Was hast du gesagt?«, fragte ich sie.

Sie machte Anstalten, vom Gerüst zu klettern. Ihre Bewegungen waren steif wie bei einer alten arthritischen Frau. »Dass ich immer zuerst die Schrift lese, bevor ich einen Heiligen male.«

»Oh«, sagte ich. »Das klingt vernünftig.«

»In den vergangenen sechs Jahrhunderten ist die Geschichte immer wieder beschmutzt worden. Wir haben nur die Worte der Heiligen selbst«, sagte sie zu mir, als sie herunterstieg. »Verordnungen, Regeln, philosophische Traktate. Alles Lügen. Niemand hat so viel geschrieben wie Sankt Abaster. Wahrhaftig, er war ein *Monstruoigo*.«

Die Bedeutung dieses Wortes war leicht zu erraten.

»Sieh ihn dir an«, sagte sie und blickte auf die Vorzeichnung an der Decke. »Er hasst dich.«

Die Augen oben schienen es zu bestätigen. Ich schauderte.

»Er hasst uns alle«, fügte sie hinzu und stieg mühsam weiter. »Er hat mit der schieren Kraft seiner Gedanken Drachen vom Himmel geholt und fünf andere Heilige getötet. Samsam hofft auf seine Wiederkehr. Sollte uns das Anlass zur Sorge geben?«

Als sie wieder auf festem Boden stand, nahm sie ihre Kopfbedeckung ab. Ich wusste, was mich erwartete, und erschrak trotzdem: Ihr Schädel war mit Silberschuppen bedeckt; es sah aus, als litte sie unter einem grauenvollen Milchschorf. In den Zwischenräumen standen grellrote Haare wie Stacheln ab.

Sie war groß und kräftig und trug einen Kittel, der blau und grün gesprenkelt war, dazu ein kleines bisschen rot, wie um den Betrachter neugierig zu machen. Ihr rundes Kindergesicht passte so gar nicht zu ihrem ausladenden Busen und machte es fast unmöglich, ihr Alter zu schätzen. Ich nahm an, dass sie so um die dreißig war. Sie kam auf mich zu, zog wie nebenbei ein Messer aus der Tasche und säuberte damit ihre schmutzigen Fingernägel.

»So«, sagte Od Fredricka. »Warum hat Graf Pesavolta eine Goreddi zu mir geschickt? Was für eine Teufelei steckt dahinter?« Ich öffnete den Mund, um zu antworten, aber sie ließ mich nicht zu Wort kommen. »Einerlei. Ich habe seine Bedingung erfüllt, also her mit dem Geld.«

Ich reichte ihr den Schuldwechsel, den Josquin mir gegeben hatte. Sie warf einen flüchtigen Blick darauf, zerknüllte ihn und warf ihn auf den Boden. »Um das Geld zu holen, müsste ich in eine große Stadt gehen.«

Ich bückte mich und wollte das Schriftstück aufheben, aber sie stieß es mit dem Fuß weg.

»Was will Graf Pesavolta von mir?« Sie umkreiste mich mit dem Messer in der Hand. »Er möchte mich wohl kaum zu einem gutnachbarlichen Glas Pinienbranntwein einladen. Er will etwas von mir. Wenn ich seinen Wechsel einlöse, werden mich seine Soldaten ergreifen.«

»Da liegt ein Missverständnis vor...« Ich bemühte mich, Josquins beruhigenden und zugleich bestimmten Tonfall nachzuahmen.

»Das bezweifele ich«, sagte sie. »Allein schon der Wortlaut ist verdächtig. *Hinweise zum Aufenthaltsort.* Als wäre ich eine Verbrecherin. Wenn du mich von hier wegschaffen willst, musst du Gewalt anwenden.«

»Nicht Graf Pesavolta will etwas von dir«, sagte ich. »Sondern Goredd.«

»Goredd?« Sie verzog das Gesicht zu einer Grimasse. »Lügnerin. Pesavolta höchstpersönlich hat die Belohnung ausgesetzt.«

»Sieh her.« Ich schob meinen Ärmel hoch und zeigte ihr meine Schuppen. »Ich bin deine Schwester.«

Sie starrte mich sprachlos an.

»Mein Name ist Serafina Dombegh. Ich bin eine Goreddi und spreche so gut wie kein Ninysh. Goredd ruft alle Halbdrachen zu sich, damit sie dem Land gegen die Drachen beistehen, wenn diese ihren Krieg nach Süden tragen. Du hast die Sankt-Abaster-Falle erwähnt. Wir können etwas ganz Ähnliches mit unseren Gedanken hervorbringen. Einen unsichtbaren Schutzwall …«

Ihr verzerrtes Gesicht lief blau an, als ob sie die Luft anhalten würde.

Hastig redete ich weiter. »Das ist der Grund, warum ich unseresgleichen zusammentrommele. Aber da ist noch etwas anderes. Ich weiß, wie einsam wir alle sind und welche Ablehnung wir erfahren. Vielleicht können wir eine Familie werden und uns gegenseitig helfen …«

»Das wird ja immer lächerlicher«, unterbrach mich Od Fredricka. Ihr Ton war so scharf wie ein Hackbeil, das Knochen spaltet. »Ich soll nach Goredd kommen, um deine *Familie* zu sein, und das nur – der Teufel hole uns alle –, weil wir zufällig beide Schuppen haben? Wir werden flugs die allerbesten Freundinnen«, sie schlug die Hände an die Brust, »und es gibt keinen Kummer und keine Sorge mehr. Hauptsache, wir sind beisammen!«

Vor Entsetzen wusste ich nicht, was ich sagen sollte. Als ich ihren grausamen, kalten Bick sah, begriff ich, dass die Augen, die sie an die Kapellendecke gezeichnet hatte, ihre eigenen waren.

»Du bist eine dumme Gans und hast nur Stroh im Kopf.« Sie beugte sich zu mir. Ihr Atem roch ranzig. »Geh und lass dich nie mehr blicken.«

»Denk darüber nach«, versuchte ich es noch einmal. Ich hatte Mühe, ein Zittern zu unterdrücken. »Falls du deine Meinung änderst, geh nach Segosh in das Haus von Dame Okra. Sie ist eine von uns.«

»Eine von uns!«, säuselte Od Fredricka spöttisch. Dann riss sie den Mund auf und schrie mir ins Gesicht. Es war ein schriller, wortloser Schrei. Wie betäubt taumelte ich rückwärts. Sie hob ihr Messer und schrie wieder. Ich schnappte mir den Schuldwechsel vom Boden und stolperte ohne meine Fackel die dunkle Wendeltreppe hinunter.

Unten wartete bereits der Abt. Er war sehr ungehalten. Natürlich hatte er den lauten Schrei gehört.

»Es tut mir leid, Vater«, stieß ich atemlos hervor. Ungeschickt strich ich den Schuldwechsel an meinem Wams glatt. »Hier. Für die Umstände, die Ihr hattet. Vergebt mir.«

Er nahm den Wechsel, schien mir aber trotzdem nicht vergeben zu wollen. Ohne ein weiteres Wort schob er mich zum Ausgang, ja, er stieß mich sogar zwischen die Schulterblätter, damit ich schneller ging. Als ich draußen auf dem windigen Klippenvorsprung stand, schlug er die Tür hinter mir zu. Eigentlich schloss er sie leise, um nicht noch mehr Lärm zu machen. Trotzdem hörte sich das Klicken des Schlosses in meinen Ohren wie ein Zuschlagen an.

Der Mönch am Eingang hatte offenbar gerade die Leiter eingerollt und war nicht sehr begeistert, mich zu sehen.

Er rollte die Leiter wieder aus, aber ich war so zittrig, dass ich nicht sofort hinuntersteigen konnte. Ich hatte das Gefühl, dass ich mit Sicherheit fehltreten und das Gestein unter meinem Griff zerbröckeln würde.

Alles um mich herum schien zu zerfallen. Ich lehnte mich gegen eine der vier Säulen und holte tief Luft.

Wie konnte sie es wagen? Ich hatte einen so weiten Weg und

solche Mühsal auf mich genommen, um ihr einen großen Gefallen zu tun, und sie schrie mir ihre Wut ins Gesicht! Was für eine Undankbarkeit! Mein Kummer und meine Einsamkeit kümmerten sie nicht, meine selbstlosen Bemühungen, uns zusammenzubringen, waren ihr völlig egal! Für einen kurzen Moment hasste ich sie aus vollem Herzen.

Das Gefühl hielt jedoch nicht lange an, denn am allerbesten war ich darin, mich selbst zu hassen.

Leise Zweifel meldeten sich zu Wort. Was sonst hatte ich erwartet? Ich hatte mich vor jemandem als Retterin aufgespielt, die gar nicht gerettet werden wollte – oder musste. Wer war ich, dass ich in das Leben dieser Frau hineinplatzte und ihr erklärte, dass ich alles besser wüsste als sie. Dass ich ihren Schmerz verstünde und wüsste, wie man ihn heilen könnte.

Hätte ich mich ihr auf andere Weise nähern sollen? Sie war eine Künstlerin, ich eine Musikerin. Bestimmt gab es Dinge, über die wir hätten reden können und die uns zu Freundinnen gemacht hätten.

Ich hatte meine Mission, die Ityasaari aufzuspüren, als mitleidige Tat angesehen, aber das war nicht richtig. Nicht wenn ich mich dabei als Heldin und Retterin sah. Es war unmöglich, als Unbeteiligter den Schmerz eines anderen zu erleben. Vielleicht wollte ich mir das nur nicht eingestehen. Vielleicht wollte ich, dass sie meinen Schmerz erkannten und ihn mir bestätigten, so wie ein Spiegel das eigene Bild zurückwirft.

Ich war nicht nur hier, um Od Fredricka zu helfen, sondern auch, um mich selbst zu retten. Dame Okra hatte so eine Andeutung gemacht, aber ich hatte es als Geschwätz abgetan.

Mir graute davor, Glisselda und Kiggs davon zu berichten, dass ich bei Od Fredricka versagt hatte, obwohl ich mir sicher war, dass sie mich nicht schelten würden. Der Gedankenwall konnte auch ohne Od Fredricka errichtet werden, Ityasaari hatten wir genug. Wir hatten Nedouard und Blanche, und es würden noch weitere hinzukommen.

Aber meine Gewissheit war verloren gegangen. Od Fredricka hatte mein Selbstbewusstsein erschüttert.

Mit Finger und Daumen rieb ich über meine feuchten Augen, dann holte ich tief Luft. Ich blickte noch einmal hinauf zu den hohen Felsklippen und den östlichen Bergen in der Ferne.

Ein Berg, dessen schiefer Gipfel schneebedeckt war, stach mir besonders ins Auge. Ich kannte ihn, in meinem Garten der Grotesken gab es davon eine Miniaturversion. Ich hatte nur nicht gewusst, wo er zu finden war. Mit einer Mischung aus Freude und Furcht sah ich ihn an.

Ganz gleich welche Selbstzweifel mich befielen, Goredd brauchte die Ityasaari. Ich stieg, so schnell ich konnte, die Leiter hinunter.

Unten war alles für das Abendessen vorbereitet. Josquin sprang auf, um die Strickleiter für mich zu halten. Ich nahm seine Hand und hüpfte auf den Teppich aus Kiefernnadeln. »Sie kommt nicht«, sagte ich laut, um etwaigen Fragen zuvorzukommen.

»Setz dich und iss«, sagte Josquin sanft und führte mich zu Abdo. »Du siehst niedergeschmettert aus.«

Nan zog sorgenvoll die Augenbrauen zusammen, als sie mir etwas Brot und Käse reichte.

»Dieser schiefe Berg im Osten«, fragte ich und nickte ihr dankend zu, »wie lang braucht man bis dorthin?«

»Drei Tagesritte«, antwortete Moy. Er setzte sich aufrecht hin. »Das ist der Pashiagol – das Horn des Verrückten Ziegenbocks. Ich bin am Fuße dieses Bergs aufgewachsen.«

»Wir haben keine Zeit für einen Ausflug«, wandte Josquin ein und blickte uns abwechselnd an. »Dame Okra hat sechs Wochen angesetzt, wir haben einen straffen Plan für Samsam.«

»Ich weiß. Aber auf dem Berg lebt ein Ityasaari«, sagte ich. »Mir war nicht klar, dass er ein Ninysh ist.«

»Wenn wir ein scharfes Tempo anschlagen, schaffen wir es in zwei Tagen«, überlegte Moy. »Dann sind wir nur vier Tage im Verzug. Das können wir in Samsam wieder einholen.«

Josquin warf ergeben die Hände hoch. »Von mir aus. Solange ihr mich nicht allein dem Zorn meiner Tante ausliefert. Also, auf nach Donques.«

Ich fing an zu essen und war selbst überrascht, wie hungrig ich war. Abdo rutschte ein Stückchen näher zu mir, schmiegte seine Wange an meine Schulter und sah mich wissend an.

Du bist enttäuscht.

Geläutert trifft es wohl eher, erwiderte ich und pflückte eine Kiefernnadel von meinem Käse. *Ich habe eingesehen, dass ich mir selbst etwas vorgemacht habe.*

Er nickte ernst und blickte zum Kloster. *Mach dir um sie keine Gedanken. Ihr Seelenlicht ist stark und stachlig wie ein Igel. Fast so wie Dame Okras. Vielleicht musste es so kommen. Wie dem auch sei – eine Dame Okra reicht, meinst du nicht auch?*

Er wollte mich zum Lachen bringen, aber ich hätte liebend gerne tausend Dame Okras in Kauf genommen, Hauptsache, sie wären mitgekommen.

Sieben

Nachdem wir zwei Tage lang in hohem Tempo durch immer steiler werdendes Gelände geritten waren, erreichten wir schließlich das Dorf Donques am Fuß des schiefen Bergs. Der wilde Mann in meinem Garten, den ich Kleiner Tom nannte, lebte irgendwo hier in einer Höhle. Er war acht Fuß groß und hatte Klauen an den Füßen, daher würde er sich wohl vom Dorf fernhalten. Wir hatten vor, ein paar Tage in dem Palasho vor Ort zu verbringen.

Als ich Glisselda von meinem Fehlschlag mit Od Fredricka berichtet hatte, waren wir auch auf den Kleinen Tom zu sprechen gekommen. »Such ihn ruhig«, hatte Glisselda gesagt, »aber vergiss nicht, dass du spätestens am Sankt-Abaster-Tag in Fnark sein musst. Kannst du das trotz der Verzögerung in Donques schaffen?«

»Josquin ist zuversichtlich«, sagte ich, aber Glisselda hatte es geschafft, mich zu verunsichern. Da war er wieder, dieser Sankt Abaster. Er schien mich geradezu zu verfolgen.

Selbst wenn ich rechtzeitig in Fnark einträfe, war noch lange nicht gesagt, dass wir den samsamesischen Ityasaari aufspüren würden. Andererseits reichte ein zusätzlicher Tag in Donques vielleicht schon aus, um einen anderen Ityasaari nach Goredd bringen zu können. Der Kleine Tom war sozusagen der Spatz in der Hand.

Als wir um die letzte Biegung des steilen Pfads kamen, sahen wir, dass in Donques ein reges Treiben herrschte. Alle Bewohner waren auf den Beinen. Die Männer trugen bestickte Kittelhemden und Hüte, die Frauen hatten sich Bänder in die hellen Haare gebunden, und auch die Kinder waren herausgeputzt. Das ganze Dorf war wie auf Hochglanz poliert. Die Flagge von Ninys in Gold, Orange und Purpurrot wehte von den Spitzdächern und die Blumenkästen an den Fenstern quollen über vor rosafarbenen und gelben Blüten.

Alle Leute folgten einem mit farbigen Bändern und Blumengirlanden geschmückten Ochsenwagen, auf dem eine in hauchzarte Tücher gehüllte Statue stand.

Moy grinste. »Das ist Santi Agniesti. Sie ist unsere Patronin und macht guten Käse.«

In gemessenen Schritten folgten die Menschen der Statue durch die Straßen. Als sie unsere Pferde hörten, machten sie uns Platz.

Sollen wir bei der Prozession mitmachen?, fragte Abdo. Er wartete meine Antwort erst gar nicht ab, sondern stellte sich auf den Sattel und hielt die Zügel lässig mit einer Hand fest. Lächelnd winkte er mit seinen dünnen Ärmchen den staunenden Menschen zu und verteilte großzügig Kusshände. Seine Zuschauer hielten den Atem an, als er einen Rückwärtssalto auf dem Sattel vollführte. Einige klatschten sogar.

»Ist das denn in Ordnung?«, fragte ich Moy. Sein Grinsen verriet mir, dass er sich köstlich amüsierte.

»Meine Verwandtschaft ist hier irgendwo. Ihnen wird die Vorführung gefallen. Aber sei vorsichtig, *Musch*!«, rief er und benutzte Nans Kosenamen für Abdo. »Pass auf, dass du nicht auf den Kopf fällst.«

Abdo schlug die Augen nieder wie die Unschuld in Person, dann hielt er sich vorn am Sattel fest und machte einen Handstand.

»Santi Merdi!«, lachte Moy dröhnend. »Ich sollte dich an deinem Pferd festbinden.« Als Antwort nahm Abdo eine Hand vom Sattel und stand nur noch auf der anderen.

Der Marktplatz war voller Leute. Santi Agniestis Karren rollte auf die rosenfarbige Kapelle zu, die mit Bildern von Vögeln, Kühen und Bergblumen geschmückt war. Währenddessen verweilten die Leute bei den Essensständen, Verkaufsbuden und Puppenspielern. »Zum Palasho geht es diese Straße entlang und dann links«, rief Josquin, aber da war unser Trupp bereits unerwartet zum Stehen gekommen. Moy stieß einen Freudenschrei aus, stieg vom Pferd und wurde sofort von Menschen umringt, die seine Hände ergriffen und ihm auf den Rücken klopften. Der Hauptmann nahm kleine Kinder in den Arm, warf sie hoch und küsste ihre Stirn.

Nan kam zu Josquin und mir geritten. »Cousin, Cousin, Cousin *segonde*«, erklärte sie und deutete auf die Schar, wie um sie durchzuzählen. »Wie heißt ... *oncle*?«

»Willst du nicht absteigen, um sie zu begrüßen?«, fragte ich.

»Bin in Segosh aufgewachsen«, sagte Nan und hob stolz ihr Kinn. »Bin kein Milchmädchen.«

Josquin trommelte ungeduldig mit den Fingern auf seinem Sattelknauf, dann blinzelte er zum Himmel und seufzte laut. »Die Sonne geht bald unter. Im Dunklen werden wir deinen Ityasaari ganz gewiss nicht finden.«

Ich wollte ihn beschwichtigen, da sagte Abdo plötzlich: *Fina Madamina, der Kleine Tom ist ganz in der Nähe.* Abdo reckte den Hals und blickte nach Osten, als könnte er auf diese Weise durch die Mauern hindurchsehen. *Sein Seelenlicht hat eine merkwürdige Farbe und ist ganz verwirbelt.*

Gut zu wissen. Ich überlegte, ob ich Moy einfach zurücklassen und nur mit einem kleineren Trupp nach Tom suchen sollte. Der Ityasaari war stark und Furcht einflößend, aber gefährlich war er mir nicht vorgekommen.

Moy eilte durch die Menge auf uns zu und rief etwas auf Ninysh. Sein Stirnrunzeln und sein Tonfall ließen vermuten, dass er von Nan wissen wollte, warum sie ihren Verwandten die kalte Schulter zeigte. »Könntest du uns etwas auf der Flöte vorspielen, Serafina?«, rief er daraufhin in meiner Sprache. »Für meine Verwandten. Abdo und ich könnten dazu einen Saltamunti tanzen.«

Während ich noch zögerte, war Abdo bereits in heller Begeisterung vom Pferd gesprungen. *Ja, das machen wir! Das ist hervorragend. Der Kleine Tom wird deine Flöte hören und herkommen.*

Du weißt aber, dass er nicht klein ist?, sagte ich und fragte mich zum ersten Mal, welche Gestalt meine Gartenbewohner für Abdo hatten, wo doch allein schon der Garten für ihn nicht wie ein Garten aussah. *Er könnte die Leute erschrecken.*

Die Acht werden uns alle beschützen. Abdo nahm Moys Hand und führte ihn in die Mitte des Platzes.

Ich stieg ab und kramte in der Satteltasche nach meiner Flöte. Als Josquin merkte, dass es Moy ernst war, stieg auch er aus dem Sattel. Er zog sein Wams zurecht und stellte uns dem gespannten Publikum mit hochtrabenden Worten vor. Die Dorfbewohner machten Platz und plauderten miteinander. Ihre Gesichter waren vor Aufregung gerötet.

Moy drückte Nan seinen Helm in die Hand und stellte sich mit erhobenen Armen vor Abdo auf. Sie waren ein herrlich unpassendes Paar: der eine klein, der andere groß, der eine dünn, der andere kräftig, der eine dunkel, der andere blond. Ich nahm mir die Zeit und spielte mich erst einmal ein. Abdo tappte übertrieben ungeduldig mit dem Fuß. Schließlich holte ich tief Luft, wünschte uns im Stillen Glück und stürzte mich in einen furiosen Saltamunti.

Es war ein Tanz für Soldaten und starke Knechte und bestand aus kraftvollen Bewegungen und männlichen Posen. Moy zog wilde Grimassen; seine Stiefel und sein Brustpanzer blitzten in der Sonne, und was ihm an Eleganz fehlte, machte er mit seiner Begeisterung wett. Im Gegensatz dazu war Abdo anmutiger, trat aber nicht ganz so selbstbewusst auf. Gemeinsam waren sie ein erstaunlich gutes Gespann. Moy hüpfte und stampfte, während Abdo um ihn herumsprang und dabei in der Luft um die eigene Achse wirbelte. Die Zuschauer johlten und pfiffen anerkennend.

Der Kleine Tom mag die Musik, sagte Abdo. *Er kommt.*

Ich ließ den Blick schweifen. Toms Wuschelkopf würde alle überragen.

Moy kniete sich hin und Abdo machte einen Bocksprung über ihn hinweg. Dann legte Moy die Hände zu einem Steigbügel zusammen, hob Abdo hoch und warf ihn in die Luft. Die Menge tobte. Moy hob den Jungen auf seine Schulter und Abdo vollführte einen Handstand auf Moys hochgestreckten Armen. Die Acht schlugen applaudierend mit ihren Schwertern gegen die Schilde und machten einen Höllenlärm.

Plötzlich wurde ihr Getöse von einem fürchterlichen, markerschütternden Schrei übertönt.

Ich unterbrach mein Flötenspiel und sah mich erschrocken um. Erst als mich alle fragend anstarrten, wurde mir klar, dass nur ich allein das Geräusch gehört hatte: Abdo hatte in meinem Kopf geschrien.

Der Junge war immer noch im Handstand und Moy hielt ihn immer noch fest, aber jetzt ragte ein Messer aus Abdos linkem Unterarm. In dem Moment knickte Abdo ein. Moy bekam ihn, dem Himmel sei Dank, gerade noch rechtzeitig zu fassen. »Des Osho!«, bellte der Hauptmann. Die Acht waren sofort an seiner Seite und suchten die Menge nach dem Angreifer ab. Moy nahm den Jungen, der sich vor Schmerz zusammengerollt hatte, in die Arme. Abdos blaue Tunika war voller Blut.

»Da!«, rief Josquin und deutete auf eine Gestalt, die von dem Balkon eines Gasthauses auf der anderen Seite des Platzes über das Dach flüchten wollte. Der Mann trug eine Kutte und hatte die Tonsur der Mönche von Sankt Abaster. Sein Gewand behinderte ihn zwar beim Klettern, aber es war trotzdem gut möglich, dass er es übers Dach schaffte und uns entkam.

Während der Mönch das steile Schieferdach erklomm, tauchte plötzlich ein großer zotteliger Kopf mit Blättern im Bart wie der Vollmond über dem Dachfirst auf. Dann folgte ein gewaltiger, behaarter Körper von etwa acht Fuß Größe, der in zusammengenähte Lumpendecken gehüllt war. Es war der wilde Mann. Statt Zehen hatte er Drachenklauen und seine Haut war bis zu den Fußknöcheln mit Silberschuppen bedeckt. Die Klauen knirschten auf dem Schiefer, als er über das steile Dach zu dem Mönch stieg, der, vor Schreck wie gelähmt, stehen blieb und sein zweites Messer fallen ließ.

Der Kleine Tom hob den Mann wie eine Lumpenpuppe hoch, brach ihm mit bloßen Händen das Genick und schleuderte ihn vom Dach in die Menge.

Ein Augenblick lang schien die Welt stillzustehen. Dann schrie jemand: »Gianni Patto!«

Plötzlich war der Teufel los. Die meisten Leute flohen, einige versuchten, den Leichnam des Mönchs zu bergen, wieder andere schleuderten Steine auf das Ungeheuer am Dach.

Abdo an die Brust gedrückt, rannte Moy zu Josquin und Nan. Abdo blickte benommen ins Leere, er war viel zu verstört, um zu weinen. Nan schnappte sich die Flagge von Ninys, die vor einem Gasthaus hing, während Josquin ihrem Vater den Jungen abnahm. Gemeinsam zogen sie das Messer heraus und verbanden Abdos Arm mit der bunten Fahne. Moy kehrte zurück zu den Acht, die das Ungeheuer auf dem Dach mit Pfeilen beschossen. Ich holte den Hauptmann ein, packte ihn am Arm und rief, so laut ich konnte: »Sag ihnen, dass sie aufhören sollen! Er ist derjenige, nach dem wir suchen!«

»Hast du nicht behauptet, er sei klein?«, rief Moy zurück. Er zwängte sich durch die aufgescheuchten Menschen bis zu seiner Truppe durch.

In der Zwischenzeit war auf der anderen Seite des Marktplatzes Gianni Patto vom Dach auf den Balkon des Gasthauses gehüpft. Er grinste, als die Pfeile der Acht wirkungslos von seiner ledrigen Haut abprallten. Die Zähne in seinem scheußlichen Mund waren abgebrochen und verfault. Dann sprang er mitten in die Menge. Alle stoben in heller Aufregung davon. Die Acht, nun mit Moy an der Spitze, umkreisten den wilden Mann mit gezückten Schwertern. Gianni Patto bedrohte sie nicht, im Gegenteil. Er streckte die Hände aus und überkreuzte sie, als würde er sich freiwillig ergeben. Auch als Moy ihm, nach einigen vergeblichen Anläufen, die Hände fesselte, leistete er keinen Widerstand.

Über den Platz hinweg starrte Gianni Patto mich an. Ich starrte zurück. Er war ganz anders als in meinen Visionen. Rein körperlich war er so, wie ich ihn mir vorgestellt hatte, aber in seinen Augen lag eine Schläue, etwas, das mir irgendwie vertraut war, das ich aber nicht benennen konnte. Eine Art katzenhafter Verschlagenheit.

Anfangs stieß er nur unverständliche Laute aus, aber plötzlich brüllte er laut. Diesmal verstand ich ihn und erstarrte innerlich zu Eis.

»Sera! Fiiiii-na!«

Woher kennt er meinen Namen?, fragte ich Abdo. Der Junge antwortete nicht. Besorgt blickte ich mich zu ihm um. Nan saß im Sattel und Abdo lag schlaff in ihren Armen.

Josquin zupfte an meinem Ärmel. Er hatte mit mir geredet, aber ich hatte ihm nicht zugehört.

»… Abdo zum Palasho«, wiederholte er.

Seine Stimme war Balsam für mein rasendes Herz. »Der Baron wird uns einen guten Arzt rufen können. Wir müssen uns beeilen.«

Ich nickte dumpf und stieg auf mein Pferd. Unsere Soldaten ritten voraus. Zwei hatten den in ein Tuch gewickelten Leichnam des Mönchs zwischen sich, zwei andere führten Gianni an seinen Fesseln und zwei weitere bewachten ihn mit gezückten Schwertern. Dann folgte Nan mit Abdo. Hauptmann Moy und ich bildeten die Nachhut. Gianni Pattos Klauenfüße kratzten über die Pflastersteine, aber der wilde Mann ließ sich brav abführen. Er drehte den Kopf und ließ mich nicht aus den Augen. Ich blieb so weit zurück wie möglich, aber er drehte den ganzen Oberkörper, nur um mich im Blick zu behalten.

»Du hättest mir sagen sollen, dass du Gianni Patto suchst«, seufzte Moy. »Dann hätten wir die Sache anders angehen können.«

»Ich wusste nicht, dass er berühmt ist«, sagte ich.

»Bis heute war ich mir nicht sicher, ob es ihn wirklich gibt. Er ist so etwas wie der Schwarze Mann dieser Gegend. Meine Mutter sagte immer: ›Benehmt euch, oder ich binde euch an einen Baum, damit euch Gianni Patto holt‹. Du kannst davon ausgehen, dass sich noch Generationen die Geschichte von dem toten Mönch erzählen werden.«

»Aber der Mönch hat versucht, Abdo zu ermorden«, sagte ich mit zugeschnürter Kehle.

Ein Mönch vom Sankt-Abaster-Orden. War er uns vom Kloster bis hierher gefolgt? Wusste er, wer wir waren?

Der Weg zum Palasho war steil und uneben und wand sich zwischen Felsgestein und Baumstümpfen hindurch. Josquin galoppierte voraus und hetzte sein Pferd den Hügel hinauf. Als wir ihn eingeholt hatten, war das Fallgatter bereits offen, und Josquin gab den Leuten Anweisungen, um unsere Ankunft vorzubereiten. Zwei stämmige Hufschmiede halfen dabei, Gianni in einen Rundturm zu schaffen, während Diener die Leiche des Mönchs in die Kapelle schleppten. Nan trug Abdo in ein Lazarett. Stallburschen übernahmen unsere Pferde.

Ich stand da und starrte verschwommen ins Leere. Josquin berührte mich am Arm und sagte: »Ich habe ein Gespräch unter vier Augen mit Baron Donques vereinbart. Ich nehme an, dass du nicht wie üblich...«

Ich sah Josquin nur an.

»Nein«, sagte er. »Natürlich kommt Abdo zuerst. Lass uns nachsehen, wie es ihm geht.«

Wir eilten über den Hof in das Lazarett. Den Helm unter den Arm geklemmt versperrte Nan uns den Zutritt. Blonde Haarsträhnen klebten an ihren verschwitzten Wangen. »Du willst nicht sehen das«, sagte sie.

»Das kann Serafina selbst entscheiden«, erwiderte Josquin. Er legte seine Hand auf meine Schulter und sagte leise: »Wenn du fertig bist, dann komm zu mir in den Palasho. Ich werde allein mit Baron Donques sprechen. Ich nehme an, er wird deinen wilden Mann wegen Mordes anklagen wollen. Willst du diese Kreatur immer noch nach Segosh mitnehmen?«

»Ja«, sagte ich. »Der Mönch hatte Mord im Sinn. Er hatte sogar ein zweites Messer dabei. Gianni Patto hat ihn getötet, um Abdos Leben zu retten – oder meines.«

»Einverstanden. Das werde ich dem Baron weitergeben.« Josquin verbeugte sich und ging weg.

Schweigend trat Nan zur Seite und ließ mich hinein. Abdo lag auf einer einfachen Strohmatratze auf dem Boden. Bei ihm war eine Frau mittleren Alters, die ein Kopftuch trug. Sie hatte seinen Arm frei gemacht und wusch ihn über einer Schüssel.

Das Wasser färbte sich rot. »Wie schlimm ist es, Doktor?«, fragte ich auf Goreddi.

Die Frau sah mich ernst an und antwortete auf Ninysh. Nan übersetzte: »Sie ist nicht Doktor. Garnison auf Bärenjagd. Doktor mit dabei. Sie ist hier die … ähm …« Nan schnippte mit den Fingern, aber ihr fiel das richtige Wort nicht ein.

»Hebamme«, dröhnte eine Stimme von der Tür her. Moy drängte sich an seiner Tochter vorbei zum Krankenlager.

Ich fing Abdos Blick auf. Er versuchte, mir etwas zu sagen. Als ich mich neben ihn auf den Fußboden setzte, sah die Hebamme mich zwar von der Seite an, scheuchte mich aber nicht weg. Behutsam betastete sie Abdos Handgelenk. Er biss die Zähne zusammen und wand sich vor Schmerz. Ich nahm seine andere Hand; er krallte seine Finger in meine. Die Hebamme sagte etwas und Nan übersetzte wieder: »Beweg Finger, Spatz. Einen nach dem anderen, angefangen mit …« Sie wackelte mit dem Daumen.

Abdo bewegte seinen linken Daumen. Und gleich noch einmal.

»Jetzt andere Finger«, sagte Nan. Abdo brach in Tränen aus und die Hebamme bekam vor Mitleid feuchte Augen.

»Die Sehnen sind durchtrennt.« Diesmal übersetzte Moy. »Sie kann sie nicht heilen. Sie wird die Wunde nähen und gute Wickel machen, damit sich nichts entzündet.«

Nan murmelte etwas Unfreundliches.

»Der Arzt des Barons könnte auch nicht mehr ausrichten«, erwiderte ihr Vater grimmig. »Vielleicht hat Graf Pesavolta einen Wundarzt, der Sehnen zusammennähen kann, vielleicht auch nicht. Das ist eine heikle Sache.«

»Er braucht das Hand«, knurrte Nan.

Die Hebamme mischte Kräuter und Wein zusammen. Ich half Abdo, sich aufzusetzen, damit er trinken konnte. Als die

Wirkung des Heiltranks einsetzte, löste sich Abdos Erstarrung und er sagte matt: *Der Mönch wollte mich umbringen. Es war schieres Glück, dass es nicht geklappt hat. Ich bin nur durch Zufall noch am Leben.*

Ich hielt seine gesunde Hand fest. *Das ist doch dein Gott, oder? Der Gott des Glücks?*

Warum habe ich dann das Pech, dass er es ausgerechnet auf mich abgesehen hatte?, murmelte Abdo etwas leiser und undeutlicher als zuvor.

Ich weiß nicht, antwortete ich. Ich konnte es mir selbst nicht erklären. Hatte Od Fredricka uns den Mönch auf den Hals gehetzt? Oder der Abt? Wenn es der Abt gewesen war, war Od Fredricka dann ebenfalls in Gefahr? Hatte sie unser Geheimnis preisgegeben, um sich selbst zu retten? Leider konnte der Mönch es uns nicht mehr verraten.

Den Göttern sei Dank, dass sie Gianni Patto geschickt haben, murmelte Abdo müde, ehe ihm die Sinne schwanden.

Ich hielt seine Hand so lange, bis die Hebamme die Wunde genäht, eine Salbe aufgetragen und den Arm verbunden hatte. Ich wäre die ganze Nacht bei ihm geblieben, wenn Nan mich nicht auf die Füße gezogen und zum Abendessen geschleppt hätte.

Ich wollte nur noch eines, nämlich dass dieser Tag endlich vorüber war. Aber der Schlaf wollte nicht kommen und ich quälte mich mit Selbstvorwürfen. Ich hätte Abdo mit Blanche nach Segosh zurückschicken sollen. Ich hätte gar nicht erst ins Kloster gehen und nach Od Fredricka suchen dürfen. Ich hätte nie hierher zu Gianni Patto kommen dürfen, der noch schlechter sprechen konnte als Blanche und der mit Bären raufte. Ich hatte ihn für harmlos gehalten, aber das war töricht gewesen. Er hatte dem Mönch mit bloßen Händen das Genick gebrochen. Ich durchlebte diesen Moment immer wieder, während ich mich im Bett hin und her warf. Immer stand mir das Bild vor Augen, wie der Mönch mit verrenkten Gliedern vom Dach fiel.

Bei dem Gedanken daran, wie Gianni meinen Namen gerufen hatte, überlief mich ein Frösteln. Dieser katzenhafte Ausdruck in seinen Augen...

Ein entsetzlicher Gedanke überfiel mich und ich schoss in die Höhe.

Obwohl es schon weit nach Mitternacht war, zog ich Hose und Stiefel an und schlich aus dem Zimmer.

Vor Josquins Tür blieb ich kurz stehen. Ich hätte ihn gerne aufgeweckt, aber zugleich hatte ich Angst vor dem, was er vielleicht miterleben und was er danach von mir denken würde. In diesem Moment begriff ich, wie sehr er mir ein Freund geworden war. Ich konnte es nicht ertragen, seine Achtung zu verlieren, daher ließ ich ihn schlafen.

Ich stahl mich hinaus und ging über den mondbeschienenen Hof zu dem Rundturm. Der Eingang war bewacht. Mein Ninysh war nicht gut genug, um eine passende Ausrede vorzubringen, aber der Wachmann wusste offenbar, wer ich war. Er bedeutete mir zu warten und ging hinein. Zu meiner Überraschung kehrte er mit Moy zurück. »Wir bewachen den wilden Mann rund um die Uhr und wechseln uns ab«, erklärte der Hauptmann lächelnd. »Willst du auch eine Schicht übernehmen? Wie unhöflich, dass wir dich nicht gefragt haben.«

»Ich möchte mit ihm sprechen«, sagte ich. »Allein. Er ist nicht mehr gewalttätig gewesen, oder?«

Moy zuckte die Schultern. »Er sitzt hinter dieser schweren Eichentür und ist brav wie ein Lamm. Du kannst durch das Gitter mit ihm reden, aber ich weiß nicht, ob er reden kann.«

Gianni Patto sollte eigentlich überhaupt nicht sprechen können. Als er meinen Namen gerufen hatte, hätte ich sofort misstrauisch werden müssen. Aber ich war zu sehr in Sorge um Abdo gewesen.

Moy hielt mir die Tür zum Turm auf und schloss sie hinter mir. Ich betrat einen nicht sehr langen Gang mit hohen Wänden, der nur von einer einzigen Fackel erleuchtet wurde. Auf einem Stuhl lagen ein Messer und ein angespitzter Stock. Anscheinend vertrieb Moy sich die Zeit mit Schnitzen. Nur die letzte Zelle auf der linken Seite war besetzt. Der scharfe Gestank des ungewaschenen wilden Mannes stieg mir in die Nase.

»Gianni?« Ich blickte durch das Türgitter. Von draußen fiel das Mondlicht durch ein Fenster, aber es war nicht hell genug, um den Gefangenen richtig erkennen zu können. Ich rief noch einmal seinen Namen.

Plötzlich starrte mich ein Auge durch das Türgitter an, blass, wässrig und wild.

Erschrocken trat ich einen Schritt zurück. Ich zwang mich dazu, nicht wegzusehen. »Du hast meinen Namen gerufen«, sagte ich leise. »Jemand muss ihn dir genannt haben. Wer war das?«

Er verdrehte sein Auge, sonst nichts. Er hatte mich nicht verstanden. Wenn er überhaupt irgendeine Sprache konnte – und ich war immer noch der Meinung, dass das eigentlich unmöglich war –, dann höchstens Ninysh. Seit Jahrzehnten lebte er in den Bergen, vermutlich seit er klein war, vielleicht war er damals sogar noch jünger als Blanche gewesen. Ich stellte mir vor, wie seiner Mutter – vermutlich eine Frau aus dem Dorf – klar geworden war, was für ein Ungeheuer sie zur Welt gebracht hatte, und wie sie ihn unter Tränen in einen Wintersturm hinausführte, aus dem er nicht mehr zurückkehren sollte.

Ein Gespräch mit ihm war nicht möglich, es war dumm gewesen, es überhaupt zu versuchen. Ich wandte mich zum Gehen, da hörte ich ein Scharren hinter mir. Als ich mich umdrehte, sah ich, wie seine Hände mit den gelben und gesprungenen Fingernägeln das Gitter umklammerten.

»Fii«, lallte er schwerfällig und spuckte aus. »Fii. Na.«

So sehr ich wollte, dass er sprach, so sehr fürchtete ich es auch. Ich räusperte mich und sagte: »Das bin ich.«

»Diessse Stiiimme.« Gianni sprach langsam, mit überbetonten Konsonanten und in die Länge gezogenen Vokalen, aber er sprach tatsächlich Goreddi. Mir stockte das Blut in den Adern, als er weitersprach. »Jahrzzzehnte nicht benutsssst«, krächzte er. »Zzzunge gehorcht niiicht... grrrgh!« Er spuckte wieder Schleim auf den Boden. »Was ist das nur für ein schrecklicher Geschmack in dem Mund!«

Mein Herz hämmerte. Der letzte Satz zerstreute auch den allerletzten Zweifel. Ich kannte den Tonfall, auch wenn er durch Giannis eingerosteten Kehlkopf und seinen störrischen Mund kam.

Es war mir schleierhaft, wie sie das geschafft hatte. »Was willst du, Jannoula?«, fragte ich.

Giannis Auge erschien wieder hinter dem Gitter, aber diesmal blickte es mich wachsam und gerissen an.

»Serafina«, sagte er – oder besser gesagt *sie* – mit rasselnder, belegter Stimme. »Du bist groß geworden.«

»Was willst du?«, wiederholte ich.

Gianni schnalzte missbilligend mit der Zunge. »Kein Gruß? Kein ›Wie geht es dir, Jannoula? Ich hoffe, du musst nicht mehr im Gefängnis schmoren‹. Ich nehme an, dein schrecklicher Onkel verspritzt immer noch sein Gift und hetzt dich gegen mich auf.«

Dass sie Orma erwähnte, tat weh, aber ich versuchte, mir nichts anmerken zu lassen. »Der Onkel, der mich gerettet hat, meinst du? Wenn ich mich recht erinnere, warst du diejenige, die Gift verspritzt hat.«

Gianni zog die grauen Augenbrauen zusammen und sein klebriges Auge wurde schmal. »Es ist mir zu Ohren gekommen, dass du unseresgleichen zusammenrufst.«

»Wer hat dir das gesagt?«, fragte ich.

Aus der Zelle drang gurgelndes Lachen. »Das weiß ich von einem gemeinsamen Freund. Ich könnte dir helfen, weißt du? Auch ich kann meinen Geist nach anderen ausstrecken.«

Zumindest hast du es früher einmal gekonnt, sagte Jannoula/Gianni in meinem Kopf.

Ohne es zu merken, war ich so weit zurückgewichen, dass ich gegen die feuchte Steinmauer des Turms stieß.

Sie konnte unmöglich aus ihrem Gartenhaus ausgebrochen sein und in meinem Kopf frei umherwandern!

Mit zusammengekniffenen Augen suchte ich hektisch den Eingang zu meinem Garten der Grotesken. Ich würde ihn nie finden, wenn ich nicht zuerst zur Ruhe kam. Die Worte hallten in mir, in Giannis schroffer Ausdrucksweise, aber mit Jannoulas Tonfall: *Hältst du hier die anderen fest? In diesem engen Trog? Früher war es ein Garten, der sich weit erstreckte.*

Wütend stürmte ich durch das Eingangstor – und stieß sofort auf den Kleinen Tom. Der Garten war tatsächlich geschrumpft, aber darüber konnte ich mir später den Kopf zerbrechen.

Jannoulas Bewusstsein füllte Giannis Körper aus wie eine Hand eine Kasperlepuppe ausfüllt, aber sie hatte die Hülle noch nicht durchbrochen, um sich in meinem Garten breitzumachen. Sie strengte sich an, trat und kratzte, und ich konnte sehen, wie sie sein Innerstes zum Glühen brachte. Der Kleine Tom hatte ein eigenes Licht, in einer ganz anderen Farbe, aber das fiel mir erst jetzt auf, da ein fremdes Feuer sein eigenes zu verschlingen drohte.

»Der Kleine Tom« war nur ein Teil von Gianni Pattos Gedankenfeuer. Das war es, was Abdo mir hatte sagen wollen. Aber erst jetzt, in meiner Not, konnte ich es sehen.

Jannoula dehnte und streckte sich und verzerrte die Umrisse des Kleinen Toms. Aus Angst, sie könnte aus ihm hervorbrechen, beschloss ich, Giannis Gedankenfeuer freizugeben. Eine andere Möglichkeit gab es nicht. Es war, als würde man einen Knopf nach langer Zeit endlich wieder aufknöpfen. Ich zögerte. Würden die wilden Visionen zurückkehren, wenn ich diesen Schritt wagte?

Aber Jannoula tobte weiter in ihm und meine Angst nahm überhand. Ohne weiter nachzudenken, ließ ich Gianni Patto frei. Das Knopfloch verschloss sich sofort hinter ihm, als wäre es nie dagewesen.

Ich verspürte keine Erleichterung, sondern ein Gefühl des Verlusts. Einen Anflug von Trauer. Widerstrebend schlug ich die Augen wieder auf und blickte in Giannis Auge hinter dem Türgitter.

»Das war eine völlig übertriebene Maßnahme«, beschwerte sich Jannoula. »Ein Riesenkind, das in einen halb vollen Badetrog geworfen wird. Was hätte er denn schon anrichten können, in dieser vollgestellten Besenkammer mit all den anderen?«

Ich gab ihr keine Antwort. Meine Unterlippe fing an zu zittern. Wie hatte Jannoula ihn gefunden? Wie war sie in sein Bewusstsein eingedrungen? Was wollte sie von mir, und warum verfolgte sie mich noch, nach all den Jahren?

Sie rief hinter mir her, als ich wie gehetzt aus dem Turm floh. Mein einziger Trost war, dass ich ihre Stimme nicht mitnehmen musste.

Acht

Als ich elf Jahre alt war und es noch keinen Garten der Grotesken gab, wurde ich von einer Vision überfallen, während ich mit meiner Stiefmutter Anne-Marie über den Fischmarkt ging. Ich fiel kopfüber auf einen Verkaufstisch und warf dabei die Körbe um; Kaskaden von Flussaalen ergossen sich auf die Pflastersteine. Pitschnass und stinkend kam ich wieder zu mir und hörte noch, wie die Fischweiber meine Stiefmutter und mich wüst beschimpften. Anne-Marie hatte damals wortlos die Fische bezahlt und sie in der darauffolgenden Woche zum Essen serviert. Noch heute sind mir Aale verhasst.

In meiner Vision hatte ich eine Frau gesehen, die zusammengerollt auf einem rauen Steinboden einer Zelle lag. Das winzige Fenster war vergittert und das Bett bestand nur aus Brettern und Stroh. Sie war eine Gefangene, vielleicht sogar eine Eremitin – eine heilige Schwester, die ein Gelübde abgelegt hatte und in völliger Einsamkeit lebte. Ihre Kleidung hatte allerdings keinerlei Ähnlichkeit mit einem Habit. Sie trug einen engen einteiligen Anzug mit einem Hosenlatz zwischen den Beinen. Er war aus ganz verschiedenen Tierhäuten zusammengenäht, an denen noch das Fell war. Wenn die Frau nicht kahl geschoren und barfuß gewesen wäre, hätte man sie für einen großen räudigen Otter halten können. Ihr Alter konnte ich schwer schätzen, ich sah nur, dass sie erwachsen und ganz sicher älter war als ich.

Wie immer sah mein inneres Auge alles von oben, so als würde es an der Zellendecke schweben. Die Menschen in meinen Visionen konnten mich nicht sehen, nur einmal hatte jemand gehört, wie ich zu ihm sprach, und selbst da war ich mir nicht ganz sicher. Aber bei dieser Frau war alles anders. Überrascht starrte sie zu mir hoch und reckte sich, um die Decke abzutasten. Sie hatte lange, schmutzige Fingernägel.

Da ich meine Visionen nicht beenden konnte, musste ich warten, bis sie von selbst wieder verschwand, ganz egal, wie sehr ich mich auch fürchtete.

Endlich verblasste die Vision. Die Frau schien das zu spüren, denn sie fing an zu schreien. Ich verstand ihre Worte nicht, aber ich erhaschte einen Blick auf den hellwachen Ausdruck in ihren Augen.

Die Gefangene in dem Fellanzug war die siebzehnte und bei Weitem ungewöhnlichste Person, die ich in meinen Visionen gesehen hatte. Ich gab ihr den Namen Otter.

Ich könnte meinem Onkel Orma mit seiner für Drachen typischen, mangelhaften Vorstellungskraft die alleinige Schuld dafür geben, dass er nicht auf die Idee kam, es könnte sich bei den Personen in meinen Visionen um Halbdrachen handeln. Aber tatsächlich waren wir alle beide schuld. Das Tabu war auf beiden Seiten, bei Drachen wie bei Menschen, gleichermaßen streng. Und meine Abscheu vor mir selbst war so groß, dass wir das, was meine Eltern getan hatten, in gewisser Weise als einzigartig ansahen und uns nicht vorstellen konnten, dass es noch weitere Wesen wie mich gab. Zudem sahen die Geschöpfe in meinen Visionen ganz anders aus als ich. Einige von ihnen, wie beispielsweise Meister Schmetter oder Nag und Nagini, waren sehr ansehnlich. Ich hatte nicht den geringsten Anlass anzunehmen, sie wären keine normalen Menschen. Der Kleine Tom hingegen und auch Pandowdy, das Wesen aus dem Sumpf, waren viel zu monströs. Ich erkannte mich in keinem von ihnen wieder. Warum sie mir immer wieder erschienen, war mir allerdings schleierhaft.

Ursprünglich hatte Orma mir Musikunterricht erteilen wollen, aber nachdem meine Schuppen durch die Haut gekommen waren, verbrachten wir die darauffolgenden Monate vor allem damit, meine Visionen so weit wie möglich zu begrenzen. Ich meditierte. Ich rief mir die Grotesken vor Augen. Ich erbrach mich. Die Visionen brachten meinen Körperhaushalt völlig durcheinander.

Erst mit dem Garten der Grotesken kehrte Ruhe ein. Unter Ormas Anleitung baute ich ganz bewusst eine dauerhafte gedankliche Verbindung zu allen siebzehn Kreaturen auf, damit mein Bewusstsein sie nicht mehr willkürlich aufsuchte. Ich verstand nicht so ganz, was ich tat, ich wusste nur, dass es seinen Zweck erfüllte. Ich gab meinen gedanklichen Grotesken Namen und wies ihnen eigene Bereiche in meinem Garten zu: Flederchen bekam einen Hain, der Pelikanmann eine Heckenwiese und Meister Schmetter einen Platz für seine Statuen.

Das Gartenhaus für Otter sparte ich mir für den Schluss auf. Das Leiden der jungen Frau hatte so großes Mitleid in mir hervorgerufen, dass ich ihr einen ganz besonderen Ort schaffen wollte. Er sollte friedlich sein, eine Schäferidylle mit Kräutern und Blumen und einer hübschen Gartenlaube. Alle anderen Grotesken lebten im Freien und brauchten kein Dach über dem Kopf. Ich dachte mir eine Vogeltränke für sie aus, eine Bank und einen kleinen Tisch, an dem sie Tee trinken konnte.

Erst ganz zuletzt stellte ich mir Otter selbst vor, so wie ich es auch bei den anderen gemacht hatte. Ich sah sie mir genau an, damit auch alles stimmte. Nur ihre seltsame Kleidung machte mir Kopfzerbrechen. Ich konnte mir beim besten Willen nicht vorstellen, dass sie freiwillig diesen Fellanzug trug, daher beschloss ich, ihn durch ein schlichtes grünes Kleid zu ersetzen, damit sie aussah wie eine junge Städterin aus gutem Hause. Dazu blonde Haare, wie meine Stiefmutter sie hatte. Ich hoffte, Otter würden die Veränderungen gefallen. Natürlich würde sie nie etwas davon erfahren. Die Grotesken in meinem Garten waren ja nur Symbole, sie waren sich ihrer selbst nicht bewusst.

Ich sprach die rituellen Worte und nahm Otter bei den Händen.

Noch im selben Moment wurde ich in eine Vision hineingezogen, in der die Frau im Fellanzug mit angezogenen Knien auf dem niedrigen Bett in ihrer Zelle kauerte. Sie bemerkte meine Anwesenheit und sprang auf die Füße. Diesmal hatte ich die Vision allerdings im Griff. Schnell zog ich mich wieder in meinen Gedankengarten zurück und nahm etwas mit, von dem ich nicht genau wusste, was es war. Es diente dazu, eine dauerhafte Verbindung aufzubauen, damit ich von unvorhersehbaren Visionen verschont blieb.

»Alles in Ard«, sagte ich zu Otter und ließ ihre Hände los. Besser gesagt, ich versuchte sie loszulassen.

»Alles in Ard«, wiederholte sie und hielt meine Hände umklammert. Ihre Stimme war flach, ihr Gesichtsausdruck wachsam. »Wer bist du? Wo bin ich?«

»Bei den Knochen der Heiligen!«, rief ich. Was war das? Wieso konnte sie mit mir sprechen?

Sie ließ meine Hände los und starrte mich mit ihren grünen Augen an, deren Farbe genau zu ihrem Kleid passte. »Wie hast du mich hierhergebracht?«, fragte sie. »Und warum?«

»Das … das wollte ich nicht«, stammelte ich hilflos. Sie war nicht nur eine von mir geschaffene Groteske, sie besaß auch ein echtes Bewusstsein. »Das war keine Absicht, eigentlich dürfte es so etwas gar nicht geben ...«

»Du hast etwas mit mir gemacht.« Ihre Augen wurden schmal. Sie ließ den Blick über die Stockrosen und die Fingerhüte, die Bank und den Tisch schweifen. Ihre Gesichtszüge wurden weich, als sie behutsam eine Blume berührte. »Hier ist es wunderschön«, hauchte sie angerührt. Zögernd machte sie ein paar Schritte auf dem gepflasterten Weg. Als sie ihre ungewohnte Kleidung bemerkte, drehte sie sich im Kreis und ließ den Rock schwingen. »Du hast mir ein elegantes Kleid gegeben!« Mit Tränen in den Augen sah sie mich an. »Womit habe ich so ein Geschenk verdient?«

»Als ich dich zum ersten Mal traf, hast du sehr elend ausgesehen.« Ich bemühte mich um eine Erklärung, obwohl ich es selbst nicht verstand, warum ihr Bewusstsein mir bis hierher nachgefolgt war. »Ich wollte dir dein Leben ein kleines bisschen erleichtern.«

Sie sah mindestens zehn Jahre älter aus als ich, aber sie benahm sich nicht so. Wie ein kleines Kind hüpfte sie den Pfad entlang, schnupperte an den Blumen, fuhr mit den Fingern über die Blattränder und freute sich über die schattenspendenden Pflanzen. »Ich liebe diesen Ort!«, rief sie. »Ich möchte für immer hierbleiben. Wo genau sind wir eigentlich?«

Sie hatte mich das schon einmal gefragt; es war unhöflich, ihr die Antwort schuldig zu bleiben. »Ich bin Serafina und das ist mein ... mein Garten«, sagte ich rasch. »Ähm, und wie heißt du?«

»Wie ich heiße?« Gerührt über mein Interesse legte sie sich die Hand auf die Brust. »Das ist ja so wichtig. Jeder sollte einen Namen haben, und meiner lautet ...« Sie schürzte nachdenklich die Lippen. »Jannoula. Ist er nicht poetisch?«

Ich konnte nicht anders als zu lächeln. »Er ist sehr hübsch«, versicherte ich ihr.

»Lass uns Schwestern sein!«, rief sie. »Oh, wie sehr habe ich mich nach einem Ort wie diesem gesehnt!«

Sie umarmte mich. Anfangs stand ich stocksteif da wie Orma, wenn ich ihn in den Arm nehmen wollte, aber dann sagte sie: »Du hast mich aus der Verzweiflung gerettet. Danke, Serafina«. Erneut überkam mich Mitleid, und ich beschloss, nicht länger zu grübeln. Offenbar hatte ich ihr wirklich helfen können. Vorsichtig erwiderte ich ihre Umarmung.

Während sie rockschwingend ihre Freude über das neue Kleid zum Ausdruck brachte, umrundete ich den nun vollendeten Garten, um einen Begrenzungszaun zu ziehen. Dabei sang ich: »Das ist mein Garten, er ist fertig und komplett.« Zuletzt kehrte ich wieder zu mir selbst zurück.

Ich lag auf dem Fußboden in Ormas Studierzimmer. Die Nacht war hereingebrochen, ich war sechs Stunden mit meinem Garten beschäftigt gewesen.

»Hast du deine geistigen Verbindungen alle gut abgesichert?«, fragte Orma auf dem Nachhauseweg durch die regennassen Straßen. »Gibt es noch etwas, dass sie bedrückt und womöglich eine ungewollte Vision hervorrufen könnte? Dir ist bewusst, dass du den Garten jeden Abend versorgen musst, damit alles so bleibt, wie es jetzt ist?«

Er hatte mir so viel Zeit und Unterstützung geschenkt, dass ich zögerte, meine Zweifel auszusprechen, aber es war wichtig, dass er davon wusste. »Eine ist anders. Sie hat zu mir gesprochen.«

Orma blieb mitten auf der Straße stehen. »Erzähl mir alles«, forderte er mich auf. Er verschränkte die Arme und sah mich so düster an, dass ich schon fürchtete, einen schlimmen Fehler gemacht zu haben. Aber im Stillen sagte ich mir, dass es nur seine Art war, ernst und aufmerksam zu sein.

Als ich geendet hatte, schüttelte er den Kopf. »Ich weiß nicht genug, um dir eine wirkliche Hilfe zu sein, Serafina. Ich weiß nicht, wieso Jannoula mit dir sprechen kann und die anderen nicht. Sei auf der Hut. Beobachte sie. Wenn sie dich erschreckt oder dir etwas antun will, dann musst du mir das sofort sagen. Versprich es mir.«

»Natürlich«, erwiderte ich mit einem Anflug von Unbehagen. Mir war nicht recht klar, was er in so einem Fall unternehmen würde, aber seine Nachdrücklichkeit war ein Zeichen seiner Fürsorge, und das bedeutete mir sehr viel.

In den darauffolgenden Tagen und Wochen achtete ich besonders auf Jannoulas Teil des Gartens. Aber wenn ich meine Grotesken zu Bett brachte, war Jannoulas Bewusstsein manchmal nicht da. Dann saß die von mir geschaffene Gestalt still zwischen den Mohnblumen und war genauso gedankenleer wie alle anderen. Aber es gab auch Tage, an denen ich Jannoulas Bewusstsein sofort bemerkte. Oft jagte sie Schmetterlinge oder saß an ihrem kleinen Gartentisch und trank Tee. Dann blieb ich bei ihr stehen und fragte: »Wie geht es dir?«

Meistens nickte sie lächelnd und ging weiter ihrer Beschäftigung nach. Eines Tages aber seufzte sie und sagte: »Mein echtes Leben ist ein Tränental. Ich bin so froh, dass ich mich hierher zurückziehen kann. Ich wüsste nur gerne, wo dieser Garten sich befindet.«

»In meinem Kopf«, sagte ich und setzte mich neben sie. »Ich habe den Garten erschaffen, weil...«

Plötzlich befielen mich Zweifel. Ich wollte ihr nicht sagen, dass ich ein Halbdrache war und mein Bewusstsein manchmal seltsame Dinge anstellte. Ich schämte mich und wusste nicht, wie sie darauf reagieren würde. Orma würde mir mangelnde Vorsicht unterstellen, wenn ich ihr jetzt die Wahrheit erzählte.

»Ich war einsam«, sagte ich schließlich. Und das stimmte ja auch. Papas Bedenken hatten stets verhindert, dass ich Freundschaften schloss. Mein Onkel zählte in dieser Hinsicht nicht.

Jannoula nickte eifrig. »Ich auch. Ich bin eine Gefangene. Ich bekomme nur meine Wärter zu Gesicht.«

»Warum hat man dich eingesperrt?«, fragte ich.

Sie lächelte nur traurig und goss mir Tee ein.

Einmal, als sie nicht da war, ergriff ich die Hände ihrer Groteske und führte absichtlich eine Vision herbei. Ich wollte mich lediglich als gute Freundin erweisen. Ich wollte verstehen, wie ihr Leben wirklich war, weil ich mir Sorgen um sie machte.

Wie immer saß Jannoula in ihrer düsteren Zelle. Der Anblick ihres kahl geschorenen Kopfes und ihres schrecklichen Fellanzugs war schon verstörend genug, aber dann sah ich noch etwas viel Schlimmeres. Sie hatte die Ärmel ihres Anzugs nach oben geschoben, sodass man ihre Unterarme sehen konnte. Vom Handgelenk bis zum Ellbogen war die Haut voller Blasen, aufgerissen und verbrannt. Die Verletzung sah frisch aus und ihr Gesicht… Sie war wie betäubt und hatte nicht einmal Tränen in den Augen.

Erst als sie mein beobachtendes Auge sah, geriet sie in Wut. Erschrocken zog ich mich zurück. Jannoula folgte mir bis in meinen Garten, und einen Moment lang fürchtete ich, sie würde mich schlagen. Sie hatte bereits die Arme erhoben, ließ sie dann aber ermattet fallen und lief stattdessen aufgeregt auf und ab.

»Du darfst mich nicht heimlich beobachten!«, rief sie.

Hier in meinem Garten sah sie aus wie immer, mit ihrem grünen Kleid und den blonden Haaren, aber das Bild von ihren verbrannten Armen ging mir nicht mehr aus dem Sinn. »Wer hat dir das angetan?«, bedrängte ich sie. »Und warum?«

Sie wandte den Blick ab. »Frag mich nicht. Ich schäme mich, dass du mich so gesehen hast. Nur bei dir finde ich Zuflucht und Schutz, Serafina. Verderbe das nicht mit deinem Mitleid.«

Aber ich hatte trotzdem Mitleid mit ihr. Ich zermarterte mir den Kopf, wie ich ihr Leben erträglicher gestalten konnte, und dachte mir Dinge aus, die sie ablenken würden. Vor und nach meinen Musikstunden sah ich mich in den Straßen von Lavondaville – denn dies war mein begrenzter Lebensraum – ganz genau um, damit ich Jannoula am Abend alles genau beschreiben konnte. Sie lauschte mit großem Entzücken. Manchmal brachte ich ihr auch Geschenke mit – ein Rätsel, eine Schildkröte, Rosen –, und stets war sie außer sich vor Freude. Sie war so leicht zu beglücken.

Eines Abends, wir tranken Tee und genossen einen herrlichen Sonnenuntergang, den ich für uns beide erträumt hatte, sagte sie: »Sei nicht böse, aber ich habe heute deine Gedanken gehört.«

Ich wollte gerade die Teetasse zum Mund führen, aber bei ihren Worten erstarrte ich mitten in der Bewegung. Ich hatte mich so an sie gewöhnt, dass ich fast vergessen hatte, wie anders sie war. Ihr Bewusstsein war in meinem Kopf. Konnte es sich mit meinem eigenen vermischen? Hatte es das vielleicht bereits?

»Ich höre nicht alles«, versicherte sie hastig. »Es sei denn, du hast nur so wenige Gedanken. Aber als du die Barken auf dem Fluss betrachtet hast, hatte ich das Gefühl, du wolltest sie mir beschreiben.«

Tatsächlich hatte ich mir überlegt, wie ich ihr den hübschen Anblick des grünen Wassers und der roten und blauen Barken am besten schildern konnte.

»Ich wollte dich nur fragen«, sagte sie und errötete liebreizend, »ob wir das wiederholen könnten, wenn du wieder durch die Stadt gehst. Das wäre herrlich.«

Ich war erleichtert. Unsere Verbindung jagte mir zwar manchmal Angst ein, aber Jannoula hatte nichts Böses im Sinn. »Natürlich«, versprach ich. »Das mache ich gerne.«

Als ich am nächsten Tag zum Musikunterricht ging, dachte ich an Jannoula und beschrieb meine Umgebung: die steinernen Schnörkel an der Brüstung der Kathedralenbrücke; der echsenartige Quigutl, der sich kopfüber an einer Wäscheleine zwischen zwei Häusern entlanghangelte; die Rufe der Pastetenverkäufer und der köstliche Duft ihrer Waren.

Ich war mir nicht sicher, ob Jannoula meine Beschreibung hörte, da sagte sie plötzlich: *Iss eine Pastete für mich, wenn ich schon nicht selbst probieren kann.*

Im Allgemeinen ist es nicht unbedingt ratsam, auf fremde Stimmen im Kopf zu hören, und auch ich erschrak, als ich Jannoulas Stimme hörte. Dass sie mit mir redete, obwohl ich gar nicht im Garten der Grotesken war, entsetzte mich zunächst. Aber im Grunde genommen war es nicht viel seltsamer als sonst. Ob sie meine Gedanken hörte oder zu mir sprach, machte das wirkliche einen so großen Unterschied? Außerdem war es eine so nette Bitte.

Ohne es zu wollen, lächelte ich und sagte: *Also gut, wenn du darauf bestehst.*

Ich hatte gehofft, dass sie die Pastete vielleicht schmecken können würde, aber das konnte sie nicht. Ich beschrieb die süßen Äpfel und den Blätterteig, bis sie lachend hervorstieß: *Genug, ich vergehe vor Neid!*

Von da an unterhielten wir uns immer öfter, während ich unterwegs war, und zum ersten Mal in meinem Leben hatte ich das Gefühl, eine Freundin gefunden zu haben. Sie war nicht immer bei mir. Auch ihr eigenes Leben – oder das, was ihre Peiniger ihr an Leben ließen – verlangte ihre Aufmerksamkeit, und sie konnte, wie sie mir erklärte, nicht an zwei Orten gleichzeitig sein. Wenn sie nicht da war, sammelte ich Eindrücke für später: der Bettler ohne Beine, der auf dem Platz von Sankt Loola sang; rote Ahornblätter, die in der Herbstbrise eine Gavotte tanzten.

Was ist eine »Gavotte«?, fragte sie, als ich ihr später davon berichtete. *Und was heißt eigentlich »singen«?*

»Hast du noch nie Musik gehört?«, rief ich verblüfft. In meiner Überraschung hatte ich ganz vergessen, dass ich ja mit meiner Familie beim Abendessen saß. Mein Vater und meine Stiefmutter starrten mich an. Meine Halbschwestern kicherten. Schnell stopfte ich mir eine Gabel Aalsülze in den Mund.

Arme Jannoula. Wenn sie wirklich keine Musik kannte, dann musste ich das schleunigst ändern.

Aber das war leichter gesagt als getan. Jannoula hörte zwar Gedanken, die ich an sie richtete, aber an meinen Sinnen konnte sie nicht teilhaben. Meine täglichen Musikstunden bei Orma gaben ihr nichts, denn sie hörte nicht, wie ich meine Instrumente spielte. Ich versuchte, beim Musizieren an sie zu denken, aber damit erreichte ich nichts, außer dass mein Spiel darunter litt. Ich sang ihr im Garten vor, nachdem ich die anderen Grotesken zur Nacht gebetet hatte, aber als Sängerin war ich befangen und mittelmäßig, selbst in meinem eigenen Kopf. Ich stellte mir eine Laute vor und spielte sie, aber auch das war nur ein fahler Abglanz der Wirklichkeit. Jannoula war immer sehr höflich, aber ich merkte ihr an, dass sie damit nicht viel anfangen konnte.

Eines Tages übte ich Flöte und war in Gedanken nicht bei Jannoula, sondern mit komplizierten Arpeggios beschäftigt, die mir einfach nicht gelingen wollten. Immer wenn ich an die betreffende Stelle kam, verkrampfte ich mich und dachte zu viel darüber nach. Ormas Vorschlag, diese Passagen besonders langsam zu spielen, bis ich sie wirklich beherrschte, war zwar gut gemeint, aber es änderte nichts daran, dass ich jedes Mal innerlich zusammenzuckte und der Flöte nur noch schrille Töne entlocken konnte.

Die Noten zu spielen, war nicht das Problem. Ich musste meine Hemmungen in den Griff bekommen, und das fiel mir schwer.

Ich machte eine Pause. Streckte mich. Unternahm einen neuen Versuch. Vergeblich. Enttäuscht versetzte ich dem Notenständer einen Tritt (nichts, worauf ich stolz sein kann) und fragte mich, ob ich die Grenzen meines musikalischen Talents erreicht hatte. Falls ich überhaupt je eines gehabt hatte. Jeder, der auch nur ein bisschen begabt war, würde sich nicht so abplagen müssen, dachte ich.

Der Notenständer prallte gegen den Tisch und eine Kaskade aus Büchern und Pergamenten ergoss sich über den Boden. Wie mein Onkel hatte auch ich den Hang, alles von einer Ecke in die andere zu räumen. Ich hob die Sachen auf und überlegte, ob ich den ganzen Stapel nicht einfach in meinen Schrank legen und dort vergessen sollte. Die von mir ausgelöste Lawine bestand fast ausschließlich aus Partituren, die noch auf meinem Programm standen. Aber dann blieb mein Blick an Ormas krakeliger Handschrift hängen: *Über die Leere*. Es war eine kurze Abhandlung, die er für mich geschrieben hatte, als wir noch glaubten, dass ich die Visionen allein durch Meditieren in den Griff bekommen könnte. Ich setzte mich auf mein Bett und fing an zu lesen.

Dabei kam mir eine Idee.

Ich musste aufhören, mir selbst im Wege zu stehen, ich musste meine Angst überwinden und die Arpeggios mit Gelassenheit angehen. Inzwischen war ich geschickt darin, meinen Geist zu leeren. Denn ein Gutes hatte das Meditieren gehabt: Es hatte mich in die Lage versetzt, meinen Garten zu erschaffen und ihn jederzeit zu besuchen. Ich legte mich auf mein Bett und stellte mir vor, dass ich innerlich ganz leer war. Dann stellte ich mir Türen in meinem Herzen vor, die ich alle öffnete. Ich war wie eine Flöte, ein hohles Rohr. Ich konnte mein eigenes Instrument sein und meine eigenen Klänge hervorbringen.

Ich blieb einfach liegen, setzte mich weder auf, noch öffnete ich die Augen. Ruhig führte ich die Flöte an die Lippen und fing an zu spielen.

Oh!, rief Jannoula in meinem Kopf. Aus ihrer Stimme sprach eine solche Qual, dass ich erschrocken innehielt. *Nein, nicht aufhören!*

Ich brauchte einen Moment, bis ich begriff, dass sie mich endlich gehört hatte – ob durch meine eigenen Ohren oder auf irgendeine andere Weise, konnte ich nicht sagen. Ich wusste nur, dass ich einen Weg gefunden hatte, mich ihr zu öffnen. Ich konnte gar nicht aufhören zu lachen, während sie immer nörgeliger wurde. »Zu Befehl, Eure Majestät«, sagte ich grinsend. Ich holte tief Luft, füllte meine Lungen, machte meinen Geist leer und ließ meinen Körper mit Musik erbeben.

Zu meiner Überraschung hörte Orma bei der nächsten Stunde den Unterschied in meinem Spiel heraus. »Dieses Rondo beherrschst du schon viel besser«, sagte er von seinem Platz auf dem Schreibtisch aus. »Ich habe dir das nicht beigebracht. Du hast selbst einen Weg gefunden, deinem Spiel mehr Tiefe zu verleihen. Es fühlt sich an, als ob...« Er brach ab.

Ich wartete. Noch nie zuvor hatte er einen Satz mit diesen Worten angefangen.

»Was ich damit sagen will«, fuhr Orma fort und kratzte sich an seinem falschen Bart, »du spielst so gut, wie Menschen es nur können. Deine Musik ist erfüllt von...« Er wedelte mit den Händen. Es fiel ihm schwer, die richtigen Worte zu finden. »Von Gefühlen? Von dir selbst? Eines Tages wirst du vielleicht meine Lehrerin sein und es mir erklären können.«

»Aber du hast es mir doch beigebracht«, widersprach ich ihm entschieden. »Deine Anleitung zur Meditation hat den Anstoß gegeben. Ich habe alles Überflüssige beiseitegeräumt und jetzt kann sie mich spielen hören.«

Für einen Augenblick herrschte unbehagliches Schweigen. »Sie?«, fragte Orma tonlos.

Ich hatte ihn über Jannoula nicht auf dem Laufenden gehalten, daher wusste er nicht, dass sie meine Gedanken und meine Musik hören konnte. Jetzt holte ich das alles nach. Ich erzählte ihm, dass wir uns jeden Tag unterhielten, dass sie mich musizieren hören konnte und von meinen Gedanken wusste. Orma hörte schweigend zu, seine schwarzen Augen hinter der Brille waren unergründlich. Diese betonte Zurückhaltung erweckte in mir das hitzige Gefühl, mich verteidigen zu müssen. »Sie ist bescheiden und freundlich«, sagte ich und verschränkte die Arme. »Ihr Leben ist ein einziges Elend, und ich bin froh, dass ich ihr ein bisschen Erleichterung verschaffen kann.«

Orma fuhr sich mit der Zunge über die schmalen Lippen. »Hat sie dir gesagt, wo sie gefangen gehalten wird oder warum?«

»Nein«, antwortete ich. »Das ist auch gar nicht nötig. Sie ist meine Freundin und ich vertraue ihr.«

Meine *Freundin*. Ja, das war sie. Die erste in meinem Leben.

»Hinterfrage dieses Vertrauen«, sagte Orma, kühl wie der Herbstwind. »Und achte darauf, wo es ins Wanken gerät.«

»Das wird es nicht«, erwiderte ich stur und packte meine Instrumente ein, um nach Hause zu gehen.

Für den Rest des Nachmittags hörte ich keinen Pieps von Jannoula. Ich dachte schon, sie wäre weggegangen, um in ihr echtes Leben und in ihre Zelle zurückzukehren. Aber als ich mich am Abend um die anderen Grotesken kümmerte, war sie wieder da. Sie folgte mir auf meinem Rundgang und trat mürrisch nach den Blumen.

Als wir zu ihrem Gartenhäuschen zurückkehrten, stand bereits der Tee auf dem Tisch. Jannoula rührte ihre Tasse nicht an, sondern setzte sich mit verschränkten Armen hin und starrte hinüber zu den Bäumen in Flederchens Hain. Hatte sie meine Unterhaltung mit Orma belauscht? Ich hatte ihr weder etwas davon erzählt noch hatte ich ihr Zugang zu meinen Gedanken gewährt. Daran konnte es also nicht liegen.

»Was ist mit dir, Freundin?«, fragte ich.

Sie schob ihre Unterlippe vor. »Ich kann deinen Musiklehrer nicht leiden. ›Hat sie dir gesagt, wo sie gefangen gehalten wird oder warum?‹«, sagte Jannoula hämisch und zitierte Ormas Fragen im genauen Wortlaut.

Sie hatte alles mit angehört. Plötzlich fühlte ich mich bloßgestellt. Was hatte sie sonst noch gehört und es mir nur nicht erzählt? Konnte sie alle meine Gedanken hören, auch die, die ich nicht bewusst an sie weitergab?

Allein die Vorstellung war erschreckend. Aber statt weiter darüber nachzudenken, bemühte ich mich, Jannoula zu besänftigen. »Du darfst Orma das nicht übel nehmen«, sagte ich und legte meine Hand auf ihren Arm. »Er ist ein Saar und das ist eben seine Art. Wenn man ihn nicht kennt, kann er recht unfreundlich wirken.«

»Du sagst Onkel zu ihm.« Sie schüttelte meine Hand ab.

»Ich... er... ich nenne ihn einfach so«, stotterte ich hilflos. Mein Magen verkrampfte sich. Ich hatte ihr noch nicht anvertraut, dass ich ein Halbdrache war, aber ich hoffte, dass es eines Tages so weit sein würde. Es wäre eine Befreiung, eine Freundin zu haben, die Bescheid wusste. Aber die Vorstellung, dass Orma mein Onkel war, schien sie anzuwidern. Es gab mir einen Stich ins Herz. Schnell wechselte ich das Thema. »Ich dachte bisher, du könntest nur dann mit meinen Ohren hören, wenn ich es dir ausdrücklich erlaube.«

Sie verzog verächtlich den Mund. »Ach, gerät jetzt dein Vertrauen in mich ins Wanken?«

»Nein, natürlich nicht.« Ich drängte mein Befürchtungen zurück und bog die Wahrheit so zurecht, dass sie zu meiner Antwort passte.

Nach ein paar Tagen hatte ich mich an sie als Mitlauscherin gewöhnt und fand nichts Beunruhigendes mehr dabei. Wann immer mein Vater mich tadelte – also so gut wie ständig, angesichts seiner unaufhörlichen Sorge, dass meine Drachenabkunft auffliegen würde –, hörte Jannoula mit und hatte immer eine schlagfertige Antwort parat. *Warum sperrst du uns dann nicht ein, du Ungeheuer?* Wann immer Anne-Marie mir neue Pflichten auflud, stöhnte Jannoula: *Puh, Bettenmachen ist ja die reinste Folter!*

Dann biss ich mir immer auf die Lippe, teils um nicht loszulachen, teils um zu verhindern, dass ich ihre Bemerkungen laut aussprach.

Sie sagte all das, was ich mich nicht zu sagen traute, und dafür liebte ich sie. Wir waren wieder Schwestern, ein besseres Gespann als je zuvor. Unser Zwist wegen Orma war längst vergessen.

Und doch hatte Orma Zweifel in mir gesät.

Eines Morgens, nachdem ich alle meine Hauspflichten erledigt hatte, suchte ich Jannoula in meinem Garten, aber sie war nicht da. Genauer gesagt saß ihre Groteske steif unter einer riesigen Chrysantheme (die sie sich aus einer Laune heraus gewünscht hatte). Ihre Augen waren leblos. Jannoulas Geist war nicht hier.

Ich zögerte. Was erlebte sie gerade in der wirklichen Welt?

Immer wenn ich sie danach fragte, wich sie mir aus. Sie wollte auch nicht, dass ich sie in ihrer Zelle aufsuchte. Ich war mir sicher, dass sie Schlimmes durchmachte, und ich hätte gerne gewusst, warum. Ich wollte ihr helfen. Konnte ich zur Abwechslung einmal ihrem Beispiel folgen und sie aufsuchen, ohne dass sie meine Gegenwart spürte? Die Groteske im Garten war letztlich nur ein Symbol, eine Möglichkeit, die Wahrheit abzubilden, nicht die Wahrheit selbst.

Wenn ich Otters Hände ergreifen würde, könnte ich jederzeit wieder eine Vision herbeiführen. Aber Jannoula würde mich sofort bemerken und wütend werden. Oder gab es noch eine andere Möglichkeit? Konnte ich mir auf dieselbe Weise Zugang zu ihrem Geist verschaffen, auf die es ihr gelang, in mein Bewusstsein einzudringen?

Plötzlich hatte ich den närrischen Einfall, mich durch die Groteske in meinem Garten in Jannoulas Kopf einzuschleichen. Aber wie? Ich spielte sogar mit dem haarsträubenden Gedanken, sie in der Mitte zu zerteilen, um in sie einzudringen, verwarf ihn jedoch wieder. Und wenn ich mich auflösen würde wie ein Geist? Ich malte es mir aus. Ich legte meine nichtkörperlichen Hände zusammen wie ein Flusstaucher und drückte sie der Groteske ins Gesicht. Sie glitten durch ihre Nase hindurch wie durch Nebeldunst. Im nächsten Moment steckte ich bereits bis zu den Ellbogen drin. Und trotzdem waren meine Hände noch nicht auf der anderen Seite wieder herausgekommen. Ich beugte den Kopf und drückte weiter, bis...

...ich hart auf dem Boden eines düsteren, schmalen Korridors landete, von dem unscheinbare graue Türen ausgingen. Ich stand zittrig auf und blickte mich nach allen Seiten um. Nirgends fand ich einen Rückweg zu mir selbst.

Ohne Vorwarnung verdichtete sich die Luft um mich herum. Der Druck wurde so groß, dass er mich beinahe in die Knie zwang. Der Schmerz ließ einen Augenblick nach, ehe er mich erneut mit voller Wucht überrollte. Ich betete, dass er endlich aufhören möge, bevor er mich zermalmte.

Und das tat er auch. Ich keuchte wie ein Hund und zitterte am ganzen Leib.

Stimmen hallten durch den Gang. Ich arbeitete mich voran, so gut es ging, und hielt sofort inne, wenn eine neue Schmerzwelle anrollte. Der Druck drohte mich zu zerquetschen, ich konnte keinen Laut hervorbringen, sondern mich nur starr vor Entsetzen gegen die Wand lehnen. Lautlose Schreie in mir drängten danach, sich Luft zu verschaffen.

Nacheinander öffnete ich die Türen. Die Dunkelheit, die mich dahinter erwartete, schreckte mich ab. Aus einem der lichtlosen Räume schlug mir ein eisiger Wind entgegen, ein anderer roch nach beißenden alchemistischen Dämpfen, in einem dritten hatten sich unterdrückte Schreie angesammelt. Ich schloss die Tür ganz schnell wieder, aber trotzdem hallten die Schreie nach. Die Schallwellen verstärkten meinen Schmerz. Ich kämpfte mich weiter, wagte es aber nicht mehr, eine Tür zu öffnen.

Sah so das Innere von Jannoulas Geist aus? Musste sie mit diesen nicht enden wollenden Schmerzen leben?

Der Gang wurde immer dunkler und ich konnte kaum noch etwas sehen. Ich tastete mich an der Mauer entlang, bis die Wand plötzlich endete. Und auch der Boden unter meinen Füßen war plötzlich weg. Ich blickte zurück, aber jetzt war sogar der Gang verschwunden. Nichts war mehr da. Nichts – außer dem Nichts. Meine angestauten Schreie brachen stumm aus mir heraus und wurden von der dichten, echolosen Leere verschluckt. Diese Leere konnte nicht gefüllt werden.

Plötzlich wurde ich von einer unglaublichen Gewalt gepackt, die mich zurückzerrte. Der Korridor tauchte wieder auf, die Türen flirrten an mir vorbei, als ich immer schneller rückwärtsraste.

Ich landete nach Luft japsend flach auf dem Boden, im Staub meines eigenen Gartens. Jannoula stand über mir; sie rang nach Atem und ihre Haare waren zerzaust. Ihre Hände waren zu Fäusten geballt, als ob sie mir einen Schlag in den Magen verpassen wollte. Vielleicht hatte sie das ja bereits. Ein Schmerz – und zwar mein eigener – breitete sich in mir aus.

»Was hast du gesehen?«, rief sie mit verzerrtem Gesicht.

»Es tut mir leid«, stieß ich hustend hervor. Mein Kopf rollte auf dem Boden von einer Seite auf die andere.

»Wag das nie wieder!« Ihr Atem kam stoßweise, genau wie mein eigener. »Das geht dich nichts an ...«

Ich schlang die Arme um den Kopf. Ich hörte ein Rascheln, und dann ließ sie sich neben mich fallen. »Das war dein Geist«, sagte ich niedergeschmettert. »Diese Schmerzen. Diese Schreie.«

Ich blickte auf. Geistesabwesend rupfte sie an einer Ringelblume und riss die orangenen Blütenblätter aus. »Versprich mir, dass du nie mehr dorthin gehst«, sagte sie mit bebender Unterlippe. »Es ist schon schwer genug, dass ich hinmuss.«

Ich betrachtete ihr Profil, ihre markante Nase, ihr feines Kinn. »Was würde mit deinem Körper passieren, wenn du hier bei mir bliebst?«

Jannoula sah mich von der Seite an. »Tot nützte ich ihnen nicht viel. Sie würden mich zwangsernähren, nehme ich an. Vielleicht würde es sie nur amüsieren, wenn ich reglos daliege.« Sie grub mit ihren Nägeln die Blütenmitte auf.

»Dann bleib«, sagte ich schnell entschlossen. »Geh nicht mehr zurück zu diesem Schmerz. Oder nur, wenn es gar nicht anders geht.«

Orma würde das nicht gefallen, aber er musste es ja nicht erfahren.

»Oh, Serafina!« Jannoula ergriff meine Hand und küsste sie. An ihren Wimpern hingen Tränen. »Wenn wir schon wie Schwestern leben, dann sollten wir auch keine Geheimnisse mehr voreinander haben. Du hast mich gefragt, wer mich gefangen hält. Es sind die Feinde meines Vaters.«

Ich stieß einen leisen Pfiff aus. »Und aus welchem Grund?«

»Sie erhoffen sich ein hohes Lösegeld. Aber er wird nicht bezahlen. Er liebt mich nicht. Er schämt sich für mich.«

»Es tut mir so leid«, sagte ich und musste an meinen Vater denken. Ich war zwar nicht im Gefängnis, aber frei war ich trotzdem nicht.

»Ist es nicht schrecklich, wenn man nicht einmal vom eigenen Vater geliebt wird?«, sagte sie.

»Das ist es«, flüsterte ich bedrückt.

Ein Katzenlächeln kräuselte sich auf ihren Lippen.

Wie glücklich wir von nun an waren!

Daran, dass Jannoula dauerhaft im Garten lebte, mussten wir beide uns allerdings erst noch gewöhnen. Es dauerte nicht lang und sie fühlte sich eingeengt. »Ich möchte mich ja nicht beschweren, wo du so großzügig zu mir warst«, sagte sie. »Aber ich wünschte, ich könnte sehen, schmecken und fühlen.«

Ich versuchte sie an meinem Sehen und Schmecken teilhaben zu lassen, so wie ich es bereits mit der Musik getan hatte, aber der Versuch schlug fehl. Vielleicht lag es daran, dass meine anderen Sinne nicht dieselbe Bedeutung für mich hatten wie das Hören.

»Wie wäre es, wenn du das Gartentor offen lässt?«, schlug sie eines Abends vor. »Ich habe festgestellt, dass es verriegelt ist.«

»Warum hast du mich nicht gefragt?«, sagte ich stirnrunzelnd. Wir waren in ihrem Garten und aßen Kuchen, der nicht so köstlich schmeckte wie ein echter Kuchen. Kein Wunder, dass sie enttäuscht war.

Sie riss ihre grünen Augen auf. »Mir war nicht klar, dass es Orte gibt, die für mich verboten sind. Ich dachte, da ich hier lebe, könnte ich vielleicht...«

Sie sprach nicht weiter, aber ich merkte, wie niedergeschlagen sie war.

Am darauffolgenden Abend ließ ich probehalber das Tor offen. Später erzählte sie mir, dass hin und wieder einige meiner Gefühle und Gedanken in den Garten getröpfelt waren, allerdings nur sehr verhalten. Mit höflicher Scheu fragte sie: »Darf ich mich aus dem Garten in dein Bewusstsein hinauswagen?«

Aus einem inneren Gefühl heraus zögerte ich, ihr diesen Gefallen zu tun. »Ich möchte nicht, dass du herumschnüffelst«, wich ich aus. »Auch Schwestern brauchen eine kleine Ecke für sich ganz allein.«

»Ich würde niemals herumschnüffeln.« Sie sagte es so liebenswürdig, dass mir meine Zweifel dumm vorkamen. Ich nahm ihre Hand und führte sie persönlich durchs Tor.

Sie war so glücklich, als hätten sich ihre echten Gefängnistore für sie geöffnet. Ihre Begeisterung war ansteckend und es wurde einer der fröhlichsten Tage in meinem Leben. Ich beschloss, das Tor nicht mehr abzuschließen – zumindest dachte ich, der Entschluss käme von mir.

Sie begann durch mein Bewusstsein zu wandern, unauffällig und zurückhaltend. Hin und wieder gab es kleine Pannen. Einmal öffnete sie versehentlich das Schleusentor und ließ meinen Zorn fei. Ich wütete stundenlang, bis sie es endlich schaffte, das Tor wieder zu schließen. Später lachten wir gemeinsam darüber, weil ich meine Halbschwestern angebrüllt und meinem Vater das Teetablett auf sein kahler werdendes Haupt gedonnert hatte.

»Weißt du was?«, sagte sie. »Wut schmeckt wie Kohlrouladen.«

»Wie bitte?«, quietschte ich zwischen zwei Lachanfällen. »Das ist ja albern.«

»Es stimmt aber«, sagte sie hartnäckig. »Und dein Lachen schmeckt wie Marzipan. Aber am besten ist die Liebe. Sie schmeckt nach Brombeeren.«

Wir hatten am Vorabend Marzipantorte gegessen und offensichtlich war sie immer noch sehr beeindruckt davon. Jannoula hatte die wunderlichsten Ideen. Mit ihr konnte man großen Spaß haben. Durch sie erhielt die Welt völlig neue Farben.

»Wofür ist das hier gut?«, fragte Jannoula eines Tages, als ich auf dem Heimweg von meiner Musikstunde war – und plötzlich kannte ich mich in den Straßen der Stadt nicht mehr aus. Ich gelangte zum Fluss, der aber in eine völlig falsche Richtung floss. Norden war rechts, aber wenn ich mich drehte, dann war Norden immer noch rechts und ganz weit weg. Mein innerer Kompass wirbelte wie ein Kreisel. Ich drehte und drehte mich, bis mir schwindlig wurde und ich ins Wasser fiel. Eine Frau auf einer Barke fischte mich heraus und brachte mich nach Hause. Ich war pitschnass und kicherte so sehr, dass Anne-Marie auf jedes Taktgefühl verzichtete und ungeniert meinen Atem schnüffelte.

»Niemand würde mir reinen Wein ohne Wasser geben«, gluckste ich albern. »Ich bin doch erst elf!«

»Du bist zwölf«, sagte meine Stiefmutter streng. »Geh in dein Zimmer.«

Da fiel es mir wieder ein. Die Marzipantorte mit den Brombeeren. Sie war für meinen Geburtstag gewesen. Wie konnte ich so etwas vergessen?

Manchmal verlor ich die Kontrolle über ein Auge, einen Arm oder ein Bein. Das machte mir Angst.

Schließlich klärte Jannoula das Rätsel auf. *Ich wollte mir die Kathedrale anschauen,* sagte sie. Oder: *Ich möchte dein Samtmieder anfassen.* Das war verständlich. Ihr Leben war armselig, und wenn man ihr auf diese Weise eine große Freude bereiten konnte, war es das Opfer wert.

Eines Nachts schreckte ich aus dem Schlaf, weil Orma sich auf meine Bettkante gesetzt hatte. Unwillkürlich stieß ich einen Schrei aus. »Weck nicht das ganze Haus auf«, ermahnte er mich leise. »Dein Vater wartet nur auf eine Gelegenheit, um einen Streit vom Zaun zu brechen. Vergangenen Monat hat er mich beschuldigt, ich hätte dich betrunken nach Hause geschickt.«

»Vergangenen Monat?«, flüsterte ich. Damals war ich doch nur in den Fluss gefallen... was für ein Tag war das gewesen?

Sein Gesicht lag zwar im Schatten, aber ich sah das Weiße in seinen Augen. »Ist diese Jannoula gerade in deinem Garten?«, fragte Orma leise. »Sieh sicherheitshalber noch einmal nach, ehe du antwortest.«

Der Nachdruck, mit dem er das sagte, beunruhigte mich. Ich betrat meinen Gedankengarten und fand Jannoulas Groteske schlafend zwischen Löwenmäulchen.

Orma nickte nur, als ich es ihm mitteilte. »Ich dachte mir schon, dass sie zu denselben Zeiten schläft wie du. Weck sie nicht auf. Was weißt du noch von der heutigen Musikstunde?«

Ich rieb mir die Augen und dachte nach. Anscheinend war nicht allzu viel hängen geblieben. Ich sah ihn verlegen an. »Ich habe Cembalo und Laute gespielt und wir haben über Tongeschlechter und Intervalle gesprochen. Wenn ich mich recht erinnere, waren wir unterschiedlicher Meinung über Thorics Abhandlung *Polyphonische Grenzüberschreitungen.*«

»Ja, aber das war am Ende der Stunde. Was war vorher?«

Ich zermarterte mir den Kopf. Da war etwas, an das ich mich erinnern konnte, aber es ergab überhaupt keinen Sinn. »Ich habe mit meinem Lautenplättchen den Buchdeckel zerkratzt. Warum habe ich das gemacht?«

»Du warst wütend auf mich. Oder jemand anders.« Sein Mund wurde zu einer schmalen Linie. »Jemand, dem es nicht passte, zurückgewiesen zu werden.«

»Zurückgewiesen? Weshalb denn?«, fragte ich und hatte plötzlich ein flaues Gefühl im Magen.

»Du hast mich geküsst«, sagte er tonlos. »Auf den Mund, um genau zu sein. Was dir ganz und gar nicht ähnlich sieht. Deshalb bin ich mir auch ziemlich sicher, dass du es nicht warst.«

Meine Kehle war wie ausgetrocknet. »Das kann nicht sein«, krächzte ich. »Daran würde ich mich erinnern.«

Er nahm seine Brille ab und wischte sie mit dem Ärmelsaum sauber. »Wie lange schubst sie dich schon herum und benutzt deinen Körper, als wäre es ihr eigener? Oder ist dir noch gar nicht aufgefallen, dass sie das tut? Sie sorgt dafür, dass du dich danach an nichts mehr erinnerst.«

Ich fuhr mir mit der Hand übers Gesicht. »Ich werde mit ihr sprechen. Bestimmt meint sie es nicht so…«

»Oh doch, das tut sie«, unterbrach er mich. »Jannoula hätte deine Erinnerungen nicht gestohlen, wenn sie völlig harmlos gewesen wären. Was, wenn sie sich deines Körpers bemächtigt und ihn nicht wieder hergibt?«

»So etwas würde sie niemals tun!«, erwiderte ich empört. »Sie ist meine Freundin. Meine einzige.«

»Nein«, sagte Orma ungewöhnlich sanft. »Sie ist alles andere als eine Freundin. Könnte sie dich dazu bringen, deinen Vater zu töten oder deine kleinen Geschwister zu verletzen?«

»Sie würde nie…«, begann ich, doch dann fiel mir ein, dass ich meinen Vater mit dem Teetablett geschlagen hatte. Damals hatte ich es für einen Spaß gehalten.

»Du kannst nicht vorhersagen, was sie tut und was ihre Absichten sind«, sagte Orma. »Ich nehme an, sie möchte du sein. Da ihr eigener Körper in einer Gefängniszelle steckt, bist du ihre einzige Chance auf ein besseres Leben. Du musst sie loswerden.«

»Ich habe gesehen, was sie durchmacht«, sagte ich flehentlich. »Es wäre grausam, sie hinauszuwerfen. Wahrscheinlich könnte ich es gar nicht, selbst wenn ...«

»Du bist nicht hilflos«, unterbrach mich Orma.

Diesen Satz hatte er schon einmal zu mir gesagt. Seine Worte trafen mich tief und einen Moment lang hasste ich ihn dafür. Aber ein ruhiger, vernünftiger Teil von mir – ein Teil, auf den ich in letzter Zeit kaum gehört hatte – begriff, dass mein Onkel recht hatte. Nun, da ich wusste, wie weit Jannoula bereits gegangen war, konnte ich nicht weitermachen wie bisher. Ich vergrub mein Gesicht im Kissen, entsetzt darüber, wie leichtfertig ich ihr die Zügel überlassen hatte.

Orma unternahm nichts, um mich zu trösten, sondern wartete, bis ich den Kopf hob. »Wir müssen dich von ihr befreien«, sagte er. »Und zwar noch bevor sie deine Absichten erkennt. Hört sie alle deine Gedanken mit?«

»Wenn das Gartentor geöffnet ist, ja.« Es stand schon sehr lange offen. Wenn ich es jetzt schloss, würde sie sofort misstrauisch werden. Ich würde sie irgendwie anders austricksen müssen.

Die Linien um Ormas Mund vertieften sich. »Ich nehme an, du kannst sie nicht einfach freigeben.«

Zitternd holte ich Luft. »Sie hält ebenso an mir fest wie ich an ihr. Wenn ich sie gehen lasse, heißt das noch lange nicht, dass sie mich gehen lässt.«

»Könntest du sie in eine Art Gefängnis einsperren?«, fragte er.

»Vielleicht«, antwortete ich traurig und verspürte angesichts der Ironie dieses Gedankens einen schmerzhaften Stich.

Wir schmiedeten über eine Stunde lang Pläne. Als Orma sich

verabschiedet hatte, lag ich noch ein paar Stunden lang wach und bereitete mich vor. Mir war klar, dass ich sofort handeln musste, bevor mein Entschluss ins Wanken geriet und sie herausfand, was ich vorhatte. Ich schlich durch mein Bewusstsein in Jannoulas Teil des Gartens und öffnete die Tür zu dem Häuschen, das ich Gartenlaube nannte, weil alle Orte meiner Grotesken einen Namen hatten. Ich schuf im Inneren Platz, verstärkte Wände und Tür und stellte mir vor, dass sie unüberwindbar waren. Dann umkreiste ich das Häuschen siebenmal und sang einen rituellen Spruch, den ich mir selbst ausgedacht hatte. Währenddessen schlief Jannoula tief und fest.

Sie würde sicher bald aufwachen. Hastig schuf ich noch etwas Ordnung in meinen Gedanken und befestigte ein großes Schloss an der Gartenhaustür.

Es würde ihr auffallen und genau darauf baute ich.

Ich blickte auf die schlafende Gestalt zwischen den Blumen. Sie lag zusammengerollt da, fast wie bei unserer ersten Begegnung. Bei ihrem Anblick quoll mein Herz über vor Mitleid. Ich erschuf ihr einen Fliegenpilz von der Größe eines Tischs, der neben ihrem Kopf wuchs und Schatten spendete. Jannoula erwachte und streckte sich verschlafen.

»Guten Morgen, Schwester.« Lächelnd setzte sie sich auf. »Um diese Tageszeit hast du mich noch nie besucht.«

»Sieh mal«, antwortete ich ausweichend. »Den Fliegenpilz habe ich für dich gemacht.«

»Das ist meine Lieblingsfarbe!« Sie strahlte mich mit einer so kindlichen Unschuld an, dass ich mich an frühere Zeiten erinnert fühlte. »Ich möchte ganz viele davon haben.«

»Warum nicht?«, sagte ich betont heiter, aber mit einem verzweifelten Unterton. Dann ließ ich überall Fliegenpilze aus dem Boden schießen.

Ihre grünen Augen flackerten. Sie hatte gespürt, dass etwas

nicht stimmte. Ihre Blicke sausten hin und her wie kleine Fische. »Du versuchst mich abzulenken. Was geht hier vor?« Sie ließ ihre Zunge vorschnellen wie eine Schlange, und ich überlegte, wie Schuldbewusstsein wohl schmecken mochte.

»Sei nicht albern«, widersprach ich. Meine Nerven sirrten vor Anspannung.

Jannoula kam noch einen Schritt näher. Sie zog argwöhnisch die Augenbrauen zusammen und legte den Kopf schief, als würde sie auf meinen Herzschlag lauschen. »Was hast du getan?«

Ich dachte an das Türschloss der Gartenlaube, scheinbar unabsichtlich und gegen meinen Willen, dann unterdrückte ich den Gedanken sofort wieder. Das allein reichte, um ihren Verdacht zu erwecken. Der Kleidersaum schwang um ihre Knöchel, als sie in fünf großen Schritten bei dem kleinen Häuschen war. Ich rannte hinterher.

»Was ist da drin? Was verheimlichst du vor mir?«

»Nichts.«

»Du lügst.« Sie wirbelte zu mir herum. »Warum tust du das? Wir sind Schwestern. Wir teilen alles.« Sie kam mit ihrem Gesicht so nahe an mich heran, dass ich ihre Augenfältchen sehen konnte; sie waren wie die feinen Haarrisse einer antiken Vase. Ihr hartes Leben hatte sich in ihre Züge gegraben, die zugleich von einer ganz unerwarteten Zerbrechlichkeit zeugten. Rasch verschloss ich mein Herz, um kein Mitgefühl zuzulassen.

Ihre Augen funkelten hell und gefährlich. »Weißt du, was ich spüre? Dass du mit deinem Onkel gesprochen hast.«

»Wie bitte?« Das hatte ich nicht erwartet. Sie bekam viel mehr mit, als ich gedacht hatte. Mein Herz schlug so schnell wie das eines verängstigten Kaninchens. »Du irrst dich.«

»Ich irre mich nie. Niemand sonst hinterlässt einen solchen Duft nach Brombeeren.« Sie streckte die Zunge heraus, wie um den Duft zu schmecken. »Ich wollte immer nur, dass du mich so liebst wie ihn«, sagte sie mit belegter Stimme. »Aber das tust du nicht. Bin ich nicht deine geliebte Schwester? Verdiene ich denn nicht viel mehr Liebe als irgendein verrückter, herzloser Drache, egal ob Onkel oder nicht?«

Das Gespräch war mir längst entglitten. Ein kalter Windstoß pfiff durch den Garten.

Jannoula spürte meine Angst und lächelte grausam. »Du bist ein Halbdrache. Wann wolltest du mir das endlich sagen? Ich musste es aus deinen Erinnerungen erfahren, als ich durch dein Bewusstsein gewandert bin. Du bist nicht ehrlich zu mir gewesen und jetzt versteckst du etwas in dem Gartenhaus. Mach die Tür auf.«

»Nein«, sagte ich.

Sie hob die Arme über den Kopf und spreizte langsam die Finger. Ihre Hände verlängerten sich auf bizarre Weise; sie sahen aus wie spindeldürre Zweige oder rasiermesserscharfe Klauen. Sie wurden zu gezackten Blitzen, die zum Himmel hinaufschossen, aber auch in meinem Kopf wüteten. Ich brach schreiend zusammen, riss verzweifelt an meinem Kopf – an dem in der echten Welt wie auch an dem in meinem Bewusstsein und dem im Bewusstsein meines Bewusstseins. Es war wie eine Spirale, die bis zu meinem innersten Sein führte.

Dann verebbte der Schmerz, und für einen kurzen, wunderbaren Moment sah ich die himmlische Herrlichkeit.

Jannoula beugte sich über mich. Sie streckte ihre Hand aus, die jetzt wieder menschliche Formen hatte, und ich ergriff sie dankbar. Dann zog sie mich auf die Füße. Ich schlang die Arme um sie und brach in Tränen aus.

Sie war meine liebste Schwester. Ich liebte sie mehr als alles andere auf der Welt, ja ich floss geradezu über vor Liebe. Worte vermochten dieses ungeahnte Gefühl nicht zu beschreiben.

»Na also.« Ihre Stimme war weich und melodiös. Sie lächelte wie die gute Sonne und liebkoste meinen Kopf wie ein erster Frühlingskuss. »Jetzt musst du nur noch eines tun«, sagte sie. »Und zwar diese Tür öffnen.«

Wie hätte ich ihr das verwehren können? Sie war meine Schwester. Den Schlüssel hielt ich bereits in der Hand. Wenn ich zitterte, dann nur, weil ich mein Glück kaum fassen konnte, ihr zu Diensten sein zu dürfen.

Im Handumdrehen hatte ich das Türschloss geöffnet und hielt es wie zum Beweis hoch. Sie lächelte wie die Heiligen, die vom Himmel herabschauen, voller Güte und Licht. »Komm«, sagte sie und nahm wieder meine Hand. »Lass uns nachschauen, was der Grund für all diesen Wirbel ist.«

Sie öffnete die Tür in die Dunkelheit. »Ich kann gar nichts sehen«, sagte sie verwundert. »Was ist da drin?«

»Nichts«, antwortete ich. Es war das Einzige, was ich mit Sicherheit sagen konnte.

»Nichts gibt es nicht«, antwortete sie. Sogar ihre Verwirrung war charmant. Bezaubernd wie eine tief gestimmte Viola.

An der Schwelle blieb ich stehen. Ich erinnerte mich noch daran, dass ich kurz zuvor im Innern gewesen war und die rituellen Worte gesprochen hatte, während ich das Haus abschritt. Es war meine eigene Stimme, dich ich jetzt sagen hörte: »Geh in das Haus und aus meinem Kopf.«

Was hatte das zu bedeuten? Würde ich den Verstand verlieren, also sozusagen aus meinem Kopf heraustreten, sobald ich über die Schwelle schritt?

Jannoula hielt immer noch meine Hand fest. Wie sehr ich sie auch liebte, ich wagte es nicht, das Haus zu betreten. Aber wenn schon *ich* Angst hatte, war es dann nicht auch schlecht für *sie*, wenn sie diese gespenstische Dunkelheit betrat? Ich sagte: »Schwester, wir sollten beide nicht hineingehen. Bitte.«

»Pfui!«, schrie sie und zerrte an meiner Hand. »Du versteckst etwas vor mir, und ich werde herausfinden, was es ist!«

»Schwester, bitte nicht. Ich wollte dich mit dem kleinen Häuschen austricksen, aber jetzt weiß ich, wie falsch das war. Ich kann dir alles bauen, einen Palast, der deiner würdig ist, aber bitte...«

Sie ließ meine Hand los, schritt über die Schwelle und schlug mir die Tür vor der Nase zu.

Mein Gefühl für sie erlosch wie eine Kerze im Wind.

Am ganzen Leib zitternd verschloss ich die Tür und sank auf die Knie. Ich war wieder ich selbst. Was konnte wichtiger sein? Und dennoch fühlte ich mich eher beraubt als erleichtert. Ich hatte meine Freundin für immer verloren.

Ich weinte. Ich hatte sie bereits geliebt, bevor sie mich gezwungen hatte, mich zu lieben.

Bei ihr hatte ich Liebenswürdigkeit und Zerbrechlichkeit verspürt. Es konnte nicht alles eine Lüge gewesen sein. Sie litt jeden Tag neue Qualen und so etwas verändert jeden.

Ohne sie war mein Kopf eine verlassene Höhle, eine schmerzhafte Leere wie der Abgrund in Jannoulas Herz und doch ganz anders. Früher hatte ich ganz allein diese Leere ausfüllen können. Ich würde es wieder erlernen. Wenn nicht, würde ich die Leere mit Musik ausfüllen. Irgendeinen Weg würde ich schon finden.

Erschöpft schlief ich ein und wachte rechtzeitig wieder auf, um in das Sankt-Ida-Konservatorium zu eilen. Orma lauschte meinen atemlosen Worten. Ich erklärte ihm, dass ich sie ausgetrickst hatte, dass sie fort war.

Er sagte: »Dein ritueller Spruch ist erstaunlich. Als du du selbst warst, diente er dir als Bann für Jannoula. *Geh in das Haus und aus meinem Kopf.* Aber als sie die Oberhand über dich gewonnen hatte – was du klugerweise vorausgesehen hast –, war er für dich eine Warnung, ihr ins Haus zu folgen. Er hat seinen Zweck mehr als einmal erfüllt.«

Ja, aber es hätte genauso gut auch anders ausgehen können. Ich beschloss, nicht mehr länger zu grübeln. »Was geschieht jetzt mit ihr?«, fragte ich, da ich immer noch nicht frei von Schuldgefühlen war.

Orma überlegte. »Ich vermute, sie kommt nicht weiter als bis zur Türschwelle. Es ist kaum anzunehmen, dass sie Gefallen daran findet, allein im Dunkeln zu sitzen, also wird sie wieder in ihren eigenen Körper zurückkehren.«

Aber dieser Körper war ein fürchterlicher Ort. Ich wünschte immer noch, ich hätte sie retten können. Mein schlechtes Gewissen würde mich noch lange verfolgen.

Ich tippte mit der Flöte leicht gegen mein Kinn. Orma hatte mir geholfen, und ich hätte ihn gerne umarmt oder ihm zu verstehen gegeben, wie lieb ich ihn hatte, aber das war nicht seine Art. Es war nicht *unsere* Art. Ich gab mich damit zufrieden, ihm zu sagen: »Wenn du nicht so aufmerksam und so fürsorglich gewesen wärst, mich zu warnen, wer weiß, was dann passiert wäre.«

Er schnaubte nur und schob die Brille hoch »Sei nicht so streng mit dir. Du hast auf meinen Rat gehört, und das ist mehr, als ich zu hoffen wagte. So, und jetzt lass uns mit dem Tertius beginnen.«

Neun

Jannoulas Stimme aus Giannis Mund zu hören, hatte alle Erinnerungen schlagartig wieder zurückgebracht. Ich floh aus Giannis Gefängnis, rannte an dem verdatterten Hauptmann Moy vorbei und flüchtete in mein Zimmer im Palasho Donques. Dort kroch ich unter die Decke und verbrachte die ganze Nacht damit, alles noch einmal zu durchleben: das Entsetzen, die Schuld, die Trauer.

Beim ersten Morgenlicht klopfte ich an Josquins Tür. Es dauerte ein paar Minuten, bis er mit verschlafenen Augen erschien und sich noch rasch das Hemd in die Hose stopfte. »Ich habe nachgedacht«, stieß ich hervor. Ich hörte mich jämmerlich an. »Wir sollten den wilden Mann besser nicht mit nach Segosh nehmen.«

»Was schlägst du stattdessen vor?«, fragte Josquin heiser. Ich hatte ihn tatsächlich aus dem Schlaf gerissen. »Sollen wir ihn freilassen und in die Wildnis zurückschicken?«

Wenn Jannoula ihn zum Sprechen bringen konnte, dann konnte sie auch seine Klauenfüße in Bewegung setzen. Sie hatte meine Schritte ja auch gelenkt. Was auch immer sie vorhatte, ich wollte sie nicht in meiner Nähe haben.

»Wäre es nicht sinnvoller, wenn Baron Donques ihn hier vor Ort einkerkert, wo auch der Mord geschehen ist?«

»Genau das wollte er ja«, sagte Josquin und verschränkte die Arme. »Ich habe seine Geduld gestern überstrapaziert, indem ich ihn überredete, uns Gianni Patto zu überlassen, damit wir ihn nach Segosh bringen können.«

»Dann wird er froh sein, dass du deine Meinung geändert hast.«

»Was, wenn ich wieder einmal mit ihm über etwas verhandeln muss?« Josquin war so schroff, dass ich unbewusst zurückwich. Ich hatte ihn noch nie so verärgert gesehen. »Ich habe im Namen von Graf Pesavolta gesprochen. Aber ich darf nicht über das Ziel hinausschießen. Seine Herrschaft beruht nicht auf dem ererbten Titel, und er regiert nicht mit himmlischem Beistand, sondern mithilfe seiner Barone. Ich habe Pesavolta als Trumpf ausgespielt, aber damit ist jetzt Schluss. Wenn ich zu Baron Donques gehe und alles wieder rückgängig mache, stelle ich meine Glaubwürdigkeit und die des Grafen infrage. Ich werde es nicht riskieren, das fein ausbalancierte Machtgefüge aus dem Gleichgewicht zu bringen.«

Darauf wusste ich nichts zu erwidern. Er kannte sich mit den politischen Feinheiten in Ninys aus und ich nicht. Ich machte eine kleine Verbeugung und wandte mich zum Gehen. Josquin, dem es anscheinend leidtat, dass er so harsch zu mir gewesen war, rief mir hinterher: »Falls du Angst um deine Sicherheit hast, Serafina, dann verspreche ich dir, dass er immer in Fesseln bleiben wird. Die Acht wissen, was sie tun.«

Ich drehte mich um und ging ein paar Schritte rückwärts, nickte ihm kurz zu und überspielte mein namenloses Entsetzen mit einem Lächeln. Die Acht konnten Giannis Glieder in Fesseln legen, aber ich hatte Angst vor der Person, die seinen Geist in Fesseln gelegt hatte.

Dank der guten Straßen in Ninys sowie eines Führers, der sich bestens auskannte, brauchten wir bis zur Hauptstadt nur halb so lange wie auf unserem Weg in die Berge. Natürlich mussten wir diesmal auch nicht mehr nach jemandem suchen. Josquin wusste, wo man Pferde wechseln und auch noch nach Einbruch der Dunkelheit gefahrlos reiten konnte. Gianni Patto konnte spielend mit den Pferden mithalten. Man hatte ihm die Hände gefesselt und ein Führungsseil wie einen Harnisch fest um seinen Leib gebunden. Aber er war nicht angriffslustig, und ich war froh, dass mir aus seinen eisblauen Augen nur er selbst entgegenblickte.

Unterwegs beobachtete ich ihn mit Falkenaugen, aber Jannoula rührte sich nicht. Wenn ich von nun an abends meinen Garten der Grotesken aufsuchte, war eine schmerzliche Leere dort, wo der Kleine Tom gewesen war.

Abdo hatte Schmerzen und sprach kaum ein Wort. Der Dolch hatte nicht nur seine Sehnen durchtrennt, sondern ihn auch seines heiteren Gemüts beraubt. Welche Auswirkung würde die Verletzung auf seinen Tanz haben? Es wäre niederschmetternd, wenn ich ohne Musik leben müsste. Und für Abdo war der Tanz das, was für mich die Musik war. Die Acht nahmen ihn abwechselnd zu sich in den Sattel, sogar jene, die zuvor das Sankt-Ogdo-Zeichen geschlagen hatten. Denn trotz allem war er ein Kind, mit dem sie Mitleid hatten. Abdo kauerte im Sattel, den Kopf gegen den schimmernden Brustpanzer gestützt.

Als wir die Stadt erreichten, war es bereits dunkel. Der Nachtdunst stieg über den Bauernhöfen auf und die Fackeln von Segosh wiesen uns den Weg. Die zwei jüngsten Mitglieder unserer Garde jauchzten freudig und gaben ihren Pferden die Sporen, um möglichst schnell bei den Stadttoren zu sein.

»Die Jugend ist an die jungen Leute verschwendet«, lachte Moy, der Abdo auf dem Sattel bei sich hatte.

Vom Torhaus kamen Warnrufe. Die Begrüßung der Acht bestand darin, irgendetwas Unanständiges zu erwidern. Sieben Wochen mit ihnen unterwegs hatten meinen Wortschatz in Ninysh vor allem um Schimpfwörter bereichert. Die Torwache erwiderte das Kompliment und auf beiden Seiten erscholl lautes Gelächter.

Mit quietschenden Angeln schwangen die Stadttore auf. Auf einem kleinen hellen Esel kam Dame Okra Carmine laut fluchend herausgeritten, gefolgt von einem dunkel gekleideten Mann. In ihrer Brille spiegelte sich der Schein der Fackeln. Ein Lächeln umspielte ihre Lippen. »Glotzt nicht so«, rief sie und trieb ihr kleines Reittier an. »Meine Vorahnung in Bezug auf dich hat mir grimmige Bauchschmerzen verursacht, Serafina. So, als hätte ich verfaulte Rüben gegessen.«

»Ich dachte bisher, ich sei mehr als nur eine Runkelrübe«, parierte ich ihre Schmähung mit einer absurden Antwort.

Sie stieß ein kurzes Lachen aus, dann sagte sie in Ninysh etwas zu dem ernst dreinblickenden Mann hinter ihr. »Das ist Doktor Belestros, Graf Pesavoltas Arzt«, erklärte sie uns. »Wenn du auch weiterhin deinen Handstandüberschlag machen willst, Abdo, dann solltest du unverzüglich mit ihm in den Palast gehen.«

Ich kann ihre Vorahnungen nicht leiden, beschwerte Abdo sich. *Sie schnüffelt im Leben anderer herum.*

Ich fürchte, sie kann gar nicht anders, erwiderte ich.

Sie hatte gerade eine, bei der es um Moy ging, sagte Abdo.

»Moy«, rief Dame Okra, »versuche nicht, den Jungen herüberzureichen, du lässt ihn sonst runterfallen. Reite mit Doktor Belestros zum Palasho Pesavolta.«

»Selbstverständlich, Botschafterin«, sagte Moy und verbeugte sich vor Dame Okra, ehe er dem Arzt folgte. Abdo drehte sich noch einmal zu mir um, aber ich konnte seinen Gesichtsausdruck im Dunkeln nicht erkennen.

Sie werden gut auf dich aufpassen. Dann bis morgen, sagte ich, froh, dass es zumindest für Abdos Hand ein Heilmittel gab. Der Junge antwortete nicht.

Nachdem sie dafür gesorgt hatte, dass Abdos Arm behandelt wurde, lenkte Dame Okra ihren Esel zu unserer Garde. Gianni Patto stand brav hinter den Pferden und stierte mit offenem Mund vor sich hin. Dame Okra sog übertrieben die Luft ein und sagte: »Ist er das neueste Mitglied unserer großen hässlichen Familie? Du hast mir nicht gesagt, wie streng er riecht.«

»Ich wusste nicht, wie ich es beschreiben sollte«, erwiderte ich.

»Er setzt keinen Fuß in mein Haus, so viel steht fest«, sagte die alte Frau kühl.

»Eigentlich steht er ja unter Arrest«, mischte sich Josquin ein und kam zu mir herübergeritten.

Dame Okra rümpfte die Nase. »Und wo soll der Graf ihn deiner Meinung nach einsperren? Du!«, knurrte sie einen Gardesoldaten an. »Bring diese grässliche Kreatur in den Palast und sperre sie im dritten Stall ein, der steht gerade leer. Dann bleiben wenigstens den gräflichen Rennpferden Albträume erspart.«

Die Soldaten johlten. Wenn Gianni eingesperrt war, durften sie endlich nach Hause gehen. Auch ich verspürte einen Anflug von Heimweh. Aber es half nichts, meine Hauptaufgabe lag erst noch vor mir. Ich wollte spätestens am Sankt-Abaster-Tag im samsamesischen Hochland sein, und danach wartete noch Porphyrien auf mich. Würde Abdo mich überhaupt begleiten können oder musste er die Heilung seiner Wunde hier abwarten?

Bei der Vorstellung, dass ich meine Aufgabe ganz allein zu bewältigen hätte, versagte mir fast der Mut.

Josquin blieb an meiner Seite, während die Garde zum Stadttor ritt. Ich warf ihm einen Blick zu und dann noch einen, weil er mich mit hochgezogenen Augenbrauen anstarrte. »Es war eine gute Reise, Serafina.« Er verbeugte sich im Sattel. »Es war eine Ehre, dich begleiten zu dürfen.«

»Das gilt umgekehrt genauso.« Plötzlich hatte ich einen Kloß im Hals. Josquin war zu einem guten Freund geworden, ich würde ihn sehr vermissen.

»Viel Glück auf deinen Wegen«, sagte er und vergrub den Zeigefinger in seinem zotteligen Bart. »Möge Sankt Noola deine Schritte segnen. Wenn du die Deinen gefunden hast und der Krieg vorbei ist und deine Zeit es dir erlaubt, hoffe ich, dass du uns besuchen kommst und uns von deinen Abenteuern berichtest.«

»Heilige im Himmel, schnauf einmal tief durch, Junge!«, rief Dame Okra grob. »Und dann reite den anderen hinterher. Die hier ist nichts für dich, das weißt du selbst am besten.«

Josquin saß eine Sekunde lang stocksteif im Sattel. Es war zu dunkel, daher sah ich nicht, ob er errötete, aber die Hast, mit der er seinem Pferd die Sporen gab und davongaloppierte, sprach Bände.

Mag sein, dass ich auch rot geworden war. Wer weiß? Es war ja dunkel.

Josquins Kameraden hatten das Tor noch nicht erreicht, denn zum ersten Mal seit unserer Abreise aus Donques zeigte Gianni sich störrisch. Er stemmte die Klauenfüße in den Boden und weigerte sich, auch nur einen Schritt weiterzugehen. Er brüllte und zerrte an seinen Fesseln. Die Garde umringte ihn und stieg vorsichtshalber ab, um nicht aus dem Sattel geworfen zu werden.

Während Josquin ihnen zu Hilfe eilte, sagte ich zu Dame Okra: »War diese Gemeinheit wirklich nötig?«

Sie lächelte spöttisch. »Meinem kleinen Großgroßcousin gegenüber? Deine Sorge erstaunt mich. Er war kurz davor, sich zu dir hinüberzubeugen und dir einen Kuss zu geben.«

Sie übertrieb maßlos, obwohl ich eingestehen musste, dass mein erhitztes Gesicht ihr recht zu geben schien. Ich machte eine abwehrende Handbewegung. »Erzählt mir nicht, Ihr hättet wieder einmal eine Vorahnung gehabt.«

Sie sagte: »Es gibt Dinge, da braucht man keine Vor...«

Sie brach abrupt ab. Ich blinzelte überrascht. Falls Dame Okra zuvor keine Vorahnung gehabt hatte, dann hatte sie jetzt eine. Ihre Augen waren glasig geworden und sie hielt sich den Magen.

»Dame Okra?«

Abrupt erwachte sie aus ihrer Trance. Sie hatte Mühe, das Gleichgewicht zu bewahren und im Sattel zu bleiben. »Josquin«, schrie sie. »Bleib stehen!«

Josquin drehte sich erstaunt zu uns um. Im selben Moment warf Gianni Patto den Kopf in den Nacken und stieß einen Schrei aus, wie ich ihn in meinen schlimmsten Albträumen noch nicht gehört hatte. Alle Pferde scheuten, aber Josquins Tier buckelte und stieg auf die Hinterläufe. Er ruderte mit den Armen, schaffte es jedoch nicht mehr, sich am Sattelknauf festzuhalten. Das Pferd warf ihn ab und mit einem dumpfen Aufprall fiel Josquin aufs Straßenpflaster. Es war ein entsetzliches Geräusch.

Ohne lange zu überlegen, sprang ich vom Pferd und rannte los. Josquins Beine waren in einem unnatürlichen Winkel verdreht. Sein im Fackelschein grünlich glänzendes Gesicht war schweißnass. Ich kniete mich neben ihn und nahm seine Hand. Meine Kehle war wie zugeschnürt, ich brachte kein einziges Wort hervor.

»Spüre meine Beine nicht«, stieß Josquin keuchend hervor. Er rang sich ein gequältes Lächeln ab. »Das ist nicht gut, aber... sie zu spüren... wäre vielleicht... noch schlimmer.«

Die Torwachen kamen mit einer Trage angerannt und scheuchten mich fort. Josquin lächelte ein letztes Mal tapfer, als sie ihn auf die Tragbahre hievten und wegbrachten. Wie betäubt schaute ich ihnen nach. In meinen Ohren summte es, als hätten sich Wespen eingenistet.

Gianni Patto stand mit hängenden Schultern da und stierte vor sich hin, war aber wieder friedlich. Die Acht hatten ihn eingekreist und beschimpften ihn aufs Schlimmste. Sie fuchtelten mit ihren Schwertern vor seinem Gesicht herum, aber Gianni zuckte weder zurück noch verteidigte er sich. Nicht einmal als sie ihn zu Boden stießen und mit ihren Stiefeln traktierten, wehrte er sich.

»Halt«, sagte ich leise, weil meine Stimme mir noch nicht gehorchte. »Halt!«, wiederholte ich etwas lauter. Ich rannte zu Nan und packte sie am Ärmel. Sie sah mich an und mein Gesichtsausdruck genügte. Sie zog die Frau neben sich von Gianni weg, und dann sorgten die beiden dafür, dass die Tritte aufhörten. Die Soldaten ließen schwer atmend von ihm ab. Ich sah, dass ich nicht die Einzige mit Tränen in den Augen war.

Gianni Patto war auf den Pflastersteinen zusammengesackt. Er reckte den Kopf und sah mich mit seinen eisblauen Augen an. Sein Blick war so messerscharf, dass ich unwillkürlich zurücktaumelte. Er lächelte gespenstisch.

Einen Moment lang fürchtete ich, mich übergeben zu müssen.

»Fii-naaa!« Seine Stimme war wie ein Donnergrollen.

»Schafft ihn fort!«, sagte ich und wandte den Blick ab. »Und seid um Himmels willen vorsichtig.«

Sie fesselten seine Fußknöchel und banden ihm die Arme an die Seiten. Er stand ungelenk, aber klaglos auf und folgte ihnen in die Stadt hinein.

Dame Okra war seltsamerweise nicht abgestiegen, ja sie hatte sich nicht vom Fleck gerührt. Sie saß nur da und starrte schwer atmend ins Leere. Auf ihrer Stirn standen Schweißtropfen und ihre Augen traten noch mehr als sonst hervor.

Ich versuchte, mein bebendes Herz zur Ruhe zu zwingen, und stieg wieder in den Sattel. Es war alles so schnell gegangen.

»Er verhält sich sonst ganz anders«, sagte ich matt. Ob das als Zuspruch für Dame Okra oder für mich gemeint war, wusste ich selbst nicht genau. Es lag auf der Hand, dass Jannoula Gianni angestiftet hatte. Hatte er ihretwegen geschrien? Hatte sie ihm wehgetan? Was bezweckte sie damit? Ich brachte keinen klaren Gedanken zustande; das Entsetzen klebte an mir wie eine nasse Decke.

»Ähm?«, murmelte Dame Okra, als ob sie aus einem tiefen Schlaf erwachen würde. »Hast du etwas gesagt?«

Ich öffnete den Mund und schloss ihn wieder. Ich wusste nicht, was ich sagen sollte. Dame Okra hatte kein Wort über Josquins Sturz verloren. Sie war zwar gemein, aber so gemein nun auch wieder nicht.

»Lass uns nach Hause reiten. Ich habe scheußliche Kopfschmerzen und es ist schon spät.« Sie sagte es so unwirsch, als wollte ich sie von ihrer wohlverdienten Nachtruhe abhalten.

Dann trieb sie ihren Esel an und drehte kein einziges Mal den Kopf, um zu sehen, ob ich ihr folgte.

An Schlaf war nicht zu denken. Ich schritt in Dame Okras grünem Gästezimmer auf und ab, bis der Morgen graute.

Mir war nie in den Sinn gekommen, dass unser Vorhaben nicht nur Zeit, Mühe und Geldmittel kosten würde, sondern dass die Suche nach den Ityasaari uns auch noch einen ganz anderen Preis abverlangen könnte. Der Tod des Mönchs, selbst wenn er ihn verdient hatte, war ein zu hoher Preis. Auch Abdos Handgelenk war ein zu hoher Preis. Und Josquins Rückgrat... Allein der Gedanke stürzte mich in Verzweiflung.

Meine Suche hatte Jannoula auf den Plan gerufen. Hatte sie Gianni dazu angestachelt, den Mönch zu ermorden? Hatte Gianni geschrien, um meine Aufmerksamkeit auf sich zu lenken, als er Josquins Pferd zu Tode erschreckte. Sie hatte gesagt, sie könnte mir bei meiner Suche helfen, aber auf diese Art von Hilfe konnte ich verzichten.

Was sollte ich nur tun? Bei dem Gedanken, die Suche fortzusetzen, wurde mir fast schlecht. Ich wollte aufgeben, wollte nach Hause, mich irgendwo verstecken. Aber dann wäre dieser schreckliche Blutzoll vergebens. Ich musste dafür sorgen, dass die Opfer nicht umsonst gewesen waren.

Meine Gedanken drückten mich so nieder, dass ich irgendwann erschöpft auf mein Bett sank. Die Vögel zwitscherten bereits, als ich endlich einschlief.

Als ich wieder erwachte, fiel das Tageslicht bereits hell durch das Fenster. Dem Stand der Sonne nach zu urteilen, musste es bereits Mittag sein. Während ich mich wusch und anzog, reifte in mir ein Entschluss. Wir durften Gianni Patto nicht nach Goredd mitnehmen. Vielleicht war er auch ohne Jannoulas Einfluss gewalttätig und unberechenbar, aber ich konnte mich des Eindrucks nicht erwehren, dass sie ihn dazu angestiftet hatte. Ich wollte nicht, dass Gianni Patto sie auch nur in die Nähe meines Zuhauses und zu den Menschen, die ich liebte, brachte. Ich hatte diesen Wunsch bereist in Donques verspürt und hätte mich nie von Josquin umstimmen lassen dürfen. Ich würde Dame Okra bitten, Graf Pesavolta mitzuteilen, dass er die Kreatur – und mit ihr Jannoula – einsperren sollte.

Die Kreatur. Es war ungerecht, aber im Moment konnte ich auf keine andere Weise an den wilden Mann denken.

Am Abend zuvor war ich Abdos Vorschlag gefolgt und nicht in meinen Garten gegangen. Jeder Gedanke an Abdo tat weh. Kurz überlegte ich, jetzt meine Grotesken zu besuchen, aber sie waren friedlich, sonst hätte ich längst Kopfschmerzen bekommen.

Wenn sie mich nicht brauchten, konnte ich mir den Besuch sparen. Ich wäre ohnehin nur zu meiner eigenen Beruhigung zu ihnen gegangen. Vielleicht war das schon immer so gewesen. Vielleicht hatte ich den Garten von Anfang an nur für mich geschaffen.

Ich stieg die Treppe hinunter. Nedouard und Blanche saßen in kameradschaftlichem Schweigen in Dame Okras großem Speisezimmer. Operationsbesteck, Metallteile und schmutziges Geschirr waren auf dem makellos weißen Tischtuch zwischen zwei nicht zueinanderpassenden lilafarbenen Blumenbouquets ausgebreitet. Blanche war gerade dabei, einen Kupferdraht um einen Eisenstab zu wickeln. Als sie mich sah, strahlte sie übers ganze Gesicht und sprang auf. Sie sah viel gesünder aus. Auf ihren Wangen war ein zartes Rosa und ihre Schuppen glänzten und sahen nicht mehr wie Schorfflecken aus. Sie trug ein blassgrünes Kleid, das ebenfalls sehr hübsch und dezent war. »Hallo, willst du Frühstück, kann ich das machen«, sprudelte sie in Goreddi los. »Küche ist voller Essen.«

Ich war überwältigt von ihrer Liebenswürdigkeit und musste schlucken, ehe ich antwortete. Vielleicht hatten wir doch nicht alles falsch gemacht. »Ich bin nicht hungrig, danke«, stieß ich hervor. Bei den Worten »nicht hungrig« sah Blanche mich verdattert an, aber sie nahm wieder Platz und wickelte weiter den Draht auf.

»Sie erinnert sich an Wörter«, erklärte Nedouard. Auch er sah viel glücklicher aus ohne seine Maske und seine Lederschürze; er trug ein praktisches wollenes Wams und ein Leinenhemd wie jeder andere Mann mit bescheidenem Einkommen. Er lächelte, wenn auch nicht mit dem Schnabel, so doch mit den Augen. Er war gerade dabei, eine Säge zu polieren. »Willkommen«, fügte er hinzu und probierte die Säge aus, indem er ein kleines Stück seines Daumennagels absäbelte.

»Ist Dame Okra da?«, fragte ich, da ich die Unterredung möglichst schnell hinter mich bringen wollte.

»Sie ist in der Bibliothek.« Nedouard legte die Säge weg und griff geistesabwesend nach einem kleinen Salzfässchen. Mit dem kleinen Löffel rührte er das Salz um.

»Sie spricht mit Geistern!«, rief Blanche und sah mich aus ihren großen violetten Augen an.

Der alte Pestarzt legte seine Hand auf Blanches Arm und sprach leise zu ihr. Sie nickte, gab einen wimmernden Laut von sich und widmete sich dann wieder ihrem Kupferdraht.

»Dame Okra war die ganze Nacht wach«, sagte Nedouard. »Sie hat ununterbrochen geredet, deswegen hat Blanche kein Auge zugemacht.«

»Mit wem hat sie geredet?«, fragte ich und sah zu, wie er das Salz in eine Blumenvase kippte. Er blickte mich mit seinen sanften blauen Augen an. »Mit sich selbst, vermute ich. Das ist für jemanden ihres Alters nichts Ungewöhnliches, obwohl ich mich nicht erinnern kann, dass sie das jemals zuvor getan hätte. Was mich viel mehr beunruhigt, ist ihre heitere Stimmung heute Morgen.«

»Das ist in der Tat besorgniserregend«, sagte ich schmunzelnd. »Ich glaube es erst, wenn ich es mit eigenen Augen gesehen habe. Aber ich verspreche dir, ich werde der Sache auf den Grund gehen.«

Während ich noch sprach, schob Nedouard wie selbstverständlich das silberne Salzfässchen unter sein Hemd. Ich blickte ihn vielsagend an. Es dauerte einen Moment, bis er begriff. Er holte seine Beute hervor und stellte sie auf den Tisch zurück.

»Viele meiner Patienten sind zu arm, um mich zu bezahlen«, erklärte er. »Ich fürchte, ich habe es mir zur Gewohnheit gemacht, mir meine Entlohnung von jenen zu holen, die es sich leisten können. Gewohnheiten wird man nur schwer wieder los.« Ich hatte den Verdacht, dass das Salzfässchen wieder unter seinem Hemd verschwinden würde, sobald ich den Raum verlassen hatte, aber ich tat ihm den Gefallen und nickte. Dann machte ich mich auf die Suche nach Dame Okra, um dem Anlass für ihre heitere Stimmung auf den Grund zu gehen.

Es war meist sehr einfach, Dame Okra in ihrem Haus aufzustöbern. Ihre blecherne Stimme war sozusagen eine Art Vorahnung, die ihr auf Schritt und Tritt vorauseilte. Schon auf dem Weg zur Bibliothek konnte ich sie reden hören. Ich drückte mein Ohr gegen die Tür und verstand ihre Stimme klar und deutlich: »…mehr als hundert Jahre war ich in dem Glauben, ich wäre einzigartig auf der Welt. Du kannst dir vorstellen, wie alleine ich mich gefühlt habe. Nein, du brauchst es dir nicht vorzustellen, denn du *weißt* es ja.«

Das war ein ziemlich seltsames und ausführliches Selbstgespräch. Vorsichtig öffnete ich die Tür. Dame Okra saß hinter einem prunkvollen Mahagonitisch. Sie hatte Papiere vor sich ausgebreitet und hielt einen Federkiel in der Hand. Als die Tür aufging, blickte sie hoch und strahlte mich an.

Gut möglich, dass ich vor Schreck einen Schritt zurückwich. Es lag nicht nur an ihrem Lächeln, sondern auch an der Tatsache, dass sie ganz allein im Zimmer war.

»Serafina, komm herein. Ich freue mich, dass du endlich aufgewacht bist.« Sie deutete auf einen Stuhl ihr gegenüber. Ich ließ den Blick über den Tisch schweifen, aber da war kein Tnik, nur Pergament, Tinte, Bücher, Schreibfeder und Siegelwachs. Mit wem hatte sie gesprochen?

»Ich schreibe gerade einen ausführlichen Bericht für Graf Pesavolta über deine Reise und unsere Ausgaben«, sagte Dame Okra, der meine Überraschung anscheinend entgangen war. »Keine Sorge, um diese Dinge brauchst du dich nicht zu kümmern. Aber du könntest ein Dankesschreiben unterzeichnen.« Sie winkte mich zu sich und reichte mir Brief und Feder.

Ich setzte mich auf den Lederstuhl vor dem Tisch und überflog das Schreiben. Sie lobte in überschwänglichen Worten seine Großzügigkeit und bedankte sich, dass er mich durch Ninys hatte reisen lassen. Sie versicherte, dass Goredd in seiner Schuld stünde, machte aber keine festen Versprechungen. Ich konnte nichts falsch machen, wenn ich den Brief unterschrieb.

»Wir müssen über Gianni Patto reden.« Ich gab ihr Brief und Feder zurück.

»Keine Sorge«, sagte sie. »Ich habe heute Morgen bereits seine Freilassung veranlasst.«

Ich riss die Augen auf. »Verzeihung, Ihr habt ... was?«

Dame Okra nickte eifrig. »Sobald er sich ordentlich gewaschen hat, kommt er hierher.«

»Heißt hierher tatsächlich *hierher*?«, fragte ich und deutete auf den Boden neben meinem Stuhl.

»Ich habe genug Platz in diesem Haus. Der Graf würde ihn nicht im Palast, sondern in den Ställen einquartieren, wo sich niemand die Mühe macht, ihm Manieren beizubringen.« Alles, was sie sagte, klang so vernünftig.

»Ihr dürft ihn auf keinen Fall in dieses Haus lassen.« Langsam erholte ich mich von meinem Schrecken und erinnerte mich wieder an den Zweck meines Besuchs. »Es war ein Fehler, ihn aus den Bergen hierherzubringen. Er ist gewalttätig und unberechenbar und nicht Herr seiner Sinne.«

Außerdem hatte sich Jannoula bei ihm eingenistet. Genau das wollte ich Dame Okra auch sagen, aber irgendetwas ließ mich zögern.

Mit *wem* hatte sie geredet? Ich spürte ein Kribbeln in meinem Nacken.

»Dir kann es doch egal sein, ob er hier ist oder nicht«, sagte Dame Okra. Ihre Glupschaugen wurden schmal. »Du reist morgen bei Tagesanbruch nach Samsam ab. Deine Eskorte wartet seit einer Woche im Palasho, und Pesavolta ist froh, wenn er sie loswird.«

So bald schon. Aber natürlich, wir hatten ja keine Zeit zu verlieren. »Geht es Abdo bereits gut genug, um die Reise antreten zu können?« Mir fiel siedend heiß ein, dass ich ihm versprochen hatte, ihn heute Morgen zu besuchen. Nun hatte ich den ganzen Vormittag verschlafen.

»Auf keinen Fall«, sagte Dame Okra empört, als wäre allein schon die Frage eine Unverschämtheit. »In den nächsten Wochen braucht Abdo Ruhe. Ich werde ihn mit Gianni, Blanche und Ned nach Goredd zurückbringen.«

»Kann ich ihn vor meiner Abreise noch einmal sehen?«

»Soeben werden die Sehnen seiner Hand zusammengenäht«, sagte sie. »Keine Sorge, Doktor Belestros ist der beste Drachenarzt, den der Graf auftreiben konnte.«

Also würde ich mich nicht einmal mehr von ihm verabschieden können. »Und was ist mit Josquin?«

»Belestros hat ihn ruhiggestellt. Er hatte die ganze Nacht über schreckliche Schmerzen«, sagte Dame Okra betrübt. Es war das erste Mal, dass sie ihren entfernten Verwandten bedauerte. Aber ihr Bedauern hielt nicht lange an und bald darauf kehrte ihr Lächeln zurück. »Du kannst nicht mehr zu ihm, aber du könntest ihm einen Brief schreiben. Ich weiß, dass du mit ihm befreundet bist.«

Sie hatte mir eine ganze Ladung schlechter Neuigkeiten überbracht, aber trotz meines Entsetzens und meiner Trauer nagte noch etwas anderes an mir. Ich versuchte vergeblich, mir über meine Gefühle klar zu werden, bis Dame Okra sagte: »Am Ende werden sich alle Mühen gelohnt haben, Serafina. Dann werden wir zusammen sein, und alles ist so, wie es sein soll.«

Das klang so ganz und gar nicht nach Dame Okra.

Die Heiterkeit. Der plötzliche Sinneswandel bezüglich Gianni Patto. Ihre Selbstgespräche...

Wenn ich in Gedanken nicht so mit Josquins Sturz beschäftigt gewesen wäre, hätte ich vielleicht viel früher gemerkt, was sich vor meinen Augen abspielte. Vielleicht hätte Gianni dann nicht geschrien und Josquin wäre nicht vom Pferd gefallen. Und Dame Okra hätte keine Vorahnung gehabt.

Dann hätte sie ihren Geist nicht nach Gianni ausgestreckt und hätte nicht stattdessen Jannoula angetroffen.

Ich blickte in Dame Okras Froschgesicht. Die heitere Miene passte nicht zu ihr. Aber sie sah auch nicht so aus wie Gianni, als Jannoula durch ihn hindurch mit mir gesprochen hatte. Blanche zufolge hatte Dame Okra die ganze Nacht nicht geschlafen. War Jannoula bei ihr gewesen? Hatte sie Dame Okra überredet, beeinflusst, ja womöglich sogar ihr Wesen verändert?

Falls Jannoula tatsächlich mit Dame Okra Verbindung aufgenommen hatte, stellte sich die Frage nach dem Wie. War es eine Kommunikation wie die zwischen Abdo und mir? Oder hatte sich Jannoula tiefer in Dame Okras Bewusstsein gewühlt, so wie es ihr bei Gianni und mir gelungen war? Ich dachte daran zurück, wie sie meine Gedanken und Gefühle verändert hatte. Und ich erinnerte mich daran, dass alles wieder wie zuvor gewesen war, nachdem sie sich zurückgezogen hatte.

Ich dachte daran, wie sie sich in meinem Kopf versteckt und meine Gespräche belauscht hatte.

»Zeig dich, Jannoula«, sagte ich laut.

Dame Okras Miene veränderte sich von einer Sekunde auf die andere. Ihre hervorquellenden Augen verengten sich zu Schlitzen und sie sah aus wie eine schlaue, verschlagene Katze.

»Ja, Serafina«, sagte sie mit Jannoulas Stimme. »Auch wenn es vielleicht keine Überraschung ist, so ist es doch ein schönes Wiedersehen.«

Die Überraschung war zumindest so groß, dass sich mir der Magen umdrehte. »Lass Dame Okra sofort frei.«

»Ts, ts.« Jann-Okra schüttelte den Kopf. »Warum musst du immer alles verderben, Serafina? Die liebe Okra hat nach mir Ausschau gehalten und nicht umgekehrt. Ich hatte bereits einmal bei ihr angeklopft, aber im Gegensatz zu Gianni und einigen anderen ahnungslosen Dummköpfen hat sie mir nicht geantwortet. Sie war sehr zugeknöpft. Also musste ich etwas unternehmen.«

Dame Okra hatte sich eisern geweigert, jemand in ihr Bewusstsein hineinzulassen. Offenbar hatte sie Jannoulas Anklopfen gehört, aber da sie von Natur aus misstrauisch war, hatte sie nicht geantwortet. Gianni hatte nicht genug Verstand gehabt, um ihrem Beispiel zu folgen. Aber wer waren die anderen ahnungslosen Dummköpfe? Einer von ihnen hatte ihr meinen Plan verraten.

»Ich habe dafür gesorgt, dass eine alte Frau nicht mehr ganz so einsam ist«, sagte Jann-Okra. »Du hast ja gehört, wie sie mit mir geredet hat. Wie auch nicht? Sie hat eine Stimme wie ein Maulesel.«

»Ja, ich habe es gehört«, sagte ich schroff.

»Warum sollte ich sie meiner Gesellschaft berauben, wenn sie so viel Vergnügen daran findet?« Sie grinste hämisch. Diesen Gesichtsausdruck hatte ich auch schon früher bei Dame Okra gesehen. »Ich bin versucht, dir eine Lektion zu erteilen. Mithilfe von Madame Pingelig könnte ich mich wieder in deinem Kopf einnisten. Ich könnte dich dazu zwingen, sie freizulassen, so wie du es bei Gianni gemacht hast. Ich könnte dich dazu bringen, alle Grotesken in deinem Garten freizulassen, bis du am Ende mutterseelenallein dastehst.«

Sie lächelte bitter. »Du hast dein Glück nie zu schätzen gewusst. Dein Geist hat wie von selbst nach ihnen Ausschau gehalten. Ich dagegen musste erst mühsam suchen. Aber die Mühe hat sich gelohnt. Ich habe gesucht und gefunden. Dein Garten und seine Bewohner haben mir dabei geholfen. Du hast mir sozusagen eine Landkarte erstellt.«

»Warum?«, fragte ich. »Warum tust du das?«

Sie sah mich überrascht an. »Ich will dasselbe wie du, Serafina. Ich möchte die Halbdrachen um mich versammeln. Wir verfolgen ein gemeinsames Ziel und du bist meine Gehilfin.«

»Ich tue das nicht für dich!«, brach es aus mir heraus.

Sie hörte mir nicht mehr zu. Ihre Augen waren glasig geworden und ihre runzligen Wangen waren plötzlich fahl. Schweißtropfen glitzerten auf ihrer Stirn. Gespannt beugte ich mich vor, in der Hoffnung, dass dies der Beginn einer Schlacht war und Dame Okra sich endlich gegen Jannoula wehrte. Die alte Frau war streitlustig, es war undenkbar, dass sie Jannoula das Feld kampflos überlassen würde. Wenn überhaupt irgendjemand Jannoula besiegen konnte, dann sie.

Ihr Augen wurden wieder klar und sie sagte mit Jannoulas Stimme: »So sehen also die berühmten Vorahnungen aus. Ebenso faszinierend wie schmerzhaft.« Sie rieb ihren gut gepolsterten Bauch und schluckte, als müsste sie gegen Übelkeit ankämpfen. »Die Vision ist allerdings höchst erfreulich. Serafina, du hast mir geholfen, ob du es wolltest oder nicht. In wenigen Augenblicken wirst du erleben, dass auch ich dir geholfen habe.«

Es klopfte an der Eingangstür.

Eines der Dienstmädchen eilte an der Bibliothek vorbei, um die Tür zu öffnen. Leise Worte wurden ausgetauscht und dann kam der Besucher den Gang entlang. Jann-Okra verzog ihre dicken Lippen zu einem koketten Lächeln. Ich drehte mich zur Tür und wappnete mich innerlich gegen das, was mich erwartete.

Vor uns stand Od Fredricka. Ihre roten Haarbüschel waren noch zerzauster als sonst und ihre Schuhe waren verdreckt. Die Malerin sah aus, als hätte sie seit Tagen nicht mehr geschlafen.

Sie taumelte in die Bibliothek, legte die Hände aufs Herz und fiel vor mir auf die Knie.

»Serafina. Schwester. Den Heiligen sei Dank, dass ich es rechtzeitig hierher geschafft habe«, sagte Od Fredricka heiser auf Samsamesisch. »Ich weiß nicht, wie ich dich um Verzeihung bitten kann. Ich war schrecklich. Ich habe dich verhöhnt und mich lustig über dich gemacht. Ich habe den Mönchen gesagt, dass du ein Ungeheuer bist, und sie ließen dich verfolgen.«

Entsetzt schlug ich die Hand vor den Mund. Od Fredricka war schuld an Abdos großem Kummer.

»Ich war mein Leben lang allein.« Sie streckte mir ihre hohlen Hände hin, als hoffte sie, ich würde meine Vergebung hineinlegen. »Ich habe eine Barrikade gegen die Welt errichtet. Sie hält zwar die Schmerzen ab, lässt aber auch keine Freundlichkeit herein. Ich vertraute deiner Freundschaft nicht, weil ich es nicht konnte. Inzwischen weiß ich, was für ein einsames Leben das war«, sagte die Malerin und rutschte noch ein Stück näher. »Ich möchte nicht einsam sterben. Ich möchte mit euch allen zusammen sein. Vergib mir meine grundlose Feindseligkeit.«

Ich blickte mich rasch zu Dame Okra um, die unschuldig die Hände hob und mit Jannoulas Stimme sagte: »Ich habe nichts damit zu tun. Ich kann nicht gleichzeitig in zwei Köpfen sein. Solange ich bei Dame Okra bin, ist sogar mein eigener Körper auf sich allein gestellt und wird womöglich gerade von Wölfen zerfleischt.«

Ich ging nicht auf ihre melodramatische Vorstellung ein. »Du hast etwas mit ihr angestellt. Du hast ihre Gedanken verändert.«

»Ich habe lediglich ein paar Türen geöffnet und ihr eine Wahrheit vor Augen geführt, die sie vor sich selbst versteckt hatte. Ihre Einsamkeit gehört ganz allein ihr.«

»Aber du hast es gegen ihren Willen getan.«

Jannoula zuckte mit Dame Okras Schultern. »Wenn Od Fredricka ein erbärmliches Häufchen Elend sein will, dann ist sie nicht ganz bei Trost. Ich habe keine Skrupel, mich über diesen Willen hinwegzusetzen.«

Od Fredricka verstand zwar unser Goreddi nicht, aber sie hörte ihren Namen heraus. Sie hob den Kopf und sagte: »Was?«

Dame Okras Gesichtszüge erschlafften. Sie blinzelte mehrmals und umklammerte die Armlehnen. Es sah ganz so aus, als hätte sie einen Schwächeanfall. Ich beobachtete sie genau. Ich wollte herausfinden, ob Jannoula sich aus ihr zurückzog. Es hatte fast den Anschein. Aber vielleicht hatte Jannoula sich nur in einer Ecke zusammengerollt und verfolgte weiterhin alles, was geschah, durch Dame Okras Augen und Ohren.

Dame Okra erhob sich würdevoll und ging um den Tisch herum. »Meine liebe, liebe Freundin.« Sie ergriff Od Fredrickas Hände und zog die Malerin sanft auf die Füße. »Ich bin überglücklich, dass wir nun zusammen sind.«

Sie umarmten sich wie Schwestern nach langer Trennung. Ich wandte mich ab und kämpfte gegen die Übelkeit an, die meine widerstreitenden Gefühle in mir aufsteigen ließen.

Das war es, was ich immer gewollt hatte. Dass die Halbdrachen aus meinem Garten sich wie eine große Familie lieb hatten. Aber wie konnte ich mir das jetzt noch wünschen?

Zehn

Ich verließ die Bibliothek und traf vor der Tür auf Blanche und Nedouard, die mich mit großen Augen ansahen.

»Wir haben gelauscht«, flüsterte Nedouard.

»Sie hat Stimme wie Esel!«, sagte Blanche. »Ist ein Geist in ihrem Kopf?«

Ich legte meine Arme um die beiden und ging mit ihnen zurück ins Speisezimmer. »Ein Halbdrache namens Jannoula hat eine Möglichkeit gefunden, sich in das Bewusstsein anderer Halbdrachen einzunisten«, sagte ich ruhig. »War diese Jannoula auch schon bei euch?«

Nedouard schüttelte heftig den Kopf, aber Blanche winselte fast vor Entsetzen. Sie klopfte mit den Fingerknöcheln an meine Stirn. Ich verstand sofort, was sie meinte. Von Jannoula wusste ich ja bereits, dass sie »angeklopft« hatte.

»Wenn man sie nicht reinlassen will, darf man die Tür nicht aufmachen«, sagte Nedouard. »Das hört sich doch sehr einfach an, oder?«

»Mag sein«, erwiderte ich, obwohl ich eher skeptisch war. Jannoula hatte Dame Okra dazu gebracht, ihre Gedankenfühler nach ihr auszustrecken. Konnten das die anderen Ityasaari auch? Und wie viele von uns taten dies, ohne es zu merken?

Blanche schmiegte den Kopf an meine Schulter und wimmerte leise. Nedouard fragte: »Was erhofft sich diese Jannoula davon, in ein fremdes Bewusstsein einzudringen?«

»Sie will uns angeblich alle zusammenführen«, antwortete ich. »So wie auch ich es vorhabe. Was sie darüber hinaus noch vorhat, ist mir schleierhaft.« Ich versuchte zu lächeln, aber es fehlte mir einfach die Kraft. So ließ ich die beiden leise miteinander tuschelnd zurück und ging in mein Zimmer, um Vorbereitungen für Samsam zu treffen.

Am nächsten Morgen wollten wir aufbrechen, mir blieb also keine andere Wahl. Ich erledigte alles Nötige und half dem Hausmädchen, meine Kleider zu waschen und sie auf einer Wäscheleine im Kutschhof aufzuhängen. Aber meine Gedanken und mein Herz waren nicht bei der Sache. Dazu waren meine Sorgen zu groß.

Es war sinnlos, sich Dame Okras Plänen, Gianni nach Goredd zu bringen, entgegenzustellen. Sie war die Botschafterin von Ninys, und ich konnte sie nicht daran hindern, mit Jannoula im Kopf nach Goredd zu reisen. Aber ich musste schnellstens Kiggs und Glisselda davon in Kenntnis setzen. Nachdem ich die Wäsche aufgehängt hatte, ging ich in mein Zimmer, zog meine Halskette hervor und drückte den winzigen Hebel am Liebesknoten.

»Schloss Orison, wer spricht da?«, fragte Glisselda Sekunden später. Anscheinend saß sie gerade am Schreibtisch. Normalerweise meldete ich mich nicht so früh am Tag.

»Sera...«, begann ich.

»Fina!«, rief sie entzückt. »Wie schön, deine Stimme zu hören. Bist du in Segosh? Wie geht es Abdo?«

Ich hatte am Abend zuvor nicht nur meinen Garten der Grotesken vernachlässigt, ich hatte es auch nicht geschafft, der Königin Bericht zu erstatten. »Er wird operiert. Dame Okra ist überzeugt, dass die Beweglichkeit der Hand wiederhergestellt werden kann. Aber er braucht Ruhe. Deshalb wird er erst in einigen Wochen nach Goredd kommen können.«

»Das tut mir leid«, sagte Glisselda. »Wenn er wieder da ist, werden wir uns gut um ihn kümmern, das verspreche ich dir.«

Ich stand am Fenster und starrte auf die Straße, wo gerade ein Soldatentrupp des Grafen Pesavolta vorüberritt. Rasch wechselte ich das Thema. »Ist Prinz Lucian in Eurer Nähe?«

»Er ist unterwegs, um einige Verhaftungen vorzunehmen«, antwortete Glisselda. »Wir haben den Söhnen von Sankt Ogdo zwei Tage Zeit gegeben, die Stadt zu verlassen. Die meisten haben sich widerstandslos gefügt, dem Himmel sei Dank. Aber einige sind offenbar fest entschlossen, unseren Wühlmäusen das Leben schwer zu machen. So nennen wir die Leute, die unsere Tunnel für den Notfall herrichten. Die Söhne haben die Arbeiten sabotiert und sogar einen Tunnel zum Einsturz gebracht. Ein großes Erdloch hat die Hälfte der Apsis von Sankt Jobertus verschluckt.«

»Gütiger Himmel!«, rief ich. »Gab es Verletzte? Die Drachengelehrten ...«

Zu meiner Verwunderung fing sie an zu lachen. »Das *neue* Sankt Jobertus war zu der Zeit leer und die Söhne von Sankt Ogdo hätten sich nie in die *alte* Kirche in Quighole gewagt. Da wimmelt es doch von Quigs«, sagte sie fröhlich. »Lucian kennt die Schuldigen, aber ich kann jetzt nicht darüber sprechen. Dieses Tnik ist nicht sicher genug. Obwohl ich mir kaum vorstellen kann, dass ein Sohn von Sankt Ogdo uns mit einem Quigutl-Apparat belauschen würde. Die Ironie dieser Situation würde ihn wahrscheinlich vergiften.«

Ihr Spott entlockte mir ein Kichern. »Das wäre wunderbar, ist aber unwahrscheinlich.«

»Na also«, sagte Glisselda zufrieden. »Endlich hast du gelacht. Du hast dich so grimmig angehört, als wärst du selbst eine Wühlmaus, die sich im Dunkeln durch die Erde gräbt.«

Ich kam mir tatsächlich vor, als würde ich im Dreck wühlen. »Es gibt weitere Neuigkeiten.« Ich ließ den Kopf gegen die Fensterscheibe sinken und holte tief Luft. Dann berichtete ich ihr von Jannoula, und zwar alles, angefangen von meinem Kämpfen mit ihr bis zu ihrer Eroberung von Gianni Patto. Ich erzählte, dass sie Od Fredricka dazu gebracht hatte, von der Pinabra hierherzukommen, und schilderte, wie sie Dame Okras Persönlichkeit verändert hatte. Zuletzt berichtete ich von Jannoulas Plan, alle Halbdrachen zu vereinen.

Glisselda schwieg sehr lange. »Fina, warum hast du uns das nicht schon längst gesagt?«, fragte sie schließlich.

»Tut mir leid. Ich ahnte nicht, dass Jannoula finstere Pläne schmiedet«, antwortete ich niedergeschlagen. »Ich ahnte nicht, dass sie die anderen aufgespürt hat und sie um sich scharen will und dass sie...«

»Natürlich nicht«, unterbrach mich Glisselda fast grob. »Davon rede ich nicht. Du hättest uns sagen müssen, wie sehr sie dir wehgetan hat.«

»Warum?«, stieß ich hervor. Meine Kehle war plötzlich wie zugeschnürt.

»Weil wir deine Freunde sind und dir geholfen hätten«, sagte die Königin. »Ich weiß, dass Lucian genauso denkt wie ich, und wenn er jetzt hier wäre, könnte er das bestätigen.«

Persönliche Dinge nach außen zu tragen war nie meine Art gewesen. Onkel Orma, mein einziger Vertrauter in all den Jahren, wusste zwar über Jannoula Bescheid, aber selbst ihm hatte ich nicht alles gesagt. Er hätte meine Gefühle nicht verstanden.

Ich hatte schlicht nicht daran gedacht, dass es Menschen geben könnte, die sich darum sorgten, wie es in meinem Herzen aussah.

Glisseldas Worte waren ein Trost, aber bevor ich mich ihr anvertraut hatte, war mir wohler gewesen. Da hatte ich meinen Kummer noch fein säuberlich wegpacken können. Glisseldas Mitgefühl brachte alles zutage: den Schmerz und die widerstreitenden Gefühle.

Aber da sie eine schlaue junge Königin war, hörte sie aus meinem Schweigen das Ungesagte heraus. Sie fragte: »Kann Jannoula sich bei jedem einnisten oder nur bei Ityasaari?«

Ich trat vom Fenster zurück und rieb mir die Augen. »Ähm. Soweit ich weiß nur bei Ityasaari, andernfalls hätte Jannoula ihre Kerkermeister doch längst dazu gebracht, sie freizulassen.«

Ich nahm an, dass sie immer noch im Gefängnis saß, hatte allerdings seit mehr als fünf Jahren nicht mehr nachgesehen.

»Was will sie?«, fragte Glisselda. »Es mag für sie aufregend sein, Gianni Pattos Geist zu erobern, aber ich kann mir nicht vorstellen, dass das schon alles gewesen ist. Sie wird sich nicht damit zufriedengeben, ihr Leben in den Köpfen anderer zu verbringen.«

»Sie wollte mein Bewusstsein beherrschen und nie wieder aus meinem Kopf weggehen«, sagte ich mit bebender Stimme.

»Aber wozu? Um ihrem Gefängnis zu entkommen oder um dich für schlimme Zwecke zu missbrauchen? Anders gefragt: War sie lediglich selbstsüchtig und rücksichtslos oder richtig bösartig?«

Das war die Art von Frage, die normalerweise Lucian Kiggs gestellt hätte. Ich schritt vor dem Fenster auf und ab. Böses tun und böse sein – war da wirklich ein Unterschied? Bei dem Gedanken an Jannoulas Gefängnis, an ihren Schmerz und ihre Qual verspürte ich Mitleid, aber auch Schuldgefühle, weil ich sie in ihre Zelle zurückgeschickt hatte. Wenn das tägliche Elend ihre Urteilskraft getrübt hatte und sie schon damals nicht mehr wusste, was richtig und was falsch war, um wie viel verdrehter musste ihr Geist jetzt, nach all dieser Zeit sein?

»Ich kann nicht glauben, dass sie im Herzen abgrundtief schlecht ist«, sagte ich nachdenklich. »Aber sie macht vor nichts halt, um ihrem Gefängnis zu entkommen. Vielleicht war Giannis Bewusstsein nicht der ideale Ort für sie, aber inzwischen ist sie bei Dame Okra. Und die hat Einfluss und Macht. Als Botschafterin genießt sie das Vertrauen Graf Pesavoltas – und das Eure.«

»Was mich angeht, nicht mehr«, erwiderte Glisselda. »Aber das werden wir ja sehen, wenn sie nach Goredd kommt.«

»Auch die anderen kommen, sogar Od Fredricka. Wenn Ihr also an Eurem Vorhaben mit der Sankt-Abaster-Falle festhalten wollt…«, sagte ich und setzte mich auf die Bettkante.

»Findest du, wir sollten den Plan aufgeben?«, fragte sie zurück.

Ich schloss die Augen. Am liebsten hätte ich gesagt: *Nein, auf keinen Fall. Außerdem wissen wir nicht, wie sie sich verhalten wird.* Aber ich traute meinem eigenen Gerechtigkeitsempfinden nicht. Die Situation erforderte einen scharfen Verstand und einen klugen Blick. Daher sagte ich: »Ich reise morgen nach Samsam ab und setze meine Suche fort, bis Ihr mich nach Goredd zurückruft. Sprecht mit Prinz Lucian über alles. Er wird eine Lösung finden. Das tut er immer.«

»Natürlich«, erwiderte sie etwas zuversichtlicher. »Aber du musst mir versprechen, keine unnötigen Gefahren einzugehen.«

»Euer Wort ist mir Befehl«, erwiderte ich lächelnd. *Unnötig* war eine Umschreibung, die genug Spielraum ließ.

»Ich küsse deine Wangen«, sagte sie. »Und Lucian würde das auch, wenn er hier wäre.«

Ich schaltete das Tnik aus und sank auf das Bett, um mir über meine Gefühle klar zu werden. Da war Freude über Glisseldas tiefe, unverbrüchliche Freundschaft, aber auch Bedauern, dass Kiggs meine Geschichte aus dem Mund einer dritten Person hören würde, und nicht zuletzt ein Anflug von Trauer, der mich stets überkam, wenn ich an Jannoula dachte. Mir fielen jedes

Mal sofort ihre verbrannten Arme ein. Bis zu einem gewissen Grad war sie nicht verantwortlich für das, was sie tat, nicht mehr als Gianni Patto. Unsere gemeinsame Vergangenheit und meine Angst hinderten mich daran, vernünftig mit ihr zu sprechen. Aber vielleicht konnten ja Glisselda oder Kiggs ihr Vertrauen und ihre Unterstützung gewinnen?

Unzufrieden schleppte ich mich aus dem Bett, um meine Kleider zu holen.

Gianni Patto traf nach dem Abendessen in Dame Okras Haus ein. Er trug ein Wams und eine aus einem Zelttuch gefertigte Kniehose. Haare, Bart und Augenbrauen waren rasiert. Er atmete laut durch seinen viel zu großen roten Mund und seine blassen Augen schielten in verschiedene Richtungen. Dame Okra servierte ihm ein spätes Abendessen und stieß ein beruhigendes Gurren aus, während sie dunkle Soße in seinen Rübenbrei manschte. Er war so groß, dass er mit angezogenen Klauenfüßen auf dem Boden sitzen musste, um vom Tisch zu essen. Mit Besteck wusste er rein gar nichts anzufangen. Dame Okra spuckte auf eine Serviette und tupfte sein verschmiertes Gesicht ab. Ich konnte es nicht länger mit anschauen, daher ging ich frühzeitig zu Bett. Als Grund führte ich meine morgige Abreise an. Niemand schien sich daran zu stören.

Ich wusch meine Schuppen und versorgte meinen Garten. Kaum war ich eingeschlafen, da wurde ich vom Scheppern meines Fensters aufgeschreckt. Müde schlug ich die Augen auf und schloss sie wieder – doch dann setzte ich mich ruckartig im Bett auf. Ich hatte eine Sekunde gebraucht, um zu begreifen, was ich gesehen hatte.

Jemand machte Anstalten, durch mein Fenster zu klettern.

Keine Angst, sagte eine vertraute Stimme in meinem Kopf. *Ich bin's nur.*

Ich sprang auf und rannte zum Fenster, um Abdo hereinzuhelfen. Wortlos umarmten wir uns. Ich spürte seine dick bandagierte linke Hand an meinem Rücken. Schließlich gab ich ihn frei und schloss das Fenster. Abdo hüpfte durchs Zimmer, ließ sich aufs Fußende des Betts fallen und grinste breit.

Ich setzte mich neben ihn. »Aus der etwas unorthodoxen Art, mit der du dir zu diesem Haus Zugang verschafft hast, schließe ich, dass du unerlaubterweise und ebenso unorthodox die Krankenstation verlassen hast.«

Um mich zu halten, brauchen sie noch ein paar Wachen mehr in diesem Palasho, erwiderte Abdo vergnügt und spielte mit seinen Zöpfen. *Jeder halbwegs entschlossene Spitzbube kann kommen und gehen, wie er will.*

Ich bezweifelte, dass jeder andere Spitzbube die Palastmauern mit ähnlicher Unbekümmertheit überwinden würde wie er.

»Ich möchte deine Begeisterung nicht dämpfen«, sagte ich mit schwesterlicher Strenge und deutete auf seine verletzte Hand, »aber man hat mir gesagt, dass du nach der Operation mehrere Wochen lang Ruhe brauchst. So gerne ich dich auf die Reise mitnehmen würde, aber ich kann dich nicht guten Gewissens nach Samsam schleppen, wenn dein Arm ...«

Doktor Belestro hat mich noch nicht operiert, sagte Abdo und sah mich überrascht an. *Er wollte es morgen machen.*

Ich öffnete den Mund und schloss ihn wieder. Dame Okra hatte mich also angelogen.

Warum? Damit ich ohne den Jungen abreiste? Damit sie, beziehungsweise Jannoula, ihn mit nach Goredd nehmen konnte?

Abdo hielt seinen Arm hoch, der von der Fingerspitze bis zum Ellbogen verbunden war. *Es tut gar nicht mehr weh. Ohne-*

hin standen die Chancen nur fünfzig zu fünfzig. Das habe ich in Belestros Aufzeichnungen gelesen.

»Du solltest es trotzdem versuchen«, sagte ich. »Wie willst du sonst einen Handstand machen?«

Mit einer Hand, erwiderte Abdo prompt. *Ich möchte bei dir bleiben, Fina Madamina. Wie willst du denn ohne mich den samsamesischen Ityasaari finden? Wer wird dich den Ityasaari in Porphyrien vorstellen, und wer wird sie überreden, mit in den Süden zu kommen? Du kannst nicht einfach hereinspazieren und sie herumkommandieren.*

Ich hörte einen Unterton aus seinen Worten heraus.

»Hast du Heimweh?«, fragte ich ihn. »Wenn ja, dann kannst du dich operieren lassen und dann nach Hause gehen.«

Das kann ich erst, nachdem Madame Walross mich nach Goredd geschleppt hat. Erst, wenn euer Krieg zu Ende ist. Seine Stimme wurde weinerlich. *Ich vermisse Porphyrien. Ich vermisse Tante Naia und das Meer und mein Bett und die Eierfrüchte und... Aber darum geht es jetzt nicht. Ich möchte einfach bei dir sein.*

Ich nahm seine Hand. »Wir fragen Nedouard, was wir tun müssen, um unterwegs deine Hand richtig zu versorgen. Wenn er es für vertretbar hält, dass du mitkommst...«

Abdo befreite sich aus meinem Griff und schoss wie der Blitz zur Tür. »Leise!«, flüsterte ich laut und huschte hinterher. »Dame Okra soll nicht wissen, dass du hier bist.« Sie oder Jannoula wollten ganz offensichtlich nicht, dass Abdo mich nach Samsam begleitete.

Nedouards Zimmer befand sich im Dachgeschoss. Dass Abdo die Stiege einhändig hinaufsteigen musste, behinderte ihn nicht im Geringsten. Durch den Türschlitz drang ein Lichtschein, und auf Abdos Klopfen hin kam Nedouard sofort heraus. Hinter ihm tauchte ein gespenstisch blasses Gesicht auf. Blanche. Als sie Abdo sah, leuchteten ihre Augen.

»Noch mehr Schlaflose!«, rief der Doktor. »Kommt rein, kommt rein.«

Die Dachschrägen ließen den Raum kleiner wirken als er war. Nedouard hatte alle seine Habseligkeiten ins Haus gebracht: Flaschen, Schmelztiegel, längliche Glasbehälter, Apothekenzubehör und – versteckt in den Bodenritzen – eine Sammlung funkelnder Gegenstände.

Auf dem Boden lag eine in ihre Einzelteile zerlegte mechanische Spinne von Blanche. Offensichtlich hatten die beiden sie auseinandergenommen. Blanche bemerkte meinen Blick und sagte: »Ich traurig, weil Josquin schlimm verletzt. Er braucht Spinne, will Beine, oder? Beine für ihn.«

Da ich nicht wusste, ob ich sie richtig verstanden hatte, nickte ich zögernd. Nedouard, dessen blaue Augen über dem Schnabel immer sanft blickten, sagte: »Es ist sehr nett von dir, an ihn zu denken, Schwester.« Blanche lächelte kurz und stopfte die Einzelteile der Spinne in einen Sack. Abdo half ihr dabei. Sie küsste ihn auf die Stirn und verließ das Zimmer.

»Sie ist so ein scheues kleines Wesen«, sagte Nedouard und rieb sich den mit Leberflecken übersäten Kopf. »Nehmt es also nicht persönlich. Wie kann ich euch helfen?«

»Wir möchten wissen, ob Abdo reisefähig ist«, sagte ich.

Selbstverständlich bin ich das, grummelte Abdo.

Nedouard, der unser Privatgespräch nicht hören konnte, zog für Abdo einen Stuhl heran und setzte sich ihm gegenüber. Widerwillig nahm Abdo Platz und streckte den Arm aus.

Nedouard wickelte den Verband ab und sagte: »Wunderbar.«

»Wunderbar?«, wiederholte ich und riskierte vorsichtig einen Blick. Die Hebamme in Donques hatte ihr Bestes gegeben. Doktor Belestro hatte lediglich die Fäden gezogen. Zurückgeblieben war eine erhabene, wulstige Narbe.

»Hast du noch Schmerzen?«, fragte Nedouard.

Eine Weile herrschte Stille, während Abdo in seinem Kopf sprach.

»Eine Wundinfektion ist nicht mehr zu befürchten, aber die Steifheit wird bleiben«, sagte Nedouard. Darauf folgte eine sehr lange Pause. »Deine Sehnen wachsen bereits falsch zusammen. Es wird höllisch schwierig, sie freizulegen. Ich frage mich, woher Doktor Belestro, dieser eingebildete Kerl, seine Zuversicht nimmt.« Pause. »Vielleicht in Tanamoot. In ihrem eigenen Land haben die Drachen eine ganz andere Ausstattung als hier.«

Nedouard stand auf, öffnete einen Schrank und holte eine Salbe und ein Stück Seife heraus. »Vor allem musst du die Wunde sauber halten«, sagte er. »Im Süden neigt man dazu, die Bedeutung von Hygiene zu unterschätzen, und so mancher zahlt dafür einen hohen Preis.« Er reichte Abdo die Sachen. »Pack sie ein, und dann sieh zu, dass du noch etwas Schlaf bekommst. Serafina, kann ich dich kurz allein sprechen?«

»Selbstverständlich«, sagte ich. Abdo wirkte irritiert, aber er kam Nedouards Wunsch nach und ging hinaus. Der Doktor bat mich, auf Abdos Stuhl Platz zu nehmen.

»Blanche hatte keinerlei Hilfe bei ihren Maschinen nötig – und ich hätte ihr auch gar nicht helfen können. Sie hat Angst«, sagte Nedouard mit gedämpfter Stimme. »Und ich auch. Wir fürchten um Dame Okra. Können wir denn gar nichts tun, um ihr zu helfen?«

Die Frage zeugte von seiner Liebenswürdigkeit. »Ich wüsste nicht, wie«, erwiderte ich ratlos. »Dame Okra könnte sich gegen Jannoula wehren, aber sie scheint es gar nicht zu wollen.«

»Kann man Jannoula denn nicht hinauswerfen?«, wollte der alte Doktor wissen.

»Ich habe es schon einmal getan«, sagte ich. »Aber das war sehr schwierig. Ich musste sie austricksen und einen Ort schaffen, wo ich sie einsperren konnte. Ich bezweifele, dass sie ein zweites Mal darauf hereinfallen würde, denn jetzt ist sie auf der Hut.«

»Gut zu wissen, dass es dennoch möglich ist.« Nedouard nestelte an einem Knopf seines Wamses. »Wenn Abdo in meinem Kopf mit mir spricht, dann kann ich dem nicht entgehen, selbst wenn ich es wollte. Falls sie es auch auf mich abgesehen hat, werde ich sie also wohl kaum abwehren können.«

»Abdos Stimme entspricht in etwa dem, was Jannoula unter Anklopfen versteht«, erwiderte ich, während meine Gedanken rasten. Bisher war mir das selbst nicht klar gewesen. »Abdo ist nicht in der Lage, deinen Körper zu verändern oder deine Gedanken mitzuhören, es sei denn, du richtest sie direkt an ihn.«

»Er hört meine Gedanken nicht, auch wenn sie für ihn bestimmt sind«, widersprach Nedouard und setzte sich aufrecht hin. »Ich muss sie immer laut wiederholen.«

Bei Lars und Dame Okra war das auch der Fall gewesen, ich hatte es nur nicht begriffen. Bisher hatte ich gedacht, sie würden mir zuliebe laut sprechen.

Abdo hingegen hörte meine unausgesprochenen Antworten. Aber zwischen uns bestand ja bereits seit Längerem eine Bewusstseinsverbindung.

»Das klingt vielsprechend«, sagte ich. »In der Tat. Vielleicht kann Jannoula also nur so weit vordringen, wie du sie lässt.«

Dame Okra hatte es von Anfang an als Zumutung empfunden, Abdos Stimme zu hören. Ich erinnerte mich plötzlich, wie Abdo darüber spekuliert hatte, dass man Dame Okras Gedächtnis verändern könne. Hatte er das gesagt, weil er in Wahrheit weit tiefer in das Bewusstsein anderer eindringen konnte, und zwar unabhängig davon, ob er dazu eingeladen wurde oder nicht? Ich wusste nicht recht, was ich davon halten sollte.

»Falls du Jannoulas Stimme hörst, solltest du erst gar nicht darauf antworten«, schlug ich Nedouard vor. Ich konnte nur hoffen, dass mein Rat ausreichte, um ihn zu schützen.

»Das hört sich einfach an«, erwiderte Nedouard grimmig. »Aber sie hat sogar Dame Okra überlistet.«

»Ihr eigenes Bewusstsein hat Dame Okra unabsichtlich einen Streich gespielt«, sagte ich. »Sie hat häufig Vorahnungen und das macht sie verletzlich. Jannoula hat das ausgenutzt.«

»Dame Okra hatte nie einen Gedankenfinger ausgestreckt, egal bei wem. In ihren Augen wäre das bereits einem Übergriff gleichgekommen«, sagte Nedouard kopfschüttelnd. »Ich muss zugeben, ich finde dies alles höchst faszinierend. Letztlich geht es um die Frage: Was macht uns zu dem, was wir sind?«

»Beziehst du dich dabei auf Dame Okras Stacheligkeit?«, fragte ich ihn. »Oder auf die besitzergreifende Jannoula?«

»Auf beide«, antwortete Nedouard.

Er ging zu seinem Bett, kniete sich davor und tastete die Unterseite der Matratze ab. »Ebenso wie auf den merkwürdigen Kauz, der Dinge stiehlt, die ihm nicht gehören.« Offenbar hatte er gefunden, wonach er gesucht hatte. Liebevoll betrachtete er ein versiegeltes Pergament und einen kleinen, funkelnden Gegenstand. »Sind wir für den Rest unseres Lebens versehrt, Serafina, oder besteht Hoffnung auf Genesung?«

Mit zitternden Händen legte er den Brief und einen Silberring mit einer winzigen Perle in meinen Schoß. Mein Herz machte einen Satz, als ich die eckige Handschrift erkannte. Der Brief war von Orma. Ich nahm Nedouards Hände in meine – damit sie aufhörten zu zittern und um ihm zu danken. Er entzog sie mir und sagte: »Diese beiden Dinge sind während deiner Abwesenheit hier angekommen. Verzeih mir.«

Ich schloss die Finger um den Ring und Nedouard riss sich von dem Anblick los.

»Gute Reise«, sagte er.

Ich gab ihm einen Kuss auf die Stirn und verließ sein Zimmer. Durch das kleine Fenster am Fuß der Treppe sah ich die Sterne am Himmel.

Abdo hatte im Schlaf mein Bett für sich allein mit Beschlag belegt. Erstaunlich, dass ein so kleiner Kerl sämtliche Decken für sich beanspruchte.

Mit einem Kaminholz entzündete ich eine Lampe und öffnete den Brief. In dem matten Licht war die Schrift nicht leicht zu lesen, aber das war nicht schlimm, denn es machte mir Freude, Ormas Schreiben Wort für Wort zu entziffern.

Von Eskar weiß ich, dass es dir gut geht und du meinen Vorschlag, die Ityasaari zu suchen, in die Tat umsetzen willst. Ich kenne deine genaue Reiseroute nicht, aber ich nehme an, wenn ich diesen Brief an Dame Okras Adresse schicke, wird er dich irgendwann erreichen.
Ich habe nur wenig Neues zu berichten. Eskar umschmeichelt die Exilanten, damit sie sich auf Comonots Seite stellen. Sie ist überzeugt, dass der Ardmagar seine Meinung ändern wird, und will darauf vorbereitet sein. Ich habe sie nicht darauf hingewiesen, wie irrational das ist, empfinde jedoch eine gewisse Genugtuung dabei. Meine Forschungen schreiten flott voran. Ich erwarte deine Ankunft mit großer Ungeduld, denn manche Dinge erfordern das persönliche Gespräch. Eskar meinte, ich solle dir erst gar nicht schreiben, sie hält es für gefährlich und impulsiv.

Bei der Vorstellung, dass Onkel Orma unter Drachen als impulsiv galt, musste ich lächeln.

Ich schreibe dir trotzdem, ich muss es einfach riskieren. Anbei übersende ich dir einen Gegenstand. Verwahre ihn gut, er ist von allergrößter Wichtigkeit. Das Ding selbst und nichts dazu ergibt in Summe alles.

Das war's. Ich wendete das Pergament, aber er hatte nicht einmal mit seinem Namen unterzeichnet.

Ich hielt den Ring ins Licht. War das ein Quigutl-Apparat, um sich über weite Strecken hinweg miteinander unterhalten zu können? Falls dem so war, musste ich Eskar leider zustimmen, denn das Risiko war tatsächlich zu groß. Orma war auf der Flucht vor den Zensoren und Tniks ließen sich mühelos zurückverfolgen. In dem Silberring war eine kleine Perle eingelassen. Einen Hebel zum Ein- und Ausschalten konnte ich auf den ersten Blick nirgendwo erkennen. Auf der Innenseite des Schmuckstücks befand sich lediglich der Stempel des Silberschmieds. War womöglich die Perle eine Art Schalter? Ich traute mich nicht, sie zu drücken oder auf andere Art zu bewegen. Als ich den Ring über meinen Zeigefinger streifen wollte, ging er nicht über den zweiten Knöchel, daher steckte ich ihn an den kleinen Finger der rechten Hand. Die Perle schien mir zuzuzwinkern.

Natürlich würde ich gut darauf achtgeben. Irgendwann würde sich mir erschließen, was es mit dem Ring auf sich hatte, und bis dahin war er einfach ein wunderschönes Schmuckstück, egal ob mit oder ohne nichts – was immer das auch bedeuten mochte.

Abdo schnarchte leicht vor sich hin. Vorsichtig legte ich mich zu ihm aufs Bett. Zumindest glaubte ich, vorsichtig zu sein. Er erwachte trotzdem. *Hör auf,* murmelte er und rollte sich auf die andere Seite.

»Ich muss mein Porphyrisch aufpolieren«, sagte ich leise

zu ihm. »Mein Lehrer hat mir ein paar Brocken beigebracht, aber...«

Für Südländer ist das nichts, sagte Abdo schläfrig. *Porphyrisch ist viel zu schwer für ihre trägen Köpfe. Wir haben sechs Geschlechter und sieben Fälle.*

Das kam mir bekannt vor. Ich streckte mich auf dem Bett aus, verzichtete auf eine Decke und versuchte mich zu erinnern: natürliches Maskulinum, natürliches Femininum, entstandenes Maskulin, entstandenes Femininum, kosmisches Neutrum, aspekthaftes Neutrum. Nominativ, Akkusativ, Genitiv, Dativ... Lokativ? Evokativ? Bei allen heiligen Hunden, ich war noch nie gut darin gewesen.

Dennoch. Orma hielt sich in Porphyrien auf. Das allein war es wert, sich mit jeder noch so komplizierten Grammatik dieser Welt herumzuschlagen.

Aber zuerst wartete Samsam auf uns.

Elf

Abdo und ich warteten in Reisekleidung auf den Stufen des Stadthauses und fröstelten im frühmorgendlichen Dunst. Heimlich und in aller Eile hatte ich unsere Sachen gepackt. Von Dame Okra war weit und breit nichts zu sehen, und ich hoffte, dass das auch so bleiben würde.

Meinem Gespräch mit Nedouard und meiner Müdigkeit war es geschuldet, dass ich am Abend nicht mehr dazu gekommen war, mit Abdo über Jannoula zu sprechen. Das wollte ich jetzt nachholen.

»Erinnerst du dich, dass Gianni Pattos Gedankenfeuer eine merkwürdige Farbe hatte? Es war mit dem Gedankenfeuer einer anderen Ityasaari vermischt, die Jannoula heißt. Sie hat Besitz von ihm ergriffen und ihn ihrem Willen unterworfen.«

Ich kenne den Namen, sagte Abdo und verzog nachdenklich den Mund.

»Das ist die junge Frau, die ich aus meinem Garten verbannt habe«, half ich ihm auf die Sprünge.

Er riss die Augen auf. *Das ist Jannoula? Bei uns in Porphyrien schleicht sie sich in den Verstand von Ityasaari ein und der alte Priester Paulos Pende muss sie immer wieder hinaustreiben.*

Ich starrte ihn fassungslos an. »Und seit wann macht sie das?«

Abdo stieß einen derben Laut aus. Er hörte sich an wie ein schnaubendes Pferd. *Das kann ich nicht sagen. Sie ist eine fürch-*

terliche Plage. Pende packt sie und zieht sie heraus wie eine Zecke aus der Haut. Er hat mir gezeigt, wie es geht.

Bevor ich ihn weiter befragen konnte, wurden wir durch lautes Hufgetrappel unterbrochen. Unsere samsamesische Eskorte kam um die Ecke gebogen. Vorneweg ritt ein alter Jäger, der seine grauen Haare im Nacken zu einem Zopf gebunden hatte. Er trug fleckige Lederkleidung und hatte sich ein Furcht einflößendes Messer ans Hosenbein gebunden. Ihm folgte ein dunkelhaariger, gefährlich aussehender Bursche in makellosem Samsam-Schwarz. Er hatte einen Degen, führte vier weitere Pferde mit sich und grinste übers ganze Gesicht.

Der für seinen Geiz berüchtigte Regent von Samsam hatte uns lediglich zwei Männer gesandt. Ich konnte nur hoffen, dass sie in der Lage waren, uns vor den für ihre Engstirnigkeit berüchtigten Samsamesen zu beschützen.

Der Jüngere winkte und rief so laut, dass ich zusammenzuckte: »Gutten Tag, Grausleine! Unser Regent schickt uns, um dich und deinen kleinen Jungen nach Samsam zu begleiten.«

Wer ist hier der kleine Junge?, knurrte Abdo und verschränkte seine dünnen Ärmchen.

Die Männer kamen vor dem Haus zum Stehen. »Ich heiße Rodya«, sagte der Jüngere gut gelaunt und achtete nicht auf Abdos finstere Blicke. »Mein Kamerad heißt Hanse. Er ist der Ruhigere von uns beiden, ha! Aber keine Sorge, wir sind fähige und vertrauenswürdige Männer.« Er schien sehr zufrieden mit seiner kleinen Ansprache. »Der Regent hat uns eingeschärft, dass wir bis zum Sankt-Abaster-Tag in Erlmyt sein müssen. Und das werden wir auch.« Er schlug sich mit der Faust gegen die Brust. »Das versprechen wir.«

Sankt Abaster war bereits in vierzehn Tagen. Ich konnte nur hoffen, dass er recht behielt.

Hanse, der alte Jäger, war währenddessen schweigend vom

Pferd gestiegen und zurrte bereits unsere Habseligkeiten auf dem Packpferd fest. Er nickte stumm sein eigenes Versprechen und ich nickte zurück.

Rodya machte Anstalten, Abdo aufs Pferd zu helfen, aber Abdo duckte sich unter dem Tier hindurch und stieg von der anderen Seite in den Sattel. Als er Rodyas Verwirrung sah, grinste er zufrieden. Rodya war nicht der Einzige, der sich wunderte. Auch dem Pferd war Abdos Manöver nicht ganz geheuer. Es schnaubte und tänzelte im Kreis. Abdo strich ihm über die Mähne und legte seine Wange an den Hals des Tiers, um es zu beruhigen.

»He, du kennst dich mit Pferden aus! Gutt!«, lachte Rodya unbekümmert. Er drehte sich um und wollte mir beim Aufsteigen behilflich sein. Ich hatte Mitleid mit ihm und ließ ihn gewähren.

»Wolltet ihr euch ohne ein Wort des Abschieds davonstehlen?«, kreischte eine Stimme hinter uns. Die Arme in die Hüfte gestützt stand Dame Okra auf der obersten Stufe und funkelte uns zornig an. Ihr Blick war so giftig wie Vitriol. »Abdo darf nicht mit. Er ist verletzt.«

Oh ja, bei ihr sieht man es viel klarer als beim wilden Mann, bemerkte Abdo klug und schürzte nachdenklich die Lippen. *Sein Seelenlicht war verschwommen, aber sie hat zwei verschiedene Farben, die ineinander verschlungen sind. Es ist nur eine Frage der…*

»Abdo, tu's nicht!«, rief ich, aber es war zu spät. Während er noch mit mir redete, hatte er gleichzeitig seinen Gedankenfinger nach ihr ausgestreckt. Jetzt umklammerte er seinen Kopf mit beiden Händen, als ob er große Schmerzen hätte. Ich wünschte, ich hätte seine Talente und könnte sehen, was unausgesprochen zwischen ihm und Dame Okra im Gange war. Ihr Gesichtsausdruck wechselte von Empörung über Schmerz zu Triumph und schließlich zu Entsetzen – und das in Sekundenschnelle. Sie taumelte rückwärts. Ihre Spaniel-Augen traten noch mehr hervor als sonst und ihr Mund war nur noch eine gekrümmte Linie.

»Also gut«, stieß Dame Okra, ins Leere starrend, hervor. Ihr Gesicht hatte ein fahles Grün angenommen. »Reise. Gut. Einverstanden.« Dann wankte sie ohne ein weiteres Wort zurück ins Haus.

Ich blickte Abdo an. Er war aschfahl geworden. Einer seiner Zöpfe hatte sich gelöst und fiel wie eine Korkenzieherlocke in seine Stirn. Er sah aus, als hätte er gerade eine Rauferei hinter sich.

Abdo, sprich mit mir!, rief ich mit klopfendem Herzen. *Hat Jannoula dich in ihren Fängen?*

Er drehte den Kopf zur Seite und schüttelte ihn wie ein Schwimmer, der Wasser im Ohr hat. Oder versuchte er zu lauschen, ob Jannoula in seinem Kopf rumorte?

Nein, sagte er. *Ich habe sie abgewehrt.*

Zittrig stieß ich die Luft aus. Auch wenn seine Ausbildung im Tempel angeblich zu kurz gewesen war, konnte er doch weit mehr als jeder Ityasaari im Südland. Niemand außer ihm sah das Gedankenfeuer und niemand sprach zu den anderen Ityasaari mit einer Gedankenstimme. Er hatte eine Sankt-Abaster-Falle ganz für sich allein entwickelt. Wenn überhaupt irgendjemand Jannoula Paroli bieten konnte, dann er.

Dennoch hatte ich das ungute Gefühl, dass er nur um Haaresbreite davongekommen war.

Er sah mich beschämt an. *Leider konnte ich Jannoula nicht von Dame Okra verjagen. Irgendetwas muss ich falsch gemacht haben, ich weiß nur nicht, was. Ich habe mich genau an die Anweisungen gehalten.*

»Du kannst den Priester fragen, wenn wir in Porphyrien sind«, schlug ich vor.

Nein danke, erwiderte Abdo mürrisch. *Er würde nur behaupten, dass ich mehr üben muss.*

»Also gut«, sagte ich laut und riss mich zusammen. »Dann lasst uns aufbrechen.«

Hanse, der alte Jäger, hatte mich mit ausdruckslosem Gesicht beobachtet, sich am Stoppelkinn gekratzt und gewartet, bis wir endlich so weit waren. Der junge Rodya übersetzte meine Worte, woraufhin der Alte nickte und sein Pferd nach Westen lenkte, durch das Stadttor hinaus übers Land Richtung Samsam.

Falls nicht noch weitere Überraschungen wie bei Gianni Patto auf uns warteten, konnten wir davon ausgehen, dass es in Samsam nur einen einzigen Ityasaari gab: einen Mann in den mittleren Jahren, kahl, gedrungen und mit einer eckigen Brille. Wenn er Kleider anhatte, glaubte man, er habe einen Buckel. Ich hatte das zweifelhafte Vergnügen gehabt, ihm beim Baden zuzuschauen, und wusste daher, dass er ein Paar Stummelflügel hatte, die wie die Häute einer Fledermaus sorgfältig auf seinem Rücken zusammengeklappt waren. In meinem Garten der Grotesken nannte ich ihn den Bibliothekar, weil ich ihn nie ohne ein Buch in der Hand gesehen hatte – nicht einmal im Bad. Er lebte in einem heruntergekommenen Herrenhaus in einem düsteren Tal, wo es Tag und Nacht zu regnen schien.

»Das ist das samsamesische Hochland«, hatte Lars mir erklärt, nachdem ich ihm die Umgebung beschrieben hatte.

»Das Hochland ist wirklich beeindruckend.« Ich hatte auf die Karte geblickt, die wir zwei Tage vor unserer Abreise auf Viridius' Arbeitstisch ausgebreitet hatten. »Kannst du die Gegend nicht etwas eingrenzen? Einen kurzen Fußmarsch entfernt befinden sich ein Dorf und ein Fluss und…«

Lars hatte gelacht und mit seiner Riesenfaust auf den Tisch geschlagen. »Alle großen Herrenhäuser sind nicht weit von einem Dorf und einem Fluss entfernt. Wir haben ein Sprichwort: *Im Hochland ist jeder Mann der Herr über sein eigenes Tal.* Das bedeutet, dass es viele Täler gibt. Und es ist auf Samsamesisch auch noch ein ziemlich derber Scherz.«

»Ich glaube nicht, dass ich Genaueres darüber wissen will«, sagte ich schnell.

»Jedenfalls könntest du monatelang vergeblich suchen, Fina.« Er deutete mit dem Finger auf die südlichste Ecke des Hochlands. »Deshalb musst du auf alle Fälle nach Fnark gehen, zu Sankt Abasters Grab. Am Sankt-Abaster-Tag kommen alle Grafen zusammen, um im Erlmyt zu beratschlagen.«

»Nur für einen Tag?« Bei all den Unwägbarkeiten der Reise würde es schwierig werden, auf den Tag genau pünktlich einzutreffen.

»Es kann eine Woche dauern oder ein paar Wochen, das weiß niemand so genau. Aber am Sankt-Abaster-Tag sind alle Grafen beieinander, und du kannst herausfinden, wer von ihnen der Gesuchte ist.«

»Was bringt dich auf die Idee, er könnte ein Graf sein?«

Lars' graue Augen funkelten. »Wer sonst könnte sich im Hochland so viele Bücher leisten?«

»Was, wenn er nicht zu dem Treffen erscheint?«, fragte ich. »Soviel ich weiß, ist er ein Einzelgänger.«

Lars zuckte mit seinen muskulösen Schultern. »Dann weiß vielleicht ein anderer Graf etwas über ihn und erspart dir eine monatelange Suche.«

Ich hatte nicht den Mut, Lars die Frage zu stellen, die mir sofort in den Sinn gekommen war: *Was, wenn dein Halbbruder Josef Graf von Apsig bei dem Treffen ist?*

Josef und ich hatten uns bei unserer letzten Begegnung zur

Wintersonnenwende nicht gerade im allerbesten Einvernehmen getrennt. Er verachtete Halbdrachen und ich hatte nicht viel für Möchtegernattentäter übrig.

Wenn Graf Josef am Erlmyt teilnahm und herausfand, dass der Bibliothekar mein gesuchter Halbdrache war, dann ...

Ich mochte mir gar nicht ausmalen, zu welch schlimmen Verwicklungen das führen würde.

Es wäre eine Übertreibung gewesen, zu behaupten, dass der Himmel sich genau in dem Moment bewölkte, als wir die Grenze nach Samsam überquerten, aber viel fehlte nicht.

In den darauffolgenden vierzehn Tagen, während wir vorbei an schlammigen Wiesen und steinigen Roggenfeldern Richtung Fnark ritten, versuchte ich, nicht an Graf Josef zu denken. Aber die Erfahrung, die ich mit ihm gemacht hatte, beeinflusste meine Haltung unseren samsamesischen Führern gegenüber.

Ich traute ihnen nicht. Die Acht aus dem vergleichsweise großzügig denkenden Ninys hatten sich nicht sonderlich wohl dabei gefühlt, mit zwei Halbdrachen unterwegs zu sein. Es stand für mich außer Frage, dass Hanse und Rodya, die aus der Heimat von Sankt Abaster kamen, besser nichts von unserem Geheimnis erführen. Der Regent hatte ihnen offenbar nicht gesagt, dass wir einen Halbdrachen suchten. Sie wussten lediglich, dass wir rechtzeitig zum Erlmyt in Fnark sein mussten, und ich beließ es dabei.

Dass ich Samsamesisch sprechen konnte, verschwieg ich vorsorglich und ohne jede Skrupel.

Die Tage liefen immer gleich ab: Nachts regnete es, am Morgen war es neblig und am Nachmittag goss es in Strömen. Wir übernachteten in Herbergen, so es welche gab, aber die Hälfte der Zeit kampierten wir im Freien. Alles, was wir besaßen, wurde von Tag zu Tag feuchter. Sogar unsere Fingerspitzen wurden runzlig. Meine Zehen wollte ich mir lieber gar nicht erst anschauen. Zum Glück war es nicht sehr kalt. Der Sankt-Abaster-Tag fällt in die Zeit, wenn der Frühling bereits den nahenden Sommer erahnen lässt.

Rodya, der einen Öltuchmantel und einen breitrandigen Hut trug, an dem die Regentropfen hingen, war eine nie versiegende, nervenstrapazierende Quelle guter Stimmung. »In Samsam gibt es zwei Jahreszeiten: Regen und Schnee«, erklärte er. An der Küste ist es etwas besser. Eine Woche Sonnenschein im Sommer!«

Wenn er noch einen einzigen Witz über den Regen macht, werde ich ihn eigenhändig darin ertränken, sagte Abdo, der schlaff im Sattel hing.

Mir machte das Wetter ebenfalls keinen Spaß, aber er schien richtig darunter zu leiden.

Ich müsste nur einmal kurz den Mund aufmachen und ihm meinen Rachen zeigen...

Wie sagt man »Er redet zu viel« auf Porphyrisch?, fragte ich, um ihn abzulenken, und fügte auch gleich noch eine falsch ausgesprochene, verstümmelte Version des Satzes in Abdos Muttersprache hinzu.

Wie erwartet verdrehte der Junge spöttisch die Augen, wenn auch aus einem ganz anderen Grund. *Das falsche Geschlecht. Bei einem Fremden musst du das kosmische Neutrum verwenden.*

Ich blickte zu Rodya, der sich gerade zur Seite beugte und auf die Erde spuckte. *Er ist kein Fremder mehr. Und wenn es je einen gegeben hat, der das natürliche Maskulinum verdient, dann er*, antwortete ich.

Bei einem Fremden verwendet man das kosmische Neutrum, wiederholte Abdo stur. *Er ist so lange ein Fremder, bis du ihn gefragt hast: »Wie ist dein Pronomen?«*

Hast du nicht gesagt, das kosmische Neutrum ist das Geschlecht der Götter und Eierfrüchte? Ich fragte mich, wieso ich um alles in der Welt mit Abdo über seine Muttersprache stritt.

Das kommt darauf an, sagte Abdo. *Bei einem Fremden ist es eine Form der Höflichkeit. Du kannst zwar davon ausgehen, dass er keine Eierfrucht ist, aber er könnte ja immer noch ein Gesandter der Götter sein.*

Abdo genoss es, meine Grammatik zu korrigieren, aber das Vergnügen hielt nur eine Zeit lang an. Langsam fragte ich mich, ob seine bedrückte Stimmung wirklich nur vom vielen Regen kam. Stundenlang starrte er ins Graue und rieb die dunkle, wulstige Narbe an seinem Handgelenk. Er aß kaum etwas. Nicht dass ich ihm daraus einen Vorwurf gemacht hätte, denn das Lieblingsgericht der Samsamesen war Kohl mit klumpiger Soße. Ich ärgerte mich vielmehr, dass ich ihn mitgenommen hatte. Nach einer Woche war ich überzeugt davon, dass er krank war. Als ich ihn darauf ansprach, zuckte er nur lustlos mit den Schultern.

Ich achtete genau auf die Tage. Sankt Siucre, Sankt Munn und schließlich Scaladora, der Tag, an dem wir die gefallenen Ritter ehren – sie alle vergingen in endlosem Nieselregen und ohne Trara. Ausgerechnet am Tag von Sankt Abaster wagte sich die Morgensonne heraus, was ich fast als unheilvolles Zeichen empfand. Bald nach dem Frühstück erklommen wir einen Hügel, um den ersten Blick auf das samsamesische Hochland zu werfen. Es stieg steil aus der Ebene auf und bildete dann ein grünes Hochplateau, wo robuste Schafe grasten und gelbe Ginsterbüsche wuchsen. Über Jahrhunderte hinweg hatte der Regen die Landschaft geformt und tiefe Furchen in das Gestein gegraben, mit aufragenden Felszungen, die wie bizarre Gebeine aussahen. Dunkle Wolken wälzten sich bereits wieder auf uns zu und zogen Regenbänder hinter sich her, die so grau waren wie die Haarsträhnen einer alten Frau.

Hanse deutete auf die südlichen Ausläufer des Hochplateaus. »Fnark ist jenseits dieser Klippen«, sagte er auf Samsamesisch. »Übermorgen werden wir dort sein.«

Rodya übersetzte seine Worte unnötigerweise für mich in Goreddi. Ich erwiderte nur: »Wir sind spät dran.«

»Oh, keine Sorge.« Rodya tat meine Bedenken mit einer Handbewegung ab. »Die Grafen versammeln sich nicht nur am heutigen Tag. Die meisten sind noch gar nicht eingetroffen. Niemand kommt pünktlich.«

Obwohl die Versuchung groß war, hielt ich den Mund, weil ein Streit mit ihm uns nicht schneller voranbrachte. Ich versuchte Abdos Blick einzufangen, um mich wenigstens gemeinsam mit ihm zu entrüsten, aber er starrte geradeaus in die Ferne.

Zwei Tage später erreichten wir Fnark. Es war größer, als ich gedacht hatte; groß genug für befestigte Straßen und Handwerksbetriebe, für eine Töpferei und Warenlager, die sich am Flussufer reihten. Spitze Kirchtürme reckten sich zum Himmel, und die Häuser waren so eng aneinandergebaut, dass sie oft gemeinsame Dächer hatten. Wir überquerten eine steinerne Rundbogenbrücke und kamen an einem Marktplatz vorbei, wo unerschrockene Händler sich unter den mit Planen abgedeckten Verkaufsständen drängten wie Vieh, das auf der Weide unter einem Baum Schutz sucht.

Wenn man bei diesen Witterungsverhältnissen nicht bei Regen einkaufen ging, dann tat man es nie.

An der nördlichen Uferstraße, mit Blick auf das Hochplateau, stand ein ummauertes Gebäude, das aussah wie ein Palasho in Ninys. Als wir an den eisernen Toren vorbeikamen, sah ich, dass es sich um eine Kultstätte handelte. Es war nicht nur ein kleiner

Schrein am Wegesrand, sondern ein großer Anbetungsschrein, um den herum es alles gab, was ein Pilgerherz begehrte: Schlafräume, Andenkenläden, Kapellen und Imbissstände. Auf die Tischreihen im Freien prasselte der Regen.

Der Ort wirkte verlassen. Wieder verspürte ich ein ungutes Gefühl.

»Hast du nicht gesagt, die Grafen würden die ganze Woche hier sein?«, fragte ich Rodya.

Er zuckte die Schultern. »Sie werden sich drinnen aufhalten. Wir Samsamesen sind zwar hart im Nehmen, aber das heißt noch lange nicht, dass wir gerne unnötig im Regen herumstehen.«

Vielleicht waren die Grafen aber auch schon wieder nach Hause zurückgekehrt. Wenn für das Treffen keine feste Dauer vorgesehen war, würde es hin und wieder auch etwas früher zu Ende gehen. Mit zusammengebissenen Zähnen folgte ich Hanse die gepflasterte Straße entlang zu einer Kirche auf einer Anhöhe.

Wir banden die Pferde fest und gingen hinein. Die große Kirche war leer bis auf eine Schar Pilger, die ganz vorn dem Gesang eines Priesters lauschten. Ich kannte die Melodie, in Goredd wurde darauf ein Trinklied gesungen, aber hier hatte es einen gänzlich anderen Text:

> *O ungläubiger Tor, Leugner des Himmels,*
> *Der du selbstgefällig auf deinem Hintern sitzt,*
> *O Unverfrorener, der du die Schriften missachtest*
> *Und nichtsahnend im Sündenpfuhl stehst,*
> *Du wirst mit Blitz geschlagen*
> *Und blutige Vergeltung harrt deiner.*
> *Köpfe werden rollen wie Bälle*
> *Und noch Schlimmeres droht dir Elendigem,*

*Wenn der Goldene Abaster zurückkehrt zum Gericht
Und uns andere mit Blumen des Heils beschenkt.*

Rodya summte das Lied sofort mit und Hanse nahm feierlich den Hut ab und drückte ihn an sein Herz. Abdo lehnte sich gegen eine glatte Säule und schloss die Augen.

Der Priester würde uns bestimmt sagen können, ob wir die Grafen verpasst hatten. Während er die Messe beendete und den Pilgern zum Abschluss den Segen Sankt Abasters erteilte, ging ich in der Kirche umher. Nach den vielen Kirchen in Ninys, die alle durch eine üppig ausgeschmückte Architektur mit viel Firlefanz bestachen, war diese Kirche wie ein Schock für mich. Die Samsamesen bezeichneten ihre eigene Religion als asketisch und streng, aber ich hätte nicht gedacht, dass sich dies so deutlich in den Gotteshäusern widerspiegelte. Es gab keine Statuen, keine Bilder, kein Dekor, nur die eckigen Buchstaben der steinernen Inschriften.

Ich las ein paar von ihnen. *Unter dieser Steinplatte ruhen die sterblichen Überreste von Sankt Abaster, der wiederkommen wird in Herrlichkeit.*

Pah. Schon wieder ging es vor allem ums Strafen. Ich hatte keine Lust, auch nur in die Nähe von Sankt Abaster zu kommen, nicht einmal in die Nähe seines Sargs.

So sprach Sankt Abaster: »*Duldet nicht die Ungläubigen, die unreine Frau, den nachgiebigen Mann, den Drachen und seine grässliche Brut...*«

Ich las nicht weiter, zählte aber insgesamt dreiundfünfzig Unduldbare. Eine Inschrift las ich allerdings bis zum Ende, denn sie war kurz und die Namen waren leicht zu verstehen: *Selbst die Gesegneten sind seinem Urteilsspruch unterworfen. Sankt Abaster hat gerecht gestraft: Sankt Masha, Sankt Daan, Sankt Tarkus, Sankt Pandowdy, Sankt Yirtrudis.*

Sankt Yirtrudis stach mir sofort ins Auge, denn sie war meine häretische Psalterheilige. Aber bei der Aufzählung ging es nicht nur um Häretiker. Sankt Masha und Sankt Daan waren in Goredd bekannte und viel beschworene Heilige. Die beiden Männer waren Liebende gewesen, die von den anderen Heiligen gemartert worden waren, aber weiterhin zu den Gesegneten zählten. Von Sankt Tarkus und Sankt Pandowdy hatte ich noch nie etwas gehört, und das obwohl ich meine monströseste Groteske, die Einzige, die ich nicht suchen würde, Pandowdy genannt hatte.

Pandowdy war allerdings auch eine Nachspeise, die meine Stiefmutter aus Ninys gerne zubereitete. Ein scheußliches, pampiges, dampfendes Zeug mit Nierenfett und Rosinen. Die glitschigen, aufgequollenen und mit Branntwein getränkten Rosinen hatten mich auf die Idee gebracht, mein Ungeheuer nach dieser Speise zu nennen. Merkwürdig, dass es auch ein Heiligenname war.

Bei Yirtrudis war das anders. Dass sie hier aufgezählt wurde, verwunderte mich. Ich wusste so wenig von ihr, dass jede Kleinigkeit interessant war. In Goredd hatte ich nie gehört, dass Sankt Abaster sie je gestraft hätte. Aber wir Goreddi hatten es mit dem Strafen nicht so wie unsere Nachbarn.

Der letzte Pilger bekam sein Kohlestück überreicht – eine weitere kuriose Sitte in diesem Land. Auch wenn wir zu denselben Heiligen beteten, waren die Samsamesen mir sehr fremd. Schließlich wandte sich der Priester um und blickte uns mit hochgezogenen Augenbrauen und leichtem Erstaunen an. Rodya und Hanse knieten sich hin und empfingen den Segen. Ich blieb ein paar Schritte zurück und verschränkte die Arme.

»Ich dachte, hier findet der Erlmyt statt«, sagte ich in Goreddi und überließ es Rodya, meine Worte ins Samsamesische zu übersetzen.

Der Priester schnaubte verärgert. »Nicht in diesem Jahr.«

Ich hatte damit gerechnet, dass er sagen würde: *Ihr habt sie leider verpasst.* Noch lieber wäre mir natürlich gewesen, wenn er gesagt hätte: *Sie sind hier, aber ihr sucht am falschen Ort.*

Mit seiner knappen Antwort konnte ich nichts anfangen, daher platzte ich heraus: »Warum nicht?«

Sein Blick verfinsterte sich. »Willst du nun einen Segen oder nicht?«

Rodya stand rasch auf und zog sein Schwert. In einer Kirche. Ich starrte ihn fassungslos an.

»Gib Antwort«, knurrte er. »Sie ist im Auftrag der Gorshya-Königin hier.«

»Selbst wenn sie im Auftrag des Himmels unterwegs wäre«, entgegnete der Priester. »Ich kann nichts weiter sagen, als dass wir die Hälfte unserer jährlichen Einnahmen während des Erlmyts erhalten und man uns weder vorgewarnt noch irgendeiner Erklärung für würdig befunden hat.«

Mein Herz sank. Wie sollte ich jetzt den Bibliothekar finden? Lars zufolge würde es Monate dauern, bis ich das Hochland durchkämmt hatte. Aber spätestens zur Sommersonnenwende musste ich in Porphyrien sein. Ich konnte nicht noch mehr Zeit auf einen einzigen Mann verwenden, während sieben Ityasaari in Porphyrien auf mich warteten.

Wir weckten Abdo, der sich am Sockel einer Säule zusammengerollt und den Kopf auf seine verschränkten Arme gelegt hatte, und traten wieder in den Regen hinaus.

Wir übernachteten in den Unterkünften des Heiligtums, wo Männer und Frauen streng voneinander getrennt untergebracht waren. Ich stritt mit den Mönchen und bestand darauf, dass Abdo ein Kind in meiner Obhut war und er daher bei mir bleiben müsse. Nach langem Hin und Her erlaubten die Mönche uns, in der Krankenstation zu bleiben. Zum Glück waren wir die Einzigen dort, sonst hätte ich nicht so leicht aufgegeben.

Abdo ließ sich mitsamt seinen Kleidern auf eine Liege fallen, wie jeder Goreddi es getan hätte. Er zog weder seine Schlaftunika an, noch band er sich den Schal um den Kopf, wie er es sonst immer tat. Ich setzte mich auf die Pritsche neben ihm, stützte die Ellbogen auf die Knie und sah ihn sorgenvoll an. Nach einer Weile wurde sein Atem gleichmäßiger, und ich nahm an, dass er eingeschlafen war.

Ich schloss die Augen. Eine tiefe innere Erschöpfung hatte mich erfasst.

Bisher hatte ich nie das Gefühl gehabt, als würden die Heiligen über mich wachen, aber Sankt Abaster schien jeden meiner Schritte zu beobachten, sehr zu meinem Ärger. Ich war nicht sehr sattelfest, was die Schriften anging – meistens versuchte ich, ihnen aus dem Weg zu gehen –, aber ich kannte jede Zeile, die Abaster über Lebewesen wie mich geschrieben hatte. Orma hatte sie in einem Pamphlet für mich zusammengestellt.

»Halb Mensch, halb Niedertracht«, so beschrieb Abaster die Halbdrachen gerne. Oder: »Wenn eine Frau mit einem Biest beieinanderlag, schlagt sie mit einem Holzhammer, bis sie eine Fehlgeburt hat oder stirbt. Am besten beides, damit ihre scheußliche Leibesfrucht sich nicht mit den Klauen einen Weg ins Leben bahnt. Sorgt dafür, dass die Frau nie wieder empfangen kann.«

»Lieber guter Sankt Abaster«, murmelte ich in meine Hände. »Ich liebe dich auch.«

Für diese Art von Sarkasmus hat er schon viele Menschen ge-

straft, sagte eine Stimme in meinem Kopf. Es war nicht Abdos Stimme, auch wenn ich sofort das Gefühl hatte, dass sie von Flederchen aus meinem Garten der Grotesken kam.

Ich blickte hoch. Abdo hatte die Augen aufgeschlagen, und sein Mund war zu einem hämischen Lächeln verzogen, das ich nur zu gut kannte.

Ich umklammerte den Rand der Pritsche und kämpfte das Entsetzen nieder, das mich gepackt hatte. »Abdo dachte, er sei dir entkommen.« Ich bemühte mich, ruhig zu sprechen, damit sie mir nichts anmerkte.

Natürlich habe ich ihn in dem Glauben gelassen, sagte Jannoula und zwang Abdo dazu, sich aufzusetzen. Sie streckte seine schuppige Zunge heraus und zog sie wieder zurück. *Puh. Er kann tatsächlich nicht sprechen. Ich dachte, er würde maßlos übertreiben.*

»Er hat trotzdem gemerkt, dass du da bist.« Plötzlich ergab sein merkwürdiges Verhalten einen Sinn. Er hatte die ganze Zeit mit Jannoula gekämpft.

Er hatte sich ihr ganz allein entgegengestellt. Warum hatte er mir nichts gesagt?

Sein Geist ist anders, sagte sie. *Er hat eine echte Gabe mit dem Gedankenfeuer. Er ist stärker als die anderen.*

Versuchsweise streckte sie seine Finger und Zehen und runzelte unzufrieden die Stirn, als seine rechte Hand sich nicht beugen wollte. *Ein machtvoller Geist in einem kleinen, unzulänglichen Körper.*

»Wenn er so machtvoll ist, wie hast du dir dann Zutritt verschaffen können?«

Er muss manchmal schlafen. Ich habe ein bisschen in seinen Erinnerungen gestöbert und festgestellt, dass ihr in einer Sackgasse gelandet seid. Mir scheint, du könntest meine Hilfe gebrauchen, stellte Jannoula fest.

»Du hast ihn überwältigt, als er dir schutzlos ausgeliefert war«, sagte ich mit lauter werdender Stimme. »Auf solch eine Hilfe kann ich verzichten.«

Vorsicht. Er wacht auf, wenn du so herumplärrst oder ich ihn zu sehr schüttele. Abdos dunkle Augen blickten mich von der Seite an, wie um ihre Worte zu unterstreichen. War das als Drohung zu verstehen?

Ich wollte dir nur helfen, meine liebe Serafina, sagte Jannoula honigsüß. *Du bist auf der Suche nach Ingar, Graf von Gasten, den du Bibliothekar nennst. Du wüsstest seinen Namen längst, wenn du deine Gedankenfinger nach ihm ausstrecken könntest. Leider kannst du nur zusehen und warten. Das ist armselig.*

Ich zwang mich zu einem Lächeln. »Dann kann ich ja von Glück sagen, dass ich dich habe.«

In der Tat, erwiderte sie. *Er ist in Blystane, am Hof des Regenten.*

»Was macht er da?«, fragte ich. »Und wer sagt mir, dass du mich nicht auf eine aussichtslose Jagd schickst?«

Jann-Abdo sah mich verärgert an.

Immer dieses Misstrauen. Wir verfolgen doch ein gemeinsames Ziel, Serafina. Vergeude deine Zeit damit, kahle Hügel hinaufzusteigen, wenn es unbedingt sein muss. Ansonsten solltest du besser auf mich hören.

Ich sah, wie sie sich aus Abdo zurückzog und sein Gesicht einen entsetzten und angeekelten Ausdruck annahm.

O nein, murmelte er. Diesmal war er es selbst, hellwach und bei vollem Bewusstsein. *Bei allen Göttern, nein…*

Ich setzte mich zu ihm auf die Pritsche und schlang die Arme um ihn, während er in meine Schulter schluchzte. *Ich konnte nicht… ich habe nicht…*

»Warum hast du mir nicht gesagt, dass du gegen sie ankämpfst?«, murmelte ich in sein Haar.

Weil es mein eigener dummer Fehler war und weil ich dachte, ich könnte sie loswerden, ohne dass du davon erfahren müsstest.

Es gab nichts, womit ich ihn hätte trösten können. Schweigend hielt ich seine Hand, solange er es zuließ, und meine Tränen fielen auf sein liebes, teures Haupt.

Zwölf

Ich wartete bis zum nächsten Morgen, ehe ich den Freundschaftsknoten-Anhänger hervorholte, um Glisselda und Kiggs unsere geänderten Pläne mitzuteilen. »Wir reisen nach Blystane«, sprach ich in das Tnik. Abdo lag auf seiner Pritsche und sah übermüdet aus. Er hatte ganz offensichtlich schlecht geschlafen. »Ich habe erfahren, dass unser Ityasaari in die Hauptstadt gegangen ist, um den Regenten aufzusuchen.«

»Ist deine Quelle vertrauenswürdig?«, fragte Kiggs. Seine Stimme kam verzerrt durch den Apparat.

Abdo schnellte in die Höhe. *Sag es ihnen nicht, Madamina. Bitte!*

Er schämte sich, dass Jannoula ihn ausgetrickst hatte. Ich wusste genau, wie er sich fühlte.

Ich werde deinen Namen nicht erwähnen, versprach ich ihm. *Aber sie müssen erfahren, was sie treibt.*

»Jannoula hat es mir gesagt«, sprach ich in das Tnik. »Und nein, ich vertraue ihr natürlich nicht. Aber es ist die einzige Spur, die ich habe.«

Die beiden schwiegen lange. Ich beobachtete Abdo, der sich wieder hingelegt und die Arme über den Kopf geschlagen hatte. Kiggs und Selda fragten sich bestimmt: *Wie hat Jannoula mit ihr sprechen können, wenn Fina dieses düstere Land nur in Begleitung von Abdo und zwei Samsamesen bereist?*

Hoffentlich kamen die beiden auf die Idee, dass sie nur durch

Abdo mit mir geredet haben konnte, ich dies aber nicht laut sagen wollte. Es war gut möglich, dass Jannoula sich zwar zurückgezogen hatte, aber immer noch mitlauschte. »Weitere Neuigkeiten habe ich nicht«, erklärte ich nachdrücklich.

Glisselda räusperte sich. »Da wir von Neuigkeiten sprechen: Dame Okra ist heute mit den anderen aus Ninys angekommen. Es scheint ihnen allen gut zu gehen. Dame Okra ist wie immer bester Laune.«

»Wir haben die Ityasaari im Südflügel einquartiert«, sagte Kiggs. »Dort sind sie in Sicherheit, und wenn sie etwas benötigen, können wir es schnell beschaffen.«

Was nichts anderes hieß, als dass die Ityasaari unter Bewachung standen. Wenn man sie nicht sofort wieder nach Hause schicken und das gesamte Vorhaben platzen lassen wollte, war das wohl am vernünftigsten. Laut sagte ich: »Ihr scheint nichts dem Zufall überlassen zu wollen.«

»Es ist gut, dass du nach Blystane reist. Wir haben seit zehn Tagen nichts mehr vom Regenten gehört«, erwiderte Glisselda. »Vielleicht ist sein Tnik kaputt oder... nein, daran will ich gar nicht erst denken. Auch die Ritter von Fort Übersee haben seither keine Nachricht mehr aus der Hauptstadt erhalten.«

»Falls etwas passiert ist, brauchen wir einen Bericht aus erster Hand«, sagte Kiggs. »Also melde dich sofort bei uns.«

»Das werde ich.« Hatten sie denn gar keine Spione in der Hauptstadt? Gerne hätte ich weitere Einzelheiten erfragt, aber solange Abdo bei mir war, ging das nicht. Bei den Knochen der Heiligen, das würde schwierig werden. Wie konnte ich offen mit ihnen sprechen, wenn er in der Nähe war? Und wie offen durfte ich mit ihm sein?

»Wir müssen gehen, Serafina«, sagte Glisselda abrupt.

»Großmutters Zustand hat sich verschlechtert«, erklärte Kiggs.

»Das tut mir sehr leid«, erwiderte ich, aber da war die Verbindung bereits unterbrochen.

Abdo und ich packten unsere Sachen und machten uns auf den Weg zu den Ställen. Dem Jungen schien es schwerzufallen, einen Fuß vor den anderen zu setzen, denn er blieb immer etwas hinter mir zurück. Ein feiner Nebel hing in der Luft, die Gebäude und Bäume waren nur als düstere Umrisse im morgendlichen Dunst zu erkennen.

»Hat sie dich heute schon gepiesackt?«, fragte ich Abdo ruhig und winkte gleichzeitig Rodya, der, die Hände in die Hüften gestützt, vor dem Stalltor stand.

Sie hat sich zurückgezogen, antwortete Abdo. *Aber sie wird nie ganz weggehen. Ich bin wie ein Fisch an der Angel. Ich hänge an ihrem Haken und komme nicht los.*

Wir waren in Rodyas Hörweite, daher setzte ich das Gespräch lautlos fort. *Es muss einen Weg geben, dich vom Haken zu befreien. Und den werden wir auch finden.*

Abdo nahm meine Hand und drückte sie ganz fest.

Im Vergleich zu den meisten anderen Landstraßen in Samsam war der Weg nach Blystane in gutem Zustand und führte immer geradeaus. Trotzdem blieb die Hälfte unserer Eskorte unterwegs auf der Strecke.

Wir übernachteten auf freiem Gelände, ich war gerade allein in meinem Zelt und bis zur Hüfte nackt, um meine Schuppen zu waschen, als plötzlich die Zeltklappe zurückgezogen wurde. Ich nahm an, dass Abdo meine allabendlichen Tätigkeiten nicht abwarten konnte, und wollte ihn bitten, mir noch ein paar Minuten Ruhe zu gönnen. Aber als ich mich umdrehte, blickte ich in ein anderes schwarzes Augenpaar.

Vor mir stand Rodya. Einen Moment lang starrte er fassungslos auf meine silbernen Drachenschuppen, ehe er mit einem entsetzten Aufschrei zurückwich. Dabei stieß er unabsichtlich den Stützpfosten um, woraufhin das ganze Zelt in sich zusammenfiel. Mein Waschwasser schwappte über meine Schlafstatt und ich warf aus Versehen meine Laterne um. Zum Glück war das Segeltuch feucht, sodass die Flammen sofort erloschen. Ich hatte das Gefühl, unter dem schweren Zelt zu ersticken.

Draußen kreischte Rodya hysterisch. Es dauerte eine Weile, bis ruhige, starke Hände das Zelt an einem Ende packten und es wegzogen, sodass ich mich darunter hervorrollen konnte.

Ich verschränkte die Arme und bedeckte mich so gut es ging, aber das breite Schuppenband war trotzdem zu sehen. Die Zeltplane über die Schulter geworfen stand Hanse vor mir. Der Ausdruck seines faltigen Gesichts war undurchdringlich.

Rodya hüpfte in heller Aufregung vor dem Lagerfeuer auf und ab und rief: »Da! Siehst du es? Was ist sie? Ein Dämon? Ein Saar?«

»Was bist du, Grausleine?«, fragte Hanse in überraschend gutem Goreddi.

»Meine Mutter war ein Drache«, sagte ich zähneklappernd.

Hanse zog die Augenbrauen hoch. »Und der Junge?«

Ich nickte. »Er ist auch ein Halbdrache.«

Rodya stieß einen schrillen Schrei aus. Abdo hatte mit seiner gesunden Hand einen glimmenden Ast aus dem Feuer gezogen und ihm damit einen Schlag in die Kniekehlen versetzt, woraufhin Rodya zu Boden gegangen war.

Ich habe gesehen, wie er vom Lagerfeuer zu deinem Zelt gegangen ist. Allein deshalb hätte ich ihm eins auf die Nase geben sollen, sagte Abdo grimmig und versetzte Rodya, der immer noch am Boden lag, einen zweiten Hieb.

Ich rappelte mich auf, um mein Hemd anzuziehen, das

auf dem feuchten, schmutzigen Boden lag. Wenigstens hatte Rodya nicht auch noch seine Waffe ins Zelt mitgebracht. Bis ich meine Kleider zusammengerafft hatte, war er bereits aufgestanden und jagte Abdo um das Feuer. Gegen sein Schwert hätte Abdo keine Chance gehabt, aber auch ohne Waffe war Rodya kurz davor, Abdo zu schnappen. Geduckt rollte sich der Junge zur Seite, damit zwischen Rodya und ihm die Feuerstelle war.

Hanse sah schweigend zu und zog die Wangen ein. Er schien sich seine eigenen Gedanken zu machen. Als Rodya auf der Jagd nach Abdo an ihm vorbeigerannt kam, packte Hanse ihn am Kragen, zerrte ihn zu sich heran und versetzte ihm einen Schlag auf den Mund.

»Du hast sie gesehen!«, kreischte Rodya auf Samsamesisch. »Wie kannst du dich auf ihre Seite stellen?«

»Nein, *du* hast sie gesehen, obwohl dir das nicht erlaubt war«, erwiderte Hanse. »Hast du taube Ohren gehabt, als deine Mutter dir die Geschichten erzählt hat, Junge? Einem sonderbaren jungen Fräulein darf man nie beim Baden zusehen.« Er zerrte noch einmal heftig an Rodyas Kragen. »Am Ende stellt sich immer heraus, dass sie nicht das ist, was man denkt.«

Am nächsten Morgen war Rodya mitsamt seinem Pferd und seinen Habseligkeiten verschwunden. Hanse sprach so gut wie kein Wort mit mir, was ja nichts Neues war, aber im Licht der jüngsten Ereignisse und ohne Rodya, der die unangenehme Stille mit seinem Geplapper auflockerte, war das besonders schwer zu ertragen. Außerdem hätte es das eine oder andere zu besprechen gegeben.

Ich kann nur beten, dass Rodya sein Schwert mitgenommen hat, sagte ich zu Abdo, als wir unsere Sachen zusammenpackten.

Rodya hat Glück, dass er nach gestern Abend überhaupt noch ein Schwert hat, erwiderte er und stieg in den Sattel.

Hanse führte uns zur Küstenebene, wo der Regen nicht mehr ganz so heftig war. Der Vorfall mit Rodya sowie die gelegentlich hinter den Wolken hervorlugende Sonne rissen Abdo für ein paar Tage aus seinem Trübsinn, aber irgendwann war auch das vorbei. Er schlief nicht gut, das sah man an seinen eingesunkenen Augen. Die Landschaft wurde immer flacher. Wir kamen an großen Bauernhöfen vorbei, wo Gerste und Flachs angebaut wurde. Die Straße wurde von hohen, schlanken Pappeln gesäumt, deren runde Blätter im Wind zitterten.

Eines Nachmittags war es dann so weit. Die Stadtmauer von Blystane mit ihren hohen Zinnen kam in Sicht. Der Turm der Kathedrale überragte alles, aber mein Blick fiel auf eine Festung mit Wehrtürmen, bei der es sich vermutlich um den Regierungssitz handelte. Die Stadt war sozusagen aus dem Leim gegangen und erstreckte sich inzwischen auch außerhalb der Mauern. Im Norden gab es sogar eine Zeltstadt, was mich wunderte, zumal bei diesem unwirtlichen, feuchten Wetter.

Hanse zügelte sein Pferd. Ich ritt zu ihm und sah ihn fragend an.

»Ihr seid am Ziel«, sagte er. Ein Anflug von Traurigkeit huschte über sein Gesicht. »Wenn ihr nicht trödelt, werdet ihr in etwa drei Stunden, also lange vor Sonnenuntergang, die Stadt erreicht haben.«

»Kommst du denn nicht mit?«, fragte ich ihn.

Er fuhr sich über sein stoppeliges Kinn. »Ich weiß, dass du ein anständiges Mädchen bist, Grausleine, und ich hätte dich nie irgendwo unterwegs ausgesetzt. Aber ich kann nicht...«

Er schwieg so lange, dass ich mich schon fragte, ob er den Satz je zu Ende führen würde.

Was er dann auch nicht tat. Stattdessen lenkte er sein Pferd beiseite und forderte uns mit einer Handbewegung auf weiterzureiten. Abdo und ich setzten unseren Weg fort, drehten uns aber noch einmal nach ihm um. Aber Hanse ritt in die entgegengesetzte Richtung und blickte kein einziges Mal zurück.

Er ist froh, von uns wegzukommen. Anscheinend empfindet er genau wie Rodya, seufzte Abdo.

»Er ist seinem Gewissen gefolgt«, sagte ich nachdenklich. »Sogar als es seiner Gewissenhaftigkeit zuwiderlief.«

In düstere Gedanken versunken trieben wir schweigend unsere Pferde an.

Je weiter wir auf die Stadt zuritten, desto ordentlicher wirkte das Lager. Die Zelte waren nicht willkürlich, sondern in Reihen aufgestellt, viele von ihnen waren blau-schwarz gestreift und mit einer Fahne geschmückt. Es gab Pferde, bewaffnete Männer, Herdfeuer.

Abdo, was geht hier vor?, fragte ich.

Es sieht aus wie eine Armee, erwiderte er.

Das war auch mein Eindruck. Aber wieso kampierte eine Armee vor den Toren von Blystane? Über der Stadt standen weder Rauchsäulen noch waren Schreie zu hören, stattdessen zog ein steter Strom von Bauern, Kaufleuten und Viehhändlern an uns vorbei. Die Stadt wirkte nicht wie im Belagerungszustand.

Am Tor wurden wir von einem ernst dreinblickenden Wachsoldaten angehalten, der von uns wissen wollte, welche Geschäfte wir in Blystane zu erledigen hätten.

»Wir sind Gesandte Königin Glisseldas von Goredd und wollen Seiner Gnaden, dem Regenten von Samsam, unsere Aufwartung machen«, sagte ich in der Annahme, dass diese Angaben genügten. Falls er einen genaueren Nachweis verlangte, hatte ich Papiere dabei, die allerdings ein bisschen feucht geworden waren.

Der Soldat, ein schnauzbärtiger Kerl mit einem auffallend spitz zulaufenden Helm, schürzte affektiert die Lippen. »Du meinst wohl Seine Gnaden den Ehrenwerten und Verehrungswürdigen Unerschütterlichen Diener von Sankt Abaster, Regent des Himmels bis zu dessen Rückkehr, Harald vordem Graf von Plimpi?«

»Ich nehme an, das ist er«, erwiderte ich. In Goredd wurde er nie bei seinem vollen Titel genannt. Jetzt wusste ich auch, warum.

»Das ist er nicht«, sagte der Soldat geringschätzig. »Denn er weilt nicht mehr unter uns. Die Heiligen mögen ein gerechtes Urteil über ihn fällen. In Goredd scheint man davon noch nichts zu wissen.«

Seine Antwort bestätigte meine schlimmsten Befürchtungen. Dank meines über viele Jahre erworbenen Geschicks im Lügen und der Gelassenheit einer in Heroldsdiensten reisenden Gesandten, die ich mir in Ninys erworben hatte, gelang es mir, den Soldaten mit hochgezogener Augenbraue von oben herab anzusehen. »Dann werde ich am besten rasch nach Hause eilen und unsere Königin fragen, was jetzt zu tun ist, nicht wahr?«

»Mein Hinweis war nur zu deinem eigenen Besten«, lenkte er ein, da ich mich so offenkundig unbeeindruckt zeigte. »Du wirst dir nicht die Blöße geben und unvorbereitet auf unseren neuen Herrscher treffen wollen, Seine Gnaden den Ehrenwerten und Verehrungswürdigen Unerschütterlichen Diener von Sankt Abaster, Regent des Himmels bis zu dessen Rückkehr, Josef vordem Graf von Apsig.«

Die Neuigkeit warf mich fast aus dem Sattel.

Zwei Torhauswachen eskortierten uns durch die Stadt bis zur Festung – zu unserer eigenen Sicherheit, wie es hieß. Was nur gut war, denn der Schreck saß mir noch in den Gliedern, sodass ich nur vage wahrnahm, welchen Weg wir einschlugen. Wir hatten die Stadt bereits fast zur Hälfte durchquert, als ich mich wieder einigermaßen gefangen hatte. Die gepflasterten Straßen waren fast menschenleer, aber nirgends waren Anzeichen von

Gewalttätigkeiten zu sehen. Es gab auch keinen Hinweis darauf, dass die Bewohner Angst hatten.

Also warum lagerte vor den Toren der Stadt eine Armee? War es eine friedliche Thronablösung gewesen? War der alte Herrscher eines natürlichen Todes gestorben? Ich musste an die Worte denken, die Josef bei unserem letzten Aufeinandertreffen gesagt hatte: »Ich kehre nach Samsam zurück und werde dem Herrscher die Augen öffnen… dass die Menschen über den Tieren stehen.« Ich hätte Kiggs oder Glisselda berichten müssen, was der Graf von Apsig an jenem Tag zu mir gesagt hatte. Aber er hatte mich derart eingeschüchtert, dass ich es lieber für mich behalten hatte. Hoffentlich brachte mein Schweigen von damals uns nicht im Nachhinein noch in Schwierigkeiten. In dem alten Regenten hatte Goredd einen Verbündeten gehabt. Josef hingegen war nicht annähernd so berechenbar und verlässlich.

Unser spitzhelmiger Soldat hatte offenkundig den Auftrag, uns im Auge zu behalten, denn er begleitete uns bis in den Audienzsaal hinein.

Der Empfangsraum spiegelte wie die Kirche von Sankt Abaster in Fnark den samsamesischen Geschmack wider: dunkle Wandtäfelung, hohe Glasfenster, senkrechte Linienführung. Jagdtrophäen dienten als Raumschmuck, wozu auch ein aus ineinander verschränkten Hirschgeweihen gefertigter wuchtiger Deckenleuchter gehörte, der wie ein unzugänglicher Adlerhorst aussah. Am anderen Ende des Saals befand sich auf einem Podest der Alabasterthron. Er war für den gesegneten Hintern von Sankt Abaster gedacht, für den Fall, dass der Heilige seine Drohung wahrmachen und auf die Erde zurückkehren würde. Daneben befand sich der sehr viel schlichtere Thron aus poliertem Holz für den samsamesischen Regenten, vor dem Josef stand, ehemals Graf von Apsig und derzeit Sankt Abasters Stellvertreter auf Erden.

Ich erkannte ihn auf den ersten Blick, denn er trug auch diesmal ein düsteres schwarzes Wams mit weißer Halskrause. Sein blondes Haar war länger als früher; ich sah, wie er eine widerspenstige Locke hinters Ohr strich. Leise unterhielt er sich mit zwei Personen, die alleine auf einer langen Bank seitlich des Throns saßen, auf der sonst die Berater des Regenten Platz nehmen konnten.

Die Brustpanzer der beiden Wachsoldaten klirrten, als sie uns mit einem Wink aufforderten, alleine weiterzugehen, und sich dann rechts und links von der Tür postierten. Mein Mut sank, denn die Geste war eindeutig: Wir durften nicht einfach gehen, wie und wann es uns beliebte. Ich nahm Abdo bei der Hand und führte ihn durch den Saal zu Josef und den beiden anderen auf der Bank.

Der eine war kahl, schief und bucklig und trug einen kurzen braunen Tappert, der für seine krumme Gestalt maßgeschneidert war. Er beobachtete uns.

Ich erkannte die eckigen Brillengläser sofort. Es war der Bibliothekar, den Jannoula Ingar genannt hatte. Was für ein Zufall!

Die zweite Person war eine Frau in einem schlichten grünen Gewand. Sie hatte kurze braune Haare, weshalb ihr Kopf auf dem schwanengleichen Hals fast unnatürlich klein wirkte. Ihre feingliedrige Statur und die helle Porzellanhaut ließen sie zerbrechlich erscheinen.

Sie blickte unvermittelt hoch und sah mich an.

Jannoula.

Nein, das war völlig unmöglich. Mein Verstand weigerte sich, das, was die Augen ihm sagten, anzuerkennen. Jannoula saß im Gefängnis, sie konnte also gar nicht hier sein.

Ich warf einen Seitenblick auf Abdo, der mich abrupt losgelassen hatte und mit der Hand vor seinem Gesicht herumfuchtelte, als wolle er Fliegen verscheuchen. Er bemerkte meinen Blick und sagte wie betäubt: *Aus dieser kurzen Entfernung kann ich sogar die Verbindungslinie zwischen uns sehen. Sie löst sich nicht auf, wenn ich mit der Hand hindurchfahre.* Er deutete mit seiner verletzten Hand auf Ingar. *Mit dem da ist sie ebenfalls verbunden.*

Seine Worte brachten mir eine Gewissheit, die mich frösteln ließ. Wie war das möglich? Was hatte sie hier zu schaffen? War sie in Samsam im Gefängnis gewesen und Josef hatte sie freigelassen?

Josef folgte Jannoulas Blick und entdeckte mich. Sein hübsches Gesicht verzog sich zu einem hämischen Grinsen. »Serafina! Das ist aber eine Überraschung«, sagte er in makellosem Goreddi.

Ich versank in einem langen, tiefen Knicks und wappnete mich innerlich. Es war schwer genug, Josef gegenüberzustehen, aber Jannoulas Anwesenheit zerrte weitaus mehr an meinen Nerven.

»Ich komme als Gesandte Königin Glisseldas«, sagte ich.

»Sie muss in großer Not sein, wenn sie ausgerechnet dich schickt«, erwiderte Josef und kam zu uns geschlendert. Seine Nase war genauso spitz wie die seines Halbbruders, nur dass Lars die Nasenflügel nie so herablassend aufblähte.

»Was ist hier geschehen, Euer Gnaden?« Ich richtete die Frage an Josef, blickte dabei allerdings Jannoula an. Ich konnte es nicht fassen, sie ausgerechnet hier anzutreffen, und so gesehen galt die Frage auch ihr. »Ist das eine Armee da draußen?« Ich zwang mich dazu, den neuen Regenten anzuschauen.

»So ist es«, sagte Josef mit einem steifen Lächeln. »Die Sache war recht einfach. Ich bin in die Hauptstadt einmarschiert. In der Annahme, ich hätte meine Soldaten ausgesandt, um unser Hilfsversprechen an Goredd einzulösen, ließ der Regent alle ungehindert herein. Jetzt ist er tot.«

»Die Stadt, der Hof… hat denn niemand Einwände erhoben?«

»Die anderen Grafen hätten in der Tat zu einem Stachel in meinem Fleisch werden können, wenn sie als brüderliche Edelleute eine Abstimmung gefordert hätten. Doch es gab Gerüchte, die Pest habe nun auch Fnark erreicht, daher hat man den Erlmyt kurzerhand abgesagt.«

Josef tauschte einen vielsagenden Blick mit Jannoula aus. »Wenn sie die aufregenden Neuigkeiten irgendwann erfahren, sind diese längst Geschichte.«

Ich beobachtete Jannoula und fragte mich, was ihr Blick zu bedeuten hatte. Waren die Pest-Gerüchte von ihr ausgegangen? Hatte sie Josef in dieser Sache beraten?

Jannoula erwiderte frech meinen Blick.

»Ich habe Boten zu den Grafen gesandt«, fuhr Josef fort. »In zwei Tagen werden sie von den neuen Umständen erfahren, aber dann ist es zu spät, um noch etwas daran zu ändern. In Ninys darf man noch nichts davon wissen, denn Graf Pesavolta würde unverzüglich Goredd in Kenntnis setzen. Ich möchte den Zeitpunkt aber selbst bestimmen, an dem Königin Glisselda die Neuigkeit erfährt.«

»Und wann wird das sein?«, fragte ich und riss mich von Jannoulas Anblick los. »Etwa wenn sie Samsams Hilfe braucht und man sie ihr verweigert?«

»Goredd hat sich mit den Drachen verbündet.« Josef strich eine Haarsträhne zurück, die ihm über die Augen gefallen war. »Als treuer Diener der Heiligen und echter Samsamese kann ich das nicht gutheißen. Ich habe den Himmel auf meiner Seite, Serafina. Und dazu nicht nur den Segen von Sankt Ogdo und die anspornende Abscheu von Sankt Abaster. Nein, ich werde sogar von einem heiligen Menschen unserer Tage unterstützt.«

Ich sah Ingar erstaunt an. Josef bemerkte meinen Blick und sagte: »Nein. Er ist nur ihr Jünger. Darf ich dir die heilige Eremitin Schwester Jannoula vorstellen.«

Jannoula schlug die Augen nieder und erhob sich mit gespielter Höflichkeit.

Also darauf lief alles hinaus. Entschlossen, mich von Jannoulas scheinbarer Schüchternheit nicht täuschen zu lassen, verschränkte ich die Arme vor der Brust. Josefs Miene nach zu urteilen, war er völlig vernarrt in sie. Ob seine Verehrung ausschließlich religiöser oder auch romantischer Natur war, vermochte ich nicht zu sagen. Vielleicht ließ sich eine solche Unterscheidung auch gar nicht treffen.

Jannoula war alles andere als heilig. Ich konnte mir nicht erklären, was diese Farce mit ihrem Plan, die Ityasaari um sich zu scharen, zu tun hatte.

»Du hast den neuen Regenten ganz schön hinters Licht geführt«, sagte ich laut zu ihr, als wären wir unter uns. Als träfen sich zwei sehr alte Bekannte zufällig wieder. Josef würde sich vermutlich sehr wundern. »Zählt jetzt eine Gefängniszelle schon als Eremitenhöhle?«

»Wie kannst du es wagen?« Empört trat Josef zwischen uns.

Jannoula legte ihre Hand auf seinen Ellbogen. »Bitte, Euer Gnaden. Ich bin durchaus in der Lage, mich gegen Ungläubige zur Wehr zu setzen.«

»Ich habe Wunder miterlebt«, sagte Josef leidenschaftlich. »Ich habe mit eigenen Augen gesehen, wie der himmlische Schein sie umgab. Lass dir das gesagt sein, du seelenlose Kreatur.«

Ich fing Jannoulas Blick auf. Sie hatte dem neuen Regenten nicht anvertraut, dass auch sie eine seelenlose Kreatur war. Das verschaffte mir einen Vorteil, den ich ausnutzen musste.

»Es stimmt. Ein Elternteil von mir war ein Drache.« Ich deutete auf die heilige Eremitin und ihren schielenden Begleiter. »Aber für diese beiden trifft das ebenfalls zu.«

»Du lügst!«, schrie Josef.

Ich erwiderte nichts, sondern wartete ab, wie Jannoula sich verhielt. Vielleicht konnte ich an der Art, wie sie den neuen Regenten behandelte, ablesen, welche geheimen Ziele sie verfolgte.

Aber ihre Miene war so undurchdringlich wie eine Maske.

Schließlich brach Ingar das Schweigen. »Ist das nicht wundervoll, Gesegnete?«, sagte er in Samsamesisch und faltete seine schwabbeligen Hände. »Wir haben so lange darauf gewartet, mit den Unseren vereint zu sein.«

Josefs Gesichtsfarbe wurde leicht grünlich. Er drehte sich betont langsam zu Jannoula um und sagte: »Ich verlange eine Erklärung.«

Jannoula gab sich zerknirscht und reumütig. Ich kannte diesen Trick und verhärtete mein Herz. Sie senkte den Kopf und sagte: »Serafina hat recht, mein Herr. Ich… ich wollte nicht, dass Ihr es erfahrt. Ich fürchtete, auch Ihr würdet mich zurückweisen wie so viele zuvor. Ich wurde eingekerkert für das, was ich nun einmal bin. Ich wurde gefangen gehalten von Menschen, die nur das Vordergründige sehen.«

Sie öffnete die Silberknöpfe an ihren Ärmeln und schob den Stoff zurück. Obwohl ich wusste, was mich erwartete, wurde ich erneut von Mitleid und Entsetzen überwältigt. Mein Herz war doch nicht so hart, wie ich gedacht hatte. Josef starrte fassungslos auf die wulstige, verbrannte Narbenhaut.

»Sie haben meine Schuppen abgerissen«, sagte Jannoula leise, »und ein weißglühendes Eisen auf die Wunden gedrückt.«

Ich schlug die Hand vor den Mund. Das hatte sie mir nie erzählt.

In ihren Augen glitzerten ungeweinte Tränen. »Der Himmel

hatte Mitleid mit mir und ich verlor das Bewusstsein. Das war der Moment, als ich die Heiligen erblickte. Sie sprachen zu mir und segneten mich.«

Josefs harte Züge waren bei ihren Worten weich geworden. Er sah liebenswürdiger – oder sollte ich sagen menschlicher? – aus als je zuvor. Plötzlich veränderte sich sein Gesichtsausdruck und er riss Augen und Mund auf. Keuchend sank er auf die Knie und starrte fassungslos auf Jannoula – oder besser gesagt auf etwas, das sie zu umgeben schien.

Bei den Göttern!, rief Abdo staunend. *Ihr Seelenlicht ist die reinste Feuersbrunst.*

Ich sah natürlich wieder einmal nichts. *Pfuscht sie an seinem Verstand herum?*

Abdo legte den Kopf schräg und erwog meine Frage. *Nicht so, wie du vielleicht denkst*, sagte er schließlich. *Sie hat ihn nicht am Haken wie mich und Ingar. Es ist irgendwie anders.*

»Verzeih mir, Gesegnete.« Josef berührte den Saum ihres Gewands. »Ich hege keinen Zweifel, dass die Heiligen dich trotz deiner Herkunft auserwählt haben.«

»Oder gerade deswegen«, erwiderte Jannoula und sah ihn dabei eindringlich an. »Um dir eine Lektion zu erteilen.«

»Dann werde ich mich demütig ihrem Willen beugen und die Lektion lernen.« Josef verneigte sich und legte die Hände zusammen. »Wie hat Sankt Kathanda so treffend geschrieben? ›Und sei das Insekt auch noch so grotesk, es kann ihm dennoch ein göttlicher Zweck innewohnen. Der Segen des Himmels fragt nicht nach dem äußeren Erscheinungsbild.‹«

Das wurde ja immer lächerlicher. »Beim Galan des Sankt Daan!«, rief ich empört. »Ihr könnt doch nicht ernstlich glauben, dass sie...«

»Ich habe genug von deinen Zweifeln und Irreführungen, Serafina«, unterbrach mich Josef und sprang verärgert auf.

»Glaub ja nicht, dass der himmlische Segen sich von ihr auf dich übertragen lässt.«

»Der Himmel bewahre mich davor!«, erwiderte ich und verschränkte erneut die Arme.

»Bleibt die Frage, was wir mit dir anfangen sollen«, überlegte Josef laut. »Ich kann nicht zulassen, dass du deiner Königin Bericht erstattest. Du musst mir alle deine Quigutl-Apparate aushändigen.« Als ich zögerte, fügte er hinzu: »Ich kann dich auch von meinen Wachen ausziehen lassen.«

Ich holte meine Halskette hervor. Leider hingen daran nicht nur die beiden Tniks, sondern auch das Sankt-Capiti-Medaillon, das Kiggs mir geschenkt hatte. Josef nahm die Kette und sah mich forschend an. Sein Blick fiel auf meinen kleinen Finger. »Dein Ring«, sagte er. Ich reichte ihm Ormas Ring. Er nahm ihn in Augenschein, drückte und klopfte auf der Perle herum, sodass ich schon damit rechnete, jeden Moment Ormas krächzende Stimme zu hören.

Aber nichts dergleichen geschah. Ich war erleichtert, aber auch ein bisschen enttäuscht.

Josef gab mir den Ring zurück. Als er sich davon überzeugt hatte, dass Abdo ebenfalls keine verdächtigen Geräte bei sich trug, verkündete er: »Ihr seid meine Gefangenen. Jeder Versuch, mit eurer Königin in Verbindung zu treten, wird ernste…«

»Verzeiht, Eure Hoheit«, sagte Jannoula und zog leicht die Augenbraue hoch. »Aber Ihr könnt Serafina nicht einsperren. Sie muss nach Porphyrien weiterreisen.«

Josef starrte sie mindestens genauso verdattert an wie ich.

»Es ist höchster Wille«, betonte Jannoula. »Die Heiligen haben mir gesagt, dass wir Serafina nicht aufhalten dürfen.«

Josef drückte den Rücken durch und blickte indigniert. Insgeheim wünschte ich, dass sein trotziges, streitsüchtiges Wesen wieder die Oberhand gewinnen würde. Ich hatte zwar nicht die geringste Lust, in Samsam eingesperrt zu sein, aber noch viel weniger gefiel mir der wachsende Einfluss, den Jannoula auf ihn ausübte. Es war zu hoffen, dass auch sie nicht alle Grenzen überschreiten durfte, egal wie hell ihr Schein glühte.

»Das werden wir später besprechen, Gesegnete«, sagte Josef. In seinen Worten schwang zwar eine Warnung mit, aber vermutlich hatte er den Kampf längst verloren.

Jannoulas Lippen kräuselten sich zu einem hinterlistigen Lächeln.

Josef rief: »Wachen! Bringt diese beiden vorerst in ihre Zimmer im Ostflügel und bewacht sie dort.« Die zwei Soldaten, die Abdo und mich durch die Stadt begleitet hatten, kamen auf uns. Hinter ihnen betraten zwei weitere Wachen den Thronsaal. Sie trugen sogar innerhalb des Palasts Hellebarden. Die Botschaft war eindeutig: Josef hatte Abdo und mich unter ihre Aufsicht gestellt.

Beim Hinausgehen drehte ich mich noch einmal nach Jannoula um. Sie erwiderte meinen Blick. In ihren Augen lag kalte Berechnung.

Dreizehn

Abdo und ich bekamen getrennte Zimmer zugewiesen. Wenn man von den Wachleuten vor der Tür absah, war meine Unterkunft recht komfortabel. Ich verbrachte die nächsten Stunden damit, auf dem Teppich vor dem Kamin auf- und abzugehen und zu grübeln, wie es mit uns weitergehen würde. Verschlimmert wurde die Situation dadurch, dass ich die Tniks nicht mehr hatte. Dabei war es so wichtig, dass Glisselda und Kiggs möglichst bald von Josef und Jannoula erfuhren.

Irgendwann kroch ich in mein Baldachinbett. Ich kam zur Ruhe, indem ich meinen Garten versorgte. Kaum war ich eingeschlafen – zumindest kam es mir so vor –, da rüttelte mich Jannoula wach. Zuerst glaubte ich an einen Traum.

»Auf!«, sagte sie scharf und kniff mich. »Du musst auf dem Schiff nach Porphyrien sein, ehe der starrköpfige Regent seine Meinung ändert.«

Hastig zog ich mich an und folgte ihr nach draußen in den dämmrigen Korridor, wo Ingar bereits auf uns wartete. Er hatte eigenes Reisegepäck dabei und sah mich ausdruckslos durch seine dicke Brille an. Neben ihm stand Abdo.

Jannoula packte mich am Arm. Ich zuckte bei ihrer Berührung zusammen, wagte es aber nicht, mich aus ihrem Griff zu befreien. Stattdessen ließ ich zu, dass sie mich den Gang entlang und eine Wendeltreppe hinab bis in die unteren Palastgewölbe führte und sich dabei immer wieder verstohlen umsah. Im Vergleich zu meinen Erinnerungen aus Kindheitstagen war sie ein bisschen kleiner als ich, aber darum nicht weniger Furcht einflößend. In ihrer Gegenwart hatte ich das Gefühl zu schrumpfen. Es war, als ob mich unsere gemeinsame Vergangenheit kleiner machen würde.

War Jannoula wütend auf mich? Ihre feinen Gesichtszüge verrieten nichts.

Wir verließen den Palast durch ein Tor zum Hafen; der kalte Küstenwind, der mir entgegenschlug, weckte mich vollends auf. Der Himmel färbte sich bereits blassrosa, als Jannoula uns an der Hafenmauer entlang die rutschigen Stufen hinunter zu einem Beiboot führte, das an einem großen Eisenring festgemacht war. Ein grauhaariger Ruderer war schon an Bord und döste, den geölten Regenhut über die Augen gezogen, vor sich hin. Auf Jannoulas scharfen Ruf hin schreckte er hoch und stieß versehentlich ein Ruder über Bord. »Rein mit euch, aber schnell«, sagte sie und half Abdo beim Einsteigen. Ingar sprang erstaunlich gelenkig mit einem großen Satz von der Ufermauer in das Boot hinein.

»Reist er mit uns nach Porphyrien?«, fragte ich überrascht.

»Ich schicke ihn mit, um euch zu unterstützen«, antwortete Jannoula und rieb sich die Hände gegen die morgendliche Kälte.

»Warum kommst du nicht selbst mit?« Nicht dass ich das gewollt hätte, aber es erschien mir immer noch besser, als sie hier zurückzulassen, wo sie Josef zu wer weiß was überreden konnte.

Sie gab keine Antwort. Aber ich hatte ohnehin einen Verdacht. Abdo hatte den Priester Paulos Pende erwähnt, der Jannoulas Gedankenfeuer und das der anderen Ityasaari entwirrt hatte. Die Porphyrer wussten also bereits, wer sie war, und hegten ihr gegenüber offenbar keine sehr große Zuneigung.

Die vielen unbeantworteten Fragen ließen mir keine Ruhe. »Was versprichst du dir davon, mit Josef gemeinsame Sache zu machen?«

Ihre Nasenflügel bebten. »Keine Sorge, ich habe dabei nur unseren Vorteil im Sinn.« Sie schlang die Arme um den Körper, um sich gegen die frische Brise zu schützen. »Dieser Regent ist leider… unberechenbar. Ich hatte nicht die geringste Ahnung, dass er dich festhalten will. Natürlich durfte ich das nicht zulassen. Du musst deine Mission erfüllen und alle Übrigen zusammentrommeln. Ingar wird dafür sorgen, dass du dein Ziel nicht aus den Augen verlierst oder dich von deinem schrecklichen Onkel ablenken lässt.«

Dass sie Ormas Aufenthaltsort kannte, erschreckte mich. Mit einem selbstzufriedenen Grinsen flüsterte sie mir ins Ohr: »Abdo hat eine interessante Erinnerung an gestern, als Josef deinen Perlenring in Augenschein genommen hat. Während der Junge schlief, habe ich seinem Kopf einen Besuch abgestattet und bin fündig geworden.«

Sie versuchte mich ins Boot zu schubsen, aber ich wehrte mich und fragte scharf: »Was führst du im Schilde? Warum ausgerechnet Josef?«

Sie ließ mich los. »Hört denn diese Fragerei niemals auf? Ich bin hier, um dir zu helfen, und du bist immer noch misstrauisch. Was muss ich denn noch tun, Serafina?«

»Die Frage ist leicht zu beantworten. Lass Abdo, Dame Okra und alle anderen frei, die du an dich gebunden hast. Dann werde ich es mir noch einmal durch den Kopf gehen lassen.«

Jannoula versetzte mir einen kräftigen Stoß. Plötzlich war keine Ufermauer mehr unter meinen Füßen. Erstaunt riss sie die Augen auf, als ich ins Wasser zu fallen drohte. Zum Glück landete ich auf Ingars Schoß. Mein Aufprall war so hart, dass das Boot ins Schaukeln geriet und Wasser aufspritzte.

»Oh!«, quiekte Ingar überrascht.

Abdo half mir auf die Beine. Ich machte mich los, stellte mich mitten in das wacklige Boot und rief: »Ich gehe nach Porphyrien, um meiner Königin zu dienen, nicht weil du es willst. Ich werde dir nicht helfen.«

Jannoula drehte mir den Rücken zu und ging mit steifen Bewegungen die Stufen zum Palast hinauf, dessen hohe Türme sich dunkel gegen den morgendlichen Himmel abhoben.

Unser Schiff war ein porphyrischer Zweimastsegler, der weit draußen ankerte. Ingar hatte ein Schreiben dabei, um nachzuweisen, dass unsere Überfahrt bereits bezahlt war, weshalb die Matrosen uns, ohne lange nachzufragen, nacheinander in einer Trageschlinge an Bord hievten. Abdo stieß sich mit den Füßen ab und wirbelte im Kreis, Ingar hingegen klatschte wie ein schwerer Getreidesack gegen den Schiffsrumpf.

So ungern ich es zugab, aber Jannoula war tatsächlich sehr hilfreich gewesen. Sie hatte uns auf dem schnellstmöglichen Weg aus Blystane fortgebracht und dies auch noch auf Kosten des Regenten. Obwohl ich ihre wahren Motive nicht kannte und daher argwöhnisch war, gestand ich mir ein, dass ohne sie keine Weiterreise möglich gewesen wäre.

Es war die letzte Etappe unseres Weges. Ich würde die sieben Ityasaari aufsuchen, meinen schrecklichen Onkel, wie Jannoula ihn nannte, aufspüren und danach wieder heimkehren.

Heimkehr. Das Wort fand ein sehnsüchtiges Echo in meinem Herzen. Ich wünschte mir nichts mehr, als endlich heimzukehren. Nicht einmal der Gedanke an Orma konnte mich jetzt noch aufmuntern.

Abdo erging es ähnlich. Auch er vermisste sein Zuhause. Aber er war unterwegs nach Porphyrien und konnte Landsleuten zuhören, das allein reichte aus, um seine Stimmung zu heben. Er schlenderte übers Deck und erforschte neugierig das

Schiff, während Ingar ihm mutig auf Schritt und Tritt folgte. In der Zwischenzeit befragte ich einen Seemann in meinem dürftigen Porphyrisch. Nach einer Weile verstand er mein Kauderwelsch und führte mich durch einen schmalen Gang unters Vorderdeck, wo sich die kleine, enge Kajüte befand, in der wir zu dritt nächtigen würden.

Ich bedankte mich bei dem Matrosen. Er ging weg, um seinen Pflichten nachzukommen, während ich als Erstes lernte, wie wichtig es ist, bei niedrigen Durchgängen den Kopf einzuziehen.

Ich betrat die Kajüte, ohne mir erneut den Kopf anzuhauen, und sah mich um. Links von der Tür war ein Etagenbett mit zwei Pritschen und rechts befand sich ein dritter Schlafplatz über einer eingebauten Kommode. Ich entschied mich für das untere Etagenbett. Abdo würde bestimmt nach oben gehen, und Ingar konnte allein schlafen, obgleich von allein kaum die Rede sein konnte, da sein Bett gerade einmal zwei Fuß von unserem entfernt war. Es war zwar kindisch, aber ich versetzte seinem Schlafplatz einen Tritt. Ich wollte Ingar nicht hierhaben. Vielleicht würde er über Bord gehen und ins Meer fallen. Ich legte mich hin und achtete darauf, dass meine Stiefel nicht die kratzige Bettdecke beschmutzten. Unter mir rollte und stampfte das Schiff, und in mir rollte und stampfte ein Gefühl, mit dem ich mich nicht näher befassen wollte.

Meine gesamte Unternehmung lief Gefahr, zu einem Fehlschlag zu werden. Es hatte so wunderbar angefangen. Ich hatte Nedouard und Blanche getroffen, ihr liebenswürdiges Wesen kennengelernt und das schöne Gefühl gehabt, ihnen etwas Gutes tun zu können. Aber von da an war alles aus dem Ruder gelaufen. Zuerst Gianni Patto, der, ohne es zu wollen, ein Menschenleben auf dem Gewissen hatte. Dann die hämische Od Fredricka, die erst durch Jannoulas Eingreifen zur Freundlichkeit gezwungen worden war. Und schließlich hatte meine Gegenspielerin auch noch Dame Okra und Abdo erobert.

Jannoulas Groteske war zwar immer noch in meiner Gartenlaube eingesperrt, aber sie selbst saß nicht mehr im Gefängnis, sondern lief frei umher und schlich sich in die Köpfe anderer, wo sie allen möglichen Schaden anrichten konnte. Der verabscheuungswürdige Graf Josef, der seinen Aufstieg teilweise ihr zu verdanken hatte, war vielleicht nur der Anfang.

Ich presste die Handflächen gegen meine Augen. Sie wollte, dass ich die porphyrischen Ityasaari zu den anderen nach Goredd brachte. Aber konnte ich die sieben überhaupt guten Gewissens darum bitten, mich zu begleiten, wenn ich nicht genau wusste, was Jannoula vorhatte? Selbst wenn Kiggs und Glisselda Jannoula an Goredds Grenze abfangen und einsperren würden, konnte sie von überallher in die Gedanken anderer eindringen.

Die Tür ging auf und Ingar kam herein. »Oh, Entschuldigung. Hast du ein Nickerchän gemacht?«

Ich rollte mich auf die Seite und drehte ihm den Rücken zu, denn auf einen Plausch mit Jannoulas Spion hatte ich keine Lust.

Aber er redete einfach weiter. »Ich bin, ähm, sär ärfreut, dich kännän zu lärnän. Es ist so, wie sie gäsagt hat. Bald wärdän wir alle väreint sein!« Sein Akzent war so hart wie kalte Butter.

Ich blickte über die Schulter. Ein nichtssagendes Lächeln huschte über sein Gesicht und seine braunen Kuhaugen wanderten ziellos umher. Durch die Luke fiel ein bläuliches Licht auf seinen blassen mondförmigen Kopf. Vielleicht ließ sich dieser Spion ja in beide Richtungen einsetzen.

»Was hat Jannoula denn sonst noch gesagt?«, fragte ich und setzte mich vorsichtig auf.

»Von dir immär nur wundärbare Dinge.« Voller Begeisterung

fuchtelte er mit seinen teigigen Händen. »Du bist ihr Liebling und das ist ein großär Sägän!«

Ich war also ihr Liebling. Allein bei der Vorstellung drehte sich mir der Magen um. »Wie lange kennst du sie denn schon?«

»Vier Jahre.« Er blickte verlegen auf seine Füße, so als hätte ich ihn gefragt, wie lange er in sie verliebt war. Was vielleicht sogar stimmte. »Aber wir haben uns gekannt – nein kennengelernt, richtig?« Ich nickte und er fuhr fort: »Ich habe sie vor zwei Monaten gätroffän. Davon... nein, davor. Davor habe ich nur im Kopf mit ihr gäsprochän. Du värstähst?«

»Ja, ich verstehe, was du meinst«, antwortete ich und rechnete bereits im Stillen. Vier Jahre. Also war sie, kurz nachdem ich ihre Groteske in die Gartenlaube eingesperrt hatte, zum ersten Mal bei ihm aufgetaucht. Sie war nicht lange allein geblieben. »Wie hat sie dich vor vier Jahren gefunden?«

Ingar hievte seinen massigen Leib auf die Pritsche und sagte fröhlich: »Sie sieht mich, wie sie uns alle sieht: durch das Himmälsauge und mit där Hilfe där Heiligän.«

Damit konnte ich nicht viel anfangen, daher versuchte ich die Frage genauer zu stellen. »Was hat sie gemacht, nachdem sie dich mithilfe der Heiligen gefunden hatte? Ist sie eines schönen Tages einfach in deinem Kopf aufgetaucht?«

Er blinzelte. »Ich habe ihre Stimme gehört. Sie sagte: ›Mein Freund, du bist nicht allein. Lass mich rein. Ich bin von gleichär Art und wir sind gäsägnät.‹« Er küsste seine Fingerknöchel und streckte sie zum Himmel.

Er hatte also ihre Stimme gehört und geantwortet. Hätte er sich ihr widersetzen können? Hätte er sagen können: »Nein, du kommst hier nicht rein«? Oder hätte allein schon diese Antwort ihr einen Zugang ermöglicht? Wenn es stimmte, was Dame Okra mir gesagt hatte, dann hatte sie Jannoula zumindest eine Zeit lang von sich fernhalten können.

»Eine gemeinsame Freundin hat ihr anscheinend von meiner geplanten Reise erzählt. Wer könnte das sein?«, fragte ich ihn.

»Einär von den Halbdrachän? Sie hat sächs von uns geistig die Hände gäreicht.«

Erneut fing ich an zu rechnen. »Wer sind diese sechs?«

Er zählte sie an den Fingern ab. »Abdo und, ähm, ich natürlich, dann Gianni, Okra, Fredricka und mein Landsmann Lars.«

Entsetzt schlug ich die Hand vor den Mund. Der Raum war plötzlich viel zu klein, mir fehlte die Luft zum Atmen. »Entschuldige mich«, stieß ich hervor und zwängte mich an Ingar vorbei zur Tür.

»Das Schiff schaukelt zu viel«, erwiderte er gut gelaunt und machte eine passende Geste. »Ich versteh schon.«

Aber genau das tat er nicht. Wortlos schlug ich die Tür vor seiner Nase zu.

Ich musste Abdo fragen, auch auf die Gefahr hin, dass Jannoula es mitbekam. »Hatte sie sich schon in Lars' Kopf eingenistet, als wir noch in Goredd waren?«

Nein, sagte Abdo entschieden. *Ich habe es zum ersten Mal bei Gianni erlebt, niemals zuvor. Aber wir haben Lars ja seit über drei Monaten nicht mehr gesehen.*

Wir standen am Bug und stemmten uns gegen den Wind. Die Matrosen rannten geschäftig hin und her und waren damit beschäftigt, Seile zu knüpfen, in die Wanten zu klettern, das Deck zu schrubben und Taue aufzurollen. Wir versuchten, ihnen so wenig wie möglich im Weg zu stehen.

»Also gut. Wenn man Ingar Glauben schenken kann, dann hat sie sich zumindest noch nicht an Blanche oder Nedouard herangemacht«, sagte ich betont zuversichtlich. Gischt spritzte in Abdos Gesicht, als er sich, vermutlich absichtlich, weit über die Reling beugte.

Das kommt noch, stellte Abdo nüchtern fest.

Es brach mir fast das Herz, als ich ihn von der Seite ansah und in seiner Miene unverhüllte Resignation und Verzweiflung las. Ich legte meine Hand auf seinen Arm. »Sobald wir an Land gegangen sind, suchen wir diesen Paulos Pende auf, damit er dich von ihr befreit.«

Abdo schüttelte meine Hand ab und schwieg.

Unser Gespräch über Lars hatte mich auf eine Idee gebracht. Vielleicht konnte ich mithilfe des Lauten Lausers zu ihm sprechen. Schließlich war dies der Groteske, der stellvertretend für Lars in meinem Garten war. Dazu musste ich nur absichtlich eine Vision herbeiführen.

Ich erklärte Abdo meinen Plan und schloss: »Lars kann der Königin von Josefs Machtübernahme berichten. Aber ich muss mit ihm in Verbindung treten, bevor Jannoula hinter meinen Plan kommt.«

Woher willst du wissen, ob Jannoula nicht in Lars' Bewusstsein herumspukt, während du mit ihm sprichst?

Abdo hüpfte von der Reling herunter und ging mit mir unter Deck. *Womöglich belauscht sie uns gerade jetzt, und zwar durch meine Ohren. Es wäre für sie ein Kinderspiel, Lars daran zu hindern, der Königin Mitteilung zu machen.*

»Garantieren kann ich es nicht«, sagte ich, während wir die schmale Treppe hinunterstiegen. »Aber einen Versuch ist es wert. Im Augenblick zerbreche ich mir vor allem wegen Ingar den Kopf. Wenn er dahinterkommt, dass ich mit Lars Verbindung aufnehmen will, wird er es sofort an Jannoula weitergeben. Tu mir den Gefallen und lenke ihn ab.«

Ingar lag auf seinem Kommodenbett und las ein Buch, das so groß war wie seine Hand. Sein Reisesack war geöffnet, und von dort, wo ich stand, sah es so aus, als würde er ausschließlich Bücher enthalten. Ich fragte mich, wie viele Bücher Ingar mitgebracht hatte. Ob Bücher sich dafür eigneten, um… ja, um was? Um seine Ergebenheit auf den Prüfstand zu stellen? Um seine Unterstützung zu erkaufen?

Abdo stellte sich vor Ingar hin und lächelte den rübenköpfigen alten Mann freundlich an. Anscheinend redete er stumm mit ihm, denn Ingar blickte von seinem Buch auf und antwortete auf Porphyrisch: »Was für eine Art von Fisch? Oh, den würde ich gerne sehen.«

Sein Porphyrisch ist besser als deines, sagte Abdo, ehe er mit dem alten Bücherwurm im Schlepptau die Kajüte verließ.

Ich ließ mich auf die raue Decke zurückfallen und versuchte, mich zu konzentrieren. Das endlose Schlingern des Schiffs machte mir zu schaffen, aber schließlich war ich ruhig genug, um meinen Garten zu betreten.

Seit ich meine Grotesken, wenn auch ungewollt, vernachlässigt hatte, war ich wieder dazu übergegangen, sie regelmäßig und mit einem fast religiösen Eifer zu besuchen. Obgleich die Gartenbewohner eine solche strikte Einhaltung nicht ausdrücklich von mir verlangten, beruhigte es zumindest mich selbst.

Aber ein Elternteil, das jeden Tag bei seinem Kind ist, bemerkt oft nicht, wie es wächst. So ähnlich erging es mir in meinem Garten. Ich war blind gegenüber den schrittweisen Veränderungen, bis zu dem Moment, als ich den Lauten Lauser aufsuchen wollte. Kaum hatte ich den Garten betreten, stand ich auch schon am Rand seiner Schlucht, obwohl diese sich früher nicht so riskant nahe am Eingangstor befunden hatte. Es war kaum genug Platz zwischen Tor und Abgrund, um gefahrlos dort zu stehen. Ich stolperte rückwärts und landete unsanft auf dem Boden. Der Laute Lauser stand auf der anderen Seite der Schlucht. Ich winkte ihm zu. Bestimmt würde er wieder eine seiner merkwürdigen Brücken bauen, um zu mir zu gelangen.

Aber das tat er nicht. Stattdessen machte er einen Riesensatz über den Abgrund. Er konnte weiter springen, als ich es je vermocht hätte, aber seine schwarzen Stiefel fassten bei der Landung gerade noch Tritt. Er musste sich an dem Gestrüpp festhalten, sonst wäre er in die Tiefe gestürzt. Seine Tollkühnheit jagte mir einen Schrecken ein. Aber noch viel beängstigender war der Umstand, dass es überhaupt möglich war, die Schlucht zu überspringen.

Sie war ursprünglich viel breiter gewesen, da war ich mir sicher. Also war sie geschrumpft. Aber wann? Und wie?

Schrumpfte womöglich der ganze Garten? Ich blickte zum wolkenlosen Himmel, zu den weit entfernten Dünen und zu den Obstbäumen. Alles sah noch genauso aus wie gestern, aber das konnte täuschen. Gab es eine Möglichkeit, den Garten auszumessen? Darüber musste ich noch einmal genau nachdenken.

Der Laute Lauser wischte sich den Staub ab und balancierte entlang des Abgrunds auf mich zu. Ich ergriff seine Hände und wurde sofort von einer Vision überwältigt.

Etwas benommen fand ich mich im Schloss Orison wieder, an der Decke eines Salons. Ich kannte den Raum bis in alle Einzelheiten: das Cembalo mit den geschliffenen Intarsien auf dem Deckel, die Satinvorhänge, die flauschigen Teppiche aus Zibou und die verschwenderische Zahl an Kissen. Das breite Gichtsofa, wo Meister Viridius, mein einstiger Auftraggeber, auch jetzt wieder mit hochgelagerten Füßen saß. Er hatte die Augen geschlossen und dirigierte verträumt mit seiner verbundenen Hand eine ohrenbetäubende Musik, bei der sämtliche Fenster zu Bruch zu gehen drohten.

Ihm gegenüber saß Lars, ein wahrer Schrank von einem Mann, auf einem eleganten Stuhl und spielte auf einem Blasinstrument mit Doppelrohrblatt. Es war eine Sopran-Schalmei, für die man viel Luft brauchte – sein Gesicht war hochrot bis zu den Haarwurzeln – und die dementsprechend sehr laut war.

Plötzlich packte mich das Heimweh. Ich hätte alles gegeben, nur um in diesem Kaminzimmer zu sein und Harmonien zu improvisieren. Dafür hätte ich selbst schmerzende Ohren in Kauf genommen.

Lars hatte bereits bemerkt, dass er beobachtet wurde, denn er blickte hoch zu meinem dritten Auge. Ahnte er, dass ich seine Groteske in meinem Garten bei den Händen hielt? Gerne hätte ich gewusst, was in ihm vorging. Er spielte das Stück zu Ende.

Viridius rief: »Bravo! Mein zweites Thema muss noch etwas aufpoliert werden, aber es nimmt langsam Formen an.«

»Mein Lieber«, sagte Lars und begutachtete das Mundstück seines Instruments, »weißt du noch, wie ik dir erzählt habe, dass Serafina mik aus größter Entfernung sehen kann? Nun, gerade in diesem Augenblick tut sie es.«

»Tatsächlich? Kann sie mich hören?« Viridius blickte in die falsche Zimmerecke und zog seine buschigen Augenbrauen zusammen. »Sei mir ge-grüßt, Se-ra-fina, wir ver-mis-sen dich alle sehr«, sagte er übertrieben langsam.

Lars lächelte den alten Mann liebenswürdig an. »Ik wollte nur, dass du es weißt und nicht denkst, ik rede mit mir selbst. Also, Fina! Guten Abend.«

Ich wusste gar nicht, dass du die Schalmei spielst, sagte ich amüsiert.

»Ich habe nach langer Zeit wieder damit angefangen.« Er ließ seine großen Finger über die Löcher tanzen, als würde er ein Lied spielen. »Es ist eigentlich keine Schalmei, sondern eine samsamesische Bombarde.«

Sie ist sehr laut, sagte ich.

Ein fröhliches Grinsen erhellte sein rundliches Gesicht.

Hör zu, sprach ich weiter. *Ich möchte, dass du der Königin und Prinz Lucian eine Nachricht überbringst.*

»Jederzeit. Hast du deinen Quigutl-Halsschmuck verloren?«

Jemand hat ihn mir weggenommen, sagte ich und fügte dann zögernd hinzu: *Und zwar dein Bruder.*

»Mein Bruder?«, wiederholte Lars stirnrunzelnd. »War er beim Erlmyt?«

Niemand war beim Erlmyt. Aber das weiß Königin Glisselda bereits. Ich möchte, dass du ihr sagst, dass der alte Regent tot ist, vielleicht sogar von Umstürzlern ermordet wurde. Der neue Regent ist dein Bruder Josef.

Lars ließ den Kopf hängen und seufzte tief. Seine Schultern sackten nach unten. Jede Nachricht von seinem Bruder war für ihn eine Last. Bevor er zu Viridius gekommen war, hatte Lars kein leichtes Leben in seiner Familie gehabt. Sein Vater hatte seine Mutter umgebracht, als er erfuhr, dass Lars ein Halbdrache war, woraufhin Josef den Vater aus Rache getötet hatte. Jemand hatte rechtzeitig verhindert, dass er auch Lars tötete, aber brüderliche Liebe herrschte zwischen ihnen ganz sicher nicht.

»Wie ist das passiert?«, fragte er.

»Was hat dein Bruder denn jetzt schon wieder angestellt?«, flüsterte Viridius halblaut. Der alte Mann wartete nur darauf, Josef um Lars' willen zu verteufeln. Lars machte eine abwehrende Handbewegung.

Bitte, sag es Viridius, forderte ich ihn auf, für den Fall, dass Jannoula Lars im letzten Moment daran hinderte, meine Nachricht an die Königin zu überbringen. Josef würde nicht wollen, dass Glisselda von seinen Machenschaften erfuhr, und ich nahm an, dass Jannoula ihm in dieser Sache zustimmte. Aber Viridius würde sich durch nichts davon abhalten lassen, meine Nachricht weiterzuleiten.

»Du hast mir nicht alles gesagt«, beschwerte sich Lars. »Hat mein *verdammter* Bruder den Regenten eigenhändig getötet?« Viridius schlug seine verbundene Hand vor den Mund, als er das hörte. Lars kniff sich nachdenklich in die Nasenwurzel. »Warum haben die Grafen und Bischöfe ihn zum Nachfolger ernannt? Es bedarf der Zustimmung aller, um einen neuen Regenten zu ernennen.«

Die Zustimmung aller oder nur derjenigen, die auch tatsächlich bei der Versammlung anwesend sind?

»Der Anwesenden«, erwiderte Lars kopfschüttelnd. »Das ist auch der Grund, warum sich die Hochlandgrafen manchmal, ähm, ausgeschlossen fühlen.«

Nun ja, die Hochlandgrafen wissen es noch gar nicht. Und die anderen… Ich zögerte. Ingar war dort gewesen. Reichte die Zustimmung eines Einzelnen aus? Was würde Lars sagen, wenn ich Jannoula erwähnte? Aber so weit wollte ich mich jetzt noch nicht vorwagen. *Königin Glisselda muss sofort davon erfahren.*

»Wir gehen sofort zur Königin.« Lars warf Viridius einen Blick zu. Der alte Mann nickte und griff nach seinen polierten Gehstöcken.

Sagt ihr auch, dass ich erst wieder einen Bericht abliefern kann, wenn ich mir ein Tnik aus der Botschaft in Porphyrien beschafft habe. Das kann zwei Wochen oder länger dauern.

Viridius stand mühsam auf. »Fina, falls du mich hören kannst, dann bitte ich dich, schnell wieder nach Hause zu kommen. Die Chorsänger sind ohne dich ein unzähmbarer Haufen. Es ist einfach nicht mehr dasselbe.«

Sag Viridius, dass ich sein Grummeln vermisse, bat ich Lars. Doch der hörte mir schon nicht mehr zu.

Nur zu gerne hätte ich Lars einen tröstenden Kuss auf den Kopf gedrückt. Aber das ging natürlich nicht. Zum Glück übernahm das Viridius für mich.

Ich löste mich aus der Vision und wurde so sehr von Heimweh überrollt, dass mir richtig schlecht wurde.

Nein, die Übelkeit hatte einen ganz anderen Grund.

Abdo, rief ich. *Komm zurück. Schnell. Bring einen Eimer mit!*

Er kam gerade noch rechtzeitig.

Für zwei endlose, aufgewühlte Tage setzte mein Magen alles daran, das Innerste nach außen zu kehren. Er wütete und zürnte, bis ich mich nicht mehr auf den Beinen halten konnte. Abdo und Ingar verbrachten ihre Zeit abwechselnd an meinem Krankenlager, tupften mir mit einem Schwamm über die Stirn und flößten mir löffelweise mit Honig gesüßtes Wasser ein, wovon die Hälfte prompt wieder zurückkam.

Du bist grün, stellte Abdo eines Nachts staunend fest. *Grün wie eine Echse.*

Am dritten Tag schlief ich endlich ein und träumte, dass ich eine riesengroße Bibliothek nach dem Alphabet ordnete, die, wie sich herausstellte, ich selbst war.

Nachdem ich aus dem verrückten Traum erwacht war, taumelte ich die Stiege hinauf an Deck, blinzelte gegen Wind und Sonnenschein und stellte fest, dass das Leben ohne mich weitergegangen war. Die Seeleute hatten Abdo trotz seiner verbundenen Hand erlaubt, in die Takelage zu klettern, und Ingar sprach inzwischen nicht nur besser Porphyrisch als ich, er hatte sich sogar den unverständlichen Jargon der Matrosen angeeignet, als wäre es seine zweite Muttersprache.

»Seemannsbegriffe auf Porphyrisch sind nicht schwer zu erlernen«, erklärte er beim Abendessen in der überfüllten Schiffsmesse. Er, Abdo und ich saßen eingezwängt an einem Seitentisch und aßen in Salz eingelegten Kabeljau und matschige Linsen von klobigen Tellern. »Als mir klar wurde, dass sie *braixai* sagen statt das normale porphyrische Wort *brachas*, begriff ich auch, dass es darum ging, die Umlaute und…«

»Du hast ein Talent für Sprachen«, sagte ich wider Willen beeindruckt. Sein Goreddi war ebenfalls besser geworden, mit jedem neuen Satz war sein samsamesischer Akzent dahingeschmolzen.

Er errötete bei diesem Lob, sogar seine Glatze färbte sich rosa. »Ich habe viel gelesen. In vielen verschiedenen Sprachen. Das ist der Grundstock, aber ich weiß erst, wie man etwas richtig ausspricht, wenn ich es gehört habe.«

»Aber wie hast du es geschafft, so viele verschiedene Sprachen zu erlernen?«, fragte ich hartnäckig.

Er blickte von seinen zerkochten Linsen auf und sah mich durch seine dicke Brille, in deren Gläsern sich das Licht der Schiffslaterne spiegelte, an. »Ich habe die Wörter von allen Winkeln aus betrachtet, bis sie einen Sinn ergaben. Ist das nicht die übliche Art vorzugehen?«

Zum ersten Mal seit Tagen musste ich lächeln, mein Gesicht hatte fast schon vergessen, wie das ging. Die übliche Art? Es war eine alberne und äußerst mühevolle Art, und doch hatte ich das Gefühl, in diesem Moment den echten Ingar vor mir zu haben und nicht Jannoulas Handlanger. »Vielleicht kannst du mir bei der porphyrischen Grammatik helfen?«, fragte ich ihn. »Ich fürchte, ich bin ein hoffnungsloser Fall…«

Abdo versetzte mir unter dem Tisch einen Tritt. *Ich bringe dir Porphyrisch bei!*

Natürlich, sagte ich, *aber ich kann jede Hilfe, die ich nur kriegen kann, gut gebrauchen!*

Abdo verschränkte die Arme und starrte mich finster an. Ingar schien die Spannung zwischen uns nicht zu bemerken, denn er sagte: »Lass mich raten: Du ordnest nur die ganz eindeutigen Nomen dem richtigen Geschlecht zu, du verwechselst den Dativ mit dem Ablativ, und der Optativ macht dich ratlos.«

Abdo klappte die Kinnlade herunter. *Er scheint dich zu ken-*

nen!, rief er, und dann sprach er in Ingars Kopf, sodass ich ihn nicht hören konnte. Ingar lächelte gutmütig und antwortete ab und zu laut auf Porphyrisch. Ich konnte verfolgen, was er sagte, denn ich war immerhin eine gute Zuhörerin, und meine blühende Fantasie füllte die restlichen Lücken aus.

Plötzlich erlosch Ingars Begeisterung. Seine Augen wurden matt und er sprach langsam und undeutlich. Besorgt blickte ich Abdo an und sah, wie er gebannt auf eine Stelle direkt über Ingars Kopf starrte.

Bei den Göttern, stieß er hervor. *Sie überflutet seinen Geist. Sie füllt seinen Kopf randvoll. Sie füllt ihn wie einen großen leeren Krug.*

Instinktiv wich ich vom Tisch zurück. Ingars Augen verschleierten sich und ein sanftes Lächeln kräuselte seine vollen Lippen. Ich wartete wie ein verschreckter Hase, aber Ingar blinzelte nur und schwieg.

Was macht sie da?, fragte ich Abdo. *Will sie denn gar nicht mit mir sprechen?*

Abdo sah mich stirnrunzelnd an. *Es dreht sich nicht alles nur um dich. Sie besucht Ingar schon seit Jahren. Sie haben eigene Dinge miteinander zu besprechen.*

Ingars Kopf schien wegzurutschen wie schmelzende Butter in der Pfanne. Dann ein tiefer Seufzer.

Abdo und ich halfen Ingar auf die Füße und schlangen seine schweren Arme um unsere Schultern. Da wir unterschiedlich groß waren, stand Ingar schief und sein Kopf sackte auf Abdos Seite. Die Matrosen grinsten vielsagend, als wir an ihnen vorbeikamen. Sie dachten wohl, wir würden einen betrunkenen Kameraden zu Bett bringen.

VIERZEHN

Zehn Tage später kam Porphyriens Küste in Sicht. Sie schimmerte wie eine Perle im Meer. Der Stadtstaat erstreckte sich über zwei schüsselförmige Senken an einem zweigipfligen Berg. Der Fluss Omiga teilte sich dort. Der eine Arm ergoss sich im Westen in einer Reihe von Katarakten ins Meer, der andere Arm bildete im Osten einen Furcht einflößenden Wasserfall. Als unser Schiff den Leuchtturm passierte und in den Hafen einfuhr, fielen mir die dunklen, säulenhohen Bäume in den Gärten auf, die sich wie Finger in den Himmel streckten. Auf den Alabasterkuppeln der Tempel glänzten vergoldete Statuen. Kolonnaden und Säulenhallen aus dem purpurroten Marmor, der der Stadt ihren Namen gab, warfen in der Nachmittagssonne bizarre Schatten. Die Stadt lag auf steilen Terrassen, die wie die Sitzreihen eines Amphitheaters anstiegen. Die Häuser wirkten wie Zuschauer, die einer spannenden nautischen Komödie im Hafen beiwohnten. Zumindest hoffte ich, dass es sich um eine Komödie handelte und nicht um etwas anderes.

Porphyrien war genau genommen nicht Teil des Südlands, jeder Porphyrer würde eine solche Aussage sofort empört zurückweisen. Abdo hatte mir mehr als einmal erzählt, dass Ninys, Samsam und Goredd bei seinen Landsleuten als rückständig galten. Porphyrien war der südlichste Stadtstaat in einem weit gefächerten Handelsnetz, das sich bis in den hohen Norden erstreckte und über das westliche Meer bis in Länder reichte, von denen man bei uns nur vage Gerüchte hörte: Ziziba, Fior, Tagi.

Porphyriens zwölf Gründerfamilien – die Agogoi – hatten sich vor mehr als tausend Jahren am Delta des Omiga angesiedelt. Aufgrund der günstigen geografischen Lage erhofften sie sich, von hier aus den Handel mit dem gesamten Südland zu beherrschen. Diese Hoffnung trog sie zwar nicht, aber es dauerte doch einige Jahrhunderte, bis sich das Südland zu einem ebenbürtigen Handelspartner entwickelt hatte.

Damals regierten in den südlichen Ländern Dutzende von Kleinherrschern, die sich gegenseitig bekriegten und von den Drachen aus den nördlichen Bergen bedrängt wurden. Vor achthundert Jahren war es der legendären Königin Belondweg schließlich gelungen, Goredd unter einem Banner zu vereinen und die Drachen in ihre angestammten Gebiete zurückzudrängen. Dieser Zustand hielt allerdings nicht lange an. Die Drachen kehrten mit Macht zurück – ein Ereignis, das bis heute als die Große Welle bekannt ist.

Die Auseinandersetzung endete mit dem Zeitalter der Heiligen vor etwa sechshundert Jahren. Damals zogen Heilige durchs Südland und lehrten die Menschen, wie sie die Drachen erfolgreich bekämpfen konnten. Die darauffolgende zweihundertjährige Ruhepause, auch als Friede von Sankt Ogdo bekannt, ermöglichte es Ninys und Samsam, eigenständige Länder zu werden. Währenddessen spielten die Drachen auf Zeit und warteten ab.

Die letzten vier Jahrzehnte hatten abwechselnd Aufschwung und Restauration, Krieg und teilweise Friedensschlüsse gebracht. Comonots Vertrag ermöglichte den ersten richtigen Frieden seit Sankt Ogdo.

Während dieser langen Zeit hatten die Porphyrer zugeschaut und abgewartet und sich aus allem herausgehalten. Im Gegensatz zu anderen Ländern hatten sie von Anfang an Frieden mit den

Drachen geschlossen und verstanden nicht, warum wir ihrem Beispiel nicht folgten – oder warum wir uns nicht an einem Ort angesiedelt hatten, der nicht zu den Jagdgründen der Drachen gehörte. Mit dem in viele Wirren verstrickten Süden trieben die Porphyrer nur gelegentlich Handel, dafür regelmäßig mit dem fernen Norden und Westen. Das brachte ihnen nur einen bescheidenen Wohlstand ein, doch es ermöglichte zumindest ein komfortables Leben, sodass sie sich ihren anderen Interessen wie Philosophie, Wissenschaft und Kultur widmen konnten.

Comonots Friede und die Notwendigkeit zum Neuaufbau im Südland schufen schließlich doch noch die Voraussetzungen für das, was die Gründerväter Porphyriens sich ursprünglich erhofft hatten. Seit ich denken konnte, boten porphyrische Händler auf den Marktplätzen Goredds ihre Waren feil. Viele hatten sich inzwischen sogar im Südland niedergelassen, um von dort aus ihren Geschäften nachzugehen.

Porphyriens uralter Vertrag mit Tanamoot begründete auch das besondere Verhältnis, das Abdos Landsleute zu den Drachen hatten. Die Exilanten, die Eskar umwarb, damit sie sich Comonots Sache anschlossen, hätten in Goredd keinen Platz zum Leben gefunden. Wir ertrugen unsere Drachen nur, wenn man sie schon aus der Ferne als solche erkennen konnte; nicht umsonst mussten sie sich in Goredd Glocken anheften. Sofern man Abdos Erziehung in einem Tempel als Hinweis werten konnte, unterschied sich auch die porphyrische Haltung gegenüber Ityasaari von der unsrigen. Daher war ich schon sehr gespannt auf die besondere Mensch-Drachen-Beziehung in diesem Land.

Abdo war kaum noch zu zügeln. Beim ersten Blick auf die Stadt war er außer sich vor Freude auf die Ankerwinde geklettert und hopste nun vergnügt auf und ab.

Währenddessen erregten unerwartete Bewegungen am Himmel meine Aufmerksamkeit. Dunkle Umrisse schwebten über den Bergen, tauchten hinter der Stadt ab und stiegen wieder auf. Mal waren sie zu sehen, mal verschwanden sie wieder. Es waren wohl mehrere Dutzend, aber sie waren so schnell, dass man sie weder zählen noch genau verfolgen konnte. Ich berührte Abdo an der Schulter. »Drachen!«

Abdo beschattete seine Augen mit der gesunden Hand und blickte in die Richtung, die ich ihm zeigte. *Das sind die Exilanten. Sie dürfen an den vier Jahresfesten fliegen – wenn wir zur Winter- und zur Sommersonnenwende und zu den Tagundnachtgleichen im Frühjahr und im Herbst unsere Spiele zu Ehren der Götter begehen.*

»Sag bloß nicht, wir haben es pünktlich zur Sommersonnenwende geschafft«, rief ich erstaunt. Während meiner Reisekrankheit hatte ich aufgehört, die Tage zu zählen.

Ingar, der mit uns am Bug stand, befragte einen vorbeieilenden Matrosen. »Die Sommersonnenwende ist fünf Tage her, sagt dieser Mann. Heute ist der letzte Tag der Spiele.«

Wir hatten Porphyrien nur fünf Tage später erreicht als von Kiggs und Glisselda vor Monaten in der Bequemlichkeit von Schloss Orison geplant. Angesichts der Missgeschicke und unerwarteten Umwege auf unserer Reise war es kaum zu glauben, dass wir uns nur geringfügig verspätet hatten.

Aber der Prinz und die Königin konnten nicht alles vorausplanen – zum Beispiel einen Krieg zwischen rivalisierenden Drachen, der sich auf den Süden auszudehnen drohte. Daher konnte ich nur hoffen, dass unsere Reise nicht längst überflüssig war. Ich würde an Land sofort die Botschaft von Goredd aufsuchen, um mit Glisselda zu sprechen und herauszufinden, was los war.

Unser Schiff machte im Osthafen fest, wo die Handelsschiffe lagen. Ich hatte wegen meiner mangelnden Porphyrisch-Kenntnisse nur sehr wenig mit der Besatzung gesprochen, aber während wir auf das Anlegen der Gangway warteten, fragte ich den Bootsmann. »Kannst du mir vielleicht sagen, wo sich der Taubenschlag von Goredd befindet?«

Der Bursche glotzte mich verständnislos an.

Was machst du da?, fragte Abdo und versetzte mir grundlos einen heftigen Stoß.

Ich habe ihn gefragt, wo sich die Botschaft von Goredd befindet, erwiderte ich.

Nein, hast du nicht, sagte Abdo. *Außerdem weiß er das nicht. Du hast zwar die Narrenfreiheit eines Ausländers, aber man kann es auch übertreiben.*

Ich habe was?, fragte ich erstaunt.

Die Porphyrer gehen von vornherein davon aus, dass alle Fremden unsere Sprache schlecht sprechen und die Manieren eines Ziegenbocks haben. Wir amüsieren uns, wenn unser Vorurteil zutrifft, und sind ein wenig enttäuscht, wenn das Gegenteil der Fall ist. Die Matrosen spitzen schon die Ohren, um zu hören, welchen Unsinn du als Nächstes von dir gibst.

Ich blickte über die Schulter. Ein älterer Seemann grinste mich zahnlos an. Peinlich berührt drehte ich mich weg und sah zu, wie die Gangway hinabgelassen wurde.

»Ich muss sofort in die Botschaft«, sagte ich zu Abdo. »Und du solltest schleunigst in den Chakhon-Tempel gehen, um mit Paulos Pende zu sprechen.«

Später, sagte Abdo, der es kaum erwarten konnte, endlich von Bord zu gehen. *Zuerst will ich nach Hause und mich ausruhen.*

Seit er vom Tempel weggegangen war – aus Gründen, die er mir noch immer nicht anvertraut hatte –, lebte Abdo bei seiner Tante Naia, die für einen Reeder arbeitete. Ihre Wohnung befand sich ganz in der Nähe des Hafenmarkts in einem Viertel namens Skondia. Abdos Großmutter, die schon vor Monaten nach Porphyrien zurückgekehrt war, hatte seine Tante sicher längst von unserem Kommen unterrichtet.

Der Hafen bot ein buntes Bild: Matrosen und Schiffsarbeiter, Lastkräne, Krebsreusen, Fischweiber und gierige Seemöwen, die sich um die Fischreste balgten, waren zu sehen. Abdo stellte sich genauso geschickt an wie die Möwen, als er sich seinen Weg mitten durch den Trubel bahnte. Ich hatte Mühe, ihm zu folgen, zumal ich den Weg ja nicht kannte. In einem Moment erspähte ich ihn noch neben aufgetürmten Fischnetzen, im nächsten war er bereits wieder verschwunden, nur um Sekunden später bei einem mit Vogeldreck bedeckten Mast wieder aufzutauchen. Gleich darauf schien er sich in Luft aufzulösen, stand dann jedoch plötzlich neben einem Musikanten, der eine Art Miniaturlaute spielte. Auf diese Weise kämpften wir uns nach Osten voran und erreichten schließlich sanft ansteigende, schattige und nicht ganz so belebte Straßen, die von Wohnhäusern gesäumt waren.

Ich hatte absichtlich nicht auf Ingar geachtet und insgeheim sogar gehofft, dass er vielleicht über eine Angelschnur stolpern und ins Wasser fallen würde, aber er trottete treu und brav hinter uns her.

Das Erdgeschoss von Tanta Naias Wohnhaus beherbergte Läden und Geschäftsräume. Abdo führte Ingar und mich eine schmale Treppe hinauf, vorbei an einer gut besuchten Taverne und einem Fischnetzmacher, dessen Laden geschlossen war. Von oben wehte uns ein Hauch von mit Kardamon gewürztem Tee und Gebratenem entgegen. Das Weinen eines Säuglings hallte durchs Treppenhaus. Nachbarn, die uns im Halbdunkel entgegenkamen, begrüßten Abdo freudig und starrten Ingar und mich neugierig an. Abdos Tante wohnte ganz oben im vierten Stock.

Eine kleine, dickliche Frau, die eine Hose und eine praktische gelbe Tunika trug, öffnete auf Abdos Klopfen hin die Tür. Ihr kinnlanges braunes Haar war in viele kleine Strähnchen gedreht, die mit blau und grün schimmernden Keramikperlen geschmückt waren. Sie trug eine goldumrandete Brille und hatte sich einen Stift hinters Ohr geklemmt. Als sie Abdo sah, strahlte sie übers ganze Gesicht und wollte ihn in die Arme nehmen.

Abdo brach in Tränen aus und sank gegen ihre Brust. Überrascht stolperte sie einen Schritt zurück, bevor sie ihn fest an sich drückte, seinen Kopf küsste und ihn weinen ließ. »Mein kleines Äffchen«, murmelte sie in sein Haar. »Was soll denn das heißen?«

Abdo trocknete die Tränen und hielt seine linke Hand hoch. Der Verband war eigentlich unnötig, denn die Wunde war längst verheilt, trotzdem nahm er ihn nicht ab. Tante Naia zog die Augenbrauen zusammen und redete so schnell auf den Jungen ein, dass ich ihr nicht folgen konnte. Abdo versuchte mit Zeichensprache zu antworten – das hatte ich schon bei ihm und seinem Großvater gesehen –, aber das war mit seiner verletzten Hand nicht so einfach.

Tante Naia antwortete ebenfalls mit Handzeichen. Ich fragte mich, wie lange Ingar, der alles genau beobachtete, brauchen würde, um sich die Fingersprache anzueignen.

»Verzeiht mir«, sagte Naia plötzlich und wandte sich mit einfachen porphyrischen Worten an Ingar und mich. »Ihr seid Abdos Freunde. Kommt doch bitte herein. Gäste sind Gesandte der Götter.«

Zum Glück wusste Ingar die richtige Erwiderung. »Ein großzügiges Herz ist der wahre Tempel.«

Tante Naia führte uns in den schlicht eingerichteten Wohnraum. Es gab nur ein Chaiselongue, einen niedrigen Tisch, auf dem sich Kontenbücher stapelten, ein Kohlebecken und mehrere kleine Teppiche und Kissen. Ein quadratisches Fenster mit

Blick auf den Hafen ließ das letzte Abendlicht herein. Drei weitere Räume waren durch Vorhänge abgetrennt.

Abdo ließ sich auf das Sofa fallen und streckte seine bandagierte Hand aus. *Hilf mir, den Verband abzunehmen, Fina Madamina*, bat er mich. *Und erzähl meiner Tante, was passiert ist, ich schaffe das nicht.*

Ich setzte mich neben ihn, wickelte den Verband ab und berichtete seiner Tante – mit Ingar als Hilfsübersetzer – von unserer Reise durch das Südland und davon, wie wacker sich Abdo geschlagen hatte und wie es zu dem Angriff und der Handverletzung gekommen war.

Abdo ließ währenddessen seine Hand auf meinem Schoß ruhen und bewegte sie nicht.

»Zeig es mir, Frosch«, forderte seine Tante ihn auf und kniete sich vor das Sofa.

Abdo schluckte schwer und wackelte mit dem Daumen. Dann wackelte er noch einmal. Seine anderen Finger blieben starr und steif.

Am nächsten Morgen gab Abdo vor, krank zu sein, um liegen bleiben zu können. Er schlief auf einer aufklappbaren Matratze in der Nische eines Alkovens, in dem sich weitere Kontenbücher stapelten. Die Vorhänge seiner Schlafstatt hatte er fest zugezogen. Naia, Ingar und ich schlichen auf Zehenspitzen durch die Wohnung und frühstückten so leise wie möglich den Fisch und die gebratenen Eierfrüchte, die wir von der Gaststube im Erdgeschoss heraufgeholt hatten. Naia spähte hinter den Vorhang, um nachzusehen, ob Abdo etwas aß. Betrübt schüttelte sie den Kopf.

»Er trauert um seine Hand«, sagte sie und rieb sich mit dem

Daumen über die Stirn. »Wir müssen ihm noch etwas Zeit geben.«

Vermutlich ging es dabei nicht nur um seine Hand. Die Sache mit Jannoula hatte ihm bereits unterwegs schwer zu schaffen gemacht, aber da hatte ihn sein Wunsch, nach Hause zu gelangen, aufrecht gehalten. Jetzt war er angekommen und der Kummer traf ihn mit voller Wucht.

Nach dem Frühstück bestand Naia darauf, dass Ingar und ich einen Abstecher in die öffentlichen Bäder unternahmen. »Ich weiß, ihr Südländer habt Angst, dass eure Seelen mit dem Wasser weggeschwemmt werden«, sagte sie energisch, »aber das ist ein Märchen. Es ist nichts Schlechtes daran, sauber zu sein.«

Ingar schien nicht abgeneigt zu sein, was mich wunderte, denn immerhin verbargen sich unter seinem Hemd ein Paar Flügel. Mein Mut hingegen sank bei der Vorstellung, dass ich Dutzenden – oder Hunderten? – von Fremden meine Schuppen an Arm und Hüfte zeigen musste.

Ich tat, als wäre ich fürchterlich schüchtern, und verschaffte mir damit einen Aufschub. »Dann nehme ich dich eben am Nachmittag mit zu den Badezeiten der alten Leute«, sagte Naia entschlossen, während sie ihr Badezeug in einen Korb legte. Sie hinterließ eine Nachricht für Abdo und stupste Ingar mit dem Finger zur Tür hinaus.

Ich verließ zusammen mit ihnen das Haus, ging dann allerdings nach Westen, wie Naia es mir gesagt hatte, und kämpfte mich an den vielen Handkarren auf der Kaimauerstraße entlang, um mir in der Botschaft von Goredd ein Tnik zu besorgen. Der Himmel wölbte sich geradezu schamlos blau und klar über mir. Die Sonne brannte auf meinen Rücken, sodass mir unter dem wollenen Wams ganz heiß wurde. Alle, an denen ich vorbeikam, angefangen von den einfachen schmuddeligen Gassenbengeln, die die Möwen jagten, bis zu dem parfümierten Kaufmann, der seine Waren auf einer Liste abhakte, trugen dem Wetter entsprechend leichte, luftige Kleidung. Ich zog die oberste Schicht aus, aber das Leinenhemd darunter war schon durchgeschwitzt. Naia hatte recht, ich brauchte dringend ein Bad. Und leichtere Kleidung.

Wieder einmal hatte ich die Bedeutung von Goredd überschätzt, denn ich war wie selbstverständlich davon ausgegangen, dass die Botschaft meines Landes auf dem Zokalaa, dem Hauptplatz der Stadt, zu finden sei, wo die monumentalen Gebäude mit den Marmorfassaden waren. Nachdem ich eine Weile ratlos auf die Säulentempel, das Vasilikon (eine überkuppelte Halle, wo sich die Agogoi versammelten) und den großen Emporio (ein betriebsamer, überdachter Markt) gestarrt hatte, blieb mir nichts anderes übrig, als mit meinem dürftigen Porphyrisch die Fußgänger zu befragen. Zuerst versuchte ich es bei einem der vielen Boten, die wie Bienen über den Platz schwirrten. Aber er hielt es nicht für nötig, auch nur stehen zu bleiben. Dann versuchte ich mein Glück bei einer jungen Mutter in Begleitung zweier Dienerinnen, von denen die eine den riesigen Einkaufskorb trug und die andere ein kleines Kind auf dem Arm hatte. Die Frau lächelte nachsichtig und wies mir den Weg zu einer Seitenstraße, die so steil war, dass sie sogar Stufen hatte, und so eng, dass ich die weiß getünchten Wände zu beiden Seiten berühren konnte. Hier war niemand unterwegs, außer einem Mann, der einen mit Kupferwaren beladenen Esel antrieb. Ich musste mich in einen Hauseingang drücken, um ihn vorbeizulassen.

Schließlich sah ich in einer schattigen Mauernische über einer schlichten Holztür ein Bronzeschild, auf dem in Porphyrisch und Goreddi das Wort *Botschaft* stand. Der Türklopfer hatte die Form eines Kaninchens und war eine Anspielung auf Goredds Meisterschwindler Pau-Henoa.

Ein porphyrischer Türwächter öffnete ein kleines Guckloch auf Augenhöhe, fragte nach meinem Namen und schloss die Klappe wieder. Ich hielt mir gegen die immer greller werdende Sonne schützend die Hand vor Augen und wartete. Nach einer Weile kam der Türwächter wieder wie ein Kuckuck, der aus einer Uhr springt. Er reichte mir ein zusammengefaltetes Pergament, ehe er erneut verschwand.

Ich zögerte einen Moment und überlegte, ob ich noch einmal klopfen und den Botschafter verlangen sollte. Aber wenn dieser mich hätte empfangen wollen, dann hätte man mich ins Haus gebeten. Vielleicht war er nicht hier, sondern gerade dabei, im Auftrag von Goredd bei der Versammlung der Agogoi Anträge vorzubringen.

Zumindest nahm ich an, dass das in diesem Land so üblich war. In Porphyrien gab es kein Königshaus.

Als ich das Pergament entfaltete, fiel ein matt glänzendes Tnik heraus. Wieder war es ein Freundschaftsknoten. Wie es aussah, war ich gar nicht auf den Botschafter angewiesen, denn offenbar hatte Glisselda bereits dafür gesorgt, dass ich ein eigenes Tnik bekam. Ich machte mich auf den Rückweg zum Hafen und hielt Ausschau nach einem Ort, an dem ich in Ruhe mit meiner Königin sprechen konnte. Zu Naia konnte ich nicht gehen, dort lief ich Gefahr, dass Jannoula mich mithilfe von Abdo belauschte.

Am westlichen Hafenbecken reihten sich Schiffe und kleinere Boote von Privatleuten, und ganz weit draußen befand sich ein Wellenbrecher, der fast eine halbe Meile weit in die Hafeneinfahrt reichte, an deren beiden Seiten jeweils ein Leuchtturm stand. Ich schlug den Weg zum Wellenbrecher ein.

Es war offensichtlich ein beliebter Spazierweg. Man konnte sich die Meeresluft um die Nase wehen lassen, ohne den Lärm und Gestank in Kauf nehmen zu müssen. Alte und junge Paare genossen die kühle Brise. Immer wieder kam ich an Karren vorbei, wo man sich gebratene Eierfrüchte und Sardinen am Spieß kaufen konnte, falls man ohne Frühstück aufgebrochen war. Die meisten Spaziergänger trugen goldenen Haarschmuck, der sie als Mitglieder der wohlhabenden Familien der Agogoi auswies. Manche waren in Begleitung von Dienern, die einige Schritte hinter ihnen gingen und einen Sonnenschutz hielten oder ein kleines Kind trugen. Herren wie Diener sahen mich gleichermaßen verwundert und belustigt an. Eine törichte fremde Frau mit blassem Gesicht, die viel zu warm angezogen war und schwitzte wie ein Schwein, war an einem sonnigen Morgen wahrhaftig ein ungewohnter Anblick.

An einer Gabelung zweigte die Promenade zu einem Rundweg um den Leuchtturm ab. Die Spaziergänger machten kehrt, ohne sich lange aufzuhalten. Konnte man sich an den überwältigenden Anblick von Meer und Himmel gewöhnen? Im Südwesten erstreckte sich die Insel Laika. Dort war die porphyrische Flotte stationiert. Sie war ein Tummelplatz für Seevögel, und wenn der Wind richtig stand, konnte ich das Brüllen der Seelöwen hören, auch wenn die Felsen zu weit weg waren, um die Tiere zu erkennen. Ich setzte mich auf einen Steinblock, der von der Sonne aufgewärmt und nicht von allzu viel Vogeldreck beschmutzt war, und meldete mich zum ersten Mal seit langer Zeit wieder zu Hause.

»Schloss Orison, wer spricht da?«, meldete sich ein Page.

»Serafina Dom...«, fing ich an.

Glisselda stand anscheinend direkt neben dem Pagen, denn sie rief sofort: »Fina! Du hast es also nach Porphyrien geschafft! Geht es allen gut?«

Wie so oft musste ich über ihre Begeisterung schmunzeln. »Ob es allen gut geht, weiß ich nicht. Ich kann nur für mich sprechen. Mir geht es gut, aber Abdo...«

Abdo geht es gar nicht gut, wollte ich sagen, brachte es aber nicht heraus.

»Lars hat uns deine Nachricht überbracht«, sagte Glisselda. »Es war klug von dir, dafür zu sorgen, dass auch Viridius Bescheid weiß, denn wie es aussieht, ist auch Lars in Jannoulas Fänge geraten.«

Der Wind war plötzlich viel kälter. Eine Möwe kreischte laut. »Was ist passiert?«, fragte ich.

»Lars ist zu uns gekommen, so wie du es ihm aufgetragen hast«, berichtete sie. »Der große, getreue Lars in Begleitung von Viridius mit seinen Gehstöcken. Lars erzählte uns, dass du in Schwierigkeiten steckst und dein Tnik verloren hättest, aber jetzt auf einem Schiff nach Porphyrien unterwegs seist und wir dort einen neuen Apparat für dich bereitstellen sollen. Während er sprach, unterbrach ihn Viridius immer wieder und sagte: ›Ja, aber mein Lieber… erzähl ihnen von…‹ Schließlich riss Viridius der Geduldsfaden und er rief: ›Hört zu, am allerwichtigsten ist, dass Lars' Bruder Josef die Regentschaft…‹ Plötzlich rutschte Viridius' Gehstock weg und der alte Mann fiel hin«, sagte Glisselda ernst. »Ich habe nicht bemerkt, wie es passiert ist, aber Lucian hat alles genau gesehen. Lars hat dem Gehstock einen Tritt versetzt.«

Die Wellen klatschten gegen die Hafenmauer. Ich umklammerte den kantigen Stein, auf dem ich saß, denn mir war plötzlich ganz flau geworden.

Lars würde so etwas nie fertigbringen. Es sei denn, Jannoula hätte die Kontrolle über ihn erlangt und ihn gezwungen, den Stock wegzutreten.

Glisseldas Stimme war undeutlich zu hören. »Viridius hat sich den Kopf angeschlagen und war für zwei Tage ohne Bewusstsein. Lars war untröstlich, was mich darin bestärkte, dass es ein Unfall war. Lucian sieht darin allerdings den Beweis, dass

Lars von Schuldgefühlen geplagt wird. Um es kurz zu machen: Die beiden sind nicht mehr zusammen. Lars ist in den Südflügel zu Dame Okra und den Ityasaari aus Ninys gezogen. Er tüftelt immer noch an unseren Kriegsmaschinen, spricht aber kaum ein Wort mit jemandem. Lucian lässt ihn beobachten.«

»Ich hoffe, Viridius geht es wieder besser?«, fragte ich heiser. Ich hatte den alten, übellaunigen Komponisten gern.

»Rein körperlich, ja. Wie du dir sicher vorstellen kannst, ist er wütend auf Lars. Er hat uns von dem Umsturz in Samsam berichtet. Lucian glaubt, dass Lars sich für seinen Bruder schämt und uns deshalb nichts davon erzählt hat, aber ich finde, das sieht Lars überhaupt nicht ähnlich.«

»Nein«, sagte ich grimmig. »Lars hätte es Euch und Kiggs sofort mitgeteilt. Er hätte niemals …« Meine Stimme kippte und ich musste tief Luft holen. »Jannoula ist in Samsam. Ich habe sie gesehen. Vermutlich hat sie Josef dabei geholfen, die Herrschaft an sich zu reißen – und jetzt hat sie auch noch Lars in ihrer Gewalt!«

Eine Zeit lang schwiegen wir. »Das ist ziemlich viel auf einmal«, meinte Glisselda schließlich. »Heißt das, dass alles, was wir in Lars' Gegenwart sagen, auch in Samsam gehört wird?«

»Lars, Dame Okra, Od Fredricka, Gianni Patto«, zählte ich auf. »Und wer weiß, vielleicht hat Jannoula inzwischen auch Nedouard und Blanche im Griff. Ihr dürft nichts Vertrauliches besprechen, solange einer von ihnen in Eurer Nähe ist.« Ich starrte zum Himmel auf. »Und hier bei mir hat es Ingar und Abdo erwischt.«

»Bei Sankt Mashas Stein!«, japste die Königin. »Genau das haben wir befürchtet, als du von Fnark aus mit uns gesprochen hast.«

»Wenn ich nur wüsste, was Jannoula im Schilde führt«, sagte ich nervös.

»Das, was wir wissen, ist schon besorgniserregend genug«, erwiderte Glisselda. »Dieses Ränkespiel in Samsam, bei dem sie einen gefühllosen Schurken angestachelt und ihm zur Regentschaft verholfen hat, zeigt ihre finsteren Absichten. Meinst du, sie hat Josefs Bewusstsein erobert?«

»In erster Linie nutzt sie seine Ehrfurcht vor den Heiligen schamlos aus«, sagte ich. »Abdo hat mir versichert, dass sie nicht in Josefs Geist eingedrungen ist. Trotzdem...« Ich suchte nach den richtigen Worten. »Sie kann ihr Gedankenfeuer für die Menschen sichtbar machen. Sie setzt es als Trick ein, damit die Leute glauben, sie sei gesegnet. Nehmt Euch in Acht vor ihr.«

Aber konnte man überhaupt vor Jannoulas eigentümlichem Zauber gefeit sein? Ich hoffte es um Glisseldas willen.

»Oh, ich werde zu verhindern wissen, dass sie nach Goredd einreist«, sagte die Königin. »Ich kenne jemanden, der nichts lieber täte, als an der Grenze auf sie zu warten, um sie festzunehmen, wegen... ach, was weiß ich, ihm würde ganz sicher etwas Schlaues und ganz und gar Gesetzmäßiges einfallen.«

Ich musste unwillkürlich lächeln. Sie kannte ihren Cousin sehr gut.

»Aber leider wird er nicht mehr hier sein«, fuhr Glisselda fort.

»Was?«, rief ich. »Wohin geht er denn?«

»Ah«, sagte sie. »Es ist nicht klug, bei einem solchen Gespräch allzu viel preiszugeben, aber ich kann dir verraten, dass der alte General sich für Eskars Plan zu erwärmen scheint. Er geht nach Porphyrien und Lucian begleitet ihn.«

Offenbar hatte Comonot seine Bedenken, was die Ausbreitung des Kriegs nach Süden anging, überwunden. Leider konnte ich aus Glisseldas Tonfall nicht heraushören, was sie selbst über die Sache dachte.

»Du musst deine Aufgabe in Porphyrien zu Ende bringen«, fuhr Glisselda fort. »Der Ardmagar wird in etwa zwei Wochen eintreffen. Eskar und die Ritter von Fort Übersee haben den Auftrag, sich bereitzuhalten. Bis dahin musst du alles erledigt haben. Du und die Ityasaari werdet Lucian nach Hause begleiten.«

»Wirklich?«, piepste ich. Allein bei dem Gedanken an die Heimat machte mein Herz einen Satz. Und bei dem Gedanken an Prinz Lucian ebenfalls.

»Ich bin eifersüchtig auf euch beide«, beschwerte sich Glisselda.

»T… tatsächlich?«, fragte ich zögernd, da ich mir nicht sicher war, worauf sie hinauswollte.

»Bei den Heiligen, ja. Ich, die Königin, sitze hier fest, während ihr beide in meinem Namen durch die Lande streift. Das ist schrecklich ungerecht.«

Ich entspannte mich ein wenig. »Das heißt, Ihr seid neidisch.«

»Genau das habe ich gesagt«, erwiderte sie schnippisch. Ich strapazierte ihre Geduld. Mein Schuldbewusstsein hatte mich dazu gebracht, ihre harmlosen Worte falsch zu verstehen.

Im Hintergrund sprach jemand leise mit Glisselda, woraufhin sie zu mir sagte: »Beim Galan von Sankt Daan, ich muss gehen. Halte mich auf dem Laufenden.«

»Selbstverständlich«, sagte ich, aber da hatte sie ihren Apparat bereits ausgeschaltet.

Auf dem Rückweg vom Wellenbrecher kämpfte ich mit meinen gespaltenen Gefühlen. Einerseits drückte mich mein schlechtes Gewissen, andererseits jubelte ich innerlich vor Vorfreude, Prinz Lucian Kiggs so bald wiederzusehen.

FÜNFZEHN

Auf dem Rückweg kaufte ich am Hafenmarkt leichtere Kleidung, eine Salbe aus Olivenöl für meine Schuppen und ein großes, besticktes Kissen für Naia.

Abdos Tante gefiel das Geschenk sehr gut, was sie allerdings nicht daran hinderte, ihre Drohung wahrzumachen und mich ins Bad zu schleppen. Ich stand das Ganze nur durch, indem ich alles nach Drachenart mit wissenschaftlichem Abstand betrachtete: die Mosaike mit Meeresmotiven an der Kuppeldecke; das grünliche, leicht abgestandene Wasser; meine altmodische goreddische Scham, nackt zu sein; die ältlichen Badegäste, die mich amüsiert beobachteten, und nicht zu vergessen die Tatsache, dass niemand hier so blass und schuppig war wie ich. Es war alles sehr seltsam.

Ich war froh, dass Abdo einen Tag für sich hatte, während ich die Botschaft und die Bäder aufsuchte, aber als er sich auch am nächsten Tag weigerte, aufzustehen, machte ich mir langsam Sorgen. Ich hatte nur noch zwei Wochen, um sowohl die anderen Ityasaari als auch Orma zu finden, bevor Kiggs und Comonot eintrafen. Eigentlich dürfte Abdo es kaum noch erwarten können, dass der Ityasaari-Priester Paulos Pende ihn endlich von Jannoula befreite.

Nach dem Frühstück befragte ich Naia. Ich sprach leise, damit Ingar mich nicht hörte. »Darf ich Abdo aufwecken? Er wollte eigentlich so bald wie möglich zum Chakhon-Tempel.«

Naia blickte mich entgeistert an. »Das bezweifele ich«, sagte sie. »Da hast du ihn wohl falsch verstanden.«

Ich rief mir unser Gespräch auf dem Schiff in Erinnerung. Damals hatte Abdo tatsächlich nicht sehr begeistert geklungen. »Warum will er nicht hingehen?«

Naia schürzte die Lippen und blickte unwillkürlich zu Abdos Vorhang, so als wüsste sie nicht genau, wie viel sie mir verraten durfte. »Er hat sich mit Paulos Pende überworfen und sie sind im Streit auseinandergegangen. Ich bezweifele, dass der Priester Abdo überhaupt noch sehen will.«

Ah. Endlich verstand ich Abdos Zurückhaltung. Dass der Priester Abdo nicht sehen wollte, bedeutete aber nicht zwangsläufig, dass er auch *mich* nicht empfangen würde. Vielleicht konnte ich so weit vermitteln, dass der alte Mann Abdo doch noch von Jannoula befreite. Außerdem war Paulos Pende die beste Anlaufstelle, um mich nach den porphyrischen Ityasaari zu erkundigen. Als ich tags zuvor über den Zokalaa gegangen war, hatte ich bereits einen kurzen Blick auf den Chakhon-Tempel geworfen.

Inzwischen hatte sich Ingar zu uns gesellt. Er würde mir noch Probleme bereiten. Ich wollte nicht, dass er mich ausspionierte und Jannoula auf dem Laufenden hielt, aber ich konnte nicht verhindern, dass er mir wie ein kleines Hündchen auf Schritt und Tritt folgte.

Ich beschloss, den glatzköpfigen Bücherwurm in das Bibliagathon, Porphyriens berühmte Bibliothek, mitzunehmen, wo Orma über Halbdrachen forschte. Ich würde es so einrichten, dass Ingar zwischen all den Büchern verloren ging, damit ich mich auf die Suche nach meinem Onkel machen konnte. Noch vor der Mittagszeit brachen wir auf und gingen in die höher gelegene Weststadt, wo die wohlhabenderen Bürger wohnten.

»Ich habe schon ... so viel ... davon gehört ...«, keuchte Ingar.

Er konnte zwar nur mit Mühe Schritt halten, aber er war keiner, der sich von einer Kleinigkeit wie Atemnot davon abhalten ließ, zu reden. »Meine eigene Bibliothek ist... nicht unbeträchtlich...«

Ich blieb stehen, damit er Luft holen konnte. Seine Glatze glänzte vor Schweiß und war besorgniserregend rot. Ich wandte den Blick ab und betrachtete stattdessen die Stadt, die wie eine farbenfrohe Schüssel vor uns lag, und den Hafen, der wie ein violetter Klecks aussah. Ingar lehnte sich gegen eine schattige Gartenmauer. Aus einer Ritze über seinem Kopf quollen die grellrosa Blüten einer Mauerranke.

»Ich habe sie nach Goredd bringen lassen«, sagte er, als er schließlich wieder in der Lage war, einen ganzen Satz ohne Japsen herauszubringen.

»Was denn?«, fragte ich, weil mir der Gesprächsfaden verloren gegangen war.

»Meine Bibliothek«, erklärte er. »Jannoula möchte den Himmel auf Erden erschaffen. Und was sonst könnte ein armseliger alter Kerl wie ich dazu beitragen? Du musst doch zugeben, ohne Bücher könnte es gar kein Paradies sein.«

»Den Himmel auf Erden?«, wiederholte ich. Das war mir neu. »Was genau stellt sie sich darunter vor?«

Er riss seine Kuhaugen auf und sagte überschwänglich: »Das weißt du doch. Wenn wir erst einmal alle vereint sind, werden wir gemeinsam bei dir in Goredd leben und froh und glücklich miteinander sein.«

Ich öffnete den Mund und schloss ihn wieder. War es wirklich das, was Jannoula wollte? Oder hatte sie es Ingar nur glauben machen wollen, um ihn zu beeinflussen? Womöglich hatte sie es Ingar nur gesagt, um *mich* zu beeinflussen. Um mir vorzugaukeln, dass sie meinen Traum teilte und den Garten der Grotesken in der wirklichen Welt nachbilden wollte.

Leider hatte der Traum inzwischen einen bitteren Beigeschmack.

Außerdem erklärte dieser Himmel auf Erden noch lange nicht Jannoulas Treiben im Samsam. Egal wie sehr Josef die Eremitin verehrte, unter seiner Regentschaft durften die Halbdrachen sich nicht sicher fühlen. So oder so hatte Jannoula weit mehr im Sinn, als Ingar ahnte.

»Ich habe etwa siebenundzwanzigtausend Bücher in meiner Bibliothek«, verkündete Ingar. Er setzte sich wieder in Bewegung. Es war, als ob das Bibliagathon ihn zu sich rufen würde. Ich folgte ihm schweigend. »Meine Mutter hat Bücher gesammelt«, erklärte er mir. »So hat sie meinen Vater als Saarantras kennengelernt. Er hat sehr seltene Bücher für sie beschafft, daher habe ich nun so manches Schmuckstück in meiner Sammlung. Zum Beispiel besitze ich die Vermächtnisse von Sankt Vitt, Sankt Nola und Sankt Eustace.«

»Die Originale? Ich meine, die von den Heiligen mit eigener Hand geschriebenen Texte?«, fragte ich.

Er zuckte bescheiden mit den Schultern. »Allerletzte Sicherheit könnte nur ein kundiger Theologe bringen, aber ich gehe doch sehr davon aus. Sie stammen ganz sicher aus dem Zeitalter der Heiligen. Die Schrift dieser Zeit zeichnet sich durch einige Besonderheiten aus...«

Er brach ab, weil genau in diesem Moment das berühmte Bauwerk in Sicht kam: die eleganten Säulen und die geschwungene Kuppel, die Vorbauten und Höfe, wo die Philosophen, in Streitgespräche vertieft, wandelten. Die Heimstatt jahrhundertealten Wissens. Das Bibliagathon erstreckte sich über ein ganzes Stadtviertel. Orma hatte mir erzählt, dass etwa die Hälfte der Bücher auf drei zusätzliche Gebäude ausgelagert war: In einem befanden sich die alten und brüchigen Bücher, in einem anderen die besonders geheimen und in einem dritten die neu erworbenen und die schwierig einzuordnenden Werke.

Ingar hüpfte auf und ab wie ein kleiner Junge. Irgendwie konnte ich ihn verstehen. Dieser Ort war ganz gewiss sein Himmel auf Erden.

Mein Plan, Ingar in der Bibliothek zurückzulassen, hatte allerdings einen Haken: Ich war selbst nicht vor dem Sirenenruf der Bücher gefeit. Ich konnte mich kaum losreißen von den endlosen Regalen und den in Wandnischen gestapelten Pergamentrollen, den Säulenhallen und den glucksenden Brunnen, dem Anblick der Gelehrten, die an langen Holztischen saßen und eifrig an ihren Abhandlungen schrieben, und nicht zuletzt von dem warmen Sonnenlicht, das durch die offenen Gänge fiel.

Vielleicht ist Orma irgendwo hier, ermahnte ich mich und nahm diesen Gedanke sofort als Entschuldigung, um noch ein wenig länger zu verweilen. Wenn mein Onkel damit beschäftigt war, nach geschichtlichen Hinweisen auf Halbdrachen zu suchen, wo könnte er das besser tun als hier?

Ich hatte Schwierigkeiten, die Inschriften über den Türen zu entziffern. Die porphyrische Schrift unterschied sich von der des Südlands, daher musste ich mich sozusagen an den Buchstaben entlanghangeln. Zum Glück waren neben den Inschriften Symbole eingraviert. Manche waren unverständlich – was hatte beispielsweise ein Ochsenfrosch mit Philosophie zu tun? –, aber die Abbildung von Musikinstrumenten war eindeutig.

Orma war ein ausgebildeter Musikologe, daher war es der richtige Ort, um die Suche nach ihm zu beginnen.

Der Lesesaal dieser Abteilung war leer bis auf die Büste des Dichterphilosophen Necans. Seine Bronzenase glänzte, poliert von Generationen von Gelehrten, die der Versuchung nicht hatten widerstehen können, in die metallisch glänzende Nase zu zwicken. Ich suchte die Regale ab und stellte mit einem gewissen Stolz fest, dass wir zu Hause in Lavondaville im Sankt-Ida-Konservatorium mehr musikwissenschaftliche Werke hatten, als hier vorhanden waren. Mein Onkel hatte fast genauso viele Bände in seinem Studierzimmer.

Manche Bücher waren in der Schrift des Südlands verfasst, mache kannte ich noch aus meiner Schulzeit. Eine dicke, in Kalbsleder gebundene Ausgabe von Thorics *Polyphonischen Transgressionen* erinnerte mich so lebhaft an Ormas altes Exemplar, dass ich das Buch in einem Anfall von Sehnsucht herausnahm und es ansah.

Fast wäre es mir aus der Hand gefallen, so überrascht war ich. Auf dem Buchdeckel befand sich eine Delle, und zwar genau dort, wo ich den Folianten mit meinem Spielplättchen traktiert hatte. An demselben Tag hatte Jannoula mich auch dazu gebracht, Orma auf den Mund zu küssen.

Kein Zweifel, das Buch gehörte Orma. Er hatte so viele Bücher aus Goredd mitgenommen, wie er nur tragen konnte, und wie ich von den Bibliothekaren erfahren hatte, waren einige davon nicht einmal seine eigenen. War es ihm zu beschwerlich geworden, sie überallhin mitzuschleppen? Andererseits hing er so sehr an seinen Büchern, dass er sie wohl kaum freiwillig irgendwo zurücklassen würde.

Das Buch wölbte sich merkwürdig. Neben der Büste von Necans befand sich ein Lesepult. Ich nahm das Buch mit dorthin, schlug es auf – und stieß auf ein zweites, darin verborgenes Buch. Es war ein schmales Bändchen, in dem sich mehrere lose Blätter befanden, die sich jetzt über das Pult ergossen und wie Herbstlaub zu Boden fielen. Aufgeregt sammelte ich sie wieder ein. Es waren eindeutig Ormas Aufzeichnungen, ich kannte seine eckige Handschrift genau. Wenn er sie hiergelassen hatte, dann hatte er die Absicht, wieder zurückzukommen.

Die Seiten waren nicht nummeriert, daher konnte ich sie nicht sofort ordnen. Ich fing an zu lesen und stieß schon bald auf die erste Seite. Orma hatte in großen Buchstaben ABHANDLUNG darüber geschrieben. Ich las weiter:

Es hat sich als schwierig erwiesen, historisch gesicherte Fälle von Kreuzungen zwischen Drachen und Menschen zu finden. Drachen weigern sich zumeist, eine solche Möglichkeit überhaupt in Erwägung zu ziehen. Falls es etwaige Vorfälle gegeben hat, so sind keine Aufzeichnungen darüber vorhanden. In den schriftlichen Zeugnissen der Menschen findet man gelegentlich Andeutungen, ohne dass jedoch konkrete Vorfälle niedergeschrieben wurden (Ausnahme: porphyrische Quellen). Was, wenn es im Laufe der Geschichte Halbdrachen gegeben hat, deren Ursprung im Dunkeln liegt? Ich schlage vor, nach Menschen mit ungewöhnlichen Fähigkeiten und Eigenschaften zu fahnden, um auf diese Weise Gesetzmäßigkeiten zu entwickeln, aus denen sich etwas ableiten lässt.
Eine große, gut dokumentierte Sammlung solcher Fälle existiert bereits direkt vor unserer Nase: Die Rede ist von den Heiligen des Südlands.

Die Heiligen? »Das ist doch blanker Unsinn, Onkel«, murmelte ich.

Unsinn oder nicht, ich las weiter. Ich vergaß alles um mich herum und die Sonne wanderte immer weiter am Himmel entlang. Orma hatte systematisch nach südländischen Heiligen gesucht, darunter einige, von denen ich noch nie etwas gehört hatte. Sorgfältig hatte er jede nicht-menschliche Eigenschaft notiert: Sankt Prues blaue Haut, Sankt Polypous' zusätzliche Beine, Sankt Clares Visionen. Er hatte eine Übersicht erstellt, in der er die Eigenarten der Heiligen in Kategorien eingeteilt hatte, je nachdem, ob er sie für plausibel, für metaphorisch oder doch eher für reine Erfindung hielt. Sankt Capitis abnehmbaren Kopf etwa stufte er in die letzte Kategorie ein, was ich gut nachvollziehen konnte.

Ich war zugleich fasziniert und entsetzt. Für solche Aussagen konnte man in Samsam als Häretiker verbrannt werden. Zumindest hatte ich das gehört. In Goredd... nun ja, dort würde ihm ohnehin keiner glauben. Er war ein Drache und hatte nur von Mutmaßungen gesprochen. Sein Gedankengebäude war ein riesiges Kartenhaus, und ich wartete auf den unvermeidlichen Windstoß, der es zum Einstürzen bringen würde. Stattdessen fand ich dies:

Das Vermächtnis ist vollständiger und aufschlussreicher, als ich es mir erträumt hätte. Mir ist klar, warum der alte Priester es hierherbringen ließ, nachdem er es gelesen hatte. Er wagte es nicht, ein heiliges Zeugnis zu vernichten, aber er konnte nicht zulassen, dass jemand davon erfuhr oder es womöglich sogar selbst las. Ich denke, es gibt kein besseres Versteck als diese Bibliothek.

Sprach er von dem gebundenen Manuskript, das zwischen den Seiten des dicken Buchs gesteckt hatte? Der Buchrücken knackte vorwurfsvoll, als ich es etwas zu hastig aufschlug. Die Seiten waren so brüchig wie Blätterpastete, und ich wagte es kaum, sie anzurühren, aber dass das Buch in einer mir unbekannten Sprache geschrieben war, sah ich auf den ersten Blick.

Ein Bibliothekar ging durch den Hof und schlug auf einen Gong. Ich hatte offensichtlich Stunden hier verbracht, denn das Bibliagathon schloss in zehn Minuten. Orma würde heute wohl nicht mehr kommen. Vielleicht hätte ich die Zeit besser nutzen und, statt zu lesen, in den Tempel zu Paulos Pende gehen sollen.

Auf dem Lesepult lagen mehrere Kohlestifte für die Gelehrten bereit. Ich nahm einen und schrieb unter Ormas Aufzeichnungen Naias Adresse und kritzelte dazu: *Da findest du mich!* Dann steckte ich die Seiten und den kleinen Band zurück in das größere Buch. Solange ich in Porphyrien war und die Ityasaari suchte, konnte ich jederzeit wieder hierher zurückkommen. Gedankenverloren ging ich ins Freie und stieg die Marmorstufen hinab.

Sollte ich auf Ingar warten? Ach was. Er würde seinen Weg alleine finden.

Unten an der Treppe setzten vier livrierte Männer eine Sänfte ab. Eine juwelengeschmückte Hand zog die Vorhänge zurück. Zum Vorschein kam eine stattliche Frau, die ein kostbares safrangelbes Faltengewand mit hoher Taille trug. Ihre kräftigen Schultern waren schutzlos der Meeresbrise ausgesetzt, denn sie waren unbedeckt; ihre hochgesteckten Haare waren kunstvoll frisiert und mit einem Goldreif verflochten.

Der Goldschmuck wies sie als Agogoi aus. Abdo hatte mir erklärt, dass dieser Schmuck das Gleiche bedeutete wie die Streifen einer Biene. Er war als Warnung gedacht: *Die hier hat die Macht, dich zu stechen.*

Die Frau kam auf mich zu, die Holzsohlen ihrer Sandalen klapperten auf den Stufen. Meiner Schätzung nach war sie etwa zehn Jahre älter als ich. Als sie vor mir stand, sah ich, dass sie mich um einen halben Kopf überragte – und das obwohl ich nicht gerade klein bin. Ich versuchte, sie nicht allzu unhöflich anzustarren.

Sie sagte in einem klaren, klangvollen Goreddi: »Du bist Serafina Dombegh.«

Ich hatte das Gefühl, einen Hofknicks machen zu müssen, auch wenn ich gar keinen Rock trug, sondern die Tunika und die Hose, die ich am Vortag gekauft hatte, sodass ich aussah wie eine Hafenfrau. In Porphyrien schüttelte man sich nicht die

Hände, daher blieb mir nichts anderes übrig, als mich zu verbeugen. Die Frau verzog keine Miene.

»Ich bin Zythia Perdixis Camba«, sagte sie ernst. »Nenn mich...«

»Camba«, sagte ich, um ihr zu zeigen, dass Abdo mir die richtige Anrede beigebracht hatte. Leider führte mein Übereifer an Höflichkeit dazu, dass ich ihr ins Wort fiel.

»Paulos Pende hat mich zu dir geschickt«, fügte sie hinzu.

»Tatsächlich?« Anscheinend war mein Tag nicht völlig nutzlos gewesen. Allerdings bereitete es mir Unbehagen, dass der Priester bereits von meinem Aufenthalt in der Stadt wusste, ja sogar meinen Namen kannte.

Camba blickte zum Eingang der Bibliothek. »Ich soll auch noch auf deinen Begleiter warten.«

»Ich weiß nicht, ob das eine gute Idee ist«, sagte ich, als plötzlich wie auf ein Stichwort hin Ingar oben an der Treppe erschien. Zwei Bibliothekare hatten ihn an den Ellbogen gepackt und ein dritter nahm ihm vorsichtig Bücher ab.

Camba blickte zweifelnd auf die gedrungene, bucklige Gestalt. »Ist er auch ein *Ityasaari*?« Ich nickte. Es war seltsam, jemanden so offen und wie selbstverständlich von Ityasaari reden zu hören. Doch wenn sie von Pende kam, dann war sie wohl mit ihnen vertraut.

Aber woher wusste Pende von Ingar und mir?

Mit einem Lächeln auf seinem Mondgesicht kam Ingar die Stufen herunter. Seine Augenbrauen schossen in die Höhe, als Camba ihn auf Goreddi ansprach. »Sei mir gegrüßt, Freund. Ich soll dich zu Paulos Pende bringen.«

Ingar schien es die Sprache verschlagen zu haben, denn er starrte sie nur mit seinen Glupschaugen an. Dann drehte er sich um und eilte wieder die Treppe hinauf. Verwundert rief ich ihm hinterher, bis mir klar wurde, dass er Pende aus dem Weg gehen wollte. Abdo hatte behauptet, Pende habe Jannoula schon mehr als einmal aus den Köpfen anderer vertrieben. Ingar würde das wohl kaum freiwillig mit sich machen lassen.

Camba machte wortlos eine knappe Handbewegung, woraufhin zwei ihrer Sänftenträger Ingar nacheilten. Ingar hatte die oberste Stufe erreicht und riss sich gerade Wams und Leinenhemd vom Leib und entblößte seinen blassen, schwabbeligen Oberkörper. Der Spitzbube hatte zwischen seinen Stummelflügeln ein Buch versteckt, das er herausschmuggeln wollte. Als er seine Flügel ausstreckte, fiel das Buch auf die Treppe.

Er breitete die Flügel immer weiter aus.

Von Stummeln konnte keine Rede mehr sein.

Seine Verfolger hielten inne und starrten auf die silbrigen Drachenflügel. Ingar hüpfte auf die Begrenzungsmauer der Bibliothek und schlug so elegant und geschickt mit seinen Flügeln wie ein aufgescheuchtes Huhn. Trotzdem schaffte er es, sich zumindest so weit zu erheben, dass er an dem Gebäude entlang bis zum Dach hinaufflatterte und sich dort hochzog.

Die Hände auf die Knie gestützt stand er mitten auf dem Dach und rang nach Atem. Flügel hin oder her, er war immer noch ein dicker alter Stubenhocker.

Camba streifte ihre Sandalen ab, ging entschlossen zu der hohen Bibliotheksmauer und suchte sie kurz nach Griffstellen ab. Dann kletterte sie flink wie eine Katze hinauf. Sie war so außerordentlich stark, dass ich mich fragte, ob sie vielleicht selbst ein Ityasaari war. Andererseits war sie weder in meinen Visionen vorgekommen noch existierte sie in meinem Garten der Grotesken. Gab es womöglich Ityasaari, von denen ich gar nichts wusste?

Camba hatte Ingar inzwischen erreicht. Ohne auf ihr kunstvoll hochgestecktes Haar zu achten, warf sie ihn sich wie einen Sack Sand über die Schulter und kletterte wieder nach unten.

Ingar zappelte und schrie, aber Camba schleifte ihn völlig ungerührt zur Sänfte, als würde sie so etwas jeden Tag machen.

Kaum hatten wir uns alle in die Sänfte hineingezwängt, setzte sie sich auch schon in Bewegung. Einer der Träger war geistesgegenwärtig genug gewesen und hatte Ingars Hemd mitgenommen. Der alte Mann zog es über den Kopf und jammerte: »Meine Herrin hat mich vor Paulos Pende gewarnt. Er ist gefährlich.«

»Paulos Pende ist die Freundlichkeit in Person«, sagte Camba leichthin. Sie strich ihr Gewand glatt und fuhr sich über die Haare. »Wenn hier jemand gefährlich ist, dann ich. Nicht dass ich es darauf anlegen wollte, aber ich kann dir mit einem Handgriff beide Arme brechen. Merk dir das, bevor du irgendwelchen Unsinn treibst.«

Ingar starrte sie mit großen Augen an und nickte folgsam. Ich fragte mich, was für ein merkwürdiger Priester Pende sein musste, um eine so wilde Frau in seinen Diensten zu haben, die dazu auch noch aus einer der vornehmsten Familien der Stadt stammte. Andererseits wusste er ja auch, dass ich nach ihm suchte. Ich hatte ihn zwar heute ohnehin sprechen wollen, dennoch verspürte ich ein Unbehagen, als unsere überladene Sänfte den Berg hinunterschaukelte.

Ganz im Gegensatz zum Camba, die in aller Ruhe eine kleine Pergamentrolle hinter einem Sitzkissen hervorzog und schweigend darin las, ohne sich weiter um uns zu kümmern.

Sechzehn

Als die wacklige Sänfte, die mich etwas zu sehr an ein Schiff erinnerte, anhielt, stiegen wir sofort aus und streckten uns. Gegen die Sonne blinzelnd, blickten wir auf das emsige Treiben, das auf der Zokalaa herrschte. Am westlichen Ende des großen Platzes stand der Tempel der Lakhis vom Herbst, der grimmigen Göttin der Unvermeidlichkeit. Der Tempel im Osten war, den vielen Gläubigen nach zu schließen, die dort ein- und ausgingen, der beliebtere. Es war das Heiligtum des Chakhon vom Frühling, des heiteren Gottes des Glücks, des Zufalls und insbesondere der Fruchtbarkeit.

Camba steuerte auf den Chakhon-Tempel zu und bugsierte Ingar die Marmorstufen hinauf, mitten durch eine Schar junger Frauen, die uns entgegenkamen. Wir durchquerten einen Säulenhof und gingen durch ein Portal, das ins dämmrige Innere führte. Schwerer Weihrauchnebel schlug uns entgegen. Dicke, raue Seile hingen wie ein Wald aus Schlinggewächsen von der Decke. Als wir sie im Vorbeigehen streiften, läuteten hoch oben Glocken und vereinten sich zu einem unharmonischen Konzert. Zuerst erschrak ich, aber dann musste ich überrascht schmunzeln. Dieser Gott des Zufalls und ich hatten offensichtlich den gleichen Sinn für Humor. Ich streckte die Arme aus und brachte noch mehr Glocken zum Klingen. »Das macht man nicht«, flüsterte Camba und versetzte mir einen Stoß mit dem Ellbogen. »Geh ins Licht.«

Weiter vorn brannten Feuer in großen Kohlebecken. Wir traten aus dem Dickicht der Seile in einen freien, weiten Raum, der mich an ein Kirchenschiff erinnerte. Vor uns stand die Statue eines hübschen Manns mit verbundenen Augen. Er saß im Schneidersitz und hielt die Hände auf den Knien mit den Handflächen nach oben. Gläubige warteten ehrfürchtig bei den Seilen, bis sie sich von dem Gott gerufen fühlten und an den Altar traten.

Entweder brauchte Camba nicht auf die göttliche Einladung zu warten oder sie wurde sofort gerufen, jedenfalls kniete sie sich hin, fächelte sich wohlriechenden Rauch aus einem der Kohlebecken ins Gesicht, stand wieder auf und verbeugte sich.

»Hört zu, ihr lächerlichen Fremden«, sagte sie, ohne den Blick von dem Großen Chakhon zu nehmen. »Wir betreten jetzt das Innere des Heiligtums. Ich hielt es für unklug, euch hierherzubringen, aber Pende ist alt und verlässt nur ungern den Tempel. Macht genau das, was ich euch sage. Berührt nichts und vermeidet es, die Priesterinnen anzuschauen. Kann ich mich auf euch verlassen?«

Der Gedanke daran, was ich alles falsch machen könnte, schüchterte mich zwar etwas ein, aber ich nickte. Ingar richtete sich auf und sagte: »Ich habe über eure Heiligtümer gelesen. Ich weiß, dass...«

»Was auch immer du darüber gelesen hast, ist unzutreffend und unvollständig«, unterbrach ihn Camba schroff.

Hinter der Statue des Chakhon befand sich eine Geheimtür, durch die unsere Begleiterin uns in einen Vorraum führte, wo wir unsere Schuhe auszogen. Von dort ging es zu einem Springbrunnen, wo wir unsere Hände, Füße und Gedanken reinigten. Dass ich meine Ärmel aufrollen musste, behagte mir zwar nicht, aber es blieb mir nichts anderes übrig. Camba beäugte meine Silberschuppen, sagte aber kein Wort. Die Reinigung der

Gedanken wurde dadurch erreicht, dass man symbolisch einen Schluck Wasser nahm und es mit aller Kraft durch die Nase wieder herausdrückte. Wir ungeschickten Südländer schafften dies nicht ohne Hustenanfall. Camba verdrehte die Augen, aber schließlich erklärte sie uns für rein.

Von dem Vorraum ging es in den Klosterbereich, wo ein Novize in weißem Gewand einen Korb brachte, in dem sich der Laib des Glücks befand. Ingar wollte das Angebot annehmen und sich bedienen, aber Camba schlug seine Hand weg. Offensichtlich war der Laib nicht für uns bestimmt. Camba nahm ein winziges Stückchen davon. Danach sah es so aus, als würde sie andauernd verstohlen kleine Steine aus ihrem Mund holen und sie in einen schmalen Beutel an ihrem Gürtel stecken.

Schwestern des Ordens des wechselnden Geschicks wandelten mit geschlossenen Augen durch das Kloster, hielten hin und wieder inne, wenn es ihnen ihr Gott befahl, und öffneten langsam und ahnungsvoll die Augen. Woraufhin wir, wie von Camba befohlen, zur Seite blickten. Ingar flüsterte mir zu, dass man einer Priesterin nicht in die Augen schauen durfte, um ihre Verbindung mit ihrem Gott nicht zu stören. Als Camba das hörte, murmelte sie: »Stimmt so nicht.«

Wir betraten Pendes kärgliche Zelle, aber er war nicht da. Camba befragte einen vorbeikommenden Novizen, der uns tiefer in das Heiligtum schickte. Wir verließen den Klosterbereich und betraten einen ummauerten Garten mit unförmigen Hecken, die aus ihrem ursprünglichen Schnitt herausgewachsen waren.

Oder war das Absicht? Vielleicht waren sie Hecken des Zufalls?

Auf einer Steinbank saß ein sehr alter Mann in priesterlichem Weiß. Er blinzelte uns kurzsichtig an. Die eine Hand hatte er auf einen roten, sackartigen Auswuchs an seiner Kehle gelegt. Ich erkannte ihn sofort. In meinem Garten der Grotesken nannte ich ihn Pelikanmann. Dort saß er auf einer Bank und betrachtete die Sterne. Er war mir immer sehr sanftmütig und weise vorgekommen.

Camba kniete auf dem feuchten Gras vor ihm nieder und gab uns zu verstehen, dass wir ihrem Beispiel folgen sollten. Als wir ehrerbietig vor ihm in die Knie gegangen waren, ergriff Pende das Wort. Seine Stimme war rau, und er trug falsche Zähne aus Elfenbein, die beim Sprechen klapperten, sodass man ihn nur schwer verstehen konnte.

Camba übersetzte für uns: »Du wirst die anderen Ityasaari nicht finden, Serafina Dombegh. Ich habe ihnen gesagt, dass sie sich von dir fernhalten sollen. Ich warne dich: Auch ich habe Geistesgaben und ich werde meine Leute beschützen. Ich bin ein ernst zu nehmender Gegner, wie du ihn nicht oft findest.«

Mein Gesicht wurde heiß. Ich hatte mir immer Gespräche mit dem sanften, geheimnisvollen Pelikanmann vorgestellt, aber keines davon fing so an wie dieses.

»Es muss sich um ein Missverständnis handeln«, sagte ich und schluckte schwer. »Du und deine Ityasaari, ihr habt nichts von mir zu befürchten.«

»Lügnerin!«, rief der alte Mann. Sein feines weißes Haar stand von seinem Kopf ab wie ein blasser Feuerring. »Die Gedankendiebin Jannoula hat Brasidas bereits angekündigt, dass sie jemanden schicken wird, der uns holen soll. Also tu nicht so überrascht. Brasidas hat mir alles erzählt, nachdem ich Jannoula aus seinem Kopf vertrieben hatte.«

Er wusste über Jannoulas Pläne Bescheid, so wie er auch über meine Pläne Bescheid wusste, und doch irrte er sich. »Auf den ersten Blick mögen unsere Ziele sich ähneln«, versuchte ich ihn zu beschwichtigen. »Aber ich mache ganz bestimmt nicht gemeinsame Sache mit Jannoula.«

Pende grunzte herablassend und drehte den Kopf weg, aber Camba ließ mich nicht aus den Augen.

»Als ich ein Kind war, ist Jannoula gegen meinen Willen in meinen Geist eingedrungen. Sie hat die Gedanken und Herzen von Menschen verändert, die ich liebe, und sie zu willenlosen Marionetten gemacht. Ich weiß, wozu sie fähig ist. Wir beide sind alles andere als Freunde.«

Ingar starrte mich mit offenem Mund an. Bisher hatte er nicht gewusst, wie ich zu Jannoula stand.

Ich wich seinem Blick aus und sprach weiter. »Sie ist nicht mehr in meinem Kopf, ich bin sie losgeworden.«

Camba und Pende sahen einander an. »Es ist unmöglich, sie alleine zu vertreiben«, sagte Camba skeptisch und zog ihre fein geschwungenen Augenbrauen hoch. »Man braucht die Hilfe eines anderen.«

»Ich habe sie nicht vertrieben«, fing ich an, als mir plötzlich der beklemmende Gedanke kam, dass ich ja alle anderen Ityasaari, einschließlich Pende, über ihre Grotesken an mich gebunden hatte. Würde er mich dafür verurteilen? Hastig fuhr ich fort: »Ich habe sie mit einem Trick dazu gebracht, mich zu verlassen.«

Camba sprach leise mit dem Priester, dann sagte sie zu mir. »Darf Paulos Pende seine Hände auf deinen Kopf legen? Er kann etwas von deiner Zukunft und etwas von deiner Vergangenheit sehen, aber dazu muss er dich berühren.«

Ihr Vorschlag gefiel mir nicht, aber es war der einzige Weg, um Paulos Pendes Vertrauen zu gewinnen. Ich rutschte auf den Knien zu ihm heran. Der alte Mann streckte seine gelähmten, arthritischen Hände nach mir aus, legte den Handballen seiner linken Hand auf meine Stirn und die Finger seiner Rechten in meinen Nacken. Er sah mich mit seinen dunklen Augen an.

Ich hatte das Gefühl, als würde ein Vogel in meinem Schädel mit den Flügeln schlagen. Pendes Augen weiteten sich vor Überraschung, aber dann zog er seine grauen Augenbrauen zusammen und konzentrierte sich. Jetzt war der Vogel noch lebendiger als zuvor. Er pickte von innen gegen meinen Kopf, direkt zwischen meine Augen. Ich zuckte zusammen.

Paulos Pende zog die Hände zurück. Er legte den Kopf schief und sagte: »Wie seltsam. Ich kann nur in den kleinen Vorhof hinein, wo du Teile der anderen Ityasaari eingeschlossen hast – und auch mich.« Er sah mich streng an. »Aber weiter komme ich nicht. Die Türen zu dem größeren Haus sind verschlossen. Besonders eine Tür ist sehr geheimnisvoll. Ich habe keine Vorstellung, wohin sie führen könnte.«

»Selbst ich kann nicht über diese Schwelle treten«, sagte ich, da ich eine Vermutung hatte, von welcher Tür er sprach. »Auf diese Weise habe ich Jannoula von mir ferngehalten.«

Er schüttelte den Kopf und in seinen Augen las ich einen Anflug von Bewunderung. »Ich habe keine Spur von ihr gesehen. Du bist nicht ihr Geschöpf. Und du bist mächtig. Zumindest warst du das einmal.«

Mir wurde heiß in der Brust. »Ich ... ich war es einmal?«

Die Furchen um seinen Mund vertieften sich. »Du bist es immer noch, aber du hast deine Macht gebunden. Du kannst sie nicht benutzen, es sei denn, du lässt Jannoula und damit auch dich selbst frei. Ich kann nicht einmal dein Seelenlicht sehen, so sehr hast du dich verschlossen.«

»Sprichst du von der Mauer, die ich um meinen Garten errichtet habe?«, fragte ich nachdenklich. »Ich hatte keine Wahl, mein Geist hat sich unkontrolliert mit anderen verbunden.«

»Oh, es gibt immer eine Wahl«, erwiderte er. Seine falschen Zähne klapperten und er rückte sie mit der Zunge zurecht. »Auch einen Teil von mir hältst du gefangen. Du hast ihn gegen meinen Willen genommen, und ich verlange von dir, dass du ihn freilässt.«

»Einverstanden«, sagte ich schnell. Als ich Gianni Patto freigelassen hatte, war nichts Schlimmes passiert, lediglich mein Garten war ein wenig geschrumpft.

Ich konzentrierte mich darauf, möglichst schnell in meinen Garten zu gelangen, und löste Paulos Pende aus meinem dichten Gedankengewebe. Ich kauerte mich hin und berührte mit der Stirn das feuchte Gras. Obwohl ich die Woge des Schmerzes erwartet hatte, tat es nicht weniger weh. Als ich mich wieder aufrichten konnte, sah ich, dass Pende mich neugierig beobachtete.

»Es hat dir wehgetan«, stellte er überrascht fest. »Was sind wir für dich?«

»Viele Jahre lang wart ihr meine einzigen Freunde«, sagte ich. Aber es war mehr als das, wie ich inzwischen vermutete. Die Teile der anderen waren zu Teilen von mir selbst geworden.

Camba hörte zu und übersetzte. Pendes Blick wurde weicher, und für einen Moment sah es so aus, als würde er lächeln, doch dann sah er Ingar durchdringend an und sagte: »Jetzt bist du an der Reihe, kleiner Mann.«

Ingar zappelte und schüttelte heftig den Kopf.

Pende sprach zu Camba und deutete auf Ingar. Mein Porphyrisch war nicht gut genug, um dem Gespräch zu folgen, aber Cambas Antwort verstand ich gut. »Ich sehe zwei Farben, aber welche der beiden gehört zu ihm?«

Camba konnte offensichtlich Gedankenfeuer sehen. Abdo hatte gesagt, dass alle Ityasaari es erlernen könnten, also musste Camba ein Halbdrache sein. Wollte Pende ihr beibringen, wie man das Gedankenfeuer veränderte? Und wenn sie tatsächlich ein Ityasaari war, warum hatte ich sie dann noch nie gesehen? Hatte ich meinen Geist bereits fest verschlossen – wie Pende es ausdrückte –, noch ehe ich alle Halbdrachen kennenlernen konnte?

»Paulos Pende muss deinen Kopf berühren, Fledermaus«, sagte Camba tonlos. Sie erhob sich, verschränkte die Arme und baute sich vor Ingar auf, bereit, ihn notfalls zu zwingen.

»Sein Name ist Ingar«, sagte ich, weil er mir plötzlich leidtat. »Was habt ihr mit ihm vor?«

»Wir können Jannoula nicht in deinem Kopf lassen«, sagte Paulos Pende betont langsam zu Ingar, als spräche er zu einem Kind. Als Camba seine Worte übersetzte, ahmte sie den Tonfall nach. Beide begriffen nicht, dass das bei Ingar völlig unnötig war. »Je mehr Ityasaari Jannoula vereinnahmt, desto mächtiger wird sie. Ich muss dich von ihr befreien und sie deiner Stärke berauben.«

Ingar versuchte auf Knien wegzurutschen, aber Camba stellte sich hinter ihn.

»Ihr versteht nicht«, flüsterte er zittrig. Seine Brille saß schief auf der Nase. »Ich war verloren und sie hat mich gefunden. Ich war ein Ungeheuer, aber sie hat sich um mich gekümmert. Ohne sie bin ich nichts. Ich werde sterben, wenn ihr sie mir wegnehmt. Ich weiß nicht, wie ich in dieser Welt ohne sie leben soll.«

Zu meiner Überraschung sah ich Mitleid in Cambas braunen Augen. »Das scheint nur so«, sagte sie und beugte sich schützend über Ingar.

Vor sich hin murmelnd senkte Ingar den Kopf und schlug sich an die Schläfen. Es sah aus, als würde er beten. »Ruf sie nicht herbei«, sagte Camba plötzlich scharf. »Pende kann sie nicht vertreiben, wenn sie in dir anwesend ist und sich dagegen wehrt.«

Camba drehte Ingars Arme auf den Rücken und stieß ihn zur Bank hin. Ingar wimmerte. Camba flüsterte etwas in sein Ohr, was allerdings nicht viel nützte. Paulos Pende packte ihn an Stirn und Nacken. Der alte Priester presste die Lippen zusammen, und seine Hände griffen fester zu, als ob er Ingar den Kopf abreißen wollte.

Er machte eine Handbewegung, als würde er eine schwere Krone von dessen Kopf heben und sie triumphierend in die Höhe halten. Camba sah gebannt zu, woraus ich schloss, dass Pende tatsächlich etwas in der Hand hielt – vielleicht das Gedankenfeuer. Dann schlug er die Hände mit einem so lauten Knallen zusammen, dass mir die Ohren klingelten. Es klang nicht wie Händeklatschen, sondern eher wie ein Donner, der von den Gartenmauern widerhallte. Ingar sackte gegen Camba, die ihn festhielt, damit er nicht stürzte. Sein Gesicht war schlaff. Er hatte die Augen verdreht und starrte ins Leere.

»Du bist frei, Freund«, sagte Camba und richtete ihn auf. Ingar fiel kraftlos zurück, aber Camba zerrte ihn wieder hoch. Diesmal fand er sein Gleichgewicht wieder, doch Camba hielt ihn vorsichtshalber trotzdem fest.

Pende strich sich über den roten Kehllappen und schloss die Augen. Sein Gesicht war grau geworden. Er schwankte auf seiner Bank, der Kampf mit Jannoula schien ihn die letzten Kräfte gekostet zu haben. Ich wollte ihn in diesem Zustand nicht bedrängen, aber es gab da einen mir ans Herz gewachsenen Freund, der weitaus mehr mit Jannoula zu kämpfen hatte als alle anderen.

»Camba, würdest du ihm bitte sagen, dass auch Abdo von Jannoula besessen ist? Ich wollte ihn hierherbringen, aber er scheut sich, Pende gegenüberzutreten.«

»Das besprechen wir später«, sagte Camba mit einem besorgten Blick auf Pende.

Als Abdos Name gefallen war, hatte Pende die Augen aufgeschlagen. Jetzt fing er an zu sprechen, zuerst ruhig, dann immer lauter. Ich verstand sein Porphyrisch nicht, aber sein wütender Tonfall war unüberhörbar. Sprach er von Abdo?

Camba überließ Ingar sich selbst und setzte sich vor dem alten Priester auf den Boden. Sie berührte seine Füße und sprach leise mit ihm, aber Pende wollte sich einfach nicht beruhigen, sondern steigerte sich immer mehr in seine Anklage hinein. Seine Augen rollten und in seinen Mundwinkeln sammelte sich Spucke. Schließlich blickte er mich böse an und rief in schwerfälligem Goreddi: »Und du! Du willst mir die anderen wegnehmen, aber das werde ich nicht zulassen.«

Ich zuckte zurück, als hätte er mich geschlagen. Was hatte ich getan, dass er so außer sich vor Zorn war?

Camba stand auf, um, wie ich annahm, seine Schmährede zu beenden. Sie verbeugte sich ehrerbietig und der alte Priester berührte sanft ihre aufgetürmten Haare. Ich wusste nicht, ob ich mich verbeugen oder etwas sagen sollte, aber Camba nahm mir die Entscheidung ab, indem sie Ingar mit einer Hand auf die Füße zerrte und mich mit der anderen wegzog. »Kein Wort«, flüsterte sie. »Komm mit.« Ich folgte ihr, schaute dabei aber immer wieder zu Pende zurück. Er wich meinem Blick aus, schloss die Augen und nahm eine Haltung ein, als würde er meditieren wollen.

»Ich hätte dich vorher warnen sollen, dass jetzt nicht der richtige Moment ist, um mit ihm zu sprechen«, murmelte Camba auf dem Rückweg durch den Tempel der Priesterinnen. »Er ist zweihundert Jahre alt. Wenn er müde ist, verliert er die Geduld. Außerdem ist Abdo ein heikles Thema.«

»Was hat Abdo denn …«, setzte ich an, aber Camba zischte warnend und legte einen Finger auf die Lippen. Sie blickte vielsagend auf eine der verschleierten Priesterinnen. War das womöglich Abdos Mutter? Sie ging an uns vorbei, aber der Gott öffnete ihr nicht die Augen.

Mit der einen Hand stützte Camba Ingar, mit der anderen Hand zerrte sie mich weiter. »Er hat Pende das Herz gebrochen«, flüsterte sie. »Abdo war als Nachfolger des Priesters bestimmt. Jetzt hat Pende keinen mehr.«

»Er hat doch dich«, erwiderte ich aufs Geratewohl und in der Hoffnung, dass ich ihr Verhältnis zueinander richtig einschätzte.

Sie warf mir einen traurigen Blick zu. Inzwischen waren wir in der Vorhalle angekommen, wo wir unsere Schuhe abgestellt hatten. Camba schlüpfte in ihre Sandalen, und ich half Ingar in seine abgewetzten, halbhohen Stiefel, ehe sie mir antwortete.

»Ich bin doch nur eine Verlegenheitslösung, bis der Gott uns einen anderen, kraftvolleren Geist schickt. Er wird es eines Tages tun, oder vielleicht auch nicht. So ist eben die Natur dieses Gottes des wechselvollen Geschicks. Möge er uns wohlgesonnen sein.«

Gedankenverloren folgte ich Camba durch das düstere, verräucherte Heiligtum. Pende wollte verhindern, dass ich die anderen Ityasaari in den Süden mitnahm, so viel stand fest. Hatte er genug Einfluss, um seinen Willen durchzusetzen? Wenn er ein Machtwort sprach, würden die Ityasaari auf ihn hören? Waren sie vielleicht sogar dazu gezwungen, ihm zu gehorchen?

Camba behandelte ihn mit Ehrerbietung und Fürsorge, aber sie war sich auch darüber im Klaren, dass er ein jähzorniger alter Mann mit schwindenden Kräften war. Zudem konnten die Ityasaari jederzeit wieder nach Porphyrien zurückkehren, nachdem sie Goredd geholfen hatten. So sehr ich früher davon geträumt hatte, dass wir irgendwann alle für immer vereint sein würden, so albern kam mir diese Vorstellung jetzt vor.

Pende würde bestimmt nicht mitkommen, in ihm hatte ich meine zweite Od Fredricka gefunden – nur dass er Jannoula mehr entgegenzusetzen hatte und sich nicht von ihr in den Süden dirigieren lassen würde.

Wir traten nach draußen auf die Tempelstufen, wo uns ein herrlicher Sonnenuntergang über der Zokalaa erwartete. Die letzten Besucher eilten zum Abendessen nach Hause und warfen lange Schatten auf die goldüberzogenen Pflastersteine.

Camba beugte sich zu Ingar vor und murmelte in sein Ohr: »Spürst du die Brise auf deinem Gesicht? Koste sie aus, sie gehört ganz allein dir. Sieh dir die feurigen Wolken an. Alle Mühsal des Tages lässt sich ertragen, wenn man weiß, dass am Ende ein solcher Himmel auf einen wartet. Manchmal habe ich meinem Herz befohlen zu warten, einfach nur zu warten, weil der Sonnenuntergang mir wieder vor Augen führen würde, dass mein Schmerz nichts ist, verglichen mit dem ewig sich wandelnden Himmel.«

Zugegeben, der Himmel war atemberaubend, die Wolken türmten sich übereinander wie rosa- und purpurfarbene Seidenschleier. Hinter uns wurde das Blau zu einem tiefen Schwarz. Die Sterne erwachten.

»Zumindest siehst du ihn jetzt selbst und nicht für jemand anderen«, sagte Camba mit glänzenden Augen. »Vielleicht fühlt es sich überwältigend und unerträglich an, aber ich bin hier, um es dir erträglich zu machen.«

Ihre Worte berührten mich. Ich konnte nur hoffen, dass es Ingar ebenso erging. Er schien schockiert zu sein, niemand konnte genau sagen, was er gerade wahrnahm. Ich wollte mich zwar nicht einmischen, aber ich musste ihn schnellstens zu Naia zurückbringen. Bevor ich etwas sagen konnte, sah Camba mich an und fragte: »Wann kehrt ihr nach Süden zurück?«

»In etwa zwei Wochen werden uns Freunde abholen.« Ich sprach von Kiggs und Comonot, wollte ihre Namen aber noch nicht nennen, falls ihre Reise ein Geheimnis bleiben sollte.

Ingar stöhnte. Seine Knie gaben unter ihm nach, aber Cambas unerbittlicher Griff hielt ihn aufrecht. »Zwei Wochen sind nicht sehr lange, um wieder zu Kräften zu kommen«, sagte sie nachdenklich. »Ingar braucht in den nächsten Tagen Hilfe. Anfangs wird er sich ohne Jannoula verloren vorkommen, was dazu führen könnte, dass er sie wieder herbeisehnt.«

Ich blickte in Ingars ausdruckslose Augen. »Abdo hat mir erzählt, dass Jannoula auch andere wie an einem Angelhaken festhält. Pende hat es ganz ähnlich umschrieben. Also warum ist Ingar so… so leer?«

Camba blickte Ingar mit einem fast zärtlichen Lächeln an. »Ich habe noch nie jemanden wie ihn gesehen. Er ist wie eine entleerte Blase, in ihm ist kaum noch etwas von Ingar übrig. Jannoula stiehlt deinen Geist, wenn du es zulässt. Ihr Haken ist wie das Wurzelwerk eines Baumes oder wie ein Bandwurm, der sich durch dich hindurchgräbt und dein Seelenlicht aufsaugt. Sie nimmt, ohne zu geben. Sie hat ihm weisgemacht, dass ihm das gefällt oder dass er es verdient hat.«

Im schwindenden Abendlicht sah ich die Traurigkeit in ihren Augen. »Würdest… würdest du mir erlauben, ihn mit nach Hause zu nehmen und mich um ihn zu kümmern? Du weißt nicht, wie es ist, wenn Jannoula mit Gewalt aus deinem Geist vertrieben wird. Ich hingegen weiß das nur zu gut.«

Ich nickte ernst und versuchte, nicht so zu wirken, als wäre ich froh, ihn los zu sein. Der heisere Klang von Cambas Stimme kam mir irgendwie bekannt vor. Ich hatte ihre Stimme schon einmal gehört, aber wo? Laut sagte ich: »Du bist ein Ityasaari, aber ich habe dich noch nie gesehen.«

Camba zögerte kurz, dann hob sie mit ihrer freien Hand den Saum ihres durchscheinenden Kleids. An ihren Knien hatte sie silberne Schuppen. Also war sie tatsächlich ein Halbdrache.

Das räumte meine letzten Zweifel aus. »Ich meine, ich habe dich noch nie in meinen Visionen gesehen«, erklärte ich ihr. »Früher machte mein Geist sich immer wieder ohne mein Zutun auf die Suche nach den anderen. Aber dir bin ich dabei nie begegnet.«

Camba richtete sich zu ihrer vollen Größe auf, der Dreiviertelmond schien von hinten auf ihre Hochfrisur. »Doch, du hast Verbindung zu mir aufgenommen. Du hast sogar mit mir gesprochen. Ich kann mich an deine Stimme erinnern.«

»Jetzt weiß ich, dass du dich irrst. Ich habe überhaupt nur mit zwei Ityasaari gesprochen, und zwar mit Jannoula und ...«

»Der Person auf dem Berg, die laut geschrien und Kisten geworfen hat«, beendete sie meinen Satz und deutete nach Norden zu dem Berg mit den zwei Gipfeln. »Damals habe ich noch anders ausgesehen. Ich wurde in einen männlichen Körper hineingeboren und habe ein anderes Geschlecht angenommen.«

Also hatten mich meine Ohren nicht getäuscht, ich kannte die Stimme tatsächlich, und zwar aus meinem Garten der Grotesken. Ich zermarterte mir das Hirn nach der korrekten, höflichen Anrede, die Abdo mir beigebracht hatte und die es im Süden nicht gab.

»Wie ist dein Pronomen?«, fragte ich auf gut Glück.

Camba lächelte warmherzig und neigte ihren Kopf. »Mein Pronomen ist das entstandene Femininum«, sagte sie auf Porphyrisch, dann fügte sie in meiner Muttersprache hinzu: »Zumindest ist es das jetzt. Am Tag der Entscheidung wählte ich natürliches Maskulinum. Ein Ityasaari zu sein, war schon schwierig genug, ich wollte es nicht noch komplizierter machen.«

Sie führte Ingar die Tempelstufen hinab und half ihm in ihre wartende Sänfte. Ich beobachtete ihre Bewegungen und ging im Geiste meine Vision von dem Tag durch, als sie bereit gewesen war, zu sterben. Bei ihrem Anblick war man geblendet von den Juwelen, dem kunstvollen Haar und der safrangelben Kleidung. Aber als die untergehende Sonne plötzlich ihre nackten Schultern in ein flammendes Orange tauchte, erkannte ich in ihren kraftvollen Gliedern und ihren selbstbewussten Bewegungen den Widerhall der Person, die ich einmal gesehen hatte. Das, was ich für den Grundton gehalten hatte, war nur eine harmonische Schwingung gewesen.

Sie war die Person, deren Verzweiflung ich einst so sehr gespürt hatte, dass ich mich ihr aus Mitgefühl genähert hatte. In meinem Garten der Grotesken lebte sie auf der Statuen-Wiese und ich hatte ihr den Namen Meister Schmetter gegeben.

Siebzehn

Auf dem Rückweg zu Naia verlor ich mich so in der Vision von damals, dass ich prompt auch noch die Orientierung verlor und mich in dem Labyrinth der Stadt verlief. Nach Sonnenuntergang war Porphyrien kaum mehr wiederzuerkennen. Eigentlich war es kein Kunststück, den Weg zu Naia zu finden: Zum Hafen ging es bergab und dann musste ich mich eigentlich nur rechts entlang der Küstenlinie in Richtung Osten halten. Leider bestand Porphyrien aus unebenem Gelände und aus Sackgassen und Wegen, die im Nichts endeten. Dreimal rechts war noch lange nicht einmal links. Allmählich fürchtete ich, dass ich mich irgendwann einmal selbst treffen würde, wie ich aus der Gegenrichtung kam.

Schließlich schaffte ich es bis zum Haus und in den vierten Stock, in dem Abdos Tante wohnte. Naia hatte eine Lampe brennen lassen. Eingewickelt in einen hauchzarten Schal, die Wange an das Kissen gepresst, das ich ihr mitgebracht hatte, lag sie auf dem Sofa und schlief. Sie rührte sich nicht einmal, als ich die Lampe löschte.

Leise spähte ich hinter Abdos Vorhang, um kurz nach ihm zu sehen. Inzwischen war mir klar, dass es nicht einfach werden würde, ihn und Pende zusammenzubringen. Andererseits wollte ich nicht, dass Abdo unnötig lange Qualen erleiden musste. In der Annahme, dass er schlief, erwartete ich, seine gleichmäßigen Atemzüge zu hören, aber alles war still.

Als meine Augen sich an die Dunkelheit gewöhnt hatten, sah ich, dass Abdo sich auf seinen Ellbogen gestützt hatte und mich anstarrte. Ich hoffte, dass es tatsächlich Abdo war und nicht Jannoula. Vorsichtig trat ich einen Schritt näher.

Wie geht es dir?, flüsterte ich und zog den Vorhang zurück, damit das Mondlicht hereinfallen konnte. Seine Schlafmatte war etwa halb so groß wie die Nische. Ich setzte mich neben ihn auf die Bodendielen und lehnte mich mit dem Rücken gegen die Regale mit Naias Kontenbüchern.

Abdo ließ sich zurücksinken und schwieg. Schließlich sagte er: *Ich fühle mich schrecklich. Auf dem Schiff hat mich Jannoula die meiste Zeit nicht angerührt. Vielleicht war sie beschäftigt. Vielleicht war es für sie einfacher, dich mithilfe von Ingar im Auge zu behalten. Aber seit einigen Tagen verfolgt sie mich regelrecht, und ganz besonders in den vergangenen Stunden. Sie bedrängt mich mit solcher Macht, dass ich das Gefühl habe, mein Kopf zerspringt.*

Seine Worte entsetzten mich. Das war Jannoulas Rache für Ingars Befreiung, daran bestand kein Zweifel.

»Könntest du ihr genug Freiraum geben, damit sie durch dich zu mir spricht?« Noch während ich das fragte, wurde mir klar, was für eine dumme Idee dies war, aber es juckte mich in den Fingern, es endlich selbst mit Jannoula aufzunehmen.

Abdo schüttelte energisch den Kopf. Das Weiße seiner Augen schimmerte im Mondlicht. *Wenn ich sie an mich heranlasse, während ich wach bin, dann werde ich sie nie mehr wieder los. Ich muss mich in jeder einzelnen Minute gegen sie stellen.* Er schlang die Arme um den Kopf und fing an, lautlos zu weinen. *Ich habe Angst zu schlafen. Ich habe Angst, mich zu bewegen. Ich muss mich konzentrieren.*

Sein Anblick brach mir das Herz. »Pende hat sie heute aus Ingars Kopf ausgetrieben«, sagte ich zu ihm. »Wir könnten gleich morgen in den Chakhon-Tempel gehen.«

Abdo schluchzte noch mehr, sein Atem kam stoßweise. Ratlos nahm ich seine gesunde Hand in meine. Vor Mitleid traten mir die Tränen in die Augen, und ich fing an, leise ein südländisches Wiegenlied zu summen. Seine Atemzüge wurden ruhiger. Mit seiner versehrten Hand wischte er sich über die Augen.

Ich weiß, ich müsste in den Tempel gehen, damit Pende mir hilft, sagte er. *Aber es wäre eine schreckliche Niederlage für mich.*

»Was meinst du damit?«, fragte ich und strich über seine Hand.

In gewisser Weise ist Pende ebenfalls in meinen Geist eingedrungen, sagte Abdo. *Seine Erwartungen an mich waren wie kriechende Schlinggewächse, die mir die Luft abschnürten. Er sagte, seit zehn Generationen hätte er keinen so klugen Kopf wie mich gesehen. Ich allein könnte sein Nachfolger werden. Seine Hoffnungen waren wie ein Schlund, der mich verschlungen hat. Ich... ich musste ihn zurückdrängen, sonst wäre ich zugrunde gegangen.*

Dein einziger Wunsch war es, zu tanzen, sagte ich lautlos. Ich konnte ihn gut verstehen. Trotz der Gefahr der Entdeckung hatte ich das Haus meines Vaters verlassen, weil es mich danach drängte, zu musizieren, mir über mich selbst klar zu werden und mein eigenes Leben fern von ihm zu führen. Ich konnte mich noch gut daran erinnern, wie beeindruckt ich bei unserem ersten Zusammentreffen von Abdos Tanz gewesen war und wie sehr der Tanz seinen Lebenssinn zum Ausdruck gebracht hatte.

Abdo holte zittrig Luft. *Ich komme mit dir in den Tempel. Ich will zwar nicht, aber die Qualen sind zu groß, ich schaffe es nicht, für immer dagegen anzukämpfen.*

»Pende kann dich nicht gegen deinen Willen bei sich behalten«, sagte ich entschlossen, auch wenn ich nicht sicher war, ob das stimmte. Das Wichtigste war, Jannoula aus Abdos Kopf zu vertreiben. Wenn das geschafft war, würden wir uns um die Sache mit Pende kümmern.

Kurz darauf schlief Abdo ein. Hoffentlich hatte Jannoula ein

Einsehen und gönnte ihm ein wenig Ruhe. Er hielt immer noch meine Hand fest. Ich schaffte es nicht, mich aus seinem Griff zu lösen, ohne dass ich den Jungen aufweckte, deshalb legte ich mich neben ihn auf den Fußboden und fand schließlich selbst in den Schlaf.

Ein paar Stunden später schreckte ich hoch, weil mir plötzlich eingefallen war, dass ich meinen Garten nicht versorgt hatte. Die Bewohner waren ruhig und still, als ob nichts passiert wäre. Es wurde immer deutlicher, dass sie meine tägliche Fürsorge nicht brauchten. Ich verbrachte mehrere Minuten damit, im Kreis zu gehen, ehe mir klar wurde, dass ich nach Pendes Groteske Ausschau hielt. Aber ich würde weder den Pelikanmann noch seine Hecken finden.

Erneut schien der Garten geschrumpft zu sein. Die Bäume in Flederchens Hain waren so klein, dass ich die Orangen pflücken konnte, an die ich früher nicht herangekommen war. Zog sich der Garten zusammen, wenn ich ihn nicht pflegte, oder fiel es mir nur stärker auf, wenn ich erst nach längerer Zeit wiederkam?

Ich musste einen Weg finden, um die Veränderungen zu messen. Ich stellte mir zwei große stehende Steinblöcke zu beiden Seiten von Madame Pingeligs Rosengarten vor und nannte sie Meilensteine, obwohl keine Meile zwischen ihnen lag. Dann schritt ich die Entfernung dreimal ab, um auch ganz sicher zu gehen, dass ich richtig gezählt hatte. Es waren neunundvierzig Schritte. Ich würde mir die Zahl merken und die Strecke bei jedem Besuch neu abgehen.

Ich kehrte wieder in mich selbst zurück und streckte mich. Auf dem Boden zu liegen, war nicht sehr bequem. Abdo hatte meine Hand losgelassen, sodass ich aufstehen konnte. Ich schloss den

Vorhang und schlich mich auf Zehenspitzen durch die Wohnung zu dem schmalen Bett, das Naia mir zur Verfügung gestellt hatte. Dort lag ich stundenlang wach und zerbrach mir den Kopf über meinen schrumpfenden Garten. Ich fand einfach nicht heraus, was das alles zu bedeuten hatte.

Die Sonne stand schon hoch, als ich von Stimmengewirr aufgeweckt wurde. Irgendwelche Leute sprachen Porphyrisch, allerdings so schnell, dass ich kein Wort verstand. Ich tapste müde blinzelnd ins Wohnzimmer, wo ich mich unversehens mehreren Dutzend Menschen gegenüberfand. Sie trugen helle Tuniken und Hosen wie die Leute aus der Unterstadt, viele hatten Fischermesser an ihren Gürteln, manche hatten die Haare mit bunten Stoffen zurückgebunden. Eine Schar Kinder hüpfte kichernd auf dem Sofa. Zwei Frauen packten Gerstengerichte, Eierfrüchte und Fisch aus und verwandelten Naias Schreibtisch in ein Büfett.

Bei meinem Erscheinen verstummten die Gespräche. Zwei Dutzend dunkle, forschende Augenpaare richteten sich auf mich und starrten mich ungeniert an. Schließlich ergriff eine Frau, die die gleichen runden Wangen und die gleiche Statur wie Naia hatte, das Wort und sagte so langsam, dass auch ich es verstand: »Was macht diese Fremde hier?«

Naia zwängte sich zu mir durch und stellte mich allen vor – Tante Mili, Onkel Marus, Cousin Mnesias. Sie ratterte die Namen nur so herunter, schien also gar nicht erst davon auszugehen, dass ich sie mir merken konnte. Alle nickten knapp, als würden sie mir mein plötzliches Auftreten übel nehmen. Naias Vater Tython lächelte mich an, aber ich hatte keine Zeit, sein Lächeln zu erwidern, denn da waren wir schon längst beim nächsten Cousin. Auf diese Weise arbeiteten wir uns durch die ganze Wohnung und schließlich hinaus ins Treppenhaus, wo die Nichten und Neffen auf den Stufen saßen und eine Schüssel mit Datteln herumreichten.

Als wir auf dem unteren Treppenabsatz angelangt waren, flüsterte Naia: »Ich habe einer meiner Schwestern erzählt, dass ich mir Sorgen um Abdo mache, und jetzt ist die ganze Familie hier eingefallen. Mach dir keine Gedanken, wir finden schon einen Weg, wie wir ihm helfen können.«

Sie sprach es zwar nicht direkt aus, aber aus der Art, wie sie meine Schulter tätschelte, schloss ich, dass die Familie meine Anwesenheit für überflüssig hielt. Mit anderen Worten: Ich wurde weggeschickt.

»Ich weiß, wie wir Abdo helfen können«, sagte ich. »Ein Ityasaari hat sich bei ihm eingenistet und quält ihn. Eigentlich wollte ich heute Morgen mit Abdo in den Tempel gehen.« Angesichts von Pendes schroffer Zurückweisung war es vielleicht besser, wenn nicht ich, sondern seine Familie ihn dort hinbrachte.

Naia runzelte skeptisch die Stirn. »Abdo wird ganz sicher nicht in den Tempel gehen.«

»Vergangene Nacht hat er sich dazu bereit erklärt.« Im Stillen hoffte ich, dass Abdo auch heute noch an diesem Entschluss festhalten würde. »Er muss so schnell wie möglich dorthin, damit Paulos Pende die Ityasaari aus Abdos Kopf verjagen kann, bevor sie noch ganz von dem Jungen Besitz ergreift. Sie könnte Abdo gegen seinen Willen dazu bringen, alles Mögliche zu tun. Sie könnte sogar so weit gehen, ihn zu zwingen, dass er Paulos Pende umbringt oder sich selbst.«

Naia blickte über die Schulter. Aus ihrer Wohnung drang heftiger Streit. »Meine Familie hat in der Vergangenheit einige schwierige Erfahrungen mit Chakhon gemacht, aber ich werde sie davon überzeugen, dass die Sache dringend ist – und wenn ich Abdo höchstpersönlich in den Tempel tragen muss.«

Sie stieg wieder die Treppe hinauf, ohne sich noch einmal umzudrehen. Ihre Nichten und Neffen beobachteten mich mit großen Augen. Ich beschloss, ihnen zu sagen, dass ihr Cousin in Schwierigkeiten war. Je mehr Leute davon wussten, desto besser. »Abdo muss dringend zum Chakhon-Tempel, weil er... weil er in Flammen steht«, drückte ich mich ungeschickt auf Porphyrisch aus, in der Hoffnung, dass zumindest der Kern der Botschaft bei ihnen ankommen würde. Die Kinder nickten ernst und pressten die Lippen zusammen, um das Lachen zurückzuhalten. Noch ehe ich die unterste Stufe erreicht hatte, hörte ich sie losprusten.

Gedankenverloren trat ich in den Sonnenschein hinaus. Ich musste dringend etwas unternehmen, sonst würde ich verrückt werden vor Sorge um Abdo. Zum Glück hatte ich einen Onkel und fünf weitere Ityasaari aufzuspüren – ganz ohne Paulos Pendes Hilfe und, wie ich annehmen musste, auch gegen seinen Willen. Ich überlegte gerade, wo ich anfangen sollte, als jemand meinen Namen rief. Ich drehte mich um und sah einen pickeligen Jugendlichen mit einer spitzen roten Mütze neben Naias Wohnhaus stehen. Ich war an ihm vorbeigegangen, ohne ihn zu bemerken. Der Junge grinste mich an, dann fletschte er die Lippen wie ein Pferd und sprach übertrieben langsam. »Bist du die Fremde, die bei Naia wohnt? Serafina?«

»Ja, das bin ich. Ja, Serafina«, bestätigte ich. Er machte eine seltsame Verrenkung, die offenbar eine Art südländischer Knicks sein sollte, und reichte mir eine Metallschatulle mit Scharnieren, die ungefähr die Größe eines kleinen Buchs hatte. Ich drehte sie ratlos in meinen Händen. Der Bote deutete auf einen kunstvollen Verschluss, mit dem man die Schatulle öffnen konnte. Die zwei Täfelchen im Inneren waren mit glattem

Wachs überzogen, in das ein Brief an mich auf Goreddi eingeritzt war.

Serafina, mit diesen Zeilen grüße ich dich und erbitte deine Aufmerksamkeit.
Ingar ist endlich eingeschlafen. Ich habe ihn fast die ganze Nacht wach gehalten und ihn über sich selbst befragt, damit er sich erinnert. Das Wichtigste ist, ihn stärker zu machen, damit er nicht länger glaubt, dass er sie braucht, und ihn gleichzeitig so müde zu machen, dass er schlafen kann. Die Gefahr für einen Rückfall ist groß, wir müssen also gewappnet sein. Pende würde es gar nicht gefallen, wenn er Jannoula ein zweites Mal austreiben müsste.
Wenn ich Ingar richtig verstanden habe, hat er sein Gepäck, das hauptsächlich aus Büchern besteht, bei Naia zurückgelassen. Er braucht in nächster Zeit dringend eine Beschäftigung – die Götter wissen, dass ich nicht rund um die Uhr wach bleiben kann. Würdest du so freundlich sein und seine Bücher einsammeln und sie mir in das Haus Perdixis bringen? Das wäre eine große Erleichterung.
Camba

Als ich den Kopf hob, grinste der Bote mit der roten Mütze immer noch. Erwartete er ein Trinkgeld von mir? Wie es schien, wollte er nur die Schatulle zurück. »Eine Antwort?«, fragte er. Ich schüttelte den Kopf.

Natürlich befanden sich Ingars Habseligkeiten oben im Haus, aber ich hatte es nicht eilig, Abdos Großfamilie so schnell wieder zu sehen, nachdem sie mich kurzerhand hinausgeworfen hatten.

Mir fiel ein anderes Buch ein – ein schwieriges, verschlüsseltes Buch –, das Ingar für eine Weile beschäftigt halten würde.

Ich konnte es von Ormas Bücherstapel im Bibliagathon holen, es bei Camba abgeben, herausfinden, wo sich die anderen Ityasaari befinden, was Camba sicherlich wusste, und endlich meine Suche fortsetzen.

Auf dem Weg zur Bibliothek machte ich auf der Zokalaa Halt und kaufte bei einem Alles-am-Spieß-Händler zwei Spieße mit Eierfrüchten für mein Frühstück. Der Himmel war klar und eine frische Brise trug den Geruch von Kohle, Fisch und mir unbekannten Blumen heran. Ein Bote verkündete von einem Podest herab in bestimmten Abständen täglich die Neuigkeiten. Er war ein beleibter Herr mit einem dröhnenden Organ. Im Vergleich zu ihm war Josquins laute Stimme nur ein leises Fiepen. Ich stand da und hörte ihm eine Weile zu, während ich meine Eierfrucht aß. Zufrieden stellte ich fest, wie viel ich inzwischen schon verstand; dass er langsam und deutlich sprach, erleichterte die Sache natürlich.

Schließlich ging ich weiter. Unterwegs lächelte ich die Verkäufer an, die Früchte zu kleinen Pyramiden stapelten, und die Kinder, die die steilen Straßen hinaufhüpften, als machte ihnen die Steigung nicht das Geringste aus.

Im Bibliagathon ging ich direkt in den Musikologie-Lesesaal, um das dünne Manuskript zu holen, das ich zwischen Ormas Aufzeichnungen gefunden hatte. In erster Linie ging es mir darum, nachzusehen, ob Orma zurückgekehrt war. Womöglich war er gerade in der Bibliothek und arbeitete. Zu meiner Enttäuschung war der Raum leer, und seine Notizen steckten noch genauso im Band von Thoric, wie ich sie hinterlassen hatte. Ich blickte mich um, als könnte Orma jeden Augenblick um die Ecke biegen, seine Schreibsachen achtlos auf den Tisch legen, langsam den Kopf heben und ... nicht lächeln.

Aber natürlich kam er nicht um die Ecke. Es war töricht, hier nach ihm zu suchen. Ich kam mir vor wie ein schüchterner Verehrer, der sich vor dem Haus seiner Herzensdame herumtreibt, um einen Blick zu erhaschen. Orma war mit Eskar nach Porphyrien gekommen und Eskar war mit den Exilanten beschäftigt. Lebten diese Exilanten in einem bestimmten Stadtviertel? Wenn ja, dann wusste ich, wo ich weitersuchen konnte.

Trotzdem ließ ich heimlich das in Leder gebundene handschriftliche Vermächtnis mitgehen, das Orma in dem Buch versteckt hatte. Es ging nicht nur darum, für Ingar eine Beschäftigung zu finden – obwohl das sicher genau das Richtige für ihn wäre –, ich hoffte auch, dass Orma den kleinen Band vermissen und mich unter der von mir genannten Adresse aufsuchen würde.

Die Bibliothekare hatten Ingar in der vergangenen Nacht durchsucht. Da ich nicht einfach mit dem Buch unter dem Arm hinausgehen konnte, versteckte ich das alte Manuskript unter meiner Tunika.

Mein plumpes Vorgehen erschwerte es mir, mit den Bibliothekaren zu sprechen. Zu spät merkte ich, dass ich die Sache in der falschen Reihenfolge angegangen war. Die Arme vor der Brust verschränkt – die jetzt noch flacher war als sonst –, näherte ich mich zwei Bibliothekaren, einer Frau und einem jungen Mann, die in einem Karren Schriftrollen durch den Gang schoben. Sie nahmen höflich meine ungeschickten Fragen zur Kenntnis, erinnerten sich aber beide nicht an einen großen zerzausten, Brille tragenden Fremden mit Adlernase und schlechten Manieren.

»Meinst du Manieren nach unseren Maßstäben oder nach deinen?«, fragte der jüngere Bibliothekar nachdenklich und strich sich über das flaumige Kinn.

»Nach meinen«, sagte ich.

»Also ist er die Regale hochgeklettert und hat Tinte getrunken«, stellte die stämmige Bibliothekarin fest. Sie hatte einen

Kohlestift in ihr Lockenhaar gesteckt und ihn dann offensichtlich vergessen. »An einen so ungezogenen Südländer hätte ich mich bestimmt erinnert«, sagte sie.

»Ha, ha«, erwiderte ich und versuchte, ein freundliches Gesicht beizubehalten. »Wo ist das Viertel der Saarantrai? In welchem Teil der Stadt?«

Der jüngere Mann lächelte. »Die meisten Exilanten leben in Metasaari. Da kann ich dir weiterhelfen.«

Wie sich herausstellte, hatte die Frau doch nicht vergessen, wo sich ihr Stift befand. Sie zog ihn geschickt heraus, zeichnete den Weg nach Metasaari und auf meine Nachfrage hin auch noch den Weg zum Haus Perdixis, das offenbar ganz in der Nähe war. Ich bedankte mich bei den beiden mit sehr förmlichen Worten. Der junge Mann sah mich seltsam an, dann sagte er in makellosem Goreddi: »Weniger ist manchmal mehr. Wenn du einfach nur in einem freundlichen Ton *charimatizi* sagst und dazu mit den Wimpern klimperst, kannst du nichts falsch machen.«

»Na dann, *charimatizi*«, sagte ich und blinzelte mehrmals. Es war zwar nicht gerade ein Wimpernklimpern, aber auf mehr würde er vergebens hoffen.

Als ich das Grinsen der beiden sah, wusste ich, dass ich Ihnen für mindestens eine Woche Gesprächsstoff über lächerliche Ausländer geliefert hatte. Ich schlang die Arme um die Brust und ging davon, in dem Bewusstsein, dass sie nicht die Einzigen waren, die etwas zu lachen hatten.

Zuerst ging ich zu Camba, da das Haus Perdixis nur drei Blocks nördlich und zwei Blocks östlich war. Zum Glück hatten mir die beiden Bibliothekare genau erklärt, was ich zu erwarten hatte, sonst wäre mir das großartige Haus überhaupt nicht aufgefallen. Außer einer kunstvoll geschnitzten Holztür zwischen einem Weinladen und einem Pastetenmacher stach nichts weiter hervor. Schlichte Marmorsäulen flankierten den Hauseingang, die Sockel schmückten farbige Reliefs mit geometrischen Figuren. Wenn man Bescheid wusste, sah man den Reichtum der Besitzer, aber Haus Perdixis stellte ihn nicht nach außen hin zur Schau.

Ich zog das entwendete Manuskript unter meiner Tunika hervor und betrachtete den abgewetzten Ledereinband. Dieses unscheinbare Büchlein enthielt Ormas Notizen zufolge den Beweis dafür, dass die Heiligen Halbdrachen gewesen waren. Allein der Gedanke war verstörend. Wenn diese Vorstellung tatsächlich nur Ormas überspannter Fantasie entsprang, konnte ich darüber lachen. In der Tat hatte ich ganz dringend das Gefühl, lachen zu müssen. Noch viel beunruhigender wäre es gewesen, wenn die Heiligen wirklich nur Geschöpfe wären wie ich.

Wenn dies stimmte, was würde es dann für uns alle bedeuten? Für die Ityasaari wie auch für Menschen? Warum fand es keine Erwähnung in unseren Schriften? Waren die spärlichen, aber stets abschätzigen Andeutungen der Heiligen über Kreuzungen zwischen Drachen und Menschen eine absichtliche Verschleierung der Wahrheit, vergleichbar mit meinen eigenen Bemühungen, mein wahres Wesen zu verstecken?

Es war müßig, sich den Kopf darüber zu zerbrechen, bevor ich nicht genau wusste, was in dem Text stand. Ich würde abwarten, bis Ingar eine Übersetzung angefertigt hatte.

Der bronzene Türklopfer von Haus Perdixis war geformt wie eine Hand, die nur darauf wartete, energisch gegen die Tür zu schlagen. Ein älterer Türsteher öffnete augenblicklich die Tür, ließ mich allerdings nicht hinein, denn Camba war nicht da. Wenn ich ihn richtig verstand, hatte sie Ingar zum Treffen einer mathematischen Gesellschaft mitgenommen. Ich hinterließ das Manuskript für Ingar und verabschiedete mich enttäuscht. Ich würde Ingars Habseligkeiten morgen vorbeibringen und Camba über die anderen Ityasaari befragen.

Als ich mich zum Gehen wandte, hörte ich hinter mir ein Kratzen auf den Dachziegeln. Ich blickte hoch und sah eine Frau in Schwarz, die auf dem Dach des Weinladens kauerte und mich beobachtete. Sie war zierlich, kaum größer als Abdo. Statt Händen hatte sie Klauen und statt Armen hatte sie Flügel, die mit langen, silbernen, federartigen Schuppen überzogen waren. Ihr ergrauendes Haar war zu straffen, eng am Kopf liegenden Zöpfen gebunden, die ein Zickzackmuster ergaben. Auf dem Rücken trug sie zwei Schwerter.

Ich kannte sie, in meinem Garten nannte ich sie Miserere. In meinen Visionen hatte ich gesehen, wie sie Langfinger im Emporio erwischte und Tempeldieben das Handwerk legte, und wusste daher, wie schnell und geschickt sie mit diesen Waffen umgehen konnte. Sie war eine Gesetzeshüterin. Ihre schwarz gekleideten Kameraden patrouillierten auf der Zokalaa. Was machte sie hier? War sie mir gefolgt? Hatte Pende es ihr aufgetragen? Oder war sie einfach nur neugierig?

»Du da!«, rief ich, dann fügte ich in einem angemessenerem Porphyrisch hinzu: »Ich grüße dich wie das Meer die Morgensonne grüßt.«

Ihre Augen glitzerten amüsiert – oder eher boshaft? Ihr Mund war eine dünne Linie und gab nichts von ihren Gefühlen preis. Schweigend breitete sie die Flügel aus und schwang sich in den Himmel. Im Flug war sie so elegant, dass mir fast der Atem stockte.

Etwa eine Stunde später erreichte ich Metasaari. Eine Stadtmauer am Berghang teilte die zwei Hälften der Stadt, daher hatte ich zum Hafen zurückkehren, nach Osten gehen und dann erneut den Hügel hinaufsteigen müssen. Im Osten war es genauso wie im Westen, je höher man kam, desto wohlhabender waren die Bewohner. Es gab weniger Wohnblocks und mehr Einzelhäuser und einige hatten farbenfrohe Marmorfassaden oder kannelierte Säulen. Dunkle Zedern und gestutzte Ahornbäume säumten die Straßen. Ich kam zu einem großen Park mit einem öffentlichen Brunnen, an dem mehrere Frauen standen. Die Wasserkrüge in die Hüften gestützt, plauderten sie miteinander. Obst- und Nussverkäufer schoben ihre Karren durch den Park, Diener eilten über die gepflasterten Straßen.

Der Wegbeschreibung der Bibliothekare zufolge war dies das Herz von Metasaari. Es hatte keinerlei Ähnlichkeit mit Quighole, unserem trostlosen Saar-Getto zu Hause.

Aber wo waren die Drachen? Ich sah niemanden, der eine ähnlich blasse Hautfarbe hatte wie ich. Die Leute, die sich im Schatten der Ahornbäume unterhielten und Handkarren den Hügel hinaufschoben, waren braunhäutige Porphyrer.

Ich blieb an einer Straßentaverne stehen. In einer Verkaufstheke waren große Töpfe eingelassen, in denen das Essen dampfte. Es gab Eintopf aus Eierfrüchten und Tintenfischbällchen in Soße – die besser schmeckten, als man denken würde –, aber ich war nicht hier, um zu essen. Ich reihte mich hinter einen dünnen und offensichtlich sehr hungrigen Mann ein, der von allem etwas bestellte. Mit einer vollgehäuften Schüssel in jeder Hand schlurfte er schließlich zu einem Tisch im Freien. Dann war ich an der Reihe.

»Entschuldigung«, sagte ich zu der runzligen Wirtin. »Spricht dein Mund Goreddi?« Sie fuchtelte ungeduldig mit dem Schöpflöffel und sagte auf Porphyrisch: »Was willst du?«

»Ein Glas Tee.« Ich kramte in meiner kleinen Börse nach einer Münze. »Kein Goreddi? Das ist schön. Ich versuche mehr. Gibt es Saarantrai in den Kreisen dieses Parks?«

Sie schüttelte verständnislos den Kopf und murmelte: »Ausländische Närrin«, während sie mir das Wechselgeld herausgab. Verlegen ging ich zu den Tischen vor der Tür. »Du hast deinen Tee vergessen!«, rief die Frau. Ich nahm ihn so hastig, dass das Glas gegen den Unterteller stieß.

»Entschuldigung«, sagte eine tiefe, angenehme Stimme. Es war der dünne Mann, der vor mir in der Reihe angestanden hatte. Er saß an einem Tisch und winkte mich zu sich. »Ich wollte nicht lauschen«, sagte er auf Goreddi. »Aber ich spreche deine Sprache. Kann ich irgendwie helfen?«

Zögernd stellte ich meinen Tee auf dem Tisch ab und zog einen Stuhl heran. Er gab der Wirtin ein Zeichen, woraufhin diese ihm grummelnd Gewürz und Wein brachte. »Sie ist zu jedem so grob«, sagte er halblaut. »Das macht ihren Charme aus.«

Auf seiner langen, geraden Nase saß eine Brille mit kleinen Gläsern. Er hatte sein langes, glattes Haar nach der Mode in Ninys zu einem Pferdeschwanz im Nacken zusammengebunden. Gekleidet war er in einen kurzen Tappert aus Goredd und porphyrische Hosen. Ganz offensichtlich war er weit herumgekommen.

»Hast du Goredd bereist?«, fragte ich und schluckte mein aufkommendes Heimweh hinunter.

»Ich habe dort drei Jahre gelebt«, erwiderte der Mann freundlich und streckte seine Hand auf. »Ich heiße Lalo.«

»Serafina.« Ich schüttelte seine Hand und fühlte mich sofort an zu Hause erinnert.

Er machte sich über seine Schüssel mit Tintenfisch her. »Wie ich höre, bist du auf der Suche nach Drachen?«

Ich nahm einen Schluck von dem kochend heißen Tee und

war überrascht, dass er nach Pfefferminz schmeckte. »So ist es. Angeblich lebt hier eine Gemeinschaft von Exilanten.«

»Das stimmt«, sagte Lalo. »Metasaari. Da bist du hier richtig.«

Ich ließ den Blick über die Gastwirte, die Frauen am Brunnen, die Obstverkäufer und Fußgänger schweifen und sah überall nur Porphyrer. »Wo sind die Saarantrai?«

Er lachte. Seine Zähne schimmerten im Sonnenlicht. »Überall um dich herum, Schlupfling. Ich bin einer von ihnen.«

Fast hätte ich mich an meinem Tee verschluckt. Ich blickte ihn an und sah sein lässiges Lächeln und seine dunkle Haut. Alle Heiligen im Himmel. Einen Drachen wie ihn hatte ich noch nie getroffen.

Er beugte sich vor und stützte die Ellbogen auf den Tisch. »Ich weiß, was du denkst. Du hast bisher nur Saarantrai getroffen, die die Farbe von Höhlenfischen haben, aber braun ist unser natürlicher Farbton. Sieh her.« Er legte seine große Hand auf die gefliese Tischoberfläche, und vor meinen Augen hellte sich seine Haut auf, bis sie fast so blass wie meine eigene war, ehe sie wieder dunkel wurde.

Mir verschlug es fast die Sprache.

»Unser silbernes Blut«, erklärte er. »Wenn wir es an die Oberfläche treten lassen, werden wir blasser. Diese Tarnung kann sehr nützlich sein, zum Beispiel in unserem natürlichen Lebensraum – wo die größte Gefahr von anderen Drachen ausgeht – oder im Südland, wo wir nicht zu sehr auffallen dürfen.«

Es beschämte mich, dass ich die Leute in diesem Viertel nach ihrer Hautfarbe beurteilt hatte. Wenn ich mich jetzt in Metasaari umsah, entdeckte ich das, worauf mir meine Voreingenommenheit den Blick verstellt hatte: eine gewisse Steifheit, Kleider in gedeckten Farben, kein Schmuck und kurze, praktische Frisuren. Die Obstverkäufer priesen ihre Waren nicht lautstark oder gar singend an und das Plätschern der Brunnen war lauter als der Tratsch der Frauen. Wenn das Saarantrai waren, dann waren sie viel dezenter als die porphyrischen Menschen.

Lalo grinste übers ganze Gesicht. Das war etwas, das ich von den Saarantrai in Goredd nicht kannte.

Vermutlich hatte auch Orma hier dunkle Haut. War ich womöglich an ihm vorbeigegangen, ohne ihn zu erkennen? Ich hatte die Bibliothekare nach einem Fremden gefragt, der die gleiche Hautfarbe hatte wie ich.

»Suchst du nach jemand Bestimmtem?«, fragte Lalo und widmete sich seiner Eierfrucht.

Ich nahm noch einen Schluck Tee. »Er heißt Orma.«

»Der Sohn von Imlann und Eri? Der Bruder von Linn?«

Mein Herz machte einen Satz. »Ja! Hast du ihn gesehen?«

Lalo schüttelte den Kopf. »Seit Jahren nicht. Ich war mit seiner Schwester an der Universität.«

Orma hatte sich sicherlich bedeckt gehalten, aber das musste noch nichts heißen. Ich unternahm einen neuen Versuch: »Er ist mit einem Drachen namens Eskar zusammen.«

»Eskar, ja natürlich. Sie ist schon seit mehreren Monaten hier«, sagte er und fuchtelte mit seinem Löffel vor meiner Nase herum. Etwas leiser fügte er hinzu: »Sie versucht uns zu überreden, nach Tanamoot zurückzukehren. Nicht alle halten das für klug. Ich für meinen Teil bin kein Kämpfer, aber ich würde alles tun, um nach Hause zurückkehren zu können. Hier habe ich nichts als Kummer erfahren.«

»Warum wurdest du verbannt?«, fragte ich und senkte ebenfalls die Stimme.

Lalo seufzte melancholisch und kratzte die letzten Reste seiner Tintenfischsoße aus. »Das wurde ich gar nicht. Ich habe mich in eine Goreddi-Frau verliebt und bin nach Hause zur Exzision gegangen wie ein guter, braver Saar.« Er nahm einen

Schluck Wein und blickte hinauf zum wolkenlosen Himmel. »In einem Anflug von verliebter Torheit habe ich mir allerdings zuvor eine Gedankenperle gemacht.«

Ich wusste, dass Drachen in diese Perlen ihre Erinnerungen einschließen und sie so verstecken können. Meine Mutter hatte mir eine solche Perle hinterlassen. Das hatte ich allerdings erst erfahren, nachdem ich Orma zum ersten Mal in seiner natürlichen Gestalt gesehen hatte. Sein Anblick hatte die Erinnerungen meiner Mutter in mir wachgerufen. Es war nämlich immer ein Auslöser notwendig, um die Erinnerungen freizusetzen.

Ich drehte den Perlenring an meinem kleinen Finger und fragte mich plötzlich, was Orma mit seinen Worten gemeint hatte: *Das Ding selbst und nichts dazu ergibt in Summe alles.* Hatte er eine Gedankenperle gemacht? War es das, was er mir zu verstehen geben wollte?

Lalos Blick ging in die Ferne. »Ich wollte die Erinnerung bewahren, selbst wenn ich mich nicht mehr daran erinnern konnte. Ich vergaß absichtlich, wie man die Perle öffnet, weil ich nie vorhatte, es zu tun. Leider stieß ich durch Zufall auf den Auslöser. Alle Erinnerungen waren plötzlich wieder da. Ich suchte die Dame meines Herzens auf, aber sie lebte inzwischen ein anderes Leben. Sie ist verheiratet, und jetzt sitze ich hier, allein mit meinem Kummer.«

»Das tut mir leid«, sagte ich. Unsere Unterhaltung hatte eine sehr persönliche Wendung genommen. Ich konnte mir nicht vorstellen, dass Orma oder Eskar etwas ähnlich Privates preisgeben würden. »Ähm. Weißt du, wo ich Eskar finden kann?«

Er nahm einen Löffel Eierfrucht und Reis und sagte, ohne mich anzusehen: »Eskar ist fort. Vor zwei Wochen ist sie ohne ein Wort verschwunden.«

Das war eine Überraschung. Comonots Schachzug in Porphyrien war ihre Idee gewesen. Warum sollte sie hier weggehen, wenn Comonot in weniger als zwei Wochen herkommen würde? Wenn sie nicht mehr hier war, wo war sie dann?

»War sie in Begleitung eines anderen Drachen?«, hakte ich nach.

Lalo zuckte gereizt die Schultern. »Ich weiß es nicht.«

Seine brüske Art störte mich nicht, das war ich von den Drachen gewöhnt. Von seiner Seite aus war das Gespräch beendet. Ich schob den Stuhl zurück und stand auf. »Danke, dass du Zeit für mich hattest.« Er nickte und wischte die Krümel für die Vögel vom Tisch.

Ich kehrte zu Naia zurück. Je länger ich über alles nachdachte – Ormas seltsames Rätsel, die knappen Andeutungen in seinem Brief –, desto stärker reifte in mir die Überzeugung, dass er eine Gedankenperle geschaffen hatte und mich dies wissen lassen wollte. War es eine reine Vorsichtsmaßnahme oder fürchtete er, dass die Zensoren ihm auf die Spur gekommen waren?

War es denkbar, dass er zusammen mit Eskar die Stadt verlassen hatte oder, genauer gesagt, dass Eskar mit ihm die Stadt verlassen hatte? Wenn es darum ging, Orma zu schützen, würde sie aus Porphyrien weggehen, selbst wenn die Ankunft des Ardmagars unmittelbar bevorstand.

Ich wünschte, Ormas Ring wäre ein Tnik. Dann könnte ich Verbindung zu ihm aufnehmen und müsste mich nicht länger sorgen. Stattdessen zerbrach ich mir auf dem Weg in die Unterstadt den Kopf, während die Nachmittagssonne auf meinen Scheitel brannte.

Am Ende dieses Tages, der mich in lauter Sackgassen geführt hatte, hoffte ich, dass zumindest Abdos Kampf ein Ende gefunden hatte. Aber als ich das Haus betrat, wusste ich sofort, dass etwas schiefgelaufen war. Einige von Abdos Cousins saßen immer noch auf den Stufen, allerdings war ihnen das Lachen vergangen. Die älteren Frauen, die in Naias Wohnung geblieben waren, hatten Kerzen in einem Kreis auf dem Boden aufgestellt. Ich blieb an der Türschwelle stehen und überlegte, ob ich vielleicht zu früh zurückgekommen war, aber Naia sprang sofort auf, als sie mich sah. Ohne ein Wort nahm sie mich am Ellbogen, führte mich zu Abdos Nische und zog den Vorhang zurück. Abdo lag auf seiner Matte. Seine Glieder zuckten und seine Augen waren offen, aber er sah mich nicht. Eine alte Frau betupfte seine Stirn mit einem nassen Seeschwamm.

»Wir haben ihn zu Paulos Pende gebracht«, flüsterte Naia. »Ja, du hattest recht. Der alte Priester hat seinen Groll vergessen – wie auch nicht, wo es Abdo so schlecht geht?«

»Da war Abdo bereits in diesem Zustand?«, fragte ich entsetzt.

»Schlimmer noch. Er hat sich gegen uns gewehrt und Onkel Fasias gebissen. Wenn er schreien könnte, hätte er aus Leibeskräften gebrüllt.« Sie hielt inne, und ich sah, dass sie den Tränen nahe war. Ihre Nasenflügel bebten, als sie tief Luft holte. »Pende konnte nichts für ihn tun«, sagte sie bebend. »Nicht solange Jannoula ihn in ihren Fängen hat und er sie bis aufs Blut bekämpft. Wir müssen warten, bis er die Oberhand gewinnt und sie sich zurückzieht oder bis er den Kampf verliert und sie endlich zufrieden ist.«

Ich kniete mich neben Abdos alte Tante, streckte die Hand aus und fragte: »Darf ich?« Wortlos reichte sie mir den Schwamm, blieb aber da. In gemeinsamer Sorge vereint harrten wir bei ihm aus.

Achtzehn

In den darauffolgenden zwei Wochen reihte sich eine Enttäuschung an die andere.

Ich brachte Ingars Gepäck am nächsten Tag zu Camba. Vom Türsteher erfuhr ich, dass sie mit der Gesellschaft für Tragödienliebhaber eine Aufführung von Necans *Bitteres Nichts* besuchte. Ich sagte ihm, dass ich am nächsten Tag wiederkommen würde.

Abdos Großfamilie wechselte sich an seinem Bett ab. Naia hatte sieben Geschwister, sodass ich das Gefühl hatte, jeden Tag neue Tanten, Onkel und Cousins kennenzulernen. Sie schleppten warmes Essen an und fütterten ihn reihum. Die Cousins brachten Würfel und Ballspiele und ein Brettspiel namens Sysix, aber Abdo war nicht in der Verfassung zu spielen. Er warf sich wie im Fieber hin und her und schlief sehr unruhig. Manchmal wachte er auf. Dann blickte mich Jannoula aus seinen Augen an. Aber sie erlangte nie die Oberhand, um mit mir reden zu können.

Morgens und abends versuchte ich, mit ihm zu sprechen. Er antwortete nur ein einziges Mal: *Ich baue eine Mauer, Fina Madamina. So wie du. Ich glaube, ich kann sie...*

Dann nahm sein Kampf ihn wieder ganz gefangen.

Jeden Tag verließ ich mit einem harten, kalten Sorgenknoten im Magen das Haus. Immer wenn mich die Angst zu überwältigen drohte, fühlte ich mich wie betäubt. Aber dann stemmte ich mich dagegen und setzte ebenso unermüdlich wie erfolglos meine Suche fort.

Ich ging erneut zu Camba. Diesmal wusch sie gerade ihre Haare und konnte mich nicht empfangen.

Inzwischen konnte ich die Saarantrai in Metasaari viel besser von den anderen Porphyrern unterscheiden. Im Vergleich zu anderen Drachen waren sie gefühlsbetonter, aber ihre Eigenheiten fielen nicht besonders auf. Sie redeten nicht mit Händen und Füßen wie die Porphyrer, die ich in der Stadt gesehen hatte. Sie küssten sich zwar zur Begrüßung auf die Wangen, taten dies aber mit großer Ernsthaftigkeit. Ich hörte mich in Saarantrai-Geschäften, bei Ärzten, in Handelshäusern und Anwaltskanzleien um, aber überall bekam ich dieselbe Antwort. Eskar war verschwunden und auch von Orma gab es keine Spur. Seine Aufzeichnungen im Bibliagathon blieben weiterhin unangetastet.

Nach vier oder fünf Tagen, in denen ich Camba Nachrichten hinterlassen hatte, ohne jemals eine Antwort zu erhalten, beschloss ich, auf eigene Faust die anderen Ityasaari zu suchen. Ich hatte ja immer noch den Garten der Grotesken, auch wenn er in Windeseile zu schrumpfen schien: siebenundvierzig Schritte zwischen den Meilensteinen, dann zweiundvierzig, dann neunundddreißig.

Ich konnte jederzeit Visionen meiner Ityasaari heraufbeschwören. Bei der geflügelten Miserere, die ich schon einmal gesehen hatte, konnte ich mir das allerdings sparen. Ich sah sie täglich auf den Dächern und Statuen kauern und die Stadt wie ein finsterer Geier überwachen. Ihre Anwesenheit allein schreckte etwaige Verbrecher ab.

Ich kam nicht an ihren Hochsitz heran, und sie ließ sich nicht dazu herab, zu mir herunterzukommen. Vielleicht musste ich erst ein Verbrechen begehen, um mit ihr zusammenzutreffen.

Nicht dass ich diese Möglichkeit ernsthaft in Erwägung gezogen hätte. Kiggs und Glisselda wären entsetzt gewesen.

Dann stieß ich auf die großen, athletischen Zwillinge aus meinen Visionen, deren Grotesken ich in meinem Garten die Namen Nag und Nagini gegeben hatte – und zwar genau an dem Tag, an dem sie für ihre Erfolge bei den Spielen zur Sonnwendfeier öffentlich geehrt wurden. Ich hetzte zur Zokalaa, stellte mich in den hinteren Zuschauerrängen auf die Zehenspitzen und reckte den Hals, um die Zeremonie zu verfolgen. Sie waren zweieiige Bruder und Schwester, aber mit ihren kurz geschorenen Haaren, den weißen Tuniken und der selbst für porphyrische Verhältnisse dunklen Haut sahen sie nahezu gleich aus. Ich schätzte sie auf sechzehn oder siebzehn, sie waren also ungefähr so alt wie ich. Die Zwillinge standen auf den obersten Stufen des Vasilikon, hielten sich an den Händen und senkten bescheiden den Blick, während ein stimmgewaltiger Herold die Auszeichnung verkündete und eine Priesterin der Lakhis (der Göttin der Notwendigkeit) die beiden mit üppigen grünen Siegeskränzen krönte.

Neben mir stand ein bärtiger Mann – eine Beschreibung, die auf die Hälfte der Männer in Porphyrien zutraf – und beugte sich lächelnd zu mir, als er mein Interesse sah. »Seit vielen Generationen hatten wir keine besseren Läufer als diese beiden.« Offensichtlich schätzte er meine Herkunft falsch ein, denn er sprach Samsamesisch mit mir.

Er plauderte weiter und erzählte mir von der Schnelligkeit der Zwillinge und von ihren genauen Wettkampfergebnissen, er sprach aber auch von der ruhmreichen Göttin. Ich hörte gespannt zu und fragte mich, wann er mir sagen würde, dass die beiden Ityasaari waren. Aber er verlor kein Wort darüber. War diese Tatsache nicht erwähnenswert oder wusste er nicht Bescheid?

Die Zwillinge lebten mit anderen der Göttin geweihten Athleten in einem speziellen Bezirk hinter dem Tempel der Lakhis, zu dem jemand wie ich keinen Zugang hatte.

In meinen Visionen hatte ich außerdem eine Ityasaari, deren Groteske in meinem Garten Gargoyella hieß, die Stufen des Vasilikon hinaufeilen sehen. Es war eine ältere Frau, deren weiße Haare in Zöpfen um ihren goldenen Agogoi-Haarschmuck geflochten waren. Sie trug stets eine rote Stola mit blauem Saum, bei der es sich offensichtlich um eine Art Amtssymbol handelte. Ich befragte die Stadtbewohner auf der Zokalaa und erfuhr, dass sie nicht nur eine Anwältin, sondern die von der Versammlung gewählte Hauptanklägerin war und Maaga Reges Phloxia hieß.

Ich nahm meinen ganzen Mut zusammen und trat ihr eines Abends in den Weg, als sie die Stufen herunterkam. Sie war viel kleiner als ich und mochte es offensichtlich gar nicht, aufgehalten zu werden, denn sie lächelte mich an.

Ich kannte dieses Lächeln aus meinen Visionen, daher war ich nicht allzu überrascht, dennoch war es ein verstörender Anblick. Sie zog ihre Lippen, die sie normalerweise zusammenpresste, auseinander, grinste unnatürlich breit bis zu den Ohren und zeigte dabei ihre spitzen Haifischzähne.

»Aus dem Weg«, sagte sie in deutlichem Goreddi.

»Vergib mir, Phloxia«, begann ich. »Mein Name ist Serafina Dom…«

»Ich weiß, wer du bist«, unterbrach sie mich schroff. »Paulos Pende hat mir verboten, mit dir zu reden. Weißt du, welche schwerwiegenden rechtlichen Folgen es hat, wenn man eine priesterliche Anordnung missachtet?«

Sie war so auf Gesetze bedacht, dass sie mich unwillkürlich an meinen Vater erinnerte. Fast hätte ich losgelacht, aber ich ahnte, dass sie mir eine Standpauke halten würde. Daher hob ich rasch die Hände und gab mich angesichts ihres Haifischlächelns geschlagen.

»Ich kenne mich mit der porphyrischen Gesetzgebung nicht aus«, sagte ich und trat beiseite, um ihr Platz zu machen. »Also muss ich dir wohl oder übel glauben.«

Ihre Miene wurde weicher. »Ich denke, Pende beraubt uns einer wunderbaren Gelegenheit. Ich habe schon immer vermutet, dass wir im Südland Verwandte haben. Ich suche nach einer Gesetzeslücke«, sagte sie leise. Ihr Mund zitterte beim Sprechen. »Doch ich habe noch keine gefunden.«

Sie zog ihre Stola enger und verschwand in der Menschenmenge der Zokalaa.

Der letzte Ityasaari auf meiner Liste war ein Sänger. Ich hatte ihn Molch genannt, und es machte Spaß, die Visionen mit ihm heraufzubeschwören, denn ich hätte ihm ewig zuhören können. Ich wusste, dass er oft auf dem Hafenmarkt musizierte, zwischen den Verkaufsbuden trällerte oder sich unter die singenden Fischersleute mischte, die ihre Krabbenreusen ausluden. Ich fing an, ihn mit meiner Flöte zu verfolgen, und stellte mich immer wieder irgendwo auf den Marktplatz, um zu spielen. Er kam nie zu mir, aber ich hörte aus der Ferne, wie er mein Lied mitsang. Wir umkreisten einander scheu, ohne dass es zu einer Begegnung kam, bis ich ihn eines Morgens entdeckte, als er auf dem Brunnenrand saß: ein weißhaariger Mann mit Sommersprossen und einem viel zu langen Oberkörper und viel zu kurzen Gliedmaßen. Seine beiden Augen waren an grauem Star erkrankt, aber er schien trotz seiner Blindheit meine Gegenwart zu spüren, denn er hob den Kopf und lächelte engelsgleich. Sein feines Haar plusterte sich in der Brise auf wie Wolken über einem Berggipfel. Er schloss seine schuppigen Augen, hob das Kinn und stimmte einen tiefen, dumpfen Ton an. Die Gespräche der Umstehenden wurden zu einem leisen Murmeln, und die Leute knufften sich gegenseitig, als würden sie seinen Gesang kennen und ihn schätzen. Über dem tiefen Ton schwang ein leichter Oberton mit, flüchtig wie tanzende Flammen auf dem Wasser. Beides zusammen ergab eine geheimnisvolle Harmonie.

Diese Technik nannte man in Ziziba Sinusgesang. Ich hatte davon gelesen und mit Orma Überlegungen angestellt, was dabei im Kehlkopf passierte, aber noch nie hatte ich den Gesang mit eigenen Ohren gehört. Bisher hatte ich nicht gewusst, dass diese Kunst auch in Porphyrien ausgeübt wurde.

Nach mehreren misslungenen Anläufen schaffte ich es, den zarten Gesang mit meiner schwerfälligen, erdengebundenen Flöte zu begleiten. Gemeinsam erschufen wir ein Lied von Himmel und Erde und von den Sterblichen dazwischen.

Das laute Tröten einer Trompete durchschnitt wie ein Messingdolch unsere Musik und wir brachen abrupt ab. Die Zuschauermenge machte einer großen, weiß verhüllten Sänfte Platz, die von muskulösen jungen Männern getragen wurde. Hinter den hauchdünnen Vorhängen erhaschte ich einen Blick auf drei Priester des Chakhon, darunter auch Paulos Pende. Ich wandte mich ab, damit er mich nicht sah, und musste daran denken, was Phloxia über die »priesterlichen Anordnungen« gesagt hatte. Ich wollte nicht, dass Molch meinetwegen Schwierigkeiten bekam.

Die Sänfte zog an uns vorüber und das Treiben auf dem Marktplatz ging weiter, aber mein Musikpartner war in dem Labyrinth aus Tischen und Zelten verschwunden.

Zu guter Letzt schrieb Camba doch noch, und zwar zwei Wochen nachdem Pende Jannoula aus Ingars Geist vertrieben hatte.

Vielen Dank für das seltsame, schiffrierte Buch. Wie du dir sicher gedacht hast, brütet Ingar Tag und Nacht darüber. Er macht sich Notizen und versucht, es zu übersetzen. Er hat nach dir gefragt. Komm sofort, bevor die Tageshitze aufsteigt, dann können wir draußen im Garten sitzen.

Es war nicht Cambas Handschrift, dafür war sie zu eckig und steif. Für einen Augenblick fragte ich mich, ob nicht Ingar die Zeilen geschrieben und sich für Camba ausgegeben hatte. Andererseits würde Ingar *chiffriert* nicht falsch schreiben, nicht bei seinem Sprachtalent. Die Sache war sehr seltsam.

Trotzdem war es eine Abwechslung. Zu meiner eigenen Überraschung stellte ich fest, dass ich mich darauf freute, Ingar wiederzusehen.

Der tattrige Türsteher von Haus Perdixis ließ mich ein. Ich wurde erwartet, der Brief war also zumindest mit Cambas Wissen geschrieben worden. Ich wartete in dem dämmrigen Atrium, wo aus einem gesprungenen Brunnen Wasser tropfte. Eine allegorische Statue des Handels, die in allen Ecken und Winkeln grün angelaufen war, blickte ernst in das Becken.

Gleich darauf kam Camba mit großen Schritten auf mich zu. Sie küsste mich feierlich auf beide Wangen und bat mich, die Schuhe auszuziehen. Hinter ihr im Türrahmen wartete eine zierliche, elegant gekleidete weißhaarige Frau und sah mich mit krähenhaften Augen an.

»Meine Mutter, Amalia Perdixis Lita«, stellte Camba sie mit einer graziösen Handbewegung vor.

Ich durchforstete mein Gedächtnis und versuchte, mich an die angemessene Art und Weise zu erinnern, wie man eine fremde Frau begrüßt, die älter, von höherem gesellschaftlichen Stand und durch und durch Porphyrerin ist, als Cambas Mutter plötzlich etwas Unerwartetes tat. Sie kam zu mir, küsste mich auf die Wangen, nahm meinen Kopf in die Hände und drückte mir einen dicken Schmatz auf die Braue. Ich muss wohl sehr verdattert ausgesehen haben, denn sie schmunzelte.

»Camba hat mir erzählt, dass du diejenige bist, die an jenem schrecklichen Tag in den Bergen zu ihr gesprochen hat«, sagte die alte Frau auf Porphyrisch. »Sie dachte, sie hätte den Ruf des Hauses Perdixis mit giftigen Glaswaren ruiniert, aber du hast sie dazu gebracht, zurückzukehren und ihren Brüdern gegenüberzutreten. Ich als ihre Mutter möchte dir dafür meinen Dank aussprechen.«

Ich blinzelte verwirrt. Hatte ich sie richtig verstanden oder hatte ich mich verhört?

Camba nahm meinen Arm und sagte: »Wir sind dann im Garten, Mutter.«

Sie führte mich durch einen spärlich belichteten Gang. »Giftige Glaswaren?«, fragte ich auf Goreddi.

Camba wandte den Blick ab. »Ich hatte es aus Ziziba eingeführt, es war der erste Geschäftsabschluss, den ich eigenverantwortlich tätigte. Ich erhielt die Ware zu sehr günstigen Preisen, worum ich mir damals allerdings nicht weiter Gedanken machte. Erst später erfuhren wir, dass das Glas mit einer schimmernden Lasur überzogen war, die ihm zwar einen hübschen Glanz verlieh, sich aber leicht auflösen ließ, wenn sie mit Flüssigkeit in Berührung kam. Ein Säugling starb daran.«

Also deswegen hatte sie sich umbringen wollen. Ich war immer davon ausgegangen, dass sie die Schmach, ein Halbdrache zu sein, nicht ertrug. Als ich dann erfahren hatte, dass sie mit dem falschen Geschlecht geboren worden war, erschien mir dies der eigentliche Grund zu sein. Aber auch das war voreilig gewesen.

Hinter einer einzelnen Tat konnten so viele verschiedene Beweggründe stehen. Ich nahm mir vor, mit Mutmaßungen in Zukunft vorsichtiger zu sein.

Wir durchquerten ein schummriges, mit Bücherregalen vollgestelltes Studierzimmer, wo zwei Jungen in Abdos Alter über komplizierten Geometrieaufgaben brüteten. »Mestor, Paulos«, sagte Camba und blieb kurz stehen, um einen Blick auf ihre Arbeit zu werfen. »Wenn ihr mit Eudemas Theorem fertig seid, könnt ihr für heute Schluss machen.«

»Ja, Tante Camba«, riefen sie im Chor.

»Inzwischen überlasse ich die wichtigen Geschäfte meinen Brüdern«, sagte Camba, als wir den Raum verließen. Mit einem verlegenen Lächeln fügte sie hinzu: »Stattdessen unterrichte ich nun meine Neffen in Mathematik und widme mich meinen Studien bei Paulos Pende.«

Wir traten in einen gepflegten Garten mit einem ordentlichen, von dunklen Zedern gesäumten Rasen und zwei langen rechteckigen Wasserbassins zu beiden Seiten. Ein Sonnenschutz aus Leinenstoff bauschte sich sanft in der Brise und darunter saß ein halbes Dutzend Leute auf schmiedeeisernen Stühlen. Meine Augen brauchten einen Moment, um sich an das Sonnenlicht zu gewöhnen. Ich erkannte Ingar, die Anwältin Phloxia, die geflügelte Miserere, den Hafensänger Molch und die lächelnden Zwillinge.

»Phloxia hat eine Gesetzeslücke gefunden«, sagte Camba leise. »Man kann uns keinen Verstoß gegen die priesterlichen Anordnungen vorwerfen, wenn wir deinen Besuch gar nicht erwartet haben.«

»Aber du hast mich doch eingeladen«, rief ich verblüfft.

Ein verschlagenes Funkeln trat in ihre Augen. »Aber nein, das habe ich nicht. Ich habe meinen Neffen eine Schreibübung auf Goreddi diktiert, der Brief war nicht dazu bestimmt, an dich überbracht zu werden. Wie der Zufall es will, hatte Chakhon seine Hände im Spiel, sodass nicht einmal Pende etwas dagegen sagen könnte. Bei der gnädigen Notwendigkeit, der Göttin der Gastfreundschaft, heißen wir dich willkommen.«

Als ich sie alle beieinander im Garten sah, fühlte ich mich ein wenig überwältigt. Das hatte ich mir so lange gewünscht. Alles stimmte bis aufs Kleinste, nicht einmal das kühle Gras und die sorgfältig gestutzten Büsche fehlten. Ich fing Ingars Blick auf. Er nickte lächelnd, hielt sich aber zurück, während die anderen sich in einer Reihe aufstellten und mir nacheinander Wangenküsse gaben.

»Mina«, stellte sich Miserere vor.

»Sehr erfreut«, krächzte ich und nahm ihre Klauenhand in meine.

Dann führte Camba Molch zu mir, der fast blind war. »Ich heiße Brasidas«, sagte er auf Porphyrisch und streckte seinen kurzen Arm aus. Ich nahm seine verkrüppelte Hand und küsste seine sommersprossigen Wangen. Er strahlte mich an und sagte: »Hast du deine Flöte mitgebracht?«

»Sie konnte nicht wissen, dass wir hier sein würden«, sagte Phloxia auf Goreddi zu ihm.

»Aber jetzt bin ich da. Verstößt du nicht gegen das Gesetz, wenn du trotzdem bleibst?«, neckte ich Phloxia, während sie mir Küsschen auf die Ohren hauchte.

»Oh, ich hatte hier etwas zu erledigen.« Verschmitzt hielt Phloxia eine filigrane Goldbrosche hoch. »Die wollte ich Camba zurückgeben. Sie ist zu kostbar, um sie den Dienern anzuvertrauen, und natürlich kann ich erst dann gehen, wenn sie sie genommen hat.«

»Vielleicht kann Serafina ja etwas für uns singen«, sagte Brasidas hoffnungsvoll auf Porphyrisch.

»Mach Platz und lass die Zwillinge ran«, sagte die Anwältin mit dem Haifischgebiss und zog Brasidas zur Seite.

Die großen, anmutigen Geschwister küssten mich gleichzeitig auf die Wange. »Gaios, Gelina«, sagten sie mit fast gleich klingenden Stimmen. Unsere Abstammung von Drachen hatte dazu geführt, dass viele Ityasaari missgebildet waren, aber diese beiden waren geradezu unverschämt schön. Nicht einmal ihre Silberschuppen störten, denn es waren nur kleine Stellen hinter den Ohren. Sie trugen unauffällige, schmucklose Tuniken, wie es die Göttin der Notwendigkeit verlangte, aber das unterstrich nur noch ihren natürlichen Glanz.

Ein wenig abseits hatten Diener einen Tisch aufgebaut und Feigen, Oliven und mit Honig gesüßten Hirsekuchen aufgetragen. Camba goss uns aus einem von der Kälte angelaufenen Silberkrug ein zähflüssiges Gebräu aus Zitronen, Honig und Schnee ein, das mir beim Trinken fast die Zähne erfrieren ließ.

Wir unterhielten uns in einem Mischmasch aus Goreddi und Porphyrisch, wobei Ingar oder Phloxia notfalls für mich übersetzten. Ich bat sie darum, ihre Geschichten zu erzählen. Sie berichteten, wie Pende sie in ihren jungen Jahren unter seine Fittiche genommen hatte und dass sie alle eine Zeit lang im Tempel des Chakhon Dienst getan hatten. Mina war dort immer noch Wächterin und Brasidas sang an den heiligen Tagen im Tempel.

»Pende ist unser spiritueller Vater«, sagte Phloxia mit einem wehmütigen Lächeln. »Leider sind wir für ihn als Kinder enttäuschend.«

»Nur mit Camba ist er zufrieden«, murmelte Brasidas, den Mund voll Feigen.

»Ja. Camba kehrte zu ihm zurück, und Pende hat ihr beigebracht, das Seelenlicht zu sehen«, sagte Phloxia. Sie beugte sich über ihren Kuchenteller und flüsterte für alle hörbar: »Wir anderen waren echte Fehlschläge. Wir sahen nicht das geringste Fünkchen Licht. Ich weiß gar nicht, ob wir es überhaupt können.«

»Das von Gelina kann ich sehen«, sagte Gaios mit großen, ernsten Augen.

Gelina lehnte ihren hübschen Kopf an seine Schulter. »Und ich das deine, Bruder.«

»Die Zwillinge sind so aufeinander bezogen, dass sie nur sich selbst sehen«, sagte Phloxia und blickte sie liebevoll an. Sie war die umgängliche Variante von Dame Okra. »Wie auch immer, sie haben beide dem alten Mann das Herz gebrochen, indem sie sich nicht für Chakhon, sondern für Lakhis entschieden haben.«

»Es war eine Frage der Notwendigkeit«, sagte Gelina und zog die Augenbrauen zusammen. Gaios nickte.

Mina stopfte sich besorgniserregend viele Oliven in den Mund, ohne jemals einen Kern auszuspucken. Als sie sprach, klang ihre Stimme rau und krächzend. »Der Gott beruft uns nicht alle. Pende versteht, warum wir weggegangen sind.«

»Ich habe ihm erklärt, dass Chakhons eigene Logik es erfordert, dass ich den Tempel verlasse«, sagte Phloxia. »Wenn ich dem Gott des Glücks und des Zufalls dienen soll, ist auch meine Anwesenheit im Tempel eine Sache des Zufalls.«

Ingar schüttelte kichernd den Kopf, er schien sich hier wie zu Hause zu fühlen.

»Phloxia«, sagte Camba tadelnd, »du verdrehst die Logik, wie es dir passt.«

»Das ist die Aufgabe einer Anwältin«, gab Phloxia zurück und zog eine Schnute.

Cambas Augen funkelten. »Hast du nicht gesagt, du hättest eine Brosche für mich?«

»Das ist ein Gerücht!«, rief Phloxia. »Und Gerüchte kann ich weder bestätigen noch verneinen...«

Ich stand auf und ging zum Tisch mit dem Essen, bevor die Diener die letzten Stücke vom Hirsekuchen abtrugen. Hinter mir hörte ich die anderen lachen; sie hatten so manches gemeinsam erlebt und kannten sich gut. Es war alles ein bisschen viel für mich. Genau das hatte ich in Goredd für uns erschaffen wollen. Genau das.

Diese Ityasaari waren vielleicht bereit, Pendes Regeln zu umgehen, um mich hier zu treffen, aber ich bezweifelte, dass sie so weit gehen würden, gegen seinen Wunsch nach Goredd zu reisen – und warum sollten sie auch?

Um ein fremdes Land zu verteidigen? Um etwas zu erschaffen, was sie hier längst hatten?

Ich konnte sie schlecht bitten, mich nach Goredd zu begleiten, wenn Jannoula nur darauf wartete, sich ihrer zu bemächtigen, sobald sie sich in den Süden vorwagten. Erst recht nicht, wenn der Einzige, der sie befreien konnte, ganz sicher hierbleiben würde.

»Du siehst traurig aus«, sagte Ingar neben mir und riss mich aus meinen Gedanken. »Ich denke, ich kenne den Grund. Auch ich habe von diesem Garten geträumt. Und Jannoula ebenfalls. Aber wir können den Traum auch ohne sie verwirklichen.«

So kannte ich Ingar gar nicht. Die Intensität und Schärfe seines Blicks überraschten mich.

»Es scheint dir gut zu gehen«, sagte ich.

Er nickte ernst und schob seine Brille hoch. »Das habe ich Camba zu verdanken. Sie hat an mich geglaubt, als nicht mehr viel von mir übrig war.« Ingars dicke Lippen zuckten. Er holte tief Luft. »Aber weißt du, was mir auch geholfen hat? Ich werde es dir zeigen.« Er führte mich zum Haus in einen schattigen Säulengang. Zwei Eisenstühle standen wie Wächter neben einem Bücherstapel. Ingar nahm ein schmales Bändchen, das obenauf lag. Ich erkannte es sofort.

»Ich habe es entschlüsselt«, sagte Ingar und bedeutete mir, mich zu setzen. »Es ist Goreddi, allerdings auf das porphyrische Alphabet übertragen und in Spiegelschrift geschrieben, unterbrochen von Lücken, die dem Text den Anschein geben sollen, als handelte es sich um eine Chiffre. Im Grunde genommen ist es gar nicht so schwierig. Ich bin auch nicht der Erste, der es gelesen hat.« Er blätterte bis zur letzten Seite, wo jemand etwas in Goreddi geschrieben hatte.

An die Bibliothekare:
Dieser Band scheint von einem gewissen historischen Wert zu sein. Er darf nicht in Goredd verbleiben, aber ich kann ihn auch nicht vernichten. Bitte stellt ihn zu den apokryphen religiösen Schriften. Der Himmel beschütze euch.
Vater Reynard von St Vitt, Bowstugh Wallow.

Weiter unten auf der Seite hatte Vater Reynard in blasser Schrift hinzugefügt: *Sankt Yirtrudis, wenn du eine Heilige bist, wenn es überhaupt Heilige gibt, vergib mir, was ich tun muss.*

»Handelt dieses Buch von Yirtrudis? Ich kann mir keinen Grund vorstellen, warum er ausgerechnet sie anrufen sollte.« Eine unerwartete Hoffnung stieg in mir auf. Ich hatte mich stets auf eine seltsame Weise zu meiner verbotenen Patronin meiner verbotenen Herkunft hingezogen gefühlt. Ich wagte kaum zu glauben, dass Ormas Theorie der Wahrheit entsprechen könnte. Vielleicht war Yirtrudis tatsächlich und ganz rechtmäßig meine Patronin.

Ingar wackelte mit den Augenbrauen. »Es ist die einzige uns bekannte Niederschrift von Sankt Yirtrudis' Vermächtnis. Vielleicht ist es sogar das Original. Wie gut kennst du dich mit Kirchengeschichte aus?«

»Beklagenswert schlecht«, sagte ich.

Darauf hatte Ingar nur gewartet. »Vor zwei Generationen wurde Vater Reynard Bischof von Blystane. Von seinem Amtssitz aus, unterstützt von meinem Volk, erklärte der religiöse Eiferer Sankt Yirtrudis zur Häretikerin.«

»Aufgrund von etwas, das in ihrem Vermächtnis stand?«, fragte ich und klemmte meine Hände zwischen die Knie, um sie ruhig zu halten.

»Aufgrund von allem, was darin steht!«, rief Ingar. »Yirtrudis wirft alles, was wir von den Heiligen zu wissen glauben, über den Haufen.«

»Steht darin, dass die Heiligen Halbdrachen waren?« Ich hatte meine Stimme gesenkt. Dabei scherten sich die Porphyrer herzlich wenig um unsere Heiligen.

Ingar lehnte sich zurück und sah mich überrascht an. »Das ist eine ihrer vielen außerordentlichen Behauptungen. Wie bist du darauf gekommen?«

Ich erzählte ihm von Ormas Theorien. »Ich habe das Buch zwischen seinen Notizen entdeckt. Er scheint es gelesen zu haben, aber in der Bibliothek fand ich keine Übersetzung von ihm.«

»Dann werde ich eine für dich anfertigen.« Ingar nickte entschlossen. »Jetzt, da ich das Rätsel gelöst habe, kann ich den Text problemlos lesen. Du musst die Geschichte in ihren eigenen Worten hören. Für mich ist jetzt alles klar.«

Ich öffnete den Mund, um zu fragen, was er damit meinte, aber seine Aufmerksamkeit wurde von etwas hinter ihm abgelenkt. Ich folgte seinem Blick und sah, dass Camba auf uns zukam, ihre Sandalen klackten auf den Fliesen.

»Wir haben von Abdo gehört«, sagte sie ernst. »Es tut mir leid, dass er sich so quält. Es ist nur ein schlechter Trost, aber solange Jannoula mit ihm kämpft, kann sie keine anderen Schandtaten begehen. Hier...« Sie reichte mir ein in eine Serviette eingewickeltes Bündel. »Das ist Kuchen für Abdo und seine Familie. Bitte sage ihm, dass wir ihn lieben und für ihn beten.«

Das war die unmissverständliche Aufforderung für mich, zu gehen. Ich stand auf und blickte auf Ingar hinunter.

Als er Camba anblickte, leuchteten seine hoffnungsvollen Augen wie Sterne. In diesem Moment wurde mir etwas klar: Auch Ingar würde nicht nach Goredd mitkommen. Ich konnte es ihm nicht verdenken, aber meine Wehmut war plötzlich wieder da und verfolgte mich bis in Naias Haus.

In dieser Nacht betrat ich meinen Garten der Grotesken mit einem neuen Ziel. Ich war nicht nur hier, um die Grotesken oder mich selbst zu beruhigen, sondern um etwas zu verändern, dass mir keine Ruhe gelassen hatte. Die albernen Namen, die ich den anderen Ityasaari gegeben hatte, waren mir zunehmend peinlich. Meister Schmetter hatte das falsche Geschlecht, sogar auf Goreddi. Molch (den ich wegen seiner verkümmerten Glieder so genannt hatte) und Gargoyella (die den Namen wegen ihres großen Mundes hatte) waren eigentlich eine Beleidigung.

Es war schon schlimm genug, dass ich das Gedankenfeuer der anderen, ohne zu fragen, an mich gerissen hatte. Das Mindeste, was ich tun konnte, war, dass ich sie bei ihren richtigen Namen rief.

Ich ging die gewundenen Pfade entlang, über die Wiesen, Bäche und unter üppigem Blattwerk hindurch, berührte alle meine Grotesken am Kopf und taufte sie um: Brasidas, Phloxia, Mina, Gaios, Gelina, Ingar, Camba, Blanche, Nedouard, Od Fredricka, Dame Okra, Lars, Abdo.

Ich hatte erwartet, dass ich danach eine stärkere Verbindung zu ihnen haben würde. Vielleicht war es nicht nur die Scham, die mich antrieb, sondern auch die Hoffnung auf Erneuerung (die Meilensteine waren inzwischen nur noch dreiundzwanzig Schritte von mir entfernt). Wenn ich in der wirklichen Welt keinen Garten haben konnte, so wie ich ihn mir vorgestellt hatte, war das nicht zu ändern, aber diesen hier wollte ich mir erhalten. Pende und Gianni fehlten mir sehr. Es war, als hätte ich zwei Zähne verloren und würde immer wieder mit der Zunge den Gaumen nach ihnen abtasten.

Erst als ich bei Pandowdy, dem einzigen Ityasaari, den ich noch nicht in der wirklichen Welt getroffen hatte, angelangt war, bemerkte ich meinen Irrtum. Er erhob sich aus dem Sumpf wie eine riesige schuppige Schnecke. Groß und schleimbedeckt ragte er über mir auf und berührte den Himmel.

Und zwar wortwörtlich.

Seine Nase – oder wie immer man das spitze Ende eines gestaltlosen Wurms nennen will – stieß gegen das klare Blau wie an die Decke eines Stoffzelts. Überrascht wirbelte ich herum. Ich wollte meinen Garten anschauen, schlug mir aber den Kopf am herabhängenden Himmel an.

Ich ging auf dem Moosboden in die Knie. Nein, es war gar kein Moos mehr, sondern ein winziger Rosengarten mit einer winzigen Sonnenuhr in der Mitte und einer winzigen Dame Okra von der Größe eines kleinen Kegels. Ich hob sie hoch und starrte sie fassungslos an. Neben dem Miniaturrosengarten verlief ein schmaler Graben, der früher einmal eine atemberaubend tiefe Schlucht gewesen war. Eingezwängt in der schmalen Ritze war ein kegelgroßer Lars.

Der Himmel sackte immer weiter herab und berührte bereits meinen Nacken. Er fühlte sich feuchtkalt an.

Alle geschrumpften Bewohner meines Gartens waren in Reichweite. Das galt auch für die Grenzzäune, das Ausgangstor und die abblätternde Tür von Jannoulas Gartenlaube. Die Tür hatte immer noch die ursprüngliche Größe, sie war nicht geschrumpft. Sie war das Einzige, was den Himmel noch oben hielt.

Ich sammelte meine Grotesken ein und legte sie wie Zweige

nebeneinander auf den Rasen. Wie hatte das geschehen können? Lag es daran, dass ich sie umbenannt hatte? Ich hatte es gut gemeint, ich wollte doch nur... ich wollte sie doch nur als das anerkennen, was sie waren.

Hatten sich mir endlich die Augen geöffnet? Abdo hatte meinen Garten als kleines Torhaus bezeichnet. Vor langer Zeit hatte ich mir die menschlichen Grotesken ausgedacht. Vielleicht hatte ich diese Illusion zerstört, indem ich ihnen neue Namen gegeben hatte. Jetzt war nur noch das Gedankenfeuer übrig, aber selbst das hatte ich von ihnen gestohlen. Wenn ich blinzelte, ging von den wie Puppen aufgereihten Grotesken ein schwacher Glanz aus – was bewies, dass ich Gedankenfeuer sehen konnte. Aber das war jetzt auch kein Trost.

Inzwischen löste mein einstmals so großer Garten Beklemmungen in mir aus. Ich schob den feuchten Himmel zurück und kroch auf das Ausgangstor zu. »Dies ist mein Garten, alles in Ard«, stieß ich hervor. »Ich sorge mich treu um ihn. Möge auch er mir treu bleiben.«

Ich öffnete die Augen und fand mich in der Dunkelheit von Naias Wohnung wieder. Eine Weile blieb ich still liegen, um wieder zu Atem zu kommen. Ich lauschte auf die hallenden Schritte in der Straße und das Ächzen und Knirschen der Schiffe auf dem ruhelosen Meer. Mein Herzschlag verlangsamte sich, aber meine Gedanken rasten weiter.

Neunzehn

Mit meinem Tnik hielt ich Verbindung zu Glisselda und mit einem zweiten hielt Glisselda Verbindung zu Kiggs. Während der ergebnislosen zwei Wochen hielt sie mich auf dem Laufenden, wann sein Schiff eintreffen würde. Am Morgen des Ankunftstages lungerte ich am Kai herum und stand den Fischern und Hafenarbeitern im Weg. Ich hatte mir gerade etwas zum Mittagessen gekauft und war damit beschäftigt, die frechen und gierigen Seemöwen wegzuscheuchen, als ich jemanden »Garegia!« rufen hörte, die porphyrische Bezeichnung für Goredd.

Eine Schaluppe lief soeben in den Hafen ein und steuerte auf einen Ankerplatz an der westlichen Mole zu. Sie hatte eine purpurrote und grüne Flagge gehisst, auf der ein springendes Kaninchen abgebildet war, das Emblem des goreddischen Königshauses.

Ich überließ meine gebratenen Eierfrüchte den Möwen und brauchte kaum mehr als zwei Herzschläge, um zur westlichen Kaimauer zu rennen.

Ich ging neben dem Schiff her, rempelte feilschende Kaufleute an, stieß Krabbenkörbe und aufgestapelte Fischnetze um, bahnte mir einen Weg zwischen abgeladener Fracht und bärtigen Matrosen hindurch und versuchte dabei stets, die Flagge im Blick zu behalten. Als ich völlig außer Atem den Ankerplatz erreichte, senkten die Seeleute gerade die Stegplanken herab. Ich ließ den Blick über das Deck schweifen und erspähte Ardmagar Comonot, den abgesetzten Drachenführer, dessen Habichtsnase und schwabbliges Kinn unverkennbar waren.

Er sah mich vom Bug aus und rief mir einen Gruß zu. Seine Haut war von der Sonne gebräunt, und sein Haar, das er energisch nach unten gekämmt hatte, lockte sich widerspenstig an den Spitzen. Comonot winkte, besser gesagt fuchtelte mit ausladenden Bewegungen, ohne auf die Umstehenden zu achten. »Serafina!«, rief er und versetzte den Matrosen neben ihm einen Stoß, um nur ja schnell genug über die Stegplanke an Land gehen zu können.

Der Saar trug ein langes blaues Gewand, dessen Faltenwurf und Stickereien im Stil porphyrischer Herrenkleidung gearbeitet waren. Als er auf mich zukam, fiel mir sofort eine blasse Narbe entlang des Kiefers auf, die früher noch nicht da gewesen war.

Comonot küsste mich überschwänglich auf beide Wangen und hielt mich an beiden Ohren fest. Ich hätte am liebsten losgeprustet. Kein anderer Drache strengte sich so an wie er, und doch entgingen ihm die feinen Nuancen menschlichen Verhaltens.

Er trat zurück, sah mich von Kopf bis Fuß an und sagte ganz nach Drachenart: »Deine Nase ist verbrannt, aber du scheinst genug zu essen bekommen zu haben.«

Ich lächelte, hielt aber gleichzeitig nach Kiggs Ausschau. Alle waren da, goreddische Matrosen und das Gefolge des Ardmagars, seine Saar-Sekretäre und seine Leibwache, die sich nicht aus Drachen rekrutierte.

»Wo ist Prinz Lucian?«, fragte ich und verspürte einen Knoten im Magen.

»Woher soll ich das wissen?« Comonot tippte sich mit seinem dicken Finger auf die Lippen. Dann drehte er sich zu einem

Seemann um, der geduldig hinter ihm wartete. »Ist der Prinz an Land gegangen oder haben wir ihn während des schrecklichen Sturms über Bord geworfen?«

Ich blickte den Seemann an und sah einen Fremden vor mir. Das Gesicht wurde von einem dünnen Bärtchen umrahmt, das wohl während der Reise gesprossen war. Das Haar war ein bisschen zu lang und das Lächeln ein bisschen zu... Nein, das Lächeln kannte ich. Mein Herz kannte es, selbst wenn meine Augen zu dumm waren, das zu verstehen, was sie direkt vor sich sahen.

»Wenn ich mich nicht irre, war der Prinz während des Sturms nahe daran, sich selbst über Bord zu werfen«, sagte Kiggs in ernstem Ton, aber mit lachenden braunen Augen. »Doch dann beschloss er, noch ein wenig länger auszuharren.«

Meine ganze Schläue ließ mich in diesem Moment im Stich, und ich sagte frei heraus: »Ich bin froh, Euch zu sehen, Prinz.«

Wie Comonot trat auch Kiggs zu mir und küsste mich auf die Wangen, allerdings ohne sich an meinen Ohren festzuhalten. Ich schaffte es, kleine Luftküsschen auf seinen albernen kleinen Bart zu hauchen. Er roch nach Salz und dem muffigen Schiffsinneren und nach sich selbst. Plötzlich überkam mich eine ungewohnte Schüchternheit. Die Monate hatten Fremde aus uns gemacht.

Der Ardmagar drängte sich zwischen uns und nahm meinen Arm. »Ich habe einen Scherz gemacht, ist dir das aufgefallen? Ich habe behauptet, ich wüsste nichts, obwohl ich genau wusste, wo er ist, und dann habe ich so getan, als ...«

»Ja, Ardmagar, das habt Ihr gut gemacht«, fiel ich ihm ins Wort.

»Kaum hatten wir Lavondaville hinter uns gelassen, begann er, seine Scherze an mir auszuprobieren«, sagte Prinz Lucian Kiggs und lächelte mich über Comonots Kopf hinweg an. »Ich habe etwa eine Woche gebraucht, bis ich seine Späße auch als solche erkannt habe.«

»Der alte Saar hat neue Tricks«, stellte ich schmunzelnd fest.

»Anders als früher weiß ich inzwischen, was Spott ist«, erwiderte der Ardmagar. Er schien aber nicht verärgert zu sein. Mit großen Augen betrachtete er die vielen Leute am Hafen, die Schiffe, die Lagerhäuser. Obwohl er nun schon Monate lang mit Menschen zu tun gehabt hatte, hielt seine Faszination angesichts der menschlichen Vielfalt unvermindert an.

Kiggs entschuldigte sich, da er mit seinem Gefolge sprechen wollte, weil es wegen des Gepäcks und der Träger Unstimmigkeiten gab.

Comonot stand neben mir. »So«, sagte er ruhig. »Nachdem wir alles andere versucht haben, läuft es nun doch auf Eskars Plan hinaus. Ich werde mich heimlich durch die Hintertür in mein Land schleichen, während meine Getreuen im Süden fingierte Vorstöße wagen. Immer vorausgesetzt, ich kann die Porphyrer dazu überreden, gegen ein jahrhundertealtes Übereinkommen zu verstoßen, damit sie mir den Zugang durch das Omiga-Tal erlauben.«

»Und allen Exilanten die Ausreise gewähren«, fügte ich hinzu. »Ich habe inzwischen einige von ihnen kennengelernt. Eskar hat Euch bereits den Weg bereitet. Wisst Ihr, wo sie sich derzeit aufhält?«

»Sie ist hier«, antwortete Comonot. »Das hast du doch gerade selbst gesagt.«

»Nein, sie *war* hier. Sie ist seit fast einem Monat verschwunden«, sagte ich und rechnete die vergangenen zwei Wochen zu den beiden Wochen hinzu, von denen Lalo gesprochen hatte. »Seid Ihr denn gar nicht daran interessiert, wo sich Eure Mitstreiter aufhalten?«

»Ich mache mir keine Sorgen, wenn es das ist, worauf du

hinauswillst«, sagte Comonot. Er fasste an seinen Kragen, zog mehrere schwere Goldketten unter seinem Gewand hervor und suchte nach dem richtigen Tnik.

Kiggs kam wieder zu uns. »Wir haben einen Läufer in das Haus Malou vorausgesandt«, sagte er. »Außerdem haben wir Träger gemietet, die...« Er brach ab, als er das Geschmeide des Ardmagars sah. »Stellt Eure Tniks nicht so zur Schau«, raunte er und trat vor Comonot, um ihn vor neugierigen Blicken abzuschirmen.

»Die Porphyrer gehen sehr gelassen mit Drachen um«, versicherte ich ihm.

Der Ardmagar verdrehte die Augen und fischte den Apparat heraus, den er gesucht hatte. Er nahm das silberne Rechteck und sprach hinein. »Eskar, wo bist du? Erbitte sofortige Mitteilung.«

Wir lauschten trotz der vielen Leute, der Brandung und des Geschreis zweier Seemöwen, die sich um Essensreste balgten – vermutlich waren es meine –, aber das Tnik blieb stumm. Comonot zuckte mit den Schultern.

»Stille beweist gar nichts. Vielleicht kann sie gerade nicht frei sprechen. Sie wird sich bald bei mir melden.«

Mein Anfall von Panik ebbte zwar ab, dennoch blieb ein flaues Gefühl zurück. »Orma ist ebenfalls unauffindbar.«

»Ah. Dann werden die Zensoren ihnen dicht auf den Fersen gewesen sein und sie haben sich in ein Versteck zurückgezogen«, sagte der Ardmagar und wandte sich ab. Einer seiner Sekretäre kam herbeigeeilt, um den alten General zu einer Sänfte zu führen, die man für ihn gemietet hatte.

»Verbietet der Vertrag zwischen Tanamoot und Porphyrien es nicht ausdrücklich, dass Zensoren die Exilanten bis hierher verfolgen?« Ich versuchte, mit ihm Schritt zu halten, und auch Kiggs folgte uns beiden nach.

»Das gilt nur für die Exilanten, die sich registriert haben«, sagte Comonot über die Schulter hinweg. Er hatte die kastenförmige Sänfte erreicht, und ein Träger hielt den purpurrot und weiß gestreiften Vorhang auf, während der Ardmagar ungeschickt einstieg. »Dein Onkel wird sich wohl kaum registriert haben.«

Kiggs sagte leise neben mir: »Keine Sorge, wir finden bald heraus, was los ist.«

Ich nickte bekümmert. Die Panik war zurückgekehrt und pochte schmerzhaft gegen meine Rippen. Ich hatte meine Angst um Orma unterdrückt, aber seit Comonot die Rede auf die Zensoren gebracht hatte, ließ sie sich nicht länger verleugnen. Ich holte tief Luft und deutete auf die Sänfte. »Wo wollt Ihr hin?«

»In das Haus Malou. Man erwartet uns dort«, beantwortete der Prinz meine Frage. Er machte keine Anstalten einzusteigen, sondern sah mich forschend an. In seinem Blick lag Sorge und Bedauern. Die Brise zerzauste sein Haar und fuhr zwischen uns hindurch.

Der Ardmagar streckte den Kopf aus der Sänfte. »Schluss mit den Tändeleien, Prinz. Ihr müsst dringend mit den Agogoi sprechen und Euer Land vertreten.«

»Nur noch eine Minute.« Kiggs machte eine abwehrende Handbewegung zu Comonot hin. Mit einem unwilligen Schnauben verzog sich der Ardmagar hinter den gestreiften Vorhang.

Kiggs beugte sich zu mir und ich törichte Närrin hielt die Luft an. Er sagte: »Selda hat mich über den Fortgang deiner Reise auf dem Laufenden gehalten. Sie fürchtet, du könntest sie womöglich als einen Fehlschlag deuten.«

Ich blickte auf die von der Brandung ausgewaschenen Pflastersteine des Piers. In Kiggs' Augen zu schauen, war zu viel für mich.

»Sie hat mir etwas aufgetragen«, fuhr er fort. »Sie hat gesagt:

›Lucian, du musst gut auf sie aufpassen, wenn sie sich schwach vorkommt. Sag ihr, dass wir sie lieb haben und dankbar sind und dass alles gut werden wird.‹«

Bis zu diesem Moment hatte ich mich nicht schwach gefühlt, aber bei Kiggs' Worten schwappte eine Woge an Gefühlen über mich hinweg. Ich hatte Orma finden, Abdo vor Jannoula beschützen und die anderen Ityasaari um mich scharen wollen, aber nichts davon war mir gelungen. Der Garten, nach dem ich mich sehnte, war hier und dennoch unerreichbar. Das Gleiche galt für den Prinzen, nach dem ich mich sehnte. Das war mehr, als ich ertragen konnte. Als ich wieder in der Lage war zu antworten, sagte ich: »Sie ist sehr freundlich. Freundlicher, als ich es verdiene.«

»Was du verdienst oder nicht, darüber reden wir später«, sagte er. Ich hatte den Blick gesenkt und konnte daher sein Gesicht nicht sehen, aber das Lächeln in seiner Stimme hörte ich dennoch. »Wir haben alle Zeit der Welt.«

»Ja, aber nicht jetzt!«, rief Comonot und streckte seinen Kopf wie eine ungeduldige Schildkröte hervor. »Prinz, steigt ein! Serafina, komm doch heute Abend in das Haus Malou. Dort ist ein Willkommensfest geplant, da kommt es auf eine Person mehr oder weniger nicht an. Dann könnt ihr euch alles sagen, was ihr meint, euch sagen zu müssen.«

Ich wagte einen Blick in Kiggs' Augen und las darin Hoffnung und Kummer. Er riss sich von meinem Blick los und stieg in die Sänfte. Die Träger hoben sie an und schlugen den Weg ein, der hügelaufwärts nach Westen zu den Häusern mit den farbenprächtigen Marmorfassaden führte.

Ich sah ihnen nach und fragte mich, ob Kiggs und ich uns tatsächlich alles sagen konnten, was wir einander zu sagen hatten, und wenn ja, wie lange das wohl dauern würde. Eine Möwe flog über mich hinweg und lachte.

Wenn ich den Abend in hoher Gesellschaft verbringen musste, war zuvor dringend ein Bad nötig. Ich kehrte zu Naias Wohnung zurück, um meine Badesachen zu holen und nach Abdo zu sehen.

Seine Großfamilie war heute besonders stark vertreten. Die Gesichter seiner Verwandten verrieten mir, dass sein Zustand unverändert war. Ich durchquerte den Raum, um meine Badeutensilien zu holen, was geraume Zeit in Anspruch nahm. Denn nach einem deutlichen Wink mit dem Zaunpfahl von Seiten der Tanten und einer unverblümten Ermahnung durch Naia hatte ich begriffen, dass es unhöflich war, nur einen kurzen Gruß in die Runde zu werfen. Deshalb begrüßte ich nun die Älteren nacheinander beim Namen. Nachdem ich mein Bündel fürs Bad an mich genommen hatte, durchquerte ich erneut den Raum und verabschiedete mich von jedem Einzelnen. Abdos Tanten lachten und riefen mir hinterher: »Wir haben dir ja fast schon Manieren beigebracht!« Eine der Tanten fügte noch hinzu: »Vergiss nicht, dem Aufseher ein Trinkgeld zu geben!«

Mittlerweile hatte ich die Bäder schon einige Male besucht, darunter auch dreimal ganz allein, aber nur zu den Zeiten für die älteren Besucher, für mehr reichte mein Mut nicht. Wenn die alten Leute mich anstarrten, dann konnte ich mir wenigstens einreden, dass es an ihren schlechten Augen lag.

Ich ließ meine Kleider in einer kleinen Kammer zurück und gab dem Aufseher ein Trinkgeld. Dann stellte ich mich unter einen kalten Wasserstrahl, der sich aus einem kunstvollen Delfinkopf ergoss, und stieg schließlich in das warme Wasser des öffentlichen Beckens. Die Alten saßen aufgereiht auf der Unterwasserbank am Beckenrand; es war jedes Geschlecht vertreten, dass Porphyrien zu bieten hatte. Ihre Köpfe tanzten auf der Wasseroberfläche wie lustiges Kohlgemüse. Jene, die mich bereits kannten, nickten mir zu. Andere starrten mich an, aber sie staunten mehr über meine blasse Hautfarbe als über die Schuppen an meiner Hüfte.

»Leben die Menschen im Süden in Höhlen?«, hatte bei einem meiner Besuche ein alter Mann laut gefragt, ohne sich darum zu scheren, ob ich ihn verstand oder nicht. »Sie sieht aus wie diese spinnenartigen Grillen. Man kann ja fast durch sie hindurchsehen.«

Zu meiner großen Erleichterung hatte niemand eine Bemerkung über meine Schuppen gemacht. Heute jedoch spürte ich plötzlich, wie mich ein Finger am Rücken berührte, dort, wo meine Menschenhaut in den Schuppengürtel überging. Die Haut war an dieser Stelle rot und sehr empfindlich, so als würde sie gegen die rauen Schuppen protestieren, daher war die Berührung unangenehm für mich. Ich zuckte zusammen und unterdrückte einen Schrei. Die zahnlose Großmutter zu meiner Rechten grinste mit Schalk in den Augen zu mir hoch.

Sie murmelte etwas vor sich hin, was ich gar nicht erst zu verstehen versuchte. Die Frau neben ihr schüttelte sich vor Lachen und sagte dann langsam und deutlich zu mir: »Leih ihr deine Silberzähne, stachlige Fremde. Du hast zu viele davon und sie hat gar keine.«

Ich konnte nicht anders, als loszulachen, und alle Badenden lachten mit. Naia hatte mir bereits erklärt, dass das Staunen über einen Ityasaari und das Amüsement über eine Fremde sich die Waage halten würden. In meinem Fall war daraus offene Belustigung geworden.

Am meisten überraschte mich, dass es mir nicht das Geringste ausmachte. Die Schuppen waren das sichtbare Symbol meiner Schande. Vor Kurzem noch hatten sie Rodya in Angst und Schrecken versetzt. Ich hatte sie stets verheimlicht, versteckt, ja einmal sogar mit einem Messer herauszuschneiden versucht. Und jetzt lachte ich gemeinsam mit völlig Fremden über sie? Ich hatte mich verändert. Ich war wirklich einen sehr weiten Weg gegangen.

Nachdem ich mich abgetrocknet hatte, zog ich die hübscheste Tunika an, die ich besaß. Sie war lapislazuliblau und mit roten und goldenen Blumen verziert, in die kleine Spiegelchen eingenäht waren. Sie war ungewöhnlich lang und fiel in feinen Falten bis über meine Knie. Ich hatte sie in einem Laden am Hafen gekauft, um gegebenenfalls etwas Passendes für einen festlichen Anlass zu haben. Die Kleider der feinen Damen der Gesellschaft waren meist hauchdünn und ärmellos und ganz sicher nichts für mich.

Comonot hatte von einer Abendeinladung gesprochen, aber die Adresse von Haus Malou hatte er mir nicht genannt. Ich gab mein Badebündel beim Aufseher ab, damit er es über Nacht für mich aufbewahrte (natürlich gegen ein großzügiges Trinkgeld). Auf dem Weg zur Bibliothek machte ich auf halbem Weg am Hügel halt und bewunderte den orangefarbenen und violetten Sonnenuntergang.

Wie ich von einem Bibliothekar erfuhr, der meine neue Tunika neugierig beäugte, war Haus Malou nur vier Straßen von Cambas Haus entfernt. Es versteckte sich nicht zwischen Geschäften, sondern beanspruchte stolz einen ganzen Straßenzug für sich, sodass ich mühelos hinfand.

Die blaue Tür hatte einen Anklopfer in Form eines Acanthusblatts. Mein Sorge, der Türwächter könnte mir den Zutritt verweigern, war unbegründet, denn er erwartete mich bereits. Er führte mich in einen hohen Lichthof, der neuer und eleganter war als das Atrium in Cambas Haus. An der Decke waren Mosaiken von Seepferdchen, Tintenfischen und porphyrischen Meereshunden; vergoldete Glaskacheln ließen das Licht herein. Wasserplätschern und Stimmengemurmel drangen aus dem Inneren des Hauses. Die Brunnenstatue stellte einen Mann dar, der eine rosafarbene Kathedrale auf dem Kopf balancierte. Bei näherem Hinsehen war es nicht nur eine Kathedrale, sondern eine aus rosenfarbenen Korallen geschnitzte Miniaturstadt mit Tempeln und Märkten. In den Sockel der Statue war ein allegorischer Name eingraviert, der mir fremd war.

»Pflicht«, sagte plötzlich ein mir vertrauter Bariton, sodass ich vor Schreck fast über den Brunnenrand getreten wäre. Kiggs wollte mich am Ellbogen stützen, aber da hatte ich mein Gleichgewicht bereits wiedergefunden.

»Dein Porphyrisch ist gut«, sagte ich.

Kiggs lächelte zurückhaltend. »Ich habe den Türsteher gefragt.«

Er hatte sich gewaschen und umgezogen. Jetzt trug er ein dunkelrotes, feines Wams. Sein Haar war noch feucht vom Bad. Ich freute mich, dass er den Bart nicht abrasiert hatte, und ich war überrascht, dass ich mich freute. Er bemerkte meinen Blick und strich sich mit der Hand übers Gesicht. »Ich habe mir sagen lassen, dass die Agogoi nur jemanden mit Bart richtig ernst nehmen«, sagte er.

»Das muss ich ausprobieren«, erwiderte ich.

Seine Mundwinkel zuckten, und er versuchte, ein Lachen zu unterdrücken, was mir wieder einmal zeigte, wieso ich diesen Prinzen so gern hatte.

»Comonot ist im Esszimmer bei unseren Gastgebern«, sagte Kiggs und führte mich weiter. »In *einem* Esszimmer, sollte ich wohl besser sagen. Bisher habe ich drei gezählt, es können aber auch noch mehr sein.«

»Geht es wirklich nur ums Abendessen?«, fragte ich und folgte ihm durch den Gang. »Keine Politik?«

»Oh, hier dreht sich alles um Politik«, erwiderte Kiggs munter. »Und zwar um die Art von Politik, in der Comonot gelegentlich und völlig unbeabsichtigt ein wahrer Meister ist, wenn er zum Beispiel viele Leute trifft und sie mit seinem Charme, ähm, bezirzt. Wir sollten ein Auge auf ihn haben.«

Wir durchquerten das weitläufige Haus und bestaunten ein hohes Kuppelgewölbe und private Bäder, die die Form eines künstlichen Sees hatten, sowie zwei architektonisch angelegte Gärten, bis wir schließlich einen offenen Hof betraten, in dessen Marmorboden fünffarbige Mosaiken eingelassen waren. In den Ecken standen Diwane, und in der Mitte plätscherte ein Weinbrunnen, um den herum Tische mit den allerbesten Köstlichkeiten aufgestellt worden waren. An die hundert Menschen schlenderten umher oder hatten es sich auf einem der Diwane bequem gemacht und genossen das Essen und den Wein. Alle ließen es sich schmecken und lachten.

»Es ist eine sehr legere Veranstaltung«, flüsterte Kiggs entzückt in mein Ohr. »Hier gibt es keine feste Platzordnung. Wir können uns überall hinsetzen und essen, was uns beliebt. Hier sind wirklich alle gleich. So etwas möchte ich auch in Goredd einführen.«

Ich wollte seine Begeisterung nicht dämpfen. Vielleicht bemerkte er ja die vielen Diener nicht, die sich durch die Gästeschar schlängelten, Gläser nachfüllten und leere Teller abräumten. Vielleicht sah ich sie auch nur, weil ich im Hafenviertel wohnte und zwei von Abdos Tanten in den Herrenhäusern angestellt waren.

Kiggs lotste mich an plaudernden Grüppchen vorbei zu einer kräftigen älteren Frau mit dem Gesicht einer Bulldogge. Sie hatte ihr Haar geschoren, war also Witwe. Während der Badezeiten für Ältere hatte ich mehrere Frauen kennengelernt, deren Mann gestorben war. Daher wusste ich von dem hiesigen Brauch, dass Witwen sich die Haare schoren. Die alte Frau trug dennoch das goldene Diadem der Agogoi. Statt in einem vollen Haarschopf saß es auf ihrem kahlen Haupt. Sie schien Kiggs zu kennen, denn sie hob erwartungsvoll die Augenbrauen, als er auf sie zusteuerte.

»Madame Präsidentin«, sagte er und verbeugte sich respektvoll. »Darf ich Euch Serafina Dombegh vorstellen, Königin Glisseldas Gesandte für die Ityasaari. Serafina, das ist die Höchst Ehrenwerte Phyllida Malou Melaye.«

Ich war mir nicht sicher, wie man die Präsidentin der Agogoi-Versammlung begrüßte. Ich versuchte es wie in Goredd mit einem tiefen Hofknicks, was etwas albern ausgesehen haben dürfte, da ich ja kein richtiges Kleid trug. Überhaupt war meine Kleidung deplatziert. Ich war nicht unbedingt zu schlecht angezogen, ich trug nur die Kleidung der falschen gesellschaftlichen Schicht.

Präsidentin Melaye blähte ihre Nasenflügel auf. »Ich habe schon von dir gehört«, sagte sie auf Goreddi. »Du hättest gut daran getan, zuerst mit mir zu sprechen, wenn du vorhast, unsere Ityasaari auszuleihen. Ich hätte etwas arrangieren können. Sogar Priester haben ihren Preis. Stattdessen hast du den ganzen Chakhon-Tempel in Aufruhr versetzt. Jetzt brauchst du dort gar nicht mehr hinzugehen.«

Mir war klar, dass Pende verärgert war, aber musste man gleich von Aufruhr sprechen? Und es betraf auch nicht den ganzen Tempel.

Ich knickste kurz, um meine Demütigung zu überspielen, und erwiderte: »Ich lebe und lerne, o Ehrenwerte.«

Sie schnaubte und winkte mich fort. Ihre durchsichtigen Ärmel bauschten sich bei der Bewegung und gaben ihr das schrullige Aussehen eines Schmetterlings.

»Es hätte keinen Unterschied gemacht«, sagte Kiggs leise, als wir weitergingen. »Selda sagte, dass dieser Ityasaari-Priester von

Anfang an gegen dich war. Melaye hätte ihn also nicht so ohne Weiteres kaufen können.«

»Vielleicht nicht, vielleicht aber doch«, seufzte ich. Der Gedanke, dass die Versammlung in der Angelegenheit etwas mitzureden hatte, war mir nicht gekommen. Ich wünschte, ich hätte es auf diesem Wege versucht.

»Fina«, sagte Kiggs. Ich sah ihm in die Augen. Sein Lächeln strahlte Wärme und Mitgefühl aus. »Ich habe strikte Anweisungen, dich vom Grübeln abzuhalten. Selda zieht mir sonst die Haut ab.«

Der Abend bestand aus einer Aneinanderreihung von unbekannten Leckereien, darunter eine Krake, die mit Tintenfisch gefüllt war, der wiederum mit Kalmar gefüllt war, also ein Gericht, das im Grunde nur aus Tentakeln bestand. Mir wurde ein Unbekannter nach dem anderen vorgestellt. Es waren so viele Menschen, dass ich die Gesichter erst gar nicht auseinanderhalten konnte. Ein paar Leute hatten das Südland bereist. Darunter war zum Beispiel ein Achtzigjähriger, der darauf beharrte, dass wir Goreddis uns selbst vergiften würden, weil wir zu viele Pinien äßen. Kiggs hielt das für plausibel, aber ich dachte an Josquin und Moy und lachte im Stillen. Ich lernte die Oberhäupter aller Gründerfamilien kennen, konnte mir aber nur den Namen derjenigen merken, die ich bereits kannte: Amalia Perdixis Lita, die von zweien ihrer Söhne – lächelnden, bärtigen Männern in den Vierzigern – begleitet wurde. Camba war offensichtlich das Nesthäkchen der Familie.

Wir hielten stets nach Comonot Ausschau und verloren ihn immer wieder aus den Augen. Irgendwann am Abend hatte er sich neben den Brunnen gesetzt und angefangen, mit vom Wein rauer Stimme Geschichten zu erzählen. Kiggs war sofort an seine Seite geeilt, um notfalls einzuschreiten, und ich war ihm gefolgt. Der Alkohol hatte den Ardmagar gesprächig gemacht, und der Prinz wollte verhindern, dass er geheime Strategien und Regierungsgeschäfte ausplauderte.

»Ich habe Kriege und Gemetzel gesehen«, sagte der alte Saar. »Ich habe Menschen getötet, ihre Dörfer niedergebrannt, ihre Kinder gefressen und ihre Hunde zertreten. Ich habe andere Drachen getötet – nicht oft, aber ich weiß, wie es ist, wenn man Halsschlagadern aufreißt und sich am dampfenden Blut verbrüht. Der Kampf gegen die Alte Ard hätte für jemanden wie mich also nichts Neues sein dürfen.«

Der Abend war schwül und auf Comonots schwabbeligem Gesicht stand der Schweiß. Er nahm einen Schluck Wein. »Dennoch hatte ich nie zuvor etwas Ähnliches gesehen. Die Schreie, die zum Himmel hallten, der Schwefelrauch, der einem den Atem nahm und durch Lider hindurch in den Augen brannte. Man blickte auf ein Tal hinunter, das nur aus verbrannten und blutenden Fleischklumpen zu bestehen schien. Fleisch das man nicht einmal fressen konnte, waren es doch die Überreste der eigenen Artgenossen. Gelegentlich erkannte man an einem Flügel oder an einem zerfetzten Kopf einen Kameraden wieder. Der Blutgeruch von Hunderten stieg auf und vereinte sich zu einem Gestank des Todes.

Wie viele ich getötet habe? Als sie uns angriffen, mit gefletschten Zähnen und Flammenschlünden, hoffte ich noch, ohne Blutvergießen auszukommen. Ein Biss in den Nacken, um die Überlegenheit klarzustellen, so haben wir das früher gemacht. Aber wenn sich Klauen in deine Augen graben und dein Flügel Feuer gefangen hat, dann hast du keine andere Wahl.

Wir haben die Schlacht gewonnen, falls man überhaupt von einem Sieg sprechen kann. Die wenigen Drachen, die überhaupt noch in der Lage waren zu fliegen, standen auf unserer Seite. Jeder Kampf wurde auf Leben und Tod geführt.«

Der Ardmagar hielt inne. Seine Augen schimmerten, während er sich weiter erinnerte.

»Eskar hatte recht, der Kampf war sittenwidrig«, sagte er schließlich. »Ich kann den Tod so vieler nicht rechtfertigen. Wir Drachen legen immer nur ein Ei und brüten drei Jahre lang. Wir sind eine Spezies, die sich langsam fortpflanzt. Wenn ich daran denke, was wir an kostbarer Zeit und Bildung, Schätze unseres Volkes, auf dem Schlachtfeld dieses Tals für immer verloren haben – und das nur, weil man verhindern wollte, dass ich wieder nach Norden gehe…« Er schüttelte traurig den Kopf. »Was für eine Verschwendung.«

»Warum haben sie auf Leben und Tod gekämpft?«, fragte ein großer Mann, der weiter hinten stand. Es war einer von Cambas Brüdern. Das Licht der aufgestellten Lampen warf Schatten auf sein Gesicht. »Die Alte Ard, das sind doch ebenfalls Drachen. Also halten sie ebenso viel von Logik wie ihre Gegner. Aber im Sterben liegt keine Logik.«

Um ihn herum war zustimmendes Gemurmel zu hören.

Comonot dachte einen Augenblick nach, bevor er antwortete: »Logik kann zu vielen Ergebnissen führen, Bürger dieser Stadt. Niemand gibt das gerne zu, auch eure Philosophen nicht. Drachen schätzen die Reinheit der Logik. Aber genau diese Logik kann dich dazu bringen, von der Klippe zu springen. Das hängt ganz davon ab, wo man steht und welche Prinzipien man hat. Die Alte Ard hat eine Weltanschauung entwickelt, die letztlich Tausenden das Leben kosten kann, ihre Befürworter eingeschlossen. Entstanden ist sie durch radikale und rücksichtslose Logik. Natürlich könnten wir herauszufinden versuchen, worin sie ihren Ursprung hat, aber ich bin mir nicht sicher, ob ich das wirklich will.«

»Warum nicht?«, fragte jemand.

Comonots Augenbrauen schossen in die Höhe. »Was, wenn dahinter ein Sinn steht?«

Die versammelten Porphyrer lachten über seinen herrlichen Witz. Comonot blinzelte eulenhaft. Ich hatte den Verdacht, dass er es völlig ernst gemeint hatte.

Unsere Gastgeberin, die Ehrenwerte Phyllida Malou Melaye, hatte sich unbemerkt unter die Zuhörer gemischt. Jetzt hob sie ihr Bulldoggen-Kinn und sagte: »Es ist im Interesse von Porphyrien, dass die Alte Ard bezwungen wird. Sie hat es darauf abgesehen, das Südland zurückzuerobern, wo die Hälfte des porphyrischen Vermögens liegt. Aber so gerne wir Euch unterstützen würden, Ardmagar, so müssen wir doch auch mögliche Vergeltungsschläge in Betracht ziehen. Die Alte Ard wird unser Einschreiten nicht einfach hinnehmen. Womöglich nimmt sie zuerst an uns Rache, ehe sie den Süden angreift.«

Comonot verbeugte sich höflich. »Ich höre und respektiere Eure Bedenken, Madame Präsidentin.«

»Ihr müsst für das Risiko, das Porphyrien eingeht, einen Ausgleich anbieten«, sagte sie und füllte ihr Glas am Brunnen nach. »Wir haben ein breites Spektrum von Weltanschauungen hier, aber es gibt eine, der wir alle mit großer Überzeugung anhängen, und sie lautet: Alles lässt sich machen, vorausgesetzt der Preis stimmt.«

»Das habe ich nicht anders erwartet«, sagte Comonot. »Ich bin bereit zu verhandeln ...«

Kiggs versetzte dem Ardmagar einen Stoß in die Seite und der alte Saar verschüttete Wein. Wie aus dem Nichts eilten Diener herbei, um das Malheur zu beseitigen. Comonots Miene verfinsterte sich, als Kiggs ihm etwas ins Ohr flüsterte.

»Ich hätte schon nichts preisgegeben«, erwiderte er unwirsch. »So viel dürft Ihr mir schon zutrauen, Prinz.«

Die Präsidentin erhob ihr Glas. »Wir werden in den kommenden Tagen im Komitee Verhandlungen führen. Jetzt wollen wir diesen Abend genießen. Geschäfte versalzen das Essen.«

Comonot hob wortlos sein Glas und trank es in einem Schluck aus.

Zwanzig

Nach dem Abendessen zogen sich die Gäste auf eine große Terrasse an der Südseite des Hauses zurück, wo zwei Kohlebecken aufgestellt worden waren. Ein Künstler, der ganz dem Haus Malou verpflichtet war, ein Dichter namens Sherdil, rezitierte aus seinen Werken, während die Gäste Feigenwein tranken und zusahen, wie der Mond über den Himmel wanderte.

Mein Porphyrisch war nicht gut genug, um die Metrik und die Metaphern seiner Gedichte zu erfassen. Ich lauschte so angestrengt, dass ich vor Schreck fast hochgesprungen wäre, als Kiggs mich an der Schulter berührte.

»Oh, verzeih mir«, flüsterte er amüsiert. »Du scheinst ja sehr gefesselt zu sein.«

Ich zuckte mit den Schultern. »Poesie ist schwierig.«

»Das heißt also Ja.« Er lächelte. »Tu nicht so. Ich kenne dich. Du lechzt geradezu nach allem, was schwierig ist. Ich möchte dich in deinem Genuss nicht stören.«

Ich verspürte plötzlich eine unerklärliche, prickelnde Leichtigkeit. »Bei Musik hättest du keine Chance, aber auf das hier kann ich gut verzichten.«

Als er immer noch zögerte, packte ich seinen Arm. Wir hatten beide gleichzeitig denselben Gedanken und sahen uns nach Comonot um, aber der Ardmagar ließ es sich mit einem Glas in der Hand auf der anderen Seite der Terrasse gut gehen. Wir gingen ihm aus dem Weg und schlängelten uns zwischen fröhlichen Gästen und glasierten Töpfen mit Schmuckgräsern hindurch zum stillen Haus.

Die Gänge waren kühl und leer. Kiggs führte mich durch einen weiter entfernten Trakt des Gebäudes zu einem dreieckigen Gärtchen; es war nur ein kleiner Flecken, der nach einem Hausumbau entstanden war und zu nichts anderem mehr diente. Der Duft von Zitronen und Jasmin lag in der Luft. Durch die sehr klaren Fenster fiel der warme Schimmer der Lampen, die die angrenzenden Räume erleuchteten. Der Mond schwebte noch unterhalb des Dachfirsts. Sein geheimnisvoller Lichtkranz ließ aber bereits ahnen, wo er bald hinter den Häusern aufsteigen würde. Wir nahmen auf einer kühlen Steinbank Platz und hielten genug Abstand, damit sich die dicke Schicklichkeit zwischen uns setzen konnte.

Schicklichkeit. Wenn die Goreddis eine allegorische Statue zu errichten hätten, dann wäre sie ihre erste Wahl.

Ich strich meine Tunika glatt. »Du hast mir gar nicht gesagt, dass Comonot an die Front gegangen ist. Ich hatte mir vorgestellt, dass er durchs Schloss streift und Glisselda in den Wahnsinn treibt.«

»Oh, das schafft er auch aus der Ferne.« Kiggs setzte sich wie ein kleiner Junge im Schneidersitz auf die Bank. Sein flaumiger Bart umrahmte sein freundliches Lächeln. »Wir konnten es dir mit dem Tnik nicht offen sagen, aber er ist kurz nach deiner Abreise aufgebrochen. Plötzlich war keine Rede mehr davon, die Truppen aus der Ferne zu lenken. Seit er mit eigenen Augen gesehen hat, was auf den Schlachtfeldern geschieht, ist er fest entschlossen, den Krieg zu beenden. Er stimmt mit Eskar darin überein, dass er es irgendwie bis nach Kerama schaffen muss, damit die Kämpfe unterbrochen werden und seine Nachfolge ordnungsgemäß geregelt wird. Es kann zwar immer noch passieren, dass er bei dem Nachfolgestreit oder dem Kampf – oder was auch immer bei Drachen üblich ist – den Kürzeren zieht, aber der Drachenkrieg ist danach vorbei.«

»Diese neue Weltanschauung, von der er gesprochen hat«, überlegte ich laut. »Bringt sie die Drachen dazu, immer weiter zu kämpfen?«

Kiggs schüttelte den Kopf und seufzte. »Das sind genau die Fragen, die mich nachts wach halten. Comonot ist überzeugt, dass die Gesetze und Sitten der Drachen auch weiterhin Bestand haben. Wenn wir ihm nicht vertrauen, dann haben wir überhaupt niemanden mehr, dem wir vertrauen können. Aber ich kann auch nicht so tun, als gäbe es kein Risiko.«

Er griff in sein Wams und zog ein Tnik hervor, das die Form eines Bronzemedaillons von Sankt Clare hatte. »Selda wird morgen sechzehn«, sagte er und wog das kleine Gerät in seiner Hand. »Ich werde vermutlich den ganzen Tag mit Comonot und der Versammlung beschäftigt sein. Zu Hause ist es jetzt schon nach Mitternacht, aber es ist besser, sie zu dieser frühen Stunde aufzuwecken als in den frühen Stunden am Tag danach.«

»Viel besser«, stimmte ich, angerührt von seiner Gewissenhaftigkeit, lächelnd zu.

Er drückte den kleinen Knopf, aber niemand meldete sich. Während Kiggs wartete, vertiefte sich die Falte zwischen seinen Augenbrauen. »Dieser nichtsnutzige Page hat die ausdrückliche Anweisung erhalten, nachts unter dem Tisch des Studierzimmers zu schlafen.«

»Vielleicht hat er sich bei seiner anstrengenden Aufgabe dem Trunk ergeben«, sagte ich trocken.

Kiggs lachte nicht, sondern sagte stirnrunzelnd: »Ich werde es wohl morgen noch einmal versuchen müssen.«

»L… Lucian?«, drang eine undeutliche Stimme durch den Apparat. »Bist du das?«

Ein Lächeln erhellte sein Gesicht. »Natürlich bin ich das. Bei mir ist ...«

»Allen Heiligen im Himmel sei Dank! Wie kommt es, dass du es schon weißt?« Glisseldas Stimme klang weinerlich. »Ich bin gerade erst gekommen und wollte mich sofort bei dir melden.«

Kiggs sah mich erschrocken an. »Was meinst du? Es sind immerhin sechzehn Jahre seit dem freudigen Ereignis vergangen, genug Zeit, dass selbst ich es merke.«

Einen Moment lang herrschte Stille, dann rief Glisselda: »Du Schuft, du weißt gar nichts! Du meldest dich wegen meines Geburtstags.«

»Natürlich, du Gänschen«, sagte er.

»Ist das zu fassen?«, stieß Glisselda hervor. »Den habe ich ganz vergessen.«

Kiggs holte tief Luft und fragte: »Was ist passiert?«

Die Königin brach in Tränen aus. »Ach, Lucian! Sankt Eustace hat Großmama geholt. Möge sie weich in den Armen des Himmels ruhen!«

»Möge sie beim Festmahl des Himmels sitzen«, antwortete der Prinz tonlos. Geistesabwesend strich er sich mit Finger und Daumen über den Bart und über die Augen.

Die Hand auf mein Herz gelegt, beobachtete ich ihn. Seit den Ereignissen der Wintersonnenwende hatte sich der Zustand Königin Lavondas zusehends verschlechtert, dennoch war die Nachricht von ihrem Tod ein Schock.

»Sie ist friedlich eingeschlafen«, sagte Glisselda gerade. »Ich habe ihr noch das Frühstück eingeflößt. Die Krankenschwester erzählte mir später, dass sie um die Mittagszeit schläfrig gewesen sei, und für das Abendessen haben wir sie nicht richtig wach bekommen. Sie ist im Laufe des Abends langsam hinübergeglitten.« Glisselda stieß einen kleinen Schluchzer aus. »Sie hat die

Goldenen Stufen erklommen, und oben wartet Mama auf sie und schimpft, weil sie viel zu früh gekommen ist.«

»Nein«, sagte Kiggs sanft. »Onkel Rufus wird das nicht zulassen. Er wird auf sie warten, mit Sankt Brandoll und einem Sirupkuchen.«

»Großmama hat Sirupkuchen nie gemocht«, jammerte Glisselda.

»Genau darauf legt er es ja an«, antwortete Kiggs.

Beide lachten und weinten zugleich. Ich drückte die Fingerknöchel gegen die Lippen. Sie hatten Prinz Rufus, Prinzessin Dionne und jetzt auch noch ihre Großmutter verloren. Die ganze Familie in weniger als einem Jahr.

»Hast du vorhin nicht gesagt, dass jemand bei dir ist?«, fragte Glisselda plötzlich verlegen.

»Fina ist hier«, sagte Kiggs.

»Hier bin ich.« Ich winkte albern, als würde sie mich durch das Tnik sehen.

»Fina!«, rief sie. »Was für ein Glück! Jetzt ist mir schon ein weniger leichter ums Herz. Euch beide zusammen zu wissen, gesund und wohlbehalten und… und am Leben. Bald werdet ihr wieder zu Hause sein, und dann wird alles wieder gut, na ja, fast.«

Kiggs antwortete nicht, sondern schloss die Augen und stützte den Kopf in die Hände. Ich räusperte mich und sagte: »Ich freue mich darauf, nach Hause zu kommen, Eure Majestät. Ich habe Heimweh.«

»Ich auch!«, rief die junge Königin. »Ist das nicht albern? Ich bin ja schon hier. Aber seit Mama tot ist, ist es nicht mehr so richtig mein Zuhause. Und ohne dich und Lucian ist es alles noch viel schlimmer. Lucian, hast du ihr von Fort Übersee erzählt?«

Kiggs hob den Kopf, um zu antworten, aber Glisselda ließ ihn gar nicht zu Wort kommen. »Geh mit Lucian die Ritter abholen, Serafina, und dann kommt ihr sofort hierher zurück.«

Im Hintergrund war ein Murmeln zu hören.

»Man ruft mich. Ich muss bei Sankt Eustace für Großmama Wache halten.« Ihre Stimme klang erstickt. »Danke. Ihr habt euch genau im richtigen Moment gemeldet, um mir das Unerträgliche ein klein wenig erträglicher zu machen. Ich bin so dankbar, dass ich euch beide habe.«

Sie beendete die Verbindung. Kiggs verstaute das Tnik, stützte die Ellbogen auf die Knie und vergrub den Kopf in die Hände. Seine Schultern bebten.

Ich legte meine gefalteten Hände in den Schoß und wünschte, ich könnte ihn an mich ziehen und ihn trösten. Einen Moment lang überlegte ich, ob ich es nicht einfach tun sollte, trotz des Versprechens, das wir uns gegenseitig gegeben hatten. Er war so unerschütterlich in seiner Loyalität Glisselda gegenüber, und ich pflichtete ihm ja grundsätzlich bei, aber war es nicht besser, im Zweifel nicht das Prinzip, sondern die Freundlichkeit zu wählen?

Die Frage war, wo die Freundlichkeit aufhörte und die Selbstsucht anfing. Ich klemmte meine Hände fest zwischen die Knie.

Kiggs fuhr sich mit den Fingern durch die Locken. »Verzeih mir, Fina. Ich dachte, wir könnten ihr zum Geburtstag gratulieren und ein bisschen plaudern oder…« Er deutete vage auf den Vollmond, der jetzt über den Dächern stand.

»Dazu ist später noch Zeit«, sagte ich. »Wir können auf dem Weg nach Fort Übersee reden.«

»Ja, das werden wir«, sagte er mit einem Anflug von Bitterkeit. »Das ist es, was ich wollte. Ich hätte Comonot nicht begleiten müssen, weißt du? Er kommt alleine zurecht. Du hättest deinen Weg nach Hause auch ohne mich gefunden und die Ritter können sehr gut mit einer Landkarte umgehen.«

»Du bist also nur gekommen, um mich zu sehen«, sagte ich wehmütig.

»Weil ich nur an mich gedacht habe, muss Selda jetzt den Tod unserer Großmutter alleine ertragen.« Kiggs stand auf und ging ruhelos auf und ab. »Wenn ich bei ihr bin, bin ich trotzdem in Gedanken woanders. Ich weiß, es war meine Idee, zu… zu lügen. Aber Lügen durch Verschweigen kann eine Mauer zwischen Menschen hochziehen. Ich bin hinter dieser Mauer gefangen und kann Selda nicht die uneingeschränkte Unterstützung geben, die sie braucht.«

Ich verschränkte die Arme. »Du musst es mir nicht erklären. Mein ganzes Leben ist so verlaufen. Ich hätte mich wirklich nicht gewundert, wenn du schwach geworden wärst und ihr die Wahrheit gesagt hättest.«

Er lachte freudlos. »Ich habe mit dem Gedanken gespielt. Aber die Frage ist doch: Würde ich damit die Mauer einreißen oder sie noch höher bauen?« Er wischte sich über die Augen. »Wie hast du es nur all die Jahre ausgehalten, Lügen über dich zu erzählen? Du musst dich gefühlt haben, als wärst du ganz allein auf der Welt.«

Ich kämpfte gegen den Kloß in meinem Hals an. »Das habe ich auch. Aber dann habe ich einen Prinzen kennengelernt, der hinter die Fassade geblickt und hinter den Lügen die Wahrheit erkannt hat. Dass er mich durschaute, war erschreckend und überraschend, aber auch unglaublich befreiend.«

Kiggs' dunkle Augen schimmerten sanft. »Was du vor der Welt versteckt hast, war nicht so schrecklich. Aber was ich verstecke, wird Selda wehtun. Dabei liebe ich sie wie meine eigene Schwester.«

Auch zwischen Kiggs und mir war eine Mauer, erbaut aus Schicklichkeit und Versprechen. Ich durfte ihn nicht berühren, durfte seine Sorgenfalten zwischen den Augenbrauen nicht küssen. Die auferlegte Zurückhaltung war eine Qual, aber eine Übertretung würde er sich später nie verzeihen.

Ich sagte: »Ja, es wird ihr wehtun. Aber...« Ich zögerte. Ein Gedanke nahm Gestalt an, aber mir fehlten noch die richtigen Worte, um ihn einzukleiden. »Sie ihren eigenen Schmerz ertragen zu lassen, kann auch ein Ausdruck von Respekt sein.«

Er setzte sich auf und sah mich an. »Was?«

»Ich meine... Du schulterst die ganze Last alleine, um sie zu beschützen. Du hast beschlossen, dass sie zu zerbrechlich ist, um die Wahrheit zu ertragen. Aber ist sie das wirklich? Was, wenn du sie um ihrer selbst willen stark sein ließest? In gewisser Weise würdest du sie damit ehren.«

Er schnaubte, aber ich sah ihm an, dass ich ihn zum Nachdenken gebracht hatte. Das liebte ich am meisten: Kiggs beim Nachdenken zuzuschauen. Seine Augen begannen zu leuchten. Ich klemmte meine Hände wieder zwischen die Knie.

»Eine solche sophistische Haarspalterei habe ich ja noch nie gehört«, sagte er und wackelte tadelnd mit dem Finger. »Soll ich ihr etwa auch noch ins Gesicht schlagen, weil Schmerz eine Ehre ist?«

»Wer von uns ist jetzt der Sophist?«, sagte ich. »Der Einwand ist nicht stichhaltig, und das weißt du auch.«

Er lächelte wehmütig. »Ich werde dein Argument widerlegen, weil du irrst. Aber jetzt kann ich das nicht.« Er rieb sich die Augen und gähnte. »Morgen wartet ein langer Tag mit vielen Verhandlungen auf mich.«

Ich verstand den Wink, auch wenn es mir nicht gefiel. »Dann lass ich dich jetzt allein, damit du etwas Schlaf bekommst.«

Ich stand auf, um zu gehen, aber Kiggs griff nach meiner Hand. In diesem Moment fand die ganze Welt zwischen unseren Händen Platz: alles, was wir fühlten oder verstanden, große Fülle und tiefste Leere, zusammengepresst zwischen zwei Hände, von denen die eine warm und die andere kalt war. Ich hätte nicht sagen können, welche der Hände die meine war.

Er holte zittrig Luft und ließ mich los. »Wir sehen uns morgen«, sagte er lächelnd. »Und dann werde ich dich widerlegen.«

Ich verbeugte mich. »Gute Nacht, Prinz«, sagte ich in der Überzeugung, dass er die Worte hinter meinen Worten hören würde und die Dinge, die ich nicht sagen konnte.

Einundzwanzig

Ich war nicht eingeladen zu Comonots Treffen mit den Führern der Agogoi, aber das hatte ich auch nicht erwartet. Bald würden Kiggs und ich Porphyrien verlassen, und ich würde die letzten paar Tage nicht damit verbringen, die Ityasaari zu überreden, mit mir in den Süden zu gehen. Sie waren hier glücklich und das sollten sie auch bleiben. Ich würde in friedlichen Zeiten zurückkommen und sie wiedersehen.

Stattdessen verbrachte ich den folgenden Morgen mit Abdo und seiner Familie. Sein Fieber war in den letzten zwei Tagen gesunken und er war nicht mehr so unruhig wie zuvor, allerdings schlief er die meiste Zeit. Hoffentlich war das ein Zeichen dafür, dass Jannoula ihren Griff gelockert hatte, sodass Naia den Jungen bald zu Pende bringen konnte. Um die Mittagszeit ging ich zum Hafenmarkt und spielte im Sonnenschein Flöte. Kinder hüpften im Kreis um mich herum. Ich hoffte darauf, dass Brasidas kommen würde, aber er ließ sich nicht blicken.

Als ich am späten Nachmittag zu Naia zurückkehrte, fand ich eine Nachricht von Ardmagar Comonot vor: *Der Prinz und ich erwarten dich bei Sonnenuntergang in den öffentlichen Gärten von Metasaari.*

Das war alles, kein Hinweis darauf, wie die Verhandlungen verlaufen waren.

Ich machte mich frühzeitig auf den Weg und aß eine Kleinigkeit in der kleinen Ecktaverne, in der ich Saar Lalo getroffen hatte. Inzwischen liebte ich Tintenfischbällchen in Soße. Ich würde das porphyrische Essen in Goredd vermissen.

Ich blieb noch etwas am Tisch sitzen, nippte an meinem Minztee und betrachtete den Sonnenuntergang. In der hereinbrechenden Dämmerung sah ich zwei lange Schatten – Kiggs und Comonot. Wir trafen uns bei dem öffentlichen Brunnen, wo Wasser aus der spitzen Schnauze eines porphyrischen Meereshundes spritzte. Statt einer Begrüßung sagte der Ardmagar nur: »Hier entlang.«

Wir gingen auf ein langes, niedriges Gebäude mit Säulen auf der nördlichen Seite des großen Platzes zu.

»Wie sind die Verhandlungen gelaufen?«, fragte ich Kiggs leise.

Der Prinz schüttelte den Kopf. »Wir haben Stillschweigen geschworen. Das sind zwar nicht meine Götter, aber ich kann mir etwas Schöneres vorstellen, als die Gefürchtete Notwendigkeit gegen mich aufzubringen«, sagte er. »Ich kann dir aber zumindest sagen, dass wir für unser Hauptanliegen einen hohen Preis bezahlen müssen und dass der Ardmagar ein elender Geizkragen ist.«

»Ich kann euch hören«, knurrte Comonot über die Schulter und klopfte an die Tür.

Ich presste die Lippen zusammen, um nicht laut herauszulachen. Kiggs' Andeutungen erstaunten mich. Comonot war bereit dazu, einen Preis zu bezahlen, um diesen Krieg zu beenden. Aber welchen Preis hatte Porphyrien verlangt?

Eine Frau mittleren Alters mit kurzen Haaren und ernstem Gesichtsausdruck öffnete die Tür. »Ardmagar«, sagte sie und grüßte den Himmel – ein sicheres Zeichen, dass sie ein Saarantras war.

»Lucian, Serafina«, sagte Comonot. »Darf ich euch Ikat vorstellen. Sie ist die Anführerin der Drachen im Exil und, wie man mir sagte, eine ausgezeichnete Ärztin.«

Wie für einen Saar üblich, überging Ikat die Vorstellung und hielt wortlos die Tür für uns auf. Sie war barfuß, trug eine schlichte Tunika mit Hosen aus ungefärbter Baumwolle und keinerlei Schmuck. Schweigend führte sie uns durch das Atrium zu einem viereckigen begrünten Innenhof. Stühle und Tische standen im Kreis bereit und zehn Saarantrai saßen bereits unter den runden Laternen. Ich nahm zumindest an, dass es Saarantrai waren, kannte aber nur Lalo. Ikat schnippte dreimal, woraufhin eine schlanke Dienstmagd eine weitere Holzbank für Kiggs und mich brachte. Wir setzten uns und Comonot ging im Kreis herum und stellte sich allen vor.

»Ich hoffe, dass es noch mehr Exilanten gibt, die auf unserer Seite stehen«, flüsterte ich Kiggs zu.

»Genau das wollen wir ja herausfinden«, flüsterte er zurück. »Dies ist der ›Unnütze Rat‹, wie Eskar ihn nennt. Die Saarantrai haben keine Stimme in der Versammlung, daher haben sie ihr eigenes Gremium gegründet, das zwar ohne Einfluss ist, aber gelegentlich Petitionen bei den Agogoi einreicht, die diese nicht beachten.«

»Hat der Ardmagar Eskar inzwischen gefunden?«, fragte ich, woraufhin der Prinz wortlos den Kopf schüttelte.

Die Dienstmagd bot uns Honigmandelgebäck an. Kiggs nahm ein Stück und murmelte halblaut: »Du musst für mich übersetzen, wenn dieses Treffen in Mootya abgehalten wird.«

»Sanftmaul-Mootya meinst du wohl«, sagte die Dienstmagd auf Goreddi.

Kiggs blickte hoch und sah sie an. Das Mädchen hatte ein spitzes Gesicht wie eine Ratte und ihre dünnen braunen Ärmchen waren bis zu den Schultern frei. Sie war so groß wie eine Erwachsene, aber ihre Haltung war die einer bockigen Zehnjährigen. Sie grinste den Prinzen hämisch an und sagte: »Wenn du denkst, dass wir uns gegenseitig anfauchen, dann muss ich dich leider enttäuschen. Wir haben unsere Mootya-Laute so angepasst, dass unsere Sanftmäuler sie hervorbringen können, aber es ist immer noch dieselbe Sprache.«

Kiggs war gebildet genug, um das bereits zu wissen, aber er war auch höflich genug, um sich zu verbeugen.

Das Mädchen starrte ihn mit großen Augen an. »Deshalb kennt ihr auch einige Begriffe von uns, wie zum Beispiel *Tanamoot* oder *Ard*«, erklärte sie unnötigerweise. »In Hartmaul-Mootya klingt *Ard* etwa so.« Sie warf den Kopf zurück und kreischte.

Die ins Gespräch vertieften Saarantrai verstummten.

»Du schreist einen Prinzen von Goredd an!« Ikat kam übers Gras gerannt und packte das Mädchen bei den Schultern, um es wegzubringen.

»Schon gut.« Kiggs rang sich ein Lächeln ab. »Wir haben nur sprachwissenschaftliche Fragen diskutiert.«

Ikat runzelte die Stirn. »Prinz, das ist meine Tochter Colibris.«

»Brisi«, widersprach das Mädchen und hob trotzig das spitze Kinn.

Das war ein porphyrischer Name, und sie war auch ganz anders angezogen als die anderen Saarantrai. Die Erwachsenen trugen einfache Tuniken und Hosen in unauffälligen Farben und hatten kurze, praktische Frisuren – bis auf Lalo, der seine langen Haare nach der Mode von Ninys zusammengebunden hatte.

Brisi hingegen trug ein durchscheinendes Kleid mit bunten Schmetterlingen und Vögeln. Ihr Haar war kühn aufgetürmt und ahmte die Turmfrisuren der feinen Damen nach, wie ich sie von Camba kannte. Ihre Haare wackelten bei jeder Bewegung. Bei ihrem schrillen Schrei hatte sich eine Locke gelöst und baumelte jetzt schlaff und einsam an der Schulter, was das Mädchen allerdings nicht weiter zu stören schien.

Sie bediente alle Gäste und verschwand dann im Haus.

Ikat eröffnete das Treffen und sagte in Sanftmaul-Mootya: »Eskar ist noch nicht zurückgekommen. Weiß wirklich niemand, wo sie hingegangen ist?«

Keiner aus dem Kreis meldete sich zu Wort.

»Du hast ihrer unermüdlichen Beharrlichkeit viel zu verdanken, Ardmagar«, sagte Ikat. »Als sie im vergangenen Winter ankam, war Lalo der Einzige, der sich mit dem Gedanken wegzugehen anfreunden konnte. Wir haben hier unser Leben aufgebaut und wir standen dir sehr misstrauisch gegenüber. Unter deiner Führung erging es den Abtrünnigen schlechter als unter den drei vorherigen Anführern.«

»Das bedaure ich«, sagte Comonot, der neben Ikat auf der Bank saß. »Viel zu lange haben wir dem trügerischen Ideal der reinen Drachenart nachgejagt. Die alte Ard übertreibt es natürlich, aber auch schon davor war dieses Ideal nicht zu halten. Fortschritt – oder, um es prosaischer zu sagen, unser nacktes Überleben – erfordert einen radikalen Richtungswechsel hin zu einem umfassenden Verständnis von Drachenart.« Sein Mundwinkel kräuselte sich in einem ungewohnten Anflug von Selbstironie. »Zugegeben, meine früheren Versuche, unser Volk zu Reformen zu bewegen, haben zu einem Krieg unter uns Drachen geführt. Daher bin vielleicht der Falsche, euch zu führen.«

Als ich seine Worte für Kiggs übersetzte, stieß er einen leisen Pfiff aus und flüsterte: »Erzähl mir nicht, er wüsste, was Bescheidenheit ist!« Um uns herum murmelten die Saarantrai und machten ernste Mienen. Die dicken Hände in den Schoß gelegt, beobachtete Comonot sie mit Adlerblick.

»Für einen Nicht-Abtrünnigen zeigst du eine bemerkenswerte Wandlungsfähigkeit«, stellte Ikat fest.

Comonot machte eine kleine Verbeugung.

»Viele von uns hatten die Hoffnung auf die Rückkehr bereits

aufgegeben und haben daher den Wunsch, unsere Heimat wiederzusehen, unterdrückt oder als unmöglich abgetan. Wir haben uns eingeredet, dass wir uns nahtlos in die porphyrische Gesellschaft einfügen und dass die Porphyrer uns so annehmen, wie wir sind …«

»Die Porphyrer sträuben sich tatsächlich dagegen, euch ziehen zu lassen«, warf Comonot ein. »Das Omiga-Tal ist nicht der strittige Punkt. Sie haben eine fast unerfüllbare Forderung gestellt, bevor ihr gehen könnt.«

Ikat setzte sich aufrecht hin. Ihre Augen wurden zu schmalen Schlitzen. »Sie sind nicht unsere Kerkermeister.«

»Nein«, sagte Comonot. »Aber sie haben eine Vereinbarung mit Tanamoot, und es widerstrebt ihnen, so viele Ärzte, Händler und Gelehrte zu verlieren.«

»Ganz zu schweigen von den erhöhten Steuern, die wir Exilanten zahlen«, murmelte jemand.

»Viele unserer Händler wollen nicht weg«, sagte Ikat. »Sie geben sich damit zufrieden, hier einen neuen Schatz anzuhäufen. Wir anderen lehnen uns gegen die Gängelung auf. Wir können nur viermal im Jahr während der Spiele unsere natürliche Gestalt annehmen. Es ist kompliziert, Nachwuchs in die Welt zu setzen, und noch komplizierter, ihn großzuziehen.«

»Hör auf, von mir zu sprechen, Mutter«, piepste eine helle Stimme auf Porphyrisch. Brisi lugte hinter einer Säule hervor.

Ikat ging über die Unterbrechung hinweg. »Wir haben hier nicht die Möglichkeit, ein Ei zu legen, zumindest nicht in der Zeit, die uns zugestanden wird. Aber in Menschengestalt trächtig zu sein dauert trotzdem noch drei Jahre, und bis dahin ist das Junge viel zu groß. Ich musste Colibris aus mir herausschneiden und einen Tag später konnte sie schon laufen.«

»Ich will nicht nach Tanamoot!«, übertönte Brisi ihre Mutter. »Das ist nicht mein Zuhause. Ich bin Porphyrerin, ob du es willst oder nicht. Du kannst mich nicht dazu zwingen wegzugehen. Nach porphyrischem Gesetz bin ich eine Erwachsene. Ich könnte hier alleine leben.«

»Du bist nicht erwachsen.« Ikat wechselte ins Porphyrische. »Und nach hiesigem Gesetz haben sich auch Erwachsene dem Haupt der Familie zu beugen.«

Brisi schnaubte empört und stürmte davon. Ikat rief ihr hinterher: »Ich habe vor, noch zweihundert Jahre zu leben. Also gewöhne dich lieber daran.«

Irgendwo im Haus schlug eine Tür zu. Ikat stieß die Luft durch die geblähten Nasenflügeln aus, dann sagte sie leise: »Sie hat es schwer. Die Spielkameraden ihrer frühen Kindheit sind nicht nur erwachsen, sondern bereits Großeltern, während sie die geistige und körperliche Reife erst in fünf Jahren erreichen wird. Sie versteht unsere Denkweise nicht und wir die ihre noch viel weniger.«

»Du musst sie beißen«, sagte Comonot sachlich. »Direkt in den Nacken.«

Ikat schüttelte den Kopf. »Die Porphyrer haben Gesetze, die verbieten, dass man Kindern etwas antut.«

»Was heißt hier antun?«, rief Comonot. »Meine Mutter hat mich dreißig Jahre lang jeden Tag gebissen.«

»Was haben wir dir gesagt?«, warf ein männlicher Saarantras aus dem Kreis ein. »Ihre Gesetze widersprechen unseren Traditionen. Wenn die Menschen etwas nicht verstehen, dann ist es für sie gleich Barbarei.«

»Aber ein Biss kann für einen Drachen in Menschengestalt gefährlich sein«, gab Lalo zu bedenken. »Die Haut ist dünn und kann sich entzünden.«

Ich war so erstaunt über die Wendung des Gesprächs, dass ich aufhörte, zu übersetzen. Kiggs versetzte mir einen Knuff. »Wieso streiten sie?«

Ratlos öffnete ich den Mund, als plötzlich ein Klopfen an der Tür zu hören war. Brisi kam aus dem Nichts hervorgehuscht, um zu öffnen. Einen Augenblick später betrat die große, schwarzhaarige Eskar den Garten. Alle starrten sie mit offenem Mund an, ich zuallererst und ganz besonders. Sie achtete nicht auf unsere Blicke und sagte kein Wort der Begrüßung, sondern ging zu einer Bank und wartete schweigend darauf, dass die Saarantrai ihr Platz machten.

Eine unangenehme Stille breitete sich aus. Comonot sagte: »Du bist spät dran.«

»In der Tat«, erwiderte Eskar. Sie strich sich das Haar aus den Augen und ließ den Blick über die Anwesenden schweifen. Als sie Kiggs und mich sah, nickte sie knapp. »Aber jetzt bin ich ja da. Ich nehme an, wir planen die Reise durch das Omiga-Tal? Sprecht weiter.«

»Wo bist du gewesen?« Comonot durchbohrte sie mit seinem Blick. »Ich habe dich hier erwartet. Ich habe damit gerechnet, dass du mir bei der Planung dieses Unterfangens hilfst.«

»Das tue ich auch«, sagte Eskar kühl. »Ich habe unsere Route jenseits des Omiga-Tals ausgekundschaftet. In diesem Teil von Tanamoot hat die Alte Ard nur wenige Patrouillen, aber ein paar gibt es doch.«

»Hast du herausgefunden, welche Strecken sie nehmen?«, fragte Comonot.

Eskar rutschte auf ihrem Stuhl hin und her. »Zum Teil. Aber wir werden Unterschlupfe brauchen. Ich schlage vor, wir besetzen auf dem Weg zur Kerama die Einrichtungen der Zensoren. Labor vier ist in Reichweite, wenn wir dem Meconi-Fluss folgen und …«

»Nicht so schnell«, sagte Comonot und zog die Augenbrauen zusammen. »Ich will keinen Streit mit den Zensoren.«

»Hast du nicht gerade versprochen, die Einschränkungen für

die Abtrünnigen zu lockern?«, warf Ikat ein. »Die Zensoren sind die glühendsten Verfechter dieser Maßnahmen.«

»Wenn du die Exilanten nach Hause führst, legst du dich ohnehin mit den Zensoren an«, sagte Eskar sachlich. »Die Lage ist strategisch günstig. Labor vier ist nur ungenügend bewacht, und die Patrouillen meiden es, wenn möglich. Ich habe früher einmal dort gearbeitet und stehe immer noch in Verbindung mit den Quigutl in den Maschinenräumen.«

Comonot schüttelte immer noch den Kopf. »Du gehst zu weit, Eskar. Ich muss zuerst sämtliche …«

»Es ist ein vernünftiger Plan«, unterbrach Eskar ihn. In ihrer Stimme schwang ein merkwürdiger Unterton mit, wie bei einer zu straff gespannten Saite. Ihre Augen, die wie zwei schwarze Löcher waren, fingen meinen Blick auf. Mein Magen verkrampfte sich. »Orma ist in Labor vier.«

Zweiundzwanzig

Alles um mich herum verschwamm und die Luft schien zähflüssig zu werden. Ich konnte nicht mehr klar denken.

Als mir bewusst wurde, dass ich irgendwohin unterwegs war, hatten wir fast schon den Hafen erreicht. Es kam mir vor, als wäre ich eingeschlafen und vom Fischgeruch geweckt werden.

Kiggs hielt meine Hand. Ich blieb abrupt stehen und blinzelte ihn verständnislos an. Die Straße war dunkel und leer.

Denken tat weh, und wenn ich einen Gedanken zu fassen suchte, löste er sich auf wie ein Traum.

Kiggs sah mich forschend an. »Wie fühlst du dich?«

»Ich – ich fühle gar nichts. Nichts.«

»Wir sind schon fast bei Naia«, sagte er. »Meinst du, du schaffst es bis dorthin?«

Die Zensoren hatten Orma schon lange im Visier gehabt. Sie würden seine Erinnerungen herausschneiden und mein geliebter Onkel würde mich bei einem Wiedersehen nicht mehr erkennen.

Ich umklammerte Kiggs' Hand. Die Welt drehte sich. Kiggs war der einzige feststehende Punkt. Er hatte mir eine Frage gestellt. Aber ich konnte mich nicht mehr richtig daran erinnern.

»Ähm, ich weiß nicht… ich… es tut mir leid.«

Der einzige Lichtschein kam von den Fenstern der angrenzenden Häuser und dem herzlosen Mond und reichte gerade aus, um die Sorge im Gesicht des Prinzen sichtbar zu machen. Er legte seine freie Hand an meine Wange.

Ich beobachtete ihn aus sicherer Entfernung, wie man eine Wespe beobachtet.

Er zog mich nach Osten (auch das beobachtete ich). Wir gingen an Naias Haus vorbei. Kiggs wusste ja nicht, wo sie wohnte. Ich musste sprechen und ihm sagen, wohin er gehen sollte (ich merkte, dass ich sprach).

Naia begrüßte uns. Abdo (der arme Abdo) lag reglos in seiner Nische.

»Sie ist sehr durcheinander«, sagte Kiggs (und meinte jemanden, den wir alle kannten). »Die Zensoren haben ihren Onkel geholt.«

Warum entfernte niemand *meine* Erinnerungen? Das wäre eine Gnade.

»Natürlich könnt Ihr bleiben«, sagte Naia auf eine Frage, die jemand gestellt hatte.

Dann lag ich in einem Bett. Kiggs saß auf dem Fußboden neben mir und hielt meine Hand. Naia hielt eine Lampe.

Ich betrachtete die Grenzlinie zwischen Wachen und Schlafen. Sie war blau.

Im Morgengrauen wachte ich auf. Meine Gedanken waren klar, und ich erinnerte mich an alles: an Eskars Bericht, an den Zorn der Saarantrai auf die Zensoren und daran, dass mir schwarz vor Augen geworden war. Und Kiggs...

...war immer noch da. Er war im Sitzen neben dem Bett eingeschlafen und vornübergesunken. Die Arme hatte er auf der Decke verschränkt, sein Lockenkopf war in Reichweite meiner Hand. Ich zögerte, dann strich ich ihm das Haar aus den Augen.

Er wurde wach und blinzelte.

»Wie geht es dir?«, flüsterte er und streckte sich.

»Ich bin nicht diejenige, die im Sitzen geschlafen hat.«

»Pah, mir geht's gut. Comonot wird sich allerdings schon fragen, wo ich bin.« Kiggs rieb sich den Schlaf aus den Augen. »Oder auch nicht, das weiß man bei ihm nie.«

»Es tut mir leid, ich war so...«

»Du musst dich für nichts entschuldigen«, sagte Kiggs ernst. »Ich weiß, was dir Orma bedeutet und wie sehr du dich um ihn gesorgt hast. Falls das ein Trost für dich ist: Die Exilanten sind wütend, dass die Zensoren Orma weggeschleppt haben, auch wenn er nicht zu ihrer Gemeinschaft gehörte. Sie sind alle dafür, Labor vier auf dem Weg zur Kerama einzunehmen. Comonot war noch nicht restlos überzeugt, aber sie werden ihm keine andere Wahl lassen.«

Das war zwar kein großer Trost, denn die Zensoren hatten mehr als genug Zeit gehabt, um Ormas Erinnerungen auszulöschen, aber ich unternahm den heldenhaften Versuch, zu lächeln.

Kiggs sah mich zärtlich an und legte die Hand auf mein Haar. »Ich sage es nicht gern, aber ich muss gehen. Kann ich dich alleine lassen?«

»Ja, vielleicht.« Ich setzte mich auf. Kiggs erhob sich und zog mich auf die Füße. Wir standen uns im Halbdunkel gegenüber. Ich weiß nicht, wer zuerst die Arme um den anderen legte oder ob wir vielleicht beide gleichzeitig auf diese Idee gekommen waren. Wir hielten uns schweigend fest. Sein Bart kratzte an meiner Wange. Mein Herz schlug wie wild, und ich begriff, dass unsere angebliche Selbstbeherrschung noch nie wirklich auf die Probe gestellt worden war. Auf unserer Rückreise mit dem Schiff würde unsere Standfestigkeit noch geprüft werden.

Vielleicht würde ich ja gar nicht mit Kiggs zurückgehen. Ich hatte das nagende Gefühl, dass es für mich hier noch etwas zu tun gab.

Ein Geräusch aus dem Wohnraum riss mich aus meinen Gedanken. Kiggs und ich rückten schuldbewusst voneinander ab. Ich zog den Vorhang zur Seite und bemerkte erstaunt, dass Abdo an Naias Büfett stand und sich an den Resten vom gestrigen Fladen und Gaar, einer Paste aus Sardellen, Oliven, Knoblauch und Katzenminze, bediente. Er trug seinen Teller zum Sofa, stellte ihn neben sich und strich mit einem Löffel das Gaar auf die dreieckigen Brotstücke. Er ging langsam zu Werke, da er nur eine Hand benutzen konnte, aber als er das Brot bestrichen hatte, aß er es umso schneller auf. Er schloss die Augen und genoss jeden Bissen, als hätte er noch nie etwas Köstlicheres gegessen.

Ich hatte noch nie so etwas Schönes gesehen wie den Anblick des wachen Abdo, aber ich wollte mich nicht zu früh freuen. Vielleicht war er er selbst, vielleicht war er aber auch Jannoula. Ich legte die Hand über den Mund und überlegte, was ich tun sollte.

»Allen Heiligen sei Dank«, raunte Kiggs. Ich hatte ihm nicht allzu viel erzählt. Anscheinend hatten er und Naia ein längeres Gespräch geführt. Er wollte auf Abdo zugehen, aber ich hielt ihn zurück.

Abdo hatte gehört, wie Kiggs sprach oder sich bewegte, denn er schlug die Augen auf. Ich suchte darin nach Jannoula, fand sie aber nicht. Es war noch früh und in der Wohnung war es dämmrig. Vielleicht war sie ja gar nicht da.

Abdo bestrich das nächste Fladenbrot, und da merkte ich es: Er aß falsch, denn er strich das Gaar mit einem Löffel auf sein Brot, wie es ein Südländer tun würde. Die Porphyrer hingegen tunkten den Fladen in das Gaar.

»Prinz, Ihr müsst jetzt gehen«, flüsterte ich enttäuscht. »Jannoula steckt in ihm.«

Kiggs flüsterte zurück: »Kann man gar nicht mit ihr reden? Soll ich es einmal versuchen?«

Ich blickte ihn vielsagend an, damit er begriff, dass Jannoula gesehen hatte, wie er aus meinem Schlafzimmer kam, und dass sie dieses Wissen als Drohung gegen uns nutzen würde.

Wahrscheinlich las Kiggs aus meinem Blick nur, dass ich ihn zum Gehen aufforderte. Er wagte es nicht, mich zu küssen, sondern berührte mich sanft am Rücken, dann durchquerte er den Raum in fünf schnellen Schritten. »Abdo, es erfreut mein Herz, dass du wohlauf bist«, sagte er und blieb kurz vor dem Sofa stehen, ehe er hinausging.

Ich biss mir auf die Lippe und wünschte, er hätte Jannoula nicht auf sich aufmerksam gemacht. Das verhieß nichts Gutes.

Abdo aß gierig und achtete nicht weiter auf mich. Leise, um Naia nicht aufzuwecken, sagte ich: »Ich weiß, dass du da bist.«

Er sah mich an. *Das ist gut*, sagte Jannoula mit Abdos Stimme in meinen Gedanken. *Ich habe das samsamesische Essen satt.*

Also war sie immer noch in Samsam? Vielleicht wollte sie nur, dass ich das dachte.

»Wie geht es dir?« Ich ging einen Schritt auf Abdo zu. »Und wie geht es dem guten alten Josef?«

Abdo sah mich von der Seite an. *Er ist lammfromm, und das ist auch gut so, denn ich habe viel Zeit in einer Heiligen Trance verbracht, da Abdo gegen mich angekämpft hat.* Abdos Gesicht verzog sich zu einer hässlichen Grimasse. *Er war ein Störenfried und ein Hindernis, weil ich so viele andere Dinge zu erledigen hatte.*

»Welche anderen Dinge?«, fragte ich.

Abdo stopfte sich ein weiteres Stück Brot in den Mund. *Das wirst du schon noch erfahren. Du musst deine Anstrengungen, unsere Artgenossen um dich zu scharen, verdoppeln. Zurzeit stehe ich mit keinem der Porphyrer in Verbindung. Ich habe versucht, die Zwillinge zu erwischen – bei ihnen geht es am leichtesten –, aber sie sind so harmlos, dass ich mich bei ihnen nicht verstecken kann, ohne dass die schreckliche Zythos Mors mich entdeckt.*

Von Jannoula wollte ich diesen Namen nicht hören. »Du meinst Camba«, sagte ich kalt.

Sag du mir nicht, was ich meine, erwiderte sie. Abdos dunkle Augen wurden schmal. *Und hör auf, meine Zeit zu verschwenden. Abdo hat letzte Nacht gehört, dass du endlich erfahren hast, warum dein grässlicher Onkel weg ist, hoffentlich auf Nimmerwiedersehen. Die Zensoren sind gerade dabei, Stück für Stück sein Gehirn zu zerpflücken und seine Erinnerungen an dich zu Staub zu zermalmen.*

Ich hatte das Gefühl, als würde alle Luft aus meinen Lungen weichen, aber mein Verstand war noch klar genug, um zu bemerken, dass etwas in ihrer Stimme lag. Ein verächtlicher Unterton, der nicht nur Orma galt, sondern vielleicht auch denjenigen, die ihn gefangen hielten? Aber warum sollte Jannoula die Zensoren verachten? Hatten sie ihr ebenfalls jemanden genommen, den sie liebte?

Diesen Störenfried sind wir jedenfalls los, sagte sie. *Du wirst dich doch hoffentlich nicht von diesem jungen Mann von deiner Aufgabe ablenken lassen? Es sieht dir gar nicht ähnlich, dass du dir einen Liebhaber angelst. Abdo kennt ihn auch.* Sie sah mich verschlagen an. *Deshalb werde ich seinen Namen hier drin finden.*

Abdos Gesicht verzerrte sich vor Schmerz. Er packte seine Haarknoten, kippte zur Seite und rutschte vom Sofa. Ich bekam ihn zu fassen und konnte gerade noch verhindern, dass er mit dem Kopf aufschlug, aber er zappelte wie verrückt in meinen Armen. Ich hörte Jannoula wutentbrannt aufschreien.

Zum Glück eilte Naia uns zu Hilfe. Sie schlang ihre starken Arme um Abdo wie einen Anker, der ihn auf dem Boden hielt. Er wehrte sich kurz, dann wurde er schlaff.

»Abdo!«, rief Naia entsetzt, aber er hob seine gesunde Hand und strich ihr übers Haar.

Ich... ich habe sie in einen Hinterhalt gelockt, sagte er mit seiner eigenen Stimme in meinem Kopf.

Meine Augen brannten. *Hat sie dich wieder in die Knie gezwungen, während du geschlafen hast?*

Ich habe mich versteckt und sie angelockt, um dann zuzuschlagen. Ich kämpfe immer noch gegen sie an, Fina, aber ich bin so müde...

Er brach in Tränen aus und weinte stumm an Naias Schulter. Sie wiegte ihn hin und her und flüsterte sanft in sein Haar. Abdo schob ihr mit dem Kopf fast die goldene Brille von der Nase, aber Naia achtete nicht darauf.

Die nächsten Minuten blieb er still. Mit zittriger Stimme sagte ich: »Bist du noch da?«

Abdo gab keine Antwort. Die dunklen Fluten seines verzweifelten Kampfs hatten ihn wieder in die Tiefe gerissen.

Kurz darauf kamen drei von Abdos Tanten und brachten mir ein Frühstück. Doch ich bekam keinen Bissen hinunter. Naia sagte ihnen, dass Abdo für einen Augenblick er selbst gewesen sei, was die Stimmung erheblich besserte. Alle waren fest davon überzeugt, dass es nicht mehr lange dauern würde, bis sie den Jungen zu Pende bringen konnten.

Ich brachte es nicht über mich, ihnen die Hoffnung zu nehmen, ihre Zuversicht teilen konnte ich allerdings nicht. Daher machte ich mich zu einem Spaziergang am Hafen auf, wo ich mich zwischen den geschäftigen Seeleuten und den prallen Netzen mit zuckenden silbernen Fischen verlieren konnte. Der Himmel war empörend blau, es war geradezu eine Kränkung, dass er ausgerechnet jetzt auf uns herablächelte.

Durfte ich mich wirklich auf die Heimreise machen, ohne zu wissen, wie Abdos Kampf enden würde? Fast war ich versucht, bei den Ityasaari zu bleiben, die Jannoula Widerstand leisteten. Aber das war unmöglich, denn das hieße, dass ich mich vor meiner Verantwortung drückte. Und was würde es nützen? Abdo konnte ich sowieso nicht helfen. Ebenso wenig meinen von Jannoula besessenen Freunden in Goredd. Ich fühlte mich völlig nutzlos.

Die nächsten Stunden lief ich am Hafen entlang und versuchte, meine Verzweiflung niederzuringen. Ich hatte wohl schon eine ganze Weile auf die schwarze Rauchwolke im Süden gestarrt, bevor ich sie richtig wahrnahm. Irgendetwas auf dem Meer schien zu brennen. Menschen strömten am Strand und in den Hafenanlagen zusammen und hielten Ausschau nach einem Feuer. Ich bahnte mir einen Weg durch die Schaulustigen zum westlichen Wellenbrecher. Von dort aus sah man vor der Insel Laika ein Schiff, dicht gefolgt von einem anderen. Das zweite Schiff brannte.

Beide Schiffe fuhren unter der dreifarbigen samsamesischen Flagge. Das allein genügte, um meine Aufmerksamkeit zu wecken.

Das erste Schiff segelte mit voller Geschwindigkeit auf den Hafen zu, während das zweite zurückfiel, da das Feuer inzwischen vom Schiffsrumpf auf die Segel übergesprungen war. Hinter dem Schiff tauchten plötzlich zwei wendige Schaluppen der porphyrischen Flotte auf. Sie nahmen das dahintreibende brennende Schiff in die Mitte und begannen, die Seeleute, die sich vor den Flammen über Bord gerettet hatten, aus dem Wasser zu ziehen.

Die Gaffer in meiner Nähe stießen zuerst Jubelrufe und dann Schreckensschreie aus, denn das erste Schiff fuhr viel zu schnell auf den Hafen zu. Wenn es an den Leuchttürmen vorbeischoss, würde es nicht mehr rechtzeitig zum Halten kommen. Die Mannschaft, die ganz offensichtlich nicht sehr erfahren war, strich die Segel, damit das Schiff keinen Wind mehr hatte. Es wurde tatsächlich langsamer, doch nicht langsam genug. Das Schiff fuhr zwischen den Leuchttürmen hindurch, trieb dann seitwärts ab und krachte in ein porphyrisches Kriegsschiff, das im Hafen vor Anker lag. Das Splittern von Holz auf Holz war sogar aus der Entfernung noch zu hören.

Die porphyrische Besatzung, von dieser Wendung der Dinge verständlicherweise in Aufruhr versetzt, legte sofort Planken aus und stürmte das samsamesische Schiff.

Dessen Mannschaft war seltsam gekleidet. Selbst aus der Entfernung sahen die Samsamesen in ihren gepolsterten schwarzen Rüstungen nicht wie Seeleute aus. Ein beleibter, kahler Mann mit großem weißem Schnurrbart, der heftig mit dem porphyrischen Kapitän stritt, kam mir irgendwie bekannt vor. Ich rannte den Wellenbrecher entlang, um mir das Ganze aus der Nähe anzusehen, und da erkannte ich ihn: Es war Sir Cuthberte, ein Ritter aus Goredd. Ich hatte ihn im letzten Winter im Kerker von Schloss Orison kennengelernt. Was tat er hier? Sollte er nicht in Fort Übersee sein und neue Dracomachisten ausbilden?

Fort Übersee in *Samsam*. Ich beschleunigte meine Schritte.

Das im Hafen liegende Kriegsschiff ließ ein Boot ins Wasser. Zwei Offiziere, die über ihren Tuniken schimmernde Brustpanzer trugen, und acht einfach gekleidete Matrosen ruderten einen einzelnen Ritter an den Kai, einen schlaksigen Burschen mit hängenden Schultern. Ich erkannte in ihm Sir Maurizio, den einstigen Knappen von Sir Cuthberte. Er war zerzaust wie immer, allerdings auch ein bisschen grün zwischen den Kiemen.

Ich eilte in der Hoffnung, ihn sprechen zu können, zur Landestelle.

Sir Maurizio erspähte mich und rief: »Junges Fräulein, du bist Balsam für meine seekranken Augen.«

Zuerst wollte man mich nicht näher heranlassen, aber Sir Maurizio sprach ein paar Worte mit seinen porphyrischen Bewachern, woraufhin ein Seemann zu mir kam und mich an den neugierigen Schaulustigen vorbei zum Schiff führte. Maurizio fragte mich: »Ist Prinz Lucian noch hier? Das wäre übles Pech, wenn wir uns verpasst hätten wie zwei Schiffe, die …« Er hielt inne. Seine hellbraunenn Augen verschleierten sich. »Wie zwei Schiffe eben.«

»Der Prinz ist hier«, sagte ich knapp, da ich nicht genau wusste, inwieweit der Ritter Kenntnis von den jüngsten Ereignissen hatte.

»Gut.« Maurizio kratzte sich an seinem stoppeligen Kinn. »Bring mich zu ihm und beschaffe mir irgendein Frühstück.«

Das hatte leider nicht ich zu entscheiden. Die Offiziere, die Maurizio an Land gerudert hatten, bestanden darauf, ihn zum Vasilikon zu bringen und den Agogoi vorzuführen. Ich durfte nur mit, weil Sir Maurizio meinen Arm umklammerte und mich nicht losließ.

»Sie ist meine Übersetzerin«, wiederholte er beharrlich in viel zu gutem Porphyrisch.

»Kiggs und ich wollten zu euch kommen«, sagte ich leise zu dem jungen Ritter, während wir den Hügel zur Zokalaa hinaufstiegen. »Ist in Fort Übersee irgendetwas vorgefallen?«

Sir Maurizio schnaubte und schüttelte dann müde den Kopf. »Nichts, außer dass die verdammten Samsamesen ihr Versprechen gegenüber Goredd und Ninys gebrochen haben. Wir sollten eigentlich gemeinsam die Verteidigung des vereinigten Südlands auf die Beine stellen, aber der neue Regent hat offensichtlich andere Vorstellungen.«

Bei seinen Worten wurde mir kalt. Hatte Jannoula Josef dazu

überredet, sich gegen die Ritter und Dracomachisten zu stellen? Hatte sie das eingefädelt, als sie Abdo gerade einmal nicht piesackte? In Gegenwart der Porphyrer hielt sich Maurizio mit Einzelheiten verständlicherweise zurück. Hoffentlich durfte ich dabei sein, wenn er dem Prinzen Bericht erstattete.

Ich hatte die Fassade des Vasilikon schon viele Male gesehen, war aber noch nie im Inneren gewesen. Wir durchquerten die Pronaia, eine beindruckende Säulenvorhalle, und gingen durch eine schwere Bronzetür in einen luftigen Eingangssaal mit hoch oben angebrachten Fenstern. Auf dem Deckengemälde waren die Gerechtigkeit, der Handel und die Philosophie abgebildet, wie sie gemeinsam ein allegorisches Picknick mit metaphorischen Sardinen abhielten.

An einer zweiten Tür leierte ein Wachmann einen Eid herunter und wollte uns erst weitergehen lassen, nachdem wir die Worte wiederholt hatten: *Ich verpflichte mich hiermit zum Stillschweigen und übergebe meine Seele der Gefürchteten Notwendigkeit.*

Als wir den Eid geleistet hatten, betraten wir einen Kuppelsaal, in dem sich eine Art Amphitheater befand. Die Sitzreihen waren nur etwa zur Hälfte gefüllt. Alle Agogoi waren aufgrund ihrer Herkunft Mitglieder der Versammlung, aber die meisten hatten Geschäfte zu erledigen oder waren Gelehrte, die Forschungen betrieben. Lediglich die Alten und Trägen sowie die Oberhäupter der großen Häuser kamen jeden Tag hierher. Voll war der Saal nur, wenn ein Tagesordnungspunkt von besonderem Reiz oder einer gewissen Pikanterie war, sodass selbst die ehrgeizigsten Händler ihre Geschäfte einmal ruhen ließen.

Heute waren die Oberhäupter der Häuser nicht anwesend, denn sie tagten gesondert mit Comonot und Kiggs. Die Offiziere, die uns hergebracht hatten, standen ein wenig abseits und sprachen leise mit einer Frau aus der Versammlung. Nach einiger Zeit schickte diese einen Boten in einen anderen Bereich des Vasilikons.

Während wir auf die Rückkehr des Boten warteten, sahen Maurizio und ich bei einer Abstimmung zu. Es ging um ein Anliegen, das die Bauern von Omiga vorgebracht hatten. Nacheinander kamen alle Ratsmitglieder in die Mitte des Raums und ließen einen Kieselstein in eine eckige Urne aus purpurrotem porphyrischem Marmor fallen. Ein alter Mann saß auf einer Bank hinter der Urne und hielt einen schweren Stab mit einem Kiefernzapfen als Spitze in der Hand. Wenn alle ihre Stimme abgegeben hatten, kippte er den Inhalt der Urne in seinen Schoß, trennte die weißen Steine von den roten und trug das Ergebnis in ein großes Buch ein.

Der Bote kehrte mit einer Nachricht für die Offiziere zurück, woraufhin diese sich erleichtert verabschiedeten. Die Frau führte uns am Rand des Amphitheaters entlang zum Ausgang. Wir folgten ihr durch ein Gewölbe zu einer Tür, vor der wir unseren Eid erneuern mussten. Erst danach ließ der Wachsoldat uns vorbei. Gegen die Sonne blinzelnd traten wir hinaus in einen gepflasterten achteckigen Hof.

Dort saßen die Oberhäupter der großen Familien in einem Kreis auf dreibeinigen Bronzehockern. Die achtzehn Matronen und Patrone trugen goldene Haardiademe und fließende Seidengewänder. Mehrere von ihnen hielten zusammengefaltete Fächer in den Händen. Präsidentin Melaye saß direkt neben der Tür und hielt den Amtsstab mit dem Kiefernzapfen in der Hand. Ich entdeckte auch Cambas Mutter, Amalia Perdixis Lita. Kiggs und Comonot saßen auf der gegenüberliegenden Seite. Zu meiner Überraschung war Eskar bei ihnen.

Präsidentin Melaye wies Maurizio an, in die Mitte des Kreises zu treten. Ich überlegte kurz, ob ich hinausgehen sollte – niemand hatte nach mir geschickt und es war auch kein Stuhl mehr frei. Aber dann sah ich, dass Eskar mich zu sich winkte. Ich stellte mich hinter sie. Eskar drehte sich um, sah mich mit ihren wachen schwarzen Augen an und fragte: »Hast du dich von deinem Schrecken erholt?«

Da ich die Angelegenheit nicht vor so vielen Fremden besprechen wollte, wisperte ich leise: »Ja, danke.«

Dass sie überhaupt fragte, war sehr freundlich, aber auch sehr merkwürdig. Hatte sie sich Sorgen gemacht?

»Dein Onkel...«, fing sie an, aber im selben Moment schickte Präsidentin Melaye einen energischen Blick in die Runde und stieß ihren Stab auf den Steinboden, um Ruhe einzufordern.

»Wir hören jetzt den Bericht dieses Ritters«, sagte sie auf Goreddi und gab damit die Sprache vor, in der verhandelt werden würde. Die Agogoi fächelten sich Luft zu und nickten.

Sir Maurizio, der mit dem Rücken zu uns stand, verbeugte sich vor Melaye. »Ich muss mit Prinz Lucian Kiggs und Ardmagar Comonot allein sprechen, Höchstehrenwerte, und nicht hier vor...«

»Abgelehnt!«, blaffte sie. »Dein Schiff ist unrechtmäßig in unseren Hafen eingelaufen und hat unser Kriegsschiff beschädigt. Wir repräsentieren die Stadt und werden dich anhören.«

Da ich hinter meinen Freunden stand, konnte ich Kiggs' Miene nicht sehen, aber seine verkrampften Schultern verrieten, dass er verärgert war. »Schon gut, Maurizio«, sagte er.

Maurizio drehte sich im Kreis, als fürchtete er, jemanden zu beleidigen, wenn er ihm den Rücken zukehrte. Schließlich richtete er den Blick auf Kiggs, fuhr sich durchs wirre Haar und atmete tief aus.

»Nun gut. Also. Josef Apsig, Regent von Samsam, hat die Ritter und Dracomachisten von Fort Übersee angegriffen. Nur einige wenige Leute konnten mit dem Schiff entkommen: ich, Sir Cuthberte, Sir Joshua und ungefähr dreieinhalb Dracomachie-

Kampftrupps. Man hat uns bis hierher verfolgt, und es werden noch weitere Schiffe kommen, so viel ist sicher.«

»Josef Apsig hat gegen die Ritterschaft dreier Länder gekämpft und gewonnen?«, rief Kiggs.

»Eigentlich war es mehr eine Sache der Überredung, und überhaupt haben sich nur zwei Länder gegen ihn gestellt. Die Ritter aus Ninys hätten stärkeren Widerstand leisten können. Ich will ja nicht andeuten, dass sie Feiglinge sind, aber ...«, sagte Maurizio schulterzuckend und wollte genau das damit andeuten.

Kiggs rieb sich mit der Hand über den Bart, die andere Hand hatte er zu einer Faust geballt. Jetzt mischte sich auch Comonot ein. »Sind die Dracomachie-Trupps gut genug ausgebildet?«

»Das weiß man immer erst, wenn sie einem echten Drachen gegenüberstehen«, erwiderte Sir Maurizio. Er blinzelte und fuhr sich über die trockenen Lippen. »Ich nehme an, die meisten haben genug Mumm, um es mit so einem Schwefeldampfbläser aufzunehmen. Nichts für ungut, Ardmagar.«

»Schon in Ordnung«, sagte der alte Saar.

»Wie viele Trupps hat Samsam aufgestellt?«, fragte Kiggs rau.

Maurizios Adamsapfel hüpfte, so heftig musste er schlucken. »Fünfzehn, Prinz. Wenn die neuen Rekruten ausgebildet sind, werden es fast fünfundzwanzig sein.«

»Und was zum Teufel verspricht sich Josef davon, wenn er Goredds Verteidigung schwächt?«, rief Kiggs, der seinen Zorn nicht länger zurückhalten konnte.

Sir Maurizio zuckte die Schultern. »Vielleicht ist das gar nicht seine Absicht, Prinz. Was kann man denn mit einem Dracomachie-Trupp anfangen, außer Drachen zu bekämpfen? Cuthberte und ich sind überzeugt davon, dass Josef Samsam in den Krieg führen will, allerdings nur, um dann seine eigenen Ziele zu verfolgen. Wenn die Getreuen ...«

Er brach ab und ließ den Blick argwöhnisch über die versammelten Agogoi schweifen.

»Comonot hat seine Strategie bereits ausführlich vorgestellt«, sagte Präsidentin Melaye überraschend freundlich. »Und wir stehen hier alle unter Eid. Wir nehmen die Sache sehr ernst.«

Maurizio verzog das Gesicht. »Vielen Dank, Höchstehrenwerte. Wenn der Krieg nach Süden kommt, muss Goredd mit einer zweiten Front im Rücken rechnen.«

Ein Raunen ging durch die Reihen. Die Agogoi hielten sich die Fächer vor den Mund und tuschelten. Eine Matrone in einem blauen Seidengewand hob ihren Fächer. Melaye deutete mit dem Stab auf sie und erteilte ihr so das Wort.

»Alles ist viel schlimmer, als Ihr zugeben wolltet, Ardmagar!«, rief die Frau. »Wir haben keinen Streit mit Samsam. Unsere Politik besteht aus Nichteinmischung.«

»Am wichtigsten ist der Handel«, entgegnete Melaye. »Allerdings könnte sich die Nichteinmischung in diesem Drachenkrieg als schwerer Fehler erweisen.«

»Als Fehler für das Südland, meinst du wohl. Wir haben einen Vertrag mit den Drachen. Sie würden ihn nie brechen«, sagte ein weißbärtiger Mann.

»Darüber lässt sich streiten«, warf Comonot ein. Nachdenklich legte er die dicken Finger zusammen. »Die Alte Ard hat eine neue Weltanschauung, die außerordentlich menschenfeindlich ist. In ihren Augen sind meine Getreuen von Humanität verseucht. Vertrag hin oder her: Wenn alle anderen tot sind, werden sie ihren unheilvollen Blick auch auf euch richten.«

Die Präsidentin schlug ihren Stab auf den Boden. Alle Anwesenden blickten sie erwartungsvoll an.

»Es war nie die Rede davon, dass wir in einen Konflikt mit Samsam geraten könnten, Ardmagar«, sagte sie.

Comonot wollte schon protestieren, dass man diese Wendung

der Dinge ja nun wirklich nicht hatte voraussehen können, aber sie hob die Hand und hinderte ihn am Weiterreden. »Die Ritter und das Schiff müssen bis Sonnenuntergang fort sein, damit Samsam uns nicht vorwerfen kann, dass wir Flüchtige beherbergen. Diesen Vorwand für einen Krieg werden wir ihnen nicht liefern.«

Kiggs hob die Hand. Melaye deutete mit dem Stab auf ihn.

»Wir erbitten eine kurze Pause, um uns zu beraten«, sagte er.

»Gewährt«, sagte Melaye gnädig. Die Agogoi hielten die Fächer vors Gesicht und tuschelten mit ihren Nachbarn. Meine Freunde drehten sich um und schoben die Hocker näher zusammen. Ich kniete mich zu ihnen hin.

»Wenn die Ritter noch heute Nacht nach Goredd zurücksegeln, werde ich sie begleiten«, sagte Kiggs ruhig. »Ich werde jetzt zu Hause gebraucht.«

»Verstanden«, sagte der alte Saar.

»Da bin ich mir nicht so sicher«, erwiderte Kiggs. »Ich werde nämlich nicht weggehen, ohne dass die Verhandlungen zu einem Abschluss gekommen sind. Wir können keinen Feldzug durchführen, solange noch so viel Ungewissheit herrscht. Ihr müsst Euch auf einen Preis einigen. Ich muss wissen, ob Ihr durch das Omiga-Tal zieht oder nicht.«

Er und Comonot starrten einander schweigend an.

Eskar sagte: »Ardmagar, sei nicht so stur. Gib Porphyrien das, was es verlangt.«

»Es verlangt zu viel!«, zischte Comonot.

»Wie viel sind dir die Drachen wert?«, fragte Eskar. »Jeder Tag, der vergeht, erfordert weitere Opfer. Und mit jedem Tag gewinnt die Alte Ard mit ihrem verhängnisvollen Gedankengut mehr an Boden. Beuge dich wie eine Weide, Ardmagar. Wenn wir das nicht lernen, werden wir nicht überleben.«

Der Ardmagar wurde rot im Gesicht und kaute auf seinen

Lippen. Es hätte mich nicht gewundert, wenn Rauch aus seinen Ohren gequollen wäre, aber irgendwie schaffte er es, ruhig zu bleiben.

Die drei drehten ihre Hocker wieder um und Comonot wandte sich an Melaye. Er klang wie ein wütendes Fagott, als er mit seiner näselnden Stimme sagte: »Präsidentin, ich muss zur Kerama. Ich stimme dem letzten Vorschlag zu, obwohl er kaum vernünftiger war als der erste. Ich werde alle Saarantrai, die mich begleiten wollen, mitnehmen. Eure Stadt wird uns mit Vorräten versorgen und wir werden sobald wie möglich aufbrechen.«

Melayes Augen verengten sich. »Bei der Gefürchteten Notwendigkeit, Ihr habt mein Wort, Ardmagar, und ich habe Eures«, sagte sie gerissen. »Wir müssen unsere Vereinbarung natürlich schriftlich festhalten. Ich lasse den Vertrag sofort aufsetzen.« Sie deutete mit ihrem Stab auf eine Frau, die daraufhin zur Tür ging und den Wachen draußen Befehle erteilte.

Comonot verbeugte sich knapp und setzte sich wieder. »Sich wie eine Weide biegen«, flüsterte er Eskar aus dem Mundwinkel zu. »Das klingt so einfach.«

»Es war einfach«, erwiderte Eskar ungerührt.

»In der Tat. Ich habe mich gebeugt und alles verändert. Das wird weitreichende Folgen haben.«

Eine ganze Schar von Schreibern eilte in den Hof. Sie hatten tragbare Schreibpulte und Pergamentrollen dabei. Neugierig flüsterte ich in Comonots Ohr: »Was habt Ihr ihnen zugestanden, Ardmagar?«

Er sah mich finster an. »Die Porphyrer werden Zugang zu den Quigutl-Geräten erhalten – nicht nur um sie zu besitzen und zu benutzen, sondern auch, um damit Handel zu treiben.« Er schüttelte den Kopf. »Das Südland wird nie mehr so sein wie es war. Um mein Ziel zu erreichen, habe ich eure Welt mit einem Wimpernschlag verändert. So etwas lässt einen nicht unberührt.«

Kiggs stand auf. »Trotzdem danken wir Euch, Ardmagar.« Er klopfte dem alten Saar auf die breiten Schultern. »Wir gehen.«

Comonot sah uns beide an. »Ich werde Euch in Goredd wiedersehen und Euch über die rauchende Asche meiner Feinde hinweg die Hände reichen.«

»Wolltet Ihr mit Eurer heimlichen Reise durchs Omiga-Tal nicht genau das verhindern?«, fragte Kiggs.

Comonot überlegte. »Ja, aber es hat sich gut angehört. Wie sonderbar.«

Kiggs verbeugte sich. Der Ardmagar packte ihn am Kopf und küsste ihn auf die Wangen, dann wiederholte er die Prozedur bei mir, ehe er sich abwandte, um sich der Ausarbeitung des Vertrags zu widmen. Sechs Schreiber warteten darauf, dass man ihnen das Abkommen diktierte, damit sie gleichzeitig sechs Ausfertigungen erstellen konnten.

Wir holten Maurizio ab und verließen gemeinsam das Vasilikon. Kiggs kannte einen Weg nach draußen, bei dem man nicht noch einmal durch den großen Versammlungssaal gehen musste. Als wir die geschäftige Zokalaa betraten, hielt Maurizio sich schützend die Hand vor Augen und sagte: »Wir müssen von hier weg, sonst sitzen wir irgendwann in der Falle. Bei Sonnenuntergang könnte es schon zu spät sein. Wir laden Vorräte an Bord und brechen auf – vorausgesetzt, wir haben nicht ein großes Leck im Schiff. Aber an diese Möglichkeit will ich gar nicht erst denken.«

»Verstanden«, sagte Kiggs nervös. »Serafina und ich müssen nur noch unsere Sachen holen. Bis später.« Er klopfte Maurizio auf die Schulter. Der Ritter verbeugte sich und schlug den Weg zum Hafen ein.

Seufzend rieb Kiggs sich das Gesicht. »Bei Sankt Clare, ich

kann es nicht fassen, dass Eskar den Ardmagar überredet hat. Die Verhandlungen hätten Wochen dauern können. Allein hätte Comonot Melayes unermüdlichem Drängen garantiert nicht so schnell nachgegeben.« Er rang sich ein Lächeln ab. »Sollen wir zusammen gehen, um unsere Sachen zu holen, oder ist es besser, wenn wir uns am Hafen treffen? Letzteres geht schneller, ersteres ist schöner.«

Der Gedanke, der mir zuvor gekommen war (war es wirklich erst an diesem Morgen gewesen?), drängte sich unerbittlich in den Vordergrund, sodass ich ihn nicht mehr beiseiteschieben konnte.

»Ich weiß nicht, wie ich es dir beibringen soll«, sagte ich leise. »Aber ich kann nicht mit dir nach Goredd zurück.«

Kiggs' Augenbrauen schossen in die Höhe. »Was?« Er kniff ein paar Mal die Augen zu, als könnte er es nicht ertragen, mich anzuschauen. »Ich dachte, du hättest deinen Plan mit den porphyrischen Ityasaari längst aufgegeben. Außerdem... vermisst dich Selda. Und nicht nur Selda.« Er ergriff meine Hand und drückte meine Finger.

»Aber Onkel Orma ist...« Meine Stimme kippte. »Wenn ich Comonot und Eskar begleite, finde ich Orma vielleicht. Einen Versuch ist es wert.«

Auf Kiggs' Gesicht spiegelten sich seine Gefühle wie Licht auf dem Wasser, das durch die Oberfläche in die Tiefe scheint, vom Bekannten ins Unbekannte. Er schloss die Augen und legte seine Stirn gegen meine. Um uns herum ging das geschäftige Treiben auf der Zokalaa weiter und die Sonne wanderte immer noch am Himmel entlang.

»Du hast recht«, sagte er schließlich. »Du musst das tun, was du für richtig hältst, und ich muss nach Hause gehen und Selda beistehen. Das Leben reißt uns immer wieder auseinander.«

»Es tut mir leid...«, fing ich an.

»Entschuldige dich nicht dafür, dass du deinen Onkel liebst.« Kiggs löste sich von mir und strich mit dem Daumen über meine Wange. »Ich bin ja noch nicht weg. Begleite mich ins Haus Malou.«

⁂

Die herzlose Brise tanzte munter zwischen uns, während wir schweigend den Hügel erklommen. Der Türsteher erkannte den Prinz und ließ uns hinein. Unsere Schritte hallten in den leeren Korridoren. Kiggs hatte seine Sachen noch gar nicht richtig ausgepackt, daher dauerte es nur eine Minute, bis er alles beisammen hatte. Ich half ihm, seine Reisetruhe ins Atrium zu tragen, wo er einen Küchenjungen bezahlte, damit er sie zum Schiff brachte.

Wir verharrten einen Moment auf der Straße, die in der Mittagshitze menschenleer war. Ich wappnete mich innerlich für den bevorstehenden Abschied, als Kiggs plötzlich so tief betrübt, dass es schon fast wieder komisch war, sagte: »Ich hätte gerne einmal das Bibliagathon gesehen.«

In der Nähe war ein öffentlicher Garten, von dem aus man einen Blick auf die Bibliothek werfen konnte. Kurz entschlossen führte ich Kiggs in der brütenden Hitze durch die Straßen und dann einen etwas verwilderten Kiesweg hinauf bis zum Rand des Gartens, wo das Gebüsch spärlicher stand und man auf das Bibliagathon hinabschauen konnte, dessen Kuppel in der Mittagssonne glänzte und dessen Innenhöfe im kühlen blauen Schatten lagen.

»Es ist so groß wie eine Kathedrale«, seufzte der Prinz. »Ich muss unbedingt wieder hierher zurückkehren, vielleicht kommen wir sogar gemeinsam.« Er ließ seine Finger sanft über meine Hand gleiten.

»Orma und ich haben immer davon geträumt«, sage ich leise. »Wenn ich Orma wiedersehe, ist er vielleicht nicht mehr der Orma, der er war.«

Kiggs hielt meine Hand fest. »Das betrifft nicht nur Orma, sondern alle anderen um dich herum auch«, sagte er ruhig. »Jannoula hat den Geist deiner Freunde verändert. Es muss dir vorkommen, als wäre die ganze Welt auf Sand gebaut.«

»Versprich mir, dass du nicht auf sie hörst oder sie in die Stadt hineinlässt«, flehte ich ihn an. »Halte sie fern von Goredd.«

»Natürlich.« Er nahm meine Hand zwischen seine. »Ich weiß, dass ich jetzt auch für Selda spreche, wenn ich dir sage, dass du zwei treue Freunde hast. Und diese Freunde werden ein wachsames Auge auf Jannoula haben. Ich hoffe, das tröstet dich, so wie auch ich getröstet bin.«

Ich sah ihn fragend an. Er beugte sich zu mir und sagte lächelnd: »Ich bin getröstet, weil ich dich wiedergefunden habe. Wie unerbittlich die Welt uns auch auseinanderreißen mag, wie lang wir voneinander getrennt sein mögen und wie sehr uns das Leben durchrütteln mag – zwischen uns ändert sich nichts. Du warst mir vertraut, du bist mir vertraut, und du wirst mir vertraut sein, wenn du wiederkommst.«

Das waren seine Abschiedsworte. Ich ertrug es nicht, ihn davonsegeln zu sehen. Auch als ich längst schon bei Naia war, konnte ich die Leere im Hafen geradezu spüren.

Dreiundzwanzig

Bis Comonot und die Exilanten für den Aufbruch gerüstet waren, würde es vermutlich etwa eine Woche dauern. Noch am selben Abend sandte ich dem Ardmagar eine Nachricht und teilte ihm mit, dass ich ihn nach Tanamoot begleiten würde. Innerhalb einer Stunde erhielt ich eine Antwort, allerdings von Eskar, die mich zu einem Treffen im Vasilikon am nächsten Tag einlud, um den Ablauf und den Zeitplan des Drachenauszugs zu besprechen.

Aber mitten in der Nacht, während ganz Porphyrien schlief, näherte sich unbemerkt eine samsamesische Armada und bezog vor der Hafenausfahrt Position. Als der Morgen dämmerte, bildeten fünfundzwanzig Schiffe eine Barrikade zwischen dem Festland und der Insel Laika. Um eine armselige Schiffsladung von Rittern zu verfolgen, war eine solche Kriegsmacht wahrhaftig nicht nötig. Der samsamesische Admiral kam an Land und zog sich mit der Versammlung in das Vasilikon zurück.

Unser Treffen wurde auf den darauffolgenden Tag verschoben. Ich verbrachte die unerwartete freie Zeit in der Gesellschaft von Abdos Cousins. Gemeinsam beobachteten wir von der Kaimauer aus die Flotte.

Als ich am nächsten Morgen über die Zokalaa ging, sah ich den Herold auf den Stufen stehen. Ich schlängelte mich durch die wartende Menge nach vorn und hörte ihn sagen: »Die Samsamesen verlangen die Herausgabe ihrer Landsleute und des beschädigten Schiffs. Mutter Porphyrien kommt freudig ihrem Wunsch nach. Sie fordern auch die Ritter aus Goredd, aber Mutter Porphyrien beherbergt diese nicht. Jetzt wollen sie unsere Ityasaari.«

Das ließ mich aufhorchen. Ich kannte jemanden in Samsam, der großes Interesse daran hatte, die Ityasaari zu sich zu holen. Ich reckte den Hals, um an den aufgetürmten Locken einiger Damen vorbeizusehen.

»Mutter Porphyrien verweigert dies«, rief der Herold unter dem Jubel seiner Zuhörer. »Bürger, wir haben nur Verachtung übrig für diese lächerliche samsamesische Blockade. Unsere Kriegsflotte könnte die Gegner für ihre Anmaßung bestrafen, aber wir sehen davon ab. Die Versammlung fordert die Bürgerschaft auf, in diesen unruhigen Zeiten Freundlichkeit und Geduld zu bewahren. Die Versorgung aus dem Omiga-Tal wird nicht unterbrochen. Die Fischer, die während der Blockade am Ausfahren gehindert sind, erhalten eine Entschädigung.«

Die Blockade würde Comonots Abreise erschweren. Es war geplant, dass die Exilanten ihre natürliche Gestalt annahmen und zu den Wasserfällen des Omiga flogen, aber zweihundert Drachen können sich nicht unbemerkt aus dem Staub machen. Bestimmt würde man Josef davon in Kenntnis setzen, und wer weiß, was er mit diesem Wissen anfangen würde.

Als ich das Amtszimmer von Präsidentin Melaye betrat, waren Eskar, Comonot, Ikat und andere Führer der Saarantrai bereits da, die Besprechung hatte allerdings noch nicht angefangen. Ich zog Comonot beiseite und teilte ihm leise meine Befürchtungen mit. Er gab jedoch nicht viel darauf.

»Wieso sollte dieser neue Regent der Alten Ard von unseren Plänen berichten?«, fragte er. »Was hätte er davon, diesen Drachen zu helfen?«

»Es dürfte ihm nicht so sehr darum gehen, ihnen zu helfen,

sondern vielmehr darum, Euch zu schwächen«, erwiderte ich. »Wenn die Drachen sich gegenseitig bekämpfen, bleibt das Leben seiner Samsamesen verschont. Selbst jemand wie Josef kann sich dieser Logik nicht verschließen.«

»Hass ist niemals logisch«, sagte Comonot hochtrabend. »Dieser Mann will die Drachen nicht in die Berge zurückdrängen. Er will gegen sie kämpfen.«

Präsidentin Melaye hatte zugehört. »Wenn der Regent erfährt, dass Porphyrien freundschaftlich mit den Drachen verbunden ist, könnte er das als Vorwand nehmen, um uns anzugreifen.«

»Wir fliegen bei Nacht«, sagte Comonot schulterzuckend. »Ich mache mir darüber keine Sorgen.«

Dafür sorgte ich mich doppelt.

Es war nicht nur die Blockade, die mir Kopfzerbrechen bereitete, sondern auch Abdo, dessen Zustand sich einfach nicht besserte. Ich wollte ihn ungern verlassen, ohne zu wissen, wie es mit ihm weiterging. Aber selbst wenn ich hierbliebe, könnte ich nichts für ihn tun – und auch sonst niemand.

Am siebten Morgen der Blockade brachte ein Bote in aller Frühe eine Nachricht von Comonot, dass wir nach Sonnenuntergang aufbrechen würden. Ich reichte den Brief an Naia weiter, die an ihrem Schreibtisch saß. Sie rückte ihre Brille zurecht und begann zu lesen.

Plötzlich wurde der Vorhang der Schlafnische zurückgezogen. Abdo taumelte schwer atmend ins Zimmer, als wäre er gerade die Treppen hochgerannt. Naia eilte zu ihm. Ich zögerte, aber als ich sah, wie er seine Tante anlächelte, wusste ich, dass Abdo er selbst war.

Wie geht es dir?, fragte ich ihn.

Abdo befreite sich aus Naias Umarmung und blieb unsicher stehen. *Sie hat mich in meine eigene Falle tappen lassen. Ich konnte weder einschlafen noch aufwachen, ohne dass sie es so wollte. Plötzlich war sie einfach weg. Ich weiß auch nicht, warum.*

Er schüttelte den Kopf, als könnte er es selbst kaum glauben. *Sie hat mich immer noch am Haken und sie kommt sicher wieder zurück. Könnt ihr mich zu Pende bringen, bevor sie wieder auftaucht?*

Ich erklärte Naia in knappen Worten, worum es ging. Einen Moment später waren wir schon zur Tür hinaus. Naia nahm Abdo auf den Rücken und wir eilten über die Zokalaa zum Chakhon-Tempel.

Auf den Tempelstufen wollte Abdo, dass Naia ihn absetzte. Er sprach mit ihr in Zeichensprache, so gut es mit seiner verletzten Hand ging, aber sie verstand ihn. Naia nickte unter Tränen und küsste seine Wangen. »Geh«, sagte sie. »Ich warte hier auf dich.«

Ich zögerte, unsicher, ob ich ebenfalls draußen bleiben sollte, aber Abdo nahm mich an der Hand und zog mich mit sich. Wir gingen an den Seilen der lärmenden Glocken und an der großen Chakhon-Statue vorbei, vollzogen die Reinigung und aßen von dem Laib (ich wagte es, denn ich betete genauso inbrünstig wie jeder andere hier im Tempel). Abdo wollte gerade über den Hof gehen, als eine Priesterin mit geschlossenen Augen unseren Weg kreuzte. Bei ihrem Anblick erstarrte der Junge. Obwohl sie uns gar nicht sehen konnte, kam sie in unsere Richtung, als würde der Gott höchstpersönlich ihre Schritte lenken.

Ist das deine Mutter?, fragte ich ihn, aber er sah mich nur wehmütig an.

Als wir den Heckengarten betraten, saß Pende im Schneidersitz auf seiner Bank. Camba kniete vor ihm. Verärgert über die Störung wandte sie sich zu uns um. Als ihr Blick auf Abdo fiel, wurden ihre Gesichtszüge sanft. »Bei den Zwillingen«, sagte sie und stand auf, um ihm die Hand zu reichen. »Wie schön, dass es dir wieder besser geht.«

Selbst Paulos Pende schaffte es nicht, Strenge zu zeigen. Seine Mundwinkel zuckten mit dem Anflug eines Lächelns. Nur Abdo hielt den Blick gesenkt.

»Du bist also wieder da.« Gedankenverloren strich Pende über seinen Kehllappen. In seiner Stimme schwang Traurigkeit mit. »Du hast sie aus deinem Kopf verdrängt, das war bestimmt nicht leicht.«

Er kaute mit seinen falschen Zähnen auf der Lippe und lauschte, während Abdo ihm eine stumme Antwort gab. »Andere von ihrem Haken zu nehmen, ist nicht so schwer«, sagte Pende schließlich. »Sich selbst vom Haken zu befreien, hat meines Wissens noch keiner geschafft. Wenn man durch Meditation den eigenen Geist in Wasser verwandeln könnte, würde der Haken seinen Halt verlieren und herunterfallen. Aber ich glaube, das hat noch nie jemand versucht.«

Pende wandte sich an Camba. »Sag mir, was du siehst.«

»Ich sehe den leeren Haken.« Camba betrachtete Abdos Kopf, als wäre er eine himmlische Landkarte. »Der Schimmer ist ganz schwach, wie bei einer verlöschenden Kerze. Sie ist nicht da.«

»In der Tat«, sagte der alte Priester. »Dem Gott des wechselnden Geschicks sei Dank. Mehr als ein hauchdünner Faden ist nicht mehr da. Ich denke, du könntest ihn kappen, Camba. So eine Gelegenheit hattest du noch nie.«

In Cambas Gesicht wechselten sich Dankbarkeit und Zweifel ab. Ihre Augen wurden schmal, als sie Abdos Haarknoten nach etwas ganz Bestimmtem absuchte. Unsicher geworden sah sie mich an, und ich fragte mich, ob wir den gleichen Gedanken hatten. Abdo hatte seit Wochen gegen Jannoula angekämpft.

War es wirklich denkbar, dass es nur noch ein hauchdünnes Band zwischen ihnen gab?

»Vater«, sagte Camba mit gedämpfter Stimme. »Ich fürchte, die Sache ist komplizierter, als sie aussieht. Könnte es sein, dass Jannoula eine Falle...«

»Bei Chakons Knien!«, rief Pende in einem Anfall von Wut, wie ich ihn schon einmal bei ihm erlebt hatte. »Das ist der Grund, warum ich Abdo ausbilden wollte und nicht dich. Er würde nicht zaudern, nicht zögern, nicht hin und her überlegen. Er würde sofort wissen, was zu tun ist, und mutig an die Sache herangehen...«

Der alte Priester fuchtelte ungeduldig mit den Händen. Camba presste die Lippen zusammen und blickte beschämt zu Boden.

»Tritt näher!«, fordert Pende den Jungen auf, und Abdo kniete sich hin. Der Priester legte eine Hand auf Abdos Stirn und die andere in seinen Nacken, so wie er es auch bei Ingar getan hatte. Dann spreizte er langsam die Finger und zog Jannoula aus Abdos Kopf. Wieder sah ich nur Pendes knochige Hände, die etwas zu zerdrücken schienen. Ich wappnete mich gegen den lauten Knall, der jetzt folgen würde.

Aber der Knall kam nicht.

Pende ließ kraftlos die Arme sinken und blickte ins Leere. Camba und ich sahen uns entgeistert an. Der Priester miaute kläglich wie ein Kätzchen, dann fing er an zu krampfen und sank zu Boden.

Camba ließ sich neben ihm auf die Knie fallen. Ich half ihr, den Priester auf die Seite zu rollen, damit er nicht erstickte. Ich versuchte Pendes Beine zu strecken, aber er schlug und trat um sich. Abdo saß wie versteinert da.

Der Anfall schien kein Ende nehmen zu wollen. Aber was auch immer den Gedankensturm ausgelöst hatte, erlosch schließlich. Pende lag reglos da, aber er atmete noch.

»Was ist passiert?«, fragte ich zittrig.

Camba schüttelte den Kopf. Eine Locke hatte sich gelöst und war ihr über die Augen gefallen. »Nein. Unmöglich. Nicht Pende«, murmelte sie vor sich hin.

Es ist meine Schuld, sagte Abdo. Ich sah ihn argwöhnisch an. Er war ganz grau im Gesicht.

»Er hat dich von Jannoula befreit, und was ist dann passiert?«, fragte ich.

Abdo ließ den Kopf auf die Brust sinken, als wäre er zu schwer für ihn.

Er hat es nicht richtig geschafft. Sie hat ihn ausgetrickst. Sie ist immer noch da.

»Oh, Abdo«, flüsterte ich.

Aber der Junge war noch nicht fertig. Er deutete mit zitterndem Finger auf Pende. *Und ihn hat sie auch. Sie hat uns alle reingelegt.*

Zwei Novizen halfen Camba, den Priester in seine Zelle zu bringen. Sie legten ihn auf sein niedriges Bett. Ich folgte ihnen. Man sandte nach einem Arzt, und es kam Ikat persönlich, die Sprecherin des Exilantenrats und Mutter von Brisi. Sie fühlte Pendes Puls, hob seine Augenlider und tastete seinen Kehllappen ab.

»Seine Pupillen passen sich nicht dem Licht an. Für jemanden in seinem Alter ist ein Schlaganfall am wahrscheinlichsten, aber das wissen wir erst, wenn er aufwacht. Für den Fall, dass er Schmerzen hat, habe ich ein linderndes Puder für ihn«, sagte Ikat. Die Ruhe, die sie ausstrahlte, war für alle ein wahrer Segen. Während sie einem Novizen noch die Handhabung der Arznei erklärte, führte Camba mich hinaus und schloss die Tür.

»Wir sind in einer fürchterlichen Lage«, flüsterte sie und verschränkte die Arme. Ein anderer Priester eilte an uns vorbei in die Zelle. Camba wartete, bis er die Tür geschlossen hatte, bevor sie weitersprach. »Wenn Jannoula Pendes Geist vollständig in Besitz nimmt, kann sie seine Kräfte für ihre Zwecke einsetzen. Dann ist niemand mehr vor ihr sicher.«

»Sie hatte große Mühe, Abdo zu überwältigen«, sagte ich leise. »Meinst du wirklich, sie kann Pende einfach ihren Willen aufzwingen?«

»Schwer zu sagen«, erwiderte Camba. »Wir wehren uns alle auf unterschiedliche Art. Pende konnte sie bisher gut von sich fernhalten, aber was kann er jetzt noch gegen sie ausrichten, nachdem sie seine Schutzmauer durchbrochen hat? Er ist so alt. Du hast ja gesehen, dass er schon sein eigenes Temperament kaum zügeln kann.«

»Er hat dich gelehrt, Jannoula auszutreiben. Kannst du ihm denn nicht helfen?«

»Ich weiß es nicht!«, rief Camba, den Tränen nahe. »Du hast ja gehört, dass ich zu zaghaft bin. Und überhaupt, du könntest es, wenn du nur wolltest.«

»W... was?«

»Pende meint, dass du ein natürliches Talent dafür hast. Aber du hast deine Kräfte gebunden und musst sie erst freisetzen.«

Mir wurde ganz heiß. »Du denkst, ich könnte alle befreien und *will* es nur nicht?«

Camba schüttelte entnervt den Kopf. Ihre goldenen Ohrringe klimperten unharmonisch. »Natürlich nicht. Aber wenn du deine Kräfte gebunden hast, kannst du sie auch wieder lösen.«

In diesem Moment wurde mir klar, dass ich mir genau das wünschte. Ich hatte mein eigenes Gedankenfeuer in einem Garten verschlossen, der rasend schnell schrumpfte. Mit jedem neuen Besuch wurde es schlimmer. Leider hatte ich keine Ahnung, wie ich meinen Garten niederreißen konnte.

Ich atmete langsam aus und beschloss, nach jedem Strohhalm zu greifen. »Mein Onkel Orma hat mir beigebracht, wie ich meinen Geist verschließen kann. Ich reise heute noch ab, um mich auf die Suche nach ihm zu machen. Vielleicht kann er mir weiterhelfen.« Vorausgesetzt, Orma wusste noch, wer ich war, bei den Hunden aller Heiligen! »Ich werde alles versuchen«, versprach ich. »Ich werde herausfinden, wie ich mich selbst befreien kann.«

Ich gab mich zuversichtlicher, als ich tatsächlich war. Dabei wusste ich nicht einmal, wo ich beginnen sollte.

Camba nickte. »Du musst dich beeilen. Pende hat uns Meditationen und einige Kniffe beigebracht, wie wir uns Jannoula vom Leib halten können. Ich kann mich schützend vor die anderen stellen – vielleicht kann ich ja sogar ein paar von ihnen befreien –, aber ich weiß nicht, wie lange wir durchhalten, besonders jetzt, da Jannoula über Pendes gesamtes Wissen verfügt. Ich fürchte, sie ist jetzt gefährlicher als jemals zuvor.«

Bedrückt folgte ich Camba in den Tempel. Abdo stand mit verschränkten Armen vor der Statue des Großen Chakhon. Als er uns kommen hörte, drehte er sich um und sah uns entschlossen an.

Ich habe das verschuldet, sagte er. *Ich werde es auch wieder in Ordnung bringen.*

Ich wusste genau, wie er sich fühlte.

Naia holte Abdo zu sich nach Hause. Ich blieb zurück, um mit Camba zu sprechen, aber es gab nicht viel zu sagen. Sie versprach, Ingar von mir zu grüßen. Dann verschwand die große, in safrangelbe Seide gekleidete Gestalt zwischen den vielen Menschen auf der Zokalaa.

Schweren Herzens schlug ich den Weg zum Hafen ein. Ich musste meine Sachen holen und mich mit Comonot und den Exilanten bei Sonnenuntergang in Metasaari treffen. Als ich am Vasilikon vorbeikam, bemerkte ich, dass auf den Stufen etwas vor sich ging. Ich verlangsamte meinen Schritt, um zu sehen, was los war.

Zwischen den Menschen entdeckte ich ein bekanntes Gesicht: Brisi, Ikats Tochter. Vier weitere junge Leute, wahrscheinlich ebenfalls Kinder von Exilanten, standen bei dem dünnen Mädchen im Schatten der Pronaia.

Brisi fuchtelte dramatisch und rief: »Bürger von Porphyrien, ich habe euch etwas zu sagen!«

Immer mehr Leute blieben stehen. Ich ging näher heran. Es schienen keine anderen Saar hier zu sein. Waren die Jungdrachen tatsächlich auf eigene Faust hier?

Brisi trug einen Umhang, der mit einer Schärpe zugebunden war. So etwas hatten Porphyrer an, wenn sie ins öffentliche Bad gingen. Brisis Gefährten machten Anstalten, ihre Tuniken und Hosen auszuziehen. Alle Leute sahen zu, aber niemand unternahm etwas dagegen.

»Meine porphyrische Familie, ihr sollt erfahren, was gerade passiert. Während wir hier sprechen, planen die Anführer der großen Häuser, die Exilanten zurück nach Tanamoot zu schicken. Manche von uns leben hier schon seit dreihundert Jahren. Wir sind eure Freunde und Nachbarn, wir arbeiten gemeinsam mit euch und machen zusammen Geschäfte. Wir sind ein wertvoller Teil dieser Stadt und wir haben uns unseren Platz hart erarbeitet. Lasst es nicht zu, dass sie uns wegschicken!«

Ein Raunen ging durch die Reihen. Es war schwer zu sagen, ob die Leute Brisi Glauben schenkten oder nicht. Spätestens morgen früh würden alle merken, dass die meisten Exilanten weg waren.

»Außerdem«, fuhr Brisi fort, »befinden wir uns in einem Konflikt mit den Samsamesen. Ihr seht ja, dass sie unseren Hafen blockiert haben. Wollen wir das wirklich hinnehmen?«

Das Murmeln nahm einen anderen Tonfall an, allerdings nicht so, wie ich es von Goredd kannte. Dort wären die Menschen sofort außer sich gewesen bei der Vorstellung, dass die Samsamesen sich so etwas erlauben konnten. Die Porphyrer waren zurückhaltender.

»Die Versammlung hat beschlossen, vorerst abzuwarten«, rief jemand.

»Wenn es zum Ernstfall kommt, ist unsere Kriegsflotte ihnen weit überlegen«, rief ein anderer. Die Umstehenden nickten zustimmend.

»Unsere Kriegsflotte«, höhnte Brisi. Ihr Spott kam nicht gut an, denn die ersten wandten sich bereits ab. »Natürlich werden sie mit den Samsamesen fertig«, fügte sie rasch hinzu. »Aber warum sollten sie? Warum sollte irgendeiner von unseren Männern sterben, wo wir doch Drachen zur Verfügung haben? Direkt vor eurer Nase habt ihr eine Arde, also warum nützt ihr sie nicht?«

Stille trat ein. Ich konnte nicht glauben, dass das wirklich ihr Ernst war. Brisi zog den Umhang aus und warf ihn beiseite. Alle hielten den Atem an. Das Drachenmädchen war so groß wie eine Erwachsene, hatte aber immer noch den Körper eines Kindes. Brisi warf den Kopf in den Nacken und fing an, sich zu verwandeln. Ihr Hals wurde länger, die glatte Haut raute sich auf, Flügel entfalteten sich und Muskeln spannten sich. Die anderen Jungdrachen folgten ihrem Beispiel und entpuppten sich wie Motten. Ein schwefliger Windstoß fegte über die Menge hinweg, aber die Porphyrer ergriffen nicht die Flucht.

»Verwandelt euch sofort wieder in eure Saarantrai!«, rief ein

Mann in Sanftmaul-Mootya aus den hinteren Reihen. Saar Lalo bahnte sich einen Weg nach vorn. »Was habt ihr euch nur dabei gedacht?«

Ich hatte noch nie so junge Drachen in ihrer natürlichen Gestalt gesehen. Sie waren feingliedrig, fast wie Vögel. In seiner menschlichen Gestalt reichte Lalo Brisi fast bis zu den Schultern, und sie war von allen die älteste und größte. Brisi senkte den Kopf und sah Lalo in die Augen. »Das ist unsere Stadt!«, kreischte sie. »Wir werden nicht weggehen. Wir wollen unseren Leuten helfen!«

»Eure *Leute*«, rief Lalo, »wollen, dass ihr euch sofort zurückverwandelt.«

»Nein, denn wir gehören zu ihnen!« Brisi streckte versuchshalber die Flügel aus.

Die Leute stoben auseinander, als die fünf jungen Drachen vorwärtssprangen und ungeschickt mit ihren Flügeln schlugen. Sie brauchten mehrere Anläufe, bis sie es schafften, sich in die Luft zu erheben. Sie taumelten und stießen gegeneinander wie aufgescheuchte Hummeln, einer von ihnen schrammte mit dem Flügel sogar über das Dach des Lakhis-Tempel. Aber es dauerte nicht lange, bis sie ein Gespür dafür bekommen hatten, und wenig später flogen sie zum Hafen, umkreisten einen Leuchtturm und wurden dabei immer schneller.

Lalo starrte ihnen mit offenem Mund hinterher. Einige Mitglieder der Versammlung kamen aus dem Vasilikon gerannt. Sie hasteten an Lalo vorbei und fuchtelten mit den Armen, als könnten sie von hier aus den jungen Drachen Einhalt gebieten.

Die Drachen änderten tatsächlich die Richtung. Im Sturzflug schossen sie auf die samsamesischen Schiffe herab und setzten sie in Brand.

Keines der Schiffe kam ungeschoren davon. Alle Drachen außer Brisi flogen zu den sogenannten Schwestern, den zwei Gipfeln im Norden der Stadt, wo Camba einst ihre Kisten in die Tiefe geworfen hatte. Sie behielten ihre natürliche Gestalt bei, und es war unklar, ob sie die Stadt bedrohen oder verteidigen wollten.

Brisi kehrte währenddessen auf den Platz zurück. Sie flatterte wie ein ungeschickter Kolibri, landete aber, ohne irgendjemanden zu verletzen. Die Menge hatte sich inzwischen aufgelöst. Nur die Mitglieder der Versammlung hielten sich noch in der Pronaia auf. In ihren Gesichtern las ich teils Zorn, teils Entsetzen. Brisi streckte den Hals und spreizte die Flügel, als könnte sie die Agogoi mit dieser Pose beindrucken.

»Jungdrache«, rief eine herrische Stimme auf Mootya. »Was hast du getan?«

Ardmagar Comonot kam auf uns zu. Er strahlte große Gelassenheit aus. Ruhig hielt er Brisi die Hand hin wie einem verängstigten Pferd, und damit alle es verstanden, wiederholte er auf Porphyrisch: »Was hast du getan?«

»Ich habe gebrannt!«, rief Brisi flügelschlagend.

»Aber jetzt brennst du nicht«, sagte Comonot, der ihre Worte ganz anders verstand als ich. »Und was sagt dir dein Verstand jetzt?«

Brisi schloss verwirrt ihr Augenlid. »Jetzt… jetzt fühle ich es nicht mehr.«

»In der Tat. Und deshalb wirst du dich wieder verwandeln«, sagte der Ardmagar. »Und deine Komplizen auch.«

Statt einer Antwort faltete Brisi ihre Flügel. Ihre Hörner und Fänge zogen sich zusammen, bis sie sich in ihre menschliche Gestalt zurückgeschrumpft hatte. Comonot reichte ihr die Kleider und sie zog sich schnell an. »Ich dachte…«, murmelte sie mit hochrotem Gesicht.

»Du hast nicht gedacht, sondern gefühlt«, verbesserte Comonot sie freundlich. »Und zwar sehr stark, wie mir scheint.«

Auch jetzt waren ihre Gefühle stark, denn sie zitterte so sehr, dass sie kaum ihren Umhang anziehen konnte. »Die anderen haben nur das getan, was ich gesagt habe, Ardmagar. Die Schuld liegt allein bei mir.«

»Das habe nicht ich zu entscheiden«, sagte Comonot. »Die Versammlung muss deine Taten beurteilen.«

»Die Versammlung wird in dieser Sache nicht lange beratschlagen müssen«, sagte Präsidentin Melaye, die bisher bei den Agogoi gestanden hatte und sich nun aus der Gruppe löste. Ihr Seidengewand bauschte sich auf, als sie die Stufen des Vasilikon hinaufstieg. Sie sah aus wie ein Rachegeist.

»Mit deinem unüberlegten Tun hast du einen Krieg mit Samsam angezettelt. Eine solche Tat verstößt gegen die Interessen des Landes und ist gleichbedeutend mit Hochverrat. Und Hochverrat ist das einzige Verbrechen, auf das bei uns die Todesstrafe steht.«

»Ihr könnt sie nicht hinrichten. Sie ist noch ein Kind!«, hallte eine heisere Stimme über die Zokalaa. Von der anderen Seite des Platzes kam Ikat herbeigeeilt, die vor Kurzem noch bei Pende gewesen war. Jetzt half ihr Saar Lalo, sich einen Weg durch die Menge zu bahnen. An der Treppe nahm sie ihre fehlgeleitete Tochter in den Arm und schimpfte. »Ich hätte dich beißen sollen. Vielleicht tue ich es noch!«

Comonot beobachtete die Zurschaustellung mütterlicher Wut und Zuneigung mit Verwunderung, aber Präsidentin Melaye schüttelte den Kopf und sagte: »Dieses ›Kind‹ ist fast sechzig Jahre alt.«

»Ich weiß, das muss euch seltsam vorkommen.« Ikat strich ihrer Tochter übers Haar, die an ihrer Schulter zu weinen angefangen hatte. »Und genauso seltsam ist es für mich, dass sie diese Stadt so liebt. Die Samsamesen anzugreifen, mag Hochverrat gewesen sein, aber sie hat es für euch getan.«

»Ich werde meine Strafe auf mich nehmen!« Brisi schob ihre Mutter beiseite. »Ich würde eher sterben, als nach Tanamoot zu gehen und nur mit meinem kalten, schrecklichen Drachenverstand zu leben.«

Präsidentin Melaye verzog das Gesicht, aber in ihren Augen sah ich auch einen Funken Mitleid. »Colibris, Tochter von Ikat, du und deine Komplizen seid mit sofortiger Wirkung aus Porphyrien verbannt. Geht, wohin ihr wollt, nur lasst euch niemals mehr hier blicken.« Nach diesem Urteilsspruch drehte sie den Saarantrai den Rücken zu und ging, gefolgt von den anderen Agogoi, zurück ins Vasilikon.

Brisi brach unter Tränen zusammen. Der Ardmagar ging sofort zu ihr. Zusammen mit Ikat und Lalo zog er sie auf die Füße und führte sie nach Metasaari zurück. Als Comonot mich entdeckte, rief er: »Der Sonnenuntergang kann gar nicht früh genug kommen.«

Ich winkte einen Gruß und eilte zum Hafenviertel, um meine Sachen zu holen.

Vierundzwanzig

In Naias Wohnung fand ich Abdo vor, der gerade eine dunkle Pflaume aß und in einem Buch las. Als er mich sah, sprang er auf, um mich zu begrüßen. Er sah so glücklich aus, dass sich mein Herz schmerzhaft zusammenzog.

»Du scheinst wieder mehr du selbst zu sein«, sagte ich gerührt.

Er lächelte kläglich. *Ich nehme an, Jannoula wird noch eine Weile mit Paulos Pende beschäftigt sein. Er wird sich nicht so einfach geschlagen geben.*

»Was liest du da?«, fragte ich.

Abdo zuckte die Schultern und schob sich das letzte Pflaumenstück in den Mund.

Ein altes Buch über Meditation von Mollox mit dem Titel Die Leere verstehen. *Ich habe es seit Jahren nicht mehr aufgeschlagen, aber eine Bemerkung von Pende hat mich zum Nachdenken gebracht. Ich weiß nicht. Ich will keine falschen Hoffnungen wecken.*

»Er hat gesagt, man könnte den eigenen Geist zu Wasser werden lassen«, erinnerte ich mich. »Was hat er damit gemeint?«

Abdo zuckte wieder mit den Schultern und spuckte den Pflaumenkern in seine Hand.

Du gehst also tatsächlich weg?, fragte er.

Ich seufzte. »Nimm es mir nicht übel, wenn ich dir nicht viel dazu sagen kann.«

Nein, das verstehe ich. Es ist nur…

Abdo blinzelte und auch meine Augen brannten plötzlich. Er

schlang seine dünnen Arme um meine Hüfte. Sein Kopf reichte mir bis zur Brust. Ich beugte mich zu ihm und küsste sein Haar.

»Ich finde einen Weg, wie ich euch allen helfen kann«, sagte ich leise.

Er ließ mich los und grinste schelmisch. *Nicht, wenn ich ihn vor dir finde.*

Es war eine Ewigkeit her, dass ich dieses Lächeln gesehen hatte. Dieses reine, überschäumende Lächeln des Glücks. Der Anblick schnitt mir ins Herz.

Meine Kleidung passte nicht in meine Tasche. Ich ließ das, was ich in Porphyrien gekauft hatte, bei Naia, damit sie es nach Goredd schickte, und zog wieder meine Reithosen und ein Wams an. Die Kleider waren zu warm für einen porphyrischen Nachmittag, aber ich hatte gehört, dass es im Himmel kalt war.

Abdos Familie tauchte zum Abendessen auf und ich erhielt zweiundsiebzig Abschiedsküsse. Meine Wangen glänzten und meine Augen schimmerten feucht, als ich später den Hügel von Metasaari hinaufstieg.

Im Drachenviertel herrschte rege Geschäftigkeit. Die Exilanten hatten die Woche mit Vorbereitungen verbracht und waren jetzt bereit zum Aufbruch. Wie versprochen hatte die Versammlung sie mit allem Notwendigen versorgt, nur die verderblichen Lebensmittel waren erst kurz vor Schluss herbeigeschafft worden. Die vielen Karren verstopften die Straße.

Es waren auch Menschen da. Nachbarn, Handelspartner und langjährige Freunde brachten Gerstenbrot, Decken, Andenken und kleine Geschenke. Die Menschen und Saarantrai küssten einander auf die Wangen und versprachen sich, in Verbindung zu bleiben.

Ich lächelte wehmütig. Würden wir in Goredd so etwas je erleben?

Als die Sonne hinter dem Horizont verschwand, zogen die Saarantrai zu den öffentlichen Gärten von Metasaari, wo sich immer jeweils sechs von ihnen in herrliche Drachen verwandelten und mit ausgestreckten Flügeln warteten, bis sie flugfähig waren. Mehr als sechs ausgewachsene Drachen hatten dort keinen Platz. Bis alle zweihundert sich verwandelt hatten, würde es Stunden dauern. Die Saarantrai richteten Vorratsbündel her, die sie später in ihren Klauen tragen würden. Die einstigen Nachbarn warteten abseits und bestaunten die Hörner und Fänge dieser staunenswerten Geschöpfe.

Dann stieg der erste Drache in den Himmel. Er bewegte seine mächtigen Flügel. Ein heißer Schwefelstoß schlug uns entgegen. Zuerst flog er Richtung Meer, dann stieg er höher und ließ sich von den Luftströmungen tragen. Alle hielten ehrfurchtsvoll den Atem an, einige Porphyrer begannen zu klatschen und zu rufen.

Plötzlich stand Comonot neben mir und klopfte mir auf die Schulter. »Bist du schon einmal geflogen, Serafina?«

»Nur in den Erinnerungen meiner Mutter«, sagte ich.

»Ardmagar!«, dröhnte eine Stimme über den Platz. Ein schlanker weiblicher Drache mit spitzen Zähnen streckte seinen Hals zu uns herüber und rief: »Ich werde Serafina tragen!«

Es war Eskar, eine der wenigen, die ich in natürlicher Gestalt kannte.

»Deine Sänfte wartet auf dich, Fräulein«, sagte der Ardmagar. Er schulterte meine Tasche. »Ich werde gut darauf aufpassen.« Hinter ihm schwang sich ein weiterer Drache in die Luft.

Ich rannte über den Platz. Der Schwefelgestank nahm mir fast den Atem, denn immer mehr Saarantrai verwandelten sich. Inzwischen waren schon fünf am Himmel, ihre Umrisse zeichneten sich dunkel gegen das Abendrot ab, aus der Ferne sahen sie wie Fledermäuse aus. Eskar richtete sich zu ihrer vollen Größe auf. Mein Herz hämmerte vor Angst, als sie ihre Vorderfüße ausstreckte und die Klauen öffnete und schloss. Da begriff ich, dass sie mich an der Taille packen wollte. Ich blickte bedauernd auf ihren stachligen Rücken und wünschte mir, dass sie ein bisschen mehr wie ein Pferd wäre. Dann nahm ich meinen Mut zusammen und ließ mich von ihr packen.

Ich spürte ihre messerscharfen Klauen sogar durch mehrere Schichten Kleider hindurch, die ich vorsorglich wegen der Kälte angezogen hatte. Ich wusste jetzt schon, welche Rippen und Gelenke mir später wehtun würden. Eskar musste eine kurze Strecke Anlauf nehmen, um vom Boden abzuheben, und meine Zähne schlugen aufeinander, aber nach einem letzten scharfen Ruck glitt sie geschmeidig in die Höhe.

Ich wagte einen Blick nach unten. Die Faszination siegte über die Angst und ich behielt die Augen offen. Die immer kleiner werdende Stadt mit ihren in sanftes Mondlicht getauchten Dächern war wie ein Traum, so unwirklich, dass mein Verstand meinen Augen nicht traute.

Nein, sie war wirklich. Eine schwere Last schien von mir abzufallen. Meine Augen tränten im eiskalten Wind.

Eskar umkreiste die Schwestern, und ich erhaschte einen Blick auf die alte Festungsmauer, von der aus Camba vor so langer Zeit ihre Glaswaren in die Tiefe geschleudert hatte. Aus dieser Höhe ragte der Doppelberg deutlich aus dem Küstengebirge hervor. Der Omiga verlief gleich dahinter und teilte sich am Fuß des Bergs in zwei Seitenarme. Im Westen waren die Furcht einflößenden Wasserfälle, aber Eskar schwenkte auf die Ostseite ab und flog entlang der mit Palisaden abgegrenzten Schlucht über eine Reihe kleiner Katarakte, die man hier nur die Stufen nannte.

Überall um uns herum flogen andere Drachen. Dunkle flügelschlagende Schatten im schwefligen Wind.

Wir flogen über den Gebirgszug in das lange, breite Tal des Omiga. An der Flussgabelung lag eine kleine Stadt, Anaporphi, wo die Porphyrer ihre vierteljährlichen Spiele abhielten. Die Laufstrecken und Wettkampfplätze waren im Mondlicht gerade noch zu sehen.

Wir flogen das Tal hinauf, bis wir gegen Mitternacht an einer einsamen Flussstelle Rast machten. Die Drachen, die nacheinander und über mehrere Stunden verteilt landeten, verwandelten sich in Saarantrai und schlugen ein Lager auf. Wir quetschten uns zu fünft in ein Zelt. Irgendein Saar hatte ausgerechnet, dass dies am platzsparendsten war. Die ungewohnte Enge, das Schnarchen und die schmerzenden Stellen, wo Eskars Klauen zugepackt hatten, ließen mich erst im Morgengrauen in den Schlaf finden.

Höchstens eine Stunde später rüttelte Saar Lalo mich wach, um das Zelt abzubauen. Ich trottete zum Fluss, um meine Schuppen zu waschen. Der Nebel tanzte über die Wasseroberfläche und aus dem Schilf war der Ruf eines Zwergtauchers zu hören. Das kalte Wasser tropfte über meine Hüfte und ließ mich richtig wach werden. Als ich ins Lager zurückkehrte, waren die Saarantrai aufbruchbereit und schulterten bereits das Gepäck und die Zelte, die sie in ihren Klauen bis hierher getragen hatten.

Man war übereingekommen, zu Fuß bis zum nächsten Katarakt zu gehen. Ich war froh, dass Eskar mich nicht wieder tragen musste und meine wunden Stellen heilen konnten. Trotzdem fragte ich sie, als ich meine Tasche geholt und zu ihr aufgeschlossen hatte: »Ist es wirklich besser, durch das Tal zu wandern? Fliegen geht schneller.«

Eskar zog die Augenbraue hoch. »Der Nutzlose Rat hat dafür gestimmt, dass wir zu Fuß gehen.«

»Und Comonot war damit einverstanden?«, fragte ich.

»Nur unter Protest«, sagte sie. »Viele haben eine Abstimmung verlangt, sonst wären sie gar nicht erst mitgekommen. Das sind nicht die Saarantrai, wie wir sie kennen. Sie sind inzwischen halbe Porphyrer geworden. Es ist ihnen nicht gleichgültig, was die Porphyrer von uns denken. Und in einem haben sie recht: In unserer natürlichen Gestalt brauchen wir mehr Nahrung, und das einzige Wild hier ist das porphyrische Vieh.«

»Und das wolltest du dir nicht einfach nehmen?«, sagte ich scherzhaft.

Sie blinzelte mich verständnislos an. »Natürlich wollte ich das. Aber ich bin überstimmt worden.«

Das Tal war eine Mulde mit grünen Wiesen. Von beiden Seiten drängten die Berge hinein. Im Verlauf unserer Wegstrecke wurde das Weideland von Gerstenfeldern abgelöst, danach von Teeterrassen und auf das schmale Ende des Tals zu von Gemüsefeldern. Der wolkenlose Himmel schien sich mit jedem Tag weiter zu entfernen, obwohl wir immer höher hinaufstiegen. Zum ersten Mal seit Monaten war mir leicht ums Herz. Ich dachte nur noch an den Weg vor mir und an das blaue Gewölbe über mir.

Am achten Tag verließen die Drachen das Omiga-Ufer und nahmen wieder ihre natürliche Gestalt an. Dann flogen sie die tausend Fuß hohen Wasserfälle des Meconi hinauf. Der Meconi war ein wilder Nebenfluss, der sich direkt aus dem Herzen Tanamoots ergoss. Er würde ihnen den Weg nach Hause weisen.

Eskar trug mich, aber diesmal hatte ich mich zum Schutz gegen ihre spitzen Klauen in eine Decke gewickelt. »Bequem genug?«, brüllte Eskar fürsorglich.

»Wie lieb von dir zu fragen!«, brüllte ich zurück. Sie schnaubte mir eine Schwefelwolke ins Gesicht.

Die Landschaft über den Wasserfällen war völlig anders als das Tal. Die Berge waren rau und roh und es wuchsen nur wenige dürre Bäume. Felsig, kalt und wild – das war mein erster Eindruck von Tanamoot, der Heimat meiner Mutter.

Die Exilanten blieben in ihrer Drachengestalt, nur die fünf Jungdrachen wandelten sich zu Saarantrai. Ich stieg durch das stachelige Gebüsch zu Brisi und fragte: »Bleibst du in deiner Menschengestalt, um mir Gesellschaft zu leisten?«

Sie rümpfte die Nase, als würde ich schlecht riechen. »Im Gegensatz zu den Älteren haben wir noch nicht so viel Übung darin, uns zu tarnen. Sie halten uns für ein Sicherheitsrisiko.«

Ich ließ den Blick über die zweihundert riesengroßen Kreaturen schweifen, die sich das Gepäck an die Vorderfüße geschnallt hatten und schnaubten und flatterten und kreischten. »Wie um alles in der Welt wollen sie sich tarnen?«, fragte ich kopfschüttelnd.

Brisi blies eine Locke aus ihrem Gesicht. »In den Bergen haben die Drachen nur ihre Artgenossen zu fürchten. Glaub mir, sie wissen, wie man sich versteckt.« Sie hatte offensichtlich keine Lust auf ein weiteres Gespräch, denn sie drehte mir unmissverständlich den Rücken zu und stapfte davon.

Zu meinem Erstaunen setzten die Drachen den Weg zu Fuß fort. Man hätte meinen können, dass zweihundert wandernde Drachen eine breite, leicht zu erkennende Spur hinterlassen würden, aber Brisi hatte recht: Sie waren jetzt in ihrer natürlichen Gestalt und wussten, wie man sich in den Bergen tarnte. Sie traten auf Felsgestein, um keine Fußabdrücke auf dem sandigen Flussufer zu hinterlassen, verwischten mit den Flügeln alle Spuren und bewegten sich fast lautlos.

Wir folgten der schmalen Talsenke, da der Weg dort einfacher zu begehen war. Auf beiden Seiten erstreckten sich dürre Fichtenwälder und auf den Südhängen lag in den Felsspalten sogar im Hochsommer noch Schnee. Der Meconi war beißend kalt und atmete Eisnebel in die Luft. Etwas weiter oben öffnete sich das Tal, und der Meconi teilte sich in ein Dutzend Seitenarme, die sich zwischen sanften kleinen Inseln hindurchschlängelten. Die Bäume wurden kürzer und dünner und kahler. Es war ein Land aus schmalen Stämmen, Flechten und riesengroßen Moskitos. Die dürren Fichten warfen nur feine Schattenlinien, und das Licht war so hell, dass ich Kopfschmerzen bekam.

Aber die Schönheit des Orts berührte mich. Die saubere Luft tat meinen Lungen gut, und ich genoss das Gefühl, ganz weit weg von allem zu sein, was ich kannte. Von den Menschen, die ich verletzt hatte, von den Menschen, die ich enttäuscht hatte, von den Menschen, die mich für ein Ungeheuer hielten. Hier gab es kein größeres Ungeheuer als die zerklüfteten Berge.

Wir wanderten bereits den dritten Tag durch das Drachenland, als die Kundschafter plötzlich einen hohen Pfiff ausstießen, weil sie eine Patrouille am Himmel entdeckt hatten. Die Exilanten breiteten sofort ihre Flügel aus und ließen ihre Haut fleckig erscheinen. Jetzt waren sie kaum mehr von dem Felsgestein zu unterscheiden.

Ich wollte unter Eskars Flügel kriechen, aber Brisi packte mich am Arm und zerrte mich in ein dorniges Gebüsch. »Wenn wir uns tarnen, lenken wir unsere Körperhitze nach unten«, flüsterte sie ungeduldig in mein Ohr. »Ein Drache am Himmel würde sonst darauf aufmerksam werden. Unter Eskars Flügel würdest du bei lebendigem Leib verglühen.«

»Danke«, sagte ich zittrig. »Ich bin froh, dass du diese Dinge weißt.«

Ihre Mundwinkel sanken herab. »Ich frage mich, warum sie mir nichts zutrauen«, sagte sie niedergeschlagen. Ich hätte ihr ein oder zwei Gründe nennen können, weshalb die anderen Zweifel an ihr hatten. Und sie selbst wusste es auch, denn am meisten haderte sie mit sich selbst.

Nach Einbruch der Dunkelheit übten die Exilanten das Kämpfen. Nicht alle waren in der Verfassung für eine echte Auseinandersetzung und nur wenige hatten sich jemals mit etwas Gefährlicherem angelegt als einem Auerochsen. Comonot wirkte dennoch nicht beunruhigt. Er führte Kampftechniken vor, kritisierte, gab Anregungen und wiederholte ein ums andere Mal: »Euer Geist ist die verlässlichste Waffe. Kämpft wie ein porphyrischer Fischer, kämpft wie ein Händler, dann werden sie nicht wissen, wie ihnen geschieht.«

Nach zwei Wochen Fußmarsch bei Tag und Kämpfen bei Nacht schrumpften alle erwachsenen Drachen eines Abends in ihre Menschengestalt. Lalo, der meine Verwunderung bemerkte, sagte: »Wir haben die Flussgabelung des Meconi erreicht, und das heißt, wir sind in der Nähe von Labor vier. Wir müssen unsere nächsten Schritte genau absprechen, aber wenn zweihundert Drachen durcheinanderreden, dann ist das ziemlich laut.«

Ich folgte ihm und den anderen Saarantrai in ein enges Seitental, eigentlich war es kaum mehr als eine Felsspalte zwischen den Bergen. Comonot wartete am Ende des Tals, neben ihm stand die ernst dreinblickende Eskar. Die anderen Saarantrai kauerten sich nieder oder setzten sich auf den steinigen Untergrund. Lalo zog mich bis in die vorderste Reihe.

»Ich brauche Freiwillige, die Eskar zum Labor vier begleiten«, kam der Ardmagar sofort zur Sache. »Sie hat früher dort gearbeitet und ist überzeugt davon, dass die Quigutl uns helfen werden. Aber solange Eskar sich noch nicht mit ihnen in Verbindung gesetzt hat, ist es zu gefährlich, wenn wir alle hingehen. Wenn wir sicher sein können, dass sie auf unserer Seite stehen, teilen wir uns in zwei Trupps auf. Die stärksten Kämpfer erstürmen den Vordereingang, während der Rest sich durch einen Fluchttunnel am Fuß des Berges hineinschleicht und …«

Jemand hob die Hand. Der Ardmagar blinzelte gereizt und sagte: »Ja?«

»Du hast alles ohne uns geplant«, sagte ein untersetzter alter Saar. »Es war vereinbart, dass wir ein Mitspracherecht haben.«

»Nicht in dieser Sache«, widersprach der Ardmagar. Ein unzufriedenes Grummeln war zu hören. Manche Saarantrai standen auf, um wegzugehen, aber Comonot bellte: »Halt! Setzt euch hin und hört mir zu.«

Die Saarantrai setzen sich und verschränkten skeptisch die Arme.

»Wisst ihr, warum es Zensoren gibt?«, fragte der Ardmagar. »Weil einige der Meinung sind, dass Anarchie ausbricht, wenn wir Gefühle zulassen. Sie fürchten, dass Drachen so erschüttert von Gefühlen sind, dass sie sofort ihre Logik, ihre Moral und ihre Pflichten über den Haufen werfen.«

Ich sah, wie Brisi in der hintersten Reihe zusammenzuckte.

»Mehr als ein halbes Jahr lang habe ich versucht, die Wahrheit zu ergründen. Ich habe in Menschengestalt gelebt und bin auf dem schmalen Grat zwischen Gefühl und Verstand gewandert«, fuhr Comonot fort. »Im Laufe der Zeit habe ich meine Meinung geändert. Gefühle sind nicht die Bürde, für die wir sie halten. Jetzt bereiten wir uns darauf vor, die Zensoren anzugreifen. Nicht etwa die Alte Ard, sondern die angeblich unparteiische Einrichtung, die für unsere Unterdrückung verantwortlich ist. Wie die Alte Ard wollen auch die Zensoren uns in die Vergangenheit führen. Aber ich denke, dazu sind wir unseren Weg schon zu weit gegangen. Ich bin überzeugt, dass ihr Exilanten – ihr, die ihr zwei Leben gelebt habt und beide Seiten kennt – es am besten wissen müsst. Ihr seid unser Weg nach vorn, hin zu einem dauerhaften Frieden mit den Menschen und der Erneuerung der Drachenart. Aber ihr müsst den Beweis dafür erbringen, dass es nicht töricht von mir ist, die Zensoren ausschalten zu wollen. Zeigt mir, dass zweihundert zu Gefühlen fähige Saar Disziplin halten, Befehle befolgen und gut zusammenarbeiten können. Letzteres – die Zusammenarbeit – ist etwas, das unserem Gegner fehlt. Und genau in diesem Punkt machen unsere Gefühle uns zu den Überlegenen.«

Die Exilanten setzten sich aufrecht hin und flüsterten aufgeregt miteinander. Comonot hatte ausgerechnet an ihre Gefühle appelliert und seine Strategie ging auf. Damit hatte er einen hervorragenden Trumpf im Ärmel.

»Also«, fragte Comonot. »Wer begleitet Eskar, um Labor vier auszukundschaften?«

Lalo neben mir hob sofort die Hand.

»Lalo, Sohn von Neelat«, sagte der Ardmagar und ließ den Blick weiterschweifen.

»Serafina«, rief Eskar.

»Einverstanden«, sagte Comonot, ohne mich erst lange zu fragen. Wenn Eskar mich dabeihaben wollte, hatte das sicherlich etwas mit Orma zu tun, daher erhob ich keine Einwände.

Hinter uns war ein Streit im Gange. Ich drehte mich um und sah Brisi und ihre Mutter.

»Hat der Jungdrache etwas zu sagen?«, rief Comonot und blickte die beiden über seine geschwungene Nase hinweg an.

Brisi sprang auf und schüttelte Ikats Hand ab. »Ich melde mich freiwillig, um mit Eskar zu gehen!«

»Du hast schon genug Schereien verursacht«, sagte Ikat und zupfte an Brisis Tunika.

Der Ardmagar tauschte einen Blick mit Eskar, woraufhin sie mit den Schultern zuckte und sagte: »Wenn der Jungdrache etwas wiedergutmachen will, dann wäre das eine gute Gelegenheit.«

Damit war es beschlossene Sache.

Als der Mond über den entfernten Gipfeln aufstieg, entfalteten Eskar, Lalo und Brisi ihre Drachengestalt. Mit jedem Mal hatte ich mehr Angst vor dem Fliegen, denn mit jedem Mal scheuerte mein Hals noch mehr auf und mein Brustkorb bekam noch mehr blaue Flecken.

Wenn wir flogen waren wir am schnellsten, aber es war schwierig, dabei in Deckung zu bleiben. Wir hielten uns unterhalb der Berggipfel, glitten durch Talsenken und über Gletscher hinweg. Einmal flogen wir so niedrig, dass ich die Hand ausstrecken und eine Handvoll Schnee greifen konnte. Wir flogen, bis sich im Osten die erste Morgenröte zeigte und Eskar eine Höhle entdeckte. Sie ging als Erste hinein, tötete einen Bären, der darin hauste, und rief uns dann zu sich.

Die Drachen fraßen den Bären, aber ich verspürte keinen rechten Appetit.

Wir warteten auf die Nacht. Ich hätte eigentlich schlafen sollen, aber der Boden der Höhle war felsig, und meine Begleiter, drei ausgewachsene Drachen, schnarchten, stanken und verströmten eine fürchterliche Hitze. Ich kroch an den Höhleneingang, wo die Luft frischer war, und döste gegen einen Felsen gelehnt, wenn ich nicht gerade über die Schnarchharmonien nachdachte. Sie ergaben einen sonderbaren Quintakkord, vielleicht sogar einen verminderten ...

Ich erwachte, weil sich der Akkord geändert hatte. Jetzt schnarchten nur noch zwei Drachen. Eskar war dabei, in ihre Menschengestalt zu schrumpfen. Sie durchwühlte meine Tasche, ohne mich um Erlaubnis zu bitten, nahm meine Decke heraus und schlang sie sich um die Hüfte. Dann kam sie zum Höhleneingang und setzte sich ein wenig abseits von mir.

»In Drachengestalt kann ich nicht leise mit dir sprechen«, flüsterte sie. »Aber ich habe dir Verschiedenes zu sagen.«

Ich nickte, da ich annahm, dass sie mir die weiteren Pläne

für die heutige Nacht erklären wollte, aber stattdessen sagte sie: »Dein Onkel und ich haben uns gepaart.«

»Tatsächlich?«, sagte ich, peinlich berührt von ihrer Wortwahl. Weitere Einzelheiten wollte ich gar nicht wissen. »Bist du jetzt meine Tante?«, versuchte ich einen Scherz zu machen.

Sie blickte zur Höhle hinaus und überdachte allen Ernstes die Frage. Schließlich sagte sie: »Wenn du mich so nennst, dann ist das sicherlich nicht falsch.« Sie schwieg ein paar Sekunden, dann fügte sie mit ungewohnter Sanftheit hinzu: »Als Drache habe ich nie viel von ihm gehalten. Er ist klein. Zugegeben, er ist ein zäher Kämpfer und ein passabler Flieger, wenn man bedenkt, dass sein Flügel einmal gebrochen war. Aber er hätte nie mit mir mithalten können. Ich hätte ihn in den Nacken gebissen und fortgejagt. Aber als Saarantras...« Sie legte einen Finger auf die Lippe. »Da ist er etwas ganz Besonderes.«

Ich stellte mir meinen Onkel mit seinem zerzausten Haar und seiner Adlernase vor, mit seiner Brille und dem falschen Bart und den ungelenken Gliedmaßen, mit all den Eigentümlichkeiten, die ich so an ihm liebte. Mein Kinn fing an zu zittern.

»Seine Menschenaugen erschienen mir anfangs schwach.« Eskar, die immer noch in eine andere Richtung blickte, fuhr durch ihr kurzes schwarzes Haar. »Menschen sehen nicht nur weniger Farben, sondern auch schrecklich unscharf, aber sie erkennen Dinge, die Drachen verborgen bleiben. Sie sehen unter die Oberfläche. Ich verstehe nicht, wie das möglich ist, aber auf meiner Reise mit Orma geschah etwas. Nicht plötzlich, sondern nach und nach. Ich fing an, sein Innerstes zu erkennen. Seine Fragen und sein sanftes Wesen. Seine Überzeugungen. Ich erkannte sie in der Art, wie er eine Teetasse hielt. Und ich las sie in seinen Augen, wenn er von dir sprach.«

Sie drehte sich zu mir um und sah mich durchdringend an.

»Was ist das innere Wesen? Die Person in einer Person? Ist es das, was ihr Seele nennt?«

Die Theologie des Südlands lehrt uns, dass Drachen keine Seele haben, das wusste auch Eskar. Ich zögerte, aber dann beschloss ich, es ihr zu sagen. Es bestand keine Gefahr mehr, nicht nach dem, was Orma inzwischen zugestoßen war. »Mein Onkel hatte eine große Seele. Die größte, die ich kenne.«

»Du redest von ihm, als sei er tot«, sagte sie streng.

Ich brachte keine Antwort heraus, denn jetzt flossen doch noch die Tränen.

Eskar sah mich forschend an. Sie hatte die Arme um die Knie geschlungen. Ihre dunklen Augen waren trocken.

»Die Zensoren sind ein Risiko eingegangen, als sie heimlich nach Porphyrien gekommen sind. Sie hätten zuvor die Zustimmung der Versammlung einholen müssen, aber das haben sie nicht. Zu meiner Zeit wären wir so ein Risiko nur eingegangen, wenn jemand, der sehr bedeutend ist, Orma möglichst schnell in seine Fänge bekommen will. Das lässt mich hoffen, dass dies nicht die übliche Jagd auf einen Abweichler ist – dass sie Orma nicht für eine Exzision abgeholt haben, sondern zu einem anderen Zweck.«

Das Wort *Exzision* jagte mir einen Schauer über den Rücken. »Was, wenn es schon längst geschehen ist?« Ich trocknete meine Tränen. »Wird er immer noch er selbst sein?«

»Das kommt ganz darauf an, was sie weggenommen haben. Normalerweise entfernen sie nur die Erinnerungen. Die neuronalen Bahnen der Drachen sind zu einem großen Teil mit denen der Menschen vergleichbar.« Sie sprach so ungerührt, als würde sie ihr Frühstück beschreiben. »Das Gefühlszentrum des menschlichen Gehirns überlappt sich mit dem Teil des Drachenhirns, der für das Fliegen zuständig ist. Wenn sie es entfernen würden, wäre er ein Krüppel. Es ist unwahrscheinlich, dass sie ihn flugunfähig machen, nicht bei der allerersten Exzision. Sie werden nur seine Erinnerungen löschen und ihm einen Gefühlsunterdrücker verabreichen – eine Tinktur aus Destultia – und ihm dann eine zweite Chance geben. Viele von uns haben sich irgendwann in ihrem Leben einer Exzision unterziehen müssen. Sieh her.« Sie beugte sich vor, teilte das Haar hinter dem linken Ohr und zeigte mir eine weiße Narbe. »Als ich meinen Dienst bei den Zensoren aufgab, haben sie Teile meiner Erinnerung gelöscht, damit ich keine Geheimnisse preisgebe. Aber ich bin immer noch ich selbst, ich habe keine dauerhaften Schäden davongetragen.«

Ich zuckte entsetzt zusammen. »Aber ... aber du erinnerst dich noch daran, dass du für die Zensoren gearbeitet hast!«

Sie presste die Lippen zusammen. »Im Nachhinein haben sie mir mitgeteilt, dass ich früher in ihren Diensten stand, damit ich mich nicht noch einmal bewerbe. Außerdem habe ich mir eine Gedankenperle gemacht, damit ich weiß, warum ich den Dienst quittiert habe. Das war wichtig für mich.«

»Und warum hast du ihn quittiert?«, fragte ich.

»Aus mehreren Gründen«, sagte Eskar. »Zum einen wegen Zeyd, die ich beauftragt hatte, deinen Onkel zu prüfen. Sie weigerten sich, sie zurechtzuweisen, obwohl sie dich in Lebensgefahr gebracht hat.«

Ich legte die Hand auf mein Herz, so gerührt war ich. »Du kanntest mich damals doch noch gar nicht.«

»Das musste ich auch nicht.« Sie sah mich kurz von der Seite an. »Jemandem eine Falle zu stellen, nur um ihn auf die Probe zu stellen, ist nicht hinnehmbar.«

Der Fehler lag in ihren Augen also darin, dass Zeyd Orma überlisten wollte, seine Gefühle zu zeigen, und nicht darin, dass sie mich über Brüstung des Kirchturms gehalten hatte.

Ich beschloss, das Thema zu wechseln. »Meine Mutter hat

mir eine Gedankenperle hinterlassen. Sind sie schwierig herzustellen?«

Eskar zuckte die Schultern. »Mütter machen für ihre Kinder sehr einfache Perlen. Eine Vielzahl von verschiedenen Erinnerungen in eine Perle einzuschließen und sie auch noch gut zu verstecken, erfordert Hilfe von außen. Es gibt Saarantrai, die sich auf geheime Meditationen spezialisiert haben, aber das ist verboten und teuer.« Ihre Augen verschleierten sich. »Du fragst dich, ob Orma auch so etwas gemacht hat.«

Ich streckte die Hand aus und wackelte mit meinem kleinen Zeigefinger. »Diesen Perlenring hat er mir nach Ninys geschickt, zusammen mit einem Brief, in dem stand: *Das Ding selbst und nichts dazu ergibt in Summe alles*. Ich denke, er wollte mir damit zu verstehen geben, dass er eine Perle gemacht hat.«

Eskar nahm meine Hand und strich mit dem Daumen sanft über die Perle. Der Funken Hoffnung in ihren Augen war fast mehr, als ich ertragen konnte. »Vielleicht hat er das«, sagte sie halblaut. »Aber ich weiß nicht, wann er dazu die Zeit gefunden hat. Jedenfalls nicht, solange ich bei ihm war. Vielleicht hat er eine ganz einfache Perle für sich selbst gemacht, mit ein paar wichtigen Dingen, Bildern und deinem Namen.«

Ich zog meine Hand zurück und drehte an dem Ring.

»Gedankenperlen sind schwierig zu öffnen, wenn man den Auslöser nicht kennt«, sagte Eskar und stand auf. Sie zögerte, dann fügte sie hinzu: »Er wird immer dein Onkel sein, ob er sich daran erinnert oder nicht.«

Sie hauchte mir einen Kuss auf den Kopf und ging zu Lalo und Brisi in die Höhle. »Vier Stunden bis Sonnenuntergang«, rief sie mir über die Schulter zu. »Schlaf jetzt.«

Ich lehnte mich gegen den Felsen und schloss die Augen.

Dass ich tatsächlich eingeschlafen war, merkte ich an dem Traum, den ich hatte. Abdo kam darin vor. Zusammen mit mehreren Leuten saß er auf einem Wagen, der über eine ausgefahrene Landstraße holperte. Die Straße führte durch den Königinnenwald, der sich gerade herbstlich golden färbte. An einer Wegbiegung, wo das Unterholz besonders dicht war, stand Abdo plötzlich auf und sprang hinaus. Seine Begleiter riefen laut, manche streckten ihre dunklen Hände aus, um ihn aufzuhalten, aber da war er schon nicht mehr zu fassen. Er überschlug sich mehrmals, schlitterte den Hügel hinab durch Farne und Gestrüpp und war Sekunden später verschwunden.

Ich hörte seine Stimme: *Such nicht nach mir.*

Paulos Pende stand zitternd im Wagen. Plötzlich verdrehte er die Augen und sackte tot zusammen.

»Serafina!«, schrie ein Dampfkessel, der sich, als ich die Augen aufschlug, als Eskar in ihrer vollen Größe herausstellte. »Mach dich bereit, wir müssen los.«

Ich war durcheinander und wollte sofort in meinem Kopf nach Abdo rufen. Der Traum war so lebendig gewesen, als hätte der Junge tatsächlich zu mir gesprochen und als wäre es vielleicht doch kein Traum gewesen.

Aber Abdos Nachricht hatte gelautet, dass ich gerade *nicht* nach ihm suchen sollte. Ich war unschlüssig, was ich tun sollte.

So oder so, ich musste mich beeilen, denn Eskar schnaubte bereits ungeduldig. Hastig wickelte ich mir die Decke um die Brust und dann nahm Eskar mich in ihre Klauen. Wir hatten keinen weiten Weg mehr vor uns. Die drei Drachen durchflogen noch ein Tal und landeten dann am Rand eines Gletschers, der im Licht der schmalen Mondsichel silbrig glänzte. Aus einem tiefen Eisspalt stiegen gespenstische Dampfwolken auf. Eskar setzte mich ab, steckte den Kopf in die Spalte und brachte mit einem Feuerstoß das Eis zum Schmelzen. Währenddessen nahmen die anderen Drachen zur Tarnung eine fahle Farbe an und breiteten die Flügel aus, um das Feuer zu verdecken. Als Eskar den Spalt verbreitert hatte, quetschten sie sich hindurch. Ich wollte ihnen folgen, aber Eskar packte mich und trug mich hinein. Wie sich herausstellte, war das auch gut so, denn wir befanden uns in einem abschüssigen Eistunnel, der viel länger war, als er aussah. Sogar Eskar hatte Schwierigkeiten, mit ihren Klauen Halt zu finden.

Irgendwann war der Tunnel zu Ende und wir landeten auf einem flachen Untergrund. Unter dem Gletscher war ich fast blind, denn das Eis war so dick, dass der Mond nicht hindurchscheinen konnte. Was mir aber noch mehr zu schaffen machte, war der Geruch. Auf halbem Weg durch den Tunnel schlug uns ein feuchter, schwefliger Gestank entgegen, wie um uns den Weg zu versperren. Meine Augen tränten, und auch meine Nase gab sich geschlagen, nur meine Kehle versuchte sich mit einem Würgereiz gegen die schwere, dicke Luft zu wehren.

Ich stand bis zu den Fußknöcheln in einer kalten Brühe.

Über uns war ein Trippeln und unter uns ein Schmatzen. In der Dunkelheit regnete es Funken. Ich dachte schon, meine Augen würden mir einen Streich spielen, doch dann wurden die Funken zu offenen Flammen. Und diese Flammen tanzten auf den Zungenspitzen von fünfzig Quigutl, den kleineren, echsenartigen Verwandten der Drachen. Meine Augen passten sich rasch an, und ich erkannte, dass die Höhle sehr viel größer war, als ich angenommen hatte. Wir standen in einer Kathedrale aus Eis und Stein, in der sich ein Berg mit faulendem Mist befand. Quigutl huschten auf dem Berg hin und her, einige hatten sich Schaufelblätter an ihre Bauchhände gebunden.

»Ihr sseid Eindringlinge«, lispelte ein Quigutl in Semi-Mootya und hob seinen echsenhaften, stachligen Kopf. Wenn er auf seinen Hinterfüßen stand, war er fast so groß wie ich. Seine Augenkegel bewegten sich, als er uns ansah.

»Wir wollen zu Mitha!«, sagte Eskar.

Der Quig stellte argwöhnisch die Kopfstacheln auf. »Wenn du Mitha kennsst, dann weißt du auch, dasss er nicht in der Ssickergrube arbeitet.«

Daher also der riesige Misthaufen. Ich legte den Arm über das Gesicht und würgte wieder. An meine durchweichten Stiefel wollte ich gar nicht erst denken.

Plötzlich machte sich Unruhe breit. Ein dicker Quigutl kroch über die anderen auf dem Misthaufen hinweg und kam zu uns. Er baute sich vor uns auf, blickte die anderen Quigutl an und hob seine Hände – er hatte nur drei –, damit Stille einkehrte. »Ich bin Thmatha, Mithass Coussin«, sagte sie. »Ich kenne diessen Drachen. Er hat mich vor Dr. Gomlannss Experimenten gerettet. Der Arzt hat mir einen Arm genommen, aber ich bin noch am Leben. Ich bin hier in der Grube statt in einem Glass mit Deckel.« Thmatha nickte Eskar zu und sagte: »Ich hole Mitha.«

Er verschwand in der Dunkelheit und wir warteten.

»Sseid ihr hungrig? Wir haben Mist«, sagte ein Quigutl frech.

»Serafina, hol deine Flöte!«, sagte Eskar.

In der Dunkelheit konnte sie den Blick, den ich ihr zuwarf, nicht sehen. Aber selbst wenn sie ihn gesehen hätte, hätte sie ihn nicht verstanden. »Ich soll Flöte spielen? In einer Sickergrube?«

»Genau«, sagte sie. »Den Quigs wird es gefallen.«

Zum Flötespielen musste ich tief Luft holen, was ich eigentlich vermeiden wollte, andererseits wollte ich kein Spielverderber sein. Die Misthaufen-Eishöhle hatte eine sehr eigentümliche Akustik. Die Tonfolge, mit der ich mich warm spielte, hatte einen unschönen Hall.

Es raschelte. Die leuchtenden Zungenspitzen kamen immer näher. Ich dachte schon, ich hätte die Quigs verärgert, aber dann begriff ich, dass sie mit mir sprechen wollten. »Wass ist dass? Mach ess noch einmal. Dreh dich nach Wessten zur Wand. Dass gibt ein interessantes Echo.«

Ich drehte mich in die genannte Richtung und spielte das Kinderlied »Tanzt ein altes Wiesel«. Die Quigs tuschelten aufgeregt und rätselten über die Wellenlänge der Noten. Sie überlegten, ob man aus dem Knochen eines Moschusochsen eine Flöte machen könnte und wie man sie verändern müsste, um sie auch ohne Lippen spielen zu können.

Ich warf Eskar einen Blick zu. Sie nickte knapp. Offenbar war das alles Teil des Plans.

Etwa eine Stunde später kehrte Thmatha zurück, was ich daran merkte, dass die Quigs mir nicht mehr länger zuhörten. Er und ein anderer Quigutl wurden nach vorn geführt. Der Neuankömmling – bei dem es sich, wie ich annahm, um Mitha handelte – begrüßte Eskar auf Saarantras-Art, indem er zum Himmel deutete. Eskar erwiderte den Gruß.

Ein Raunen ging durch die Höhle. Normalerweise grüßten Drachen keine Quigutl. Mitha sagte zu Eskar: »Du hast uns etwas Neuess gebracht. Du warst schon immer großzügig.«

»Ich habe lange gebraucht, um zurückzukehren!«, sagte Eskar. »Das ist nur eine kleine Entschädigung.«

Mitha zuckte mit seinen doppelten Schultern und sagte: »Schon gut. Wir ssind bereit, und zwar schon sseit Jahren. Ich hoffe, du hasst Unterstützung mitgebracht.«

Fünfundzwanzig

Im Dämmerlicht sah ich ihre Silhouette. Die Umrisse von Hörnern, hervorstehende Stacheln, gefaltete Flügel. In diesem Moment kam Eskar mir fremd vor und voller Geheimnisse. Sie hatte nicht nur den Dienst bei den Zensoren quittiert. Sie war auch nicht nur hierhergekommen, um die Quigs um Hilfe zu bitten. Nein, sie hatte alles geplant, und das schon vor langer Zeit.

In ihr steckte mehr, als ich gedacht hatte. Zum ersten Mal kam mir der Gedanke, dass sie sehr gut zu meinem Onkel passte.

Sie besprach mit Mitha, was er zu tun hatte und wann.

Er erwiderte: »Wir machen ess sso, wie du ssagst. Schlau wie wir sind, haben wir das Labor neu verdrahtet, also müssen wir ...«

»Du hast mein volles Vertrauen«, unterbrach ihn Eskar, die offensichtlich keinen Wert auf Einzelheiten legte. »Du hast zwei Tage. Serafina und Brisi werden dir bei der Sabotage helfen.«

»Aussgezeichnet.« Mitha drehte seine Chamäleonaugen in unsere Richtung. »Ich werde auf ssie aufpassen wie auf mein eigeness Ei.«

Eskar machte Lalo ein Zeichen, woraufhin dieser zurück in den Tunnel kletterte. Sie wollte ihm folgen, drehte sich aber noch einmal zu mir um. »Drei Sachen, Serafina«, sagte sie und schnaubte beißenden Rauch in mein Gesicht. »Erstens: Finde

Orma. Zweitens: Verhindere, wenn möglich, seine Exzision. Drittens: Such dir während der Kämpfe ein sicheres Versteck.«

Ihre Schwanzspitze traf mich, als sie sich blitzschnell umdrehte. Mitha fing mich auf, sonst wäre ich rückwärts in den Unrat gefallen. Er schnüffelte an meinem Handgelenk.

»Nenn mich Ssalamander, wenn ich mich irre. Aber du bist halb Mensch, halb Drache. Wie sseltsam. Komm jetzt.«

Er ging zu einer Öffnung in der Wand, die in einen Tunnel führte, blieb dort stehen und sah Brisi an, die mit hängenden Flügeln etwas verloren herumstand. »Schrumpf dich klein«, sagte er. »Die Tunnel ssind zu schmal für dich.«

Brisi blinzelte verwirrt, sie schien vom Gestank ganz benommen zu sein. Ich berührte ihre Schulterschuppen.

»Wechsele in deinen Saarantras«, sagte ich auf Porphyrisch, da ich annahm, dass sie das Quigutl-Mootya vielleicht nicht verstand.

Als sie geschrumpft war, stellten wir fest, dass sie nichts zum Anziehen hatte. Eskar hatte sie nicht vorgewarnt, was vielleicht auch daran lag, dass Eskar selbst, ohne zu zögern, nackt geblieben wäre. Ich zog ein Leinenhemd, ein Wams und eine Hose aus meiner Tasche, ging mit Brisi in einen etwas weniger verdreckten Gang und half ihr beim Umziehen. Mit den Schnallen und Spitzen der Goreddi-Kleidung kam sie nicht zurecht, aber Mitha wartete geduldig und ließ die Flamme an seiner Zungenspitze immer wieder aufflackern.

Als Brisi fertig angezogen war, stellte Mitha sich auf seine Hinterfüße und ging neben mir her; mit einer seiner Hände stützte er sich an meinem Ellbogen ab. Der Gang führte in eine in den Felsen gehauene Kammer, wo die Quigs die Hinterlassenschaften der Drachen weiterverarbeiteten. Durchscheinende Scheiben an der Decke spendeten ein gespenstisches, aber ruhiges Licht.

»Methan und feste Brennstoffe«, sagte Mitha und deutete auf Röhren, Tanks, Anzeigen und Brennöfen. »Die Labore werden mit Dung betrieben. Auf diese Weise fällt die Anwesenheit von Drachen auch dann nicht auf, wenn keine Jauchegrube in der Nähe ist.«

Der Gang wurde wieder schmaler, denn jetzt liefen mehrere Röhren an der Wand entlang. Die flammenlosen Laternen an der Decke blinkten regelmäßig auf. An einer Wegkreuzung stand ein seltsames Transportmittel. Es sah aus wie ein sechsbeiniges, kopfloses Pony, war breit wie ein Bett und bestand hauptsächlich aus einem knatternden Getriebe. Ich musste an Blanches mechanische Spinnen denken, die allerdings noch etwas gruseliger waren.

Bei dem Gedanken an Blanche verspürte ich einen Stich. Ich hatte zwar von Abdo geträumt, aber schon seit Wochen nicht mehr an die anderen Ityasaari gedacht. In meinem geschrumpften Garten hatte ich mich ebenfalls nicht mehr hineingewagt, denn er machte mir inzwischen Angst. Bald würde ich Orma wiedersehen. Dann würden wir gemeinsam herausfinden, wie ich meine Kräfte freisetzen und meine Freunde von Jannoula befreien konnte.

Immer vorausgesetzt, dass Orma noch wusste, wer ich war. Aber diese Angst ließ ich gar nicht erst zu.

Das mechanische Pony hatte keine Sitze, denn Quigutl sitzen nicht so wie Menschen. Mitha erklärte uns, dass wir uns bäuchlings drauflegen sollten. Ich stieg vorsichtig hinauf und hielt mich an zwei Lederschlaufen fest, um nicht abzurutschen. Brisi legte sich neben mich und griff nach meinem Arm. Es fühlte sich an, als hätte sogar ihr Saarantras Drachenklauen. Mitha hielt sich an dem scheppernden Getriebe fest und zog an einem Hebel. Das kopflose Pony setzte sich in Bewegung. Es stieß Dampf aus und bewegte sich schneller, als wir hätten laufen können, durch die Tunnel, in die selbst der kleinste Drache nicht hineingepasst hätte. Die Lichter an der Decke sausten an uns vorbei. Ich versuchte, mir nicht auszumalen, wie ich herunterfiel und zerquetscht wurde.

Nach einer halben Stunde erreichten wir eine kleine Grotte, in der weitere zischende und brummende Transportgeräte abgestellt waren. Mitha half mir beim Heruntersteigen. Meine Knie zitterten.

»Labor vier«, sagte er. »Verborgen in einem Berg. Dass hier ist die Quigutl-Ebene fünf. Du bisst in jedem Tunnel ssicher, der zu schmal für einen Drachen ist. Ich werde für dich ein Nesst finden. Bisst du hungrig?«

Ich schüttelte den Kopf. Brisi glotzte Mitha an. Ich legte eine Hand auf ihre Schulter, um sie aus ihrer Erstarrung zu reißen. »Tut mir leid«, sagte sie auf Porphyrisch und kniff sich in die Nasenwurzel. »Meine Mutter hat mir von den Quigs erzählt. In Porphyrien gibt es keine. Sie sind so … hässlich.«

Hoffentlich hatte Mitha sie nicht verstanden, falls doch, ließ er es sich nicht anmerken. Inzwischen waren weitere Quigutl eingetroffen. Sie kamen aus dem Labor und waren sauberer als ihre Artgenossen in der Grube. Leise miteinander tuschelnd untersuchten sie unsere Kleider, zupften am Saum meiner Tunika und an den Aufschlägen von Brisis Hose.

»Porphyrische Baumwolle«, sagte einer von ihnen sachkundig. »Genau dass fehlt unss, gute fasserige Pflanzen. Auf Ochsenhaar und Rinde kann ich verzichten. Ssiehst du, wie zart ssie ist?« Sie stupste mich im Gesicht. »Rinde würde aufscheuern.«

»Wie macht man dass?«, fragte ein anderer und fuhr mit dem Finger über das Muster an meinem Saum.

»Das nennt man Stickerei«, sagte ich. Seine Kegelaugen blickten mich fragend an, und mir wurde klar, dass er mit dem Wort nichts anfangen konnte. »Man braucht dazu Nadel und Faden.«

Der Quig griff in seinen Kehllappen und zog eine Ahle hervor. »Nadel? Sso eine?«

»Sie muss feiner sein und auch schärfer.«

»He«, mischte sich ein Quig ein, der mich unhöflich abschnüffelte. »Ssie ist ein Mischling!«

Die anderen riefen bewundernd Oh und Ah, bis Mitha dem Ganzen ein Ende machte und sie wegscheuchte.

»Esskar ist wieder da«, sagte er. »Später ist noch genug Zeit, um Stoffe anzuschauen.«

»Wenn wir alle nach Ssüden gehen!«, rief ein besonders kleiner Quig. Alle fauchten ihn an, damit er still war.

»Erzählt ess überall herum«, sagte Mitha. »Aber unauffällig.«

Die Quigs huschten davon und ich atmete auf. Ihre Neugier hatte mich nervös gemacht.

Mitha bog in einen Gang ab und öffnete die Tür zu einem sehr großen Raum, in dem sich ohrenbetäubend laute Maschinen befanden. Hier konnte man sich nicht unterhalten, deshalb gab er den Quigs, die dort am Werke waren, mit Handzeichen etwas zu verstehen. Wahrscheinlich hieß es: *Eskar ist wieder da.* Jedenfalls schienen alle zu wissen, was er ihnen damit sagen wollte.

»Der Generator«, erklärte er mir und schloss die Tür. Dieses Wort hatte ich noch nie gehört.

Er brachte Brisi und mich in einen ruhigeren Tunnel, der sogar noch etwas niedriger war als der vorherige und an dessen Decke zu allem Überfluss auch noch halbrunde Leuchtkörper befestigt waren, sodass wir uns bei jedem Schritt ducken mussten. »Dass isst unsser Bau.« Mitha deutete auf ein Netzwerk aus Löchern, bei dem ich unwillkürlich an einen Käse denken musste. Inzwischen ging er auf vier Beinen und hatte seine dünnen Rückenarme ordentlich angelegt. Er schnüffelte, um das richtige Loch zu erkennen. Ich dagegen würde wohl zählen müssen, um es wiederzufinden.

»Mein Nest«, sagte er und lud uns zum Eintreten ein. »Ihr wart die ganze Nacht wach, und ich weiß, dass ihr nachts eigentlich schlaft.«

Brisi und ich krochen durch das Loch und landeten in einem kreisförmigen Raum. Der Boden war mit Tierhäuten und trockenen Blättern ausgelegt. Betten gab es keine. Brisi war so erschöpft, dass sie sich auf den Boden fallen ließ. Ich gab ihr meine Tasche als Kissen und sie nahm sie dankbar an.

»Ich bin gleich wieder zurück«, sagte ich leise. »Ich muss Mitha etwas fragen.«

Brisi antwortete nicht. Vielleicht war sie bereits eingeschlafen.

Ich streckte den Kopf aus dem Loch und zischte: »Mitha!« Er blieb stehen und wartete, bis ich wie eine Ente zu ihm hingewatschelt kam. Ich stieß mir zweimal den Kopf an, nicht an der niedrigen Felsdecke, sondern an den niedrig hängenden Kugellichtern.

»Eskar hat mir aufgetragen, jemanden zu suchen. Einen bestimmten Gefangenen«, wisperte ich Mitha zu.

»Wir nennen ssie Opfer«, sagte er. »Ich werde dir ssuchen helfen.«

Wir verließen den Bau und er führte mich in einen anderen Versorgungstunnel. Auch hier war alles voller… Apparate. Sie bestanden aus einem Wirrwarr schimmernder Metalldrähte mit einer seltsamen Scheibe aus silbrigem Eis, die in die Wand eingelassen war. Mitha warf sich bäuchlings auf einen Quigutl-Hocker, der wie eine kleine Rampe aussah, und nahm ein Bündel kleiner Fingerhüte, die an den Silberdrähten befestigt waren. Das Ganze sah aus wie die Blüte eines Geißblatts. Er steckte seine Klauen in die einzelnen Blütenkuppen und wackelte mit den Fingern. Eine schimmernde Schrift erschien auf der Eisscheibe.

Nun erkannte ich, dass die Scheibe gar nicht aus Eis, sondern aus Glas war. Ich kam mir ein wenig töricht vor.

In den Erinnerungen meiner Mutter hatte ich die Mootya-Schrift schon einmal gesehen. Wenn ich mich nicht täuschte, hatte sie ein Schreibkästchen gehabt, das allerdings viel kleiner gewesen war.

»Sso«, sagte Mitha und blickte auf die Scheibe. »Am bessten, wir machen ess, bevor wir die Energie umleiten. Um welchess Opfer handelt ess sich?«

»Um meinen Onkel Orma.« Bei dem Wort *Opfer* fingen meine Hände an zu schwitzen. »Kannst du in diesem Apparat mit ihm sprechen?«

»Nein«, sagte der Quig. »Dass sind nur medizinische Aufzeichnungen. Hier steht, in welcher Zelle er isst und ob ssie ihn schon zerschnipselt haben.«

Ich hielt den Mund und überließ Mitha alles Weitere. Seine Augen huschten beim Lesen hin und her und seine Zungenspitze knisterte. Schließlich sagte er: »Er hat eine sehr lange Akte, aber ess gibt keinen Hinweiss darauf, dass er *hier* isst.«

Ich hatte mich auf das Schlimmste gefasst gemacht, aber das überraschte mich doch. »Ist es denkbar, dass sie ihn woanders hingebracht haben?«

Mitha drehte ein Auge zu mir. »Dass habe ich überprüft. Er isst nicht in einer Einrichtung der Zenssoren. Ist er dass?« Er deutete mit einer Rückenhand auf die Scheibe.

Ich hielt den Atem an. Mit hochgezogenen Augenbrauen blickte mich Orma an, seine Miene zeigte milde Überraschung. »Was soll das heißen, er ist nicht hier?«, rief ich. »Da ist er doch.«

»Das isst ein Bild«, sagte Mitha. Er tippte gegen das Glas. Orma blinzelte nicht.

Wenn Wörter hinter der Glasscheibe erscheinen konnten,

warum nicht auch ein Bild? Ich kam mir albern vor, aber das Bild wirkte so unglaublich echt.

»Manchmal werden Akten auss Ssicherheitsgründen vernichtet. Wir schnüffeln mal ein bisschen herum, vielleicht finden wir etwass«, sagte Mitha. Die Schrift huschte über die Scheibe und Mitha bewegte beim Lesen den Mund. »Linn war deine Mutter, nehme ich an?« Seine Finger bewegten sich in den Hütchen. Zwei Bilder meiner Mutter in ihrer menschlichen und in ihrer Drachengestalt waren zu sehen. Ich schlug die Hand vor den Mund und wusste nicht, ob ich das Lachen oder meine Tränen zurückhalten wollte.

Ich hatte noch nie ein Bild von ihr gesehen. Sie sah Orma sehr ähnlich, vielleicht war sie ein wenig hübscher als er.

»Ssie und Esskar waren befreundet«, sagte Mitha. »Alss Linn vom Kurss abkam, schrieb Esskar ihr Briefe und bat ssie, nach Hausse zu kommen und ssich kurieren zu lassen, aber Linn weigerte ssich.«

»Drachen schreiben Briefe?«, fragte ich erstaunt.

Mitha drehte ein Auge zu mir. »Deine Mutter war in ihrer menschlichen Gestalt und konnte daher keine Luftzeichen in den Bergen lesen. Esskar hat den Brief vermutlich einem Quig diktiert. Worauf ich hinauswill: Von da an hat Esskars Niedergang begonnen. Ssie fing an zu zweifeln.«

»Eskar hat ihren Dienst quittiert, weil Zeyd mich in Lebensgefahr gebracht hat«, sagte ich.

Mitha wackelte mit seinen Kopfstacheln. »Dass auch. Dann hat ssie meinen Coussin angeworben, damit er ihre Vorgessetzten ausspioniert. Er fand die Ssache mit dem gefangenen Halbmenschen herauss, und dass bewog ssie, endgültig aufzuhören.«

Mein Magen verkrampfte sich. »Welcher Halbmensch?«, fragte ich langsam. Ich kannte alle Ityasaari und nur eine von ihnen war gefangen gehalten worden.

»Diejenige, die ssie hier aufgezogen haben, um Experimente durchzuführen«, sagte Mitha schlicht und nahm die Fingerhüte ab.

Eisige Gewissheit erfasste mich. »Hat sie in einer Zelle mit einem kleinen Fenster gelebt und einen scheußlichen Anzug aus Kaninchenfell getragen?«

»Du kennst ssie«, sagte Mitha. »Aber ssag den anderen nicht, dass du den Anzug scheußlich findesst. Hier in den Bergen haben wir keine guten Fasserpflanzen.«

Ich war nicht hergekommen, um Jannoulas Kindheit zu ergründen, und Mithas Beschreibung jagte mir einen Schrecken ein. Trotzdem konnte ich die Augen nicht davor verschließen. Ich musste Näheres herausfinden. Ich wollte wissen, wer sie war und was sie tat, und hier würde ich Antworten auf jene Fragen finden, denen Jannoula immer ausgewichen war.

Mitha wollte mich nicht zu ihrer Zelle bringen, aber ich blieb stur, bis er sich schließlich geschlagen gab. Er führte mich durch ein Labyrinth aus Gängen und blieb immer wieder stehen, um den Quigs zu sagen, dass Eskar zurückgekehrt war und es jede Menge zu tun gab. Wir wagten uns sogar in einen Gang, in dem sich sonst Drachen aufhielten, allerdings erst nachdem Mitha sich davon überzeugt hatte, dass die Luft rein war.

In einem Behandlungssaal wurde gerade eine Operation durchgeführt, irgendein armer Saar lag mit offener Hirnschale da. Drei Drachenärzte standen um den hohen Metalltisch herum und benutzten mechanische Arme, deren feingliedrige Insektenbeine mit Skalpellen versehen waren. Erschrocken wollte ich zurückweichen, aber Mitha packte mich mit seiner dürren Rückenhand und zog mich hinter ein Metallregal. Die Ärzte hatten schalenförmige Lupen auf den Augen, damit sie sich ganz auf ihre Arbeit konzentrieren konnten.

Mitha gab der Quigutl-Krankenschwester heimlich ein Zeichen, woraufhin sie besonders viel Lärm machte, als sie Tupfer und andere Skalpelle holte.

Ein weiterer Gang führte uns zu einer Reihe von Zellen, die alle leer waren. Das graue Morgenlicht fiel durch die schmalen, vergitterten Fenster. »Nicht jedess Opfer isst gefügig«, sagte Mitha. »Manche weigern ssich, ihre natürliche Gestalt anzunehmen. Ssolche Störenfriede werden hier untergebracht. Der Halbmensch ssaß in der hintersten Zelle.«

Mit klopfendem Herzen ging ich den Gang entlang und öffnete die schwere Tür zu Jannoulas einstigem Kerker. Die Zelle war mir vertraut, der schmutzige Boden, das schmale, niedrige Bett, die kalten Wände. Der Kaninchenfellanzug hing neben der Tür an einem Haken.

Bei der Vorstellung, dass sie ein Versuchskaninchen gewesen war, drehte sich mir der Magen um.

Kein Wunder, dass sie sich mir gegenüber so verhalten hatte. Vielleicht war ich das erste menschliche Wesen, das sie kennengelernt hatte. Ich war wie aus dem Nichts erschienen und freundlich zu ihr gewesen.

Und dann hatte ich sie aus meinem Garten vertrieben und in ihr altes Leben zurückgestoßen.

Meine Kehle war so trocken, dass ich Schwierigkeiten beim Sprechen hatte. »Am Ende haben sie sie freigelassen. Warum? Ich kann mir kaum vorstellen, dass es aus Mitleid war.«

»Ssie freigelassen?«, wiederholte Mitha. »Du meinst, hinauss in die Wildniss? Dass stimmt nicht.«

»Aber ich habe sie in Samsam gesehen«, erwiderte ich stirnrunzelnd.

Er klappte den Mund auf und zu und überlegte. »Ssie hat ssich sselbst Strategiespiele beigebracht und war ziemlich gut darin. Irgendwann haben ssie angefangen, ssie nach ihrer Meinung zu fragen.«

»Strategiespiele?«, fragte ich benommen.

»Ssie isst mit General Palonn in die Schlacht von Homand-Eynn gezogen«, sagte Mitha. »Wir haben die Kette für ihren Nacken gemacht und einen besseren Anzug auss Moschusochsenhaar, weil ssie in einem Gletscherversteck auf der Lauer saßen.«

Ich musste mich auf das kleine Bett setzen und meinen Kopf in die Hände stützen, denn ich zitterte am ganzen Körper. »Homand-Eynn war eine der ersten Niederlagen der Getreuen. Comonot hat mir davon erzählt. Die Alte Ard hat die Getreuen aus einer Brutstätte heraus angegriffen.«

»Und dabei ihre eigenen Nestlinge in Gefahr gebracht«, bestätigte Mitha augenrollend. »Ess war ein Glücksspiel, aber ess isst gelungen. General Palonn war außerordentlich erfreut. Vor den Ärzten hat er geprahlt: ›Endlich habt ihr etwass Nützliches erschaffen: einen General auss einer Lady.‹«

Bei dem Wort *Lady* wurde ich stutzig. »Hat Palonn genau dieses Wort verwendet?«

»Ess wurde zu ihrem Spitznamen«, sagte Mitha. »Ssie hat mit der Alten Ard noch viele Schlachten gewonnen.«

Lady war kein Drachenname, sondern ein Wort aus unserer eigenen Sprache. Und plötzlich war mir alles klar: Jannoula war niemand anderes als der berüchtigte General Laedi.

Sechsundzwanzig

Glisselda musste unverzüglich erfahren, dass Jannoula im Dienst der Alten Ard stand und womöglich auf deren Befehl hin in Samsam war. Sie würde bald nach Goredd zu den anderen Ityasaari reisen, falls sie das nicht bereits getan hatte. Die Königin konnte Jannoula gefangen nehmen und einsperren lassen, bevor sie weiteren Schaden anrichtete.

Ich zog das porphyrische Tnik heraus, aber bevor ich es benutzen konnte, rief Mitha: »Nein, dann hören ssie dich!« Er nahm mir den Apparat ab und warf ihn zusammen mit der dazugehörigen Kette in seinen Schlund.

Entgeistert starrte ich ihn an.

Mitha stieß ein Klicken aus; ich hätte nicht sagen können, ob er auf mich schimpfte oder sich entschuldigte. »Die Zenssoren bekommen ess mit, wenn du ohne Erlaubniss Tnikss benutzt. Komm, wir reden später, nachdem du geschlafen hasst.«

Vor Erschöpfung war ich schon etwas wacklig auf den Beinen und hatte nicht mehr die Kraft, ihm zu widerstehen. Er brachte mich auf einem anderen Weg, der zum Glück nicht wieder an den Operationssälen vorbeiführte, in den Bau. Aber als wir sein Nest erreichten, war es bereits besetzt. Etwa zwanzig Quigutl lagen in einem wirren Haufen übereinander. »Da ist noch Platz«, erklärte Mitha. »Schlüpf rein.«

Misstrauisch blickte ich auf die schlafenden Quigs. »Sie werden erschrecken, wenn sie aufwachen und mich sehen.«

»Vielleicht«, sagte Mitha nur und huschte davon.

Ich suchte mir eine Ecke aus, in der ich niemanden berührte. Allerdings war der Boden dort mit Baumrinden bedeckt, die unangenehm stachen. Mein ganzer Körper kribbelte, dabei war ich eigentlich furchtbar müde. Ich überlegte kurz, ob ich meinem vernachlässigten Garten einen Besuch abstatten sollte, um Lars zu bitten, der Königin eine Nachricht zu überbringen. Aber beim letzten Mal hatte es damit geendet, dass Viridius außer Gefecht gesetzt worden war. An wen konnte ich mich noch wenden? Auf wen konnte ich mich noch verlassen?

Ich lag lange wach und verzweifelte beinahe über meinen Gedanken. Irgendwann begrub mich der Schlaf wie ein Gletscher.

Als ich aufwachte, tasteten klebrige Finger über meine Wange. Ich schreckte hoch und ein halbes Dutzend Quigs stob davon. Manche krochen sogar die Wand hinauf und über die Decke. Durch das Nestloch fiel ein schwaches Licht. Ich rieb mir die Augen und rätselte, wie spät es war.

»Mitha hat gessagt, wir ssollen dich aufwecken«, rief ein Quigutl von der Decke herunter.

»Wir ssammeln Tnikss ein«, sagte ein anderer. »Du ssollsst unss helfen.«

Ich sank zurück auf den Boden. »Wie lange habe ich geschlafen?«

»Ssehr, ssehr lange! Es ist nicht mehr heute, ssondern schon morgen. Der porphyrische Drache isst bereits auf und hilft unss.« Die Quigutl stießen dieses seltsame Klicken aus, das ich schon bei Mitha gehört hatte, und ich überlegte, ob es Gelächter war.

Sie gaben mir ein Frühstück aus zähen Berggräsern und halb rohem Yak. Es schmeckte entsetzlich, aber wenigstens war es nicht verdorben. Ich folgte einem Trupp junger Quigutl durch eine Reihe von Tunneln, die so niedrig waren, dass ich nicht mehr aufrecht stehen konnte. Die Quigs schlichen sich in die Höhlen der Zensoren und Ärzte, holten deren Tniks und Tnimis (Apparate, die auch Bilder übermittelten) und bargen sie in ihren Kehlen. Dann spuckten sie alles in einen kleinen Wagen, den ich in einen winzig kleinen Tunnel brachte. Er war so eng, dass ich mich nicht hineinquetschen konnte. Dort wartete bereits ein Quig, der alles ablud und verstaute.

Natürlich trugen einige Zensoren und Ärzte ihre Apparate auch um den Hals und am Handgelenk. Aber auch dafür wusste Mitha eine Lösung. Er nahm ein Tnimi, das nur innerhalb des Bergs benutzt wurde, und schickte sein knorriges Gesicht in alle Winkel von Labor vier. »Achtung, Zenssoren!«, hörte man über das Rauschen hinweg sein Lispeln. »Alle Übertragungssapparate müsssen für Wartungsarbeiten abgegeben werden. Diesser Aufforderung isst unverzüglich Folge zu leisten. Grundlage ist die Zenssorenverordnung fünf-neun-fünf-null-sechs-neun.«

Es dauerte nicht lange und die Drachen reihten sich in ihren großen Tunneln auf, um die Tniks in einen mechanischen Schubkarren zu legen, den Mitha bei den Chemielaboren aufgestellt hatte. Von einem Luftschacht an der Wand sah ich zu und belauschte die Gespräche der Drachen – wer wen gebissen hatte, wieso Inna zur Erholung durfte, wie die molekulare Zusammensetzung des neuen Nervengifts war und dass Yaks lange nicht mehr so viel Fett haben wie früher. Die Drachen-Tniks waren viel größer als die der Saarantrai. Sie hingen an Armbändern, die bei Menschen schwere Halsketten gewesen wären, und an Ringen, die bei Menschen als große Armreife durchgegangen wären. Manche Drachen hatten die Tniks mit spinnennetzfeinen Drähten am Kopf befestigt, damit sie ihre Klauen frei hatten.

Ich lag im Schacht auf dem Bauch und beobachtete alles. Die Quigutl zwängten sich zu mir herein und rieben sich an mir wie

Katzen. Nach einer Weile hatte ich genug und zischte: »Schluss damit!«

»Dass geht nicht«, sagte ein Quig direkt neben meinem Gesicht. »Wenn ssie dich riechen, bist du sso gut wie tot. Dann war Esskarss Mühe ganz umssonst.«

Ich konnte mir kaum vorstellen, dass jemand, der zu derart harmloser Plauderei fähig war, mich töten würde. Aber heute waren vier Quigutl-Maschinisten gnadenlos in Brand gesetzt worden: der eine, weil er unaufgefordert einem Zensor zu nahe gekommen war, die anderen, weil sie erwischt worden waren, während sie die Drachenhöhlen nach Tniks durchsuchten.

Als wir mit unserer Aufgabe fertig waren, begleitet ich Mithas Nestlinge auf die Krankenstation. Es war ein hell erleuchteter Raum mit verschiedenen kleinen, in den Boden eingelassenen Becken. Die verletzten Maschinisten lagen in eierförmigen Gruben und schwammen in einer zähen Flüssigkeit. Brisi ging den Quigutl-Pflegern zur Hand. Sie schöpfte die Flüssigkeit mit einer Kelle und goss sie über die zarten, verbrannten Köpfe. Die verletzten Quigutl schienen recht munter zu sein, wenn man bedachte, dass sich ihre verbrannte schwarze Haut von ihren Körpern schälte.

»Keine Ssorge«, flüsterte ein Quig in mein Ohr. »Dass Destultia bewirkt, dass sie den Schmerz zwar fühlen, er ihnen aber nichts mehr aussmacht.«

Ich dachte noch über seine Worte nach, als Mitha eintraf. Er grüßte nacheinander die Maschinisten, dann kam er zu mir. Er hatte meine Flöte mitgebracht. »Vielleicht kannst du etwass für ssie spielen«, sagte er und fuhr sich über die Augen. »Ich habe dass Lied sselbst geschrieben. Ich werde ssingen und du kannst mich begleiten.«

»Ich mag Quinten!«, piepste ein Quig. »Die Wellenlänge besteht aus ganzzahligen Vielfachen.«

»Mir gefällt der Tritonus besser!«, rief ein anderer.

Mitha würgte glühende Asche hervor, spuckte sie auf den Boden und begann zu singen:

> O Ssaar, gib acht
> Und fürchte die Schar,
> Die du bedenkst mit Hohn.
> Wir bauen dein Nest
> Bessern aus, machen neu,
> Und alless ohne Lohn.
> Ihr verbrennt unsre Haut,
> Zerschmettert unss gar,
> Da keine Strafen euch drohn.
> Aber wir ssind nicht schwach,
> Und der Tag ist schon nah,
> Bald streifen wir ab die Fron.

Ich starrte Mitha sprachlos an – nicht nur, weil er mit Reim und Rhythmus gedichtet hatte, sondern weil sein Gesang so vollkommen ohne Melodie war, dass ich keine Ahnung hatte, wie ich ihn begleiten sollte. Ich konnte nicht einfach irgendwelche Quinten spielen, dazu musste ich wissen, welchen Ton er sang. Aber eigentlich sang er überhaupt keinen Ton, sondern krächzte nur kehlig und stieß immer wieder schrille Pfeiftöne durch die Nase aus. Ich musste unwillkürlich an Brasidas Sinusgesang auf dem Hafenmarkt denken. Ich hatte Angst, dass man uns in den Drachentunneln hören konnte, aber die Quigs schienen diese Befürchtung nicht zu teilen, und sie kannten sich in dem Berg besser aus als ich. Also beschloss ich, in sein Pfeifen einzustimmen. Versuchsweise blies ich ein paar Töne. Die Quigs um mich herum fingen an zu murmeln. Das klang, als würde es ihnen gefallen, aber sicher war ich erst, als sie anfingen mitzuheulen.

Wir brachten ein so heilloses Durcheinander hervor, dass es sich entweder anhörte wie kämpfende Kater oder wie das Höllenfeuer. Die Musik trieb mir die Tränen in die Augen. Nicht weil sie so misstönend war, dass mir die Haare zu Berge standen, sondern weil die Quigs so begeistert waren. Sie hielten sich gegenseitig fest, nicht nur mit Händen und Schwänzen – ein Quig hatte seinen Schwanz sogar um meinen Knöchel geschlungen –, sondern auch mit ihrem gemeinsamen Summen. Wenn ich die Augen schloss, hörte ich die verflochtenen Töne. Sie schlangen sich wie Ranken ineinander und kletterten wie Erbsensprossen an einem Stab empor. Der Stab waren Mithas Verse, an dem sich alles ausrichtete. Das war Kunst, Quigutl-Kunst. Im Grunde genommen war es genau das, wonach ich suchte und worüber sich Dame Okra einst lustig gemacht hatte.

Ich hatte Gleichgesinnte gefunden, und dabei waren es nicht einmal meine eigenen Leute.

Es wurde spät, aber niemand wollte zurück in den Bau. Bei den Quigutl war es kein Verstoß gegen die guten Manieren, an Ort und Stelle einzuschlafen. Einige legten sich auf den Boden, andere krochen auf sie drauf, und alle schnarchten.

Ich verdrückte mich in eine Ecke, wo Brisi mit angezogenen Knien saß. »Wie geht es dir?«, fragte ich auf Porphyrisch.

Sie schüttelte den Kopf. »Für meine Eltern sind sie nur Ratten. Schmutzig, schlau, diebisch und verseucht. Ich … ich sehe, dass mehr in ihnen steckt, aber ich fühle mich immer noch unwohl. Warum hat Eskar sich mit ihnen zusammengetan? Nicht aus Mitleid, denn das ist ihr fremd.«

Ich hatte wie selbstverständlich angenommen, dass Eskar Trauer oder Wut darüber empfinden würde, wie die Zensoren

Jannoula, Orma oder die Quigutl behandelten. Aber Brisi hatte recht, so etwas war Eskar fremd.

»Mit der Vernunft ist es so eine Sache«, sagte ich und dachte an Comonots Rede. »Sie hat ein bestimmtes Muster. Sie verläuft entlang gerader Linien, mit der Folge, dass die leiseste Abwandlung am Anfang dich am Ende zu einem ganz anderen Ziel führt. Eskars Ausgangspunkt war wohl die Annahme, dass alle vernunftbegabten Wesen gleich sind.«

»Sogar wenn sie stinken?«, fragte Brisi gähnend.

Wir fanden ein Plätzchen zum Schlafen. Brisi döste sofort weg, aber ich musste noch lange über Eskars Grundannahme nachdenken. Waren alle vernunftbegabten Wesen nachweislich gleich? Es schien eher ein Glaubenssatz als eine Tatsache zu sein, auch wenn ich ihn für richtig hielt. Wenn man die Logik bis zum Ursprung zurückverfolgte, erreichte man dann nicht unweigerlich einen Punkt, an dem die Logik vom Glauben abgelöst wurde? Auch eine als unumstößlich geltende Tatsache musste zum Ausgangspunkt weiterer Überlegungen gemacht werden.

Irgendwann gab sich mein Verstand geschlagen und ich schlief ein.

Als ich am Morgen erwachte, lagen mehrere Quigs auf mir. Einer hatte seinen Schwanz um mein Gesicht geschlungen und ein anderer war halb unter meinem Hintern begraben. Brisi hatten sie in Ruhe gelassen, das Misstrauen zwischen Saar und Quigutl war gegenseitig.

Heute würde Eskar mit Comonot und den Exilanten eintreffen. In den Quigutl-Stockwerken des Labors herrschte geschäftige Betriebsamkeit. Mitha hatte allen ihre Aufgaben zugewiesen, jeder schien genau zu wissen, was er zu tun hatte. Der Quig nahm Brisi und mich mit in den elektrostatischen Raum, wie er es nannte, wo wir sicher wären, wenn der Kampf begann. »Ess wird stockdunkel in den Gängen ssein«, sagte er und band eine tragbare Lampe mit gespenstischem bläulichem Licht an mein Handgelenk. »Die Notversorgung isst bereits aussgeschaltet. Nur ein paar Lichter brennen noch, aber auch die werden bald aussgehen.«

Der elektrostatische Raum hatte eine hohe Decke, Brisi und ich konnten endlich wieder einmal aufrecht stehen, was unseren schmerzenden Rücken guttat. Der Raum war vollgestopft mit rotierenden Maschinen. Es war so laut, dass Mitha sich auf seine Hinterfüße stellen und in mein Ohr brüllen musste. »Dass isst der Generator! Er betreibt die Lichter und Maschinen.«

Der Quig sah mich forschend an, um herauszufinden, ob ich ihn verstanden hatte. Das hatte ich nicht. »Ihr Menschen macht feine Stoffe und Mussik, aber ihr verstehet nichts von Naturphilosophie. Alless besteht aus vielen kleinen Dingen. Mit einem Magneten ssorgen wir dafür, dass die allerkleinsten Dinge dass tun, wass wir wollen.«

Mitha verdrehte ein Auge, was, wie ich langsam glaubte, eine Art Quigutl-Zwinkern war. »In jeder Welt steckt eine weitere Welt, Sserafina«, sagte er.

Er zirpte den anderen Quigutl, die etwas abseits vom Generator standen, etwas zu, ehe er Brisi und mich zu ihnen brachte. Sie waren gerade dabei, eine große Linse auf die Berge auszurichten, die dann als Bild auf einer Scheibe erschienen.

»Das elektronische Auge«, sagte Mitha, als würde das alles erklären.

Ein Quig deutete auf einen Punkt direkt über den Bergen. Wir sahen zu, wie aus dem Punkt zwei einzelne Punkte wurden, die sich gleich darauf als fliegende Drachen herausstellten, die immer näher kamen. Dann änderte sich der Blickwinkel, sodass wir zuschauen konnten, wie die Drachen auf einem Felsvorsprung landeten.

Ich wusste ja bereits, wer die beiden waren, trotzdem überlief es mich, als ich sie erkannte: Eskar und der Ardmagar Comonot.

Zwei riesige Türen glitten zur Seite und schoben sich lautlos in den Berg. Ein Trupp Quigutl kam herausgeeilt und kletterte an den Drachen hoch. »Dass ssind Schnüffler«, stellte Mitha fest. »Ssie überprüfen, um wen ess ssich handelt.« Die Quigs huschten wieder zurück in den Berg, und bald darauf tauchten fünf Zensoren auf. Sie umstellten Eskar und Comonot, die ihre Köpfe einzogen und sich in den Nacken beißen ließen.

Der größte der Zensorendrachen fing an zu sprechen. Seine Stimme war etwas verzerrt durch ein kleines Gerät neben der Linse zu hören. »Eskar, Tochter von Askann, Emerita erster Klasse, und der Ex-Ardmagar Comonot«, rief er und umkreiste die beiden. »Ein seltsames Paar ist da vor unserer Tür gelandet. Was bringt dich hierher, Emerita?«

Eskar grüßte den Himmel. »Alles in Ard. Der Zensor-Magister hat mich höchstpersönlich wieder in den Dienst berufen.«

»Kannst du etwas Schriftliches vorweisen?«

»Es ist eine geheime Absprache zwischen uns.« Eskar streckte ihren Flügel über Comonot. »Ich erhielt den Auftrag, den Ex-Ardmagar gefangen zu nehmen.«

Die Quigs um mich herum zitterten aufgeregt und flüsterten Eskars Namen. »Oh, wie herrlich hinterlistig von ihr«, sagte einer.

Nur Mitha legte die Kopfstacheln missbilligend an. »Nicht hinterlistig genug.«

»Du scheinst dir nicht im Klaren darüber zu sein, dass wir

eine neue Akte über dich haben, Emerita«, sagte der Hauptzensor. »Du hast mit Abtrünnigen in Porphyrien gemeinsame Sache gemacht.«

Eskar duckte sich nicht, sondern streckte verächtlich den Hals. »Eure Agenten haben gegen das Gesetz verstoßen, als sie ohne die Erlaubnis der Versammlung nach Porphyrien gekommen sind.«

Die jüngeren Quigutl schnappten begeistert mit den Kiefern. Mitha blähte die Nasenlöcher auf und schlug denen, die besonders überschwänglich waren, auf den Kopf.

Auch der Hauptzensor streckte den Hals. »Es ist gegen das Gesetz, sich mit den Exilanten zu verbrüdern. Oder sollte ich besser sagen zu vereinigen ...«

»Er hätte mir sagen können, wo ich den Ex-Ardmagar finde«, unterbrach ihn Eskar.

Comonot, der immer noch geduckt auf dem Boden hockte, beäugte sie neugierig. Offensichtlich wusste er nichts von ihrer Beziehung zu meinem Onkel.

»Aber dann haben eure Agenten sich Orma geschnappt, ehe er es mir verraten konnte«, fuhr Eskar fort. »Ihr habt mich in meinen Nachforschungen zurückgeworfen. Ich könnte euch dafür belangen lassen.«

Die beiden starrten einander mit gestrecktem Hals und aufgestellten Flügeln an. Die Drohgebärde schien nicht recht zu ihrer gepflegten Sprache zu passen. »Man hat mich beauftragt, den Ex-Ardmagar zum nächstgelegenen Außenposten der Zensoren zu bringen«, schnarrte Eskar. »Man sagte mir, dass man uns erwartet und dass die Übergabe des Gefangenen unverzüglich stattfinden wird. Diese Befragung ist unzulässig.«

»Ich bin der Ranghöhere und habe das Recht dazu.«

Der Zensor sprach undeutlich und machte Anstalten, Eskar mit einem Flammenstoß heiße Füße zu verpassen. Die ängstlichen Quigs fingen an zu zappeln. Mitha stieß ein Knurren aus, um für Ruhe zu Sorgen.

Ohne ihren Gegenspieler aus den Augen zu lassen, machte Eskar sich an einer Kette um ihre Klauen zu schaffen. Es sah aus, als hätte sie ein Tnik.

»Ich habe den Rat verständigt«, kreischte sie.

»Gut. Sie werden uns einen Auditor schicken, der meine Befugnisse bestätigt.«

»Falsch«, sagte Eskar in einem für Drachen geradezu liebenswürdigen Ton. »Sie schicken eine Arde.«

Im selben Moment stiegen hundert Drachen hinter Eskar über den Bergen auf und flogen in doppelter Keilformation auf uns zu. Gleichzeitig drang ein lautes Rumpeln aus der Tiefe unseres Bergs heraus. Es klang, als hätte die Erde Magenknurren.

Das war unser Zeichen. Mitha und die anderen Quigs kletterten auf den Generator. Ich blickte wie gebannt auf das Bild in der Linse, das jeden Moment verschwinden würde. Für einen kurzen Augenblick war eine dramatische Szene zu sehen: die vier Zensoren, die ins Labor zurückeilten, und der Hauptzensor, der an seinen Hals griff, um ein Tnik zu benutzen, das nicht da war. Comonot, der ihn mit aufgerissenem Maul ansprang, und Eskar, die direkt in das »elektronische Auge« blickte.

Das Bild fing an zu flackern und dann gingen die Lichter aus. Brisi kreischte wie ein Kind.

Mitha hatte auf Eskars Befehl die Quigs angewiesen, zu bleiben, wo sie waren. Sie sollten nur dann in die Kämpfe eingreifen, wenn es sich nicht vermeiden ließ. Aber kaum war der Generator außer Betrieb, schwärmten sie angriffslustig zur Tür hinaus.

»Sso viel zum Thema Dissziplin«, sagte Mitha, der nur mäßig überrascht zu sein schien.

»Sserafina, ich habe mir etwass überlegt. Sselbst wenn wir annehmen, dass Orma hier gewessen isst und sseine Akte vernichtet wurde, werden die Zensssoren nicht alle Ärzte, die mit ihm zu tun hatten, einer Exzision unterzogen haben. Vielleicht weiß einer von ihnen, wohin ssie Orma hingebracht haben. Ärzte und Schwesstern werden ssich nicht am Kampf beteiligen. Vielleicht können wir jemanden im Operationssaal zur Rede stellen. Was hältsst du davon?«

Ich konnte mir beim besten Willen nicht vorstellen, wie ein Quigutl, ein Mensch und eine Halbwüchsige einen ausgewachsenen Drachen zum Reden bringen sollten. Aber vielleicht ließen die Ärzte ja tatsächlich mit sich reden und beantworteten unsere Fragen. Es war jedenfalls besser, als tatenlos hier herumzusitzen.

»Geh voraus, Freund«, sagte ich.

Mitha huschte hinaus in den Gang. Ich packte Brisi am Ellbogen und zog sie hinter mir her. Sie hatte einen seltsamen Gesichtsausdruck und lauschte angestrengt. Die Schreie der Drachen ließen den Felsen vibrieren. Brisi erschauderte – ob aus Aufregung oder Angst konnte ich nicht sagen.

Mitha bog in einen dunklen Seitengang ein, der so schmal war, dass meine Ellbogen gegen die Wände stießen. Er zog an einem Riegel und öffnete eine dicke Steintür. Eine fürchterliche Hitze schlug uns entgegen. Gleißendes Feuer blendete uns. Ich rang nach Atem.

Mitha schob mich zurück und rief: »Nicht hier entlang! Ich hätte nicht gedacht, dass ssich die Kämpfe schon biss hierher aussgebreitet haben.«

Aber hinter mir drängte bereits Brisi nach vorn. Sie quetschte sich an mir vorbei und stieß mich gegen die Felswand. An der

Türschwelle blieb sie stehen und riss sich die Kleider vom Leib. Ihre Silhouette zeichnete sich scharf gegen das Drachenfeuer ab. Gerade war sie noch ein mageres Mädchen mit dünnen Armen und Beinen gewesen und im nächsten Augenblick war sie etwas ganz anderes. Ihr Körper wurde länger und entfaltete sich zu einer Furcht einflößenden stachligen Gestalt. Dann sprang sie, ohne zu zögern, mitten ins Getümmel.

Ich schrie erschrocken auf, aber Mitha schob bereits wieder den Riegel vor. Feuerzungen leckten durch die Spalten und erloschen, als die Tür fest verschlossen war.

»Nun gut«, sagte Mitha zittrig. »Ssie gehört dorthin. Ess ist richtig sso. Komm, ich kenne einen anderen Weg.«

Er führte mich durch sehr schmale Tunnel, in denen ich nur auf dem Bauch rutschend vorwärtskam. Ich wollte mir lieber gar nicht erst vorstellen, wie es sein mochte, hier stecken zu bleiben. Schließlich krochen wir durch eine Luke in einen leeren Operationssaal. Die Tische und die Metallarme mit den Skalpellen warfen im Licht meiner kleinen Handlampe unheilvolle Schatten. Auf dem Boden glitzerte eine silberne Blutlache.

Im Nebenraum schrie ein Drache auf. Im Gegensatz zu Mitha, der sofort losrannte, zögerte ich. Schließlich schlich ich mich zu dem großen Durchgang und spähte in einen Raum, den Quigutl-Lampen von allen Seiten in ein gespenstisches Licht tauchten. In der Mitte stand ein ausgewachsener Drache und rollte mit den Augen. Er hatte einen Quig im Maul und schüttelte ihn wie einen kleinen Hund, bis das Genick der Echse brach. Zwei tote Quigutl lagen bereits ausgestreckt auf einem großen Metalltisch. Silbernes Blut tropfte von ihren Beinen und gerann auf dem Steinfußboden.

Überall wimmelte es von Quigutl: an den Wänden und an der Decke, unter den Schränken und zwischen den Furcht einflößenden Operationsgeräten. Der Drache schleuderte den toten

Quig in die Luft und schnappte nach dem nächsten, der jedoch rasch unter einem Metalltisch in Deckung ging.

»Dr. Fila!«, rief Mitha. Er ging auf den Drachen zu und schwang plötzlich vier Skalpelle in seinen vier Händen. Für ihn waren sie so groß wie Schwerter.

Der Drachenarzt wirbelte herum, an seinen Zähnen war das Blut der Quigutl, die er getötet hatte.

»Erinnerst du dich noch, wie du meinen Bruder kastriert hast?«, fragte Mitha und fuchtelte mit den Messern herum. »Erinnerst du dich, wie du meiner Mutter den Kehlkopf herausgeschnitten hast?«

Der Doktor spuckte Feuer. Mitha duckte sich weg, und die Flamme traf den Operationstisch mit solcher Wucht, dass er quer durch den Raum segelte. Schnell ging ich in Deckung.

»Erinnerst du dich, wie du den Ruhm für eine Maschine eingestrichen hast, die in Wahrheit mein Onkel gebaut hat?«, rief ein anderer Quigutl. »Erinnerst du dich, dass du dich nie an unss erinnersst – ess ssei denn, du hast ess auf einen von unss abgessehen oder du brauchst unss, weil etwass zu Bruch gegangen isst?«

Die Quigs stimmten Mithas Lied an: *Aber wir sind nicht schwach und der Tag ist schon nah...*

Mitha tanzte frech vor Doktor Filas Maul herum. Der Drachenarzt konnte seine Flügel nicht ausbreiten, ohne sich in den Drähten und Instrumenten zu verheddern. Mitha stieg auf einen Metalltisch. Der Arzt versuchte ihn zu fassen, verfehlte ihn und biss in den Tisch. Das metallische Kreischen ging mir durch und durch. Einen Augenblick lang wirkte der Drache orientierungslos.

Das war der Moment, in dem sich die Quigs auf ihn warfen.

Sie bewegten sich blitzschnell. Ich sah ihre Lampen aufblitzen, deren Licht plötzlich etwas Gefährliches hatte. Innerhalb von Sekunden hatten sie Doktor Fila mit dünnen, in die Drachenhaut schneidenden Drähten gefesselt. Dann banden sie auch noch sein Maul zu, damit er keine Flammen ausstoßen konnte.

Sie unternahmen jedoch keine Anstalten, ihn zu quälen oder zu verletzen. Stattdessen huschten sie durch den Raum, wischten das Blut auf, stellten die umgestürzten Geräte wieder an ihren Platz und machten sich, was mir geradezu absurd vorkam, an Reparaturarbeiten. Einige von ihnen brachten die Leichen weg. Alle eilten hin und her, und das wandernde Licht machte es schwierig, sich in dem Durcheinander aus Metall- und Glassplittern zurechtzufinden. Im ganzen Raum roch es nach dem Atem der Quigs und nach Schwefel.

Der Drache starrte mich mit seinem glänzenden schwarzen Auge an. Aus seinen Nüstern stieg Rauch.

Mitha, der gerade dabei war, zerbrochene Messbecher in seine Kehle zu stopfen, winkte mir zu. Er deutete auf eine Metallschüssel mit Wasser. Ich reichte sie ihm, und er spuckte zerschmolzenes Glas hinein, das im Wasser abkühlte und zu einem langen, durchsichtigen Streifen verhärtete.

Mitha fuhr sich mit der Zunge über die Lippen, reinigte sie mit der Flammenspitze und sagte: »Wollen wir den Kerl befragen?«

»Meinst du, er ist in der Verfassung, um zu antworten?«, fragte ich flapsiger als beabsichtigt, denn tatsächlich zitterte ich immer noch am ganzen Leib. »Immerhin habt ihr sein Maul zugebunden.«

Der Drache hatte seinen Kopf auf den Boden gelegt. Mitha schlug ihm mit der Wasserschüssel auf die Nase, dann setzte er sich auf die Kopfstacheln und hielt ein Skalpell an das Drachenauge. »Wir binden jetzt dein Maul auf«, sagte er. »Damit du schön brav Sserafinass Fragen beantwortest. Wenn du auch nur eine falsche Bewegung machst, steche ich dir den Augapfel auss. Dann klettere ich in das Loch und fresse dein Gehirn auf und meine Gefährtin legt ihre Eier in deine Nebenhöhlen.«

»Genug, Mitha«, sagte ich. Er machte ein zirpendes Geräusch, woraufhin ein anderer Quig die Fesseln so weit löste, dass der Drache mit zusammengebissenen Zähnen etwas sagen konnte.

»Serafina«, sagte er schwerfällig. »Ich kenne deinen Namen. Und ich habe eine Nachricht für dich.«

Die Angst legte sich wie eine Eisschicht über mein Herz.

»Von wem?«, fragte ich mit bebender Stimme.

»Von deiner Halbmensch-Schwester, General Laedi«, knurrte der Drache. »Sie hat deinen Onkel in ihrer Gewalt. Wir haben ihn nach Süden zu ihr gebracht. Du sollst sofort nach Goredd zurückkehren. Sie ist mit ihrer Geduld am Ende.«

»Habt ihr ihm die Erinnerungen weggenommen?«, fragte ich angstvoll.

Doktor Fila schnaubte. »Hätten wir ihn dann noch als Köder für dich einsetzen können? Sie will dich, Serafina. Wenn sie geahnt hätte, was du alles anstellen würdest, um ihn zu finden, hätte sie ihn nicht hierherbringen lassen, sondern an ihrer Seite behalten.«

Mehr sagte er nicht, denn aus unerfindlichen Gründen schlug Mitha dem Drachen die Schüssel so fest auf den Kopf, dass dieser das Bewusstsein verlor.

Siebenundzwanzig

Es dauerte keine Stunde und die Zensoren gaben sich Comonot und den Exilanten geschlagen.

Eskar erzählte mir später, wie sich alles abgespielt hatte. Die besten Kämpfer hatten die Tore gestürmt und die Wachen zum Eingang getrieben. Die nicht ganz so starken Drachen hatten auf ihre Schläue und List gesetzt und sich heimlich in die Fluchttunnel geschlichen, um die Zensoren und Wissenschaftler zu erledigen. Sie waren ohne Widerstände bis ins Herz des Bergs vorgedrungen, sodass den Zensoren nichts anderes übrig geblieben war, als aufzugeben.

Jedenfalls hatten die meisten eingesehen, dass ihnen nichts anderes übrig blieb. Aber auch an den Zensoren war die neue Weltanschauung nicht spurlos vorübergegangen. Fünf von ihnen kämpften bis aufs Blut, rissen drei Exilanten mit in den Tod und verletzten vier weitere. Ein paar andere hingen zwar auch der menschenverachtenden Ideologie an, waren aber nicht bereit, dafür zu sterben. Sie wurden in Kerker tief unten im Berg eingesperrt, wo sie viel Zeit haben würden, ihre Ansichten zu überdenken.

Ich war immer noch bei Doktor Fila, als zwei Exilanten kamen, um ihn abzuholen. Ich folgte ihnen durch die düsteren Gänge zu einem großen Atrium. Wenigstens fiel hier etwas Licht durch kleine Öffnungen, die allerdings so weit oben an der Decke waren, dass sie von unten wie Knopflöcher aussahen.

Hunderte von Drachen hielten sich hier auf. Sie verarzteten sich gegenseitig und verschafften sich einen Überblick über die Vorräte. Doktor Fila, der von seiner Begegnung mit Mitha immer noch etwas angeschlagen war, wurde aufgefordert, sich in die Reihe mit den Wissenschaftlern, Laborarbeitern und einem Dutzend Abtrünniger aus den Zellen zu stellen.

»Wir fordern euch auf, eurem Ardmagar zu dienen«, fuhr Saar Lalo die Gefangenen an. »Die Welt ändert sich und auch für euch ist es noch nicht zu spät.«

Zu meiner großen Erleichterung hatten die Quigs die Deckenlichter wieder in Betrieb genommen, was die Wahrscheinlichkeit, dass ich hier von Drachen totgetrampelt werden würde, erheblich senkte.

Ich musste dringend mit Comonot sprechen. Orma war nach Goredd geschickt worden und ich wollte sofort hinterher. Hoffentlich konnte der Ardmagar einen Drachen entbehren, der mich nach Süden bringen würde. Auf der Suche nach Comonot kam ich an Brisi und den vier porphyrischen Jungdrachen vorbei. Sie waren in ihrer Saarantrai-Gestalt und erzählten sich gegenseitig von ihrer ersten Drachenschlacht.

»Ich habe einem Wissenschaftler in seine Kopfschuppen gebissen«, prahlte einer.

»Ach, das ist doch gar nichts«, sagte Brisi. »Ich habe einem Auditor das Hinterteil versengt.«

Ich fragte überall nach Comonot, aber nur Ikat, die den Quigs geduldig zeigte, wie man Spinnennetz-Verbände anlegte, konnte mir weiterhelfen. »Eskar ist mit ihm in den nördlichen Teil des Bergs gegangen, wo sich die Archive befinden.«

Sie zeigte auf einen breiten, ansteigenden Gang, der so steil war, dass ich klettern musste. Schwitzend und atemlos erreichte ich die Archivhöhle – und zuckte beim Anblick des Ardmagars zurück, der in seinem Saarantrai, allerdings ohne einen Fetzen

Kleidung am Leib, mitten im Raum tanzte. Eskar hingegen war noch in Drachengestalt und gerade mit einem Seh-Apparat beschäftigt, wie ihn auch Mitha benutzt hatte, nur dass dieser hier dem Drachenauge angepasst war. In einer Ecke kauerten zwei ausgewachsene Drachen. Der eine war außerordentlich alt und hatte milchige Augen und seltsame, warzenartige Auswüchse auf der Schnauze. Neben ihm war ein kleiner Jungdrache mit scharfen, blitzenden Kopfstacheln. Der Alte stützte sich schwer auf ihn wie ein Großvater, der sich von seinem Enkel helfen lässt.

Ardmagar Comonot entdeckte mich und kam herüber. Ich versuchte, nicht auf seinen schwabbeligen Bauch zu starren.

»Serafina!«, rief er, und einen schrecklichen Moment lang dachte ich, er wollte mich umarmen. »Wir haben es geschafft, das Labor gehört uns. Und bald kennen wir auch die Geheimnisse der Zensoren!«

»Ihr seid in Eurem Saarantras«, sagte ich und richtete den Blick zur Decke.

Er fing an zu lachen und ich schaute ihn unwillkürlich an. Sein ganzer Körper wackelte wie eine Schüssel mit Sülze. »Ich wollte es spüren«, sagte er. »Triumph, nicht wahr? Das Gefühl gefällt mir. Es ist anregend.«

»Ich muss mit Euch sprechen«, sagte ich.

»Warte kurz«, sagte er und hielt die Hand hoch. »Eskar überprüft gerade etwas. Aufgrund eines kleinen Hinweises in einer Gedankenperle hat sie einen ganz außerordentlichen Verdacht geäußert, und ich rechne damit, dass sie mir jetzt den ganz außerordentlichen Beweis dafür liefert.«

Eskar grüßte mich mit einem kurzen Flügelzucken.

»Wie lautet der Verdacht?«, fragte ich, obwohl ich die Antwort bereits zu kennen glaubte. »Geht es darum, dass die Zensoren heimlich einen Halbdrachen gefangen gehalten haben, um Experimente durchzuführen?«

»Woher weißt du das?«, fragte Comonot. Eskar drehte ihren langen Hals und blickte mich an.

Ich sah schnell zu den zwei fremden Drachen in der Ecke hinüber, da ich vor ihnen nicht allzu viel verraten wollte. »Eskar hat mir zwar etwas ganz anderes erzählt, aber von einem Quigutl weiß ich, dass sie wegen dieser einen Ityasaari den Dienst quittiert hat.«

Eskars drittes Augenlid flatterte. »Ich hielt es nicht für wichtig«, sagte sie irritiert.

»Eskar hat diesen Überfall seit Jahren geplant«, sagte Comonot bewundernd. »Und sie ist aufgrund von vernünftigen moralischen Einwänden aus dem Dienst ausgeschieden.« Wieder musste ich ihn gegen meinen Willen anschauen. Er zwinkerte grässlich. »Ach, ihr Menschen mögt es vielleicht *Mitgefühl* und *Erbarmen* nennen. Aber das ist wie bei einer Gleichung, deren Lösung man aus dem Bauch heraus bestimmt. Man muss trotzdem alles noch einmal durchrechnen, um sicherzugehen, dass das Ergebnis richtig ist. Wir kommen auf unsere eigene Art genauso zu moralischen Schlussfolgerungen wie ihr.«

Der alte Drache in der Ecke schnaubte und spuckte einen großen schwelenden Schleimklumpen aus. Röchelnd sagte er: »Die Akte findet sich unter der Nummer 723-a. Aber wenn ihr mich an meine Maschine lasst, dann finde ich sie schneller für euch.«

»Damit du dabei Gelegenheit hast, alles zu vernichten?«, rief Eskar. »Kommt gar nicht infrage!«

»Es gibt Sicherheitsvorkehrungen.« Der alte Archivar klang wie ein kaputter Dudelsack. »Alles, was ich vernichte, ist in meinem Kopf gespeichert. Und ich vergesse niemals etwas.«

Inzwischen hatte Eskar die Akte bereits gefunden und überflog sie rasch. Vor lauter Ungeduld stieß sie kleine Rauchwölkchen aus.

»Ja, da ist es!«, rief sie schließlich. »General Palonns Nichte, die Tochter seiner verstorbenen Schwester Abind. Sie war siebenundzwanzig Jahre lang eingesperrt und diente als Forschungsobjekt.«

Comonot hatte aufgehört zu tanzen. Er verschränkte die Arme und sagte: »Dieses zugegebenermaßen fragwürdige Vorgehen ist deiner Meinung nach Grund genug, um die Zensoren abzuschaffen?«

»Sie war klug und Klugheit hat ihren Wert«, sagte Eskar. »Es ist genauso wie mit der Menschlichkeit, Ardmagar. Ein vernünftiges Prinzip muss man übertragen und nicht einschränken.«

»Das ist doch lächerlich«, kreischte eine Stimme, die ich nicht kannte. Wir drehten uns alle zu dem Jungdrachen um, der uns mit gefletschten Zähnen ansah. »Andere Kreaturen mögen klug sein, aber nur Drachen sind zu logischem Denken fähig. Logik ist rein und unbestechlich. Wenn wir uns auf andere Geschöpfe einlassen, verändern sich die Drachen, bis sie irgendwann keine Drachen mehr sind. Der Umgang mit Menschen entwürdigt uns. Wir müssen die Verderbtheit ausmerzen.«

Bei seinen Worten überlief es mich kalt. Ich sah Comonot an und rechnete damit, dass es ihm ebenso erging wie mir, aber er starrte den jungen Drachen mit unverhohlener Neugier an.

»So ist es«, sagte er und nickte. »Das ist die neue Logik. In deinen Augen bin ich kein Drache, und du würdest dein Leben dafür opfern, um meines zu beenden. Das war eine klare Aussage. Die Frage ist nur: Woher kommt sie?«

»Von diesem *Ding*«, knurrte der alte Archivar sabbernd. »Experiment 723-a. Du hast von Klugheit gesprochen? 723-a war entschieden zu klug.«

Ich konnte mich nicht mehr länger zurückhalten. »Sie heißt Jannoula. Sie hat den Drachen bei ihrer Strategie geholfen. Erinnert Ihr euch, dass wir von General Laedi gesprochen haben, Comonot? Das ist sie.«

Der Ardmagar zog seine buschigen Augenbrauen hoch. »Sie nehmen Ratschläge von einem Halbdrachen an, wo sie doch andere, echte Drachen nicht als solche anerkennen?«, wunderte er sich.

»Laedi ist uns nützlich, jedenfalls für den Moment«, fauchte der junge Drache. »Glaubt bloß nicht, dass wir sie am Leben lassen, wenn der Drachenkrieg vorüber ist.«

»Sie hat eine große Überzeugungskraft«, sagte ich zu Comonot. »Im Augenblick ist sie im Südland und verfolgt die Ziele der Alten Ard. Sie hat Orma nach Goredd zurückholen lassen.«

»Die Zensoren haben sie gequält.« Eskar nahm die Fingerhüte von ihren Klauen. »Sie haben ein Ungeheuer aus ihr gemacht.«

»Ein Ungeheuer, das unsere Befehle befolgt«, sagte der junge Drache hämisch.

Eskar warf ihm einen vernichtenden Blick zu. »Das glaubst du.«

Vielleicht sagte Eskar das nur, um ihn herauszufordern, aber sie hatte dennoch einen wunden Punkt angesprochen. Die Alte Ard konnte sich nicht auf Jannoulas Gehorsam verlassen. Jannoula hasste Drachen. Ich konnte mich noch gut daran erinnern, wie verärgert sie darüber war, dass Orma und ich uns gut verstanden, und wie verächtlich sie von Drachen gesprochen hatte. Irgendwann hatte sie es geschafft, die Drachen zu überreden, sie freizulassen. Die Alte Ard glaubte, sie benutzen zu können, und Jannoula ließ sie in dem Glauben.

Eskar hatte den Jungdrachen nur noch mehr aufgestachelt. Kleine Rauchwolken quollen aus seinen Nasenlöchern und er zitterte am ganzen Körper. Er wäre ihr am liebsten an die Kehle gesprungen, konnte es aber nicht, weil er den alten Archivar stützen musste.

»Du bist ein Schandfleck für die Drachenschaft, Eskar. Wir wissen alles über dich. Dass du mit einem Abtrünnigen in Porphyrien gelebt und ihn geliebt hast, dass du fast schon Zuneigung für die Quigs empfindest. Wir werden dieses Geschwür ausbrennen, selbst wenn es uns den letzten Atemzug kostet. Es spielt keine Rolle, wie viele von uns sterben. Zwei reine Drachen, mehr braucht es nicht, um unsere Rasse neu zu erschaffen…«

Mit einem erstickten Laut brach er ab. Der alte Archivar hatte, blitzschnell wie eine Schlange, seine verkrusteten Kiefer in den Nacken des Jüngeren geschlagen.

Der Jungdrache klappte das Mal auf und zu und verdrehte die Augen, aber der Alte ließ nicht locker, bis der Jüngere das Bewusstsein verloren hatte. Als er ihn freigab, krachte der Jungdrache auf den Boden, und sein Kopf rollte von einer Seite auf die andere.

»Ich hätte ihn schon früher gebissen«, krächzte der alte Drache, »aber ich sehe nicht mehr so gut. Ich musste genau die richtige Stelle treffen, um ihn außer Gefecht zu setzen.«

Er humpelte zu dem bewusstlosen Jungdrachen und stützte sich wieder auf ihn, denn ohne Hilfe konnte er sich kaum auf den Beinen halten.

Der Ardmagar grüßte zum Himmel. »Alles in Ard. Kann ich davon ausgehen, dass du dich nicht dieser neuen Philosophie verschrieben hast?«

»Ich bin zu alt für Philosophie«, krächzte der Archivar. »Der Halbdrache hatte ein leichtes Spiel. Er musste uns nur den Spiegel vorhalten, uns unsere Vorurteile aufzeigen und sagen: ›Seht her, wie recht ihr habt.‹ Die unzufriedenen Generäle haben sich schon seit Jahrzehnten gegen dich verschworen, Ardmagar. Aber es wäre nie über das Pläneschmieden und Spionieren hinausgegangen, wenn der Halbdrache sie nicht aufgehetzt hätte. Der Onkel, General Palonn, kam einmal im Jahr zu Besuch. Experiment 723-a kam sofort zur Sache: ›Comonot ist unrein, Onkel. Du könntest die Dinge geraderichten. Wenn du einen Spion in Goredd hättest, könnte er diesen törichten Vertrag mit einem Schlag außer Kraft setzen.‹«

»Du sprichst von einem Spion? Heißt das, Jannoula wusste von Imlann?«, platzte ich heraus.

Was für eine entsetzliche Vorstellung. Der Angriff meines Großvaters auf Comonot und die Königin während der letzten Wintersonnenwende hatte auf Jannoulas Betreiben hin stattgefunden.

Der alte Drache fletschte verächtlich seine zersplitterten Fangzähne. »Sie erfuhr nicht, um wen genau es sich handelte, aber dieser Halbdrache war schlau genug, um die richtigen Schlüsse zu ziehen. Ich war der Einzige, der diese Kreatur für gefährlich hielt. Alle anderen nahmen sie nicht ernst.«

Der Archivar hustete. Es klang, als würden Felsbrocken zerschlagen. »Wir haben unser eigenes Nest befleckt. Ich bin alt und habe viel erlebt. Ich sehe, wie die einzelnen Teile das größere Ganze ausmachen. Ich weiß die Worte, die in die Felsen dieses Bergs geritzt sind, richtig zu deuten. Wir Zensoren haben das Gedächtnis unserer ganzen Art ausradiert, weil wir dachten, nur so könnten wir die Drachenschaft schützen und erhalten. Aber jetzt haben nicht nur die Schmeichler ein leichtes Spiel, wir sind auch blind gegenüber abweichendem Gedankengut. Ich bin womöglich der letzte lebende Drache, der sich noch an den Großen Fehler erinnern kann. Jene, die nicht auf meine Einwände hören wollten und den Halbmenschen am Leben gelassen haben, stehen kurz davor, einen ähnlichen Fehler zu begehen.«

Eskar, die aufmerksam zugehört hatte, senkte demütig den Kopf. »Lehrer, was genau ist dieser Große Fehler, von dem du sprichst? Meine Erinnerungen aus dieser Zeit sind getilgt worden.«

»Du würdest dich ohnehin nicht daran erinnern können und niemand hätte dir davon erzählt. Ich habe nur deshalb die Rede darauf gebracht, weil der Ardmagar die Zunft der Zensoren auflösen will.«

Der Archivar blinzelte mit seinen entzündeten Augenlidern und vermied es, Comonot anzusehen. »Vor fast siebenhundert Jahren hat die Generation meiner Großväter ein geheimes Experiment unternommen. Sie haben Menschenfrauen verschleppt und sich mit ihnen gepaart, um herauszufinden, was passiert.«

Ich hielt den Atem an. Dieselbe Vermutung hatte Orma gehabt, und sie passte auch genau ins Zeitalter der Heiligen. War das ein weiterer Hinweis darauf, dass Orma mit seiner Annahme, die Heiligen könnten Halbdrachen sein, richtig lag?

»Wie viele Halbdrachen sind daraus hervorgegangen?«, fragte ich. In der großen Höhle klang meine Stimme dünn und klein.

»Vierhunderteinundzwanzig Halb*menschen*!«, korrigierte der Archivar penibel meine Wortwahl. Natürlich kannte er die genaue Anzahl auswendig, er war ja schließlich ein Drache. Ich hingegen hätte nicht sagen können, wie viele Heilige es im Südland gab. Mindestens einen für jeden Tag des Jahres.

Genau das war bisher mein Einwand gegen Onkel Ormas Erklärungsversuch gewesen. Eine so große Zahl von Kreuzungen war mir undenkbar erschienen. Wenn die Heiligen allerdings Teil eines Drachenexperiments gewesen waren, sah die Sache ganz anders aus.

»Nur Ardmagar Tomba und seine obersten Generäle wussten davon«, fuhr der alte Drache fort. »Die Halbmenschen hatten Fähigkeiten, die wir Drachen nicht besaßen. Sie sollten eine lebende Waffe sein, um die Menschen im Südland ein für alle Mal auszulöschen. Tomba und die anderen hatten allerdings nicht damit gerechnet, dass die Halbmenschen sich auf die Seite der Menschen schlagen würden.« Ein Zucken ging durch die gelähmten Flügel des Alten. »Sie haben sich gegen uns gestellt und sogar eine Kriegskunst entwickelt, um uns zu bekämpfen. Von da an war der Kampf gegen die Menschen ein ganz anderer.«

Die Kriegskunst, von der er sprach, war die Dracomachie. Das räumte meine letzten Zweifel aus: Orma hatte also recht.

Der Alte schnaubte und spuckte auf den Boden. »Mein Großvater hat selbst drei Halbmenschen gezeugt, und er war einer der ersten Befürworter der Zensoren, nachdem die Drachen so vernichtend geschlagen worden waren. Von da an sollte es keine Kreuzungen mehr geben. Wir Zensoren sollten sicherstellen, dass der Große Fehler sich nie mehr wiederholte.«

»Indem alle Erinnerungen daran ausgemerzt wurden?«, rief ich.

»Ja, und auch alle Gefühlsanwandlungen, die nicht artgemäß sind und die dazu führen können, dass jemand wie du geboren wird. Ganz offensichtlich haben wir unsere Aufgabe nicht erfüllt«, sagte der alte Drache knurrend und kniff seine milchigen Augen zusammen. »Ich rieche, was du bist, *Ding*. Man hätte dich auslöschen sollen. Wenn Comonot und dieses schreckliche Weibchen nicht hier wären, würden wir dich auf der Stelle töten.«

»Und dafür, dass es jetzt so gekommen ist, machst du meinen Vertragsabschluss verantwortlich?« Comonot blickte den älteren Drachen argwöhnisch an.

Der Archivar wackelte mit seinen dürren Flügeln, als wollte er die Schultern zucken. »Falls wir uns vorgenommen hätten, zu verhindern, dass die Erdplatten sich bewegen, wäre das ebenso aussichtslos gewesen. So ähnlich verhielt es sich mit unserem Drachenideal. Manches erkennt man eben erst im Nachhinein.«

Er fing wieder an zu husten und schien gar nicht mehr aufhören zu wollen. Eskar rannte zu ihm, stieß ihn zur Seite und sprang auf ihn drauf.

»Sie versucht, seine Atemwege freizubekommen«, sagte Comonot neben mir. »Keine Sorge, das ist sehr wirkungsvoll.«

Ich zog ihn von der gewaltsamen Behandlung weg in eine andere Ecke. »Ardmagar, ich muss nach Hause. Ich habe herausgefunden, dass Jannoula – oder General Laedi oder Experiment 723-a – auf dem Weg nach Goredd ist. Könnt Ihr die Königin warnen? Ich kann es nicht, weil die Quigs mir mein Tnik abgenommen haben.«

»Selbstverständlich«, sagte Comonot, blickte dabei aber zu Eskar. »Ich werde Königin Glisselda von Jannoula berichten und ihr sagen, dass du unterwegs bist.«

»Könnt Ihr Eskar entbehren, damit sie mich hinfliegt?«

»Auf keinen Fall.« Er hatte den Kopf schief gelegt, sodass er jetzt sogar ein Dreifachkinn hatte. »Ich brauche Eskar hier. Auf dem Weg zur Kerama warten noch zwei weitere Labore auf uns. Die jungen Drachen können dich hinbringen.«

Ich verbeugte mich. Wohl oder übel musste ich mich damit zufrieden geben, aber wenigstens würde ich bald zu Hause sein.

Comonot hatte den Blick wieder auf Eskar gerichtet. Sie hüpfte immer noch auf dem alten Drachen herum, obwohl er bereits eine Kugel aus Yak-Haut und einen kleinen Felsbrocken ausgespuckt hatte.

»Was meinst du?« Comonot beugte sich vertraulich zu mir. »Ob Eskar bereit wäre, sich mit mir zu paaren?«

Ich verschluckte mich. Der Ardmagar schlug mir auf den Rücken. »Ich weiß von der Sache mit deinem Onkel«, sagte er. »Das hat mich überhaupt erst auf die Idee gebracht. Eskar verkörpert alles, was ich mir für unsere Drachen wünsche. Sie überdenkt ihre eigenen Annahmen, und sie ist bereit, notfalls ungewöhnliche Wege zu wählen.«

»Sie hat Orma gewählt«, stieß ich hustend hervor.

»Das hindert sie nicht daran, auch mich zu wählen.« Der alte

Saarantras sah mich von der Seite an. »Manchmal führt uns unser Verstand zu der gleichen Moral wie euer Gefühl, manchmal auch nicht. Ich finde das…« Sein Mund formte Worte, die sein Gehirn erst noch denken musste. »Anregend?«, sagte er schließlich versuchsweise.

Ich war mir da nicht so sicher. Aber bald würde ich nach Hause zurückkehren, und das allein war anregend genug für mich.

Als ich zurück ins Atrium kam, hatten die einstigen Exilanten ein großes Feuer errichtet und bereiteten wie echte Porphyrer ein Festmahl vor. Kochen entsprach eigentlich nicht den Drachen, die ihre Beute warm und blutig hinunterschlangen wie alle guten Raubtiere. Auch die Exilanten hatten eine Vorliebe dafür, ihre Beute an der Kehle zu packen und zu schütteln, bis das Genick brach, das hatte ich auf unserer Reise mehr als einmal miterlebt. Rohes Fleisch machte ihnen nichts aus, solange es gewürzt war und nicht fad schmeckte.

Zu den Vorräten, die Porphyrien bereitgestellt hatte und die die Exilanten mitgeschleppt hatten, gehörten Säcke mit Pfeffer, Kardamon und Ingwer. Jetzt benutzten sie diese Gewürze, um das geröstete Jak fein abzuschmecken.

Comonot gesellte sich dazu, als alles fertig war. Wir aßen und feierten bis spät in die Nacht. Ich schlief bei Eskar, die bereits wusste, dass ich weggehen würde.

»Du hättest mich erst fragen sollen«, murmelte sie und blies mir verärgert Schwefel ins Gesicht. »Ich hätte Comonot überredet, dass er mich mitlässt.«

Sie sagte es zwar nicht ausdrücklich, aber ich nahm an, dass sie in Goredd geblieben wäre, um Orma zu suchen. Comonots Chancen bei ihr standen nicht gut.

Ich konnte den Aufbruch kaum erwarten, aber es verging ein weiterer Tag, ehe die porphyrischen Jungdrachen so weit waren. »Wir mussten noch Vorbereitungen treffen«, erklärte Brisi, die wieder im Saarantras war, und führte mich an der Hand zu einer kleinen, abseits gelegenen Kammer.

Ich schnappte erstaunt nach Luft. Die jungen Drachen hatten aus Draht und Holz einen Korb gebaut. »Gefällt er dir?«, fragte Brisi und wippte auf den Zehenspitzen. »Du hast so elend ausgesehen, als du mit Eskar geflogen bist. Jetzt kannst du wenigstens ordentlich sitzen. Es ist eine Luftsänfte.«

Ich half ihnen, den Korb in die große Höhle zu tragen, wo die Jungdrachen ihre natürliche Gestalt annahmen und die Flügel ausstreckten. Quigs huschten herbei, um eine große mechanische Luke an der Decke zu öffnen. Ich war überrascht, dass helles Mondlicht hereinfiel; hier unten hatte ich den Rhythmus von Tag und Nacht völlig aus dem Bewusstsein verloren.

Ich stieg in den Korb. Brisi nahm ihn in die Klauen und flog mich auf den Berggipfel und weiter in den offenen Himmel hinauf. Die anderen vier Drachen umkreisten uns.

Die Sänfte war großartig, aber Brisi war keine so starke und elegante Fliegerin wie Eskar. Bei jedem Flügelschlag machte ich einen Satz und mein Magen sackte nach unten. Als wir über einen Gletscher flogen, musste ich mich sogar übergeben. Brisi beobachtete mich neugierig und rief: »In tausend Jahren ist es immer noch im Eis eingeschlossen. Es sei denn, ein Quig frisst es vorher auf.«

Wir flogen bis zum Morgengrauen, danach versteckten wir uns und ruhten uns aus, ehe es am späten Nachmittag wieder weiterging. Die Tage verliefen alle nach diesem Muster. Die Jungdrachen trugen mich abwechselnd, aber keiner von ihnen hatte Eskars Flügelspanne. Mein Magen gewöhnte sich allmählich daran, trotzdem warf ich mich in den Ruhepausen auf meinem Lager hin und her, denn nun fehlte mir das Holpern im Flug. Zu meiner Überraschung schienen die Jungdrachen genau zu wissen, wie sie nach Goredd zu fliegen hatten. Als wir eines Morgens landeten, fragte ich Brisi danach.

»Mütterliche Erinnerungen«, krächzte sie. »Sie waren schon immer da, ich konnte nur nichts damit anfangen. Jetzt ergeben sie zum ersten Mal einen Sinn.«

Wir überflogen Gletscher, auf denen die Alte Ard ihre Feldlager aufgeschlagen hatte. Meine Begleiter achteten darauf, nicht zu tief zu fliegen, und hielten stets Ausschau nach Kundschaftern. Es war leichter, anderen Drachen aus dem Weg zu gehen, als ich gedacht hatte. Aus Instinkt oder vielleicht von mütterlichen Erinnerungen her wussten meine Drachen genau, wie sie die Landschaft zu ihrem Vorteil nutzen konnten. Sie segelten durch niedrige Täler und durchflogen enge Schluchten. Oft hingen die Wolken tief und bildeten einen weißen Ozean, aus dem die Berggipfel wie zerklüftete Inseln aufragten. Und auch das wussten die Jungdrachen für sich zu nutzen. Mehr als einmal landeten sie und verhielten sich ganz still, damit sie als Fels oder Schnee durchgingen (allerdings erst, nachdem sie meinen Korb und mich im Dickicht des Waldes oder unter einem Gletscher versteckt hatten).

In der sechsten Nacht überflogen wir einen Gebirgszug und stießen auf ein sogenanntes Geiertal, eine Dunggrube von Drachen. Ein riesiger alter Drache hockte gerade darin. Als er uns entdeckte, stieg er in die Luft und schrie: »Landet und weist euch aus!«

Die Jungdrachen hatten strikte Anweisungen, solchen Aufforderungen sofort nachzukommen. Comonot hatte ihnen eingeschärft, dass sie in so einem Fall auf dem nächsten Schneegipfel landen sollten, um zu erklären, dass ich ein gefährlicher Abtrünniger war (ähnlich wie Orma), den sie zu General Laedi bringen sollten.

Meine Begleiter hatten allerdings andere Vorstellungen. Brisi, die mich gerade trug, stürzte kopfüber auf einen messerscharfen Felsgrat zu. Ihre schnelle Bewegung löste bei dem alten Drachen den Jagdtrieb aus und er folgte ihr. Der eisige Wind biss mir in die Wangen und ich bekam keine Luft mehr. Die Erde drehte sich schwindelerregend und stand Kopf. Meine Ohren dröhnten und ich konnte nicht mehr klar sehen.

Dann schnellte mein Kopf zurück, weil Brisi wieder nach oben stieg. Die hellen Punkte vor meinen Augen verschwanden, und ich sah, dass zwei von ihnen ein Kettennetz aufgespannt hatten. Sie flogen direkt auf den alten Saar zu, der bisher nur auf Brisi geachtet hatte und nicht rechtzeitig ausweichen konnte. Er verfing sich mit Klauen und Hörnern im Netz. Als er mit den Flügeln schlug und sich herumwarf, riss er den zwei Drachen das Netz aus den Klauen. Sie schrien erschrocken auf. Das Netz erfüllte trotzdem seinen Zweck, denn der feindliche Drache war so im Netz verfangen, dass er nicht mehr fliegen konnte. Wie ein Stein fiel er vom Himmel und schlug mit voller Wucht auf den Felsengrat. Er brach sich das Genick und war sofort tot.

Die jungen Drachen umkreisten ihn wie aufgeregte Bienen. Sie hatten ihn mit dem Netz nur aufhalten wollen, damit wir in Ruhe weiterfliegen konnten. Aber das, was passiert war, ließ sich nicht mehr ungeschehen machen. Sie beratschlagten kurz, dann brachten sie seine Leiche in dem Netz zu einer abgelegenen Schlucht, wo die Flammen uns nicht verraten würden, und verbrannten ihn gemäß der porphyrischen Begräbnissitte. Brisi sprach Worte, die ich zuerst nicht einordnen konnte, bis ich begriff, dass es sozusagen Hartmaul-Porphyrisch war, also ihre Muttersprache mit Drachenstimme. Ich verstand gerade genug, um daraus zu schließen, dass es sich um Gebete an ihre Götter Lakhis und Chakhon handelte.

Den jungen Drachen war es angemessen erschienen, für den fremden Drachen ein Begräbnis abzuhalten. Comonot hatte den Porphyrern nur mit großem Widerwillen Zugang zu den Quigutl-Geräten gegeben. Dabei hatte er eines übersehen, nämlich dass auch die porphyrischen Exilanten den Drachen etwas geben konnten: Wahlrecht, Kochkunst und jetzt auch noch Begräbnissitten. Die Welt war tatsächlich im Umbruch.

Es wurde bereits hell, deshalb suchten wir uns eine Senke zum Schlafen. Ich versuchte, es mir auf dem felsigen Untergrund bequem zu machen, und sagte zu den Drachen: »Das war sehr schlau von euch, ein Kettennetz mitzunehmen und es so gekonnt einzusetzen. Drachen sind nicht gerade berühmt dafür, gut miteinander zusammenzuarbeiten, aber bei euch war das ganz selbstverständlich.«

Brisi betrachtete ihre Klauen, eine Geste, die zu einem schüchternen Menschenmädchen gepasst hätte, aber nicht unbedingt zu einem Drachen.

»Die Fischer zu Hause haben uns gezeigt, wie man Netze benutzt«, erklärte sie.

Die anderen Drachen murmelten leise »Porphyrien!« und es klang wie ein weiteres Gebet.

Drei Nächte später deutete Brisi auf den schmalen Acata, einen Fluss, der Comonot zufolge die Grenze zum Gebiet der Getreuen markierte. Es dauerte keine Stunde, bis wir von diesen Getreuen entdeckt wurden. Sie hatten unsere Ankunft bereits erwartet und daher einen kleinen Trupp von dreizehn Drachen losgeschickt, um Ausschau nach uns zu halten. Die Jungdrachen riefen Comonots Losung, was die Getreuen allerdings nicht davon abhielt, sie an den Flügeln und Schwänzen zu beißen, ehe sie uns nach Süden in ein abfallendes Tal oberhalb der Baumlinie brachten, wo ihre Ard stationiert war.

General Zira war ein schlaues altes Weibchen, die zwar klein, aber sehr einschüchternd war. Etwas in ihrem Blick erinnerte die Jungdrachen wohl an ihre eigenen Mütter, denn sie duckten sich unterwürfig.

»Der Ardmagar hat mich bereits verständigt«, sagte Zira. »Serafina soll nach Lavondaville gebracht werden. Das übernehmen ab sofort wir.«

Die porphyrischen Drachen erhoben Einspruch, aber Zira übertönte sie. »Die Jungdrachen bliebe hier. Der Ardmagar will, dass ich aus euch ordentliche und disziplinierte Kämpfer mache.«

»Das sind wir bereits!« Brisi umklammerte meinen Korb. »Der Ardmagar hat uns diese Aufgabe übertragen. Und zur Disziplin gehört es auch, dass wir etwas bis zum Ende durchführen.«

Zira zeigte sich zwar unbeeindruckt, ließ sich aber auf einen Kompromiss ein. Brisi würde die Reise mit einem erfahrenen Führer fortsetzen, während ihre Kameraden bei den Getreuen blieben.

Wir schliefen den ganzen Tag hindurch und brachen bei Einbruch der Dunkelheit auf. Lavondaville lag südlich von uns und war nicht weiter als einen langen Nachtflug entfernt. Brisi murmelte andauernd, dass sie die Stadt auch alleine finden würde und keine Hilfe bräuchte. Unser Führer, ein magerer Drache namens Fasha, der erst kürzlich aus der Stadtgarnison von Lavondaville an die Front zurückgekehrt war, flog in stoischem Schweigen weiter. Wir überflogen Dewcombs Außenposten, die nördlichste Siedlung von Goredd, und überquerten die sanften Hügel des Königinnenwalds. Als die Sonne ihre helle Nasenspitze über den östlichen Gebirgszug streckte, sah ich meine

Stadt. Die Mauer war aufgerüstet – mit Bliden, Wurfgeschützen und anderen Erfindungen von Lars –, aber die Umrisse der Dächer, des Schlosses und des Kirchturms waren mir immer noch vertraut. Dies war meine Heimat, egal wie weit ich in der Welt umhergezogen war. Bei ihrem Anblick hatte ich einen Kloß im Hals.

»Kann ich dich auf dieser Lichtung absetzen?« Brisi umkreiste eine weitgehend baumlose Stelle am südlichen Waldrand. Sie wollte mich allen Ernstes im Sumpf absetzen. Ich würde vor Schlamm starrend zu Hause ankommen.

»Nicht hier«, rief ich. »Schloss Orison.«

Saar Fasha hatte mitgehört und krächzte: »Am Schloss dürfen keine Drachen mehr landen.«

Das war eine sehr vernünftige Reglung, und ich fragte mich, was geschehen war, dass sie jetzt auch umgesetzt wurde. Fasha führte uns nach Westen um die Stadt herum, über den Fluss Mews und wieder nach Süden zu einem Feldlager auf offenem Gelände.

Zuerst war ich nicht sicher, um welche Soldaten es sich handelte, aber dann sah ich die grün-violette Fahne von Goredd über einem der größeren Zelte flattern. Offenbar waren es unsere Ritter, die mit Sir Maurizio aus Fort Übersee entkommen waren.

Die Nachtwachen spielten gerade Karten und beobachteten den Sonnenaufgang. Als sie uns entdeckten, sprangen sie auf und griffen nach ihren Piken, um sich verteidigen zu können. Ein magerer Bursche, den ich sofort als Sir Maurizio erkannte, kam aus einem der Zelte gerannt. Er trug nur seine Hose, blinzelte verschlafen und kratzte sich am Kopf. Plötzlich entdeckte er mich. Er winkte freudig und zog sich ein Hemd über.

Wir landeten auf einem nahe gelegenen Acker. Brisi verschätzte sich, was den Untergrund anging, und musste wie eine Hummel mit den Flügeln flattern, um zu verhindern, dass meine Sänfte auf den Boden krachte. Sir Maurizio kämpfte gegen den heißen Wind an, der ihm entgegenschlug, und eilte an meine Seite, um mir aus dem Korb zu helfen.

Er zog mich unter den breiten Flügeln hervor, dann salutierte er vor den zwei Drachen. »Danke, Saar Fasha und Saar Anderer-Drache-den-ich-nicht-kenne!«

»Colibris«, rief Brisi stolz und reckte den Hals. »Ein porphyrischer Drache. Da siehst du mal, dass ich nicht so unnütz bin, wie du denkst!«

Ich nahm an, dass der letzte Satz an Saar Fasha gerichtet war, aber der war bereits wieder in der Luft, und Brisi musste zusehen, dass sie hinterherkam. Kaum hatte sie das geschafft, flog sie in frechen Kreisen um seinen Kopf wie eine Krähe, die einen Adler ärgert. Ich musste lächeln. Kein Zweifel, sie würde ihren eigenen Weg gehen.

Im Lager waren die Dracomachisten aus ihren Zelten gekommen und hatten Verteidigungshaltung angenommen. Sie schienen mit ihren Piken in der Hand zu schlafen. Jetzt streckten und entspannten sie sich und hatten zuerst einmal das Frühstück im Sinn. Sir Maurizio führte mich zu einem der Hauptzelte, das sich dadurch von den anderen unterschied, dass es gestreifte Zeltwände hatte und groß genug war, dass ein Erwachsener aufrecht darin stehen konnte.

Ein junger Mann kam heraus und hätte uns fast über den Haufen gerannt, weil er sich im Laufen sein purpurrotes Wams zuknöpfte.

Es war Prinz Lucian Kiggs.

»Serafina!« Er ergriff meine Hände, ließ sie aber gleich darauf wieder los. Er trug immer noch seinen Bart, was mich törichterweise freute.

»Sie ist vom Himmel gefallen wie ein Komet«, grinste Maurizio. »Ist Sir Cuthberte bereits ansprechbar? Ich meine, ist er angezogen? Ob sein Hirn schon wach ist, darüber lässt sich streiten.«

»Zeltwände haben Ohren, weißt du«, meldete sich eine mürrische Stimme aus dem Zelt zu Wort. »Natürlich bin ich ansprechbar. Ich war schon wach, als ihr Lümmel noch tief und fest geschlafen habt.«

»Guten Morgen, Prinz Lucian«, begrüßte ich Kiggs. Meine Stimme war heiser, zum einen, weil ich so erschöpft war, und zum anderen, weil ich sie in den letzten Tagen so wenig benutzt hatte. »Ich muss sofort die Königin sprechen. Danach würde ich gern ein bisschen schlafen. Ich war in der vergangenen Woche nur nachts wach und eigentlich ist jetzt meine Schlafenszeit.«

Das Lächeln meiner Freunde war plötzlich wie weggewischt. Kiggs und Maurizio tauschten Blicke aus, die ich nicht richtig einordnen konnte. Erst jetzt fiel mir auf, wie seltsam es war, dass Kiggs mit den Rittern im Freien kampierte. »Was ist los?«, fragte ich leise. »Was ist passiert?«

Kiggs verzog die Lippen, als hätte er Galle im Mund. »Ich kann dich nicht zur Königin bringen. Sie hat mir verboten, auch nur einen Fuß in die Stadt zu setzen.«

»Was?«, rief ich. »Das verstehe ich nicht.«

Kiggs schüttelte den Kopf. Er war zu wütend, um weiterzusprechen. Maurizio antwortete für ihn. »Wir sind vor zwei Wochen angekommen. Aber Jannoula war schon drei Tage vor uns da.«

Ich holte scharf Luft und mein Herz wurde schwer wie ein versinkender Stein. »Bei den Hunden der Heiligen!«

»Die Wachen an den Toren hatten Befehl, sie gefangen zu nehmen, aber sie scheint sie beschwatzt zu haben«, sagte Sir Maurizio. »Lars von Apsig, der die Aufbauten an der Stadtmauer überwachte, hat Jannoula angeblich in den Palast geschmuggelt.«

»Sie hat sich in meinem eigenen Haus eingenistet«, sagte Kiggs. Seine Augen verrieten, wie besorgt er war. »Selda steht ganz offensichtlich unter ihrem Einfluss.«

»Das wissen wir noch nicht«, sagte Maurizio leise.

Hinter Kiggs ging das Zelt auf und ein korpulenter alter Mann mit herabhängendem weißem Schnauzbart trat heraus. »Aber das Schlimmste ist, dass Jannoula sich als Heilige ausgibt. Und statt dass man sie an den Haaren zu den Toren hinausschleift, scheinen die Bewohner der Stadt gar nicht genug von ihr kriegen zu können.«

Sir Cuthberte sah mich traurig an und hielt den Zelteingang für mich auf. »Kommt alle herein. Serafina hat uns noch nicht erzählt, welche Neuigkeiten sie mitbringt. Und ich fürchte, es ist besser, wenn wir uns dabei hinsetzen.«

Achtundzwanzig

Sir Cuthberte Pettybone humpelte in das dämmrige Kommandozelt und setzte sich vorsichtig auf einen dreibeinigen Klapphocker. Auf dem Boden war eine große Landkarte ausgebreitet, auf der kleine Figuren standen. Sir Maurizio führte mich dorthin. Die Morgensonne schien durch schmale Löcher in der Zeltdecke.

»Prinz, Serafina, vergebt einem alten Mann, dass er den einzigen Sitzplatz für sich in Anspruch nimmt«, sagte Sir Cuthberte und rieb sich die schmerzenden Knie. Nicht nur sein langer weißer Schnauzbart war zottelig, auch die wenigen Haare, die er noch hatte, standen hinter seinen Ohren ab wie helle, buschige Vogelnester. »Es entspricht nicht gerade der Etikette, aber ich bin nicht mehr so beweglich, wie ich einmal war.«

»Lügner«, sagte Sir Maurizio. »Wir wissen doch alle, dass du deine Kräfte zurückhältst, um die Drachen möglichst elegant ins Jenseits zu befördern.«

Sir Cuthberte stieß einen Laut aus, der halb Husten, halb Lachen war.

Als sich meine Augen an das Dämmerlicht gewöhnt hatten, sah ich, dass die Figuren auf der Landkarte keine Figuren waren, sondern Steine, Erdklumpen und eine Handvoll Ackerbohnen. Und die Landkarte war auch keine echte Landkarte, sondern mit Kohle auf eine Decke gezeichnet.

»Die Steine stehen für die Alte Ard. Unsere Seite, also

Goredd, die Getreuen und die Soldaten aus Ninys – falls die sich doch noch hier blicken lassen –, sind die Lehmklumpen. Das schien mir irgendwie passend«, erklärte Maurizio, als er meinen Blick sah. »Die Bohnen sind die Samsamesen. Unsere Kundschafter berichten, dass sie von Süd-Südwesten anrücken und in einem Eintopf sehr gut schmecken.«

Sir Cuthberte verkniff sich ein Lächeln. »Verzeih unserem Junker, Serafina. Du weißt ja, was für eine Nervensäge er ist.«

»*Sir* Nervensäge, möchte ich doch bitten«, sagte Maurizio und rümpfte gespielt beleidigt die Nase.

»Auf der Karte sind die Samsamesen schon ziemlich nahe«, stellte ich fest. »Wann werden sie hier sein?«

»In einer Woche«, antwortete Maurizio.

»Und wie lange dauert es noch, bis die Getreuen einen Scheinangriff von Süden führen?«

So behelfsmäßig die Landkarte auch war, sie führte mir deutlich vor Augen, dass der Kampf unmittelbar bevorstand.

»Nach General Ziras Schätzung, die sich wiederum auf Comonots Berichte stützt, wird es in drei Wochen so weit sein«, sagte Maurizio. »Er hat gerade Labor sechs eingenommen, wenn dir das etwas sagt, und will weitere Getreue um sich scharen, ehe er die Hauptstadt erstürmt.«

Ich sah Maurizio verblüfft an. »Heißt das, wir müssen womöglich zuerst gegen die Samsamesen und nicht gegen die Alte Ard kämpfen?«

Maurizio nickte. »Kann sein. Wir wissen nicht genau, was der Regent im Schilde führt.«

»Als die Samsamesen Fort Übersee angegriffen haben«, sagte Sir Cuthberte grimmig, »hatte ich den Eindruck, dass Josef ganz wild darauf ist, gegen Drachen zu kämpfen. Damals fragte ich mich noch, wie er es anstellen würde, die Dracomachisten aus Ninys und Goredd auf seine Seite zu ziehen.«

Er griff in seinen Wappenrock und zog eine Silberkette mit einem Tnik in Form eines Drachenkopfs heraus.

»Erinnerst du dich an Sir Karal, meinen Waffenbruder?«, fragte er mich.

»Natürlich«, antwortete ich.

Karal hatte mit Cuthberte zusammen im Gefängnis gesessen. Ich hatte die beiden über einen abtrünnigen Drachen befragt, der, wie sich später herausstellte, niemand anderer als Imlann gewesen war. Sir Karal war ein verdrießlicher Geselle, ganz anders als Cuthberte.

»Du weißt ja, was für ein argwöhnischer alter Knochen er ist. Er hätte sich nie auf eine samsamesische Intrige eingelassen.« Cuthberte fuchtelte mit seinem Tnik. »Mit diesem Ding hier kann ich mit ihm sprechen. Als ich nach unserer Flucht mit ihm redete, hatte er nichts anderes im Sinn, als sich und die anderen aus den samsamesischen Fängen zu befreien. Aber dann ist etwas passiert.«

Ich hatte das ungute Gefühl, genau zu wissen, worauf er hinauswollte.

»Die Ritter und Dracomachisten erhielten Besuch von einer lebenden Heiligen. Sir Karal erzählte mir – und zwar voller Freude! –, dass er das Licht des Himmels in ihr gesehen habe und froh sei, nicht mit uns geflohen zu sein, denn sonst hätte er seine wahre Bestimmung nicht gefunden.«

»Und was genau soll diese wahre Bestimmung sein?«, fragte ich ahnungsvoll.

Sir Cuthberte blickte mich eulenhaft an. »Drachen zu töten. Und zwar alle Drachen, auch Goredds Verbündete.«

Das ergab keinen Sinn. Wenn Jannoula als General Laedi im Dienst der Alten Ard stand, welchen Grund hatte sie dann, eine samsamesische Armee aufzustellen, um gegen die Drachen zu kämpfen? Dachte sie, die Samsamesen würden mehr Getreue töten als die Drachen der Alten Ard? Oder sollten die Samsamesen gegen Goredd kämpfen, um uns zu schwächen? Ich musste an die Siege der Alten Ard denken, die Jannoula eingefädelt hatte und bei denen so viele Drachen auf beiden Seiten gefallen waren, dass man kaum von einem Sieg sprechen konnte. Nahm sie so hohe Verluste einfach in Kauf, weil ihr die Sache es wert war?

Das würde jedenfalls der neuen Logik der Alten Ard entsprechen. Ich hatte das Gefühl, alle Einzelteile vor mir ausgebreitet zu haben, ich konnte sie nur nicht zu einem Ganzen zusammenfügen.

»Auch Anders hat das Himmelslicht gesehen«, mischte Kiggs sich ein. »Fina sollte sich anhören, was er zu sagen hat.«

Maurizio stand auf, streckte seine schlaksigen Glieder und verließ das Zelt. Wenig später kehrte er in Begleitung eines unerfahrenen jungen Dracomachisten mit strohblondem Haar zurück. Er hatte den Mann offensichtlich vom Frühstück weggeholt, denn auf dessen Oberlippe waren noch schaumige Reste von Ziegenmilch, die er sich hastig mit dem Ärmel abwischte.

»Junker Anders«, sagte Sir Cuthberte streng und zog seine weißen Augenbrauen zusammen. »Das ist Serafina. Sie möchte, dass du ihr von deiner Begegnung mit der Königin berichtest.«

»Ich habe Euer Schreiben überbracht, so wie Ihr es wolltet«, sagte der junge Bursche und stand stramm. »Ich habe darauf geachtet, dass die Königin es auch wirklich las. Sie warf den Brief ins Feuer und lehnte es rundweg ab, dass Prinz Lucian auch nur einen Fuß in die Stadt setzt. Sie sagte, dieser Schuft solle wenigstens einmal im Leben seiner Königin gehorchen.« Der junge Mann wurde blass und verbeugte sich kurz vor dem Prinzen. »Ich bitte um Verzeihung, Hoheit.«

Kiggs nickte und bedeutete ihm weiterzusprechen.

»Was ist dann passiert?«, fragte Sir Cuthberte.

Anders' Gesichtsausdruck wurde weich. Sein Blick ging in die Ferne. »Ah, da habe ich die lebende Heilige gesehen, Sir. Sie kam gerade, als ich gehen wollte. Sie kannte meinen Namen und hat mein Kinn berührt und gesagt: ›Du gehörst jetzt zu den Gesegneten. Erzähl es deinen Kameraden weiter‹. Dann hat sie … sie hat …«

»Sprich weiter«, sagte Sir Cuthberte.

Anders bohrte seine Stiefelspitze in den Boden. »Mir glaubt doch keiner. Wenn Ihr mich gerufen habt, damit dieses Fräulein mich auslachen kann …«

»Nein, nein.« Sir Maurizio klopfte dem Junker kameradschaftlich auf die Schulter. »Sie ist gut erzogen. Sie wartet, bis du weg bist.«

»Also«, sagte Anders und sah mich schüchtern an. »Ich habe das Himmelslicht gesehen. Ich schwöre bei Sankt Prue. Es umgab sie wie der Schimmer einer Spekulus-Laterne oder wie der Mond oder wie … wie das Herz der ganzen Welt.«

Mir war nicht nach Lachen zumute. Eine schreckliche Traurigkeit überkam mich, und ich konnte nicht einmal sagen, warum. Vielleicht, weil Jannoula die Leichtgläubigen ausnutzte. Vielleicht, weil sogar die Leichtgläubigen dieses Licht sehen konnten und ich nicht.

»Danke, Anders. Das ist alles.« Sir Maurizio entließ den jungen Burschen. Die Zeltklappe schwang hinter ihm zu.

Kiggs sah mich mit stummem Zorn an. »Wie macht sie das?« Er sagte es nicht laut, aber ich hörte trotzdem eine zweite Frage hinter der ersten: *Denkst du, dass Glisselda auf sie hereingefallen ist?*

»Ich habe die Königin vor ihr gewarnt«, sagte ich, um ihn zu beruhigen. »Das Himmelslicht ist nichts anderes als das Gedankenfeuer der Ityasaari, mit dem sie auch die Sankt-Abaster-Falle bauen.« Ich beschrieb mit der Hand einen Kreis um meinen Kopf, als hätte ich selbst einen unsichtbaren Heiligenschein. »Jannoula kann ihr Gedankenfeuer den Menschen zeigen. Auf diese Weise hat sie Josef auf ihre Seite gezogen, obwohl er Halbdrachen hasst und fürchtet.«

Kiggs schlug sich auf den Schenkel. »Wusste ich's doch, dass ein Trick dahintersteckt. Sie ist genauso wenig eine Heilige wie du!«

Seine Worte trafen mich, denn er hatte recht, und das in mehrfachem Sinn. Leider konnte ich ihm weder von Ormas Vermutung noch von Sankt Yirtrudis' Testament oder dem Großen Fehler erzählen. Nicht jetzt und nicht im Beisein der anderen. Wer wusste schon, wie die Ritter reagieren würden?

Ich war mir auch nicht sicher, wie Kiggs es aufnehmen würde. Natürlich würde er aufmerksam zuhören, aber er war frommer als ich und würde womöglich äußerst bestürzt sein.

Kiggs, der mich keine Sekunde aus den Augen gelassen hatte, sagte sanft: »Was wolltest du Selda denn sagen?«

Ich holte tief Luft und begann. »Ich habe in Labor vier einiges über Jannoula erfahren. Ihr Onkel ist General Palonn – ist der Name jemandem geläufig?«

Sir Cuthberte nickte. »Er ist der angriffslustigste General der Alten Ard und vermutlich der nächste Ardmagar, falls es gelingt, den derzeitigen aus dem Weg zu räumen.«

Bei dem Gedanke verzog ich das Gesicht. »Palonn hat Jannoula als Kleinkind den Zensoren übergeben. Sie haben Experimente an ihr durchgeführt.«

Alle sogen scharf die Luft ein.

»Wie sich herausstellte, war sie eine begnadete Strategin, weshalb die Alte Ard ihr auch den Spitznamen General Laedi gab.«

»Der Schlächter von Homand-Eynn?«, fragte Sir Cuthberte fassungslos.

»Und ausgerechnet sie ist bei Selda im Palast«, rief Kiggs. Er schien drauf und dran, Lavondaville ganz allein zu erstürmen.

Sir Maurizio, der einen eigenen Gedanken zu verfolgen schien, schüttelte den Kopf. »Ich begreife das nicht«, sagte er. »Wenn Jannoula im Dienst des Feinds steht und sie tatsächlich so eine Strategin ist, wie du behauptest, warum sollte sie dann die Samsamesen dazu anstacheln, ihren eigenen Leuten eins auszuwischen?«

»Das weiß ich nicht«, sagte ich. »Die alte Ard glaubt, dass Jannoula in ihrem Sinne handelt, aber man will sie umbringen, wenn sie sich nicht mehr als nützlich erweist. Ich denke, Jannoula ist schlau genug, um das zu erkennen. Vielleicht ergreift sie bereits Maßnahmen, um sich selbst zu schützen?«

Ich dachte einen Augenblick nach, bevor ich fortfuhr: »Trotzdem lässt sich nicht alles damit erklären. Wir müssen herausfinden, was sie wirklich vorhat und wie groß ihr Einfluss auf Glisselda ist.«

»Wenn die Königin nicht einmal ihren eigenen Verlobten in die Stadt lässt, dann hat diese Jannoula sehr viel mehr Einfluss, als sie sollte. Egal welcher Teufel sie reitet, wir können nicht zulassen, dass sie Goredds Krieg führt.«

In diesem Punkt waren wir alle einer Meinung, aber wie es weitergehen sollte, war unklar. Die Ritter schlugen halbherzig vor, in die Stadt einzumarschieren und Jannoula zu überwältigen.

Aber es war nicht klug, am Vorabend eines Kriegs ausgerechnet einen Streit mit der Stadtgarnison vom Zaun zu brechen. Unsere Soldaten mussten ihre Kräfte für den bevorstehenden Kampf aufsparen, statt sich gegenseitig die Köpfe einzuschlagen.

»Keine Gewalt«, sagte ich und blickte Kiggs an, in der Hoffnung, dass wenigstens er mich verstehen würde. »Ich fühle mich teilweise verantwortlich für sie. Wenn wir sie irgendwie retten können, müssen wir das zumindest versuchen.«

Kiggs sah mich freundlich an. Ich konnte seinem Blick nicht standhalten und starrte auf meine Hände. »Du fühlst dich schuldig«, sagte er. Seine Stimme war wie ein tröstliches Streicheln. »Schuldgefühle sind alte Bekannte von mir. Sie sind wie die Stechfliegen, die dich die ganze Nacht über quälen und sich an deinem Blut laben. Man spürt sie zum Beispiel, wenn man zu seiner Verlobten zurückeilt, um ihr das Herz auszuschütten, und dann hören muss, dass sie einen nicht sehen will.«

Ich war erstaunt, dass er vor den Rittern so frei sprach, aber sie schienen nichts Ungewöhnliches an seinen Worten zu finden. Er stützte die Ellbogen auf die Knie und sagte: »Was sollen wir tun, Fina?«

Stirnrunzelnd betrachtete ich die behelfsmäßige Landkarte. Die Figuren von Ninys, Goredd und die der Getreuen waren überall verstreut und ließen sich kaum voneinander unterscheiden.

»Schmuggelt mich in den Palast«, sagte ich zögernd. »Jannoula ist ganz versessen darauf, dass ich mich ihrem Himmel auf Erden anschließe. Genau das werde ich tun. Ich werde ihre Freundin sein, so gut ich kann, bis ich herausgefunden habe, was sie vorhat und wie wir sie daran hindern können. Ich werde Glisselda aus ihren Fängen befreien.«

Die drei Männer nickten. Dann steckten wir die Köpfe zusammen und fingen an, Pläne zu schmieden.

Ich war so daran gewöhnt, nachts wach zu sein, dass ich mich um die Mittagszeit kaum mehr auf den Beinen halten konnte. Man erlaubte mir, im Kommandozelt ein Nickerchen abzuhalten. Das Feldbett war das gemütlichste Lager, das ich mir vorstellen konnte.

Am späteren Nachmittag wachte ich auf, blieb aber noch ein bisschen liegen. Der Lärm, den die Dracomachisten bei ihren Kampfübungen machten, hatte mich aufgeweckt. Bevor ich nach Lavondaville ging, musste ich möglichst viel über die Ityasaari aus Ninys und über Lars und Jannoula in Erfahrung bringen. Hatte Jannoula inzwischen auch Nedouard und Blanche am Haken?

Ich atmete gleichmäßig, sprach die rituellen Worte und betrat meinen ... nun ja, in meinen Gedanken bezeichnete ich ihn immer noch als Garten, egal wie verwelkt und geschrumpft er war.

Alles war noch so wie an dem Tag, als ich meine Grotesken zum ersten Mal bei ihren richtigen Namen genannt hatte. Der Himmel hing immer noch durch und wurde nur von Jannoulas Gartenlaube und den Bäumen in Pandowdys Sumpf hochgehalten. Die Bewohner lagen wie Puppen in einer Reihe auf dem Rasen. Es kostete nicht mehr viel Zeit, meinen Garten zu versorgen, ich musste nur hineingehen und durchzählen.

Ich ging zu der Puppe, die Nedouard darstellte. Falls Jannoula ihn am Haken hatte, würde sie es merken, wenn ich bei ihm gewesen war. Ich musste auf der Hut sein, um nicht ungewollt etwas preiszugeben. Ich ging zwar nicht davon aus, dass sie wusste, wo ich mich derzeit befand, aber allein schon dass ich mit einem Ityasaari Verbindung aufgenommen hatte, würde sie misstrauisch machen. Doch das musste ich in Kauf nehmen.

Ich ergriff die kleinen Hände der Nedouard-Puppe und stellte mich innerlich auf den schwindelerregenden Strudel ein, der mich jedes Mal ergriff, wenn ich eine Vision heraufbeschwor. Doch diesmal blieb er aus. Die Vision zog mich nicht in sich hinein, sie wirkte beinahe unecht und seltsam entfernt, wie bei einem Blick durch ein Guckloch.

Mein inneres Auge schwebte an der Decke und spähte nach unten; zumindest dies war noch genau so wie früher. Ich sah eine schmale, weiß getünchte Kammer mit einfachen Holzmöbeln. Der Doktor mit der Schnabelnase nahm gerade einen Kessel vom Herdfeuer. Er hatte ein Tuch um den Henkel gewickelt, damit er sich nicht daran verbrannte, und goss dampfendes Wasser in eine Zinnschüssel auf dem Tisch. Dann knöpfte er sein Hemd auf. Seine eingefallene Brust und seine knochigen Schultern waren mit silbernen Drachenschuppen bedeckt. Er wrang ein Tuch aus, zuckte zusammen, weil das Wasser so heiß war, und fing an, die Schuppen zu waschen.

Ich sah ihm eine Weile zu und dachte über das Paradoxon nach, dass man sich nach innen wenden musste, um nach außen sehen zu können. Schließlich sprach ich Nedouard in Gedanken an.

Sei mir gegrüßt, mein Freund.

»Ich dachte mir schon, dass du mich beobachtest«, sagte er und wrang den Waschlappen vorsichtig aus. »Ich muss zugeben, du bist mir lieber als sie. Du bist nicht so aufdringlich.«

Ich musste nicht erst fragen, von wem er sprach.

Also hat Jannoula dich doch noch erwischt. Es tut mir so leid. Was ist passiert?

Der alte Arzt tupfte seine Schulter ab. Dampf stieg von seinem geschuppten Rücken auf. »Blanche hat es zuerst erwischt. Sie versuchte, sich dagegen zu wehren, und musste fürchterliche Schmerzen erleiden. Sie hat sich sogar heimlich an meinem Vorrat an Mohntränen bedient. Sie wollte ihrem Leben ein Ende setzen, hat sich jedoch in der Dosis verschätzt und ist stattdessen sehr krank geworden. Ich sagte zu ihr: ›Blanche, ich kann dir ein wirksameres Gift geben, wenn du das wirklich willst. Aber wie wäre es, wenn du dich vorerst nicht gegen Jannoula wehrst, und ich suche einen Weg, wie ich dir helfen kann?‹«

Der sachliche Ton, mit dem er das gesagt hatte, ging mir durch und durch. Nedouard öffnete den kleinen Salbentiegel neben der Zinnschüssel, nahm einen Pinsel aus Pferdehaar und strich Salbe auf seine Schuppen.

Wenn Blanche gestorben wäre, hätte ich das doch bestimmt gemerkt. Wäre dann nicht die kleine Flamme ihres Gedankenfeuers in meinem Garten erloschen?

»Ich nehme an, Blanche hat meinen Rat befolgt«, fuhr Nedouard fort. »Als die Heilige, wie Jannoula sich jetzt nennt, schließlich auch an meine Tür klopfte, habe ich sie hereingelassen.«

Warum hast du das gemacht?, fragte ich entgeistert.

Er schwieg einen Moment und ölte seine Schuppen ein. Dann knöpfte er sein Hemd zu und antwortete. »Ich hatte gehofft, Blanche von innen heraus befreien zu können, aber leider besitze ich nicht die nötigen geistigen Fähigkeiten. Einen Vorteil hat es. Da ich so langweilig und willfährig bin, verschwendet Jannoula nicht viel Zeit mit mir, denn sie hat ja mit den anderen genug zu tun.«

Er zog einen Lederbeutel unter dem Tisch hervor. »Ich kann zwar niemanden mit der Kraft meiner Gedanken retten, aber ich habe immer noch nicht die Hoffnung aufgegeben, Jannoula zumindest ein wenig beeinflussen zu können. Vielleicht schaffe ich es, sie mit Argumenten davon zu überzeugen, dass es besser ist, die anderen freizulassen. Zu diesem Zweck habe ich mich ausführlich mit ihr beschäftigt. Ich kenne niemanden, der so ist wie sie. Ihr fehlen einige grundlegende menschliche Eigenschaften, zum Beispiel Mitgefühl und Fürsorge. Aber sie kann so tun, als ob sie diese hätte, und die Menschen so täuschen. Ich dachte, ich könnte sie irgendwie heilen, aber sie ist so zerrissen...«

Er zuckte mit den Schultern.

Es gibt also keine Rettung für sie?, fragte ich, obwohl ich mich gegen diesen Gedanken wehrte. Wenn Jannoula nicht gerettet werden konnte, würde ich meine Schuldgefühle bis in alle Ewigkeit mit mir herumschleppen; sie würden für immer bestehen bleiben wie eine in Bernstein erstarrte Ameise.

»Das meine ich nicht«, sagte er. »Aber je mehr Leid sie verursacht, desto weniger will ich sie retten. An manchen Tagen liege ich mit mir selbst im Streit, was meinen ärztlichen Eid angeht. Wie weit wäre ich bereit zu gehen?«

Während er sprach, hatte er seinen Beutel durchwühlt und eine Phiole mit einer öligen Flüssigkeit herausgenommen. Nachdenklich hielt er die Phiole hoch und schüttelte sie. »Wäre ich in der Lage, Jannoula zu vergiften? Bisher lautete die Antwort darauf Nein. Aber wenn auf der einen Waagschale mein Gewissen liegt, dann liegen auf der anderen Blanches endlose Qualen, Dame Okras verkrüppelter Geist und der dem Tode nahe alte Priester. Als Jannoula Gianni dazu angestiftet hatte, Camba die Treppe hinunterzustoßen, war ich nahe daran, sie zu töten«, sagte er leise. »Sehr, sehr nahe. Ich wünschte, ich wäre nicht so ein Feigling.«

Hast du gerade Camba gesagt?, fragte ich erschrocken.

Er nahm meinen veränderten Tonfall wahr. »Ach, Serafina«, sagte er traurig und ließ die Schultern hängen. »Du weißt es ja noch gar nicht. Die Porphyrer sind alle hier. Alle bis auf Abdo.«

Neunundzwanzig

Die Nachricht erschütterte mich so sehr, dass ich Nedouards Groteske wie ein heißes Kohlenstück fallen ließ. Die Vision erlosch und ich fand mich nach Luft schnappend im Staub meines winzig kleinen Gartens wieder.

Die Porphyrer waren niemals freiwillig nach Goredd gekommen. Bestimmt hatten sie sich gewehrt. Mir wurde schlecht, wenn ich daran dachte, was Jannoula mit ihnen angestellt hatte, um ihren Willen durchzusetzen.

Aber wieso war Abdo nicht hier? Und der dem Tode nahe alte Priester, von dem Nedouard gesprochen hatte, war das Paulos Pende? Plötzlich war der Traum wieder da, in dem ich Abdo gesehen hatte, wie er von einem Wagen heruntersprang und Pende tot zu Boden fiel. War es gar kein richtiger Traum, sondern eine Art Vision? Ich war mir nicht sicher, ob ich die Antwort auf diese Frage herbeisehnen oder fürchten sollte.

Auf die Gefahr hin, dass ich Jannoulas Aufmerksamkeit auf mich zog, blieb mir dennoch nichts anderes übrig, als die Grotesken zu besuchen und nachzusehen, was Jannoula mit ihnen angestellt hatte. Ich fing mit Brasidas an, dem weißhaarigen porphyrischen Sänger mit den verkrüppelten Gliedmaßen. Kaum hatte ich seine Groteske in die Hand genommen, erblickte mein geistiges Auge ihn. Er war an einem Ort, den ich gut kannte, dem Odeon des Sankt-Ida-Konservatoriums, und gab gerade eine Vorstellung. Die Reihen waren voll besetzt mit den staunenden Bürgern der Stadt. Seine ungewöhnliche Stimme füllte den gesamten Saal bis zur Kuppel hinauf.

Ich verweilte einen Augenblick, bezaubert von der Schönheit seines Gesangs, bis mir einfiel, dass er nicht der Einzige war, den ich aufsuchen wollte. Ich zwang mich dazu weiterzumachen. Als Nächstes ging ich zu Phloxia. Die Anwältin stand auf dem Sankt-Loola-Platz am Fuß der Heiligenstatue und hielt mit klangvoller Stimme eine Rede. Sie hatte sogar noch mehr Zuhörer als Brasidas. Die untergehende Sonne tauchte ihr Gesicht in einen orangebronzenen Ton.

»Ihr habt allen Grund zum Staunen, Bürger von Lavondaville!«, rief sie laut. Ihr viel zu großer Mund schwabbelte beim Reden. »Wenn die Heiligen Halbdrachen waren, warum, so werdet ihr euch fragen, haben sie dann flammende Schmähschriften gegen Drachen und Halbdrachen verfasst? Warum haben sie nicht von Anfang an gesagt, wer sie sind?«

Die Leute auf dem Platz tuschelten, stellten einander dieselben Fragen und warteten gespannt auf die Antwort.

»Die Heiligen haben ihre Herkunft geheim gehalten, weil sie Angst hatten«, fuhr Phloxia fort. »Sie waren Fremde in diesem Land. Goredd schätzte zwar ihre Hilfe, aber das Gedächtnis ist kurz und das Misstrauen sitzt tief. Wer von euch hat noch nie diesen Zwiespalt der Gefühle empfunden, wenn es um jene geht, die anders sind? Die Heiligen hatten jeden Tag aufs Neue mit Vorurteilen zu kämpfen. Also verdammten sie Kreuzungen zwischen den Arten, um zu verhindern, dass eine nächste Generation von Ityasaari so leiden müsste wie sie selbst. Sie hatten nur das Beste im Sinn, aber inzwischen wissen wir, dass sie zu viel des Guten wollten. Halbdrachen sind keine Ungeheuer, wie man es euch einzureden versucht hat, sie sind Kinder des Himmels.«

Phloxias Rede war nicht weniger faszinierend als Brasidas'

Musik. Woher wusste sie so gut über die Theologie des Südlands Bescheid und was machte sie hier? Hielt sie eine Predigt? Hatte Jannoula auf diese Weise die anderen Ityasaari herumgekriegt?

Ich wollte mich bereits wieder aus der Vision zurückziehen, als ich auf der anderen Seite des Platzes etwas entdeckte: ein über drei Stockwerke hohes Wandgemälde, das noch unvollendet war, aber eindeutig Sankt Jannoula höchstpersönlich darstellte. Besonders die Augen waren groß, grün und so freundlich, dass mein Herz ein kleines bisschen schmolz. Die Malerin war nicht zu sehen, aber ich hatte nicht den geringsten Zweifel, um wen es sich handelte.

Danach suchte ich Mina auf, die geflügelte Kriegerin. Sie war bei den Soldaten der Stadtgarnison und zeigte ihnen den Umgang mit zwei Schwertern gleichzeitig. Wie ein silbriger Zyklon des Todes vollführte sie einen atemberaubenden Waffentanz. Anscheinend zeigten die Halbdrachen den Bewohnern der Stadt, welche Wunder sie bewirken konnten. Und überall hatte Jannoula ihre Finger im Spiel.

Ich suchte Lars auf, der an der Stadtmauer das Aufstellen eines Katapults überwachte. Blanche war bei ihm. Sie hatte ein Seil um die Hüfte, das sie wie eine Nabelschnur mit Lars verband. Wollte man sie auf diese Weise daran hindern, sich etwas anzutun? Mein Herz quoll über vor Mitleid.

Als Nächstes suchte ich Gaios. Ich fand ihn am Schlosshügel auf dem Weg zur Sankt-Gobnait-Kathedrale. Seine Schwester Gelina, Gianni Patto und Jannoula waren bei ihm. Alle vier trugen weiße Trauerkleidung. Auch die anderen Ityasaari hatten Weiß getragen. Hatte Jannoula die Farbe für sie ausgewählt? Sie war nicht in Goredd aufgewachsen, daher hatte Weiß für sie nicht dieselbe Bedeutung wie für uns.

Auf beiden Seiten der Straße standen Menschen und schwangen Fahnen und Blumen wie bei einer Parade. Gaios und Gelina lächelten huldvoll und winkten den staunenden Zuschauern. Sie strahlten das Selbstbewusstsein und die Schönheit starker, junger Athleten aus. Ein paar Schritte hinter ihnen stapfte der bucklige Gianni mit seinen Klauenfüßen. Sein helles Haar war nachgewachsen und umgab seinen Kopf wie ein Heiligenschein. Er sorgte dafür, dass die Leute nicht zu nahe kamen. Der Andrang und die Begeisterung schienen ihm Angst einzujagen, und für einen Moment tat auch er mir schrecklich leid.

Jannoula war zwischen den beiden Zwillingen und sonnte sich im Glanz der Geschwister. Sie breitete die Arme aus, als wollte sie die ganze Stadt umarmen. Mit Gesten gab sie den Menschen zu verstehen, wie dankbar sie deren Liebe entgegennahm. Sie tat so, als würde sie sich etwas an die Brust drücken und dann über den Kopf gießen, ja sie schien geradezu durch die Luft zu gleiten.

Ich verhielt mich still, um Gaios nicht auf mich aufmerksam zu machen. Aber er spürte offenbar, dass ich im Garten der Grotesken seine Hand hielt, denn er fuchtelte herum, als wollte er eine Biene verscheuchen. Jannoula sah ihn an und ihre grünen Augen wurden schmal.

Schnell ließ ich ihn wieder los. Ich hatte genug gesehen.

Ich nahm Cambas kleine Groteske in die Hand und wappnete mich für das, was auf mich wartete.

Von der Decke eines Palastkorridors herab sah ich Ingar; das Licht spiegelte sich in seiner großen Brille. Sein rundes Gesicht hatte denselben Ausdruck wie bei unserer allerersten Begegnung. Dieses geisterhafte Lächeln hatte er damals gehabt, weil er unter dem Einfluss einer Heiligen stand. Er schlurfte den Gang entlang und schob einen Rollstuhl vor sich her.

Ich erkannte die große Porphyrerin, die darin saß, erst auf den zweiten Blick. Camba. Ihr Kopf war kahl geschoren. Vermutlich hatte Jannoula sie bestraft. Sie trug ein einfaches, weißes, langes Hemd, das ihr nicht passte. Beide Fußknöchel waren verbunden.

Gianni hatte sie die Treppe hinuntergestoßen, hatte Nedouard gesagt.

Camba hob die Hand. Ingar blieb stehen und lächelte ausdruckslos. Camba drehte den Kopf und sah sich suchend um, aber im Gang war niemand.

»Guaiong«, flüsterte sie.

Kaum hatte sie das gesagt, änderte sich Ingars Verhalten. Jetzt war er wieder ganz so wie in Porphyrien. Er schaute sich misstrauisch um, dann legte er die Hände auf Cambas Schultern und fragte leise: »Was ist, meine Freundin? Hast du Schmerzen? Versucht sie wieder, dir wehzutun?«

Camba trug nicht einmal mehr ihren Ohrschmuck. An den Ohrläppchen waren kleine gestanzte Löcher zu sehen. Sie griff nach Ingars Hand und hielt sie fest. »Serafina hat mich besucht. Sie beobachtet uns. Weißt du noch, was Pende gesagt hat? Sie hat von uns allen ein bisschen Licht. Ich möchte ihr zeigen, dass wir den Kampf noch nicht aufgegeben haben.«

Ingar lächelte Camba an. In seinem Blick lag Traurigkeit, Freundlichkeit und noch etwas anderes. »Ich bin mir nicht sicher, ob man meinen kläglichen Versuch, eine Gedankenperle zu erschaffen, wirklich als Kampf bezeichnen kann«, sagte er. »Ich weiß nicht, wie weit meine Kraft reicht. Falls du mich hören kannst, Serafina: Komm bitte bald zurück.«

Ich kann euch hören, sagte ich zu Camba. *Und ich komme.*

Camba schloss die Augen. Ingar schmiegte die Wange an ihren Kopf und versank langsam wieder in der Welt des Vergessens.

Die beiden hatten mich ins Grübeln gebracht. Ingars Gedankenperle machte ihn für kurze Zeit wieder zu der Person, die er gewesen war, und Camba schien zu glauben, dass dies uns irgendwie weiterbringen könnte.

Abdo hatte ich mir bis zum Schluss aufgehoben, aus Angst vor dem, was mich erwarten würde. Vielleicht war er wieder nach Porphyrien zurückgekehrt. Oder es war ihm mithilfe seiner Meditationsanleitung gelungen, seinen Geist in Wasser zu verwandeln, sodass Jannoula nichts mehr gegen ihn ausrichten konnte.

Oder er war tot. Nein. Das nicht. Das war völlig ausgeschlossen.

Zu meiner Überraschung war seine Groteske nicht bei den anderen Stellvertretern. Ich sah unter der Sonnenuhr nach und unter den länglichen Büschen, die ich aus der Erde hob und vorsichtig wieder absetzte. Ich drehte sogar die großen Blätter am Rand von Pandowdys Sumpf um. Schließlich fand ich den Jungen halb in einer Schlammpfütze liegend, steif wie ein Stock und nur so groß wie mein kleiner Finger. Ich nahm seine winzigen Hände zwischen Finger und Daumen… und wurde nach draußen in die Welt katapultiert.

Mein Visionsauge schwebte am Abendhimmel über Bäumen. Ich kannte diesen Ort, es war der Königinnenwald. Die Stadt funkelte im Südwesten, die aufgestellten Fackeln beleuchteten das raue Mauergestein. Eine Straße direkt unter mir führte nach Norden zu Dewcombs Außenposten, in die Berge und zu General Ziras Feldlager. Ich schwebte an der Stelle, wo der Wald an das Sumpfgebiet grenzte. Selbst im Dämmerlicht schimmerten die Bäume golden und die Blätter tanzten im Wind wie blasse Nachtschmetterlinge.

Von Abdo war weit und breit nichts zu sehen. Ich ließ mein Auge etwas tiefer schweben und suchte die Grenze zwischen Wald und Sumpf ab. Da sah ich, dass die Straße eine Gabelung machte. Und an dieser halben Wegkreuzung stand ein baufälliger kleiner Schrein.

Ich ging mit meinem Visionsauge etwas näher heran. In dem Schrein war es so dunkel, dass man fast nichts sah. Auf einem Sockel stand eine kleine Steinstatue, deren Umrisse grob an die Form eines Menschen erinnerten, auch wenn sie weder Mund noch Gesicht noch Hände hatte. Die Statue trug eine mit Gold eingefasste rote Schürze, die verblasst und ausgefranst war. Am Sockel hing eine Plakette mit einer Inschrift:

> *Ein Leben voll Lüge und Verderben,*
> *Ein Heiliger, ganz tief im Moor.*
> *Ein Ungeheuer musste sterben.*
> *Ich reife heran, ich komme hervor.*

Der Name des Heiligen war mit Moos überwachsen, sodass man ihn nicht mehr lesen konnte.

In der dunkelsten Ecke des Schreins war Abdo. Man hätte ihn für eine weitere Statue halten können, so reglos saß er da, mit verschränkten Beinen, die Hände auf den Knien, die Augen geschlossen. Jemand – vielleicht Holzfäller oder Reisende – hatte ihn für einen meditierenden Pilger gehalten und ihm etwas Obst und Brot und einen Schluck Wasser überlassen. Vor Erleichterung wäre ich fast in Tränen ausgebrochen. Gerne hätte ich meine Arme ausgestreckt und den Jungen umarmt.

Aber womöglich hätte ihn das gestört. Vielleicht reichte schon mein Blick aus, um ihn aus seiner Versunkenheit zu reißen. Was machte er da? Versuchte er, sich von Jannoulas Haken zu befreien? Hatte Jannoula noch Macht über ihn, wenn er in diesem Zustand war? Er war zwar aus Porphyrien hierhergekommen, aber in der Stadt bei den anderen war er trotzdem nicht.

Ich dachte wieder an meinen seltsamen Traum. Vielleicht hatte Abdo mir damit zeigen wollen, dass er Jannoula entkommen war. Konnte er sich überhaupt bewegen, ohne dass er damit ihre Aufmerksamkeit auf sich zog? Konnte er auch nur eine Sekunde lang in seiner Wachsamkeit nachlassen, um Brot und Früchte zu essen? Konnte er jemals schlafen?

Gerne hätte ich auch nach Pende gesucht, aber das ging nicht, denn ich hatte sein Gedankenfeuer aus meinem Garten freigelassen.

Ich werde einen Weg finden, um dir zu helfen, Freund, flüsterte ich behutsam, um Abdo nicht aufzuschrecken, ihn aber dennoch wissen zu lassen, dass ich dagewesen war.

Vielleicht bildete ich es mir auch nur ein, aber er verzog den Mundwinkel ganz leicht zu einem Lächeln.

Wenn die Sonne über dem Sumpf nördlich der Stadt unterging, dann ging sie auch im Feldlager unter. Es war höchste Zeit, aufzustehen. Kiggs und ich würden aufbrechen, sobald der Mond aufgegangen war. Ich streckte meine steifen Glieder, trat aus dem Zelt und machte mich auf die Suche nach dem Prinzen. Ich hörte die Dracomachisten auf dem Feld und schlug die Richtung dorthin ein.

Nach wenigen Schritten blieb ich allerdings schon wieder stehen. Ein Drache saß auf dem Feld, seine Schuppen schimmerten rotbraun im Licht der untergehenden Sonne. Ich hatte den vergangenen Monat unter ausgewachsenen Drachen verbracht, aber der Anblick eines solchen Geschöpfs so nah an meinem Zuhause ging mir immer noch durch Mark und Bein.

Aber dieser Drache spielte nur den Feind und griff sechs Dracomachisten gleichzeitig an. Er täuschte nach rechts an und duckte sich nach links, wich den gezückten Piken aus und spuckte Feuer – allerdings nur ein paar kleine Flammen, die kaum mehr als eine leichte Andeutung waren. Die Kämpfer sprangen zur Seite, um sich vor dem Feuer zu retten. Der Drache schlug kraftvoll mit den Flügeln. Aus dem Stand kam er nicht in die Luft, aber er konnte auch keinen Anlauf nehmen, da von allen Seiten her scharfe Waffen auf seine Brust gerichtet waren. Die Flucht nach oben war ihm nicht zuletzt auch deshalb verwehrt, weil ein geschickter Dracomachist auf seinen Rücken geklettert war und seinen Schwanz in den Boden gespießt hatte.

Die anderen Dracomachisten standen am Feldrand und sahen zu. Sir Joshua Pender, der, als ich ihn kennengelernt hatte, zusammen mit Maurizio Junker für die anderen Ritter gewesen war, ging auf und ab und belehrte die Neulinge, was gerade vor sich ging und welche Fehler gemacht wurden. Prinz Lucian Kiggs und Sir Maurizio lehnten an einer niedrigen Steinmauer und sprachen leise miteinander. Ich ging auf sie zu.

»Ich freue mich nicht über diesen Krieg. Ganz und gar nicht«, sagte Maurizio gerade. »Aber so ein Anblick lässt mich nicht unberührt. Seit ich ein Kind war, habe ich die Kriegskunst geübt und immer daran geglaubt, dass sie einen Sinn hat und dass dieses Wissen nicht verloren gehen darf.« Er schüttelte bewundernd den Kopf. »Bevor Solann sich freiwillig zur Verfügung gestellt hat, hatte ich noch nie mit eigenen Augen gesehen, wie unsere Dracomachie gegen einen echten Drachen eingesetzt wird. Ich muss gestehen, dass ich mich daran gar nicht sattsehen kann.«

Inzwischen war ich bei den beiden Männern angelangt. Kiggs wandte sich zu mir um.

»Hast du dich ein bisschen ausgeruht?«, erkundigte er sich.

»Nicht genug«, erwiderte ich und rieb meine Stirn. »Wusstet Ihr, dass die porphyrischen Ityasaari in der Stadt sind?«

Er zog die Augenbrauen hoch. »Ich habe sie nicht ankommen

sehen. Aber das bedeutet… Jannoula ist es gelungen, die Halbdrachen zusammenzubringen.«

Als »gelungen« hätte ich es nicht gerade bezeichnet, immerhin war mir gerade diese Aufgabe misslungen. Ich blinzelte in den Sonnenuntergang. »Sie hat die Ityasaari gegen ihren Willen hierher gebracht, allerdings nicht alle. Abdo fehlt.«

Jetzt, da ich darüber nachdachte, wurde mir klar, dass auch Pandowdy fehlte. Vielleicht fand Jannoula ihn genauso abstoßend wie ich, vielleicht hatte sie ihn nur nicht hierher schaffen können. Wie sollte ein Schneckentier ohne Füße denn auch aus eigener Kraft nach Lavondaville kommen?

Sir Maurizio schnallte eine Waffe von seinem Gürtel, schlang die Riemen um die Scheide und reichte sie mir. Ich packte den schlichten Griff aus Horn und zog einen messerscharfen Dolch heraus.

»Was soll ich damit?«, fragte ich.

»Nur für den Fall«, sagte Maurizio, ohne die kämpfenden Dracomachisten auch nur einen Moment aus den Augen zu lassen. »Ich bin von Rittern großgezogen worden, seit ich sieben Jahre alt war. Vermutlich greife ich schneller zu einer Waffe als manch anderer, aber ich möchte, dass du gewappnet bist.«

»Gewappnet, um sie zu töten?«, fragte ich und wollte ihm den Dolch zurückgeben.

Sir Maurizio weigerte sich, ihn zurückzunehmen. Er deutete zu den Dracomachisten auf der Wiese neben der Mauer, die mit ihren feuerfesten Stulpenhandschuhen aufeinander einschlugen, statt auf Sir Joshuas Belehrungen zu lauschen.

»Siehst du die beiden?«, fragte er. »Der große ist Bran. Der Bauernhof seines Bruders war in der Nähe unserer Höhle. Der Kleine, Edgar, ist in Wirklichkeit ein Mädchen. Wir haben mehrere weibliche Dracomachisten hier. Wir lassen sie in dem Glauben, dass wir ihre Maskerade nicht durchschauen, schon deshalb, weil wir auf keinen halbwegs geeigneten Kämpfer verzichten können. Edgar ist Sir Cuthbertes Großnichte oder so. Ich kenne sie, seit sie ein Säugling war.«

Ich sah zu, wie die beiden herumalberten. Sie waren nicht älter als ich.

»Das sind die Leute, die sterben werden«, sagte Maurizio leise. »Also denk daran, wenn du abwägst, was zu tun ist. Und halte die Augen offen. Mehr verlange ich nicht.«

Ich nickte ernst und versprach ihm, mein Bestes zu tun.

Dreissig

Ich nahm den Dolch nicht mit, sondern ließ ihn, als niemand hinsah, hinter das Reisegepäck im Kommandozelt fallen. Am Griff würde man erkennen, wem die Waffe gehörte. Ich konnte nur hoffen, dass der Besitzer es mir verzeihen würde.

Sir Cuthberte gab Kiggs und mir zwei zueinanderpassende Tniks, damit wir innerhalb des weitläufigen Palasts in Verbindung bleiben konnten. Die Tagundnachtgleiche war noch nicht lange her, und doch erschien mir die Sonne heute besonders früh unterzugehen. Kiggs bestand darauf, zu warten, bis die schlanke Mondsichel am Himmel stand. Ich sah zu, wie der Mond aufging, und fragte mich, wer in diesem Kriegsherbst die Ernte einfahren würde.

Als es auch für den Prinzen dunkel genug war, brachen wir auf und gingen über einen alten Feldweg der Flachsbauern nach Lavondaville. An der Stadtmauer brannten die Fackeln, weil Lars bis tief in die Nacht an seinen Kriegsgeräten bauen ließ.

Lars stand zwar unter Jannoulas Einfluss, setzte sein Werk aber unermüdlich fort. Wenn Jannoula wirklich auf der Seite der Alten Ard stand, warum wollte sie dann Goredds Verteidigung stärken?

Wir hatten vor, durch das nordwestliche Ausfalltor ins Schloss zu schleichen. Dort hatten wir zur Wintersonnenwende gegen meinen Großvater, den Drachen Imlann gekämpft. Ich würde als Erstes Glisselda aufsuchen, um herauszufinden, wie viel Einfluss die selbst ernannte Heilige bereits über sie hatte. Dann würde ich mich Jannoulas Ityasaari anschließen. Kiggs wollte mir zur Seite stehen, aber solange wir nicht wussten, warum Glisselda ihn nicht in die Stadt gelassen hatte, musste er sich bedeckt halten und im Verborgenen spionieren.

Auf unserem Weg durch die dunklen Felder erzählte ich ihm leise von Jannoula, damit er auf sie vorbereitet war: »Sie hat nur ein paar Minuten gebraucht, um Anders für sich einzunehmen, und bei Glisselda hatte sie dafür wochenlang Zeit. Du darfst dich also nicht wundern, wenn deine Cousine ganz auf ihrer Seite steht.«

Er schüttelte störrisch den Kopf. »Du kennst Selda nicht so gut wie ich. Sie benimmt sich manchmal wie ein kleines, verwöhntes Mädchen, aber sie ist zäh wie Leder. Sie würde Jannoula nicht ohne Weiteres ihr Vertrauen schenken. Ich glaube es erst, wenn ich es mit eigenen Augen sehe, und vielleicht nicht einmal dann.«

»Jannoula hat es geschafft, dass Josef ihr aus der Hand frisst«, sagte ich. »Sie hat es sogar geschafft, den Drachen ein rigoroses Weltbild aufzudrängen. Unterschätze sie also nicht.«

Inzwischen hatten wir die Brücke über den Mews erreicht. Vom anderen Ufer her hörten wir Bauern streiten. Kiggs führte mich flussaufwärts zu einem Boot und schaffte es, mich halbwegs trocken ans andere Ufer zu bringen. Die Frösche quakten mürrisch und hüpften davon, als wir anlegten.

»Was genau ist dieses ›Gedankenfeuer‹ eigentlich? Und wie hat Jannoula es angestellt, dass Anders es sehen konnte?«, fragte Kiggs, als wir sicher sein konnten, dass niemand uns zuhörte.

Ich holte tief Luft und berichtete ihm das Wenige, was ich wusste: dass alle Ityasaari ein solches Gedankenfeuer hatten, aber nur manche es auch sehen konnten. Dass Jannoula Gedankenfeuer verändern konnte, indem sie gewissermaßen Enterhaken auswarf, um andere Ityasaari an sich zu binden, oder indem sie ihr Licht den Menschen zeigte. Ich erzählte ihm auch, dass ich von jedem Ityasaari eine kleine Gedankenflamme an mich genommen hatte und dass Abdo die Verbindung zwischen uns als eine Art Schnur sah, während mein eigenes Licht für alle anderen unsichtbar zu sein schien.

»Ich nehme an, die Mauern meines Garten halten das Licht zurück, aber seltsam ist es schon«, gab ich zu. »Ich frage mich, wo das Licht ist. Befindet es sich in meinem Garten?« Ich zeichnete einen Kreis in die Luft, um die Mauern anzudeuten. »Aber da kann es nicht sein. Abdo behauptet, mein Garten sähe aus wie ein Keller, und Pende konnte mein Licht dort nirgendwo finden. Aber wenn mein Gedankenfeuer nicht innerhalb, sondern außerhalb des Gartens ist, warum sieht es dann niemand? Gibt es noch eine zweite Mauer? Eine Mauer, die ich vielleicht unbewusst errichtet habe?«

Inzwischen hatten wir den Fuß des mit Büschen bewachsenen Hügels erreicht, der zum Ausfalltor führte. Ganz in der Nähe befand sich der Stall der königlichen Leibwache. In einem der Fenster hing eine Laterne, deren grelles Licht wie ein durchdringender Schrei wirkte. Wir machten einen Bogen um den Stall, damit niemand uns entdeckte, und erklommen schweigend den Hügel.

Als wir vor dem überwucherten Höhleneingang standen, fing Kiggs an zu sprechen. »Dieses Gerede von Mauern und von innen und von außen erinnert mich an die Geschichte vom Drinnendraußen-Haus.«

»Man ist entweder drin oder draußen«, sagte ich verständnislos. Ich hatte keinen Schimmer, wovon er sprach.

Er schwieg einen Moment, während er in der Höhle nach einer Laterne suchte. Wenn er keine fand, konnten wir gleich wieder umkehren. »Das Drinnendraußen-Haus. Es ist eine Geschichte von Pau-Henoa, und eine ziemlich merkwürdige und heidnische noch dazu.«

»Mein Vater hielt nicht viel von solchen Geschichten, es sei denn, es ging um rechtliche Präzedenzfälle«, sagte ich. »Meine Stiefmutter Ann-Marie kommt aus Ninys und kannte daher den Meisterschwindler aus Goredd nicht.«

Ich hörte ein leises Klicken, als Kiggs mit seiner Klinge und einem Feuerstein einen Funken für die Laterne schlug. Er richtete den Docht auf. »Also«, sagte er und schlug noch ein paar Funken. »Die Geschichte geht so: Es war einmal ein unersättlicher Bursche namens Dowl, der alles auf der Welt besitzen wollte. Die Gesetze seiner Zeit besagten, dass man alles, was innerhalb des eigenen Hauses war, sein Eigentum nennen konnte.«

»Diese Geschichte hätte meinem Vater gefallen«, sagte ich.

Im Schein der Laterne lächelte Kiggs beinahe gespenstisch. »Der gewitzte Mann beschloss, ein Drinnendraußen-Haus zu bauen. Es war ein ganz normales Haus, aber er behauptete, dass das Innere in Wahrheit draußen war und dementsprechend die ganze Welt und die Häuser aller anderen drinnen waren. Er war eine Art Zauberer und konnte die Wahrheit seinen Worten anpassen, sodass von da an die ganze Welt innerhalb seines Hauses war und ihm gehörte. Wie du dir vorstellen kannst, war nicht jeder damit einverstanden, aber Gesetz war Gesetz, und guter Rat war teuer. Das neue ›Draußen‹, das nicht in Dowls Haus lag, war nicht größer als ein Schuppen.«

»Ich ahne, worauf es hinausläuft«, sagte ich, während Kiggs die zweite Laterne an der ersten entzündete. »Eines Tages kam der Meistergauner Pau-Henoa vorbei.«

»So ist es«, sagte Kiggs und reichte mir eine Laterne. Wir setzten unseren Weg durch einen unterirdischen Tunnel fort, der zu den verschlossenen Toren von Schloss Orison führte.

»Die Geschichte ist noch viel vertrackter und amüsanter, als ich sie dir jetzt wiedergeben kann, aber um es kurz zu machen: Pau-Henoa redete Dowl ein, dass fast alles, was sich im ›Inneren‹ seines Hauses befand, nur Plunder war. Die Berge waren abgebrochen, das Meer stank, und überall wimmelte es von Ungeziefer. Dowl fing an, Sachen nach ›draußen‹ zu werfen. Der Schuppen wurde größer und größer, bis schließlich alles das, was unsere Welt ausmacht, ›draußen‹ war.«

Ich lachte und stellte mir das Universum in den Mauern eines Hauses vor, dazu Dowl, der ganz allein im Freien, also »drinnen« saß.

»Dowls Haus war völlig leer geräumt«, sagte Kiggs halblaut, als würde er eine Gespenstergeschichte erzählen. »Nichts war mehr da, nur ein Gefühl der Leere und eine verzweifelte Sehnsucht.«

Es war ein Ort, der gar kein Ort war, ein Innen, dass das Außen umgab.

»Und warum erzählst du mir das alles?«, fragte ich.

Wir waren bei der ersten von drei verschlossenen Türen angekommen. Kiggs zog einen Schlüssel aus seinem Ärmel und fuchtelte damit vor meiner Nase herum. »Es ist wie das Paradoxon deines Gartens. Er ist ein Drinnendraußen-Haus. Das, was du für das Innere des Garten hältst, ist eigentlich draußen, während dein Seelenlicht und alles, was in deinem Geist sonst noch so vor sich geht, drinnen eingeschlossen sind.«

Bei dem Versuch, es mir vorzustellen, verhedderten sich meine Gedanken, aber eines wurde mir dabei klar: Bei meinem Garten war es darum gegangen, meinen Geist abzuschotten, damit er sich nicht nach den anderen Ityasaari sehnt – und das bedeutete, dass mein Gedankenfeuer innerhalb der Mauern sein musste.

Kiggs schloss die Tür hinter uns. Seine Augen funkelten im

Schein der Laterne. »Irgendwie musste ich bei deinen Worten an diese Geschichte denken. Alles passiert in der Vorstellung, es gibt keinen wirklichen Garten und auch keine wirkliche Mauer.« Er griff nach meinem Arm. »Ich kann selbst kaum fassen, wie froh ich bin«, sagte er. »Es ist eine Freude und eine Erleichterung, endlich etwas zu unternehmen – irgendetwas. Ich bin mir so machtlos und unfähig vorgekommen, Serafina, aber jetzt sind wir wieder mitten in einem Rätsel, so wie in früheren Zeiten.« Er drückte meinen Arm. »Ich könnte dir ein Dutzend Geschichten erzählen.«

Sanfte Dunkelheit hüllte uns ein, als wir unseren Weg fortsetzten. Kiggs kannte das Schloss in- und auswendig. Es verfügte über ein Labyrinth von Geheimgängen und manche Wege endeten im Nichts. Wir würden nicht bis zu Glisseldas Gemächern gelangen, ohne dass wir durch leere Räume oder – schlimmer noch – offene Gänge gehen mussten. Ich folgte Kiggs und hielt inne, wenn er mir ein Zeichen gab. Ab und zu zog ich meine Stiefel aus und trug sie. Wir schlichen durch die Zimmer von schlafenden Höflingen und kamen auch durch einen Raum, in dem man nicht schlief, sondern sich anderweitig vergnügte.

Schließlich erreichten wir einen schmalen Durchgang, der zu den königlichen Privaträumen führte. Im Vorübergehen fuhr Kiggs wehmütig mit der Hand über eine getäfelte Tür, und ich fragte mich, ob dahinter seine eigenen Zimmer lagen. Etwa zwanzig Schritte weiter blieb er erneut vor einer Tür stehen und legte einen Finger auf die Lippen. Ich nickte und er winkte mich näher heran. »Sie wird sicher sehr überrascht sein, dich zu sehen«, flüsterte er. »Weck sie behutsam auf. Im Vorraum ist ein Leibwächter und draußen im Gang stehen zwei weitere Wachleute bereit.«

Kiggs öffnete den Riegel, aber die Tür schwang nicht auf. Er reichte mir seine Laterne und versuchte es noch einmal. Als die

Tür wieder nicht aufging, schlug er alle mechanische Finesse in den Wind und stieß mit beiden Händen gegen die Tür, warf sich sogar rücklings dagegen, aber sie bewegte sich keinen Fingerbreit.

»Die Tür ist verstellt.« Er machte sich nicht mehr die Mühe zu flüstern. »Irgendetwas Schweres steht davor, eine Truhe oder ein Bücherregal. Es sieht ganz so aus, als hätte Glisselda absichtlich den Weg versperrt.« Entnervt versetzte er der Tür einen letzten Stoß. »So viel zu unserem Plan, mit Glisselda zu sprechen, bevor Jannoula weiß, dass du in der Stadt bist.«

»Könnte ich nicht durch ein Fenster steigen?«, fragte ich. Sein Blick verriet mir, dass das unmöglich war. »Und was ist mit der Vordertür?« Sein Blick wurde noch hoffnungsloser, was mich fast schon amüsierte. »Es wäre nicht das erste Mal, dass ich die Wachen überliste. Was könnte schlimmstenfalls passieren?«

»Sie würden dich festnehmen und in den Kerker sperren«, sagte er.

»Dann würde Glisselda wenigstens auf mich aufmerksam«, erwiderte ich. »Nicht, dass ich mir einen solchen Auftritt wünsche, aber wenn es nicht anders geht…«

Er seufzte, ganz der leidende Prinz, ging aber dennoch mit mir durch die Tür, an der wir zuvor vorbeigekommen waren, und führte mich in schön möblierte Räume. Er sagte nicht ausdrücklich, dass es seine Räume waren, und es gab nicht genug Bücher, um es mit letzter Sicherheit entscheiden zu können. Andererseits befand sich sein Studierzimmer im Ostturm, und vielleicht kam er nur hierher, um zu schlafen.

An der Tür, die zum Hauptgang führte, nahm er mir die Laternen aus der Hand und flüsterte: »Der Gang macht eine Biegung. Die Wachen sehen also nicht, aus welchem Zimmer du kommst, und du kannst den geeigneten Moment abpassen. Hast du dein Tnik?«

Ich wackelte mit einem Finger. Diesmal war das Tnik ein Ring.

»Mir ist aufgefallen, dass du den Dolch nicht dabeihast«, sagte er leise. »Ich habe kurz überlegt, ob ich ihn mitnehmen soll, dachte mir dann aber, dass du grundsätzlich keine Waffe nehmen willst. Hoffentlich bereuen wir das nicht.«

Ich drückte ihm rasch einen Kuss auf den Bart. Damit würde ich seine Bedenken zwar nicht ausräumen, aber mir machte es Mut. Ich ging hinaus und er schloss leise die Tür hinter mir.

Glisseldas Wachen saßen einander gegenüber und waren in ein Kartenspiel vertieft. Sie sahen mich erst, als ich unmittelbar vor ihnen stand. »Ho, Mädchen, wie bist du hierhergekommen?«, fragte der Größere der beiden und spähte den Gang entlang, um zu sehen, ob ich allein war.

»Ich bin eine Ityasaari.« Ich schob meinen Ärmel so weit zurück, dass ich ihnen ein paar Schuppen zeigen konnte. »Sankt Jannoula schickt mich mit einer Nachricht für die Königin.«

»Kann das nicht bis morgen warten?«, fragte der andere Soldat, der zwar älter, aber kleiner war und einen Helm trug, der wie eine Schüssel aussah. Er fächerte seine Karten auf und schob sie wieder zusammen. »Ihre Majestät legt großen Wert auf ihren Schlaf. Gib mir die Nachricht, und ich werde dafür sorgen, dass sie sie gleich morgen früh erhält.«

»Ich soll sie ihr persönlich überbringen«, sagte ich. »Es ist wichtig.«

Die Männer sahen einander an und verdrehten die Augen. »Nicht einmal Sankt Jannoula ist es gestattet, die Königin außerhalb ihrer Besuchszeit zu sehen«, sagte der Größere und streckte die Beine aus, um die Tür zu versperren. »Selbst wenn wir dich reinlassen würden, was wir nicht tun, müsstest du immer noch ihren Leibwächter Alberdt beschwatzen. Und das wird dir nicht gelingen.«

»Warum?«, fragte ich gebieterisch, als ob ich es mit jedem

Alberdt unter der Sonne aufnehmen könnte. »Weil er taub ist«, antwortete der Kleinere und ordnete seine Karten neu. »Er versteht nur Zeichensprache. Ich weiß nicht, wie es dir geht, aber ich kenne nur dieses eine Zeichen.«

Seine Geste war eine unmissverständliche Aufforderung, zu verschwinden. Ich deutete einen knappen Knicks an, drehte mich auf dem Absatz um und ging, so würdevoll ich konnte, den Gang entlang. Hinter der Biegung huschte ich schnell in Kiggs' Privatzimmer hinein und verschloss die Tür – keine Sekunde zu früh. Ich hörte sie ein, zwei, drei Mal vorbeistürmen und an Türen rütteln, um herauszufinden, wohin ich gegangen war.

»Ich nehme an, das war ein Fehlschlag«, flüsterte Kiggs. »Und jetzt?«

Einen Augenblick lang stellte ich mir vor, dass wir bis zum Morgen hierbleiben würden, und vielleicht hatte Kiggs denselben Gedanken. Falls dem so war, verwarf jeder für sich die unausgesprochene Idee sofort wieder.

Kiggs führte mich wieder zu dem geheimen Durchgang. »Tagsüber werden wir uns nicht unbemerkt im Schloss bewegen können«, flüsterte er beim Hinausgehen. »Das Beste wird sein, wir gehen jetzt gleich in den Ratssaal und warten dort bis zur morgendlichen Besprechung. Wäre das der richtige Ort für deinen Auftritt?«

Der Ort war nicht schlechter und nicht besser als jeder andere. Kiggs ging voraus. Er wählte, wann immer es möglich war, Geheimgänge und achtete ansonsten darauf, dass wir keinen Wachen über den Weg liefen.

Wir erreichten den Ratssaal ohne Zwischenfälle. Mit seinen abgestuften Sitzreihen zu beiden Seiten sah er aus wie der Chorraum einer Kathedrale. Am oberen Ende war ein Podest mit dem Thron für die Königin. Dahinter hingen grün-violette Banner an der Wand mit dem ins Holz geschnitzten Landeswappen, das Goredds sagenhaften Spaßmacher Pau-Henoa als hüpfendes Kaninchen zeigte.

Kiggs zählte die Vorhänge. Hinter dem dritten von links befand sich eine Nische mit einer Tür. Er schob den Riegel zurück, und wir schlichen in eine Kammer, in der sich nur eine lange Holzbank befand.

»Früher, als der Rat noch aus widerspenstigen Rittern und Kriegsherren bestand, warteten hier auf Befehl unserer Königinnen bewaffnete Soldaten, nur für den Fall«, sagte Kiggs und stellte seine Laterne ab. »Jetzt ist der Raum ungenutzt.«

Wir setzten uns auf die Bank, befanden sie für zu unbequem, ließen uns stattdessen auf dem Boden nieder und lehnten uns mit dem Rücken an die Wand.

»Versuch, ein bisschen zu schlafen«, sagte Kiggs. »Du brauchst einen wachen Verstand, wenn du morgen dem Rat gegenübertreten willst.«

Er saß so nah, dass unsere Arme sich berührten. Ich war hellwach. Zögernd legte ich den Kopf auf seine Schulter und rechnete damit, dass Kiggs ein Stück von mir abrücken würde, aber das tat er nicht.

Stattdessen schmiegte er seinen Kopf an meinen.

»Du hast kein einziges Mal von Orma gesprochen, seit du wieder da bist«, sagte er sanft. »Ich wollte dich nicht fragen, um dir keinen Kummer zu bereiten.«

»Er war nicht in Labor vier...«

Meine Stimme kippte. Ich atmete tief durch die Nase ein, um meine Gefühle in den Griff zu bekommen. Jetzt war nicht der Augenblick, um zu weinen.

»Ich weiß nicht, in welcher Verfassung er ist. Die Zensoren haben ihn auf Jannoulas Betreiben hin nach Goredd geschickt. Ich nehme an, sie weiß, wo er sich aufhält. Ich werde sie danach fragen.«

»Das tut mir leid.« Kiggs' Stimme war so freundlich wie der Sonnenschein. »Was für eine schreckliche Ungewissheit.«

Ich schloss die Augen. »Ich versuche, nicht die ganze Zeit daran zu denken.«

Wir schwiegen eine Weile. Seine gleichmäßigen Atemzüge beruhigten mich.

»Weißt du, was einige Theologen von der Geschichte vom Drinnendraußen-Haus halten?«, fragte er schließlich.

»Ich dachte, sie stammt aus einer Zeit lange vor den Heiligen.«

»Ja, aber manche Glaubenslehrer – und die sind mir am liebsten – sind davon überzeugt, dass die heidnischen Vorfahren sehr weise waren und die höhere Wahrheit erkennen konnten. Sie sehen Dowls Haus und die Leere, die die Fülle des Universums umgibt, als eine Metapher für das Inferno. Die Hölle ist das Nichts.«

Ich runzelte die Stirn. »Wenn ich an unsere Analogie von vorhin denke, dann reden wir hier über das, was in meinem Kopf ist, mein Freund.«

Er lachte in mein Haar, das Gespräch machte ihm offensichtlich Spaß. In diesem Moment liebte ich ihn über alle Maßen. Er schlug sich mit rätselhaften Lehrmeinungen herum und schwelgte in verrückten Ideen und nebenbei verglich er meine Gedanken mit der Hölle. Bei ihm drehte sich immer alles um Ideen und er konnte sich mit allem den Kopf heißreden.

»Wenn das Inferno ein leeres Inneres ist, was ist dann der Himmel?«, fragte ich und stupste ihn an.

»Ein zweites Drinnendraußen-Haus, das im Inneren des ersten ist, also genauer gesagt: draußen«, antwortete er. »Wenn du über die Schwelle trittst, erkennst du, dass unsere Welt, in all ihrer Großartigkeit, nur ein Schatten und eine andere Form von Leere ist. Der Himmel aber ist viel mehr als das.«

Ich schnaubte und konnte nicht widerstehen, mit einem Gegenargument zu kontern. »Was, wenn es im Himmel ein weiteres Drinnendraußen-Haus gibt und dann noch eines und noch eines und immer so weiter?«

Er lachte. »Mir reicht schon das eine«, gab er zu. »Und überhaupt, es ist nur eine Metapher.«

Ich musste lächeln. Wenn es um Metaphern ging, konnte von »nur« keine Rede sein. Das hatte ich inzwischen begriffen, denn Metaphern folgten mir überallhin. Sie erhellten, verschleierten wieder und erhellten erneut.

»Du hast mir so gefehlt«, platzte ich heraus. »Ich könnte für immer hier an deiner Schulter lehnen und dir zuhören, wie du über alles nachdenkst, was dir gerade in den Sinn kommt.«

Er küsste mich auf die Stirn und dann auf den Mund. Ich erwiderte seinen Kuss so stürmisch, dass es mich selbst überraschte. Ich sehnte mich nach ihm und war benommen von ihm. Kiggs war für mich wie ein wärmendes Licht. Mit der einen Hand fuhr er in mein Haar, die andere glitt wie von selbst zu meiner Hüfte, schob sich unter mein Wams und tastete über das Leinenhemd.

Leider war das die Stelle, wo sich meine silbernen Drachenschuppen befanden. Bei seiner Berührung kehrte mein Verstand zurück und mit dem Denken kam der Anfang vom Ende.

Zwischen zwei Küssen sagte ich »Kiggs«, aber dann riss mich schon der nächste Kuss hinweg. Ich wollte nichts lieber, als alle meine Versprechen vergessen und in ihm ertrinken, aber es ging nicht. »Lucian«, sagte ich bestimmter und nahm sein Gesicht in meine Hände.

»Bei den Heiligen im Himmel«, stieß er hervor. Er schlug die Augen auf und lehnte seine Stirn gegen meine. Sein Atem war warm. »Es tut mir leid. Ich weiß, das dürfen wir nicht.«

»Jedenfalls nicht *so*«, sagte ich mit klopfendem Herzen.

»Nicht ohne darüber zu sprechen und eine Entscheidung zu treffen.«

Kiggs legte seinen Arm um mich, er wollte mein Zittern beruhigen und ein fester Anker für mich sein. Ich vergrub mein Gesicht an seiner Schulter. Mir war zum Weinen zumute. Es tat weh wie eine durchwachte Nacht, in der man sich mit jeder Faser nach dem Schlaf sehnt.

Irgendwie schafften wir es, uns in den Armen zu halten und zur Ruhe zu kommen.

Einunddreißig

Die Wange an seine Schulter geschmiegt und mit einem scheußlich steifen Nacken wachte ich auf. Stimmen aus dem Ratssaal hatten mich geweckt. Die grünen Banner vor dem Türgitter ließen das Morgenlicht durch. Wir konnten zwar nichts sehen, dafür aber alles hören. Die Ratsmitglieder – ein paar Dutzend Kirchenmänner und Adlige – betraten den Raum und verteilten sich auf die Plätze, erhoben sich jedoch sofort wieder, als ein Fanfarenstoß Königin Glisseldas Ankunft ankündigte.

Kiggs setzte sich vom Boden auf die Bank, stützte die Ellbogen auf die Knie und lauschte.

Glisselda ergriff das Wort, ihre Stimme klang gedämpft. »Gesegnete, sei so gut und eröffne die Versammlung mit einem Gebet.«

Gesegnete? Kiggs und ich tauschten einen Blick.

»Ich nehme die Ehre, die Ihr mir zuteilwerden lasst, mit Demut an«, sagte eine tiefe Frauenstimme. Das war Jannoula, die anscheinend direkt neben der Königin stand. Kiggs zog die Augenbrauen hoch und sah mich fragend an.

Ich nickte.

Er rutschte unruhig hin und her und schien nur mit Mühe dem Drang widerstehen zu können, hinauszustürmen und das Getue um die falsche Heilige zu beenden. Ich fasste ihn beruhigend am Arm. Er legte seine Hand auf meine.

»Hört mich an, Ihr Heiligen des Himmels«, begann Jannoula in der Sprache geistlicher Andachten. »Blickt gütig auf uns herab und segnet Eure Kinder aus Goredd und die Ityasaari als Eure würdigen Nachfolger. Verleiht uns Kraft und Mut im Kampf gegen die Bestie, Euren verderbten Feind, und schickt uns in unserer Not kühne Mitstreiter.«

Jetzt war der richtige Augenblick. Ich nickte Kiggs zu. Er hielt mir die Tür auf und ich glitt lautlos durch den Vorhang und trat neben den goldenen Thron auf das Podest.

Jannoula stand nur ein paar Schritte von der Königin entfernt. Die Geistlichen und Höflinge der königlichen Ratsversammlung hatten die Köpfe zum Gebet gesenkt, ebenso die Ityasaari in der Sitzreihe links von mir. Keiner bemerkte mich.

Ich blickte zum Thron und musste zweimal hinschauen, um meinen Augen zu trauen. Fast hätte ich Glisselda nicht erkannt. Statt eines Diadems trug sie die prächtige Krone. In der Hand hielt sie Apfel und Zepter – jene Insignien, die selbst Glisseldas Großmutter als ungebührliche Zurschaustellung von Macht abgelehnt und so gut wie nie benutzt hatte. Der schwere Goldmantel war mit Hermelinpelz gesäumt und am Dekolleté mit weißer Spitze besetzt. Darunter trug sie eine Seidenrobe mit Stickereien in Gold auf Gold. Ihr blondes Haar war zu Korkenzieherlocken erstarrt, und ihr Gesicht war noch weißer geschminkt, als es ohnehin schon war. Nur die Lippen leuchteten granatapfelrot.

Die aufgeweckte, kluge junge Frau, die ich kannte, schien unter all dem Pomp förmlich zu verschwinden. Ihre blauen Augen waren mir vertraut, aber ihr Blick war stechend und kalt.

Wir hatten herausfinden wollen, wie viel Einfluss Jannoula auf die Königin hatte. Diese Wandlung war Antwort genug.

Im Gegensatz zur glitzernden Königin war Jannoula ganz in schlichtes, aber makellos weißes Leinen gekleidet. Sie stand mit gesenktem Blick da. Ihr braunes Haar lief im Nacken zusammen.

»Hat dich der Himmel schon jemals erhört und dir die kühnen Mitstreiter geschickt, um die du gebetet hast, Jannoula?«, fragte ich so laut, dass alle es hören konnten.

Sie wirbelte herum und riss erstaunt den Mund auf. Die grünen Augen verrieten Jannoulas Bestürzung. »D... du bist hier«, stammelte sie. »Ich wusste, dass du kommen würdest.«

Das war eine Lüge. Ich hatte sie kalt erwischt und das gab mir ein Gefühl der Genugtuung.

Jannoula wandte sich an Glisselda. »Meine Königin, seht nur, wer gekommen ist.«

Glisselda blickte an uns vorbei, als wären wir Luft, was Jannoula nicht weiter zu kümmern schien. Sie drehte sich zu mir um und vergrub die Hände in den breiten Ärmeln ihres weißen Gewands.

»Ich wusste, dass du aus eigenem Antrieb zu mir kommen würdest, Serafina«, sagte sie mit gespielter Aufrichtigkeit. »Verspürst du Reue, weil du deiner Seelenschwester den Rücken zugekehrt hast?«

Es war ein lächerliches, erbärmliches Spiel, aber nicht einmal ich war dagegen gefeit. Sie hatte die eine Frage gestellt, mit der sie mich treffen konnte.

»Ja, so ist es«, sagte ich und schluckte, denn leider war das die Wahrheit.

Sollte ich die Königin und den Rat auf die Probe stellen, um herauszufinden, wie sehr sie Jannoula ergeben waren? Um eine eindeutige Antwort zu bekommen, musste ich sie alle vor den Kopf stoßen. Ich wollte, dass auch Kiggs in seinem Versteck diese Antwort hören konnte. Also räusperte ich mich, zupfte mein Wams zurecht, um noch etwas Zeit zu gewinnen, und sagte dann: »Ich bin von Labor vier hierhergeeilt, weil ich in

Sorge um dich war, Schwester«, sagte ich schließlich. »Mir sind beunruhigende Neuigkeiten zu Ohren gekommen.«

Jannoula sah mich mit leicht geöffneten Lippen unschuldig an. »Worum handelt es sich?«

»Die Drachen behaupten, du hättest die Strategie der Alten Ard erdacht und ihre Generäle beraten. Sie haben dir sogar den Spitznamen General Laedi gegeben.«

Verstohlen blickte ich mich im Saal um. Die Ityasaari schienen ungerührt, aber durch die Reihen der Ratsmitglieder ging ein nervöses Tuscheln. Glisselda zeigte immer noch keine Regung.

Ich hielt den Atem an und stellte mir vor, wie auch Kiggs in seinem Versteck den Atem anhielt.

Würden die Königin und der Rat Jannoula wegen dieser bestürzenden Behauptungen befragen? Oder waren sie so von ihr benebelt, dass sie jede Verfehlung von ihr einfach hinnahmen?

»Gesegnete Jannoula.« Die hohe Stimme der Königin durchschnitt das immer lauter werdende Murmeln der Ratsmitglieder. »Serafina unterstellt dir, eine Spionin aus Tanamoot zu sein.«

Für einen Herzschlag blickte mich Jannoula mit eiskalter Härte an, aber dann riss sie gespielt erstaunt die grünen Augen auf. »Eure Majestät«, sagte sie warm. »Es schmerzt mich, sagen zu müssen, dass Serafina recht hat, obwohl sie nicht die ganze Wahrheit kennt und vieles falsch verstanden hat. Mein ganzes Leben lang wurde ich von Drachen in Gefangenschaft gehalten. Meine Drachenmutter Abind kehrte schwanger nach Tanamoot zurück und starb bei meiner Geburt. Mein Onkel, General Palonn, überließ mich als Kleinkind Labor vier.«

Ich rechnete damit, dass sie wieder ihre vernarbten Arme zeigen würde, aber diesmal schnürte sie ihr Mieder auf und entblößte ihren Bauch. Die Ratsmitglieder keuchten vor Entsetzen. Jannoula drehte sich zur Königin um, die weder zusammenzuckte noch den Blick abwandte. Eine lange, tiefrote Narbe zog sich von Jannoulas Brustkorb bis unter ihren Nabel.

»Sie haben mich aufgeschnitten«, sagte sie und richtete den Blick auf mich, während sie ihr Gewand wieder schloss. »Sie pumpten Gift in mein Blut, lehrten mich Physik und Sprachen, trieben mich durch Labyrinthe und stellten Experimente an, um herauszufinden, wie lange ich ohne Nahrung oder Wärme überleben kann. Zweimal starb ich, zweimal holten sie mich mit künstlichen Blitzen wieder ins Leben zurück.

Als meine Mutter mich gebar, weinte ich. Als ich zum zweiten Mal ins Leben kam, war ich zornig. Als ich das dritte Mal die Augen öffnete und lebte, erkannte ich, dass es meine Bestimmung war, in dieser Welt zu sein. Ich konnte nicht aus dem Leben gehen, bevor ich meine Aufgabe gefunden und erfüllt hatte.«

Sie wirbelte mit schwingendem Gewand herum wie eine Tänzerin, fasste sich ans Herz und sagte: »Eines Tages hat unsere Sankt Serafina mich gefunden und mir Hoffnung gegeben. Ich erfuhr, dass es noch andere wie mich gab.«

Ich sah die anderen Ityasaari an. Dame Okra, Phloxia, Lars, Ingar, Od Fredricka, Brasidas und die Zwillinge. Ihr Lächeln war kaum zu ertragen.

»Von diesem Tag an«, fuhr Jannoula fort, »hatte ich nur noch meine Flucht im Sinn. Wenn dies nur möglich war, indem ich meinen Onkel dazu brachte, mir die Strategie der Alten Ard anzuvertrauen, dann sollte es so sein. Ja, ich war siegreich für sie, aber ich habe ihnen auch mit Absicht große Verluste zugefügt.«

Dieser Gedanke war mir auch schon gekommen. Hoffentlich hatte Kiggs das gehört.

»Ich hatte dabei stets nur ein Ziel vor Augen«, fuhr Jannoula mit lauter, klarer Stimme fort. »Ich wollte hierher nach Goredd kommen, in die Heimat meiner geliebten Schwester. Wenn nötig, hätte ich dafür selbst den Himmel in Bewegung versetzt.«

Egal ob alt oder jung, es gab niemanden im Rat, der keine feuchten Augen hatte. Die Königin tupfte sich verstohlen mit einem Spitzentaschentuch übers Gesicht. Die Ityasaari ließen ihren Tränen freien Lauf. Jannoula kam auf mich zu, nahm mit ihren kalten Fingern meine Hand und hielt sie triumphierend hoch, als wären wir die besten Freundinnen, die nach langer Zeit endlich wieder vereint waren. Nur ich spürte, wie fest sich ihre Finger in meine Hand gruben.

»Brüder und Schwestern!«, rief sie. »Dies ist ein Freudentag!«

Ohne ihren Klammergriff zu lösen, schritt sie über den Teppich bis zur anderen Seite des Saals und zog mich mit sich. Die Ratsmitglieder applaudierten herzlich. Jannoula winkte ihnen zu, drehte sich jedoch nicht um und sagte auch kein weiteres Wort, bis wir den Saal verlassen hatten und durch die Gänge des Palasts eilten.

Erst da stieß sie meine Hand weg.

»Was war das?«, fragte sie mit zusammengebissenen Zähnen. »Wolltest du mich in Verruf bringen? Dachtest du, du könntest mit ein paar Hinweisen Misstrauen säen?«

»Ich will dir wirklich nur helfen«, sagte ich und meinte es ehrlich, wenn auch nicht in dem Sinn, wie sie es sich vielleicht erhoffte. »Ich habe deine Zelle in Labor vier gesehen und deinen Fellanzug an dem Haken hinter der Tür. Ich weiß, was sie dir angetan haben.«

Allein beim dem Gedanken an diesen schrecklichen Ort schnürte sich mir die Kehle zu. »Die Drachen glauben allerdings immer noch, dass sie dich besitzen.«

Jannoula blieb stehen. »Sie besitzen mich nicht und haben mich auch nie besessen«, knurrte sie. »Dieser unerträgliche Drachenhochmut! Aber ich werde sie bald eines Besseren belehren.«

»Tatsächlich?«, fragte ich. »Und wie willst du das anstellen?«

Sie breitete die Arme aus. »Sieh dich um. Von Sabotage kann

keine Rede sein. Seit ich hier bin, ist Goredd besser für den Krieg gerüstet als je zuvor, das kannst du mir glauben. Lars und Blanche vervollkommnen die Kriegsgerätschaften. Mina bringt den Soldaten neue Schwerttechniken bei. Meine Künstler erfüllen die Herzen der Menschen mit Zuversicht. Die Sankt-Abaster-Falle war löchrig, aber ich habe sie repariert. Goredd hat mich gebraucht und ich bin gekommen.«

»Und Orma?«, fragte ich. »Man sagte mir, er sei hier.«

Ihre Miene verfinsterte sich. »Du wirst ihn sehen, wenn ich es für richtig halte.«

»Du unterschätzt meine Hartnäckigkeit«, sagte ich.

Jannoula beugte sich vor, bis ihr Gesicht ganz nah an meinem war. »Und du überschätzt meine Geduld«, sagte sie leise, aber bedrohlich. »Nur damit das klar ist: Ich könnte dich vor der ganzen Welt bloßstellen. Ich könnte irgendeinen dieser jämmerlichen Höflinge dazu bringen, dich zu erstechen oder sich selbst oder auch alle anderen. Vergiss das nicht.«

Als ich beschwichtigend die Hände hob, nickte sie grimmig. »Komm jetzt«, sagte sie, griff jedoch nicht mehr nach meiner Hand. »Ich zeige dir den Garten der Gesegneten.«

Der Ard-Turm, auf dem Glisselda und ich einst auf Eskar gewartet hatten, war jetzt das Zuhause der Ityasaari. Das beeindruckend hohe Gebäude befand sich auf der Westseite des Palasts. Die Glocken hatten früher dazu gedient, die Bewohner von Lavondaville zu warnen, damit sie sich rechtzeitig in den unterirdischen Tunneln in Sicherheit bringen konnten. Jetzt war der Glockenstuhl schon seit vielen Jahren ohne Glocken.

»Von hier aus hat man einen freien Ausblick auf den Mews und das Tal«, sagte Jannoula, während wir einen Innenhof durchqueren, in dem kreuz und quer rote Spindelsträucher wuchsen. »Es ist der beste Platz für die Sankt-Abaster-Falle.«

Lars und Abdo hatten mich mit ihrer Abaster-Falle umgeworfen, aber damals waren es nur die beiden gewesen. Jannoula hatte inzwischen weitere Ityasaari zur Verfügung. Für jemanden, dem ich nicht über den Weg traute, hatte sie damit viel zu viel Macht in den Händen.

Jannoula hielt sich die Hand schützend vor Augen und blickte zum Turm hinauf. »Bist du dir dessen bewusst, dass wir Heilige sind, so wie Sankt Abaster selbst?«

»Das bezweifele ich«, sagte ich.

»Ingar hat mir das Vermächtnis von Sankt Yirtrudis gegeben. Ich habe seine Übersetzung gelesen. Aber auch schon davor hegte ich die Vermutung, dass wir Ityasaari Heilige sind. Es gehört zu meinen Gaben, ein Gefühl für so etwas zu haben.«

»Die Heiligen waren Halbdrachen. Aber das heißt noch lange nicht, dass alle Halbdrachen Heilige sind.«

»Ach, nein?« Ein Lächeln umspielte ihre schmalen Lippen. »Weißt du denn nicht, dass ich den Menschen das Licht des Himmels zeige? Und strahlt nicht aus uns allen ein Seelenlicht? Aus allen, nur nicht aus dir.«

Ich blickte in ihr fein gezeichnetes Gesicht, um herauszufinden, was davon sie wirklich glaubte und was zynische Heuchelei war. Sie schien es tatsächlich ernst zu meinen, und das machte mich noch misstrauischer.

»Auch wenn du eine verkümmerte Seele hast, du gehörst trotzdem hierher, Serafina«, fuhr Jannoula fort. »Wir stehen vor der Erschaffung einer neuen Welt, eines neuen Zeitalters der Heiligen, einer Ära des Friedens. Wir werden uns einen Ort schaffen, an dem niemand uns mehr Schaden zufügen kann.«

Mir war ganz flau, denn so oder so ähnlich hatte auch ich es mir erträumt.

»Du wirst meine Stellvertreterin.« Sie nahm meinen Arm und lächelte, als gäbe es nichts Schöneres. »Wir haben alle unsere Aufgaben zu erfüllen.«

»Und alle sind damit einverstanden?«, fragte ich lauernd. »Du hast Sankt Pende außer Gefecht gesetzt, Sankt Cambas Knöchel gebrochen, und Sankt Blanche würde am liebsten sterben.«

»Manchmal muss man Opfer bringen«, zischte sie mich an. »Alle sind verschieden und bei diesen habe ich noch nicht den richtigen Zugang gefunden.«

»Und was ist mit Sankt Abdo?«, sagte ich herausfordernd. »Der ist dir entwischt.«

»Was du nicht alles weißt.« Ihr Lächeln war kühl und ihre Augen blickten hart. »Woher hast du dieses Wissen? Du brauchst dir um keinen von ihnen Sorgen zu machen.«

»Das tue ich aber«, sagte ich leise.

»Dann wird wohl genau dies deine Aufgabe sein«, erwiderte sie.

Auf der Westseite des Hofs waren Männer damit beschäftigt, Sand glatt zu streichen und ein neues Pflaster zu legen. »Das wird unser neuer Pilgerweg«, sagte Jannoula. »Er führt in die Stadt und steht jedem offen, der uns mit Ehrfurcht begegnet.«

Während wir auf den Turm zugingen, kamen uns Leute aus der Stadt entgegen, alte Weiber, kleine Mädchen, junge Frauen aus gutem Hause mit ihrer Dienerschaft. Als sie Jannoula erblickten, fassten sie sich ans Herz und knicksten. Zwei Mädchen, so um die fünf Jahre alt, stießen bei ihrem Knicks gegeneinander, fielen hin und fingen an zu kichern. Jannoula half ihnen auf die Füße und sagte: »Steht auf, Vögelchen. Der Himmel möge auf euch herablächeln.« Errötend dankte die Mutter der Gesegneten Jannoula und führte die kichernden Schwestern weg.

Hatten sie alle Jannoulas Gedankenfeuer gesehen? Ich hätte gerne gewusst, wann sie es anderen zeigte und wann nicht.

Jannoula blieb am Turmeingang stehen und sah ihnen nach. »Sie kochen für uns und machen die Wäsche. Sie bringen frische Blumen, hängen Vorhänge auf und wischen den Boden.«

»Was hast du getan, dass du eine solche Verehrung verdienst?« Ich machte gar nicht erst den Versuch, meinen Sarkasmus zu verbergen.

»Ich zeige ihnen den Himmel«, sagte Jannoula völlig ernst. »Die Menschen sehnen sich so verzweifelt nach Licht.«

Sie öffnete die Tür zum Turm und wir stiegen die Wendeltreppe hinauf. Die Wände waren frisch getüncht und die Stufen leuchteten blau und golden. Im ersten Stock zweigte ein kleiner Gang ab, aber wir gingen weiter. Im zweiten Stock befand sich ein einzelner großer Raum. Eine dicke Säule stützte das Gewölbe wie ein starker Dattelbaum. Aus den schmalen Schießscharten hatte man Glasfenster gemacht und im Kamin prasselte ein Feuer. Vor einem Pult waren zwei Reihen Stühle aufgestellt wie in einer Kapelle. Frauen aus der Stadt hatten Putzlumpen an lange Stecken gebunden und staubten damit die geschwungene Decke ab, polierten den Holzboden und hängten Lorbeergirlanden auf.

Jannoula zog mich wieder zur Treppe und ging mit mir weiter nach oben. Zwei Stockwerke höher führte ein kurzer Gang zu vier blauen Türen. Sie öffnete eine davon und zeigte mir einen keilförmigen Raum.

»Ich lasse deine Sachen von deiner alten Unterkunft hierherbringen.« Sie beugte sich so nah zu mir, als wollte sie mich küssen. »Du bekommst das begehrteste Zimmer. Direkt neben meinem.«

Bis zum Nachmittag hatten eifrige Pilger meine Habseligkeiten – Instrumente, Kleider, Bücher – aus meiner alten Unterkunft in den Garten der Gesegneten gebracht. Ich überwachte alles und wand mich innerlich, als sie mein Spinett auf die Stufen der Wendeltreppe krachen ließen. Das Instrument passte gerade so neben das schmale Bett. Meine Flöte und meine Laute musste ich darunterlegen. Die meisten meiner Bücher hatten keinen Platz mehr, aber man versicherte mir, ich könnte Ingars Bibliothek benutzen, die aus Samsam herangeschafft worden war und den gesamten sechsten Stock einnahm. Ich stopfte meine Notenblätter in die Truhe zu den neuen Kleidern aus makellos weißem Leinen, die Jannoula mir aufgedrängt hatte.

Die Tür quietschte in ihren Angeln und bei jedem Schritt knarzten die Holzdielen launenhaft. Mit Jannoula im Nebenzimmer würde es schwierig werden, mich heimlich fortzuschleichen. Wenn ich mein Tnik benutzen wollte, um mit Kiggs zu sprechen, würde ich mir etwas einfallen lassen müssen. Die kalkgetünchten Steinwände waren zwar dick, aber unter der Decke mündeten die Sparren der Dachbalken in offene Kerben. Ich konnte nicht frei sprechen, ohne fürchten zu müssen, belauscht zu werden.

Ich sehnte mich nach Kiggs und hätte so gern erfahren, was er seit dem Ratstreffen getan hatte.

Würde er versuchen, mit Glisselda zu sprechen? Aber er konnte mir auch auf andere Art helfen. Er konnte sich in der Stadt umhören und herausfinden, was die Leute über die neuen Heiligen dachten. Wenn Goredd alles unternahm, um sich für den bevorstehenden Krieg zu rüsten, wie passte dann Jannoulas Ära des Friedens dazu? Was hielten die Menschen davon?

Natürlich konnte er auch meinen Onkel suchen. Ich hatte nicht vor, zu warten, bis Jannoula mich gnädigerweise zu ihm ließ.

Jannoula musste sich ihren Aufgaben widmen, so wie die anderen Ityasaari auch. In der Zwischenzeit würde ich allen Räumen einen Besuch abstatten.

Ich fing mit meiner heimlichen Erkundungstour durch den Turm ganz oben an. Wie sich herausstellte, hatten die Türen kein Schloss. Bis auf die Pilger, die kochten und sauber machten, war niemand da. Nur im untersten Stockwerk, in einem weiß getünchten Zimmer mit einem rußigen Kamin und verschlossenen Schießschartenfenstern, stieß ich auf Paulos Pende, der auf einer Pritsche lag, und auf Camba, die in ihrem Rollstuhl neben ihm saß.

Pendes Augen waren geöffnet, aber er schien nichts wahrzunehmen. Die rechte Seite seines Gesichts hing schlaff herab. Camba hielt seine knotige, steife Hand umklammert.

Als sie mich sah, lächelte sie traurig. »Du bist also tatsächlich gekommen. Entschuldige, dass ich nicht aufstehen kann, um dich zu begrüßen. Ich bin nicht mehr die, die ich einmal war.« Sie fasste sich an ihren kahl geschorenen Kopf. »Ich bin so lange in Trauer, bis wir alle wieder wir selbst sind.«

Ich schloss die Tür hinter mir, ging über die Holzdielen und küsste ihre Wangen. »Ich bin froh, dass Pende am Leben ist, aber es tut mir so leid, dass sie euch hierher verschleppt hat. Was ist passiert?«

Cambas dunkle Augen blickten ernst. »Der arme Pende. Er hatte ihr nicht viel entgegenzusetzen – selbst wenn er gewusst hätte wie, er hatte nicht die Kraft dazu. Jannoula hat eine Marionette aus ihm gemacht. Er legte seine Hände auf uns, wie früher, als er uns von ihr befreite, aber diesmal schlug er ihren Haken in uns, statt ihn herauszuziehen. Wenn sich jemand weigerte, drohte er damit, sich selbst Gewalt anzutun.« Camba blickte den alten Priester zärtlich und traurig zugleich an. »In den kurzen Momenten, in denen er wieder er selbst war, flehte er mich an, nicht nachzugeben und zuzulassen, dass sie ihn tötete. Aber er ist mein geistlicher Vater. Ich konnte es nicht zulassen.«

Die Tür ging auf und ich fuhr erschrocken herum. Es war nur Ingar, der einen Arm voll Holz und Reisig trug. Er nickte mir zu und machte sich mit benebelter Fröhlichkeit daran, ein Feuer zu entfachen.

Camba beobachtete ihn gedankenverloren. »Als sie uns alle in ihrer Gewalt hatte, brachte sie uns in der Nacht zum Hafen. Wir stahlen ein Fischerboot und waren schon halb über dem Golf, ehe man uns vermisste.«

»Aber wie hat sie es geschafft, euch alle gleichzeitig zu lenken?«, fragte ich, als könnte ich im Nachhinein noch etwas daran ändern.

»Das musste sie gar nicht«, antwortete Camba. »Manche von uns waren zu keinerlei Gegenwehr fähig. Die Zwillinge, Phloxia, Mina. Es war, als hätte sie einen Kompass in ihren Köpfen verdreht, und plötzlich war Norden Süden und Westen Osten, sodass sie mit ihnen tun konnte, was sie wollte. Brasidas kann seinen Geist spalten und verhindern, dass sie ihn ganz besetzt, aber er ist ein alter Mann. Was kann er gegen Mina und ihre Schwerter ausrichten? Was kann ich dagegen ausrichten?«

Die Frage erforderte keine Antwort. Schweigend saßen wir da und sahen Ingar zu, wie er das Feuer schürte.

»Als wir schon fast hier waren«, sprach Camba mit leiser Stimme weiter, »sprang Abdo aus dem Wagen in den Königinnenwald. Ich rechnete damit, dass Jannoula ihn zurückholen oder Mina auf ihn hetzen würde, aber plötzlich stand Pende auf, griff sich an den Kopf und fing an zu schreien. Er wehrte sich gegen sie, das fühlten wir, auch wenn wir nicht genau sagen konnten, wie. Er hat ihr sein eigenes Gedankenfeuer entgegengeschleudert und uns alle damit versengt.« Sie strich dem alten Mann über die Hand. »Aber er ist daran zerbrochen.«

Ich bewunderte den alten Priester dafür, dass er sich aufgeopfert hatte.

»Abdo konnte entfliehen«, sagte Camba und hielt einen Finger in die Höhe. »Das gibt mir Mut. Es ist also möglich, gegen sie anzukämpfen. Nicht einmal sie kann alles voraussehen. Dass wir so unterschiedlich sind, ist ein Vorteil für uns.«

Das Feuer knisterte. Ingar trat zurück und sah plötzlich ganz verloren aus. Camba rief leise seinen Namen. Er kam zu ihr, setzte sich vor ihre Füße auf den Boden und lehnte den Kopf an ihr Knie.

»Als ich gestern nach dir suchte, habe ich das gesehen, was du mir zeigen wolltest.« Ich vermied das Wort *Gedankenperle*, ich wollte nicht, dass Ingar es aufschnappte und Jannoula davon erfuhr. »Erzähl mir mehr.«

Camba wusste genau, worauf ich hinauswollte. »Es war seine Idee. Er nahm die wichtigen Gedanken zusammen, versiegelte sie und überließ Jannoula alles andere. Er wusste, dass er ihr nichts entgegenzusetzen hatte und sie sich ungehindert in ihm breitmachen konnte wie geschmolzenes Silber in einem leeren Ameisennest. Ich bin überrascht, dass es ihm tatsächlich gelungen ist, aber ich weiß nicht, wie lange das so weitergeht.«

»Lass uns später noch darüber reden.« *Wenn wir unter uns sind,* wollte ich hinzufügen, ließ es dann aber. Camba war schlau genug, um zu wissen, was ich meinte. »Wir müssen überlegen, wie uns das, was wir jetzt herausgefunden haben, von Nutzen sein kann.«

Nedouard würde uns helfen, aber ich wagte es nicht, seinen Namen zu nennen. Ich war die Einzige, deren Gedanken vor Jannoula sicher waren, daher musste ich wohl oder übel alleine die Einzelteile zu einem Ganzen zusammenfügen.

Camba öffnete den Mund und wollte etwas sagen, aber in dem Moment hörten wir laute Schritte über uns. Es klang, als würde eine Herde munterer Kühe herumtrampeln. Die Ityasaari waren wieder da. Ich konnte nicht länger bleiben. Zum

Abschied küsste ich Cambas Wangen und ging nach oben zu den anderen.

~~~

Hingebungsvolle Frauen aus der Stadt hatten einen langen Esstisch in der Kapelle im zweiten Stock aufgestellt, und die Ityasaari waren gerade dabei, ihre Plätze einzunehmen. Ich blieb kurz an der Tür stehen. Beim Anblick meiner Halbdrachen hatte ich einen Kloß im Hals.

Ingar kam hinter mir die Treppe herauf und sagte: »Entschuldigung.«

Ich stand ihm im Weg. Ich wollte gerade Platz machen, als Dame Okra mich erspähte. Sie eilte zu mir, umarmte mich und rief: »Endlich bist du da, mein liebes Mädchen!« Mina und Phloxia küssten meine Wangen, Gaios und Gelina führten mich an den Tisch. Ich setzte mich neben den blinden Brasidas, der meine Hand drückte und leise sagte: »Hast du deine Flöte dabei?« Od Fredricka brachte mir eine Schüssel mit Linsensuppe, die die Frauen in einem Kessel über dem Feuer zubereitet hatten. Nedouard war offensichtlich bemüht, sich nicht anmerken zu lassen, wie froh er war, mich zu sehen, denn er nickte nur knapp. Lars strahlte übers ganze Gesicht, und die blasse Blanche, die immer noch das Seil um die Hüfte trug, starrte vor sich auf den Tisch, zupfte an einer ihrer Wangenschuppen und blieb ernst.

Gianni Patto hielt in jeder Hand einen Laib Brot und saß auf dem Holzstoß am Kamin. »Fiinaa!«, rief er mit vollem Mund.

»Ich freue mich, euch alle wiederzusehen«, sagte ich. Es war die Wahrheit, aber es tat auch schrecklich weh. Ich wusste nicht, wie ich diesen Zwiespalt in mir lösen sollte.

Phloxia sprach ein Gebet und dann bestürmten mich alle mit

Fragen. Ich beantwortete sie so vage wie möglich und versuchte währenddessen herauszufinden, wer von ihnen Jannoula nicht völlig ergeben war. Keiner fiel in dieser Hinsicht besonders auf – nicht einmal Nedouard –, aber vielleicht waren sie nur auf der Hut. Ich musste ihnen etwas Zeit lassen.

Ich für meinen Teil hatte nur eine Frage: »Wo ist Jannoula?«

»Sie isst nie mit uns zu Abend«, sagte Dame Okra und tat die Frage mit einer Handbewegung ab.

»Am Abend sucht sie immer ihren geistigen Ratgeber auf«, erklärte Lars ernst. »Selbst die Größten unter uns brauchen einen Vertrauten. Niemand kann alles alleine tragen.«

»Ich verstehe«, sagte ich und ließ das Thema auf sich beruhen. Darum würde ich mich später kümmern. Zugegeben, der Gedanke, dass es vielleicht Orma sein könnte – obwohl ich ihn mir kaum als geistigen Ratgeber Jannoulas vorstellen konnte –, war ziemlich weit hergeholt, und dennoch...

Als ich mich bettfertig machte, bemerkte ich, dass jemand ein abgegriffenes Schriftstück unter meiner Tür hindurchschob. Ich hob es auf und drehte es um. Jannoula hatte in eckigen Buchstaben darauf geschrieben: *Sankt Yirtrudis' Vermächtnis, übersetzt von Sankt Ingar. Nur für Heilige. Lies es und begreife, wer du bist.*

»Ganz wie du wünschst, Gesegnete«, murmelte ich. Müde war ich ohnehin nicht, also machte ich es mir bequem für eine lange Lesenacht.

Zweiunddreißig

Vor langer, langer Zeit begingen die Drachen den Großen Fehler. Die ungewollten Geburten einiger Halbmenschen hatten gezeigt, dass die Kreuzung zweier Arten besondere Eigenschaften hervortreten lässt. Der Geist der Ityasaari ergoss sich in die Welt, als hätten sie Zugang zu einer Quelle, die anderen verschlossen blieb. Diese geistigen Fähigkeiten brachten sogar die Drachen zum Staunen, und sie hofften, sich die Gaben nutzbar machen zu können, um den nicht enden wollenden Krieg mit dem Südland für sich zu entscheiden. Aus diesem Grund züchteten sie mehr als dreihundert Halbmenschen.
Aber das war nicht der eigentliche Fehler, obwohl die Drachen das anders sehen würden.
Der eigentliche Fehler war, dass sie den Ityasaari Freundlichkeit, Mitleid und Ankerkennung verwehrten. Die Ityasaari waren nur ein Mittel zum Zweck und sonst nichts.
Bis zu dem Tag, an dem mein Bruder Abaster sagte: Genug.

Ich las die ganze Nacht durch. Als das Öl in meiner Laterne aufgebraucht war, ging ich hinunter in die Kapelle, fachte die Glut im Kamin an und las im Feuerschein, bis meine Augen tränten und mein Kopf schmerzte. Beim ersten Tageslicht ging ich in den Hof und las dort weiter, bis die Sonne am Himmel stand.

Diese Ityasaari – die Generation der Heiligen – hatten sich

gegen ihre Drachenherren auf spektakuläre Art gewehrt, indem sie sich einen Weg aus Tanamoot erstritten, in den Süden gingen und der Menschheit das Kämpfen beibrachten. Als die Drachen zum ersten Mal der Dracomachie gegenüberstanden, wussten sie nicht, wie ihnen geschah. Viele von ihnen fielen dieser Kampfkunst zum Opfer, und der Rest zog sich nach Tanamoot zurück, um die Wunden zu lecken und eine neue Drachengeneration großzuziehen.

Die Menschen in Goredd, Ninys und Samsam waren in jenen Tagen Heiden und verehrten eine Vielzahl von örtlichen Naturgeistern. Die Halbdrachen, egal wie missgestaltet sie auch waren, erschienen den Südländern wie die Menschwerdung dieser Gottheiten. Manchen Ityasaari gefiel das nicht, aber Abaster, der immer bereit war, sich als Führer hervorzutun, versammelte sie um sich und sagte: »Brüder und Schwestern, haben die Menschen nicht recht? Wir, die wir den Weltgeist berührt haben, wissen, dass wir mehr sind als vergängliches Fleisch. Es gibt einen Ort jenseits aller Orte, einen Augenblick außerhalb jeder Zeit, ein Reich unendlichen Friedens. Wer sonst, wenn nicht wir, sollte der Menschheit davon erzählen?«

Also ließen sie die Verehrung zu und verfassten Gesetze und Verordnungen und mystische Erzählungen und sprachen über das Licht, das sie gesehen hatten, und darüber, dass die Welt nur ein fahler Abglanz jenes Lichts war, das sie Himmel nannten. Und alles fügte sich zum Besten, bis einige von ihnen Gefallen an der Macht fanden und sich mit den anderen überwarfen.

Da war es wieder, dieses Licht, es verfolgte mich geradezu.

Ich kroch ins Bett, um noch ein paar Stunden Schlaf zu bekommen, und träumte von dem Krieg der Heiligen, von dem ich zuvor noch nie etwas gehört hatte. Gegen Mittag wurde ich davon wach, dass ich Hunger hatte. Widerstrebend zog ich ein weißes Gewand an und ging nach unten. Dort traf ich nur eine bucklige alte Frau, die die Kapelle wischte.

»Wo sind die anderen?«, fragte ich.

»Geh nach draußen und sieh selbst«, antwortete sie. »Ich schaue heute nicht zu, das habe ich mir als Strafe auferlegt.«

Ich wusste nicht, was sie meinte. »Was gibt es denn da draußen zu sehen?«

Ihre kleinen schwarzen Mäuseaugen glitzerten, als sie sagte: »Das Licht.«

Ich eilte hinaus. Auf dem Rasen drängten sich die Bewohner der Stadt und die Schlosswachen und alle blickten erwartungsvoll zum Ard-Turm hinauf. Als ich schützend die Hand vor Augen hielt, sah ich die Silhouetten der Ityasaari. Aufgrund seiner Größe war Gianni Patto am besten zu sehen, aber ich erkannte auch Minas Flügel und Gaios und Gelina, die sich sogar von hier unten aus ähnlich sahen. Sie standen im Kreis und hielten sich an den Händen.

Mit ihren gebrochenen Knöcheln konnte Camba ganz sicher keinen Turm hinaufsteigen. Hatte man sie hochgetragen oder sie in ihrem Zimmer eingesperrt?

Alle um mich herum hielten den Atem an. Manchen fielen auf die Knie und beugten die Köpfe, andere fassten sich ans Herz und kamen aus dem Staunen nicht mehr heraus. Nur ich stand da und wusste nicht, was vor sich ging. Leise fragte ich eine junge Frau neben mir, die ruhig dastand und den Himmel betrachtete: »Was passiert da eigentlich?«

»Du störst mein Gebet«, herrschte sie mich an, aber dann bemerkte sie mein weißes Gewand. »Oh, verzeih mir – ich habe dich nicht erkannt. Du bist die Gegenheilige, die den Himmel nicht sehen kann, stimmt's? Die Gesegnete hat gestern Nachmittag in ihrer Predigt von dir gesprochen.«

Ihre Antwort entfachte erst so richtig meinen Zorn. Während ich meinen Umzug überwacht hatte, war Jannoula eifrig damit beschäftigt gewesen, mir Legenden anzudichten. Ich hatte das Vermächtnis gelesen; der ursprüngliche »Gegenheilige« war Pandowdy gewesen, der Rebellenanführer, den Abaster lebendig begraben ließ. Was bezweckte Jannoula damit, dass sie mir diesen Namen gab? Nichts Gutes, so viel stand fest.

»Sie hat gesagt, dass du Teil des himmlischen Planes bist«, erklärte die junge Frau hastig, als könnte sie mir die Demütigung im Gesicht ablesen. »Alles erfordert ein Gegenteil. Nur so bleibt die Welt im Gleichgewicht.«

Ich schluckte meine Verärgerung hinunter und fragte: »Was siehst du da oben?«

»Ein goldenes Licht«, erwiderte sie, den Blick zum Himmel gerichtet. »Sie können es zu einem Feuerring verdichten, dann sieht es aus wie eine zweite Sonne. Oder sie machen daraus eine wunderbare Kuppel, die unsere ganze Stadt erstrahlen lässt und Drachen von uns fernhält.«

Sankt Yirtrudis zufolge hatte Abaster über solche Kräfte verfügt, dass er ganz alleine eine Stadt verteidigen konnte. Natürlich waren damals die Städte noch viel kleiner gewesen. Aber seit ich wusste, was die Menschen sahen, wunderte ich mich nicht mehr so sehr darüber, dass Jannoula in so kurzer Zeit so viele Herzen gewonnen hatte. Was man mit eigenen Augen sehen konnte, musste man auch glauben.

Mir kam der Gedanke, dass dies der geeignete Zeitpunkt war, mich bei Kiggs zu melden. Solange Jannoula und die Ityasaari beschäftigt waren, konnte ich das gefahrlos tun.

Ich rannte in mein Zimmer und ließ die Tür einen Spalt offen, damit ich hören konnte, wenn die anderen zurückkamen.

Dann setzte ich mich mit dem Tnik von Sir Cuthberte aufs Bett. Es piepste mehrmals, aber schließlich hörte ich Kiggs laut flüstern: »Einen Moment. Ich bin unter Leuten.«

Ich wartete und fragte mich, wieso er unter Leuten war. Ich war davon ausgegangen, dass er sich immer noch im Schloss versteckte.

»So«, hörte ich dann seine knisternde Stimme. »Ich habe mich in die Kathedrale verzogen.«

»Du bist in der Stadt?«

»Ich bin mir im Palast wie eingesperrt vorgekommen«, sagte er. »Hier draußen kann ich mich um die Garnison, die Vorräte und die Verteidigungsanlagen kümmern. Was auch immer diese Jannoula vorhat, unsere Kriegsvorbereitungen laufen weiter. Das ist doch zumindest schon mal eine gute Nachricht.«

»Aber dürfen dich die Leute denn sehen?«, fragte ich.

»Ich passe schon auf, dass mich nur die Offiziere zu Gesicht bekommen, die mir treu ergeben sind. Ich habe ihnen gesagt, dass ich nur zum Schein aus der Stadt verbannt bin, um im Geheimen Nachforschungen anzustellen.« Er hielt inne und ich konnte sein triumphierendes Grinsen geradezu sehen. »Du bist nicht die Einzige, die sich mit List aus verzwickten Situationen herausmogeln kann.«

Mindestens genauso oft hatte ich mich mit List erst in verzwickte Situationen gebracht, aber das sagte ich nicht.

»Siehst du diese, ähm, neue Sankt-Abaster-Falle?«

»Ja, ist sie nicht erstaunlich?«, rief er. »Damals, als nur Lars und Abdo sie hervorgebracht haben und Dame Okra mit Teetassen um sich geworfen hat, hatte ich mir nie vorgestellt, wie kraftvoll und schön sie sein kann. Selda und ich dachten damals noch, dass sie nur ein Mittel von vielen sein würde, aber jetzt glaube ich, dass man allein damit die Stadt und alle ihre Bewohner beschützen kann.«

»Ja«, sagte ich kläglich. »Wahrscheinlich hast du recht.«

»Können die anderen Ityasaari das auch ohne Jannoula?«, fragte er.

»Ich weiß es nicht«, antwortete ich.

»Die Sache ist nämlich die: Wir brauchen diese Falle«, erklärte Kiggs. »So leid es mir tut, aber wenn du keinen schlagenden Beweis dafür findest, dass Jannoula unsere Verteidigungsanstrengungen sabotiert oder uns an die Alte Ard verrät, dann wird die Entlarvung ihres Heiligenschwindels noch etwas warten müssen. Wenn für Goredd keine Kriegsgefahr mehr besteht, haben wir immer noch Zeit, die anderen Ityasaari aus ihren Fängen zu befreien.«

»Wenn du meinst«, erwiderte ich matt.

»Goredd kommt an erster Stelle«, versicherte er. »Ich muss schon sagen, das ist das Erstaunlichste, was ich je gesehen habe.«

Er klang, als hätte er sich an eine Tür oder an ein Fenster der Kathedrale gestellt, um den Himmel im Auge zu behalten.

»Ich kann dieses Licht nicht sehen«, gestand ich mit wachsender Verärgerung.

»Können es denn Drachen sehen? Ich muss in der Garnison herumfragen. Weißt du, an was es mich erinnert? An die Worte von Sankt Eustace: Der Himmel ist ein goldenes Haus…«

Ich wollte das nicht hören, deshalb unterbrach ich ihn und fragte: »Wenn du dich um die Kriegsvorbereitungen kümmerst, könntest du dich dabei nach Onkel Orma umhören? Comonots Garnison oder die Gelehrten in Quighole haben ihn vielleicht gesehen oder gerochen.«

»Natürlich, natürlich«, sagte Kiggs geistesabwesend, und ich begriff, dass er mir gar nicht mehr richtig zuhörte, weil er ganz von dem goldenen Himmel gebannt war.

Ich kehrte in die Kapelle zurück. Als die Ityasaari lachend und plaudernd wieder vom Turm herunterkamen, stellte ich fest, dass Camba nicht unter ihnen war und dass auch Lars und Blanche fehlten.

Plötzlich hörte ich Lars auf der Treppe um Hilfe rufen.

»Puh, meine liebe Sankt Prue«, seufzte Dame Okra und drängte sich an mir vorbei. Mit Blanche über der Schulter stolperte Lars auf uns zu. Dame Okra half ihm, Blanche in die Kapelle zu tragen, und legte sie vor den Kamin. Blanche war bei Bewusstsein und weinte leise vor sich hin. Sie legte sich die Arme um den Kopf und rollte sich zusammen.

Noch immer war sie mit einem Seil an Lars gebunden.

»Nicht schon wieder!«, rief Nedouard. Er eilte an Blanches Seite, nahm ihre schlanke Hand und fühlte den Puls. Ihre Haut war mit Schuppen gesprenkelt, aber an ihrer Kehle zeichneten sich rote Flecken ab.

»Es tut mir leid«, schluchzte sie. »Es tut mir leid.«

»Sie hat gewartet, bis ihr unten wart«, sagte Lars unglücklich. Seine grauen Augen waren rot gerändert. »Dann hat sie das Seil um den Nacken gelegt und ist gesprungen. Diesmal hätte sie mich fast mit hinuntergerissen.«

»Wir können sie nicht dazu zwingen, mitzumachen!«, rief Nedouard und vergaß jede Vorsicht. »Das Gedankenflechten tut ihr weh. Es ist grausam.«

Auf der Wendeltreppe waren gedämpfte Schritte zu hören. Ich drehte mich um und sah Jannoula an der Tür stehen. Blanches Elend ließ sie kalt, denn sie ging ohne ein weiteres Wort weiter. In diesem Augenblick hasste ich sie.

Nedouard machte Blanche vom Seil los. Ich half ihm, sie in ihr Zimmer zu bringen. Wir steckten sie in das schmale Bett, aber sie hörte nicht auf zu weinen. Ich wollte schon gehen, als Nedouard mich am Arm packte und flüsterte: »Lass dich von dem Licht am Himmel nicht täuschen. Das hier ist Jannoulas eigentliches Werk. Wir müssen uns fügen oder sie zerschmettert uns.«

Ich ergriff seine Hand. »Wir finden einen Ausweg.«

Jannoula hatte mich ihre Gegenheilige genannt. Es war höchste Zeit, diese Rolle auch auszufüllen.

Ich gewöhnte mich rasch an den Tagesablauf der heiligen Ityasaari. Sie standen beim Morgengrauen auf, um in der Kapelle zu beten. Dann gingen sie zur morgendlichen Ratsversammlung. Anschließend bauten sie die Sankt-Abaster-Falle, bevor es Mittagessen gab. Am Nachmittag ging jeder seinen Pflichten nach – Predigen, Malen, Musizieren, Gespräche mit der Bevölkerung. Abends aßen sie zusammen, saßen noch eine Stunde beisammen und gingen dann ins Bett.

Jannoula war abends nie da. Ich wollte ihr folgen, aber Gianni Patto hatte anscheinend den Befehl, ein wachsames Auge auf mich zu haben. Er stellte sich mir in den Weg und kratzte mit seinen messerscharfen Klauen im Staub. Einmal nahm ich meinen Mut zusammen und versuchte, um ihn herumzugehen. Doch er packte meinen Arm und stieß mich in den Turm zurück.

Ich versuchte alles Mögliche, um mit Glisselda zu sprechen. Die Königin hatte Jannoulas Erklärung, warum sie mit der Alten Ard gemeinsame Sache gemacht hatte, kommentarlos hingenommen. Aber das hieß nicht, dass sie nicht mit sich reden lassen würde. Es musste doch möglich sein, Jannoulas Einfluss zu untergraben, ohne dass es nach außen hin so aussah.

Doch irgendwie ergab sich nie die Gelegenheit, mit Glisselda allein zu sein. Jannoula war immer da, ob vor oder nach der

Ratsversammlung. Wenn Ihre Gesegnetheit am Nachmittag in der Kathedrale predigte, dann wich Dame Okra nicht von meiner Seite. Egal, was ich auch tat, die alte Botschafterin ließ sich einfach nicht abschütteln. Sie klebte an mir wie eine Klette. Es gelang mir genau ein einziges Mal, ein Treffen mit der Königin in ihrem Studierzimmer zu vereinbaren. Glisselda blickte erfreut von ihrem Schreibtisch hoch, als ich eintrat, aber kaum hatte sie Dame Okra gesehen, verschloss sich ihre Miene. Wir verbrachten eine seltsame halbe Stunde, in der wir Tee tranken und über Belanglosigkeiten plauderten. Dame Okra beobachtete uns mit Adleraugen, und ein drahtiger, grauhaariger Wachmann, der sich als Glisseldas tauber Leibwächter herausstellte, stand in einer Ecke wie eine Statue. Ich deutete an, dass Glisselda Dame Okra wegschicken könnte – immerhin war sie ja Königin –, aber die Einzige, die den versteckten Hinweis aufgriff, war Dame Okra selbst. Für den Rest des Tages sprach sie kein Wort mehr mit mir, was sie allerdings nicht daran hinderte, mir weiter auf Schritt und Tritt zu folgen.

Auch in der Nacht unternahm ich einen Versuch, mich zu Glisselda zu schleichen. Ich hoffte, dass ich die Wachen diesmal überlisten konnte. Ich würde sagen, dass Jannoula die Königin im Ard-Turm erwartete und ich Glisselda dorthin begleiten würde, um dann unterwegs in Ruhe mit ihr zu sprechen.

Leider schaffte ich es nicht einmal bis vor die Tür des Turms. Als ich hinausgehen wollte, lag Gianni Patto zusammengerollt im Hof und versperrte mir den Weg.

Allerdings: Was hätte Glisselda mir schon sagen können? Dasselbe, was auch Kiggs mir jeden Abend durch das Tnik zu verstehen gab, nämlich dass Goredd die Sankt-Abaster-Falle brauchte und dass die Befreiung der Ityasaari bis nach dem Krieg warten musste.

Eine Woche verging, dann noch eine. Die samsamesische

Armee, die nur einen Siebentagemarsch entfernt war, rückte nicht weiter vor. Die Getreuen würden in sechs Tagen den Angriff von Süden vortäuschen, und ich hatte das Gefühl, nicht das Geringste erreicht zu haben.

Mein einziger Trost war, dass es leichter war, mit Kiggs zu sprechen, als ich gedacht hatte, denn Jannoula war so gut wie jeden Abend weg. Einmal hatte er überraschende Neuigkeiten für mich: »Ich sehe Jannoula etwa einen Häuserblock entfernt an der Uferstraße. Soll ich ihr nachgehen?«

»Ja, aber nur wenn sie dich nicht sieht«, sagte ich und setzte mich im Bett auf.

Es dauerte nicht lange und ich hörte wieder durch das Rauschen seine Stimme. »Wir folgen dem Fluss nach Süden. Sie hat eine Schar um sich versammelt. Die Leute kommen aus den Tavernen und Gassen und folgen ihr wie Möwen einem Fischerboot. Und weißt du was? Sie lässt es zu, dass alle sie berühren, und hat für jeden ein Lächeln übrig. Dafür, dass sie nur ihre eigenen Zwecke verfolgt, ist sie sehr freundlich.«

»Das ist sie nicht«, erwiderte ich empört.

Offenbar konnte Jannoula die Menschen verführen, auch ohne dass sie sprach oder ihr Gedankenfeuer erglühen ließ.

Kiggs' Kichern versetzte mich in Rage. Dann war eine Zeit lang nichts zu hören außer seinen Schritten. Schließlich erklärte er, dass sie die Kathedralenbrücke überquerten. »Inzwischen ist sie vor dem Tor des Seminars«, sagte er. »Wenn sie hineingeht, wird es schwierig werden, ihr zu folgen.«

»Das musst du auch nicht. Ich weiß jetzt, was ich wissen muss«, antwortete ich.

Ich würde so bald wie möglich zum Seminar von Sankt Gobnait gehen. In der Stadt sollte es mir gelingen, meine Ityasaari-Gouvernante abzuhängen, immerhin war ich hier aufgewachsen.

Kiggs schwieg sehr lange, und ich starrte abwartend auf das Tnik, das nur einen Finger von Ormas Perlenring entfernt war. Ich wollte schon Kiggs' Namen rufen, als er plötzlich sagte: »Das war gar nicht so schwer. Ein Prinz kann immer noch gehen, wohin er will.«

»Bist du ihr hineingefolgt?«, fragte ich entgeistert.

»Keine Sorge«, sagte er. »Der Mönch an der Tür glaubte, ich wäre Jannoulas Leibwache, und sah keinen Grund, weitere Fragen zu stellen.«

Ich runzelte die Stirn. Es gefiel mir nicht, dass er ein solches Risiko einging, aber ich konnte ihn nicht daran hindern.

»Ups«, sagte er plötzlich. Mein Herz machte einen Satz.

»Was ist?«, fragte ich aufgeregt.

»Schon gut. Ich dachte, sie wäre diesen Gang entlanggegangen, aber es ist eine Sackgasse.«

Er brach ab, was mich mehr beunruhigte als alles, was er hätte sagen können. Ich wollte schon nachfragen, aber etwas ließ mich zögern.

»Ihr seid mir gefolgt«, hörte ich Jannoulas tiefe Stimme. Sie klang amüsiert.

Ich biss mir auf die Lippe. Sein Tnik war noch eingeschaltet. Wenn ich auch nur einen Ton sagte, würde sie mich hören.

»Du irrst dich.« Kiggs' Stimme klang dumpf. Bestimmt hatte er das Gerät in seiner Faust verborgen.

»Tatsächlich? Also seid Ihr nicht hier, um mich für meine Respektlosigkeit zu tadeln? Schaut mich nicht so verdattert an – ich erkenne Skepsis, wenn ich sie sehe. Es ist nichts, wofür man sich schämen müsste. Um ehrlich zu sein, ist es sogar sehr schön, jemanden zu treffen, der zweifelt.« Sie seufzte wie jemand, der schwer an seiner Bürde trägt. »Dann kann ich wenigstens Eure Erwartungen nicht enttäuschen.«

Kiggs lachte. Mir drehte sich der Magen um.

Sie hatte ihn blitzschnell durchschaut und ihn genau an der richtigen Stelle gepackt, mit Demut, Zweifel und Pflichtbewusstsein. Kiggs war auf der Hut, aber damit konnte sie umgehen. Sie brauchte nur den richtigen Ansatzpunkt.

Das Tnik des Prinzen summte und schaltete sich aus.

Dreiunddreißig

Riggs kam mit Jannoula vom Seminar zurück und tauchte wieder in das Palastleben ein, als wäre nie etwas gewesen. Falls Glisselda noch wütend gewesen war, weil er ihre Befehle missachtet und in die Stadt gekommen war, hatte Jannoula die Wogen längst geglättet. Genaueres erfuhr ich nicht. Ich beobachtete alles nur aus der Ferne. Kiggs nahm an den Ratsversammlungen teil, schmiedete Pläne für die Verteidigung der Stadt, ging die Wälle entlang und übte mit der königlichen Garde.

An ihn kam ich leichter heran als an Glisselda. Zwei Tage, nachdem Jannoula ihn ertappt hatte, sah ich ihn zielstrebig mit drei Soldaten aus seinem Regiment über den Steinhof schreiten. Ich rief seinen Namen. Er ließ die anderen zum Tor des Wachturms vorgehen, um auf mich zu warten. Ich war etwas außer Atem, als ich ihn eingeholt hatte, deshalb platzte ich sofort heraus: »Hast du gesehen, wer ihr geistiger Ratgeber ist? War es Orma?«

Er zuckte mit den Schultern und drehte seinen Helm in den Händen. »Ich habe ihn nicht gesehen, Fina. Aber weißt du, selbst wenn es Orma ist ... vielleicht hat sie ja einen guten Grund, warum sie dich von ihm fernhält. Sie ist nicht die Verrückte, als die du sie dargestellt hast. Sie hat einen bemerkenswerten Verstand, und auch wenn sie vielleicht Ecken und Kanten hat, so kann man doch gut mit ihr reden ...«

Ich drehte mich weg, um nicht weiter zuhören zu müssen. Jannoulas Glanz hatte ihn geblendet. Ich konnte nicht mehr offen mit ihm reden. Ein weiterer Verbündeter hatte mich verlassen.

Jannoula verzichtete auf jede Häme, was mich nur umso misstrauischer machte. Sie hatte ganz sicher nicht vergessen, wie sie Kiggs durch Abdos Augen in Porphyrien gesehen hatte, als er aus meinem Zimmer kam. Warum hatte Königin Glisselda Kiggs auf Abstand gehalten? Ich fragte mich, ob beides zusammenhing. Hatte Jannoula Glisselda erzählt, was in Porphyrien geschehen war?

Irgendwie passte es nicht zusammen. Zugegeben, Glisselda war nicht sie selbst, aber wenn sie die Wahrheit wüsste, dann wäre sie nicht nur auf Kiggs, sondern auch auf mich wütend. Ich war mir ziemlich sicher, dass Jannoula erst noch den passenden Moment abwarten wollte, um unser Geheimnis aufzudecken.

Die Zeit verstrich unbarmherzig und meine Unruhe nahm zu. Es drängte mich, etwas gegen Jannoula zu unternehmen, bevor der Krieg den Süden erreicht hatte, damit wir noch genug Zeit hatten, um herauszufinden, ob die anderen Ityasaari auch alleine eine Sankt-Abaster-Falle erschaffen konnten. Kiggs war überzeugt, dass wir diese Falle brauchten, und in diesem Punkt war ich seiner Meinung. Goredds Verteidigung durfte unter keinen Umständen geschwächt werden. Aber das hieß auch, dass Jannoula zwar außer Gefecht gesetzt werden musste, aber nur so, dass sie notfalls den anderen Ityasaari bei der Falle helfen konnte. Sie umzubringen oder zu vergiften kam also nicht infrage.

Camba, Nedouard und ich nutzten jede noch so kleine Möglichkeit, uns im Geheimen zu beratschlagen, aber uns war immer noch nichts Vernünftiges eingefallen.

Erstaunlicherweise fand sich die Lösung ausgerechnet im Vermächtnis von Sankt Yirtrudis. Ich hatte es inzwischen dreimal gelesen und hatte meine geheime Patronin lieb gewonnen, und ihren Geliebten und Gegenheiligen, den monströsen

Pandowdy, mit dazu. Beim ersten Lesen hatte ich ihn mir noch als große, schreckliche Sumpfschnecke vorgestellt und die Romanze der beiden abstoßend gefunden. Beim zweiten Mal achtete ich genauer darauf, wie Yirtrudis ihn beschrieb. Pandowdy war keine Schnecke. Er war groß und Furcht einflößend. Ich stellte ihn mir als jüngere, hübschere Ausgabe von Gianni Patto vor, allerdings mit schöneren Zähnen. Er war ein unerschrockener Kämpfer, der Drachen mit den bloßen Händen getötet hatte. Nach der endgültigen Niederlage der Drachen wusste er nichts mit sich anzufangen und wurde immer reizbarer. Yirtrudis scheint die Einzige gewesen zu sein, die in ihm einen Mann und nicht nur das Ungeheuer gesehen hatte. Unter ihrer Anleitung lernte er Selbstbeherrschung. Gemeinsam gründeten sie eine Schule für Meditation.

Yirtrudis' neidischer Bruder Abaster, der bereits drei andere Heilige ermordet hatte, weil sie seine Lehrmeinungen anzweifelten, ließ Pandowdy daraufhin lebendig begraben.

Mein Bruder hat den Besten aus unseren Reihen vernichtet, schrieb Yirtrudis, *nur weil Pandowdy sich geweigert hat, das Weltlicht »Himmel« zu nennen. Wenn Abaster mit uns fertig ist, wird es nur noch eine einzige Lehrmeinung geben. Er wird die unzähligen, wunderschönen Visionen auf ein einziges Weltbild zusammengestutzt haben.*

Beim dem Wort Weltlicht überlief es mich kalt. Auch ich hätte es nicht »Himmel« nennen können. Pandowdy gefiel mir immer besser.

Erst beim dritten Lesen begriff ich, dass Pandowdy die Sankt-Abaster-Falle zerstört hatte. Es fand sich nur ein einziger Satz darüber, den man leicht überlesen konnte: *Pandowdy wurde zu einem Spiegel, der das Feuer auf Abaster zurückwarf, bis er so verbrannt war, dass wir ihn drei Tage lang nicht ins Leben zurückholen konnten.*

Es war die letzte Nacht vor dem Rückzug der Getreuen. Wir hatten nur noch einen Tag, um unsere Pläne umzusetzen, bevor die Barriere gegen feindliche Drachen eingesetzt werden würde. Ich traf mich mit Camba und zeigte ihr den Abschnitt über Pandowdy und den Spiegel. Sie saß im Bett. Ingar hatte sich am Fußende zusammengerollt wie eine große, schläfrige Katze.

»Was bedeutet das?«, fragte ich Camba. »Hilft uns das irgendwie weiter?«

»Es ist möglich, Jannoulas Gedankenfeuer zurückzuwerfen«, sagte Camba nachdenklich und setzte sich noch etwas aufrechter hin. »Ich habe es sogar selbst einmal versucht, aus einer Eingebung heraus. Ich stand am Ende der Reihe für die Sankt-Abaster-Falle und habe ihr das Feuer mit aller Kraft entgegengeschleudert. Es war wie der Stich einer Biene.« Camba rieb sich gedankenverloren das Bein. »Sie war außer sich vor Wut. Das war auch der Grund, warum Gianni mich die Treppe hinuntergeworfen hat.«

Ich zuckte zusammen. »Aber es hat nicht gereicht, um sie außer Gefecht zu setzen?«

Camba schüttelte den Kopf. »Immerhin hat es ihr so wehgetan, dass ich von da an nie mehr wieder bei der Falle mitmachen durfte. Sie lässt mich nicht einmal auf den Turm hinauf. Außerdem hat sie eine Vorsichtsmaßnahme ergriffen: Jetzt steht sie in der Mitte der Reihe und nicht mehr am Ende. Wenn also irgendjemand das Feuer auf sie schleudert, verteilt es sich auf alle. Ich weiß allerdings nicht, was passieren würde, wenn man von beiden Seiten aus gleichzeitig das Feuer auf sie lenkt. Vielleicht würden sich die beiden Kraftwellen dann in der Mitte treffen.«

»Ist es schwer, das Gedankenfeuer zu schleudern?«

»Man muss es bei vollem Bewusstsein tun«, sagte Camba. Sie formte mit den Händen eine Schale, wie um darin ihr Bewusstsein zu sammeln. »Du musst es zeitlich sehr genau abstimmen, damit das Feuer dich nicht selbst erfasst.«

»Ich kann nicht an der Sankt-Abaster-Falle teilnehmen, weil ich mein eigenes Gedankenfeuer verschlossen habe. Und du kannst es auch nicht. Der Einzige, der uns weiterhelfen könnte, ist Nedouard, aber ich weiß nicht, ob er stark genug ist.«

»Ingar könnte helfen.« Camba blickte zu dem Bibliothekar, der sich am Fußende ihres Betts rekelte und irgendetwas vor sich hin summte. »Allerdings müssen wir ihm den Plan erklären, wenn er bei wachem Verstand ist, damit er ihn begreift. Du könntest seine Gedankenperle heraufbeschwören, indem du im allerletzten Moment das Losungswort sprichst.«

Das hieße allerdings, dass ich mit den Ityasaari auf den Turm steigen musste, und das hatte Jannoula mir noch nie erlaubt. Ich würde sie irgendwie austricksen müssen. Der Gedanke daran bereitete mir fast ein wenig Vergnügen.

»Aber wenn ich das Losungswort laut ausspreche, hört Jannoula es mit«, wandte ich ein.

Camba schnaubte spöttisch. »Es wirkt nur, wenn man es mit genau der richtigen Betonung ausspricht. Was Sprachen angeht, hat Ingar auch jetzt noch ein sehr feines Ohr.«

Das Wort lautete *Guaiong*, die alte Bezeichnung aus Zibou für »Auster« – wahrscheinlich sollte es eine Anspielung auf die Gedankenperle sein. Unter Cambas geduldiger Anleitung übte ich die Aussprache. Es waren eindeutig zu viele Vokale. Nach etwa einer Viertelstunde schaffte ich es endlich, Ingars Bewusstsein aufzuwecken. Er verstand den Plan sofort und war einverstanden. Ich übte noch mehrere Male, bis ihn schlimme Kopfschmerzen überfielen und wir aufhören mussten. Er legte den Kopf in Cambas Schoß und sie rieb seine Stirn.

In Cambas Augen lag ein Hoffnungsschimmer. »Wenn unser Plan gelingt, kann ich versuchen, die anderen von Jannoulas

Haken zu nehmen«, sagte sie leise. »Bisher konnte ich das nicht, ohne Gefahr zu laufen, dass Jannoula sich meiner vollständig bemächtigt. Ich habe es immer wieder versucht, aber sogar wenn sie schläft, merkt sie es sofort. Ich kann niemand anderem helfen, wenn ich damit beschäftigt bin, mich selbst zu verteidigen. Wenn Jannoula erst einmal außer Gefecht gesetzt ist, sieht die Sache anders aus.«

»Kannst du dich nicht selbst befreien?«

Camba schüttelte den Kopf. »Ich weiß nicht. Pende hat immer gesagt, dass es unmöglich ist, sich selbst zu befreien. Wahrscheinlich kommt es auch darauf an, in welcher Verfassung Jannoula ist.«

Ich nickte langsam. Vielleicht hatte ja Nedouard irgendeine Arznei, mit der man Jannoula mattsetzen konnte. Ich würde gleich fragen.

Nachdem ich Camba verlassen hatte, schlich ich mich durch den nachtschlafenden Turm zu Nedouard in den fünften Stock. Er war noch wach. Ich trat lautlos ein, schloss die Tür hinter mir und flüsterte dem alten Arzt ins Ohr: »Ich habe für morgen etwas geplant.«

»Verrate mir nicht zu viel darüber.« Wenn Nedouard leise sprach, machte es sein Schnabel so gut wie unmöglich, ihn zu verstehen. »Bisher hat sie mich in Ruhe gelassen, aber wenn sie will, könnte sie alles aus mir herausholen.«

Ich sagte ihm, was er tun sollte, und kein Wort darüber hinaus.

Er kratzte sich verunsichert am Ohr. »Ich weiß nicht, ob ich das kann. Ist es wirklich so einfach, das Feuer zurückzuschleudern? Muss ich mir wirklich nur vorstellen, dass ich ein Spiegel bin?«

»Ja«, sagte ich bestimmt und hoffte, dass er mir meine Zweifel nicht ansah.

»Dann bete, dass es klappt«, sagte Nedouard. Zum Abschied küsste ich ihn aufmunternd auf die Wange. Zu wem oder was ich beten sollte, wusste ich schon lange nicht mehr.

Goredds letzter friedlicher Morgen brach grau und regnerisch an. Nach einer fast ganz durchwachten Nacht tapste ich hinunter zum Frühstück. Bevor ich mich hinsetzen konnte, war Jannoula neben mir und hauchte in mein Ohr. »Heute ist der Tag«, sagte sie. »Ich nehme dich mit.«

»Wohin?«, fragte ich aufgeschreckt. Statt einer Antwort lächelte sie nur und führte mich ins Freie zwischen den Pfützen im Hof hindurch in den Palast, dann einige Korridore entlang und mehrere Treppen hinauf bis in den Flügel der königlichen Familie. Vor einer sehr vertrauten Tür blieben wir stehen. Die Wachen grunzten vage und winkten uns durch, ohne uns richtig anzusehen.

Ich betrat den großen und hellen Salon in Gold und Blau. Der Tisch stand immer noch vor den hohen Fenstern, wo Kiggs und Glisselda einst Königin Lavonda gefüttert hatten. Auch diesmal saßen meine liebsten Freunde dort. Kiggs sprang sofort auf. Zu meinem Leidwesen hatte er sich den Bart abgenommen, aber seine dunklen Augen funkelten. Glisselda, die in ihren steifsten Brokat für die Ratsversammlung gekleidet war, strahlte übers ganze Gesicht und rief: »Überraschung!«

Ihr Lachen überraschte mich mehr als alles andere. Seit neun Monaten hatte ich sie nicht mehr so fröhlich gesehen. Ich lächelte zurück und vergaß für einen Augenblick die Heilige an meiner Seite.

»In einer halben Stunde beginnt die Ratsversammlung, aber wir hatten gehofft, du frühstückst erst noch mit uns.« Kiggs zupfte an seinem purpurroten Wams. »Von der Gesegneten Jannoula wissen wir, dass du in zwei Tagen Geburtstag hast. Aber dann werden wir zu beschäftigt sein, um gebührend zu feiern.«

Mein Lächeln erstarrte. Wenn Jannoula die Wahrheit sagte, machte mich das genauso misstrauisch, wie wenn sie Lügen verbreitete. Kiggs kam zu mir, um mich an den Tisch zu geleiten. Ich ließ es zu, dass er meinen Arm nahm, behielt aber dabei Jannoula im Auge. Ihr Lächeln war wie das Grinsen eines bösen Geists. Sie führte etwas im Schilde, aber ich wusste nicht, was, bis ich einen genaueren Blick auf unser Frühstück warf. Bei einer überraschend einfachen Mahlzeit mit Tee, Brötchen und Käse stand eine Marzipantorte mit dicken Brombeeren.

Die Torte war das Einzige, was ich noch von meinem zwölften Geburtstag wusste. Damals hatte ich Jannoula in Gedanken davon kosten lassen. Eine Flut von Erinnerungen kam in mir hoch: wie sie blindwütig in meinem Kopf um sich gegriffen hatte, wie sie gestohlen, die Wahrheit verdreht und gelogen hatte – und wie Orma mich gerettet hatte.

Ich warf ihr einen finsteren Blick zu, den sie mit einem hämischen Grinsen erwiderte.

»Die Gesegnete Jannoula hat uns verraten, dass du Brombeeren magst«, sagte Glisselda.

»Wie überaus freundlich von ihr«, stieß ich hervor.

Kiggs reichte mir ein flaches, in Leinenstoff eingewickeltes Päckchen, das nicht größer als meine Handfläche war. »Ich hoffe, der gute Gedanke zählt«, sagte er.

Ich steckte das Päckchen in meinen Ärmel. Falls Jannoula das Geschenk ausgewählt hatte, wollte ich nicht, dass die Königin und der Prinz meinen Gesichtsausdruck sahen, wenn ich es öffnete.

Kein Zweifel, auch dies war ganz allein ihr Werk. Sie spielte ein Spiel mit mir. Am schlimmsten war allerdings, dass Kiggs und Glisselda so waren wie immer und ich daher nicht wusste, inwieweit Jannoula sie beeinflusst hatte. Bestimmt würde die Wahrheit irgendwann zutage treten, und dann wartete vielleicht eine hässliche Überraschung auf mich, etwa so wie eine Spinne, die man unvermutet in seinem Schuh findet. Ich durfte es mir nicht erlauben, für einen einzigen Augenblick zu entspannen, denn immer dann schlug Jannoula am unerbittlichsten zu.

Hier war ich, mit meinen zwei liebsten Freunden, und fühlte mich doch völlig allein. Jannoula lächelte katzenhaft.

»Ich bin froh, dass wir hierfür noch etwas Zeit gefunden haben, bevor der Krieg uns einholt«, sagte sie und nahm ein Messer, um die Torte aufzuschneiden. Alle anderen Speisen sah sie nicht einmal an. »Ich empfinde es als großes Privileg, dass ich in den vergangenen Wochen Ihre Majestäten kennengelernt habe. Wir haben so viel gemeinsam, und damit meine ich nicht nur unsere Liebe zu Serafina.«

Jannoula tätschelte mein Handgelenk und leckte sich gleichzeitig das Marzipan von ihrem anderen Daumen ab. »Denn das tun wir in der Tat. Serafina ist uns lieb und wert. Ihretwegen haben wir uns heute Morgen hier zusammengefunden.«

Jannoula legte ein großes Stück Torte auf ihren Teller. »Besonders dankbar bin ich dafür, dass ich in der letzten Woche etwas Zeit mit Euch verbringen durfte, Prinz Lucian.« Sie deutete mit ihrer Gabel auf Kiggs. »Es war ein großes Vergnügen, mit Euch Fragen der Theologie und Moral zu diskutieren und dabei zu erfahren, dass für Euch Wahrheit das höchste Gut ist. Das bewundere ich zutiefst.«

Kiggs, der am anderen Ende des Tisches saß und sie gebannt anblickte, errötete bei ihren Worten. Zeigte sie ihm ihren Lichtglanz oder reichte schon einfache Schmeichelei?

»Ehrlichkeit ist das Fundament der Freundschaft, meinst du nicht auch?«, fragte mich Jannoula und fuhr sich über die brombeerdunklen Lippen. »Diese beiden sind natürlich viel mehr als Freunde. Sie sind miteinander verwandt. Sie sind wie Geschwister groß geworden und werden bald heiraten, denn das war der größte Wunsch ihrer Großmutter.«

Kiggs war plötzlich sehr damit beschäftigt, Käse aufzuschneiden, und Glisselda vertiefte sich in die Betrachtung ihrer Teetasse.

»Ich denke, wir vier Freunde sollten versuchen, keine Geheimnisse voreinander zu haben«, sagte Jannoula, und mit einem Mal begriff ich den Zweck dieser Farce.

Sie hatte gesehen, wie Kiggs in Porphyrien aus meinem Zimmer gekommen war, und wollte nun, dass ich ein Geständnis ablegte. Ich versetzte ihr unter dem Tisch einen Tritt.

»Also gut«, sagte ich mit zusammengebissenen Zähnen. »Lass uns darüber reden, was du...«

»Ihr müsst wissen«, fuhr Jannoula ungerührt fort, »dass mir ein merkwürdiges Gerücht zu Ohren gekommen ist. Ich halte es für das Beste, reinen Tisch zu machen, damit wir uns gegenseitig wieder vertrauen können.«

»Lass das«, knurrte ich. »Du hast gewonnen, aber darüber reden wir...«

»*Jemand* hat sich in Serafina verliebt«, sagte sie grausam lächelnd. »Eine Beichte ist gut für die Seele. Danach können wir offen und ehrlich über alles reden.«

Kiggs schlug die Hand vor den Mund. Er war ganz grün im Gesicht. Glisselda, die mir gegenübersaß, sah noch schlimmer aus. Sie war aschfahl geworden und schwankte, als ob sie jeden Augenblick vom Stuhl fallen würde.

Wir hatten ihr großen Schmerz zugefügt. Sie hätte die Wahrheit nicht auf diese Art und Weise erfahren dürfen.

Glisselda sprang vom Tisch auf und rannte hinaus. Kiggs sah mich an, dann eilte er hinter ihr her.

Jannoula schob sich ein riesiges Stück Marzipan in den Mund und grinste.

»Warum hast du das getan?«, rief ich empört.

»Das ist mein Geschenk für dich«, sagte sie mit vollem Mund und boshaftem Funkeln in den Augen. »Zum Geburtstag sollst du begreifen, dass alles, was du liebst, mir gehört. Dass ich es zerstören oder bewahren kann.« Sie pickte die Brombeeren von der Torte, sammelte sie in ihrer linken Hand und stand auf. »Komm, wir haben heute viel zu tun.«

»Du hast meinen Freunden schlimmen Kummer zugefügt!«, rief ich. »Ich werde mich nicht davonstehlen wie ein Schuft.«

Jannoula packte mich am Arm und zog mich auf die Füße. Sie war stärker, als sie aussah. »Am amüsantesten ist, dass du nur die Hälfte davon weißt.« Sie blies mir ihren Brombeeratem ins Gesicht. »Ich kenne die beiden besser als du. Ich weiß so vieles, was du dir gar nicht vorstellen kannst, Serafina. Ich weiß, dass die Getreuen früher hier eintreffen als gedacht und dass ich die Sankt-Abaster-Falle auch ganz alleine aufstellen kann.«

Ihre Worte machten mir Angst. Wieso sprach sie ausgerechnet jetzt davon, die Falle alleine aufzustellen? Wusste sie etwas von unserem Plan? Jannoula war so unberechenbar, dass ich es nicht mit Sicherheit sagen konnte.

Sie brachte mich in den Ard-Turm zurück. Ich wehrte mich nicht, denn dazu war keine Zeit. Wir gingen nach oben in die Kapelle, wo die Ityasaari bei ihrem Haferbrei saßen.

»Es tut mir leid, wenn ich euer Mahl unterbrechen muss, Freunde«, rief Jannoula. »Aber es ist Zeit! Die Getreuen rücken heran und die Alte Ard ist ihnen auf den Fersen. Die Sankt-Abaster-Falle muss nun ihren heiligen Zweck erfüllen. Heute wird die Welt erfahren, wozu die Gesegneten in der Lage sind.«

Die anderen sprangen auf, tuschelten aufgeregt und eilten die Wendeltreppe hinauf. Camba war natürlich nicht dabei. Sie aß in ihrem Zimmer und wusste nicht, dass sich die Dinge nun so überstürzt entwickelten.

Es war nicht leicht, Camba in meinem Garten zu erreichen, ohne dass ich vorher innerlich zur Ruhe kam, aber manchmal nützt Verzweiflung mehr als alles andere.

Camba, sagte ich in Gedanken. *Mach dich bereit, die Ityasaari von Jannoulas Haken zu nehmen, sobald sie sich nicht wehren kann.*

Ich zuckte zusammen, als Jannoula nach meinem Arm griff. »Komm mit. Selbst jemand, der lieber alleine durch die Welt gehen will, wird staunen, wenn er sieht, wozu wir gemeinsam in der Lage sind.«

Dass sie meine Frage vorausgeahnt hatte, verhieß nichts Gutes. Ich folgte ihr die Stufen hinauf und das Herz rutschte mir bis in die Fußspitzen. Die anderen zwölf Ityasaari waren bereits auf dem Dach: Nedouard, Od Fredricka, Dame Okra, Blanche, Lars, Mina Phloxia, Gaios, Gelina, Gianni Patto und Ingar. Die Regenwolken waren aufgerissen und die Sonne ließ die weißen Gewänder wie Leuchtsignale scheinen, hell wie die einstigen Drachenwarnfeuer.

Sie hatten sich vor der niedrigen Balustrade im Halbkreis aufgestellt. Blanche war immer noch mit einem Seil an Lars gefesselt, aber diesmal war es so kurz, dass sie es sich nicht um den Hals schlingen konnte.

Wenn unser Plan aufging, würde Blanche bald davon befreit sein. Um ihretwillen hoffte ich es.

Den Blick zu den nördlichen Bergen gerichtet, fassten die Ityasaari sich an den Händen. Ingar stand am einen Ende der Kette und Nedouard am anderen. Ich hielt mich etwas abseits. Jannoula verzog den Mund zu einem kleinen, kalten Lächeln, als sie sich in die Mitte der Reihe stellte. Sie stimmte einen Sprechgesang an, der aus Sankt Yirtrudis' Vermächtnis stammte und den die Heiligen früherer Zeiten gesungen hatten, um ihren Geist mit dem von Sankt Abaster zu verschmelzen: *Wir sind einig im Geist, Geist im Geist, Geist jenseits des Geistes, verflochtene Fäden eines größeren Geistes.*

Ich schlich an Ingar heran und sagte leise: »Guaiong.«

Ingar öffnete die flatternden Augenlider und nickte mir zu. Er erinnerte sich daran, was zu tun war. Am anderen Ende der Reihe nickte Nedouard zurück.

Jannoula schloss die Augen. Ich konnte fast mitverfolgen, wie ihr Gedankenfeuer sich ausbreitete, von einem Ityasaari zum nächsten sprang und alle in verzücktem Staunen nach Luft rangen, alle bis auf Blanche, die vor Schmerz wimmerte.

Ingar und Nedouard spannten die Muskeln an, wie um sich gegen einen Schlag zu wappnen. Sie waren bereit, Jannoula ihren Willen aufzuzwingen. Ich legte die Hände zusammen und betete zu niemand Bestimmtem. Es musste einfach klappen.

Jannoula öffnete ganz langsam ein Auge und sah mich an. Sie grinste heimtückisch, warf den Kopf zurück und stieß einen Schrei aus. Ich dachte – hoffte –, dass sie vom Feuer erfasst werden würde, aber dann fingen Nedouard und Ingar an zu schreien und sanken von Schmerz geschüttelt auf die Knie.

»Auch ich kann ein Spiegel sein«, sagte Jannoula. »Und Nedouard ist mein Spion, auch ohne dass er es weiß.«

Nedouard weinte und schlug um sich. Ingar fasste sich schmerzgepeinigt an den Kopf.

»Halt!«, rief ich. »Bestrafe sie nicht. Es war meine Idee.«

»Oh, ich bestrafe dich doch«, sagte sie. Nedouard und Ingar schrien immer lauter. Tränen schossen mir in die Augen. Ich konnte das nicht länger mitansehen.

Jannoula stand zwischen Od Fredricka und Brasidas. Jetzt löste sie sich aus der Reihe und legte die Hände der beiden hinter sich zusammen, um die Kette wieder zu schließen. Ich wich blind zurück, bis mir einfiel, dass wir hoch oben waren. Benommen sank ich auf die Knie. Jannoula riss mich hoch. Die ganze Welt drehte sich.

»Schau hin!« Sie zwang mich dazu, über die niedrige Brüstung zu blicken, und deutete auf eine dunkle Linie, die wie eine Sturmfront über den Gipfeln aufzog. Es waren mehr Drachen, als ich je zuvor gesehen hatte. Comonots Getreue hatten sich planmäßig nach Goredd zurückgezogen.

»Und jetzt schau hier«, befahl Jannoula und wirbelte mich herum. Im Südwesten, jenseits unserer im Feld lagernden Ritter, jenseits der Biwaks unserer Barone, jenseits der farbenprächtigen Armee, die in dieser Woche aus Ninys eingetroffen war, erschienen dunkle Truppen am Horizont.

»Die Samsamesen«, krächzte ich. »Auf wessen Seite stehen sie?«

Sie zuckte die Schultern. »Wer weiß das schon?«

»Wenn es jemand weiß, dann du. Denn du hast sie hierhergelockt.«

Jannoula lachte. »Das ist ja das Schöne daran. Ich weiß es wirklich nicht. Vielleicht wird Josef einfach zuschauen und abwarten. Vielleicht werden manche der Ritter aus Goredd und Ninys, die er in seine Dienste gezwungen hat, sich gegen ihn wenden. Das wäre doch spannend, oder nicht? Dabei hast du die Alte Ard noch gar nicht gesehen. Der Himmel wird brennen.«

Sie hob ihr spitzes Kinn, als stünde sie für ein Porträt Modell. »Natürlich wären es noch viel mehr, aber die Alte Ard hat ein Drittel ihrer Truppen in die Kerama geschickt, um Comonot einen Strich durch die Rechnung zu machen.«

Diese Neuigkeit war wie ein Schlag ins Gesicht. Ich hatte immer gedacht, dass ich die Einzige war, die Jannoula wirklich durchschaute. Aber als sie mir versichert hatte, dass sie nicht im Dienst der Alten Ard stand, hatte sogar ich ihr geglaubt.

Sie sah mich kalt an. »Ach komm. Kein Grund zu schmollen.

Comonot hat eine Chance. Er hat vier Labore eingenommen und auf seinem Weg in die Kerama an Rückhalt und Unterstützung gewonnen. Er hat abgelegene Siedlungen dazu gebracht, sich ihm anzuschließen, und jeder Quig in Tanamoot ist sein Freund.« Bei dem Wort *Quig* verzog sie angewidert das Gesicht, als wäre ihr ein unangenehmer Geruch in die Nase gestiegen. »Das ist zumindest das Letzte, was wir von ihm gehört haben. Der Apparat, mit dem die Königin Verbindung zu ihm aufnehmen könnte, ist seltsamerweise beschädigt.«

Ich hatte den Verdacht, dass daran nichts Seltsames war und Jannoula das auch wusste.

»Wie auch immer, es wäre doch langweilig, wenn er mehr oder weniger ungehindert in die Hauptstadt einmarschieren könnte«, fuhr sie fort. »Niemand würde sterben, und am Ende würde noch ein Frieden geschlossen werden, bevor ich es will.«

»Der ganze Krieg dient nur deinen eigenen Zwecken«, stieß ich hervor. »Du steckst hinter dem neuen Weltbild einer reinen Drachenschaft. Damit hast du die Drachen dazu gebracht, bereitwillig ihr Leben zu opfern.«

»Oh, so neu ist dieses Weltbild gar nicht.« Der Wind ließ ihr kurzes braunes Haar vom Kopf abstehen. »Es musste nur noch aufpoliert werden, um sie auf den Kampf auf Leben und Tod einzuschwören. Ein wahrer Drache darf sich nicht um sein eigenes Leben sorgen. Denn das ist ein Gefühl, und Gefühle sind menschlich und verderbt. Ein Drache, der sich um etwas sorgt, ist kein Drache.«

»*Du* sorgst dich jedenfalls um nichts«, sagte ich. »Ich hatte solche Schuldgefühle, weil ich dich in deinen Kerker zurückgestoßen habe. Ich fühlte Mitleid und Reue. Aber du willst nur, dass die Drachen sterben.«

»Nicht nur die Drachen.« Ihre Augen waren hart wie Diamanten. »Die Menschen sind nicht viel besser. Meine Mutter hat mir die Erinnerung an meinen Menschenvater hinterlassen und an meine gewaltsame Zeugung. Sie wollte, dass ich die menschliche Natur verstehe. Sie besuchte damals die Universität und musste daher keine Glocke tragen. Sie traf ihn auf dem Nachhauseweg bei Nacht. Er hat sie vergewaltigt. Als ich klein war, hatte ich Albträume davon, aber jetzt habe ich die Stelle aufgesucht, an der es passiert ist, und weiß, was für eine Närrin sie war. Sie hätte ihn auf der Stelle umbringen sollen, ohne Rücksicht auf die Bestimmungen des Vertrags zu nehmen. Er war ein Ungeheuer und sie war nicht Ungeheuer genug.«

»Es tut mir leid«, murmelte ich leise, als könnte ich mit meinem Mitleid noch irgendetwas bewirken.

»Wir sind Heilige, Serafina«, sagte Jannoula spöttisch. »Es ist unser Recht, zu entscheiden, wer sterben muss. Es ist unser Privileg, die Figuren auf dem Schachbrett der Geschichte hin- und herzuschieben.« Sie machte eine Geste, als wollte sie zwei Steine oder zwei Schädel gegeneinanderschlagen. »Wenn wir wollen, können wir die Welt zermalmen.«

Ihr Gesicht war immer mehr zu einer Fratze geworden. »Das ist mein Krieg. Alle Seiten werden sich gegenseitig vernichten, und jene, die überleben, gehören uns. Wir werden gerecht und gütig über sie herrschen und endlich frei sein. Ich habe es von Anfang an so gewollt.«

Die ersten Getreuen waren bereits da. Ich hörte ihre Schreie am Himmel. Jannoula lächelte und streckte die Hand über Ingars zuckenden Körper hinweg nach Dame Okra aus. Dann warf sie den Kopf in den Nacken und ließ die Wucht ihres Willens durch die Reihe der Ityasaari fließen. Ich konnte das Licht nicht sehen, aber das musste ich auch gar nicht.

Denn ein Drache nach dem anderen stürzte vom Himmel.

Vierunddreißig

Bisher war ich entschieden dagegen gewesen, Jannoula zu töten. Im Nachhinein erschien mir diese Haltung naiv. Das brachte mich dazu, mich in einem Anfall von Verzweiflung auf sie zu stürzen, um sie aus dem Gleichgewicht zu bringen und die aufgebaute Falle zu zerstören.

Ohne auch nur die Augen zu öffnen, wehrte sie mich mit dem vereinten Gedankenfeuer aller Ityasaari ab und schleuderte mich gegen die Brüstung wie ein lästiges Insekt.

Gianni Patto bleckte die Zähne und löste sich aus der Ityasaari-Kette. Mit ausgestreckten Händen kam er auf mich zu. Ich hatte mir den Kopf angeschlagen und schaffte es nicht, mich rechtzeitig wegzuducken. Er warf mich wie einen Sack über seine Schulter. Für einen Augenblick schien die Welt stillzustehen und ich sah alles klar und deutlich vor mir. Die blauen Schieferdächer von Schloss Orion. Armeen, die über die Ebene zogen. Drachen, die wie Herbstblätter auf einem See durch die Luft wirbelten. Und Jannoula, die lachte.

Gianni schleppte mich die Treppe hinunter, rannte auf seinen großen Hühnerfüßen über den gepflasterten Hof und stürmte in den Palast. Mein Kopf stieß gegen einen Türrahmen, als wir das Schloss betraten, und dann noch einmal, als Gianni mich in einen ungenutzten Raum auf der Südseite des dritten Stocks brachte. Er ließ mich unsanft auf den nackten Holzboden fallen und schlug die Tür hinter sich zu.

Ich rappelte mich auf und ging zur Tür. Sie war nicht verschlossen. Ich öffnete sie einen Spaltbreit und sah, dass Gianni Patto sich draußen auf dem Boden niedergelassen hatte. Er drehte seinen großen hässlichen Kürbiskopf und grinste mich an. Ich knallte ihm die Tür vor der Nase zu.

Ich sah mich in meinem Gefängnis um: ein Bett ohne Bezug, hohe Fenster ohne Vorhänge, leere Regale, eine leere Zederntruhe und ein leerer Kamin. Es gab noch einen zweiten Raum, ein kleines Ankleidezimmer, dessen Fenster nach Süden und Westen gingen.

Nirgends waren Geheimtüren, ja ich konnte mich nicht einmal an Laken oder Vorhängen abseilen. Aber von hier aus hatte ich den Krieg im Blick. Jannoula hatte wirklich an alles gedacht.

Die Schlacht spielte sich vor meinen Augen ab. Die Getreuen überflogen die Stadt. Sie prallten gegen ein unsichtbares Hindernis und stießen im wolkenverhangenen Himmel mit den Drachen der Alten Ard zusammen. Diese waren so dicht hinter ihnen geflogen, dass ich die gegnerischen Reihen zuerst kaum unterscheiden konnte. Überall griffen sich die Drachen an und spuckten Feuer. Die Sankt-Abaster-Falle holte auf beiden Seiten Dutzende vom Himmel.

Dass es auch unsere Verbündeten traf, war kein Zufall. Jannoula wusste genau, was sie tat.

Auf der großen Ebene fielen die Samsamesen in Goredds Flanke ein. Josef hatte offenbar beschlossen, uns zu strafen. Unsere Ritter überließen die Samsamesen den Fußsoldaten aus Ninys und Goredd. Ihre Aufgabe war es, sich die Drachen vorzunehmen. Im Zeitalter der Heiligen war eine Kriegskunst entstanden, mit der man Drachen am Himmel bekämpfen konnte. Aber das Wissen um Geschütze und Flugapparate war später verloren gegangen oder mit der Verbannung der Ritter in Vergessenheit geraten. Neun Monate waren nicht genug gewesen, um die Kampfkunst der Dracomachie zu neuem Leben zu erwecken. Außerdem bekämpften die Drachen der Alten Ard zuallererst die Getreuen und blieben so hoch am Himmel, dass sie außerhalb der Reichweite unserer Dracomachisten waren.

Wie es wohl Comonot im Norden erging? Hatte er schon die Kerama gestürmt und herausgefunden, dass sie wehrhafter war, als er gedacht hatte? Ich wagte mir nicht auszumalen, was passieren würde, wenn er eine Niederlage erlitt.

Jannoula hatte alle Seiten gegeneinander ausgespielt. Ich hätte sie schon vor Wochen töten sollen. Zeit und Gelegenheit hatte ich mehr als genug gehabt.

Aber ich war mir so sicher gewesen, dass es einen anderen Ausweg gab.

Wenn ich es geschafft hätte, mein eigenes Gedankenfeuer freizusetzen, wäre es gewiss anders gekommen. Ich ließ mich auf die harte Bettstatt fallen und meditierte, bis ich den Eingang zu meinem Garten fand. Ich sprach die rituellen Worte und ging durch das Tor hindurch. Mein Garten, einst so voller Leben und Verheißungen, war kaum mehr als eine Unkrautwiese mit einer Gartenlaube und einem dahinter anschließenden Sumpf. Begrenzt wurde er von einem Lattenzaun, was völlig absurd war. Im echten Leben hätte ich einen solchen Zaun mit einem Fußtritt niedergerissen, aber dieser hier war wie ein Gefängnis. Ich ging an ihm entlang – ein Spaziergang von fünf Minuten, wenn überhaupt – und dachte mir sogar eine alberne Beschwörungsformel aus: *Gib mich frei, gib mich frei, lös dich auf, lös dich auf.*

Aber nichts passierte.

Ich blickte zu den Bewohnern meines Gartens, die wie Zweige über den Rasen verstreut waren. Nur der kleine Abdo-Zweig stand aufrecht. Vielleicht war das ein Zeichen. Ich ergriff seine winzigen Hände und wurde in eine Vision gewirbelt.

Abdo war immer noch in dem Schrein am Straßenrand und lebte von Opfergaben. Er schien bereits Anhänger zu haben: Einer hatte ihm eine Strickmütze auf den Kopf gesetzt und in seiner Tunika steckten kleine Pergamentschnipsel mit Gebeten und Fürbitten. Jemand, der so lange meditieren konnte wie er, war bestimmt ein Günstling des Himmels.

Seit Wochen war Abdo Jannoula aus dem Weg gegangen. Falls mir die Flucht gelang, könnten wir zusammen bestimmt einen Weg finden, gegenseitig unsere inneren Fesseln abzustreifen und zurückzuschlagen.

Ich kehrte in meinen Garten zurück und überlegte, ob es nicht vielleicht einen Weg gab, auf der gegenüberliegenden Seite des Zauns die anderen Bereiche meines Bewusstseins abzugehen. Ich hatte bisher nie versucht, meinen Garten von außen zu betrachten. Meistens hatte ich sofort am Eingangstor gestanden, das immer wie aus einem Nebel aufgetaucht war. Jetzt trat ich aus dem Tor und drehte mich um. Vor mir erstreckte sich zu beiden Seiten die mit Zinnen bewehrte Festungsmauer eines Schlosses. Das war es, was mich einschloss, und nicht der Lattenzaun. Eine solche Mauer ließ sich nicht niederreißen, indem man einfach an ihr entlangging – auch wenn ich genau das versuchte, denn etwas anderes fiel mir nicht ein.

Ein Klopfen an der Tür riss mich abrupt aus meiner Gedankenwelt. Ich schlug mit den Armen um mich, weil ich einen Augenblick lang nicht wusste, wo ich war. Der Raum lag im Dunkeln. Die Nacht war hereingebrochen, ohne dass ich es gemerkt hatte.

Ich tastete mich zur Tür, öffnete sie und blinzelte gegen den Schein der Korridorlampe. Vor mir stand eine Schattengestalt im Gegenlicht, sodass ich nicht erkennen konnte, wer es war. Dahinter warteten zwei Palastwachen. Von Gianni Patto war nichts zu sehen.

»Warum sitzt du im Dunkeln?«, fragte mich eine vertraute Bassstimme. Einen Augenblick lang dachte ich, mein Herz würde zerspringen.

Als meine Augen sich an die Helligkeit gewöhnt hatten, erkannte ich die scharf geschwungene Nase und die durchdringenden Augen. Er trug nicht mehr seinen falschen Bart und sein zerzaustes Haar war zu einer Art Mönchstonsur gestutzt worden. Tatsächlich trug er die senfgelbe Kutte des Ordens von Sankt Gobnait.

»Orma«, flüsterte ich.

Er blickte hinter sich zu den Wachen, aber sie machten einen gelangweilten Eindruck. Dann räusperte er sich. »Bruder Norman«, sagte er. »Ich habe eine Nachricht für dich.« Er reichte mir einen gefalteten und mit Wachs versiegelten Pergamentbrief.

»W... willst du nicht für einen Augenblick hereinkommen?«, fragte ich. »Und bring eine Lampe, ähm, bitte. Ich habe hier drin kein Licht.«

Orma legte den Kopf schief und dachte nach. Beim Anblick dieser so lieben und vertrauten Marotte hätte ich losheulen können.

Die schmuddeligen Wachen schienen ihren Spaß zu haben. Einer nahm eine Laterne aus der Mauernische und reichte sie Orma. »Lass dir ruhig Zeit, Bruder«, sagte er zwinkernd.

»Wenn du willst, sogar die ganze Nacht«, sagte der andere und wackelte mit seinen buschigen Augenbrauen.

Orma, der mit ihren Anspielungen nichts anzufangen wusste, folgte mir in das Zimmer und schloss die Tür hinter uns. Als er die Laterne auf die Zederntruhe am Fuß des Betts stellte, sah ich hinter seinem Ohr die verräterische Exzisionsnarbe. Jetzt konnte ich meine Tränen nicht länger zurückhalten. Ich drehte mich weg, brach das Briefsiegel, holte schniefend Luft und wischte mir mit dem Leinenärmel über die Augen. Dann hielt ich den Brief nah ans Licht und las Jannoulas eckige Handschrift:

Fast hätte ich vergessen, dass ich noch ein anderes Geburtstagsgeschenk für dich habe. Nun ja, nicht unbedingt für dich. Denn alles, was du liebst, gehört mir. So muss es sein. Wer hat mir mehr Schmerz zugefügt als du? Wer hat mir liebende Güte entgegengebracht und mich den Traum der Freiheit träumen lassen, nur um mir dann alles wieder wegzunehmen? Dieses Ungeheuer hat dir dabei geholfen, aber jetzt ist es nur noch eine leere Hülle. Ich kann dich nicht auf die gleiche Weise aushöhlen, aber du wirst dir wünschen, ich könnte es.

Ich zerknüllte ihren Brief und schleuderte ihn quer durch den Raum. Orma, der mit zusammengelegten Händen neben der Tür stand, sagte bedächtig: »Ich nehme an, ich soll nicht auf einen Antwortbrief warten?«

Es hatte keinen Sinn, ihn zu fragen, ob er sich an mich erinnerte, denn es war offensichtlich, dass er das nicht tat. Ich fragte: »Bist du derjenige, den Jannoula im Seminar besucht? Bist du ihr geistlicher Ratgeber?«

»Es wäre unpräzise, mich einen Ratgeber zu nennen«, antwortete er mit leichter Verwunderung. »Sie kommt in das Seminar, um mir ihre Memoiren zu diktieren. Ihre Handschrift ist fürchterlich.«

Zumindest in diesem Punkt hatte ich also recht. Aber das war nur ein schwacher Trost. »Warum bist du überhaupt in dem Seminar? Du bist kein Mönch. Ich weiß, dass du ein Saarantras bist.«

Er fuhr sich mit der Zunge über die Zähne. »Woher weißt du das?«

»Ich kannte dich.« War es klug, mit einem Exzisionsopfer

über Dinge zu sprechen, an die es sich nicht erinnern konnte? Nervös drehte ich an dem Ring, den er mir vor so langer Zeit gegeben hatte, an meinem kleinen Finger. Plötzlich traf es mich wie ein Schlag: Was, wenn der Ring selbst der Auslöser für seine Gedankenperle war? Ich wagte es kaum zu hoffen. Ich streckte meinen Finger aus und hielt den Perlenring vor seine Nase.

Er starrte verständnislos auf meine Hand und dann in mein Gesicht. Seine Miene blieb regungslos.

»Vielleicht irrst du dich«, sagte er. »Der menschliche Geist bringt die unterschiedlichsten falschen Erinnerungen hervor...«

»Du hast eine Exzision hinter dir!«, rief ich wütend und enttäuscht. »Du hast eine Narbe. Ich gehöre zu den Erinnerungen, die man dir weggenommen hat.« Ich durchforstete mein Gedächtnis nach Dingen, die Eskar oder die Exilanten mir über Exzisionen erzählt hatten. »Nimmst du Destultia?«

Er zuckte vor der Heftigkeit meiner Frage zurück. »Ja, aber auch hier irrst du in deiner Annahme. Ich habe einen Herzfehler, der sich Pyrokardia nennt. Wenn ich in meiner Drachengestalt bin, überhitzt mein Herz und fängt Feuer. Die Menschengestalt ist nicht so gefährlich, aber ich könnte trotzdem noch einen Herzanfall erleiden. Man hat mir Destultia verschrieben und meine Erinnerungen an mein brennendes Herz getilgt, weil sie unerträglich waren.«

»Du warst früher ein Musikologe«, sagte ich. »Kannst du dich denn gar nicht mehr daran erinnern?«

Orma zuckte mit den Schultern. »Ich beschäftige mich mit Klostergeschichte. Du verwechselst mich bestimmt mit jemand anderem.« Er hielt inne, als würde ihn das Gespräch langweilen. »Wenn das alles ist, werde ich jetzt besser gehen.«

Und dann war er fort. Die Laterne hatte er mitgenommen. Ich war viel zu erschüttert, um ihn daran zu hindern.

Irgendwann schlief ich ein. Wieder riss mich ein Klopfen aus meinen Träumen. Ich begrub mein Gesicht in der Matratze. Das Klopfen hörte nicht auf. Ich hätte nicht sagen können, wie spät es war, ich wusste nur, dass ich wütend und erschöpft war. Müde schleppte ich mich aus dem Bett und riss die Tür auf. Vor mir standen nicht mehr die grinsenden Wachen von vorher, sondern ein grauhaariger Mann im Livree der Königin. Mit seinen pockennarbigen Wangen und dem kräftigen Kiefer sah er im Laternenschein bedrohlich aus. Er hielt ein Stück Pergament in der Hand. Ich nahm es mit zitternden Fingern.

Das ist Alberdt, du kannst ihm vertrauen, las ich Glisseldas zierliche Handschrift.

Er war der taube Leibwächter der Königin, der hinter Glisselda gestanden hatte, als wir in ihrem Studierzimmer Tee getrunken hatten. Seine freundlichen Augen erinnerten mich an Nedouard. Als er mir mit einer Geste zu verstehen gab, dass ich ihm folgen sollte, zögerte ich dennoch. Das war bestimmt eine Falle. Glisselda wollte mich nach diesem entsetzlichen Frühstück ganz sicher nicht sehen. Jannoula trieb wieder einmal ihren Schabernack auf meine Kosten.

Andererseits war das die Gelegenheit, mein Gefängnis zu verlassen. Vielleicht ergab sich sogar eine Möglichkeit zur Flucht. Widerstrebend trat ich nach draußen und schloss die Tür.

Alberdt hatte eine ausgebeulte Tasche bei sich, die er mir jetzt reichte. Ein Schwertknauf ragte daraus hervor. Der alte Mann führte mich durch einen Korridor auf der Nordseite bis zu einer Nische, in der eine Statue von Königin Rhademunde stand. Alberdt griff hinter die Statue. Auf der linken Seite öffnete sich geräuschlos die Holzvertäfelung. Alberdt sah mich an und wackelte mit seinen grauen Augenbrauen. Gemeinsam tauchten wir in die Dunkelheit und in das geheime Herz des Schlosses ein.

Vor uns lag eine Wendeltreppe. Wir stiegen viele Stockwerke tief und kamen schließlich in den Gewölbekeller. Am Fuß der Treppe wartete die junge Königin mit einer Laterne. Sie hatte sich einen dunklen Umhang über ihr langes Nachthemd geworfen.

Ihr Gesicht sah aus wie rosig geschrubbt, aber ihre rot geränderten Augen verrieten, dass sie geweint hatte. Das Haar hatte sie für die Nacht zu einem schlichten Zopf gebunden, aus dem sich einige goldene Locken gelöst hatten. Wir sahen einander einen Moment lang an. Mein Gesicht brannte vor Scham, und ich wusste nicht, was ich sagen sollte. Bestimmt war sie zornig auf mich.

Sie gab Alberdt ein Zeichen. Er erwiderte es, grüßte kurz und stieg die Treppe wieder hinauf. »Er hilft mir so viel.« Glisselda lächelte matt. »Natürlich ist auch er nicht gegen Jannoulas Glanz gefeit – niemand von uns ist das –, aber es ist schwieriger, jemanden zu beeinflussen, mit dem man sich nicht unterhalten kann. Den Heiligen im Himmel sei Dank, dass sie sich noch nicht die Mühe gemacht hat, die Zeichensprache zu erlernen.«

Das Licht der Laterne beleuchtete Glisselda von unten. Sie sah aus wie eine Statue in der Kathedrale. »Es tut mir so leid«, stieß ich, überwältigt von Schuldgefühlen, hervor.

Sie hob die Hand. »Nicht doch. Lucian hat alles gebeichtet. Es macht mir nichts aus, denn er ist für mich wie ein Bruder – aber eines muss ich wissen: Liebst du ihn?«

»Ja«, flüsterte ich. Selbst jetzt noch brachte ich es kaum über mich, ihr das zu gestehen.

»Dann gibt es nichts weiter zu sagen.« Sie lächelte traurig. »Lucian gewinnt. Lang lebe Lucian.«

Als sie meine Verblüffung sah, seufzte sie laut. »Ja, ich *war* wütend – aber das hatte auch sein Gutes. Es war so schwer, ihr all die Zeit zu widerstehen, Fina. Ich habe Masken aufgesetzt und Mauern errichtet, aber stets hat sie Ritzen gefunden, durch die sie an mich herankam. Die Wut hat den Nebel meines Geists vertrieben, sodass ich Jannoulas Grausamkeit endlich in aller Klarheit sehen konnte, und das war ein seltener und wunderbarer Segen. Gestern Abend hat sie Orma mitgebracht. Ich habe mit eigenen Augen gesehen, was sie ihm angetan hat«, sagte Glisselda mit tränenerstickter Stimme. »Ach Fina, ich fühle mit dir. Aus diesem Grund bin ich hier. Ich lasse dich frei. Im Gegenzug musst du einen Weg finden, um uns von außen zu helfen.«

Von außen. Wie es schien, waren die Schlossmauern leichter zu überwinden als jene in meinem Kopf.

Sie bot mir ihren Arm an und gemeinsam gingen wir durch verwinkelte Gänge erst nach Norden und dann nach Westen zum Ausfalltor.

»Alberdt ist oben und steht vor deinem leeren Raum Wache«, sagte sie. »Andere Soldaten werden ihn ablösen, aber ich habe dafür gesorgt, dass nur er dir die Mahlzeiten bringt. Ich weiß nicht, wie lange ich es aufrechterhalten kann – allenfalls ein paar Tage –, deshalb musst du schnell sein. Befreie uns von ihr. Dieser Krieg ist schon schrecklich genug, aber sie hat alles nur noch schlimmer gemacht.«

»Sie hat der Alten Ard von Comonots Finte erzählt«, sagte ich, als wir vor dem ersten verschlossenen Tor standen. »Deshalb hat die Alte Ard der Kerama Verstärkung geschickt.«

Glisselda, die mit dem Schlüssel herumhantierte, lachte bitter. »Ich vermute, sie hat die Tnik-Verbindung in meinem Studierzimmer sabotiert. Wir haben seit Tagen nichts mehr vom Ardmagar gehört. Ich werde versuchen, ihn über General Zira zu erreichen, aber vielleicht ist es dafür schon zu spät.«

Schweigend gingen wir durch die Höhlen. Der kalte, feuchte Atem der ersten Morgendämmerung legte sich auf unsere Wangen, aber Glisselda begleitete mich den ganzen Weg. Am Höhlenausgang drehte ich mich zu ihr und sagte: »Danke. Es tut mir wirklich sehr leid.«

»Ach«, sagte sie und tat meine Entschuldigung ab. »Aber denk daran, Serafina. Ich war es, die dich gerettet hat, nicht Lucian. Dieser dumme Junge ist im Schloss und glaubt, dass er Jannoulas Anziehungskraft widerstehen kann und sie – und dich und alle anderen auch – retten kann, indem er ihr Vernunft beibringt. Sie spielt ausgerechnet unsere besten Eigenschaften gegen uns selbst aus.«

»Was war es denn bei Euch, Hoheit?«, fragte ich leise.

Sie senkte den Blick. »Mein Herz. Sie hat von dir gesprochen und gesagt, wie traurig sie ist, dass du sie verachtest. Sie hat mir leidgetan, denn ich konnte mir nichts Schlimmeres vorstellen, als deine... ich meine...«

Auf ihren Wangen lag ein rosiger Hauch. Ich wartete, bis sie sich gesammelt hatte.

»Pah!« Glisselda stampfte mit dem Fuß auf. »Du und Lucian, ihr seid so schlau, aber ihr lauft blind durch die Gegend.«

Sie stellte sich auf die Zehenspitzen und küsste mich auf den Mund.

Jetzt verstand ich, warum sie als Erste vom Frühstückstisch weggerannt war und warum es ihr wichtiger war, zu wissen, ob ich Lucian liebte, als umgekehrt. Warum sie immer so glücklich gewesen war, wenn ich mich bei ihr gemeldet hatte, ganz egal was auch passierte. In diesem Moment begriff ich auch etwas über mich selbst, auch wenn ich nicht die Kraft hatte, mich in diesem Moment näher damit zu befassen.

Mehr als ein »Oh« brachte ich nicht heraus.

»Oh. Das kannst du laut sagen.« Ihr Gesicht sah im Zwielicht sehr erwachsen aus. Sie versuchte tapfer zu lächeln. »Und jetzt geh und pass auf dich auf. Lucian würde es mir nie verzeihen, wenn ich dich in den Tod schicke. Er hat seine Fehler – wenn er zum Beispiel einer einfachen Aufforderung, sich von der Stadt fernzuhalten, nicht nachkommt –, aber er hätte darauf bestanden, dich ins Ungewisse zu begleiten.«

»Dann kommt einfach Ihr mit«, sagte ich und meinte es auch so.

Diesmal lachte sie tatsächlich. Es war wie der ersehnte Regen nach einer Dürre. »Nein, das geht nicht. Das hier verlangt mir schon meinen ganzen Mut ab. Aber ich bitte dich, pass auf dich auf und komm wohlbehalten wieder zurück.«

Sie verschwand in der Dunkelheit. Ich drehte mich um und blickte auf die schieferblaue Welt. Abdo war irgendwo da draußen. Zusammen würden wir mein Gedankenfeuer befreien. Er war meine letzte und meine beste Hoffnung.

Ich schulterte meine Tasche und stieg den felsigen, überwachsenen Abhang hinunter.

Fünfunddreißig

Die Sonne ging viel zu schnell auf. Wenn ich nicht in Deckung ging, würden mich alle sehen: die Wachen auf den Stadtmauern, die scharfsichtigen Drachen am Himmel und Jannoula in ihrem Ard-Turm. Ich beschleunigte meine Schritte und lief den Hügel hinunter. Auf zwei niedriger gelegenen Weiden schreckte ich schlaftrunkene Schafe auf. Nur ein letzter Steinwall und ein Wasserdurchlass lagen noch zwischen mir und den Sumpfgebieten, deren dichter Bewuchs sich gut als Versteck eignete. Ich setzte mich in den Schatten eines orangen Geißblattstrauchs, um nachzusehen, was Alberdt und Glisselda mir in die Tasche gepackt hatten. Neben Brot und Käse, einem Paar fester Stiefel und Wechselkleidung hatten sie mir auch ein Kurzschwert mitgegeben. Ich zog die Stiefel an und schlang das Essen hinunter. Seit dem Frühstück am Vortag in Glisseldas Privaträumen hatte ich nichts mehr gegessen, und auch da nur sehr wenig.

Ich kaute und dachte nach. Es war nicht davon auszugehen, dass Glisseldas List lange unentdeckt bleiben würde. Irgendwann würde den Soldaten auffallen, dass sie einen leeren Raum bewachten, oder Jannoula würde wieder Orma zu mir schicken, um mich zu quälen. Sie konnte das Gedankenfeuer aller Ityasaari bis zu meinem Garten zurückverfolgen und in meinem Kopf zu mir sprechen – das hatte sie bereits bei Gianni und Abdo so gemacht. Ich bezweifelte zwar, dass sie in diesem Moment wusste, wo ich war, aber ganz sicher sein konnte ich nicht.

Wenn die Gedankenfeuer der anderen Halbdrachen sich wie Lichtschlangen aus meinem Kopf herauswanden – wie Abdo es einmal so reizend beschrieben hatte –, konnte sie diese Schlangen vielleicht sehen und mich aufspüren.

Plötzlich war der Gedanke da. Was, wenn ich mich ganz einfach selbst befreite, indem ich alle aus meinem Garten entließ? Der Garten hatte erst in dem Augenblick angefangen zu schrumpfen, als ich Gianni Patto in die Freiheit geschickt hatte. War das nicht Hinweis genug? Wenn die Mauer nicht mehr gebraucht wurde, würde sie dann von selbst verschwinden?

Gianni und Pende aufzugeben hatte sehr wehgetan. Ich rollte mich zusammen und wappnete mich innerlich; ich musste alles auf einmal freilassen, sonst würde ich die Nerven verlieren. Es war wie ein Sprung ins kalte Wasser.

Lars. Brasidas. Mina. Okra. Gaios. Fredricka. Phloxia. Ingar. Gelina. Nedouard. Blanche. Pandowdy. Camba. Ohne noch länger zu grübeln, entließ ich die Ityasaari aus meinem Garten. Zuletzt – oh Himmel, es zerriss mir das Herz – war *Abdo* dran.

Kraftlos sank ich auf den feuchten Boden zurück und legte schluchzend die Arme um den Kopf. Ich fing an zu würgen, weil meine Lungen voller Nadeln waren und grenzenlose Trauer mein Herz zerdrückte. Ich hatte mich noch nie so leer und so allein gefühlt. In mir klaffte ein Loch. Es war so groß, dass es mich verschlingen konnte.

Die ersten Drachen stiegen bereits in den rosafarbenen Morgenhimmel auf. Die Schreie der Generäle, die ihre Truppen um sich scharten, hallten von der Stadtmauer wider. Dunkle Schatten glitten über meine geschlossenen Lider.

Ich öffnete die Augen genau in dem Moment, als die ersten flügelschlagenden Drachen in die unsichtbare Sankt-Abaster-Falle gerieten. Sie stürzten vom Himmel wie Vögel, die gegen ein Fenster klatschen.

Aber ich sah die Falle immer noch nicht.
Ich hatte es nicht geschafft, mein Gedankenfeuer zu befreien.
Ich hatte mich für nichts und wieder nichts zerrissen.

Die Kämpfe auf freiem Feld sah ich nicht, denn sie spielten sich auf der anderen Seite der Stadt ab. Aber auch am Himmel fand eine Schlacht statt, während ich mich durch den Sumpf zu Abdos Schrein aufmachte. Die Drachen flogen Sturzangriffe und drehten Kreise, spuckten Feuer und griffen sich gegenseitig an, ließen Feinde abstürzen oder rissen ihnen die Köpfe ab. Durch die aufgewirbelten Herbstblätter sah ich die Drachen an der Stadtmauer entlanggleiten und Soldaten und Kriegsgerät in Brand setzen – nur um zuletzt doch noch in die Sankt-Abaster-Falle zu krachen.

Ich setzte meinen Weg fort, blieb aber immer in Deckung. Um die Mittagszeit rollte ich mich auf einer moosbewachsenen kleinen Anhöhe unter einer Weide zusammen und ruhte mich etwas aus. Der dumpfe Aufprall schuppiger Körper im Sumpf schreckte mich immer wieder aus dem Schlaf. Zum Glück verhinderte der Morast, dass Feuer ausbrachen. Über dem Königinnenwald, der viel trockener war, standen Rauchsäulen. Am späten Nachmittag wachte ich auf, weil sich in die Kämpfe ein neuer Ton gemischt hatte. Ich blinzelte gegen das helle Sonnenlicht. Über mir hatten fünf junge Drachen einen sehr viel größeren Drachen gestellt.

Und zwar mit einem Netz. Die porphyrischen Fünf waren am Leben und voller Angriffslust.

Als die Dunkelheit hereinbrach, zogen sich die Drachen in ihre eigenen Lager zurück und die Schreie verstummten. Ich fragte mich, wie es der Armee der Menschen ergangen war, wie viel Tote man als grausige Ernte von den Feldern tragen würde.

Bei Nacht das Sumpfland zu durchqueren, war eine gefährliche Angelegenheit. Immer wenn ich bis zu den Knien im Morast versank, dankte ich Alberdt im Stillen für die robusten Stiefel. Obwohl ich den Saum meines weißen Gewands immer wieder hochhob, war er bereits völlig durchweicht. An einer etwas höher gelegenen Stelle legte ich meine Tasche ab und nahm etwas Trockenes zum Anziehen heraus. Nachdem ich zu Tunika und Hose gewechselt hatte, setzte ich meinen Weg fort.

Die nördliche Straße verlief über einen Damm; ich stieg die Böschung hinauf, weil man dort oben besser vorankam. Ich war fast am Ziel. Der Mond ging auf und wies mir silbern den Weg.

Beim Anblick des zerfallenen Schreins quoll mein Herz über. Trotz der nächtlichen Kühle war mir heiß. Ich verharrte vor der konturlosen Statue, die aussah wie ein Lebkuchenmann ohne Gesicht und Hände.

Als sich meine Augen an die Dunkelheit im Innern des Schreins gewöhnt hatten, sah ich mich um. »Abdo?«, fragte ich in die tintenschwarze Ecke hinein, erhielt jedoch keine Antwort. Ich kniete mich hin und tastete den Boden ab. Sowohl der Teller als auch der Becher waren leer. Und wo war Abdo?

Gestern Abend war er noch hier gewesen. Wohin war er gegangen? Hatte er Jannoulas Haken endgültig abgestreift und konnte sich frei bewegen, ohne Angst haben zu müssen, dass sie auf ihn aufmerksam werden würde? Falls ja, waren das schlechte Neuigkeiten für mich. Dann hatte ich auch noch meine letzten Verbündeten verloren. Wie sollte ich Abdo je finden, jetzt, da er nicht mehr in meinem Garten war?

Das Gefühl, von allen verlassen zu sein, war erdrückend.

Ich hätte nicht sagen können, wie lange ich in die Dunkelheit starrte. Vielleicht war es mein tief verwurzelter Starrsinn, der mich schließlich dazu brachte, aufzustehen, mir über die Augen zu wischen und den Schmutz von den Kleidern zu klopfen. Der

Mond war weitergezogen und schien durch ein Loch im Dach auf den kahlen Kopf der Statue. Da fiel mir die seltsame Inschrift ein. Ich kniete mich hin und las.

Sein Leben war voll Lüge und Verderben,
Ein Heiliger, tief begraben im Moor.
Das Ungeheuer musste sterben.
Doch ich reife heran und komme hervor.

Ein Heiliger, tief begraben im Moor. Ein Ungeheuer, das sterben musste. Ein eisiger Schauder überlief mich. Als ich damals diese Zeilen gelesen hatte, wusste ich noch nicht, welches Schicksal Sankt Pandowdy erdulden musste. Gab es noch einen anderen Heiligen, der lebendig begraben und als Ungeheuer beschrieben worden war? Hatte man ihn vielleicht sogar hier in diesem Sumpf vergraben?

Mein Pandowdy, die Riesenschnecke, lebte auch in einem Sumpf.

Ich wischte das Moos vom Sockel, um den Namen zu lesen, aber das Mondlicht fiel im falschen Winkel in den Schrein. Ich tastete über die eingravierten Buchstaben, über das P und das A bis hin zum Y. Ein Zweifel war ausgeschlossen.

Gab es tatsächlich eine Verbindung zwischen Sankt Pandowdy und der Sumpfschnecke in meinen Visionen? Yirtrudis Geliebter war weder als grotesk noch als unmenschlich beschrieben worden. War es denkbar, dass er lebendig begraben worden war, aber dennoch überlebt hatte? Hatte sein Äußeres sich im Laufe der Zeit so sehr verwandelt? *Ich reife heran und komme hervor.* Bei diesem Satz musste ich an einen Kokon denken. Was, wenn ich in meinen Visionen eine Art Larve gesehen hatte?

Was für eine verrückte Idee. Er wäre jetzt über siebenhundert Jahre alt.

Wenn Pandowdy sich tatsächlich hier in der Nähe aufhielt – ob als Wurm oder Kokon, als Ungeheuer oder als uralter Heiliger –, dann konnte er mir vielleicht helfen. Was, wenn Abdo Pandowdys Gedankenfeuer im Sumpf gesehen hatte und ihm gefolgt war?

Am besten, ich machte mich selbst auf die Suche. Ich war ohnehin in einer Sackgasse gelandet und wusste nicht mehr weiter.

Abdo hatte bestimmt ein Zeichen für mich hinterlassen; hoffentlich hatte ich es nicht mit meinen achtlosen Schritten zerstört. Vorsichtig verfolgte ich meine Schritte rückwärts und suchte dabei den Boden ab – ohne Erfolg. Ich strich das schwammige, hohe Gras hinter dem Schrein beiseite – vergeblich. Die morastige Erde war aufgewühlt, doch das konnte genauso gut ein Wildschwein gewesen sein. Ich war drauf und dran aufzugeben, als mein Blick über einen stinkenden Tümpel glitt. Und da sah ich sie: Fußabdrücke auf der gegenüberliegenden Seite. Es waren nur zwei, aber sie stammten eindeutig von einem Menschen und hatten auch genau die richtige Größe.

Die Schritte führten direkt ins Moor.

Ich machte mich auf die Suche nach Abdo, was blieb mir auch anderes übrig?

Als Fährtensucherin war ich unerfahren. Zum Glück hatte Abdo sich nicht die Mühe gemacht, seine Spuren zu verwischen. Ich stieß auf weitere Fußabdrücke und abgeknickte Gräser, aber nach etwa einer Stunde lief ich nur noch ziellos durchs Gelände und ließ mich von meinem inneren Gefühl leiten. Irgendwo vor mir musste er sein. Es gab für ihn keinen Grund, eine völlig andere Richtung einzuschlagen. Ich klammerte mich an diesen Gedanken, bis ich auf eine Moosflechte trat und mich plötzlich bis zu den Hüften in einem schwarzen See wiederfand. Meine Stiefel füllten sich sofort mit Wasser. Ich kämpfte mich durch das Schilf und zog mich die Uferböschung hoch. In dem Teppich aus schwimmenden Wasserpflanzen, die ich für Moos gehalten hatte, klaffte jetzt ein großes Loch. Im Nachhinein wunderte ich mich, wieso ich nicht sofort auf den Teich aufmerksam geworden war, denn nur Wasser kann so glatt und eben sein. Meine Müdigkeit hatte mich zur Unachtsamkeit verführt.

Da es kein weiteres Loch auf der glatten grünen Oberfläche gab, war anzunehmen, dass Abdo nicht den gleichen Fehler begangen hatte wie ich. Bestimmt hatte er den Tümpel umrundet, immer vorausgesetzt, er war überhaupt in diese Richtung gegangen. Ich kippte meine Stiefel aus und schüttelte sie entmutigt.

Der Chor der Frösche, den ich bisher kaum wahrgenommen hatte, verstummte. Die ganze Welt schien plötzlich den Atem anzuhalten. Irgendetwas war ganz in der Nähe und es war ganz sicher nicht Abdo.

Der grüne See schlug Wellen, weil sich darunter etwas bewegte. Ich brachte mich gerade am Ufer in Sicherheit, als ein schuppiges, formloses Ding aus dem Wasser tauchte. Es war eine mit Schilf und Schlamm bedeckte silberne Schnecke.

Ich lachte erstickt. »Pandowdy, nehme ich an.«

Serafina, erwiderte das Wesen mit einer Stimme, die wie entfernter Donner klang. Mein Herz setzte vor Schreck aus.

»Wieso kennst du meinen Namen?«, fragte ich rau.

Aus dem gleichen Grund, aus dem du meinen kennst. Ich habe dich gesehen, du warst ein dunkler Fleck in den Farben der Welt.

Ich spürte seine Stimme an meinen Fußsohlen, sie vibrierte meine Wirbelsäule hinauf wie das Murmeln der Erde und hallte laut durch meinen Kopf.

Du bleibst lieber für dich allein. Ich kann es dir nicht verdenken. Manchmal ist das der einzige Weg.

Bestimmt war ich nicht die Einzige, von der er wusste. »Was ist mit Abdo?«, fragte ich. »Ist er hier vorbeigekommen?«

Er hat nach mir gesucht. Er ist hier, vibrierte die Erde durch meine Füße hindurch.

Ich sah mich um. Von Abdo war weit und breit nichts zu sehen. Diese Kreatur hatte keine Augen. Konnte sie also nur Gedankenfeuer sehen oder besser gesagt nicht sehen? Wie stellte sie das an? Sah sie Dinge nur mit ihrem Bewusstsein? Und wenn ja, konnte sie dann Entfernungen abschätzen?

»Du bist nicht zufällig... Sankt Pandowdy aus dem Zeitalter der Heiligen?«, fragte ich und sah mich gleichzeitig weiter nach Abdo um.

Bin ich das? Der Boden pulsierte rhythmisch. Lachte er über mich? *Manche haben mich als Heiligen bezeichnet, meine Mutter hat immer nur »so hässlich« zu mir gesagt. Ich liege hier schon seit Jahrhunderten.*

Ein Windstoß fuhr durch die sich gelb färbenden Hexenhaselblätter und ließ mich in meinen nassen Kleidern frösteln. Ich hatte es mit einer Kreatur zu tun, die ebenso alt wie unergründlich war.

»Ich brauche deine Hilfe«, stieß ich hervor.

Das bezweifele ich, polterte er zurück.

»Pandowdy«, rief ich, aus Angst, er könnte wieder abtauchen. »Viele Menschen und Drachen werden sterben. Jannoula will...«

Ich weiß, was Jannoula will, unterbrach er mich und rekelte sich im Wasser. *Wie soll ich dir helfen, Serafina? Soll ich in deine Stadt gehen und sie töten?*

Ich wüsste nicht, wie er das anstellen könnte, da er ja nicht einmal Gliedmaßen hatte. Andererseits kam er aus dem Zeitalter der Heiligen. Das konnte doch kein Zufall sein.

Er beantwortete seine eigene Frage. *Menschen. Drachen. Heilige. Länder. Sie kommen und gehen. Ich habe mit dem Töten nichts mehr zu tun. Die Zeit erledigt das für mich.*

»Ich brauche niemanden, der andere für mich umbringt«, sagte ich rasch. »Eher einen Verbündeten. Eine Stimme der Autorität. Jemand, der die Armeen dazu bringen kann innezuhalten, bis Jannoula...«

Ich verstehe, donnerte er. *Du willst den friedenstiftenden Heiligen und nicht das mörderische Ungeheuer. Aber das ist auch nicht viel besser. Ich habe mich nie darum bemüht, ein Heiliger zu sein, und ich war auch nie ein sehr guter. Meinst du wirklich, irgendjemand würde ausgerechnet in mir etwas Besonderes sehen oder gar auf mich hören?*

»Ich weiß nicht, was ich sonst tun soll«, sagte ich niedergeschlagen. »Allein kann ich weder meine Kräfte freisetzen noch Jannoula aufhalten.«

Die Brise trug den Rauch aus dem Königinnenwald zu uns herüber. Pandowdy schaukelte in seinem Teich wie eine modrige Schildkröte.

Du hast recht, sagte er schließlich. *Du schaffst es nicht allein. Umso merkwürdiger ist es, dass du alles daran setzt, allein zu sein. Deine Festung hast du klug erbaut, aber jetzt bist du ihr entwachsen. Wenn ich zu groß werde, dann häute ich mich. Nur deshalb konnte ich so lange überleben, Serafina. Und ich wachse noch immer.*

»Du willst mir also nicht helfen?«, fragte ich und gab mir nicht die Mühe, meine Enttäuschung zu verbergen.

Das habe ich bereits, sagte er. *Du hast es nur nicht gemerkt.*

Der Himmel über den Bergen färbte sich perlmuttgrau. Ein neuer Kriegstag brach an. Ich richtete mich auf und unternahm einen allerletzten Versuch. »Sankt Yirtrudis ist meine Psalterheilige. Ich habe ihr Vermächtnis gelesen, ich weiß, was ihr einander bedeutet habt. Wenn du sie je geliebt hast, dann flehe ich dich in ihrem Namen an...«

Zornig schlug er aufs Wasser. Sein Grollen hörte sich wie ein Erdbeben an. Der Boden unter mir wölbte sich und riss mich von den Füßen. Ich landete schmerzhaft auf der Hüfte mitten im Morast.

Ich habe es dir gesagt!, brüllte er. *Ich bin kein Heiliger!*

»Du bist ein Ungeheuer, das keine Lust mehr hat zu töten, ich weiß«, sagte ich verbittert.

Nein, das tust du nicht. Du weißt gar nichts, polterte er los. Seine Stimme hallte von den Bergen wider, dabei war ich mir sicher, dass ich sie nur in meinem Kopf hörte. *Lieg du erst einmal sechshundert Jahre im Dreck, dann kannst du vielleicht behaupten, du wüsstest etwas.*

Mein Atem ging schwer, nachdem ich mich mühsam aufgerappelt hatte. Ich hatte dieser Kreatur nichts mehr zu sagen. Mein respektloser, besserwisserischer Vater hätte jetzt die Schultern gezuckt und gesagt: »Wann haben die Heiligen je für irgendjemanden einen Finger gerührt?«

Dieser hier wollte weder ein Heiliger noch ein Ungeheuer sein.

Ich musste einen Weg finden, das Ungeheuer für uns beide zu sein.

Verzweifelt und ratlos verließ ich den Teich. Ich hatte nicht nur Abdos Spur verloren, bald würden die Armeen sich für einen neuen Kriegstag rüsten und die Gegner sich wieder gegenseitig an die Kehle gehen. Außerdem war ich nass und unglücklich. Abhilfe konnte ich nur gegen die Nässe schaffen. Ich setzte mich auf einen umgestürzten Baumstamm und öffnete Alberdts Tasche, um nachzusehen, ob er vielleicht Strümpfe eingepackt hatte.

Trockene Strümpfe fand ich keine, dafür aber ein kleines in

ein Tuch eingeschlagenes Päckchen. Es war das Geburtstagsgeschenk, das Kiggs mir vor einer halben Ewigkeit gegeben hatte. Beim Umziehen war es mir wohl aus dem Ärmel des weißen Gewands gefallen.

Heute war tatsächlich mein Geburtstag. Mit zitternden Fingern wickelte ich das Geschenk aus. Damals hatte er gesagt, der gute Gedanke allein zählt, aber welcher Gedanke ihm bei diesem Geschenk durch den Kopf gegangen war, wusste ich nicht. Der Prinz hatte mir einen kleinen runden Spiegel geschenkt, der einen goldenen Rahmen hatte und ungefähr so groß wie meine Handfläche war. Was sollte ich mit einem Spiegel anfangen? Sollte ich überprüfen, ob noch Spinat in meinen Zähnen hing?

In den Rahmen war etwas eingraviert. Der Mond sank hinter die westlichen Hügel und nahm sein Licht mit, trotzdem konnte ich die Worte lesen. Oben stand »Serafina« und unten »Ich sehe dich«.

Ich sehe dich.

Zuerst lachte und dann weinte ich. Alles war falsch. Der Spiegel war so klein, dass ich mich kaum darin sehen konnte, mein Gedankenfeuer war vom Rest der Welt abgeschottet, und Jannoula hatte mir jede Hoffnung genommen. Alles war verdreht, alles hatte eine Kehrseite, und nirgends war Hilfe in Sicht…

In diesem Moment keimte ein Gedanke in mir. Alles war verdreht und alles hatte eine Kehrseite. Es gab Heilige und Gegenheilige. Es gab Licht und Gegenlicht. Gab es nicht auch die Möglichkeit, Jannoulas Licht umzukehren?

Ich angelte in meiner Tasche nach meinem Gewand. Der Saum war schmutzig, aber im Morgenlicht würde es weiß genug leuchten. Ich zog das lange Kleid hervor und auch das Schwert. Es war nicht sehr lang, aber es musste genügen.

Ich hatte eine Idee, doch dazu würde ich mitten ins Schlachtfeld gehen müssen. Mit dem Schwert in der einen Hand und dem feuchten, verknautschten Gewand in der anderen marschierte ich los. Zuerst ging ich, dann rannte ich. Ich war keine gute Läuferin, aber Monate auf Reisen und im Sattel hatten meine Ausdauer gestärkt. Sobald ich die Straße erreicht hatte, war es einfacher, denn sie war eben und bot meinen durchweichten Stiefeln weniger Hindernisse.

Außerdem ging es bergab, was alles etwas leichter machte.

Die Sonne und ich lieferten uns ein Rennen, denn sie stieg unerbittlich am Horizont auf. Ich kam an zertrampelten Äckern und ausgebrannten Scheunen vorbei; man konnte nur beten, dass die Bauern die Schutztunnel in der Stadt rechtzeitig erreicht hatten. Eine Herde ausgerissener Schafe überquerte die Straße vor mir. Plötzlich änderten die Tiere die Richtung. Sie rannten nach Süden und versperrten mir den Weg, nur um gleich darauf erneut die Richtung zu ändern und direkt auf mich zuzukommen. Ich ließ sie rechts und links vorbeiziehen und ging mitten durch sie hindurch wie durch einen weichen, flauschigen Fluss.

Links von mir stieg Rauch über der Stadt auf. Die Mauern waren versengt und an manchen Stellen eingestürzt. Ich sah eine Bewegung auf den Wehrgängen – die Nachtwache wurde von ausgeruhten Soldaten abgelöst – und fragte mich, ob man mich vielleicht schon entdeckt hatte.

Auch die feindlichen Lager vor der Stadt erwachten zum Leben. Im Königinnenwald im Norden lagerte die Alte Ard. Die Getreuen waren südlich hinter einer Hügelkette und daher von hier aus nicht zu sehen. Das bot ihnen die Möglichkeit, plötzlich und unerwartet zuzuschlagen. Unsere Ritter und die bunt zusammengewürfelten Fußsoldaten von Ninys und Goredd hatten sich im Süden ausgebreitet und im Westen lauerten die Samsamesen. Die Soldaten aus Ninys hatten sich notdürftig gegen die Samsamesen verschanzt. Vermutlich waren die Barrikaden am Vortag errichtet worden, als ich auf meinem Weg in den Sumpf gewesen war. Man hatte Erdwälle aufgeschüttet, um die Samsamesen abzuschrecken, sodass sie sich lieber gegen die Alte Ard wendeten und nicht gegen Goredd.

Mein Weg führte mitten hinein in die Kampfzone. Inzwischen konnte ich vor Erschöpfung kaum mehr einen Fuß vor den anderen setzen. Auf der letzten halben Meile nahm ich kaum noch etwas wahr. Während ich an aufgewühlten Äckern und zu Morast zerstampften Weiden vorbeiging, band ich die langen Ärmel meines Gewands an das Schwert.

Dann hielt ich meine selbst gemachte Flagge hoch über den Kopf und ließ sie im Wind flattern. Als die ersten Sonnenstrahlen die schwere Wolkendecke durchbrachen, leuchtete der Stoff auf. Er war meine weiße Unterhändlerfahne.

In die gegnerischen Lager kam Bewegung. Ich hoffte, dass sich alle die gleiche Frage stellten: Welche Seite hat die weiße Fahne gehisst und warum?

Nach und nach sandten alle Parteien ihre Unterhändler aufs Feld. Sir Maurizio erkannte mich nicht sofort. Als er begriff, wen er vor sich hatte, blieb er kurz stehen, senkte den Blick und bahnte sich einen Weg über das rauchschwarze Feld. Nicht weit hinter ihm tauchte ein bärtiger Blondschopf auf. Es war Hauptmann Moy, der mich durch Ninys eskortiert hatte. Die Alte Ard sandte einen General in seinem Saarantras, der sich mir als General Palonn vorstellte. Er war Jannoulas Onkel, der sie einst der Unbarmherzigkeit der Zensoren ausgeliefert hatte. Für die Getreuen kam General Zira, die in ihrem Saarantras eine stämmige, energische Frau war. Weder Palonn noch Zira hatten sich die Mühe gemacht, ihre Haut aufzuhellen. Der Regent von Samsam, Josef, einstmals Graf von Apsig, kam als Letzter. Den Helm unter dem Arm, das blonde Haare vom Wind verweht kam er betont unbekümmert herangeschlendert.

»Wessen Unterhändler bist du denn?«, fragte er spöttisch. »Die Gesegnete Jannoula hat dich ganz bestimmt nicht geschickt. Sie hat mich vor dir gewarnt und gesagt, man könne dir nicht trauen.«

»Sie hat recht, man kann mir nicht trauen«, erwiderte ich, ohne ihn richtig anzusehen. Alle waren da, nur aus der Stadt hatte sich noch niemand blicken lassen.

Josef schnaubte empört, aber er konnte schlecht mit mir streiten, solange ich ihm recht gab.

Wenn ich Jannoulas Feuer gegen sie verwenden wollte, musste ich zuerst einmal ihre Aufmerksamkeit auf mich ziehen. Aber auf dem Ard-Turm regte sich noch immer nichts. Ich musste Zeit schinden.

»Meine Freunde, ich bin hier, um mit euch über den Verrat eines gewissen Halbdrachens namens Jannoula zu sprechen...«

»Ein Halbdrache wie du selbst?«, fragte General Zira schroff. In ihrem Saarantras war sie genauso einschüchternd wie in ihrer Drachengestalt. »Ein Halbdrache wie jene, die skrupellos meine Krieger vom Himmel holen?«

»Eine verderbte, widernatürliche Kreatur«, fauchte General Palonn. »Wir kennen sie. Wir werden sie töten, wenn alles vorbei ist, das kann ich dir versichern. Sie hat uns lange genarrt, aber inzwischen wissen wir, dass sie ein Doppelspiel treibt.«

»Ja«, sagte ich. »Sie hat alle belogen und den Krieg für ihre eigenen Zwecke missbraucht. Mit ihrer großen Überredungskunst...«

»Überredungskünste hat hier nur eine, und zwar du«, unterbrach mich Hauptmann Moy. Er zupfte an seinem langen blonden Bart und warf mir von der Seite einen Blick zu. »Du hast Ninys überredet, Goredd zu Hilfe zu eilen. Eine Jannoula kennen wir nicht.«

»Und wer sollte wie vereinbart Jannoula töten, wenn das die

einzige Möglichkeit wäre?«, fragte Sir Maurizio und hielt seinen Dolch an dem Hirschhorngriff hoch. »Ich denke, du schuldest uns eine Erklärung.«

»Die Erklärung kann ich euch liefern«, sagte Josef schneidend. »Serafina ist eine heimtückische Schlange.«

Die Zügel waren mir längst entglitten, trotzdem musste ich Haltung bewahren, selbst Josef gegenüber. Es ging hier nicht um meine Überredungskünste, obwohl es bitter war, dass alle Gründe zu finden schienen, um mir die Schuld zu geben. Ich sagte: »Jannoula schert sich nicht darum, wer gewinnt, Hauptsache, es sterben viele gute Menschen und noch mehr Drachen.«

»Der einzig gute Drache...« Josef brach abrupt ab und griff sich ans Herz. Mit großen Augen starrte er an mir vorbei. Ich folgte seinem Blick. Da sah ich sie, unsere Jannoula. Sie schritt die Festungsmauer ab. Ein einzelner Sonnenstrahl kam durch die Wolken und erleuchtete ihr blendend weißes Gewand. Besser hätte sie es sich nicht ausdenken können. Die anderen Ityasaari folgten ihr wie eine folgsame Schar Tauben.

Alle Augen richteten sich auf Jannoula. Sie nahm die Hand des Halbdrachens neben ihr und ließ alle eine Reihe bilden. Dann hoben sie gemeinsam die Arme zu einer Gebärde des Triumphs. Josef sank auf die Knie. »*Santi Merdi!*«, rief Moy. Maurizio hielt den Atem an und selbst die beiden Drachen konnten ihr Staunen nicht verbergen.

»Wie entsteht dieses Licht?«, fragte Zira kaum hörbar.

Selbst die Drachen konnten es sehen. Ich war die Einzige, die durch ihre Unfähigkeit herausstach.

Andererseits war das die Gelegenheit. Jannoula war nach draußen gekommen, um allen das Licht zu zeigen oder den Himmel oder wie auch immer Drachen das Gedankenfeuer bezeichnen würden. Ich versuchte, mit schierer Willenskraft ihr Licht zurückzuwerfen. Aber nichts geschah. Nedouard und Ingar hatten es doch auch geschafft. Allerdings hatten sie es nicht aus der Ferne versucht, sondern waren ganz unmittelbar mit Jannoula verbunden gewesen.

Ich hatte zuvor den kleinen Spiegel in meinem Ärmel versteckt. Jetzt zog ich ihn hervor, damit er mir Stärke verlieh. Dann versuchte ich es erneut.

Mein Wille wird zum Spiegel, stimmte ich halblaut einen Singsang an. *Meine Mauer wird zur silbernen Kugel.*

Ich blickte hoch: kein Lichtstrahl weit und breit. Alles war wie zuvor, außer dass Jannoula mich jetzt ansah.

Ich war eine Närrin gewesen, ernsthaft anzunehmen, mein Plan könnte klappen. Jannoula schlug ihre Fäuste gegeneinander wie an dem Tag unseres Gesprächs auf dem Turm. Sie war jetzt außer sich. Und ich war außer mir gewesen zu glauben, ich könnte ihr ebenbürtig sein.

Ich stockte. Ich war *außer mir* gewesen.

Geh in das Haus und aus meinem Kopf. So lauteten meine rituellen Worte, als ich die Gartenlaube zu einer Festung ausgebaut und Jannoula aus meinem Garten verbannt hatte. Hatte ich dabei unabsichtlich ein Drinnendraußen-Haus erschaffen? Was, wenn die Tür nach draußen geführt hatte, hinein in die Welt? Was, wenn ich den Ausgang zur Welt die ganze Zeit vor meiner Nase gehabt hatte?

Ich schloss die Augen und betrat meinen geschrumpften Garten. Diesmal füllte ich ihn ganz aus, so wie ich meine eigene Haut ausfüllte. Die Tür der Gartenlaube war direkt vor mir. Das Schloss zerfiel in meinen Fäusten zu Staub. Ich holte tief Luft, öffnete die Tür und trat hindurch.

Ich war tausend Fuß hoch. Ich war ein feuriger Turm, eine Flammensäule, die bis zum Himmel reichte. Ich sah alles: den schmalen, sich dahinschlängelnden Fluss; die zerstampften Felder und rostbraunen Berge, das Feldlager, in dem viele kleine Sterne funkelten; die Stadt, in der Menschen und Ityasaari wie kleine Sterne blinkten. Selbst die Drachen waren wie flackernde Holzfeuer. Ich sah Kühe und Hunde und jedes Eichhörnchen im Wald. War dieses Glühen ein Zeichen für Leben?

Ich hatte auf eine tiefgründige und sehr beunruhigende Art recht gehabt. Bisher hatte ich tatsächlich nur die Welt der Schatten gekannt.

Es gab für mich keine Wände und Mauern, die nicht zu überwinden gewesen wären. Ich sah Glisselda in der Stadt und blickte direkt in ihr Herz. Ich sah Josquin und Rodya und Hanse bei den Samsamesen, ich sah Orma im Seminar und Camba im Turm. Comonot, Eskar und Mitha in Tanamoot. Wie war das möglich? Kiggs war bei der Stadtgarnison. Bei seinem Anblick verspürte ich einen Stich. Aber nicht nur bei seinem, auch beim Anblick der großen, weiten, funkelnden Welt.

Einzig Jannoula auf der Mauer war anders. Sie funkelte nicht aus einem innersten Kern heraus, denn in ihrem Innern war eine tiefe Leere, ein Loch so groß wie die Welt.

Ich erinnerte mich an diese Leere. Ich hatte sie schon einmal gesehen.

Menschen und Drachen, alle, die Jannoula mit Worten oder Taten berührt hatte, waren an schimmernden Fäden mit ihr verbunden. Manche Fäden reichten sogar bis Tanamoot. Meine neu geöffneten Augen sahen sie als eine Spinne in einem riesengroßen Netz. Abdo hatte Blanches Gedankenfeuer auf ganz ähnliche Weise beschrieben. Aber Jannoulas Netz war viel weiter gespannt und von jedem Faden zog sie Licht zu sich heran. Die Halbdrachen neben ihr hingen nicht einfach an einem

Haken, wie ich es immer gedacht hatte, sondern waren mit breiten, eisenstarken Lichtbändern an sie gekettet.

Der Abgrund in ihrem Herzen war der Grund für diese Lichtfäden. Was sie anderen gab, war nichts im Vergleich zu dem, was sie sich von anderen nahm. Die grausige und unendlich traurige Leere zog mich an. Aber ich hatte auch Angst. Wenn ich zu lange hineinblickte, würde ich fallen.

Jannoula sah und erkannte mich. Sie streckte feurige Tentakel nach mir aus. Ich war selbst ein Feuer, trotzdem brannte, sengte und zerriss mich ihre Berührung. Sie versuchte es erneut. Ich brachte es nicht fertig, zurückzuschlagen, nicht wenn sie so ein fürchterliches Loch im Herzen hatte.

Ein Loch, zu dem unter anderem auch ich beigetragen hatte.

Sie schlug blindlings um sich, aber ich nahm ihren Schmerz, holte ihn zu mir und zerstreute ihn. Doch so viel Schmerz ich auch aufnahm, in ihr steckte immer noch mehr. Ich begann unter der Last zu wanken.

Ich sehe dich, Fina!, rief eine vertraute Stimme aus dem Königinnenwald. Abdo. Bisher hatte ich ihn nicht sehen können, doch jetzt entfaltete sich sein Geist und glühte.

Ich habe es immer wieder versucht!, rief er. *Der alte Griesgram im Sumpf wollte mir nicht weiterhelfen. Aber jetzt hast du es geschafft.*

Ich hätte weinen können vor Freude; ich war so glücklich, ihn zu sehen. Aber wieso konnte ich ihn hören? *Ich habe dich doch aus meinem Garten gehen lassen*, sagte ich.

Abdo war ein einziges feuriges Lächeln. *Das hast du auch. Aber ich habe dich nicht gehen lassen.*

Er streckte einen Flammenstrahl über Meilen hinweg nach mir aus. Ich erfasste ihn und spürte, wie die Stärke in mich zurückkehrte.

Befreien wir jetzt alle?, fragte er.

Wir fingen damit an, zunächst behutsam mit den Spinnenfäden in unserer Nähe. Es war gar nicht so leicht und erforderte großes Geschick, denn wir mussten unser Feuer zügeln, sonst wären die Fäden zu Schaden gekommen. Glühende lose Enden trieben in der Luft, es waren unendlich viele, sie waren selbst wie ein Netz, das uns umgab. Je mehr Fäden wir auftrennten, desto mehr kamen nach.

Lass uns die Ityasaari befreien, sagte Abdo. Dann können sie uns helfen.

Jannoula hatte uns gehört. Waren unsere Gedanken jetzt für alle vernehmbar?

»Halt!«, rief sie. »Sonst werfe ich die anderen von der Mauer!«

Abdo achtete nicht auf sie und holte mit einer Feuerfaust aus.

Einer der Ityasaari stürzte mit einem lauten Schrei in die Tiefe. Abdo und ich versuchten, ihn aufzufangen, aber er fiel durch unsere unkörperlichen Hände und zerschmetterte auf dem Boden.

Es war Nedouard. Sein Licht erlosch.

Ich spürte den Verlust in jeder Faser meines Seins. Alles Licht war auch mein Licht.

Selbst das gespenstische Glühen, das jetzt im Norden zu sehen war.

Es war riesenriesengroß.

Ich sehe dich!, rief ich diesem Licht zu.

Die Erde bebte, erst mehrere Sekunden lang, dann sogar Minuten. Die Mauer bröckelte, Geschütze fielen in die Tiefe, Kesseln mit Pyria gingen in Flammen auf. Auch mein eigener Körper fiel, aber mein Geist streckte sich zu den Menschen meiner Stadt und den Ityasaari auf der Mauer.

Diesmal hielt Jannoula die Halbdrachen sogar von der Mauerkante zurück. Sie hatte mit dem Beben nichts zu tun.

Hinter der Stadt erhob sich etwas. Es leuchtete so unglaublich hell, dass ich meine geistigen Augen zusammenkneifen musste und nur meine Menschenaugen benutzen konnte. Es war ein laufender Berg, an dem Dreck und ganze Büsche klebten und von dem schwarzer Schlamm tropfte. Je näher er kam, desto mehr Morast fiel von ihm ab und desto mehr sah er wie ein riesengroßer Mann aus. Die Stadtmauern reichten ihm nur bis zur Hüfte. Er bewegte sich, als hätte er vergessen, wie man das tut. Als wären seine Glieder in langen Jahren unter der Erde eingerostet. Er schien ganz aus Metall zu bestehen.

Nein, es war kein Metall, es waren silberne Schuppen.

Mit seiner gigantischen Hand stützte er sich auf die Stadtmauer. Er hätte nie aufgehört zu wachsen, hatte er zu mir gesagt. Er schien es wörtlich gemeint zu haben. Was hatte ich all die Jahre von ihm gesehen? Seinen Finger?

Pandowdy war unendlich groß, aber sein Gedankenfeuer war noch größer.

»Du hast dich selbst befreit, Serafina!« Seine Stimme donnerte, als spränge die Welt entzwei. Vage nahm ich wahr, dass die Menschen um mich herum sich die Ohren zuhielten und von dem lauten Geräusch in die Knie gingen. Er sprach also nicht nur in meinem Kopf.

»Auch du hast dich befreit«, sagte ich. »Du bist ganz anders, als ich gedacht habe.«

Seine schlammverkrusteten Augen blinzelten langsam und die untere Hälfte seines Gesichts klappte auf in einem furchterregenden Lächeln. »Das Gleiche könnte ich von dir sagen. Deshalb bin ich gekommen. Ich habe gesehen, dass du Hilfe brauchst«, sagte Pandowdy. Er lehnte sich gegen die einfallende Wand. »Mit deinem Geist weißt du umzugehen, aber manchmal braucht man einfach nur Kraft.«

Jannoula rannte auf den Wehrgängen hin und her und befahl den Schützen, auf Pandowdy zu schießen. Manche taten es auch, aber Pandowdy schüttelte das Pyria von sich, und die Geschosse prallten an ihm ab, ohne Schaden anzurichten.

Mit seiner Riesenhand packte er Jannoula. Sie kreischte laut auf. Jemand stürzte vor, um einen Speer in Pandowdys Hand zu stoßen. Aber die Speerspitze rutschte von dem schuppigen Finger des Riesen ab und der Angreifer taumelte von der Mauer.

Es war Lars.

Pandowdy bekam ihn mit der anderen Hand zu fassen und setzte ihn sanft auf dem Boden ab. Jannoula schlug immer noch kreischend um sich. Die anderen Ityasaari scharten sich um sie, bereit, in einen aussichtslosen Kampf gegen den Riesen zu ziehen.

»Pandowdy!«, rief ich.

»Keine Angst, kleine Schwester«, sagte er. Wieder ließ seine Stimme die Erde erbeben.

Er zerbrach die schimmernden Fäden wie ein Gärtner, der Knospen pflückt. So befreite er nicht nur die Ityasaari, sondern auch die Soldaten auf der Mauer, die Ratsmitglieder am Hof, den Regenten von Samsam und die Generäle der Alten Ard sowohl hier als auch in Tanamoot. Auch Abdos Band wollte er zerreißen, aber Abdo wehrte ihn ab und befreite sich selbst. Pandowdy nickte anerkennend.

Der Heilige – denn er war in der Tat ein Heiliger, egal, was wir anderen waren – hielt jetzt eine Hand voll Gedankenfeuerfäden in seiner Faust.

»Jannoula ist zerbrochen«, sagte er. »Sowohl in ihrem Geist als auch in ihrem Herzen.« Er rollte die feurigen Fäden behutsam ein und versenkte sie in Jannoula hinein. »Du musst lernen, aus dir selbst heraus zu glühen, Gesegnete.«

»T... tu ihr bitte nichts«, bat ich ihn, weil ich mich immer noch verantwortlich fühlte.

Er sah mich von der Seite her an und einen Moment lang

fürchtete ich seinen Zorn. Da sagte er: »Würdest du einen Spiegel zerbrechen, Serafina, nur weil du Angst hast hineinzuschauen?«

»Was wirst du mit ihr machen?«

Er hielt sie ins Sonnenlicht wie eine Tonfigur, die man auf Risse untersucht. »Sie befasst sich mit dem Heiligengeschäft. Nach fast siebenhundert Jahren habe ich vielleicht herausgefunden, wie man einer ist. Ich habe das nächste Jahrtausend Zeit. Man wird sehen.«

Er wandte sich zum Gehen, als von überall her ein Aufschrei zu hören war, von den Samsamesen, den Soldaten von Goredd und Ninys, ja von der ganzen Stadt.

»Sankt Pandowdy!«

Sie hatten mich seinen Namen rufen hören, aber woher wussten sie, dass er ein Heiliger war? Was sahen sie in ihm, was dachten sie sich bei dieser wahren Explosion von Gedankenfeuern?

Pandowdy hielt inne und blickte auf die kleinen Menschen. »Ich kann dir nicht alle Sorgen nehmen, Serafina«, sagte er. »Nur die kleinsten. Mit diesen hier…«, er deutete auf die Armeen um uns herum, »musst du selbst fertig werden.«

»Ja, ich verstehe.« Selbst in meinen eigenen Ohren hörte sich meine Stimme dünn an. Ich war dabei, in meinen Körper zurückzukehren, und wehrte mich dagegen. »Wie erhalte ich das Feuer?«, rief ich.

»Niemand kann dauerhaft außerhalb seiner selbst leben«, sagte Pandowdy über seine Riesenschulter hinweg. »Das hält niemand aus, nicht einmal ich.«

»Aber ich möchte das Licht sehen!«

Er lachte und die Erde unter unseren Füßen lachte mit. »Das wirst du auch. Du wirst wiederkommen und die Welt wird nun ganz andere Ausmaße haben. Bleiben kannst du noch nicht. Lass los, gutes Herz, und kehre in deine Welt zurück. Auf dich wartet noch sehr viel.«

Er drehte sich um und riss dabei mit seinen Riesenfüßen ein großes Stück Gras aus der Wiese. Mit vier Schritten war er auf der anderen Seite der Stadt. Dort wandte er sich nach Norden, durchquerte den Königinnenwald, stieg über die Ausläufer der Berge hinweg und verschwand.

Ich sah Abdo an, der in der Gestalt eines Feuersturms war. Wir verständigten uns stumm und kehrten in uns selbst zurück. Unsere Gedankenfeuer explodierten in die Welt hinaus. Schockwellen der Aufrichtigkeit und Liebe und Erinnerung rüttelten am vermeintlichen Wissen und der Selbstgefälligkeit in hunderttausend Köpfen.

Dann lag ich auf dem Rücken und fühlte mich schwindlig und flau. Ich hob den Kopf und sah gerade noch, wie das Stadttor aufging und eine goldhaarige Königin auf einem fuchsfarbenen Pferd im funkelnden Sonnenlicht herangaloppierte.

Dann war da... nichts. Ein seliges, wohliges Nichts.

Sechsunddreißig

Mein erster Eindruck beim Aufwachen war, dass ich mich wohl im Himmel befand. Ich lag auf einer weichen Wolke. Eine sanfte Herbstbrise wehte durch zarte Vorhänge wie durch die hauchfeinen Flügel der Glückseligen. Das Sonnenlicht hüllte alles in einen goldenen Glanz. Das goldene Haus war aus Sonne gemacht. Alles ergab jetzt einen Sinn.

Ich war nicht in meinem Zimmer, nein das war ich nicht. Es war anstrengend, den Kopf zu heben, er war schrecklich schwer. Aber als ich es geschafft hatte, sah ich Kiggs, der mit dem Rücken zu mir an einem Schreibtisch saß und schrieb.

Oh, gut – er war ebenfalls tot, nicht nur ich.

»Sie bewegt sich!«, rief er, nachdem er mein Rascheln gehört hatte, oder das der Wolken unter mir. Er ließ sich auf dem goldenen Rahmen des nebulösen Betts nieder und stützte sich auf die Ellbogen. Behutsam strich er mein Haar (eine schwere Sturmwolke) aus dem Gesicht und lächelte. Seine Augen waren Sterne.

»Bevor du fragst: Du warst einen ganzen Tag nicht bei Bewusstsein.« Er legte das Kinn in die Hand und drückte die Finger gegen die Wangen, um ein albernes Grinsen zu unterdrücken – was ihm nicht gelang. Schließlich gab er auf. »Ich habe mir schreckliche Sorgen gemacht«, sagte er. »Wir alle. Da war dieser Riesenheilige und das Feuer und du ...« Er breitete die Hände aus, um das unglaubliche Ausmaß dessen, was er gesehen hatte, anzudeuten. »Wie hast du das gemacht?«

Ich schüttelte den Kopf, der voller Sonnen war, die blitzten und polterten und es mir schwer machten zu antworten. Vielleicht war ich nicht im Himmel, aber in der Welt war ich auch nicht. Vielleicht war ich die Welt. Vielleicht war diese Unterscheidung sinnlos.

Ich schloss die Augen, um die Fülle auszuschließen. Die Welt brannte nicht mehr, aber die Spuren des Feuers waren überall. Erinnerungen daran. Es war zu viel für mich. Ich fühlte es immer noch.

»Der Krieg...« Meine Stimme hörte sich an wie raschelnde Herbstblätter.

»...ist jetzt ein Frieden«, vollendete Kiggs den Satz. »Glisselda hat sich mit allen Seiten verständigt. Der Regent von Samsam hat sich bereits mit eingeklemmtem Schwanz auf den Rückweg gemacht. Die Getreuen und die Alte Ard sind noch da und heilen gebrochene Flügel und erschüttertes Vertrauen. Aber auch sie werden bald aufbrechen. Von General Zira haben wir erfahren, dass Comonot sich in der Kerama durchgesetzt hat, aber Genaueres wissen wir noch nicht.«

Ich spürte Kiggs' Atem in meinem Ohr, als der Prinz sich zu mir beugte. »Als Sankt Pandowdy Jannoula in die Hand genommen hat, habe ich es gespürt. Es war Trauer und Erleichterung, und für einen Moment schien ich sie zu lieben und nur ihr Wohl zu wünschen. Ihr und der ganzen Welt. Es war eine außerordentliche Erfahrung. Bevor du zusammengebrochen bist, überkam es mich erneut, es war ein Ausbruch von... von was?«

Selbst mit geschlossenen Augen sah ich seinen hellen Glanz. Zu hell, um ihn anzuschauen. Ich streckte die Hand aus und berührte sein Gesicht. Er nahm meine Hand und drückte einen Kuss auf die Handfläche.

Ich rang nach Luft, denn ich war wie eine offene Wunde. Ich spürte alles zehnfach.

»Ich weiß nicht, wie ich es nennen soll«, sagte ich atemlos.

Sein Lachen funkelte wie Sonnenlicht auf dem Wasser. »Jannoula glühte, aber nicht nur sie, sondern Sankt Pandowdy… und du…«

»Und Abdo«, fügte ich hinzu. Kiggs hatte den Feuerturm natürlich gesehen, konnte aber nicht wissen, dass er es gewesen war.

Der Prinz wollte Antworten auf unbeantwortbare Fragen. »Ich möchte verstehen, was ich gesehen habe. Ich möchte wissen…«

»Ob ich eine Heilige bin?«, unterbrach ich ihn.

»Nein«, sagte er sanft. »Das war nicht meine Frage. Aber wenn du möchtest, kannst du sie beantworten.«

Ich drückte die Augen noch fester zusammen. Ich kam langsam zu mir und diese Frage beschleunigte den Vorgang. Schmerzhaft nahm ich meine physische Gestalt wahr. Mein Nachthemd – wer hatte mich ausgezogen? – fühlte sich steif an, und meine Schuppen juckten. Ich hatte Blasen an den Zehen. Mein Mund war unangenehm trocken und auch ein Abortbesuch war dringend notwendig. Ich verspürte jedes Zwicken und Ziehen meines ächzenden Leibs. Erschöpft legte ich die Hand über die Augen. »Pandowdy ist vielleicht wirklich ein Heiliger.«

»Stimmt«, sagte Kiggs.

»Ich habe alles gesehen, ich hatte die ganze Welt in meinem Kopf…«

Jetzt war sie nicht mehr da, auch wenn ich noch letzte Spuren davon wahrnahm.

»Aber ich bin nicht… als Heilige kann ich mich nicht bezeichnen.«

»Gut«, sagte er. »Vielleicht ist das eine Frage, die du selbst gar nicht beantworten kannst.«

Ich drehte mich auf die Seite zu ihm, blickte ihn aber immer noch nicht an. »Da war etwas… etwas Außergewöhnliches.

Es war größer als ich selbst und die Welt war mehr als nur die Welt. Wie soll ich damit zurechtkommen, Kiggs?«, fragte ich kläglich.

»Womit, mein Liebe?«, fragte er zurück.

Ich nahm sein Gesicht in meine Hände. Es war wichtig, dass er mich verstand. »Wie soll ich wieder in mein altes Ich passen?«

Er lachte zärtlich. »Warst du nicht schon immer mehr als nur du selbst? Sind wir das nicht alle?«

Natürlich, er hatte ja recht. Ich öffnete die Augen und sah dieses wundervolle Gesicht vor mir. Seine Zähne waren ein wenig schief, das war der einzige Unterschied zu funkelnden Diamanten. Aber sein Gesicht war zu glatt.

»Du hast den Bart abgenommen«, murmelte ich.

Er zog überrascht die Augenbrauen hoch. »Also hat er dir gefallen? Glisselda hielt das für ausgeschlossen.«

»Glisselda!« Ich entzog ihm meine Hand. »Wie geht es ihr?«

Kiggs nickte. »Sie ist Königin, und was für eine«, sagte er trocken. »Eine wie sie hatten wir noch nie.« Er lächelte. »Wir haben miteinander gesprochen und uns eingestanden, wie es inzwischen um unser Herz steht. Wir haben Verständnis füreinander. Was darüber hinaus zu sagen ist, sollte in deinem Beisein stattfinden, denn es betrifft dich ebenso wie uns.«

Ich rollte mich auf die Seite und sank tiefer ins Kissen. Kiggs legte seinen Kopf neben meinen und strich mit dem Finger über meine Wange. Ich schlug Wellen wie ein Ozean.

»Alles wird gut«, sagte er.

Er hatte recht, ich hatte es ja selbst gesehen. Alles war gut oder könnte es sein, wenn wir es richtig anstellten. Wir waren die Finger der alten Welt, die alles wieder in den Griff bekommen konnten.

Ich kam allerdings nicht dazu, es ihm zu erklären, denn er küsste mich.

War es ein langer Kuss? Wer konnte das so genau sagen? Ich hatte gelernt, außerhalb jeder Zeit zu sein.

<hr />

Bis zum Abend war ich wieder ganz ich selbst. Ich sah zwar immer noch das Glühen von Lebenslichtern – die Ityasaari brannten wie Fackeln –, aber ich sah nicht mehr alles gleichzeitig.

Das hält niemand aus, nicht einmal ich, hatte Pandowdy gesagt.

Im Grunde war es eine Erleichterung. Es gab weltlichere Dinge, die meine Aufmerksamkeit erforderten.

In der Nacht hielten wir Ityasaari mit Sankt Eustace Totenwache für Nedouard. Wir waren im Seminar und ganz unter uns. Im Morgengrauen sollte er in Sankt Gobnait beigesetzt werden. Nur die Ityasaari, Prinz Lucian Kiggs und Königin Glisselda nahmen an der Trauerfeier teil. Soweit wir wussten, hatte Nedouard keine Familie in Ninys.

Dame Okra Carmine, die Botschafterin seines Landes, hatte dafür gesorgt, dass alles seine Richtigkeit hatte: Fichtenkränze zu seinen Händen und Füßen, Piniengebäck und süßen Rosinenwein aus Segosh. Sie weinte heftiger als alle anderen, voller Scham über das, was sie getan und gewesen war.

Ich wusste nicht, wie ich sie trösten sollte. Meine Vergebung oder die von Blanche konnten nichts gegen den Panzer aus Schuldgefühlen ausrichten.

Nedouard wurde in einer Wandnische in den Katakomben der Kathedrale beigesetzt. Ich weinte um den freundlichen, unglücklichen Arzt. Er hatte mir einmal die Frage gestellt: *Sind wir für immer versehrt, Serafina, oder besteht Hoffnung auf Genesung?* Damals hatte ich keine Antwort darauf gewusst, aber inzwischen wusste ich sie vielleicht. Nachdem schon fast alle die Krypta verlassen hatten, flüsterte ich vor seiner Grabtafel:

»Nicht so versehrt, dass wir nicht wieder heil werden könnten, mein gutes Herz.«

Blanche, die neben mir kniete und im Gebet versunken war, hatte mich gehört. Sie stand auf und wischte sich den Staub von Jahrhunderten von ihrem dunkelblauen Gewand (niemand von uns trug Weiß, obwohl dies ein Begräbnis war). Dann nahm sie meinen Arm und begleitete mich schweigend nach draußen.

Wir holten die anderen ein, die zum Schloss Orison hinaufstiegen. Eine dicke Wolkendecke hatte sich wie ein Schleier über die Sonne gelegt und es blies ein kalter Wind; bald würden die späten Herbstregen einsetzen. Unterwegs hörte ich plötzlich eine Stimme hinter uns, die vertraut und unbekannt zugleich war.

»Fina! Prinz Lucian!«

Die Straßen waren voller Leute, die uns folgten, auch wenn sie das zu verbergen suchten. Kiggs kam zu mir und deutete.

»Das ist doch nicht etwa… Ist er es?«

»Er ist es!«, kam die Antwort. Abdo stieg aus einem Karren mit Feuerholz und rannte den Hügel zu uns hoch.

»Du kannst ihn hören?«, fragte ich verwundert.

»Was denkst denn du? Er brüllt aus Leibeskräften.«

»Und das werde ich wieder tun!«, rief Abdo. »Ich kann gar nicht mehr aufhören!«

Er starrte vor Schmutz wie einer, der Wochen lang in einem Schrein ausgeharrt hatte und durch den Sumpf gewandert war. Sein Haar war zerzaust und voller Moos und Zweige. Das Sauberste an ihm war sein Grinsen, breit und strahlend wie der Mond.

»Da seid ihr ja alle!«, rief er, ohne die Lippen zu bewegen. Die anderen Halbdrachen starrten ihn ohnehin schon mit offenem Mund an, aber bei seinen Worten fielen ihnen fast die Augen aus dem Kopf.

»Wie machst du das?«, fragte Lars.

Abdo tanzte vergnügt. Er streckte die Zunge heraus und deutete mit seiner gesunden und seiner verletzten Hand ein Geweih am Kopf an. »Ich habe es herausgefunden. Mein Geist ist so groß wie die ganze Welt. Wenn ich wollte, könnte ich zu allen gleichzeitig sprechen. Na ja, es ist vielleicht noch kein richtiges Sprechen, aber es hört sich so an, oder?«

Er benutzte sein Gedankenfeuer auf jene Weise, mit der ich Pandowdys Namen an alle weitergegeben hatte, und erschuf damit Laute, die man gleichzeitig mit Ohren, Verstand und Herz hören konnte.

»Es wäre nicht ganz so gespenstisch, wenn du deine Lippen dazu bewegen würdest«, sagte Lars.

»Oh!« Abdo verzog die Lippen. »Ich bin außer Übung.«

Er bewegte den Mund völlig falsch, und es war klar, dass er nur so tat, als würde er sprechen. Ich konnte kaum zuschauen.

»Du könntest es vor einem Spiegel üben«, schlug ich vor.

Abdo zuckte die Schultern und grinste. Sein Vergnügen war so groß, dass er es sich nicht von meinem Einwand verderben lassen wollte. Der Junge hüpfte um uns herum und begrüßte nacheinander alle Halbdrachen. Er umarmte Camba in ihrem Rollstuhl und lachte, als sie ihm nahelegte, dass er ein Bad nötig hätte. Blanche, die ich immer noch untergehakt hatte, beobachtete den Wirbelwind staunend, und ein kleines Lächeln stahl sich in ihre Mundwinkel.

Die Ityasaari wollten keine einzige Nacht mehr im Garten der Gesegneten verbringen und mir erging es ähnlich. Bei der ersten Gelegenheit ließ ich meine Sachen in meine alte Palastwohnung zurückschaffen.

Blanche, Od Fredricka und Gianni Patto zogen vorübergehend zu Dame Okra in das große Botschaftsgebäude der Stadt, wo diese alle nötigen Vorkehrungen für die Rückkehr nach Ninys traf.

»Sie werden Sicherheit brauchen, von Unterstützung und Unterhalt ganz zu schweigen«, erklärte sie mir geschäftig, als ich sie in ihrem Haus aufsuchte. »Graf Pesavolta ist noch unschlüssig, ob er sie wirklich bei sich haben will, er sagt, sie seien Störenfriede und würden nur für Unruhe sorgen. Nun, ich werde versuchen, ihm etwas von seiner Unschlüssigkeit auszutreiben.«

»Sie sind hier in Goredd immer willkommen«, sagte ich. »Die Königin hat ausdrücklich...«

»Ich weiß«, unterbrach sie mich und verzog traurig ihr Froschgesicht. »Aber weißt du, Goredd ist für sie gleichbedeutend mit... nun ja, mit dieser schrecklichen Zeit. Du kannst es ihnen nicht verdenken.«

Das tat ich auch nicht, aber ich wünschte dennoch, die Dinge lägen anders.

Lars blieb einstweilen im Palast, kehrte allerdings nicht mehr zu Viridius zurück. Der alte Mann versuchte mich als Vermittlerin einzuschalten, und ich erklärte Lars, dass Viridius ihm längst vergeben hätte und ihn zurückhaben wolle, aber Lars lächelte wehmütig und sagte: »Ik kann mir selbst nicht vergeben.«

Er wanderte durch das Schloss wie ein Geist.

Schließlich erreichte uns die Nachricht, dass Porphyrien durch den klaren Sieg in einer Seeschlacht dafür gesorgt hatte, dass es keine weiteren samsamesischen Übergriffe geben würde. Die porphyrischen Ityasaari wollten die Heimreise antreten, bevor der Winter die Überfahrt erschwerte. Gaios, Gelina und Mina sprachen davon, dass sie die anderen wohlbehalten nach Hause bringen und dann zu weiteren Reisen aufbrechen würden. Sie warteten nur noch darauf, dass es Camba und Pende gut genug ging.

Cambas Genesung schritt voran, sie hatte bereits die ersten unsicheren Schritte im Palastgarten unternommen, wenn auch nur mit Gehstock. Pende hatte weniger Glück. Gegen jede Vernunft hatte ich gehofft, dass sich der alte Priester nun, da Jannoula nicht mehr da war, wieder erholen würde. Aber er lag still da und sein Zustand änderte sich nicht.

Ingar brachte ihn nach draußen in die fahle Herbstsonne, damit er Camba bei ihren Gehübungen zuschauen konnte. Der alte Mann starrte blicklos vor sich hin, das Kinn lag schlaff auf der Brust.

Ich half Camba, ihr Gleichgewicht zu halten, und Ingar zupfte Pendes Kniedecke zurecht. »Paulos Pende tut mir schrecklich leid«, sagte ich leise und packte Camba etwas fester an der Taille. »Wenn ich etwas früher einen Ausweg gefunden hätte, dann...«

»Auch ich gebe immer zuerst mir die Schuld«, sagte Camba. Ihr Kopf war immer noch kahl geschoren, aber inzwischen trug sie wieder ihre Ohrringe. »Die Welt ist selten so simpel, dass es wirklich nur an einem allein liegt, wenn etwas nicht so ist, wie es sollte. Pende hat auch seinen Anteil daran. Er hat dir zwar gesagt, dass du dein Gedankenfeuer eingesperrt hast, aber hat er irgendetwas unternommen, um dir zu helfen?«

»Er hat dieses Schicksal nicht verdient«, sagte ich zögernd, da ich nicht wusste, worauf sie hinauswollte.

»Natürlich nicht«, sagte Camba. »Genauso wenig wie du allein die Verantwortung übernehmen musst. Manchmal tun alle ihr Bestes und die Dinge nehmen trotzdem keinen guten Lauf.«

Während ich über ihre Worte nachdachte, kam Ingar mit breitem Lächeln auf uns zu. Ich überließ ihm meinen Platz.

»Ich denke, der alte Mann wird es einigermaßen bequem auf

unserer Reise haben«, sagte er. »Es gibt Kutschen für gebrechliche Menschen, die gut gefedert sind und nicht zu sehr schaukeln. Ich werde Phloxia die Sache ans Herz legen. Ich kenne keinen, der sich besser auf das Feilschen mit Händlern versteht als sie.«

Er hatte von »unserer Reise« gesprochen. »Du gehst also nach Porphyrien, Ingar?«

»Ich hatte nicht genug Zeit in der Bibliothek«, sagte er und küsste Camba auf die Wange. Camba küsste seinen kahlen Kopf.

»Du hast hier deine eigene Bibliothek.« Ich war selbst überrascht, dass ich ihn nicht weggehen lassen wollte.

Er sah mich mit freundlicher Nachsicht an. »Es sind meine eigenen Bücher und ich habe sie alle gelesen.«

»Natürlich«, sagte ich. »Wie dumm von mir.«

Ich umarmte die beiden. Camba hielt mich ganz lange fest.

»Du musst uns in Porphyrien besuchen«, sagte sie. »In unserem Garten wird immer ein Platz für dich sein.«

»Danke, Schwester«, sagte ich mit belegter Stimme.

Innerhalb von drei Tagen waren die Porphyrer reisebereit. Es tat weh, sie gehen zu lassen, aber am schmerzvollsten war der Abschied von Abdo.

Der Junge, gesegnet sei er, hatte seit seiner Ankunft nicht mehr aufgehört zu reden. Wenigstens hatte er inzwischen herausgefunden, wie er flüstern konnte, und das war auch gut so, denn wenn er wollte, konnte er mit seiner Stimme die ganze Stadt beschallen. Er hatte uns alle immer wieder mit gespenstischen Wortschwallen aus dem Nichts heraus erschreckt. Leise zu sprechen und auch nur zu wenigen Menschen gleichzeitig erfordert etwas mehr Finesse.

An Abdos letztem Abend trafen er, Kiggs, Selda und ich uns in einem kleinen Salon im Flügel der königlichen Familie. Abdo hatte begriffen, dass sein Abschied bevorstand, denn er war ruhiger als sonst. »Du kannst gerne hierbleiben«, sagte die Königin liebenswürdig. »Du könntest uns in vielerlei Hinsicht von Nutzen sein. Auch bei manch abenteuerlichen Angelegenheiten.«

Abdo schüttelte den Kopf. »Ich muss nach Hause.« Er hatte die Hände in den Schoß gelegt und blickte auf seine Finger, auf die starken und die gelähmten. »Ich muss mit meiner Mutter ins Reine kommen. Als ich sie sah...« Er hielt inne, suchte nach den richtigen Worten. Dann fragte er: »Wie war es für dich, Fina, als du deinen Geist weit geöffnet hast und alles vor Augen hattest?«

Das Blut schoss in meine Wangen. Ich hatte nie darüber gesprochen, außer mit Kiggs (was mir im Nachhinein ein bisschen peinlich war), und ich fühlte mich auch jetzt nicht dazu in der Lage. »Da war eine große Helligkeit und, ähm... Stell dir vor, du könntest Musik sehen, oder Gedanken.«

Glisseldas Blick ging in die Ferne, als würde auch sie es sich vorstellen. Die Ellbogen auf die Knie gestützt, beugte Kiggs sich vor und fragte: »War es der Himmel?«

Die Frage überraschte mich, aber Abdo wusste die Antwort. »So haben es eure Heiligen ausgelegt. Ich dagegen habe unsere eigenen Götter gesehen – nicht in Person, nicht in der Gestalt, wie wir sie von unseren Statuen kennen, sondern eher als Zwischenraum, wo die Notwendigkeit in das Glück übergeht und das Glück in die Notwendigkeit. Die Welt ist so, wie sie sein muss, und alles ist eins, alles ist miteinander verbunden und richtig, und du verstehst und liebst alles, weil du Teil von allem bist, so wie auch alles Teil von dir ist.«

»In Liebe mit der ganzen Welt«, zitierte Kiggs Pontheus.

Genauso hatte ich mich gefühlt und die Erinnerung daran

trieb mir die Tränen in die Augen. Aber Abdos wortreiche Erklärung traf es immer noch nicht ganz. Mit Worten ließ sich diese Erfahrung nicht beschreiben. »Himmel« und »Götter« – das waren viel zu kleine Begriffe.

Ich fragte: »Was passiert, wenn du mit deiner Mutter Frieden geschlossen hast? Wirst du zu ihr in den Tempel gehen, obwohl du das nie wolltest?«

Es klang barsch, als ich es laut aussprach. Mir wollte einfach nicht in den Sinn, dass Abdo sich nach allem, was er erlebt hatte, mit den engen Grenzen des Tempels zufriedengeben konnte.

Aber wenn ich es recht bedachte, tat ich das auch.

»So ungefähr«, antwortete Abdo lächelnd.

»Das ist bewundernswert.« Glisselda hob ihr Kinn und sah mich streng an. »Wenn die Priesterschaft bei euch so ist wie hier, dann braucht man dort gutherzige Menschen wie dich. Du wirst deiner Stadt einen großen Dienst erweisen.«

Ich wusste nicht, ob ich das für eine gute oder eine schlechte Idee hielt, auf jeden Fall würde ich ihn schrecklich vermissen.

Bald darauf verabschiedete sich Abdo. Er verbeugte sich vor Königin Glisselda und reichte Kiggs die Hand. Beide wünschten ihm eine gute Reise. Als er zu mir kam, schossen mir die Tränen in die Augen. Schweigend umarmte ich ihn und hielt ihn lange fest. Leise sagte er zu mir allein: *Ich bin nicht weit weg, Fina Madamina. Man kann nicht das durchstehen, was wir gemeinsam durchgestanden haben, ohne etwas von sich selbst zurückzulassen.*

Ich küsste seine Stirn und ließ ihn gehen.

Mit Hilfe der Quigutl reparierte Blanche Glisseldas Verbindungsapparat, sodass wir endlich etwas von Ardmagar Comonot erfuhren. Er hatte es bis in die Kerama geschafft, allerdings nicht ohne Schwierigkeiten.

»Wir waren zwei zu eins in Unterzahl«, berichtete er. »Aber ich hätte nicht gedacht, dass die Exilanten so kämpfen können. Sie waren voller Leidenschaft, ich habe so etwas noch nie gesehen. Zugegeben, es war auch eine Portion Glück dabei. Ich schaffte es bis zum Auge der Kerama zu kommen – dem großen Amphitheater am Himmel, wo sich die Ker trifft. Dort nahm ich den Opal des Hohen Gerichts. Als die Alte Ard das sah, hörten die Kämpfe auf. Man erinnerte sich daran, dass mehr zum Drachesein gehört als eine menschenfeindliche Weltanschauung. Dass wir Traditionen haben und Sitten und eine Ordnung der Dinge. Dazu gehört auch, dass ich mich selbst verteidigen kann, ob mit Klauen oder mit dem Gesetz. Damit endlich Schluss ist mit feigen Hinterhalten und Kriegen, die Opfer fordern.«

Er hatte den Krieg beendet; Kiggs und Glisselda sprachen ihm ihre Glückwünsche aus. Monate, wenn nicht gar Jahre der Verhandlungen lagen noch vor ihm – ob man die Zunft der Zensoren ganz auflöste und wie man die Exilanten einband, ob der Ardmagar gewählt werden und nur auf bestimmte Zeit seine Aufgaben erfüllen sollte...

Aber Comonot schien sich tatsächlich auf diese Verhandlungen zu freuen. »Es spielt keine Rolle, wie lange es dauert. Wir streiten mit Worten und beißen uns nicht die Kehle durch, das allein zählt.«

Ich berichtete ihm von Ormas Zustand und er wurde still. »Vielleicht weiß Eskar, wie man die Gedankenperle öffnen kann«, sagte er schließlich. »Es wird allerdings noch einige Monate dauern, bis sie von hier wegkann. Sie ist gerade dabei, ihre Erinnerungen an ihren zukünftigen Nestling weiterzugeben, aber sobald sie das Ei gelegt hat, kann sie es in der Obhut der Bruthöhle zurücklassen.«

Glisselda, die nicht wusste, was sie mit diesen Neuigkeiten anfangen sollte, sah mich fragend an.

»Ich freue mich für Euch, Ardmagar«, sagte ich, obwohl es mir für meinen Onkel leidtat.

»Glückwünsche sind verfrüht«, sagte der alte Saar schroff. »Ich muss mir nur diese ungebärdigen Jungdrachen aus Porphyrien anschauen. Nachkommenschaft verlangt mehr als nur einen Biss ins Genick, fürchte ich. Und Serafina...«, fügte er hinzu. »Es ist mir nicht entgangen, dass dein Tonfall und deine Worte sich widersprochen haben. Da siehst du, wie aufmerksam und einfühlsam meine Erfahrung mich gemacht hat.«

»Ja, und?«

»Du musst keine Angst um deinen Onkel haben«, sagte er. »Eskar hat ihre Aufgabe in Tanamoot erledigt und wird bei der ersten sich bietenden Gelegenheit zu ihm zurückkehren. Früher hätte ich sie dafür verachtet und sie in Stücke reißen lassen. Jetzt kann ich die Weite ihres Herzens nur bewundern.«

Kiggs und Glisselda heirateten noch vor Ende des Jahres.

Wir drei waren übereingekommen, dass es das Beste wäre. Der gemeinsame Beschluss war schnell gefasst, auch wenn wir vermutlich unterschiedliche Gründe dafür hatten. Glisselda konnte den Gedanken, jemand anderen zu heiraten, nicht ertragen; wenn sie schon heiraten musste, dann wenigstens einen lieben alten Freund, der sie besser kannte als irgendjemand sonst und bei dem sich die Verbindung auf eine dem Land dienende Partnerschaft beschränkte. Kiggs war im Grunde längst verheiratet – mit Goredd. Es war der ausdrückliche Wunsch seiner Großmutter gewesen, dass Cousin und Cousine gemeinsam regierten. Letztlich war es eine Frage von Pflicht und Ehre. Ich schaffte es sogar, ihn davon zu überzeugen, dass es mir nichts ausmachte.

Und so seltsam das klingen mochte, es war tatsächlich so. Wir drei wussten genau, was wir aneinander hatten. Wir würden planen und verhandeln und Ziele verwirklichen, und alles weitere ging niemand etwas an.

Glisselda war im Grunde ihres Herzen eine überzeugte Traditionalistin. Die Hochzeit sollte mit allem gefeiert werden, was dazugehörte – einem Nachtfest, einem Gottesdienst, einer Hochzeitsreise und so weiter. Ganz Goredd würde heiraten und es sollte der Beginn einer neuen Regentschaft des Friedens sein.

Ein Nachtfest war genau das, was das Wort versprach. Es dauerte die ganze Nacht, begann mit einem Festmahl, gefolgt von Darbietungen, Tanz (nachdem das Essen halbwegs verdaut war), weiteren Darbietungen, heimlichen Nickerchen, die sofort vehement abgestritten wurden, und schließlich dem Gottesdienst in der Kathedrale von Sankt Gobnait beim ersten Morgenrot.

Ich war natürlich für die Darbietungen zuständig. Es war seltsam und auch tröstlich, wieder meine einstige Aufgabe zu übernehmen. Im Laufe des Abends spielte ich Flöte und Laute und tanzte zweimal unauffällig mit dem Prinzen.

Was ich nicht vorausgesehen hatte, war das erstaunte Schweigen. Die Art, wie die Menschen mir aufmerksam zuhörten, wenn ich spielte oder tanzte, wie sie, wenn ich eine Pause machte, schweigend einen Kreis um mich bildeten und heimlich an meinem Kleid zupften.

Diese Menschen hatten etwas erlebt. Sogar in den Tunneln hatte man Pandowdys Licht gesehen und sein Donnergrollen gehört. Ein Stein war ins Wasser gefallen und erst so langsam wurde klar, welche Kreise er ziehen würde.

Ich fuhr gemeinsam mit Dame Okra zur Kathedrale. »Du bist erstaunlich heiter«, sagte sie betont beiläufig. »Dir hat Jannoula nicht so übel mitgespielt wie uns, daher weißt du es vielleicht nicht, aber manchmal konnten auch wir einen Gedankenfetzen von Jannoula erhaschen. Sie wusste, wie viel dir der Prinz bedeutet.«

»Wissen es alle Ityasaari?«, fragte ich weit weniger beunruhigt, als sie es sich vielleicht erhofft hatte.

Ihr Froschgesicht verzog sich zu einem spöttischen Lächeln. »Schon möglich«, sagte sie schulterzuckend. »Ich habe nur eine Frage: Was wirst du tun, wenn Königin Glisselda einen Thronfolger zur Welt bringen soll?«

Ihre Gehässigkeit und der Umstand, dass das nichts Besonderes war, gaben mir die nötige Rückenstärkung. Ich sagte: »Wir werden lange Besprechungen haben, bei denen Kiggs sich schreckliche Sorgen macht und Glisselda ihn deswegen neckt. Alles Weitere wird man sehen.«

»Und du?«, fragte sich hämisch. »Was tust du?«

»Das, was ich immer getan habe«, antwortete ich, und das war, wie mir in diesem Moment klar wurde, die Wahrheit. »Ich strecke die Hände aus und bringe Welten zusammen.«

Nichts war nur das eine, immer waren es Welten, in denen sich weitere Welten verbargen. Alle, die auf der Linie zwischen beiden wanderten, waren gesegnet und beladen zugleich.

Ich stieg aus der Kutsche ins helle Sonnenlicht zu den wartenden Menschen und lächelte. Dann trat ich in die Welt hinaus.

Epilog

Meine neue Palastwohnung hatte Glisseldas Mutter, Prinzessin Dionne gehört. Das Schlafzimmer war komplett erneuert worden, aber der Salon war auf meinen ausdrücklichen Wunsch noch genauso wie früher. Ich mochte die dunkle Täfelung und die schweren Schnitzmöbel. Selda hatte darauf bestanden, mir das Cembalo aus ihren Privatgemächern zu geben, und ich hatte nicht widerstehen können. Es passte zwar nicht so recht in den Raum, aber was sollte ich denn sonst mit dem vielen Platz anfangen?

An einem regnerischen Nachmittag saß ich an dem Instrument, als ein Page ihn hereinführte. Ich blickte nicht auf. Dies würde meinen ganzen Mut erfordern und ich brauchte noch ein wenig Musik als Stärkung. Meine Unhöflichkeit würde ihm nichts ausmachen.

Er setzte sich neben die Tür und wartete. Ich hatte eine von Viridius' *Fantasias* gespielt, war dann jedoch zu einer ruhigeren Komposition meiner Mutter übergangen, eine Fuge, die sie zu Ehren ihres Bruders geschrieben hatte. Ich liebte das Stück über alle Maßen, denn es beschreibt so wunderbar sein Wesen: die Verlässlichkeit der Basstöne, die Vernunft der mittleren Töne und das gelegentliche, unerwartete Zwinkern in der Oberstimme. Ruhe und Bewegung und ein Hauch von Traurigkeit – die meiner Mutter. Sie hatte ihn sehr vermisst.

Ich vermisste ihn auch, aber ich würde dies ertragen können.

Nach dem letzten Arpeggio holte ich tief Luft und drehte mich um. Orma trug immer noch die senfgelbe Kutte des Ordens von Sankt Gobnait. Ich drehte seinen Ring an meinem Finger, in der Hoffnung, dass ich sein Geschenk richtig verstanden hatte und es tatsächlich eine Gedankenperle war.

Den Schlüssel für sie zu finden, war eine echte Herausforderung.

Er sah mich nicht an, sondern betrachtete die Kassettendecke. Sein Mund war leicht geöffnet. Ich sagte: »Bruder Norman?«

Er zuckte zusammen. »Störe ich dein Spiel?«

Das hatte ich beabsichtigt. Ich fragte: »Kennst du das Lied?«

Er sah mich an und versuchte, eine Antwort auf die unerwartete Frage zu finden. So würde es von nun an immer sein, wenn wir die faserigen Reste seiner Erinnerung herauspicken wollten. Die Überraschung würde uns vielleicht dabei helfen.

»Das weiß ich nicht«, sagte er schließlich.

Alles was über ein einfaches Nein hinausging, war ein kleiner Erfolg. »Hat es dir gefallen?«, hakte ich nach.

Er sah mich verständnislos an. »Der Abt sagt, du brauchst einen Sekretär, aber ich habe kein Interesse an dieser Anstellung. Ich nehme an, du willst mich nur befragen, wie du es schon einmal getan hast. Aber das ist zwecklos. Ich habe keine Erinnerungen mehr an die Zeit, bevor Jannoula mich hierhergebracht hat. Ich möchte nur in Ruhe meine Forschungen beenden und dann...«

»Interessierst du dich wirklich für Klostergeschichte?«, fragte ich ihn.

Der kalte Winterregen klatschte gegen die Fenster. Orma schob die Brille zurück. Sein Adamsapfel hüpfte beim Schlucken. »Nein«, sagte er schließlich. »Aber das Destultia, das ich für mein Herz nehme, ist auch ein Gefühlsunterdrücker, daher interessiere ich mich nicht für Dinge.«

»Wenn du es nimmst, kannst du in deiner Drachengestalt nicht mehr fliegen.« Ich hatte nachgelesen.

Er nickte. »Deshalb nehmen Drachen es für gewöhnlich auch nicht.«

»Kannst du dich daran erinnern, wie es ist, zu fliegen?«

Er sah mich mit seinen dunklen, undurchdringlichen Augen an. »Selbstverständlich. Wenn sie mir diese Erinnerung genommen hätten, dann wäre von meinem Gedächtnis nichts mehr übrig geblieben...« Sein Blick verschleierte sich.

»Es fehlen aber Teile davon«, sagte ich. »Das hast du selbst gemerkt.«

Er tastete über die Narbe an seinem Kopf. »Erst als du es mir gesagt hast. Ich würde es ja als Fehldiagnose abtun, aber...« Sein Gesicht war wie ein zugezogener Vorhang. »Es gibt da ein paar Dinge, die nicht zueinanderpassen.«

Neugier war ein fester Bestandteil seines Wesens, sie war ebenso schuld daran, dass er in Schwierigkeiten geraten war, wie seine Fähigkeit zu fühlen. Es musste doch möglich sein, diesen Drang, neugierig zu sein und Fragen zu stellen, aus ihm hervorzulocken. »Das Lied, das ich gerade gespielt habe, hast du mir beigebracht. Du warst mein Lehrer.«

Seine Augen waren hinter der Brille verborgen. Der Wind rüttelte an den Fenstern.

»Lass es uns gemeinsam versuchen«, sagte ich. »Du kannst von Destultia entwöhnt werden. Ich weiß, wie es geht. Dann werden wir gemeinsam herausfinden, was sie dir gestohlen haben.«

Ich streckte die Hand aus und wackelte den Finger mit seinem Ring. »Ich denke, du hast dir eine Gedankenperle gemacht, bevor sie dich erwischt haben.«

Er streckte seine langen Finger. »Wenn du dich irrst und ich tatsächlich Pyrokardie habe, werde ich sehr wahrscheinlich sterben.«

»Ja«, sagte ich langsam und überlegte, ob Pyrokardie nicht etwas war, das die Zensoren ihm gegeben hatten. Ich musste unbedingt Eskar befragen, sobald sie eintraf. »Ja, vermutlich könntest du sterben. Aber findest du, dass Klostergeschichte Grund genug ist, ihr sein Leben zu widmen?«

»Ich bin kein Mensch«, sagte er. »Ich brauche keinen Grund, um zu leben. Leben ist meine vorgesehene Verfassung.«

Ich konnte nicht anders, ich musste lachen. Dann traten mir die Tränen in die Augen. Diese Antwort war ganz der Orma, den ich kannte. Sie war die Quintessenz seines Orma-Seins.

Er sah mir beim Lachen zu, wie man einem viel zu laut zwitschernden Vogel zusieht. »Ich weiß nicht, ob du oder ich wirklich unsere Zeit so verbringen sollten.«

Mein Herz krampfte sich zusammen. »Möchtest du denn nicht wieder fliegen können?«

Er zuckte die Schultern. »Wenn ich in Flammen aufgehen könnte, sind Wünsche unwichtig.«

Ich nahm das als eine Antwort. »Du könntest mit deinem Geist fliegen. Im übertragenen Sinne. Früher hast du dich für alles interessiert. Du hast nie aufgehört, Fragen zu stellen, egal wie unpassend sie waren.«

Meine Stimme kippte. Ich musste mich räuspern.

Er starrte mich an und sagte kein Wort.

»Bist du denn gar nicht neugierig?«, fragte ich mit sinkendem Mut.

»Nein«, sagte er.

Er erhob sich, als wollte er gehen. Enttäuscht stand ich auf und ging zum Fenster. Ich konnte ihn nicht davon abhalten, Destultia zu nehmen, und ich konnte ihm nicht meine Freundschaft aufzwingen. Er konnte diesen Raum verlassen und sich weigern, mich wiederzusehen. Es gab nichts, was ich dagegen hätte unternehmen können.

Hinter mir hörte ich das Kratzen eines Stuhls auf dem Boden, dann ein paar vorsichtig angeschlagene Töne auf dem Cembalo, als würde ein Kind die ersten vorsichtigen Annäherungsversuche an das Instrument wagen.

Ich blickte auf die Regentropfen an der Scheibe.

Es folgte ein Akkord, dann noch einer, dann eine kleine Explosion von funkelnden Tönen – die Eingangsmelodie von Viridius' *Suite Infanta*.

Ich wirbelte herum. Mein Herz sprang fast aus meiner Kehle. Orma hatte die Augen geschlossen. Er spielte die ersten drei Zeilen und hielt dann unsicher inne.

Er schlug die Augen auf und sah mich an.

»Die Erinnerungen der Muskeln sind etwas, das sie nicht herausschneiden können, ohne noch schlimmeren Schaden anzurichten«, sagte er leise. »Meine Hände haben das gemacht. Was ist es?«

»Eine Fantasia, die du oft gespielt hast«, sagte ich.

Er nickte nachdenklich. »Ich bin immer noch nicht neugierig. Aber ...« Er starrte in den Regen hinaus. »Ich fange an zu wünschen, ich wäre es.«

Ich forderte ihn mit einer Handbewegung auf, zur Seite zu rutschen. Er machte Platz, und wir saßen gemeinsam für den Rest des Nachmittags da, ohne zu reden. Stattdessen ließen wir unsere Hände über die Tasten wandern und erinnerten uns.

ENDE

Personenverzeichnis

Auf Schloss Orison

Serafina Dombegh – unsere bezaubernde Heldin, auch Fina genannt, Halbdrache

Königin Lavonda – kranke, abgedankte Monarchin

Rufus, Dionne und Laurel – Lavondas Kinder mit unglücklichem Schicksal, alle tot

Königin Glisselda – beherztes neues Staatsoberhaupt von Goredd

Prinz Lucian Kiggs – Glisseldas Cousin und Verlobter

Viridius – Hofkomponist, Serafinas früherer Arbeitgeber

Lars – entwirft Wurfgeschosse und liebt laute Musik, Halbdrache (als Groteske: der Laute Lauser)

Abdo – Tänzer und ein rechter Schlingel, gehört vermutlich einem Gott, Halbdrache (als Groteske: Flederchen)

Cython – Abdos frommer Großvater

Dame Okra Carmine – undiplomatische Botschafterin von Ninys, Halbdrache (als Groteske: Madame Pingelig)

Alberdt – störrischer Leibwächter

Page – ist immer schläfrig

In Ninys

Josquin – Dame Okras entfernter Verwandter, Herold mit Kinnbärtchen

Hauptmann Moy – Anführer der Acht, mit beeindruckendem Kinnbart

Nan – Moys furchtlose Tochter

Des Osho – die Acht, Finas bewaffnete Eskorte durch Ninys

Nedouard Basimo – kleptomanischer Pestarzt, Halbdrache (als Groteske: Finch)

Blanche – Einsiedlerin, liebt Spinnen, Halbdrache (als Groteske: Glimmergeist)

Od Fredricka des Uurne – temperamentvolle Wandmalerin, Halbdrache (als Groteske: Bläulein)

Gianni Patto – klauenfüßiges Ungeheuer in den Bergen von Ninys, Halbdrache (als Groteske: der Kleine Tom)

Graf Pesavolta – Herrscher von Ninys, der widerwillig Serafinas Suche finanziert

In Samsam

Hanse – wortkarger alter Jäger, der Fina durch Samsam eskortiert

Rodya – ungewaschener junger Draufgänger, Finas zweite Eskorte

Josef, Graf von Apsig – Lars' Halbbruder, verachtet Drachen, führt nichts Gutes im Schilde

Jannoula – aus Finas Kopf verbannt, Halbdrache

Ingar, Graf von Gasten – Buchliebhaber, Sprachtalent, Jannoulas Jünger, Halbdrache (als Groteske: der Bibliothekar)

In Porphyrien

Naia – Abdos Lieblingstante

Paulos Pende – ältlicher Priester mit einem kraftvollen Geist, Anführer der Halbdrachen bzw. Ityasaari in Porphyrien (als Groteske: Pelikanmann)

Zythia Perdixis Camba – hünenhafte Dame mit überraschender Vergangenheit, Ityasaari (als Groteske: Meister Schmetter)

Amalia Perdixis Lita – Cambas Mutter, Agogoi

Mina – geflügelte Gesetzeshüterin, Ityasaari (als Groteske: Miserere)

Brasidas – blinder Marktsänger, Ityasaari (als Groteske: Molch)

Phloxia – Anwältin mit Haifischgebiss, Ityasaari
(als Groteske: Gargoyella)

Gaios und Gelina – gut aussehende, schnellfüßige Zwillinge, Itaysaari (als Grotesken: Nag und Nagini)

Drachen – Freunde und Feinde

Aromagar Comonot – abgesetzter Anführer der Drachen, der Königin Glisselda gewaltig auf die Nerven geht

Orma – Finas auf der Flucht befindlicher Onkel

Eskar – frühere Staatssekretärin der Drachen, die Orma auf seiner Flucht begleitet, wenn sie nicht gerade ihre eigenen Pläne verfolgt

Ikat – Ärztin, Sprecherin der Drachenexilanten in Porphyrien

Colibris – Ikats Tochter, für immer jung

Lalo – Exilant, der gerne nach Hause zurückkehren würde

Mitha – Quigutl in Labor vier, mit Eskar befreundet, Rebell und Sänger

General Zira – Anführerin der Getreuen

General Palonn – Anführer der Alten Ard

General Laedi – neuer Stratege der Alten Ard, auch der Schlächter von Homand-Eynn genannt

Edle Ritter

Sir Cuthberte Pettybone – Ritter und Vertrauter Serafinas, zu alt für den Krieg und zu jung, um zu sterben

Sir Maurizio Foughfaugh – früher Junker, Vertrauter Serafinas, immer noch eine Nervensäge

Sir Joshua Pender – bringt der nächsten Generation die Kunst der Dracomachie bei

Junker Anders – gehört zur nächsten Generation, lässt sich leicht blenden

Glossar

Agogoi – Gründerfamilien von Porphyrien, aus denen sich die Ratsversammlung zusammensetzt

Alle Heilige – Heiligenschar im Himmel; sie werden als eine kollektive Einheit angesehen und nehmen den Platz einer Gottheit ein

Alte Ard – rebellierende Drachen, die sich gegen Comonot und seine Getreuen stellen

Ard – Mootya-Begriff für Ordnung und Richtigkeit; bezeichnet auch ein Drachen-Bataillon

Ardmagar – Titel des Drachenanführers, bedeutet übersetzt: oberster General

Auerochs – großes Wildrind, das in Europa bis ins 17. Jahrhundert sehr verbreitet war und seither ausgestorben ist

Bibliagathon – berühmte Bibliothek von Porphyrien

Blystane – Hauptstadt von Samsam

Chakhon – porphyrischer Gott des Zufalls und des Glücks, auch Glücklicher Zufall genannt

Comonots Vertrag – Friedensvereinbarung zwischen Goredd und den Drachen

Destultia – Drachendroge, Gefühlsunterdrücker, Schmerzstiller und Heilmittel gegen Pyrokardie

Donques – Dorf in den Bergen von Ninys

Dracomachie – Kriegskunst, die speziell für den Kampf gegen Drachen entwickelt wurde; der Legende nach von Sankt Ogdo erfunden

Getreue – Drachen, die im Krieg auf Comonots Seite stehen

Goredd – Serafinas Heimat, gehört zum Südland (Einwohner: Goreddis)

Himmel – Goreddis glauben nicht an eine alleinige Gottheit, aber an ein Leben nach dem Tod; der Himmel ist die Wohnstatt aller Heiligen

Homand-Eynn – Schlachtfeld, auf dem die Getreuen eine schwere Niederlage erlitten haben

Ityasaari – porphyrisches Wort für Halbdrache

Ker – Rat der Drachengeneräle, der dem Ardmagar zur Seite steht

Kerama – Hauptstadt von Tanamoot

Labor vier – Geheimlabor der Zensoren in Tanamoot

Laika – Küsteninsel, vor der die porphyrische Flotte ankert

Lakhis – porphyrische Göttin der Notwendigkeit, manchmal auch Gefürchtete Notwendigkeit genannt

Lavondaville – Serafinas Heimatstadt und der größte Ort in Goredd, benannt nach Königin Lavonda

Meconi – Fluss, der vom Omiga-Tal bis nach Tanamoot führt.

Metasaari – porphyrisches Exilanten-Viertel, in dem Saarantrai leben

Montesanti – Kloster des Ordens von Sankt Abaster in Ninys

Mootya – Drachensprache; besteht aus Lauten, die keine menschliche Kehle hervorbringen kann

Ninys – Land südöstlich von Goredd, gehört zum Südland

Omiga – größter Fluss in Porphyrien

Palasho – Palast in Ninys

Pinabra – großer Kiefernwald im Südosten von Ninys

Porphyrien – kleiner Stadtstaat an der Flussmündung des Omiga, nordwestlich vom Südland; ursprünglich eine Kolonie von dunkelhäutigen Menschen aus dem Norden

Psalter – illustriertes Buch mit religiöser Dichtung; in Goredd enthält jeder Psalter ein Gedicht für alle wichtigen Heiligen

Pyria – klebrige, entflammbare Substanz, die in der Dracomachie dazu benutzt wird, Drachen anzuzünden; auch Sankt Ogdos Feuer genannt

Pyrokardie – lebensgefährliche Herzschwäche bei Drachen

Quighole – Getto für Drachen und Quigutl in Lavondaville

Quigutl – Unterart der Drachen, die sich weder verwandeln noch fliegen kann; sie haben ein zusätzliches Paar Arme und erledigen die schmutzigen, mühsamen Arbeiten für die Drachen. Kurzwort: Quig.

Saar – porphyrisches Wort für Drache; in Goredd die Kurzform für Saarantras

Saarantras – porphyrisches Wort für "Drache in Menschengestalt" (Plural: Saarantrai)

Samsam – regenreiches Land südlich von Goredd, gehört zum Südland (Adjektiv: samsamesisch)

Sankt Abaster – Verteidiger des Glaubens, hasst Drachen und liebt es, zu strafen; wird besonders in Samsam verehrt

Sankt Capiti – Patronin der Gelehrten; trägt ihr Haupt auf einem Teller, Serafinas Ersatzpatronin

Sankt Clare – Patronin der Scharfsinnigen

Sankt Fionnuala – Schutzheilige des Wassers, in Ninys Fionani genannt

Sankt Gobnait – Patronin der Fleißigen und Beständigen, die Kathedrale von Lavondaville trägt ihren Namen

Sankt Iba – Patronin der Musiker und Schausteller; das Musikkonservatorium in Lavondaville trägt ihren Namen

Sankt Ogdo – Begründer der Dracomachie, Patron der Ritter und von Goredd

Sankt Pandowdy – verschollener Heiliger

Sankt Tarkus – auch ein Heiliger

Sankt Willibald – Patron der Marktplätze und Neuigkeiten, in Ninys heißt er Willibaio und in Samsam Villibaltus

Sankt Yirtrudis – die Häretikerin, Finas eigentliche Patronin, Verfasserin eines sehr interessanten Vermächtnisses

Segosh – Hauptstadt von Ninys, kulturelles Zentrum

Schalmei – mittelalterliches Instrument, das einer Oboe ähnelt

Schloss Orison – Regierungssitz von Goredd in Lavondaville

Südland – Goredd, Ninys und Samsam

Tanamoot – das Drachenland nördlich des Südlands, eine wilde und gebirgige Landschaft

Vasilikon – porphyrischer Regierungssitz

Zensoren – Institution der Drachen, deren Aufgabe es ist, die Reinheit der Drachenrasse sicherzustellen

Ziziba – weit entferntes Land im hohen Norden; dort gibt es die seltsamsten Tiere wie zum Beispiel Krokodile und Kameloparden

Zokalaa – großer Platz in Porphyrien

Rachel Hartman spielte bereits als Kind Cello und synchronisierte zusammen mit ihrer Schwester Mozartopern. Das berühmte Renaissancelied »Mille Regretz« inspirierte sie zu ihrem ersten Fantasyroman, bei dem Musik eine große Rolle spielt. Während sie »Serafina« schrieb, hörte sie mittelalterliche italienische Polyfonien, bretonischen Dudelsack-Rock, progressive Metalmusik, lateinamerikanische Barockmusik und gälischen Sean-nós-Gesang. Rachel Hartman lebt mit ihrer Familie in Kanada.

Fanforum Fantasy
Alle Infos zum neuen Fanforum auf
facebook.de/FanforumFantasy

Jonathan Stroud
Lockwood & Co. –
Die Seufzende Wendeltreppe

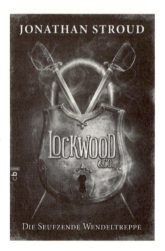

432 Seiten, ISBN 978-3-570-15617-9

LONDON, ENGLAND: In den Straßen geht des Nachts das Grauen um. Unerklärliche Todesfälle ereignen sich, Menschen verschwinden und um die Ecken wabern Schatten, die sich nur zu oft in tödliche von Geisterwesen ausgesandte Plasmanebel verwandeln. Denn seit Jahrzehnten wird Großbritannien von einer wahren Epidemie an Geistererscheinungen heimgesucht. Überall im Land haben sich Agenturen gebildet, die in den heimgesuchten Häusern Austreibungen vornehmen. Hochgefährliche Unternehmungen bei denen sie, obwohl mit Bannkreisketten, Degen und Leuchtbomben ausgerüstet, nicht selten ihr Leben riskieren.

www.cbj-verlag.de